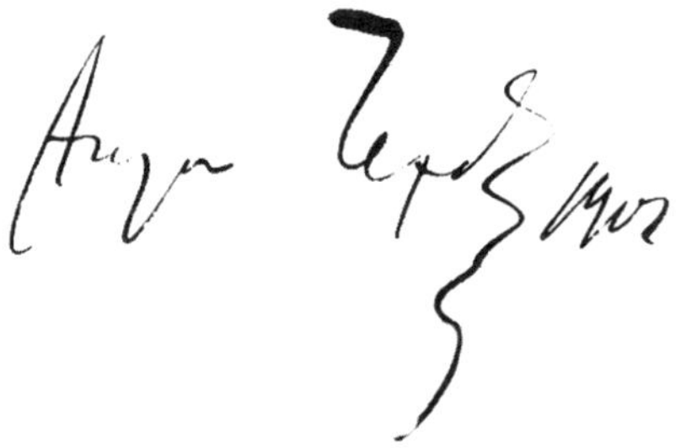

Антон Павлович Чехов

СОБРАНИЕ СОЧИНЕНИЙ

邓蜀平 刘若——译

契诃夫中短篇小说全集 II

上海译文出版社

目 录

1883—1884

1884—1885

1883—1884

乔装打扮者

傍晚时分。各色人等相混杂的一群人在街上走着，他们都醉醺醺的，有的穿着长皮袍，有的穿着女式毛皮上衣。有说有笑，蹦蹦跳跳。一个小兵连蹦带跳走在前面，他身穿一件破旧的军大衣，歪戴着一顶帽子。

一名“军士”朝这群人迎面走来。

“你为什么不给我敬礼？”军士冲小兵斥责道，“啊？为什么？站住！你是哪个部分的？凭什么不敬礼？”

“亲爱的，可我们都是化了装的呀！”小兵用女人嗓门儿答道，惹得那军士和人群都哈哈大笑起来。

* * *

一位挺富态的美丽太太坐在剧院包厢里，很难看出她的年龄，不过她还年轻，也还会长久地依然年轻。……她衣着华丽。两只白皙的手腕戴着沉甸甸的镯子，胸前别着钻石胸针。身旁摆着一件价值上千卢布的毛皮大衣。她的一名仆人，穿着带金银边饰的制服，在走廊里等候着她。一对黑马和铺着熊皮垫毯的雪橇则在街上等候她……她那张保养得很好的美丽的脸和她周围的这一切都在表示：“我美丽而富有。”不过读者可别相信！

“我只是乔装打扮，”她在想，“明天或后天男爵把娜丁[①]一搞到手，就会把我这一身穿戴全剥掉拿走……”

* * *

一个身穿燕尾服的胖子坐在牌桌前打牌，他的下巴有三层，手很白皙。他手边放着一堆钱。他输了，但并不沮丧。相反，他笑盈盈的。因为对他来说，输个千把两千根本不算回事。几名仆人在餐室里为他准备牡蛎、香槟、野鸡。他喜欢晚饭吃得舒服。晚饭后，他将坐上四轮轿式马车上她那儿去。她等着他呢。他日子过得挺美，不是吗？他真幸福呀！可是您瞧瞧，他那长满油脂的脑袋里在转着什么怪念头：

“我是乔装打扮的。要是监察机关突然来人，那么所有的人都会知道我是个乔装打扮的人了②！……”

* * *

一名律师在法庭上为一位女的被告人辩护……这是一个标致的女人，一副无限悲愁的面容，清白无辜的人儿！上帝可见，她是清白无辜的！律师两眼放光，双颊发红，话声里包含着泪水……他为被告难过，如果她被定罪，他定会悲痛欲绝的！……大厅里人们屏息静听他的发言，感到是一种享受，惟恐他结束发言。“他是个诗人。”听众交头接耳地小声赞道。然而他不过是乔装打扮成诗人的样子罢了！

“只要原告多给我一百卢布，我就会指控她了！”律师暗自想道，“我扮演起诉人的角色还更能打动人哩！”

* * *

一个喝醉的庄稼佬在村里走着，唱着，尖叫着，一面拉着手风琴。脸上露出喝醉后才有的柔顺神态。他嘻嘻笑着，蹦着舞步。他活得挺开心，不是吗？不是，他是乔装的！

“我多想饱餐一顿啊。”他心里在想。

* * *

年轻的教授兼医师正在课堂上讲授绪论这一课。他强调说，没有比为科学服务更幸福的事。他说：“科学就是一切！科学就是生

① 原文中的外文，除特殊情况下，本书中均以楷体排印，此处为法语，以后法语不再注明，若遇法语外的其他文种，则一一注明。
② 指罪行败露。

命！”学生们对他很信服……可他们要是听到他下课之后对自己老婆说的什么，就会称他为乔装打扮的人。他对老婆说：

“如今我，亲爱的，是教授啦。教授行医比普通医师要忙十倍。现在我可以指望一年收入两万五了。”

* * *

六个入口、上千盏灯、人群、宪兵、小姐们。这儿是剧院。在大门上，与连托夫斯基[①]在埃尔米达日剧场一样，写着一行字：“讽刺与教诲。”人们在这里花掉大笔钱，人们写很长的评论，掌声不断，很少嘘声……不愧为一座艺术殿堂！

不过这座殿堂是乔装打扮的。如果您摘下“讽刺与教诲”，就不难看出那上面写的是：

“康康舞[②]与逗乐子”。

---

① 连托夫斯基，剧团经理、导演，当时租用着埃尔米达日剧场。

② 法国游乐场中的一种色情舞蹈表演。

二位一体

您可别相信那些犹大[1]，那些变色龙！在我们这个时代，失掉信心比失掉一副旧手套还容易——我就失掉信心了。

一天傍晚，我坐在有轨马车上。像我这样身居高位的人物坐有轨马车是不合适的，可是这次我穿着毛皮大氅，可以用貂皮衣领遮住面孔。况且，您知道，坐有轨马车便宜些……虽然天色已晚，天气又冷，车厢里却挤得满满当当的。貂皮衣领使我成为不可辨识的人[2]。一路上我打盹儿，还观察同车的小老百姓……

"不，这不是他！"我看见一个穿旧兔皮大衣的小矮个儿，心里喊道，"这不是他！不对，这就是他！是他！"

我思忖着，一会儿相信，一会儿又不相信自己的眼睛。

这个穿旧兔皮大衣的小矮个儿酷似我办公室里的一名叫伊万·卡皮托内奇的职员……伊万·卡皮托内奇是个矮个儿、倒霉受气的家伙，他活着只不过是为了捡起别人掉在地上的手绢和向别人拜节贺年罢了。他还年轻，可背已弯成弓形，两个膝盖永远弯曲着，两只手总是肮里肮脏，紧贴裤缝[3]……他的脸好像被门夹伤了或是被谁扔湿抹布打伤了似的，一副垂头丧气、可怜巴巴的样子；一瞧见他那副尊容，就忍不住想唱《小松明》[4]和呻吟一声。他一见到我，就直发抖，脸色白一阵红一阵，就像我要吃他或是要宰他似的；而每当我申斥他的时候，他就像冻得受不了似的全身打哆嗦。

我不知道还有谁比他更倒霉、更沉默寡言、更卑微。我甚至没有见过有哪种动物比他更温驯……

眼前这个穿旧兔皮大衣的小矮个儿使我猛然想到伊万·卡皮托

内奇：简直就是他嘛！只是这个小矮个儿脊背没有他那么弯，也没有一副倒霉相，而是泰然自若；最叫人恼火的，是这家伙正在对身边的一位乘客大谈政治，全车人都在洗耳恭听。

“甘必大死了⑤！”他说道，身子转来转去，两只手挥舞比划着。“这是俾斯麦⑥求之不得的。要知道，甘必大可是城府很深！本来他是能跟德国人打一仗，得到德国人的赔款的，伊万·马特维耶奇！因为他是个天才。他虽然是法国人，却有着俄罗斯人的心灵。好个人才！”

哎，你呀，真是个无赖！

直到售票员手里拿着票走到他跟前时，他才不谈俾斯麦。

“你们车厢里怎么这么暗？”他冲着售票员嚷开了，“难道你们连蜡烛也没有？怎么这么不成体统？怎么也没人来管一管你们！要是在国外早让你们尝尝厉害了！不是公众为你们服务，而是你们为公众服务！见鬼！我真不明白，你们的上司怎么就不管一管！”

一分钟之后，他叫我们大家都挤一挤。

“挤一挤！是叫你们哩！给这位女士挪个座位！要讲点礼貌嘛！过来，售票员！你们收了钱，就该给个座位！真卑鄙！”

“这里不许吸烟！”售票员冲他高声喊道。

“是谁不许？谁有这个权利？这是侵犯自由！我不允许任何人侵犯我的自由！我是个自由人！”

“哎，你呀，真是个混账东西！”我瞧着他那张瘦小的丑脸，简直不敢相信自己的眼睛，“不，这不是他！根本不可能！他是不知道

---

① 源于《圣经·新约》，犹大为耶稣门徒之一，后出卖耶稣。此词泛指叛徒、忘恩负义之人、出卖朋友之人等。

② 原文为英语。

③ 立正姿势。

④ 一首俄罗斯民歌。

⑤ 甘必大（1838—1882），曾任法国内政大臣、总理。

⑥ 俾斯麦（1815—1898），曾任德国宰相，是建立强大德意志帝国的铁腕人物。

‘自由’啦，‘甘必大’啦这些词儿的。”

“这些制度太好啦，没说的！”他扔掉烟卷儿，说道，“你去跟这些先生一起生活试试！他们酷爱形式，专抠字眼！他们是形式主义者！凡夫俗子！简直是在扼杀你！”

这时我忍不住哈哈大笑起来。听见我的笑声，他急速地朝我瞟了一眼，接着声音打了个颤。他听出了我的笑声，而且也多半认出了我的皮大氅。他的脊背马上弓起来，脸也立即变成一副垂头丧气的模样，说话声顿时止住了，双手下垂紧贴裤缝，两条腿微微弯曲着。顷刻间完全变了个人！此时，我的怀疑已烟消云散：此人正是伊万·卡皮托内奇，我手下的一名小职员。

他坐下了，把小鼻子藏在兔皮大衣里。

我朝他的脸瞧了瞧。

“难道，”我心中在思忖，“这个倒霉受气的家伙竟然会说什么‘凡夫俗子’、‘自由’之类的字眼？啊？难道真有此事？是的，他会说。这是难以置信的，但又确有其事……哎，你呀，真是个无赖！”

在发生了这件事之后，看你还怎么相信这些变色龙露出的一副可怜巴巴的面孔！

我可是不相信了。够啦，骗不了我了。

喜　事

夜里十二点钟。

米佳·库尔达罗夫非常兴奋的样子，头发蓬乱，飞奔进父母的住所，快步走遍各个房间。父母已经躺在床上睡觉。妹妹躺在床上正在读一部长篇小说的最后一页。现在是中学生的弟弟们已经睡着了。

“你这是从哪儿回来？”父母惊讶地问他，“你怎么啦？”

“啊呀，别问了！我怎么也没想到！没有，我没想到！这……这简直叫人难以相信！”

米佳哈哈大笑起来，往扶手椅上一坐，似乎他为幸福所陶醉，脚都站不稳了。

“这真叫人难以相信！你们无法想象！你们瞧瞧吧！”

妹妹从床上跳下来，把被子披在身上，走到哥哥身旁。中学生们也都醒了。

“你出什么事啦？你脸色都变了！”

“我这是高兴的，娘！因为现在全俄国都知道我啦！全国！以前只有你们知道，世界上有个名叫德米特里① ·库尔达罗夫的十四品文官②，现在全俄国都知道了！娘！啊，老天爷！”

米佳跳起来，到各个房间跑了一遍，又回来坐下了。

“到底出了什么事？你讲清楚啊！”

“你们活得跟旷野里的野兽一样，你们不看报，对于公开发布的消息也一点不注意，而报上有许许多多引人注意的事情！只要一发生什么事，全部情况就马上披露出来，什么也隐瞒不了！我真幸运！啊，老天爷！要知道，报上是只报导名人的事的，没想到忽然把我给登出来了！”

“什么？在哪儿？”

老爹脸都白了。娘望了望圣像，画了个十字。中学生们从床上跳起来，仍旧只穿着短睡衫，便走到大哥跟前。

“是呀！把我给登出来了。现在全俄国都知道我的事了。娘，您把这一份报纸收起来留作纪念！将来我们时不时地拿出来读一读。你们瞧瞧！”

米佳从衣兜里抽出一份报纸，递给父亲，用手指指了一下蓝铅笔勾出来的一块地方。

“读吧！”

父亲戴上眼镜。

“您读呀！”

娘望了望圣像，画了个十字。爹咳了一声，便读了起来：

“12月29日晚11点，十四品文官德米特里·库尔达罗夫……”

“瞧见了，瞧见了？念下去！”

“……十四品文官德米特里·库尔达罗夫从小布龙纳亚街科济欣商楼内的啤酒馆出来，已神志不清[3]……”

“我当时是和谢苗·彼得罗维奇在一起来着……全部经过连每个细节都写到了！继续念！念下去！听着啊！”

“……已神志不清，不慎滑倒，适有尤赫诺夫斯基县杜雷金纳亚村之农民伊万·德罗托夫所驾之雪橇停在该处，该人即倒在马脚下。受惊之马从库尔达罗夫身上迈过并拖动雪橇从库尔达罗夫身上轧过，这时雪橇上坐有莫斯科二等商人斯杰潘·卢科夫。惊马在街上飞奔，后被几名院子看管人合力拉住。库尔达罗夫起初不省人

---

① 米佳是德米特里的小名。

② 沙皇俄国最低的官级。

③ 指喝醉。

事，被送往街区警察所，并由医生进行检查。该人后脑之创伤……”

“这是我碰在车辕上了，爹。往下念！您往下念呀！”

“……该人后脑之创伤乃属轻伤。事件已写出记录。伤者已予以医治……”

“叫我用冷水毛巾在后脑勺作湿敷。现在您念完了？啊？事情就是这样！现在这事要传遍全俄国了！给我！”

米佳把报纸抓过来，叠好，塞进兜里。

“我这就跑到马卡罗夫家去，让他们瞧瞧……还得给伊万尼茨基家的人瞧，给娜塔莉娅·伊万诺芙娜、阿尼西姆·瓦西里伊奇瞧……我跑啦！再见！”

米佳戴上有帽徽的帽子，扬扬得意，兴高采烈，跑上街去了。

报刊读者的想法

别读**乌法省新闻**[1]：从中您得不到任何有关乌法省的新闻。

俄国报刊拥有许多光源。如，它有科马罗夫的**光明**[2]、霞光、彩虹、光与影、光线、星火、黎明，等等，可为什么它还如此黑暗?

原来它有**监视人**、**残废人**与**西伯利亚**[3]。

报刊还有**娱乐**和**小玩具**，然而却不能由此得出结论：它太快活了……

它有自己的**呼声**和**回声**……是吗?

凡寿命不长者，不能夸耀自己的**世纪**[4]。

罗斯[5]与**莫斯科**很少有相同之处。

俄国思想包在厚实的封皮里寄出。

既有**健康**，又有**医师**，可是——坟墓真多呀!

---

① 本篇写于 1883 年，文中黑体词均为当时俄国报纸杂志名。

② 《光明》是由 B.B.科马罗夫在彼得堡出版的一份庸俗的报纸。

③ 西伯利亚为沙皇俄国的犯人流放地。

④ 此词在俄语中又作“长寿”、“永恒”解。

⑤ 俄罗斯古国名。

被拒绝的爱情

译自西班牙文

1

月亮透过飘浮在高空的那一朵朵变化无常、花样迭出的云，将月光洒在橙树树阴下一对对情话绵绵的爱侣身上。

甜蜜而炎热的空气，弥漫着闷人的天芥菜气味，由于情歌和情话而变得更加炽热了。一座座花园、一片片树林、一处处水面都在聆听夜莺的歌唱，悄然进入梦乡……来吧，爱情！来吧，爱情！

一位漂亮的西班牙贵族站在一座小屋的窗前。他手指拨动琴弦，全身战栗着，面孔烧得通红，在唱歌。窗子紧闭，但他并不灰心：这才是所谓的西班牙人呀！他的歌声能够点燃一个神圣不可侵犯的女人的心，窗子就会让位给一只推拒的纤手，这只手会听从心的旨意，于是——这位戴着宽边草帽的贵族好事终成！

2

这位西班牙贵族唱了一小时，两小时，三小时……东方开始发白和发红。吉他的弦断了一根又一根……他那漂亮的面孔上，额头渗出了汗珠，滴落到发烫的地上，然而……他仍然在歌唱。

“Plenus venter non studet libenter!”他终于唱道，“Imperfectum conjunctivi passivi[1]！”

从窗里传来脚步声。终于来了！窗子吱的一声打开了，露出了一位夫人的身影，她美艳绝伦，火辣辣的……贵族大喜若狂，都快闭气了，幸福得直喘气。啊，美妙的瞬间！她半截身子探出窗外，黑眼珠炯炯发光，嚷道：

“您倒是有完没完哪？真卑鄙下流！您不让我睡觉！您要是再不停止，先生，我就只好被迫跟警察睡觉了。”

3

窗子啪的一声关上了。西班牙贵族抽出匕首自刎。记录[2]。

---

① 此句意为：“啊，杀了我吧，但你得走出来！如不出来，我就以血溅你的窗！”——作者原注。（按：此乃作者开玩笑。译文应为：“饱食终日，难做学问！”及拉丁语的一个语法术语。）

② 指警方写的事件记录。

图书简介

一批新书业已出版并开始发行：

《论取消中国竹棒[①]之进口税》，小册子，定价四十戈比；

《人工繁殖刺猬》，供生产手套[②]者用，退休准尉拉兹达维洛夫[③]著，定价十五戈比，普及本；

《西伯利亚及其边缘地区旅游指南》，附地图和尤汉采夫[④]先生之肖像，目录：1. 最佳饭店一览；2. 裁缝、马车制造匠、理发师人名录；3. “此类女士”之地址；4. 待嫁富女索引；5. 尤汉采夫札记摘录（笑话、场景、献辞）；

《军需官和出纳员必备手册》，布什[⑤]和马克谢耶夫[⑥]出版，定价三卢布五十戈比；

《俄国有无金钱及金钱在何处？》，雷科夫[⑦]著，定价一卢布；

《沾满油污的爱国者》，颂歌，献给自己，M.E.谢尔斯基[⑧]公爵著，恳请惠雇者按每册一卢布赐寄书款；

---

① 沙皇俄国有笞刑，竹棒可作刑具。

② 俄语中“戴刺猬手套”意为对人苛刻严厉。

③ 此词的词根意为：镇压、轧死、粉碎。

④ 此人为当时（19 世纪 80 年代初）被判罪的大贪污盗窃犯，如：尤汉采夫为彼得堡信用合作社出纳员，盗用公款近二百万银卢布。

⑤ 同上。

⑥ 同上。

⑦ 同上。

⑧ 影射俄国当时的一名观点反动的作家兼出版人佩谢尔斯基。

《逮捕全世界之方法》，县警察柳多叶多夫-赫瓦多夫[1]所著手册，定价六十戈比。

① 按词根含义则为：吃人者兼抓人者。

惟一的办法

关于彼得堡信用合作社一案[①]

过去有段时期出纳员也盗窃我们的信用社。想起来都害怕！他们不仅把我们那不幸的钱柜里的钱偷光，而且简直是把钱柜舔得干干净净。我们的钱柜内壁用绿丝绒贴面，他们连绿丝绒也给偷走了。其中有一位竟干得这么来劲，连钱带柜锁、柜盖全都偷走了。近五年来先后共有九名出纳员在我们这里工作过，如今每逢大节日他们九位都从克拉斯诺亚尔斯克[②]给我们寄名片来。全部九个人都从那儿寄来！

“这太可怕了！怎么办呢？”当我们把第九位出纳员送上法庭时，叹息道，“丢人，耻辱！九个人竟全是坏蛋！”

我们讨论来讨论去：叫谁当出纳员呢？谁不是恶棍呢？谁不是小偷呢？最后我们选中了会计助理伊万·彼得罗维奇：他是个信奉上帝、沉默寡言的人，过着像猪一样的生活，毫无舒适可言。我们选中了他，嘱咐他要与种种诱惑作斗争，便放下心来，然而……为时不久。

第二天，伊万·彼得罗维奇就系着一条新领带来上班了。第三天，他坐着出租马车来到管理处，在这之前他可从来没有这么干过。

“您发现了吗？”一星期之后我们小声议论道，“新领带……夹鼻眼镜……昨天又请客过生日。有点问题……他祈祷的次数更多了……想必是良心不干净……”

我们向大人报告了我们的疑虑。

“莫非这第十位也是个骗子手？”我们的经理说着叹了口气，“不，这不可能……他是个多么有道德、多么文静的人啊……不过不管怎么着……咱们还是去找他一趟！”

我们走到伊万·彼得罗维奇跟前，围住他的钱柜。

“对不起，伊万·彼得罗维奇，”经理带着哀求的语气对他说道，“既然我们托付您……我们信任您！嗯，正是这样……不过您知道……请让我们检查一下现金！恳请您了！”

“请吧！好啊！”出纳员回答得干脆利落，“怎么检查都行！”

我们开始点钞票。点呀，点呀，最后发现差四百卢布……难道这一位也一样？……第十个也一样？！太可怕了！这是第一点；其次，如果他一星期就侵吞了这么多钱，那么他一年，两年下来会盗窃多少！我们感到恐怖，吃惊，绝望，都傻眼了……怎么办呢？怎么着？把他送上法庭？不，这办法老掉牙了，又不起作用。第十一位照样偷，第十二位还是偷……总不能把所有人全都送上法庭吧。狠狠揍他一顿？不行，他会恼的……把他撵走，再找一个人代替他？可是第十一位也照样会偷啊！怎么办呀？满脸通红的经理和脸色发白的我们都目不转睛地盯着伊万·彼得罗维奇，我们把身子靠在护栏上，陷入沉思……而他呢，坐在那里，心平气和地扒拉着算盘珠子，仿佛钱不是他偷的……好一阵儿我们都默不作声。

“你把这笔钱搞哪儿去了？”最后，经理冲他问道，话声里含着眼泪和颤抖。

“需要用钱的地方，大人！”

“嗯……需要用钱的地方……太叫人高兴了！住嘴！我要把你你你……”

经理在房间里踱来踱去，然后又说：

“到底该怎么办呀？怎么才能防止这类……白痴犯罪呢？……

---

① 请参阅《图书简介》注④。

② 沙皇俄国犯人流放地之一。

诸位先生，你们干吗一声不吭？怎么办？又不能拿鞭子抽他一顿，这个骗子！”经理沉思起来，“听我说，伊万·彼得罗维奇……我们来补上这笔钱，我们不声张，不给自己抹黑，就这么算了，只是你得打开窗子说亮话，不要含糊其辞……你爱女人，对吗？”

伊万·彼得罗维奇笑了一下，露出一副难为情的样子。

“喏，明白了，”经理说，“谁不爱女人呢？这是不难理解的……大家都有罪嘛。我们大家都渴望爱情——这句话是某个……哲学家说的……我们理解你……这么着吧……如果你确实很爱女人，那就这么办：我写封信给一个女人，你拿着信去找她……她挺俊的……你坐上车去找她，开销我包了。去吗？我还给你一封信去找另一个女人……我再给你一封信去找第三个女人！……这三个女人都挺俊的，会讲法语……胖胖的……酒你也爱喝吧？”

“酒有各种各样的，大人……譬如里斯本葡萄酒，我就不喝……每种酒，大人，都有它的，这么说吧，含义……”

“别大发议论了……以后我每个星期叫人给你送一打香槟去。你尽管喝，只是别挥霍公款，别叫我们难堪！我不是命令你，而是恳求你！看戏，大概你也喜欢吧？”

如此等等……谈到最后，除了送香槟之外，我们还决定在剧院池座为他包个长期座位，把他的薪金增加两倍，给他买几匹黑马，好让他每个星期坐上三套马车出城去玩——所有这一切开销均由信用社负担，还有什么付裁缝工钱啦，买雪茄啦，拍照啦，给参加纪念演出的女演员送花啦，购置家具啦——也由信用社报销……让他享福吧，只是有一点，请他别偷！让他想怎么着就怎么着，只是切莫偷！

结果又如何呢？伊万·彼得罗维奇坐在钱柜后面办公已有一年了，我们对他赞不绝口。他做所有工作都廉洁奉公，……他不偷……顺便说说，每周进行稽核时，总是发现短少十到十五卢布，不过这点钱算不了钱，是不值一提的鸡毛蒜皮的事。再说，为了照顾出纳员的本能，也得受点损失吧。让他吃两口，只要不动成千上万的大款子就行。

现在我们就平平安安地过日子了……我们的钱柜总是满满的。的确，出纳员使我们花费很大，不过他比他的九位前任都省钱得多，他比他们要省十分之九呢。我敢向您保证，很少有哪家信用社或银行有这么省钱的出纳员！我们可赚了，因此，你们掌权的诸君要是不学习我们的榜样，你们就是稀奇古怪的怪人了。

夸大狂[1]病例

请《医师报》注意

谁也不会怀疑，文明给人类不仅带来益处，而且也带来可怕的害处。医生们尤其坚持这个观点，他们不无根据地在进步中看到了神经紊乱的原因，而近几十年来神经紊乱已是很常见的病症。在美国和欧洲，您处处都会遇到各种各类的神经病痛，从普通的神经痛到严重的精神病，一应俱全。我本人就曾见过一些严重的精神病病例，其发病原因只应在文明中寻找。

我认识一位退役大尉，原来是区警察局局长。此人为贯彻“不准聚众”这一条款而疯魔了。仅仅因为不准聚众，他就把自家的树林全砍光了，也不同家人一块儿吃饭，还不准农民的畜群走进他的地里，等等。有一次，人家邀他去参加选举，他吼叫道：

“难道你们不知道，不准聚众吗？”

有一个退休的县警察，他是被开除的，好像是因为他维护正义或者是因为他受贿（到底因为什么，我就记不得了），他为一件事发了疯，那就是：“在里面蹲两天吧，老弟！”他把猫啦、狗啦、鸡啦放进大木箱里，关它们一段时间的禁闭。他的那些瓶子里则关着蟑螂啦、臭虫啦、蜘蛛啦。每回只要他一有了钱，就满村转悠，花钱雇一些愿意让他关禁闭的人。

“蹲几天吧，亲爱的！”他恳求道，“喂，这对你算得了什么？况且我肯定会放你出来的！你就给个面子，满足我的脾性吧！”

一找到愿意的人，他就把他关起来，自己日夜看守着，不到规定的期限不放出来。

我叔叔是名军需官，他吃的是霉烂的面包干儿，穿的是布底鞋，而且家里的人凡是照他的样做的，他都予以厚奖。

我姐夫是个收消费税的税吏，他被一个想法搞得神经失常："曝光——吓唬谁！"原来报纸曾经把他的敲诈勒索行为曝光并"敲打"了他，这事就是他得神经病的原因。他订了几乎所有种类的首都报纸，但不是为了阅读。他在每一份报纸上寻找"不体面的"报道，一找到便用彩色铅笔涂抹。他把报纸涂得一塌糊涂，便送给马车夫当卷烟纸，从此时起直到收到新报纸这段时间，他觉得自己是个健康人。

---

① 原文为拉丁语。

黑夜里

没有月亮，没有星星……没有形，没有影，没有一个小小的光点……一切都被深不可测的浓密的黑暗所淹没。你望呀，望呀，却什么也看不见，仿佛你的眼珠给抠掉了……哗啦哗啦地下着倾盆大雨……可怕的泥泞……

两匹瘦弱的驿马拉着二轮马车在乡间土路上慢腾腾地勉强走着。车上坐着一个身穿铁路工程师制服大衣的男人。他的妻子坐在他身旁。两个人都浑身湿透了。马车夫醉得迷迷糊糊。辕马一瘸一拐的，打着响鼻，浑身不住地打哆嗦，艰难地挪动着步子……而另外那匹拉边套的马则不时磕绊一下，它便站住，往旁边奔。道路糟透了……不管步子往哪儿迈，一会儿踩进坑洼，一会儿碰上土墩，一会儿又遇上被水冲坏的小桥。左边狼在嚎叫，右边据说是沟壑。

“咱们没有迷路吧？”工程师的妻子叹着气问道，“道路太糟糕了！你可别弄翻车把我们摔出去！”

“干吗要弄翻车？唉……咦！我把你们摔出去有什么好处！嗐，你这混……混账畜生！你当心点！乖——乖！”

“我们，好像是离开大路了，”工程师说，“你往哪里赶，魔鬼？怎么，难道你看不见？这里是路吗？”

“应该是路！……”

“这里不是路面的那种土质，醉鬼！拐弯！向右拐！喂，你赶马呀！鞭子呢？”

“我丢……丢了，您大……”

“要是出了事，我宰了你……你记住！你赶马哪，无赖！站住，你往哪里赶？那儿是路吗？”

两匹马站住了。工程师嗖地站起来，身子悬靠着马车夫的背，两手从马车夫肩上伸出去紧紧抓住缰绳，往右边拽。辕马啪嗒啪嗒踩着烂泥，猛地一拐弯，突然，它无缘无故地四脚乱踢乱踹……马车夫跌下车，便不见了，拉边套的那匹马正尽力踏住一块悬岩，接着工程师感觉到，连车带人飞也似的朝魔鬼坠落下去……

好在沟壑不深。工程师爬起来，两臂一搂抱起了妻子，便从沟底往上爬。上面，马车夫坐在沟沿上，哎哟哎哟地呻吟。铁路工程师一步窜到他跟前，举起两个拳头，要把他揍扁，打死，叫他粉身碎骨……

“我揍死你，强强强盗！”工程师大吼道，他挥起一拳，已到离马车夫脸只剩一半距离的地方……再一秒钟就……

“米沙，想想库库叶夫卡那场车祸[①]吧！”妻子对他说。

米沙蓦地打了个哆嗦，那只凶狠的拳头便停在半空中了。于是，马车夫逃脱了这顿打。

① 指莫斯科—库尔斯克铁路线上的一次车祸。

自白

那是晴朗而酷寒的一天……那一天，我心里自由自在，情绪很好，就像一个马车夫，人家本应付他一个二十戈比的硬币，却误给了他一枚金币。我既想哭，又想笑，还想祷告……我觉得自己恍若身在十六重天[①]之上，因为我，一个小人物，却被调任出纳员了！我之所以高兴，倒不是因为如今我可以挪用公款了。那会儿我还没有变成一个贼，要是那时有谁对我说，我早晚会盗窃公款，我非把他揍得稀巴烂不可……是别的缘故使我高兴：我的职位提升了，薪金也略有增加。仅此而已。

不过还有一个情况也使我高兴。一当上出纳员，我马上就觉得自己鼻梁上仿佛架了一副粉红色眼镜。我突然觉得，人都变了。真的！所有的人好像都变好了。丑人变成了美人，恶人变成了善人，傲慢者变得谦和了，厌世者变成了博爱者。我似乎变得心明眼亮。我在人们身上看到了许多以前连想也没想到的优秀品质。“真是怪事！”我看着人们，一面揉眼睛，一面自言自语，“不是他们发生了某种变化，就是我以前太蠢，没有看出所有这些好品质。是些多么好的人啊！”

在任命我当出纳员的那天，Э.Н.卡祖索夫也变了，他是我们董事会的成员之一，一向骄傲自大，目中无人，对蔫不拉唧的小人物是从来不予理睬的。他走到我面前，并且（他这是怎么啦？）露出亲热的笑脸，不住地拍我的肩膀。

“您老兄的骄傲劲儿，可跟年龄不相称啊，”他对我说，“这不好！您干吗从不上我家去？太不对了，先生！年轻人常在我家聚会，都很开心。我那几个女儿都老问：‘爹，您为什么不邀格里戈里·库兹米奇到咱们家来呢？他多么可爱啊！’难道能把他硬拽来吗？不过，我又说，我试试看，邀请他……别摆架子了，老兄，到我家来吧！”

太叫人吃惊了！他出什么事了？莫非他神经错乱了？此人本来凶得像要吃人似的，突然之间……真没想到！

那天我回家后，又大吃一惊。吃午饭时，我娘端来的不是像平时那样的两道菜，而是四道菜。晚上喝茶的时候又端来果酱和奶油面包。第二天仍然是四道菜，仍然有果酱。那天有客人，喝的是可可。第三天也一样。

“娘！”我说，“您这是怎么啦？怎么变得这么大方，亲爱的？要知道，我的薪水又不是增加了一倍。只加了很少一点啊。”

娘不胜惊讶地瞧了我一眼。

“哼。那你打算拿钱干吗？莫不是你想攒起来？”我娘问道。

鬼知道是怎么回事！我爹定做了件毛皮大衣，又买了一顶新帽子，为了治病健身，他开始喝矿泉水，吃葡萄（在大冬天！？！）。过了五六天，我收到我哥的一封信。我跟他由于观点不同而断绝了关系：他认为我是个自私自利的人、寄生虫，不会牺牲自己，因此他一直憎恨我。我看了他的信，信文如下：“亲爱的弟弟！我爱你，你绝对想象不出，我俩之间的争吵给我带来了何等可怕的痛苦。咱俩和解吧！我们彼此向对方伸出手来，不就和好了吗！我恳求你了！盼望回信。爱你，吻你，拥抱你的叶夫兰皮。”啊，亲爱的哥哥！我给他写了回信，说我亲吻他，我很高兴。一星期之后，我收到他发来的一封电报：“感谢，高兴。即汇来一百卢布。急需。拥抱你的叶。”于是我给他汇去一百卢布……

甚至连她也变了！过去她不爱我。有一次，我壮着胆子对她暗示说，我心里有点苦闷，她就说我是个厚颜无耻的人，对我嗤之以

① “十六重天”是作者由“七重天”引申而来的幽默说法，俄语中“在七重天上”意为：如在天堂，极为幸福。

鼻。在我任出纳员一星期之后，我遇见了她，没想到她竟对我嫣然一笑，露出两个小酒窝，一副难为情的样子……

“您怎么啦？”她注视着我，问道，“怎么变得这么漂亮了。什么时候变成这样的？咱们跳舞去吧……”

我的心肝儿呀！一个月之后，她的妈妈就成了我的丈母娘：因为我变漂亮了嘛！筹办婚事需要用钱，我就从公家钱柜里拿了三百卢布。我既然知道，一发薪水就会归还这三百卢布，那干吗不拿呢？我顺便还给卡祖索夫拿了一百卢布……他向我借的……不能不给他啊。他是我们那儿掌权的人，随时都可以把我撵下台……（按：编辑认为我这篇短篇小说长了点，所以我由此往下删去八十三行，使作者收入蒙受损失。）

在我被捕的一个星期之前，我应他们的请求举办了一次晚餐会。见他们的鬼，既然他们想得要命，那就让他们大吃大喝一回吧。晚餐会到底来了多少人，我没有数过，但是我记得，我家里九间房子全都挤满了人。比我职位高的和低的都来了……甚至来了这样一些大人物，卡祖索夫本人见了他们也得低低地弯腰鞠躬。卡祖索夫的几个女儿（老大便是我的爱人）穿戴得令人眼花缭乱……光是她们戴的鲜花就花了我不止一千卢布！一片欢乐气氛……乐声大作，枝形吊灯灯火辉煌，香槟酒不停地涌流……有人发表长篇大论的演说，有人致简短的祝酒辞……有一个办报的人献给我一首颂歌，另一个则献给我一篇叙事诗……

“在我们俄国，就不善于珍视像格里戈里·库兹米奇这样的人才！”卡祖索夫在吃晚饭的时候大声嚷嚷道，“可悲啊！我为俄国感到可悲！”

所有这些大喊大叫的人、献诗的人、亲吻我的人，只要我一转身，就窃窃私语，冲我做出轻蔑的手势①……我看见了微笑和轻蔑的

① 即手握成拳，将拇指由食指和中指间伸出。俄俗，表示轻蔑、侮辱、嘲笑。

手势，听见了叹息声……

“他盗窃公款，这下流坯！”他们小声耳语，幸灾乐祸地冷笑着。

然而无论轻蔑的手势还是叹息，都毫不影响他们大吃大喝，尽情享受。

就连狼和糖尿病患者也不像他们那样贪吃……妻子身上的钻石和黄金首饰光彩夺目，她走到我身旁，悄悄对我说：

“那边他们在说你……盗窃公款。如果这是真的，那……你当心点！我不能跟一个贼生活在一起！我要离开你！”

她一面说这话，一面理了理她身上那件价值五千卢布的裙衣……鬼知道他们是怎么回事！就在那天晚上，卡祖索夫从我这儿拿走五千卢布……叶夫兰皮也从我这儿借去五千……

“如果他们悄悄说的事是真的，”我那有原则性的哥哥一面把钱往口袋里揣，一面对我说，“那……你当心点！我不能当一个窃贼的哥哥！”

舞会之后，我让所有的人都坐上三套马拉的雪橇，驶往城外游玩。

我们玩到早上六点钟才结束……他们被酒和女人弄得筋疲力尽，都躺在雪橇上，往回驶……当雪橇启动的时候，他们大声喊着向我告别：

“明天要查账！……谢谢！”

诸位先生和诸位女士！我落网了！……落网了！或者，多说几句吧：昨天我还是个正派、诚实的人，全身上下没有污点，可以让人亲吻；而今天我却成了无赖、骗子、贼……现在你们就冲我嚷嚷吧，破口大骂吧，到处宣扬吧，惊愕吧，审判我吧，流放我吧，写文章批判我吧，朝我扔石头吧，不过……您瞧，不是所有的人都有资格这么做！不是所有的人！

在催眠术表演会上

大厅里灯火通明，挤满了人。一位催眠术师控制了所有人的注意力。此人虽然身材矮小，其貌不扬，但满面生辉，大显身手，大出风头。大家朝他微笑，鼓掌，服从他的指挥……到他面前的人，脸色都变白了。

他确实创造了奇迹。他施术使一个人沉沉入睡，使另一个人全身僵直，他把第三个人的后脑勺放在一把椅子上，脚后跟放在另一把椅子上[①]……又将一位又瘦又高的记者身体弯曲成螺旋状。总而言之，鬼知道他搞的什么名堂。他对女士们的影响尤为强烈。

在他目光注视之下，她们纷纷瘫倒。啊，女人的神经！没有它们，活在这个世界上就太枯燥乏味了！

催眠术师在大家身上试过他那魔法般的法术之后，走到我的跟前。

“我觉得，您有易受影响的气质，”他对我说，“您很神经质，表情丰富……您愿意入睡吗？”

干吗不入睡呢？请吧，亲爱的，你就试试吧。我坐在大厅中央的一把椅子上。催眠术师坐在对面的一把椅子上，他握住我的双手，用他那可怕的蛇眼盯住我可怜的眼睛。

观众把我们围了起来。

“嘘……先生们！嘘……肃静！”

大家安静下来了……我们俩坐着，眼睛盯住对方的眼睛……过了一分钟，两分钟……我背上直打寒战，心跳得厉害，可毫无睡意……

我们俩坐着……过了五分钟，七分钟……

“他不受他控制！”有人说，“好！好样的男子汉！”

我们俩坐着，相互对视……我没有睡意，甚至不想打瞌睡……假如我在读杜马[2]会议记录或者地方自治局会议记录，那我早就睡着了……观众开始交头接耳，嘻嘻窃笑……催眠术师发窘了，开始眨眼睛了……可怜的家伙！谁遭到失败心里会痛快呢？神灵们啊，救救他吧，派摩耳甫斯[3]飞到我眼皮上来吧！

“他不受他控制！”刚才那个人又说了一遍，“够了，别再搞了！我早就说了，这一切全是变戏法！”

我听从我这位好友的意见，正要起身站起来，就在我身子刚一动的瞬间，我的手心触到一件外来的东西……我使用触觉辨认出这东西是一张纸币。我父亲是个大夫，大夫们都是手一摸就能知道是张多少卢布的纸币。按照达尔文理论的解释，我的许多才能，其中也包括这一可爱的才能，都是由我父亲遗传给我的。我摸出这是一张五卢布的纸币。这事一弄明白，我就马上睡着了。

“真棒，催眠术大师！”

大厅里有几位医生，他们走到我跟前，在我周围转来转去，又用鼻子闻来闻去，然后宣布道：

“喂，不错……是被催眠过去了……”

催眠术师对自己的成功很是得意，便又举起两手在我头顶上挥舞，于是我这个睡着了的人就迈开大步在大厅里走起来。

“叫他的一只胳膊僵硬！”有人提出来。

“您能做到吗？叫他一只胳膊僵硬……”

催眠术师（他可不是懦夫）便把我的右胳膊拉直，开始对它施术作法：他把我这只胳膊搓一搓，吹几口气，又拍打一阵。可是我

① 指被催眠者身体僵直，悬空而卧，仅头、脚放椅上。

② 沙皇俄国的地方管理机构（18—20世纪初）。

③ 希腊神话中之梦神长有双翼，相传为睡神许普诺斯之子；此词转义为：酣睡。

的胳膊不听话。它像块破布似的晃来晃去，它根本不想变硬。

“没有变僵硬！叫醒他吧，否则这么搞对他有害……他身体弱……又神经质……”

这当儿我左手手心又感觉到有一张五卢布的纸币……这个刺激通过反射作用由左手传到了右手，我的右胳膊立即僵直不动了。

“好哇！快瞧呀，多么僵硬，冰凉！像死人胳膊一样！”

“完全丧失知觉，体温下降，脉搏减弱。”催眠术师报告道。

医生们开始给我把脉。

“是的，脉搏变弱了。”一个医生说。

“完全僵直。体温大大下降……”

“这该怎么解释呢？”一位可爱的女士问道。

一位医生意味深长地耸了耸肩，叹了口气，说道：

“我们只有事实！至于解释嘛——唉呀！——还没有……”

你们有事实，可我有两张五卢布的钞票。我的东西更值钱……我为此感谢催眠术师，至于解释嘛，我用不着……

可怜的催眠术师！你干吗要跟我这样一个眼镜蛇似的阴险的人打交道呢？

又及[①]：您瞧，我这么做岂不是可恶之至？岂不是卑鄙下流？

我刚刚得知，塞在我手心里两张五卢布钞票的人，不是催眠术师，而是我的上司彼得·费奥多雷奇。

“这是，”他说，“我为了考验你是否诚实，才这么做的……”

哎，见他的鬼！

“可耻啊，老弟……这不好……我真没有想到……”

“可是，要知道我有孩子，大人……有老婆……母亲……如今又物价飞涨……”

“这不好……你还打算自己也出版一份报纸呢……你在宴会上发表演说时每每声泪俱下……可耻啊……我本以为你是个诚实的人

① 原文为英语缩写词。

呢，结果你却……取不义之财[1]……”

我不得不把两张五卢布的钞票退给他……有什么办法？名声重于金钱啊。

“我倒不是生你的气！”上司说，“既然你天生就是这副德性，那就随你去吧……没想到连她！她！太叫人吃惊了！她！温柔，纯洁，像牛奶杏仁酪似的，如此等等！怎么样？她也见钱心动了！她也睡着了！”

这个她，我上司指的乃是他那位夫人马特廖娜·尼古拉耶芙娜……

① 原文为德语的俄语译音，俄国官场黑话。

她走了

他们吃过了午饭。胃部有一种近乎陶醉的感觉，嘴巴不住地打呵欠，甜甜的睡意袭来，眼睛不由得眯起来了。丈夫点上一支雪茄，伸了个懒腰，躺倒在沙发榻上。妻子坐在他枕头旁边，像小猫似的发出呼噜呼噜的声音……两人都感到幸福。

“你讲点什么吧……”丈夫打了个呵欠，说道。

“给你讲点什么呢？……嗯……啊，有了！你听说了吗？索菲·奥库尔科娃嫁给了那个……他叫什么来着……嫁给冯·特拉姆布啦！真丢人现眼！”

“这有什么丢人现眼的？”

“要知道，特拉姆布是个无耻之徒！这个坏蛋简直是……是个没良心的人！丝毫没有原则！道德败坏的家伙！他原先给伯爵当管家——靠这个发了财，现在在铁路上任职，盗窃公款……他把妹妹的钱财抢光了……总而言之，坏蛋加窃贼。怎么能够嫁给这么一个人呢？！跟他住在一块儿？！太叫我吃惊了！品德那么好的一个姑娘却……突然出了这种事！我是不管怎么着也绝对不会嫁给这种人的！哪怕他是百万富翁！即使他漂亮得无法形容，我也会冲他啐一口吐沫①！我无法想象我的丈夫是坏蛋！”

妻子跳起来，满脸通红，极为愤慨，在房间里走来走去。她的眼睛射出愤怒的光芒。她的真诚是毋庸置疑的……

“这个特拉姆布是个畜生！而嫁给这种人的女人，则要愚蠢、庸俗一千倍！”

“是这样……你，自然是不会嫁给……嗯，不错……我说，假若你现在得知我也是个……坏蛋呢？那你会怎么做？”

“我？我就抛弃你！绝不跟你再呆一秒钟！我只能爱诚实的人！假若我知道你干了特拉姆布所干的事哪怕只有百分之一，我就……马上！就告别了！”

“是这样……嗯……我老婆是这样一个人……我以前还不知道呢……嘿嘿嘿……娘儿们说起谎来连脸都不红！”

“我从来不说谎！你试试干坏事看，到那时候你就知道了！”

“我用得着试吗？你自己明白……我比你那个冯·特拉姆布厉害多了！……比起来，特拉姆布不过是只小蚊子。你把眼睛瞪这么大干吗？这就怪了……”他稍停片刻，问道：“我的薪金是多少？”

“一年三千。”

“那么一星期前我给你买的那串宝石项链花了多少钱？两千……对吧？还有昨天那件裙衣是五百……别墅花两千……嘿嘿嘿。昨天你爸爸从我这儿讨去一千……”

“可是，皮埃尔，不是还有其他收入……”

“养马……请家庭医生……付女时装师的账单。前天你打牌输了一百……”

丈夫略微抬起身子，用拳头支着脑袋，列出了一大篇罪状。他起身走到书桌前，拿起几件物证让妻子看……

“现在你看见了，小母亲，你那个冯·特拉姆布跟我比起来——小巫见大巫，他只不过是个掏包的小扒手而已。再见！走吧，以后别再数落人家的不是了！”

故事我就讲完了。可能读者会问：

“她就离开丈夫走了吗？”

是的，她走了……走到另一个房间里去了。

---

① 意为：唾弃、鄙视、不理睬。

在理发铺里

早上，还不到七点，马卡尔·库兹米奇·布列斯特金的理发铺就开门了。铺主是个小伙子，约莫二十三岁，没洗脸，身上有油迹，但衣着蛮讲究，他正在打扫卫生。其实没有什么可打扫的，但他干得满头大汗。那里用抹布擦来擦去，这里用手指头抠抠，又在那儿发现一只臭虫，把它从墙壁上扒拉下来。

这间理发铺小而窄，脏兮兮的。圆木垒的墙上糊着壁纸，叫人想到马车夫穿的那褪了色的衬衫。两个灰蒙蒙的窗子上，水珠不断往下流。窗子之间是一扇薄薄的咯吱咯吱响的铺门，模样虚弱不堪。门的上方有个小铃铛，由于受潮，变成霉绿色，它无缘无故就自己哆嗦起来，发出病态的响声。一面墙壁上挂着镜子，您只要朝它照一照，它就毫不留情地把您的尊容朝四面八方扯得七歪八扭！顾客就是对着这面镜子理发刮脸的。在一张跟马卡尔·库兹米奇本人一样没洗干净、有油迹的小桌子上摆满各种用品：梳子、剪刀、剃刀、一戈比一块的发蜡、一戈比一盒的扑粉、一戈比一瓶掺了很多水的花露水，一应俱全。整个理发铺的东西加起来，价值也不会超过十五戈比。

门的上方那有病的小铃铛尖叫起来，接着一个上年纪的男人走进了理发铺，他身穿熟羊皮短袄，脚蹬毡靴。脑袋和脖子用一条女人披肩包着。

此人是埃拉斯特·伊万内奇·亚戈多夫，马卡尔·库兹米奇的教父。从前他曾在宗教事务所当看守，现住在克拉斯内池塘附近，干钳工活。

“马卡鲁什卡[1]，你好，亲爱的！”他对正忙着打扫的马卡尔·库兹米奇说。

他们俩相互亲吻。亚戈多夫从脑袋上扯下披肩，画了个十字，便坐下了。

“真够远的！”他说，呼哧呼哧地喘着气，“是闹着玩的吗？从克拉斯内池塘走到卡卢加门啊。”

“您日子过得怎么样？”

“不好，老弟。得了场热病。”

“您说什么呀？热病！”

“正是热病。我在床上躺了一个月，我都以为我要死了。涂圣油仪式[2]都举行了。可现在头发又长起来了。大夫叫我剃掉。他说，新长的头发才粗硬。于是我心里就想：我去找马卡尔吧。找外人不如找亲人。亲人理得又好，又不收钱。路是远了点，这是事实，不过远点怕什么？等于散一趟步。”

“我很高兴。请！”

马卡尔·库兹米奇鞋后跟一碰，手朝椅子一指。亚戈多夫坐上椅子，朝镜子照了照自己，看来他对自己那副模样很满意：镜子里那张歪脸上长着卡尔梅克人[3]那样的嘴唇，大大的蒜头鼻子，眼睛长在额头上。马卡尔·库兹米奇把一条有黄色斑迹的白罩单往顾客肩上一披，拿起剪刀就咔嚓咔嚓剪起来。

“我给您全剪了，剃个光头！”他说。

“那自然。要剪得像鞑靼人那样，光得像炮弹。这样，长出来的头发才密。”

“大娘好吗？”

“还可以，就那样。前两天她去给少校太太接生。得了一

---

① 马卡尔的小名。

② 宗教仪式：给垂死的教徒诵读祷告文和涂抹橄榄油（圣油）。

③ 住在伏尔加河下游西部的游牧民族，后建立自治共和国。

卢布。”

“是这样。一卢布。请把这只耳朵扶住！”

“扶住了……可别剪着耳朵了，小心点。哎哟，真痛！你在揪我的头发。”

“不要紧的。干我们这一行的免不了要揪着一下。那么，安娜·埃拉斯托芙娜可好？”

“我女儿？还可以，蹦蹦跳跳的。上个礼拜，礼拜三，把她许给舍依金了。你怎么不上我们家去了？”

剪刀停止咔嚓响了。马卡尔·库兹米奇垂下两只手，惊慌地问道：

“把谁许人了？”

“安娜。”

“这是怎么搞的？许给谁了？”

“许给舍依金，普罗科菲·彼得罗夫。他姨妈在兹拉托乌斯坚巷给人家当管家。一个好女人。不消说，我们都很高兴，谢天谢地。过一个礼拜就举行婚礼。你来吧，咱们乐一乐。”

“可是怎么会搞成这样，埃拉斯特·伊万内奇？”马卡尔·库兹米奇问道，他脸都白了，很惊诧的样子，耸耸肩膀，“这怎么可能呢？这……这是绝不可能的！因为安娜·埃拉斯托芙娜……因为我……因为我对她有感情，我早就有意了。怎么能这样？”

“就是这样嘛。我们忽然打定主意就把她许给人家了。那人挺好的。”

马卡尔·库兹米奇脸上渗出了冷汗。他把剪刀放在桌上，开始用拳头搓鼻子。

“我早就有意了……”他说，“这不可能，埃拉斯特·伊万内奇！我……我爱上了她，也求婚来着……大娘都答允了。我一向尊重您，就像您是我的父亲一样……我一直免费给您理发……您一直欠我的情，还有，我父亲去世的时候，您把长沙发搬走了，又拿走十卢布，一直没有还我。您记得吧？”

“怎么会记不得！记得。只是你怎么能做未婚夫呢，马卡尔？难道你也能做未婚夫？你一没有钱，二没有头衔，你干的这行又不值一提……”

“难道舍依金有钱？”

“舍依金加入了劳动小组。在那儿交了一千五百卢布的保证金。就是这样的，老弟……不管你怎么说，事情已经办成了。无法挽回了，马卡鲁什卡。你就另外找一个未婚妻吧……天底下又不是只有她一个。喂，给理发啊！站着干吗？”

马卡尔·库兹米奇默不作声，一动不动地站着，然后从兜里掏出一块小手绢，哭了起来。

“好了，这是干吗呀！”埃拉斯特·伊万内奇劝慰他道，“别这样！唉呀，哭哭啼啼，像娘儿们似的！你先给我把头剃完，然后你再哭。把剪刀拿起来呀！”

马卡尔·库兹米奇拿起剪刀，茫然地盯着它看了一分钟，就让它掉在桌子上了。他的双手都在颤抖。

“我干不下去！”他说，“现在我干不下去了，我一点气力也没有！我真是个不幸的人！她也不幸！我们彼此相爱，已经互许终身，没想到坏心肠的人毫不留情地把我们给拆散了。您走吧，埃拉斯特·伊万内奇！看见您我受不了。”

“那我就明天再来吧，马卡鲁什卡。明天你接着给我理完。”

“好吧。”

“你冷静冷静，我明天再来找你，早上早点来。”

埃拉斯特·伊万内奇半边脑袋已被剃得光溜溜的，他活像一个服苦役的犯人。脑袋这副模样，叫人看见很尴尬，可是没有办法。他用披肩把脑袋和脖子包上，便走出了理发铺。马卡尔·库兹米奇等到只剩下自己一个人了，就坐下来，继续低声哭起来。

第二天一大早埃拉斯特·伊万内奇就又来了。

“您有什么事？”马卡尔·库兹米奇冷冷地问他。

“你给我剃完吧，马卡鲁什卡。还剩下半边脑袋没剃呢。”

“请先付钱。我不能白剃。”

埃拉斯特·伊万内奇一句话没说就走了，至今他半边脑袋头发长，半边脑袋头发短。花钱理发，他认为是奢侈，所以他就等着剃光的半边脑袋上自己长出头发来。在结婚喜宴上他也是这副模样。

现代祷告辞

对阿波罗[1]：滚开！

对欧忒耳珀，司音乐之女神：这是一个毕业于音乐学院并曾在鲁宾斯坦[2]处听课的人在向你祈祷！大妈，你是否注意到，哪个富商家有一个弹钢琴伴奏者的空缺？还请你教给我编写每首值三十戈比的波尔卡舞曲和卡德里尔舞曲！还有一件事：你能不能把我们的第一小提琴手从他的位子上推下去？我不该再当第二提琴手了……（听众喊声：来首喀马林舞曲！！！加油啊！）

对乌拉尼亚，司天文之女神（祷告者胆怯地环顾四周，一脸窘态，小声说）：她是在转动[3]！（大声说）：能不能对行星、彗星都征税？你去打探打探，使把劲嘛！会给你提成的。（听众喊声：她是不会转动的！）

对波吕许穆尼亚，司歌唱之女神：我很想，缪斯[4]，从歌剧院跳槽去演滑稽戏，不过，你知道，有点不好意思……可是演滑稽戏收入高得多，那儿的荣誉更为令人陶醉……你把我固步自封的毛病去掉吧！你把我的同事们的嗓子都给搞坏吧，使得我超过他们所有的人，你在他们中间播弄是非吧，你把剧评家们消灭掉吧！（听众喊声：唱一个，年轻人！）

对卡利俄珀，司史诗之女神：减少我心中作诗的热情，拿走我的主题，把书刊检查官增加四倍；揍我吧，你想把我怎么着都行，不过得给我每行字增加一戈比稿费。你开导开导，啊，缪斯，开导那些付稿费的人吧！

对墨尔波墨涅，司戏剧之女神：把我们演员的纪念演出活动还给我们，你这不要脸的娘们！多来些商人太太！我们要私人剧团！

对厄拉托，司情诗之女神：自从我开始向你，可爱的厄拉托，祈祷以来，我的诗没有一首被勾掉的。全都通过了！啦啦啦！啦啦啦！没有哪个诗人比我更时髦！可是……我还是不满意：不是所有场所都准许袒胸露背的诗歌⑤入内。你开导开导那些无知之辈吧！（听众喊声：瓦利叶德沙龙⑥万岁！）

对忒耳普西科瑞，司舞蹈之女神：让谢顶、掉牙的老人们坐在前几排，让他们已冷的血沸腾起来！取消正剧、喜剧和悲剧并恢复芭蕾舞古老的名誉！（观众喊声：康康舞！走到中央来！嘘！嘘！）

对塔利亚，司喜剧之女神：我不需要奥斯特洛夫斯基⑦那样的名望……不要！流芳百世顶什么用⑧！你赐给我像维克多·亚历山大罗夫⑨那样的力量和体力吧，他一个晚上就能写十部喜剧！能得好多钱哟，我的妈呀！

对克利娥，司历史之女神（观众喊声：过去吧，别注意我们！干吗你眼睛瞪那么大？难道你就从来没有见过不成体统的场面？）

对巴克科斯⑩和维纳斯⑪：请伸给我您的手！谢谢！欢迎之至！

---

① 希腊神话中的太阳神，又是农业保护神、医神、战神等。
② A. Г.鲁宾斯坦（1829—1894），俄国著名钢琴家、作曲家。
③ 这是伽利略面对宗教法庭说的一句话。“她”指地球。
④ 希腊神话中司科学和艺术的九位女神的共名。
⑤ 指色情诗。
⑥ 莫斯科一家娱乐场所。
⑦ A.H.奥斯特洛夫斯基（1823—1886），俄国著名剧作家。
⑧ 直译为：流芳百世又不能用来做靴子。
⑨ 维克多·亚历山大罗夫（1838—1906），原名 B.A.克雷洛夫，剧作家，作品极丰。
⑩ 希腊神话中之酒神。
⑪ 希腊神话中之美神、爱神。

在钉子上

在涅瓦大街上有几个人慢悠悠地走着。他们都是十二品和十四品文官，刚下了班，正由斯特鲁奇科夫领着到他家去过命名日。

“诸位，咱们马上就要大吃一顿！”过命名日的主人馋涎欲滴地说，“来个猛吃猛喝！我妻子已经把大馅饼做好了。昨天晚上我亲自跑去买的面粉。有白兰地酒……沃龙措沃出产的……我妻子大概都等急了！”

斯特鲁奇科夫住在人迹不到的鬼地方。走呀，走呀，最后总算到了。一进前厅，鼻子就闻到一股馅饼和烤鹅的香味。

“闻到味儿了吧？”斯特鲁奇科夫问大家，高兴得嘻嘻地笑起来，“请脱大衣吧，先生们！把皮大衣放到柜上！卡佳在哪儿呢？卡佳！各科的同事都来了！阿库利娜！来给先生们脱衣服！”

“这是什么呀？”这伙人中的一个指着墙上问道。

墙上钉着个大钉子。钉子上赫然挂着一顶崭新的制帽，帽檐和帽徽闪闪发光。老爷们你看看我，我看看你，脸都白了。

“这是他的制帽！”大家悄悄地说，“他……在这儿？”

“是的，他在这儿，”斯特鲁奇科夫含含糊糊地说，“他是来看卡佳的。先生们，咱们出去吧。随便找个饭馆坐一会儿。等他走了再说。”

大家把大衣扣好，走出房门，懒洋洋地朝饭馆走去。

“怪不得你家里一股鹅味，原来屋里有一只大公鹅！”档案助理员打了句哈哈，“是什么鬼把他支使来了，他很快走吗？”

“很快，他在这里从来不超过两个钟头。咳，我可真馋了，就想吃！咱们开头先喝一杯伏特加，就点儿鳁鱼下酒……然后再来一杯，诸位，喝完两杯，跟着就上馅饼，要不然就吃不痛快了……我妻子馅饼做得挺不错，还有白菜汤……”

“沙丁鱼买了吗？”

“买了两盒，还买了四种香肠……我妻子现在大概也想吃东西……可他偏在这个时候闯进来，真见鬼！”

他们在饭馆里坐了足有一个半钟头，每人喝了一杯茶装样子，然后又回到斯特鲁奇科夫家里。进了前厅，香味比刚才更浓了。隔着半开的厨房门，他们瞧见一只鹅和一碗黄瓜。女仆阿库利娜正从炉子里往外拿东西。

“诸位，又不凑巧！”

“怎么啦？”

老爷们的胃难受得缩成一团；饥肠难忍嘛！但是，在那可恶的钉子上又换了一顶貂皮帽子。

“这是普洛卡季洛夫的帽子，”斯特鲁奇科夫说，“我们出去吧，先生们，找个地方等他走了再说……这个人呆不长……”

“他那么个讨厌鬼却有你这么标致的老婆！”客厅里传来一个男人沙哑的低音。

“傻人有傻福嘛！大人！”女人的声音应和着。

“咱们赶快走！”斯特鲁奇科夫呻吟着说。

他们又回到了饭铺，这回要了啤酒。

“普洛卡季洛夫可是个了不起的人物！”大伙儿安慰起斯特鲁奇科夫来，“他在你妻子那儿呆一个钟头，你可就有十年的福好享啦。老弟，福星高照呀！干吗难过呢？用不着难过嘛。”

“你们就是不说，我也知道用不着难过。这根本没有什么关系！我是急着想吃东西呀！”

过了一个半钟头又回到斯特鲁奇科夫家里，貂皮帽子仍旧挂在钉子上。只好再来一次撤退。

直到晚上七点多钟钉子才空了出来。这才吃上了馅饼！馅饼发干，菜汤不热，鹅也烤焦了——一桌子美味都叫斯特鲁奇科夫的官运给糟蹋了！不过，大家吃得津津有味。

律师的爱情故事

陈述笔录

贴六十戈比
印花处

1877年2月10日在圣彼得堡莫斯科区第二区利戈夫斯基大街二等商人日沃托夫家中，我，即本笔录下方之签字人，与九品文官之女玛利亚·阿列克谢耶娃·巴拉巴诺娃相遇，该女十八岁，信奉东正教，有文化。与该巴拉巴诺娃相遇，我即对之倾心。鉴于惩治条例法典第九百九十四条之规定，非法同居除须到教堂忏悔外，还必须偿付该条列举之各项费用（参见：上诉法厅1881年判决书汇编中索洛多夫尼科夫一案），故我向该女求婚。旋即娶该女为妻，然与之同居为时不久。因我不再爱她。我将她的全部嫁妆正式转在我名下之后，便离家混迹于小饭馆、疗养地、金钱成堆的场所，迄今已五载。根据民事法典第十卷第五十四条之规定，凡分离五年又音信杳无，则有权离婚，故我有幸恳请大人代为办理我与妻子之离婚事宜。

孰优

炮兵准尉克罗科季洛夫闲谈的高论

小酒馆大人、儿童都能进，学校则只有儿童能进。

白酒使人的新陈代谢减慢，促使减肥，令人开心。所有这一切学校均无法做到。莱蒙诺索夫[①]说过：“知识给年轻人以精神食粮，给老年人以快乐。”而弗拉基米尔大公则不止一次说过：“喝酒乃罗斯的快乐。”两个人中，应相信哪一个呢？显然应相信年长者。

付消费利税的决不是小学校。

教育的益处还大可怀疑，而它带来的害处则是显而易见的。

为了刺激食欲，决不是用认字的办法，而是喝一小杯伏特加。

小酒馆到处都是，小学校则远不是到处都有。

根据上述种种，足以得出结论：不应取消小酒馆，至于小学校则应考虑考虑。

不应否定整个文化。这是不智之举。因为一个人认得“酒馆”这两个字是有好处的。

---

① M.B.莱蒙诺索夫（1711—1765），俄国著名科学家、诗人、文学家、历史学家。

感恩的人

心理素描

“这是给你的三百卢布！”伊万·彼得罗维奇说着把一沓钞票递给他的秘书和远亲米沙·波波夫，“就这样吧，你拿去……本来我是不想给你的，可是……有什么办法？拿去吧……这是最后一次……你去感谢我的妻子吧。要不是她，我是不会给你的…她一再央求我。”

米沙接了钱，直眨巴眼睛。他不知说什么感激的话才好。他眼圈红了，眼睛湿润了。他本想拥抱伊万·彼得罗维奇，但是……拥抱上司太尴尬了！

“去感谢我的妻子吧，”伊万·彼得罗维奇又说了一遍，“是她一再央求我来着……你就是用你那张泪汪汪的脸打动了她的恻隐之心……所以你去感谢她吧。”

米沙倒退着走出了书房。他去感谢伊万·彼得罗维奇的妻子，她是他的远亲。她是个小巧、标致的金发女人，坐在自己房间里的一张小沙发榻上读长篇小说。米沙走到她跟前站住，说道：

“我真不知道该怎么感谢您！”

她宽厚地微微一笑，放下手里的书，和善地冲他指了指自己身旁的地方。米沙便坐下了。

“我该怎么感谢您呢？以什么方式？用什么来表示？教教我吧！玛利亚·谢苗诺芙娜！您对我恩重如山！因为有了这笔钱，我就可以跟我那可爱的、亲爱的卡佳结婚了！”

眼泪沿着米沙的一边脸颊往下流。他的声音在颤抖。

"啊，我感谢您！"

他俯下身去，在玛利亚·谢苗诺芙娜那胖乎乎的小手上啵地吻了一下。

"您心肠太好了！您的伊万·彼得罗维奇的心肠多好啊！他心肠又好，人又宽厚！他有一颗金子般的心！您应当感谢上天赐给您这样一个丈夫。我亲爱的，您爱他吧！我恳求您爱他！"

米沙俯下身去，同时吻她的两只手。眼泪沿着另一边脸颊流下来。他的一只眼睛变得小一点。

"他年老，长得不好看，可是他有什么样的心灵啊！您到别的地方去找找这样的心灵试试！您是找不到的！您要爱他呀！你们这些年轻的妻子总是这么浅薄！你们首先是看男人的外表……给人的印象……我恳求您！"

米沙抓住她的胳膊肘，两个手掌抽风似的猛地捏紧它。他哭声哭气地说：

"不要背叛他吧！背叛这样一个人就好比背叛天使！您要珍视他，爱他！爱一个这么优秀的人，把终身托付给他……这确实是莫大的幸福！你们女人对许多事情都不愿意明白……许多事情……我太爱您了，爱得发狂，就是因为您属于他！我吻的是属于他的神圣之宝……这是神圣的吻……别怕，我是订了婚的人……不要紧的……"

米沙战栗着，气喘吁吁，把嘴从她耳朵边移到脸蛋上，用胡髭轻轻触了一下她的脸蛋。

"别背叛他，我亲爱的！您是爱他的？对吗？您爱他吧？"

"是的。"

"啊，妙人儿！"

米沙欣喜若狂又深深感动地凝视着她的眼睛长达一分钟。在她的眼睛里他看到了一个高尚的心灵……

"您真美妙……"他说着伸出一只手去搂她的腰，"您爱他吧……这么好的……天使……这颗金子般的心……心……"

她想从他胳膊中把自己的腰挣脱出来，就把身子扭来扭去，结果却被搂得更紧了……她的小脑袋——坐这种沙发榻真不舒服！——无意中靠到米沙的胸脯上了。

“他的心灵……心……哪儿还能找到另外一个这样的人呢？爱他……倾听他心脏的跳动……跟他手拉手一道往前走……受苦……共享欢乐……您要理解我呀！您要理解我！……”

米沙的眼睛里迸出了泪水……他的脑袋抽风似的晃来晃去，垂到了她的胸上。他大哭起来，把玛利亚·谢苗诺芙娜紧紧搂在怀里。……

坐在这种沙发榻上非常不舒服！她想从他的怀抱里挣脱出来，安慰他，使他平静下来……他太容易冲动了！她要向他表示感谢，因为他对她丈夫这么仰慕……可是她怎么也站不起来！

“爱他吧……别背叛他……我恳求您啦！你们……女人们……太浅薄了……你们不明白……”

米沙一个字也不再说了……他的舌头说得太久，所以停住不动了……

过了五分钟，伊万·彼得罗维奇有事走进她的房间……倒霉的人！他为什么不早点来呢？当他们俩看见上司涨得紫红的脸和两个紧握的拳头，听到他那强压的低沉的声音，才一跃而起。

“你怎么啦？”脸色苍白的玛利亚·谢苗诺芙娜问。

她之所以问，是不能不说话呀！

“不过……不过我确实真心诚意，大人！”米沙喃喃道，“我敢保证，是真心诚意！”

出主意

这是一扇很普通的室门。它是木制的，上的是普通白漆，安着平常的门钩，可是……为什么它如此威风凛凛？颇有奥林匹斯山[1]的味道！门里面坐着……算了，这不关我们的事。

室门外面有两个人站着说话：

“谢谢[2]！”

“这是给您的，给孩子们买牛奶用吧。这是为酬谢您的辛劳，马克西姆·伊万内奇。要知道，这件事拖了三年，可不是儿戏……请您多包涵，一点小意思……只是请多费心，老兄！”他沉默片刻，又说：“我很想，恩人，向波尔菲里·谢苗内奇表示感谢……他是我的大恩人，而且我这件事越来越仰仗他了……不妨送他一份礼……送两三百卢布……”

“送他……几百？！您这是哪儿的话？您是疯了吧，亲爱的！快画十字吧！波尔菲里·谢苗内奇不是那种人，不会……”

“不会接受？太遗憾了……我是出于一片诚意啊，马克西姆·伊万内奇……这可不是什么贿赂……这是一颗纯洁心灵的赠礼……为了感谢他过度的操劳……我可不是个麻木不仁的人，我了解他的辛苦，如今谁肯只为了那份薪水就承担那么重的担子呢？嗯……就是嘛……这不是贿赂，而是合法的，这么说吧，接收礼物……”

“不，这可不行！他不是那种人……那种人！”

“我知道他，马克西姆·伊万内奇！他是一个非常好的人！他的心地极为善良，灵魂充满慈悲……仁爱……那么温和……要是他看着你，就能把你的全部内心都看透……我日夜都在为他祈祷……

不过我这件事，瞧，拖得太久了！得了，这也没什么……为了所有这一切高尚品德，我很想向他表示感谢……譬如说，送他三百卢布……”

“他肯定不会收……他是那种脾气！严厉！可别冒冒失失地去给他。……他工作，操心，晚上也不睡，至于感谢或诸如此类的事——绝对不行……这就是他的规矩。再说，他要您的钱干吗？他自己就是百万富翁。”

“太遗憾了……我是多么渴望向他表示一下我的情意！”他又小声说道，“最好我那件事能有进展……要知道，拖了三年了，老兄！三年！”他又抬高嗓门儿说：“我不知道该怎么做……我心烦意乱，我的恩人……您拉我一把吧，老兄！”他沉吟一会儿，又说：“三百来卢布我拿得出来……这是肯定的……哪怕现在马上拿出来……”

“哼嗯……是呀……怎么办呢？”稍停一下，接着说，“我给您出个主意。既然您想对他的恩惠和操心表示感谢，那……好吧，我去对他说……向他报告……我可以劝他……”

“费心了，老兄！”接着是长时间的沉默。

“谢谢[3]……他会给面子的……不过您不要送他三百卢布……您可别拿这么一点儿钱冒冒失失去给他……对他来说，这点儿钱等于零，等于没有……等于空气……您就送他一千……”

“送两千！”门里有人嚷道。

这场戏到此落幕了。但愿没有人对这场戏产生不好的想法！

---

① 传说中希腊诸神的住地，古希腊人敬奉的圣山。此俄语词转义为：沉稳、威严。

② 原文为法语单词的俄语译音。

③ 同上。

问题和答案

问题：

1） 如何才能知道她的心思？

2） 不识字的人在何处会读？

3） 妻子爱我吗？

4） 在哪里可以站着坐？

答案：

1） 对她进行搜查①。

2） 在别人心里②。

3） 谁的妻子？

4） 区拘留所③。

---

① 俄语此词的另一词义为：盘问。

② 俄语词组“在（别人）心里读”（直译）意为：猜出（别人的）心思。

③ 俄语“坐拘留所”（直译）意为蹲拘留所。

十 字

一位诗人走进挤满人的客厅。

“喂，您那篇可爱的长诗怎么样了？”女主人问他，“发表了吗？拿到稿费没有？”

“别问了……我得了个十字。”

“您得了个十字[①]？您，诗人？！难道诗人也能获得十字？”

“衷心祝贺您！”男主人握着他的手说，“是斯坦尼斯拉夫勋章还是安娜勋章？我很高兴……高兴之至……是斯坦尼斯拉夫勋章吗？”

“不是，是红十字……”

“这么说，您把稿费捐赠给红十字会啰？”

“我什么也没捐。”

“您戴上勋章一定挺相配……拿出来，给我们瞧瞧呀！”

诗人把手伸进衣服侧兜里，取出了诗稿……

“这就是……”

大家瞧那诗稿，只见上面打了个红十字[②]……这个十字可是没法佩戴在礼服上面的。

---

① 指十字勋章。沙皇俄国时期的十字勋章是一种军功勋章。

② 即红叉，表示不予采用、作废等。

没有偏见的女人

爱情故事

马克西姆·库兹米奇·萨柳托夫高身材，宽肩膀，人很魁梧。他那副身躯可以大胆地称之为大力士的体魄。他力大无比。他能把一枚面值二十戈比的硬币掰弯，把小树连根拔起，能用牙齿咬住哑铃提起来；他常发誓说，世界上没有人敢跟他交手。人们从未见过他怕谁或者怕什么。而相反：别人都怕他，只要他一生气，在他面前的人就会吓得脸发白。他跟别人握手，不管是男人或女人，都会尖叫起来，脸也涨红了：好痛啊！他那副美妙的男中音嗓子可没法听，因为他的声音大得震耳欲聋……这个人真是力量的化身！像这样的人我还没有见过第二个。

然而当马克西姆·库兹米奇向叶莲娜·加夫里洛芙娜表白爱情的时候，这位体格魁伟、异乎常人、力大如牛的汉子却变得毫不中用，活像一只被轧伤的耗子！马克西姆·库兹米奇的脸红一阵，白一阵，浑身发抖，临到要从他那张大嘴里挤出一句“我爱你！”的时候，他简直连一把椅子也搬不动了。气力溜走了，他那魁梧的身体变成了一个空空如也的大容器。

他是在滑冰场上向她表白爱情的。她在冰场上飞舞，轻盈如一片羽毛；他呢，在后面追着她，浑身颤抖，一副呆相，小声说着什么。他脸上流露出痛苦的表情……他那一双敏捷灵活的腿到了要在冰上划出一个精巧的花步子时，却不由自主地弯曲了，步子也乱了……您以为他是害怕遭到拒绝吗？不是。叶莲娜·加夫里洛芙娜爱他，渴望着他求婚……她是一个小巧、俊俏的黑发女郎，早就等得都快急死了……他已三十岁了，官职不高，钱也不特别多，但是他是那么漂亮，机智，灵活！他舞跳得很好，枪法高超……在骑马技术上，无人能超过他。有一次他和她骑马出去玩，他纵马跳过一条大沟，任何一个英国骑手在这条沟面前都会望而却步的！……

不爱这样的人是不可能的！

他自己也知道，她爱他。他对此深信不疑。但是有一个想法却使得他痛苦不堪……这个想法折磨着他的脑子，使得他快要疯了，要大哭了，使得他喝不下，吃不下，睡不着……这个想法给他的生活投下了阴影。他信誓旦旦地在表白爱情，而与此同时，那个想法在脑子里翻腾，敲打他的太阳穴。

"做我的妻子吧！"他对叶莲娜·加夫里洛芙娜说，"我爱您！爱得发狂，爱得要命！！"

与此同时，他心里却在思忖：

"我有权做她的丈夫吗？不，我没有！要是她知道了我的出身，要是有人把我过去的情况告诉了她，她就会给我一耳光！我的丢人而不幸的过去啊！她出身名门富家，又有学识，如果知道了我是何许人，就会朝我吐一口唾沫！"

所以，当叶莲娜扑上来搂住他的脖子，发誓说爱他的时候，他并不觉得自己幸福。

那个想法给整个事情都蒙上了阴影……他从滑冰场往家走的时候，咬着嘴唇，心里在想：

"我是个下流东西！如果我是个诚实人，就该把一切都告诉她……一切！我就应该在向她表白爱情之前，向她坦白我的秘密！然而我并没有这样做，这就说明我是一个坏蛋、一个下流东西。"

叶莲娜·加夫里洛芙娜的父母同意她和马克西姆·库兹米奇结婚。他们喜欢这位大力士：他恭敬有礼，作为一名官吏，又很有前途。叶莲娜·加夫里洛芙娜飘飘然如登天堂。她很幸福。然而可怜的大力士却远不幸福！他向她表白爱情时心中的那个想法一直折磨着他，直到结婚……

他的一个朋友对他的过去了如指掌，现在也来折磨他了……他不得不把自己的几乎全部薪金都给了这个朋友。

“请我上埃尔米达日吃顿饭！”这个朋友对他说，“不然我就要告诉所有的人……还得借给我二十五卢布！”

可怜的马克西姆·库兹米奇瘦了，瘦得厉害……他的脸都瘪了，拳头也青筋毕露。那个想法把他都折磨病了。如果不是有他心爱的女人，他一定开枪自杀了……

“我是个下流东西、坏蛋！”他心里想，“在举行婚礼之前，我必须向她说清楚！就让她朝我吐唾沫好了！”

但是直到举行婚礼，他仍没有向她说清楚：他缺乏勇气。

况且他想到，一旦说出来，他就不得不跟自己心爱的女人分手——这个想法对他来说，比任何想法都可怕！……

到了结婚那一天的晚上了。两位新人已经举行过了结婚典礼，接受了大家的祝贺，而大家对他俩的幸福更是惊叹不已。可怜的马克西姆·库兹米奇虽然在接受人们的祝贺，喝酒，跳舞，哈哈笑，但却是非常不幸。他心里在想：“我是个畜生，我要强迫自己说出来！虽说我们举行过婚礼了，但还为时不晚！我们还可以分手！”

于是他真的对她说了……

渴望已久的时刻终于来临，一对新人被送入新房，此时他的良心和诚实充分发挥出了力量……马克西姆·库兹米奇脸色苍白，浑身发抖，这个不愿让人知道自己身世的人，一副奄奄一息的样子，怯生生地走到她跟前，握住她的手，说道：

“在我俩彼此……完全属于对方之前，我必须……必须向你说清楚……”

“你怎么啦，马克西姆？！你……脸都白了！这些天来你一直是面色苍白，寡言少语……你是不是病了？”

“我……必须把全部实情都告诉你，廖利娅[1]……咱们坐下来吧……我要让你大吃一惊，我不得不破坏你的幸福……可我有什么办法呢？首先应当负责任……我要把我的过去都告诉你……”

廖利娅眼睛瞪得老大，露出一丝讥诮的微笑……

“哎，讲吧……只是快点讲呀，求你了。还有，你也别抖成这样啊。”

“我出……出生在唐……唐波……夫市……我父母不是贵族，而且很穷很穷……我这就告诉你，我是个啥玩意儿。你准会大惊失色。你先别急……你瞧……我曾经是个穷光蛋……我还是个小男孩的时候，就卖过苹果啦……梨啦……”

“你？！”

“你大吃一惊吧？可是，亲爱的，这还不算最可怕呢。哦，我这不幸的人！要是您知道了，您会咒骂我的！”

“可究竟是什么事呀？”

“我二十岁那年……当过……当过……原谅我吧！别把我撵走！我在……马戏团当过小丑！”

“你？！？当过小丑？”

萨柳托夫两手捂住苍白的面孔，等着挨耳光……他已经快要晕倒了……

“你……当过小丑？”

廖利娅从沙发榻上滚了下来，她跳起来，开始在房间里跑……

她这是怎么啦？她捂着肚子……卧室里不断响起她的一阵阵笑声，很像歇斯底里发作了……

“哈——哈——哈……你当过小丑？你？马克辛卡[2]……宝贝儿！露一手吧……你来证实你确实当过小丑！哈——哈——哈！宝贝儿！”

---

① 叶莲娜的小名。

② 马克西姆的昵称。

她扑到萨柳托夫面前，拥抱他……

“你露一手吧！亲爱的！宝贝儿！”

“你在嘲笑我吧，不幸的人儿？你鄙视我吧？”

“你就来一个吧！你会走钢丝吗？喂，快来呀！”

她的吻雨点般洒在丈夫脸上，她紧偎着他，一味奉承他……一点也看不到她有生气的意思……他呢，完全搞不清是怎么回事，只是感到幸福，终于答允了妻子的请求。

他走到床前，嘴里数到三，就两手往床上一撑，脑门儿顶着床边，拿了个大顶……

“好哇，马克辛卡！再来一个！哈——哈！宝贝儿！再来一个！”

马克西姆一晃，姿势不变，跳到了地上，两手撑地倒立着走了起来……

第二天一大早廖利娅的父母甚感惊诧。

“是谁在楼上敲得这么响？”他俩相互问道，“小两口还在睡呢……一定是仆人们弄出的响声……这么闹腾！这些坏蛋！”

爸爸上了楼，但在那儿并没有找到仆人。

令他非常吃惊的是，吵闹声来自小两口的房间……他在房门旁站了一会儿，便耸起肩膀，把门稍微打开了一条缝……他朝屋里张望了一下，不禁缩成一团，差点没有被吓死：马克西姆·库兹米奇站在房间中央，做了个非常惊险的空中滚翻动作①；廖利娅站在他旁边鼓掌。两个人的脸上都洋溢着幸福的光芒。

① 原文为意大利语。

忠心的保卫者

兹—布—赫铁路局局长二十年来一直想要在自己的书桌前坐下来写东西，两天前这个打算终于如愿以偿了。有一个想法已经在他脑子里盘旋了半辈子，它火热而强烈，令人不得安宁，它逐渐具备了体面的形式，并不断丰满起来，不断具体化，扩展，最后终于发展成一个极其宏伟的方案……他在书桌前坐下，拿起蘸水钢笔，便……走上了遍布荆棘的写作道路。

这天早上寂静、明亮、酷寒……屋里暖和而舒适……桌上放着一杯茶，微微冒着热气……没有人来敲门，没有人喊叫，也没有人来缠住他聊天……这样的环境真是太合适写作了！拿起笔就写吧！

局长用不着多想怎么开头……怎么开头一直到怎么结尾，在他脑子里早就全都想好了：什么也别管，只要把脑子里想好的东西往纸上一写就行！

他皱起眉头，闭紧嘴唇，猛吸一口气，就写下了标题：《略论保护报刊》。局长热爱报刊。他以整个心灵全心全意地忠于报刊。写出自己捍卫它的话，大声地说出来，让所有人都听见，这便是他最珍爱的、长达二十年的心愿！他受报刊的帮助实在太多了：他自己的发展、披露舞弊现象、获得职位……多着呢！应该向它表示感激……而且他是多么渴望当撰稿人啊，哪怕当一天也好……作家们虽然挨骂，但毕竟受人尊敬……特别受女人尊敬……嗯……

局长写好标题，吐出一口气，接着一分钟便写了十四行。写得不错，很通顺……他开头是一般地论述报刊，写了半张纸，接着就转而谈论出版自由……他坚决要求出版自由……抗议、历史文献、引文、名言、指责、讥讽便从他那支尖锐的笔下源源而至。

"我们乃是自由主义者，"他写道，"你们嘲笑这个术语吧！你们笑得龇牙咧嘴吧！然而我们现在和将来都为这个名字感到自豪，直到……"

"报纸送来了！"仆人报告说。

局长一般在10点钟读报。这一次他也没有改变自己的习惯。他放下所写的东西，站起身来，伸了个懒腰，便摊开四肢躺在沙发榻上，看起报来。他拿起《新时报》轻蔑地冷笑一声，便浏览社论，但没有读完，就扔下了。

"杰米德龙的美人①……"他低声嘟哝道，"我要给您点厉害瞧瞧！"

局长把《新时报》扔在扶手椅上，拿起了《呼声报》。他的那双小眼睛流露出好感，脸颊上呈现出红晕。他喜欢《呼声报》，过去他自己就曾偶尔为《呼声报》写点小东西。

他读了社论和短小的新闻……大略看了一下小品文……他越读下去，他的小眼睛就变得越加泪汪汪的。他读完《报刊文摘》栏后……翻到了第三版……

"是呀，是呀。是这样……这一点我也提到过……正确，完全正确！嗯，这儿写的是什么？"

"兹—布—赫铁路局，"他读起来，"前两天已着手制定一个相当古怪的方案……该方案的创制者便是该局局长本人，过去曾任……"

局长读完《呼声报》过了半小时之后，面孔通红，满头大汗，浑身发抖，坐在自己的书桌前挥笔疾书。他写的是《下达全路局的命令》……在这份命令中指出，"某些"报纸和杂志不宜订阅……

---

① 杰米德龙是彼得堡的一家饭店名，"杰米德龙的美人"是《新时报》的绰号。

火冒三丈的局长旁边有些碎纸片。半个小时之前，这些碎纸片上写的便是《略论保护报刊》……

人间荣誉如此易逝[①]！

① 原文为拉丁语。

收藏品

前两天我到我的好朋友、记者米沙·科夫罗夫那儿去了一趟。他坐在自己房间里的沙发上，一面修指甲，一面喝茶。他请我也喝一杯。

“没有面包，我是不喝茶的，”我说，“叫人买面包去！”

“绝不！敌人嘛，我告诉你，我才请他吃面包，而朋友，我永远不请。”

“这就怪了……这是为什么？”

“就是为这个……到这边来呀！”

米沙把我领到桌子跟前，拉开一个抽屉说：

“你瞧吧！”

我往抽屉里瞧了瞧，确实没有看见什么。

“我什么也没看见啊……一些垃圾罢了。小钉子、小碎布、什么动物的小尾巴……”

“我正是要你瞧瞧这些东西！为了收集这些小碎布啦，小绳头啦，小钉子啦，我已花了10年工夫了！了不起的收藏品。”

米沙说完便把所有这些垃圾拢到一块儿，用手抓起来，撒在一张报纸上。

“你瞧见这根点过的火柴了吗？”他对我指着一根略微烧焦的普通火柴棍儿问道，“这是一根挺有意思的火柴。是去年我在谢瓦斯季扬的面包店买的小面包圈里发现的。我差点给卡死。幸亏老婆在家，帮我捶了一阵背，不然这根火柴棍儿就一直卡在喉咙里了。你瞧见这一片儿指甲了吗？它是三年前在菲利波夫的面包店买的饼里被发现的。你瞧，饼干没有手也没有脚，却有指甲。古怪的现象！这块绿色的小布片儿五年前曾呆在香肠里，那香肠是在莫斯科最好的商店之一买的。这只已经干了的蟑螂曾经在菜汤里游泳，是我在火车站的小吃店喝汤时发现的，而这根钉子——在肉饼里，也是在那个车站的小吃店发现的。这根耗子尾巴和这一小块羊革都是在菲利波夫面包店买的面包里发现的。这条鲱鱼现在只剩下鱼骨头了，是我妻子在她的命名日那天收到的蛋糕里发现的。这只爬行动物名叫蜈蚣，是在一家德国啤酒馆给我端来的一杯啤酒里发现的……而这一小块鸟粪，我在一家小饭馆津津有味地吃大馅饼时，差点把它给吞下肚子了……诸如此类的事，亲爱的。”

“多奇妙的收藏品啊！”

“是啊。总共重一个半俄磅①，不包括所有那些我不小心吞下肚消化了的东西。而我吞下了大概总共有五六俄磅吧……”

米沙小心翼翼地托起报纸，欣赏了一分钟他的收藏品，就又将它们倒回了抽屉。我端起茶杯，开始喝茶，已不再要他派人去买面包了。

① 1 俄磅等于 409.5 克。

一头公羊[①]和一位小姐

"仁慈的老爷们"生活中的一个小插曲

仁慈的老爷那饱餐后油亮的脸上露出无聊得要死的神情。他刚从午饭后的摩耳甫斯的怀抱里脱身，不知道这会儿干什么好。既不想用脑子，又不想闲呆着……读书嘛，他老早就厌倦了，上剧院又太早，滑冰吧，又懒得坐车去……干什么好呢？怎么消遣消遣呢？

"有个小姐来了！"叶戈尔报告说，"她是来找您的！"

"小姐？嗯……这会是谁呢？不过，反正一样——请她进来吧……"

一位漂亮的黑发姑娘悄没声儿地走进了书房，她衣着俭朴……甚至过于俭朴了。她走进来，便鞠了一躬。

"对不起，"她用发颤的童高音开始说道，"我，您知道……人家告诉我，只有在下午六点才能遇见您在家……我……我是……七品文官帕利采夫的女儿……"

"幸会！请坐！我能怎样为您效劳呢？请坐呀，请别拘束！"

"我来见您是有事相求……"小姐继续说，同时不好意思地坐下了，两只颤抖的手不住地揪身上的扣子，"我来……是想请您发给我一张免费火车票回故乡去。您，我听人说，是发这种车票的……我想回去，可我手里……我不富裕……我要坐火车从彼得堡去库尔斯克……"

"嗯……是这样……为什么您要去库尔斯克？这里有什么令您不喜欢的地方吗？"

"不是，我喜欢这里，可是，您知道吗……我父母。我是回家看望父母。我有好久没有回去了……妈妈来信说她病了……”

“嗯……您在这里工作还是上学？”

小姐一五一十地讲了，她在什么地方、什么人那里工作，薪水多少，工作有多重……

“是这样……已经工作了……是呀，您的薪水不能说多……不能这么说……不给您一张免费车票，那就未免不人道了……嗯……这么说，您是回家看望父母？……哎，在库尔斯克大概还有个意中人吧，对吗？可爱的意中人，是吧？嘻嘻，哈……是未婚夫吧？您怎么脸都红了？好啦，这有什么？是件好事嘛。您就只管回去好了。您也到了该出嫁的时候了……他是什么人呢？”

“文官……”

“好事一桩嘛……您就回库尔斯克去吧……据说，离库尔斯克一百俄里[2]远就弥漫着菜汤的香味，就有蟑螂爬来爬去……嘻嘻，哈……大概在那个库尔斯克很无聊吧？喂，您把帽子脱下来啊！这就对了，别拘束嘛！叶戈尔，给我们端茶来！大概，在那个……嗯嗯嗯……什么来着……库尔斯克很无聊吧？”

小姐没有料到会受到这么亲切的接待，不觉满面生辉，向这位仁慈的老爷描述了库尔斯克的一切好玩的消遣……她还讲道，她有个当文官的哥哥，有个叔叔是教师，几个表兄弟是中学生……叶戈尔端来了茶……小姐怯生生地探身向前去拿茶杯，开始不出声地喝茶，生怕弄出咂嘴的响声……仁慈的老爷瞧着她，露出得意的微笑……此刻他已经不感到无聊了……

“您的未婚夫漂亮吗？”他问，“您跟他是怎么好上的？”

小姐很不好意思地回答了这两个问题。她信赖地靠近仁慈的老爷，含笑讲起了在这里，在彼得堡，男人们怎样来向她求婚，她又怎样一一拒绝了他们……她讲了好一会儿。最后，她从衣兜里摸出

---

① 俄语中“公羊”又指愚蠢、自得、好色之徒。

② 1 俄里等于 1.06 公里。

父母的来信，念给仁慈的老爷听。这时敲响了八点钟。

“您父亲的字写得不错……他在字尾带出的花钩儿多漂亮！嘻嘻！……不过，说实在的，我该走了……剧院里戏都开场了……再见，玛利亚·谢苗诺芙娜！”

“这么说，我可以抱希望啰？”小姐一面站起来一面问道。

“对什么事？”

“就是您发给我一张免费车票的事……”

“车票……嗯……我没有车票。您一定是搞错了，女士……嘻嘻嘻……您走错地方了，这里不是您要找的那个大门……在我隔壁确实住着一个铁路员工，而我是在银行任职的！叶戈尔，吩咐套车！再见，我亲爱的玛利亚·谢苗诺芙娜！我很高兴……高兴之至……”

小姐穿上外衣，走出去了……在隔壁大门口人家对她说，那人七点半动身去莫斯科了。

软弱的人

前两天，我把我孩子的家庭女教师尤利娅·瓦西里耶芙娜请到我书房来。需要跟她结一结账了。

“您请坐，尤利娅·瓦西里耶芙娜！”我对她说，“咱们来结一结账吧。您大概需要钱吧，可您总是这么客气，自己不提……咱们来结账吧……我跟您本来说好是每月三十卢布……”

“是四十……”

“不对，是三十……我这儿写着呢……我向来付给家庭女教师三十。好啦，您在这儿呆了两个月了……”

“两个月零五天……”

“两个月整……我这儿是这么写着的。这就是说，应该付给您六十卢布……不过要扣除九个星期天……因为星期天您没有给科利亚上课，只是玩了……还要扣去三个节假日……”

尤利娅·瓦西里耶芙娜突然激动得满脸通红，开始揪衣服的皱边，但是……一句话也没说。

“三个节假日……所以，应该扣去十二卢布……科利亚病了四天，没有上课……您就只给瓦丽亚一个人教课……有三天您牙疼，我妻子就同意您午饭后不教课了……‘12 加 7 等于 19’。扣去……剩下……嗯……四十一卢布……对吗？”

尤利娅·瓦西里耶芙娜的左眼红了，泪水盈眶。她的下巴开始颤抖。她神经质地咳起嗽来，擤起鼻涕来，但是——一句话也没说……

“新年前夕您打碎了一只带碟子的茶杯。扣去两卢布……茶杯还要贵些呢，茶杯上有我们家的姓，不过……就这么着了吧！我算是豁出去啦！还有，由于您照看不周，科利亚爬上树，把他的礼服给撕破了……扣十卢布……也是由于您照看不周，女仆偷走了瓦丽亚的一双皮鞋。一切事情您都应该照看好。您拿薪水啊。所以，这就是说，要再扣五卢布……1月10日您从我这儿支了十卢布……”

“我没支过。”尤利娅·瓦西里耶芙娜小声说。

“可我这儿写着呢！”

“就那样吧……好吧。”

“‘41－27’，剩下14。……”

现在她两只眼睛都充满泪水……她那长长的挺漂亮的小鼻子上渗出了汗珠。可怜的小姑娘！

“我只支过一回，”她声音颤抖着说道，“是在您夫人那儿支了三卢布……就再没有支过了……”

“是吗？你瞧瞧，我这儿都没有记上！十四卢布再减去三，剩下十一……这是给您的钱，最亲爱的！三卢布……三卢布，三卢布……一卢布，又一卢布……收下吧！”

我给了她十一卢布……她接过去，手指颤抖着塞进了衣兜。

“谢谢。”她低声说。

我跳起来，在房间里走来走去。我气愤极了。

“凭什么要谢谢？”我问她。

“得到钱……”

“可是我明明骗走了您的钱，真见鬼，是抢劫啊！明明是我盗窃了您的钱！您凭什么还要谢谢？”

“在别的一些地方，人家根本就不付给我钱呢……”

“不付？这就不奇怪了！我刚才是跟您开玩笑，给您上了一堂残酷无情的课……我把您那八十卢布全都付给您！钱已经为您准备好了，装在这个信封里了！可是，怎么能够这么懦弱呢？您为什么不抗议？为什么默不作声？在这个世界上嘴不厉害行吗？难道能这么软弱？”

她苦笑了一下，我看她脸上的表情是在说：“能！”

我请求她原谅这堂残酷无情的课，并把八十卢布全部给她，这使她大吃一惊。她怯生生地说了句谢谢就走出了书房……我望着她的背影，心里想道： 在这个世界上当一个强者是多么容易啊！

萝　卜

译自儿语

从前有个老爷爷和一个老婆婆。他们过着日子，生下一个小孩儿，名叫谢尔日。谢尔日的耳朵长长的，而脑袋呢，却是一个萝卜。谢尔日长大了，个子很大很大……老爷爷揪住他的耳朵，拽啊拽啊，怎么也不能把他拽到能出头露脸的社会上去①。老爷爷叫来了老婆婆。

老婆婆拽住老爷爷，老爷爷拽住萝卜，拽呀拽，怎么也拽不动。老婆婆叫来了身为公爵夫人的姨妈。

姨妈拽住老婆婆，老婆婆拽住老爷爷，老爷爷拽住萝卜，拽呀拽，怎么也不能把他拽到能出头露脸的社会上去。公爵夫人叫来了孩子的教父，是一位将军。

教父拽住姨妈，姨妈拽住老婆婆，老婆婆拽住老爷爷，老爷爷拽住萝卜，拽呀拽，怎么也拽不动。老爷爷忍不住了，就把女儿嫁给了一个富商。老爷爷叫来了那个有好些面值一百卢布的钞票的富商。

商人拽住教父，教父拽住姨妈，姨妈拽住老婆婆，老婆婆拽住老爷爷，老爷爷拽住萝卜，拽呀拽，这才把萝卜的脑袋拽到能出头露脸的社会上去了。

于是，谢尔日当上了五品官。

---

① 俄语这个词组转义为：使之立足社会，使之有出息。

冤家路窄

不久前在莫斯科一家报社编辑部里发生的这件事足以证明，订报有时是多么危险。

小品文作家 C.M.坐在办公室里等编辑，他是来找编辑领稿费的。他打着呵欠，出于无聊便随便翻翻办公室里的书。他旁边坐着一名文书，拿着一支钝尖儿铅笔在桌上划来划去。您瞧见过那些编辑部的桌子吗？很有意思的桌子！它们都被划满道道，弄得很脏，涂满歪歪扭扭的字迹，画满人脸，还有许多签名。其中还不时可发现名人的签名……这些涂鸦具有特别重大的意义：它们证明领稿费要等多么长的时间以及等着是多么烦闷无聊……C.M.翻阅了一会儿书，机械地从文书手里拿过来铅笔，开始在《顿河蜜蜂》报上乱画……真烦哪！画了一阵他又去摸装着地址登记单的小格子架。这是普通的格子架，上面放着一小沓一小沓的纸。每一沓都是小纸单，每张单子上登记着订报人的地址。C.M.懒洋洋地看起地址登记单来……叶列茨，别尔江斯克，奥廖尔，斯库拉托[1]……伊万诺夫，彼得罗夫，谢多罗夫……真无聊！

“嗯……这是哪一个叶莲娜·彼得罗芙娜·皮亚夫金娜？哼……住在顿河旁的罗斯托夫市……真见鬼！就是她！”

C.M.把皮亚夫金娜的地址登记单拿在手中转来转去，然后又把单子读了一遍……

“不错，这正是她！”他心中断定说，“五年前她扔下我逃跑了，还偷走了一千卢布……嗯……我找了她五年也没有找到……很高兴[2]！应该采取措施。”

小品文作家抄下了叶莲娜·彼得罗芙娜的地址，笑了笑，兴高采烈地在办公室里大步走来走去。

“今儿我请您吃午饭，”他对文书说，“我请客！”

第二天，C.M.去见了自己的律师。倒霉的叶莲娜·彼得罗芙娜呀！

① 均为地名。

② 常用于见面时，意为：见到您很高兴。

热爱自己祖国的人

这是一座德国小城。它的名字来源于一个鼎鼎大名的能治病的矿泉。在这座城里，旅馆多于住房，外国人多于德国人。

小城左面高高的山上，在一个极为幽美的花园的绿阴深处，有一座旅馆，在这里您能发现好啤酒、可爱的女侍和惊人的美景。

在一个美妙的傍晚，两个俄国人坐在这家旅馆凉台上的白色大理石小桌子旁边。他俩一面喝啤酒，一面下跳棋。两个人都想方设法要使自己的棋子儿成为“王棋”①，同时又在聊着治病获得的效果。两个人都是来这里治疗大肚子和脂肪肝的。

德国的月亮穿过椴树那馨香的绿叶望着他们……卖弄风情的微风温柔地抚弄着两个俄国胖子的胡髭和胡须，朝他们的耳朵里送进非常奇妙的声音。山脚下人们在奏音乐。德国人在庆祝某个德国大事件的周年纪念日。曲子没有传到山顶上来——离得太远了！只传来了曲子的旋律……这旋律带着伤感的情调，最最德国味的，如泣如诉、不绝如缕……听着这声音，不禁想发出绵绵的思乡情意……

两个俄国人继续向“王棋”使劲，同时若有所思地谛听着乐声。两个人都沉醉在极为惬意的心情中。椴树的絮语、卖弄风情的微风、感伤的旋律——所有这一切加在一起，使得他们俩的心灵都融化了。

“在这样的环境里，塔拉斯·伊万内奇，最好是那个……去爱，”其中一人说，“爱上一个她，在黑幽幽的林阴小路上漫步……”

“嗯，是呀……”

于是咱们的俄国人谈起了爱，谈起了友谊……甜蜜的瞬间！最后，两个人都不知不觉地放下了跳棋，用两个拳头支住自己的俄罗斯脑袋，陷入了沉思。

旋律越来越响亮了。不一会儿旋律就被曲子所代替。现在不仅能听见小号和低音提琴的声音，而且能听见小提琴的声音了。

俄国人朝山下望去，看见了举着火炬的游行队伍。队伍正在往山上走来。很快，透过椴树丛便看到火炬的红光一闪，听到整齐的歌声，至于音乐，简直就像雷鸣般在俄国人耳畔震荡。年轻姑娘、妇人、士兵、大学生、老年人霎时间挤满长长的笔直的林荫路，火炬照亮了整个花园，响起乱哄哄的喧哗声……队伍的后面，有人抬着啤酒桶和葡萄酒桶。人们撒花朵，燃放五彩焰火。

俄国人的内心大受感动。他们也想加入游行队伍。他们抓起自己的酒瓶，便挤进了人群。游行队伍在旅馆后面的一片空地上停了下来。一个老头儿走到中央，不知说了些什么。大伙对他鼓掌。一个大学生爬上桌子振振有词地发表了一通演说。他讲完，接着就是第二个人讲，第三个，第四个……他们讲呀讲，声嘶力竭地叫喊，挥舞着双手……

彼得·福米奇被深深感动了。他胸中变得光明、温暖、舒服。看到七嘴八舌地说个不停的人群，自己不禁也想说一说。说话是有传染性的啊。彼得·福米奇穿过人群往前挤，然后在桌子旁站住了。他挥舞着胳膊，爬上了桌子。他再一次挥舞胳膊。他的脸涨得通红。他摇晃了一下，用他那舌头发僵的醉醺醺的声音大喊道："弟兄们！狠……狠揍德国人！"

算他走运，德国人不懂俄语！

---

① 王棋，走到对方最后一排从而便能随意走动的棋子。

胜者的得意

退休的十四品官讲的故事

谢肉节[1]的那个星期五大家都到阿列克谢·伊万内奇·科祖林家去吃煎饼。您不认识科祖林，对您来说，他可能什么也不是，等于零；然而对于我们这种未能平步青云的人来说，他就伟大、无所不能、非常英明了。这一天所有他的所谓“脚底下”的人都到他家去了。我跟着我父亲也去了。

煎饼真是好极了，简直没法跟您说，先生：它们又暄腾又酥软，煎得焦黄。你拿起一个来，鬼知道怎么搞的，在热油里蘸一下，吃下去——第二个自己就往你嘴里钻。也有所谓细节、装饰和注释，那就是：酸奶油、新鲜鱼子、鲑鱼、磨碎的干酪。葡萄酒和伏特加酒如汪洋大海。吃完煎饼又喝鲟鱼汤，喝了鲟鱼汤又吃浇上调味汁的山鹑。我们吃得实在太饱了，我父亲只好偷偷解开肚子上的裤子扣，为了不让别人发现他这种自由主义的举动，他就用餐巾盖在肚子上。阿列克谢·伊万内奇呢，他是我们的上司，所以有权干任何事情，他把西服背心和衬衫的纽扣全都解开了。吃完午饭，大家没有离开饭桌，而是在上司的许可下，抽起了雪茄并聊了起来。我们都在洗耳恭听，而阿列克谢·伊万内奇大人则说个不停。话题大多带有幽默性质，正是谢肉节的闲谈内容……上司在讲述过程中显然有意显示自己说俏皮话的本领。我不知道，他讲了什么好笑的事情没有，可是我只记得，我父亲不住地用胳膊肘捅我的腰，说：

“你笑呀！”

我就张大了嘴，哈哈大笑。有一次甚至笑得尖叫了一声，引起了所有人的注意。

“就要这样，就要这样！”我父亲悄悄地说，“好样的！他瞧你呢，还在笑……这很好：说不定真给你一个文书助理员的职位呢！”

“嗯，是呀！”我们的上司科祖林随口说道，一面喘着粗气，一面鼓腮帮子，“如今我们吃的是煎饼，享用的是最新鲜的鱼子，又有老婆白白的身子可以搂着抱着。再说我那几个女儿，全是大美人儿，不但你们这些无名之辈，就是公爵和伯爵见了也艳羡不已、赞叹不止呢。还有我这住宅，怎么样？嘻嘻嘻……这就对了！你们也不要抱怨，不要诉苦，你们还没有活到头嘛！什么事都有可能发生，而什么样的变化都是有可能出现的……现在你，譬如说，是个微不足道的人，等于零，一颗沙子似的……一粒小小的葡萄干儿——可谁知道呢？说不定什么时候你也就那个……能任意摆布别人的命运了呢！什么事都可能发生！”

阿列克谢·伊万内奇沉默片刻，摇摇头，又接着说：

“可是从前，从前曾经是什么情形呀！啊？我的上帝！简直不敢相信自己的记忆。脚上没有靴子穿，穿着一条破长裤，老是胆战心惊、哆哆嗦嗦……仅仅为了挣一卢布，往往得干整整两个星期的活。而且人家不是给你这一卢布，不是的！而是揉成一团往你脸上一扔：吞下去吧！而且随便什么人都可以压制你、刺伤你，出其不意地给你一棒……什么人都可以叫你难堪……有一次我往里面走要去报告事情，一看，门口坐着一条讨厌的狗。我朝它走过去，想握住它的爪子，握住它的爪子。对不起，我说，从你旁边过了。早上好！这条讨厌的狗却冲我：汪汪汪……看门人用胳膊肘撞我一下！我对他说：‘我没有零钱，伊万·波塔佩奇！……请您原谅！’而让

---

① 东正教节日，大斋前的一个星期。7天各有不同名称，星期五、星期六为走亲访友日。

我受气和受辱挨骂最多的，就是这条熏鲑鱼，这条什么来着……这条鳄鱼！就是这个最恭顺的人，库里岑！”

阿列克谢·伊万内奇手指着坐在我父亲身旁的一个驼背矮个儿小老头。小老头不住地眨着他那疲倦的小眼睛，带着厌恶的神情在抽雪茄。他平时从不抽烟，可是遇到上司请他抽雪茄的时候，他认为拒绝是失礼的。他看见指着他的手指头，顿时非常局促不安，坐在椅子上不住地扭来扭去。

“承蒙这个恭顺的人关照，我才受了那么多的罪！”科祖林接着说，“要知道，他就是我遇上的第一个顶头上司。人家把我这个恭顺、寒伧、渺小的人带去见他，并把我安置在他桌子对面坐下。于是他就开始折磨我……一张嘴说话，就像一把尖刀。眼睛朝你一瞧，就像一颗子弹射进你的胸膛。现在瞧他那模样活像一只小虫子，一副穷酸相，可他从前是什么样子啊！是个涅普顿[①]！天像裂开口，下起倾盆大雨来！他折磨了我很长时间！我得替他抄写公文，跑上街去给他买小馅饼，给他削羽毛笔尖儿，带他的老丈母娘上各个剧院看戏。讨好他的事我全都做了。连闻鼻烟都学会了！嗯，是呀！……全是为了他……不行，我心想，必须随时把鼻烟壶带在身上，以备万一他要用。库里岑，你记得吗？我那已经去世的母亲在生前有一次去见他，老太太求他准她的儿子，也就是我，两天假，让我到姨妈家去分遗产。而他多么凶地冲她嚷嚷，瞪着两只眼睛，吼叫道：‘你的儿子是个懒东西，你的儿子是个寄生虫，你这蠢婆子瞧着我干吗？……’他又说：‘总有一天他会上法庭受审的！’老太太走回家去，便躺下了，由于受了惊吓而病倒了，那一回差点没送了命……”

阿列克谢·伊万内奇用手绢擦了擦眼睛，一口气喝下了一大杯葡萄酒。

“他还打算叫我娶他的女儿，那时候我……幸亏得了热病，在

① 古罗马神话中的海神，能呼风唤雨，摇撼大地。

医院躺了半年。从前的情况就是这个样子！从前我们就是这样生活的！而现在呢？呸！现在我倒……我居于他之上……他带我的丈母娘上剧院，他给我递上鼻烟壶，现在是他在抽雪茄了。嘻嘻嘻……我往他的生活里撒胡椒……撒胡椒！库里岑！！”

“您有何吩咐？”库里岑一面问，一面站起来，身体挺得笔直。

“你表演个悲剧！”

“遵命！”

库里岑直起身子，皱起眉头，高举一只手，脸上作出一副怪相，用嘶哑的刺耳的颤音唱道：

“你死吧，背信弃义的女人！我要杀了你报仇！”

我们笑得前仰后合。

“库里岑！把这块面包撒上胡椒吃下去！”

已经吃饱了的库里岑拿起一大块黑麦面包，撒上胡椒，在哄堂大笑声中嚼了起来。

“什么样的变化都可能发生，”科祖林又接着说，“坐下，库里岑！等我们呆会儿离开饭桌站起来，你再唱点什么……当初是你，而今天却是我了……是啊……老太太就那么死了……是啊……”

科祖林站起来，身子摇晃了一下。

“可我呢——默不作声，因为我渺小、寒伧……那些折磨人的家伙……残暴的人……可是我现在却……嘻嘻嘻……喂，该你了！你！是对你说呢，没长胡髭的！”

科祖林用手指头指着我父亲。

“围着桌子跑，学公鸡打鸣儿！”

我父亲微微一笑，高兴得脸都红了，便围着桌子一溜小跑，我跟在他后面跑。

“喔喔喔！”我们俩一齐叫，跑得更快了。

我一面跑，一面心里在想：

“我肯定能当上文书助理员！”

有见识的看院子的人

看院子的菲利普站在厨房中央，正在教训人。听他训话的有几个仆人、一个马车夫、两个女仆、一个厨师、一个厨娘、厨师的两个学徒——他们是菲利普的亲生儿子。他每天早上都要宣讲点什么，这天早上他讲话的主题是教育。

“你们大家活得跟一群猪一样，”他说道，手里拿着带号牌的帽子，“你们老是在这儿坐着不动，在你们身上除了愚昧无知外，看不到任何一点点文明。米什卡就会下跳棋，马特廖娜老是喀嚓喀嚓地咬核桃吃，尼基福尔动不动就龇牙咧嘴地笑。莫非这就是智慧？这不是智慧，而是愚蠢。你们一点点智能[①]都没有！可为什么会这样呢？”

“这话不假，菲利普·尼坎德雷奇，”厨师说，“当然啰，我们有什么智慧？大老粗的脑筋。难道我们能明白什么道理？”

“为什么你们没有智能呢？”看管院子的人继续说，“因为你们这帮人没有真正的立足点。你们书也不读，至于各种书简文章，你们更是一窍不通。你们应当拿本书坐下来好好读一读。你们想必是识字的吧？印刷字体总能认得清嘛。就拿你米沙来说，何不拿本书在这儿读一读呢。对你有益，也给别人带来愉快。书里面宣讲所有事情。你在书里可以找到关于本质啦，上帝啦，世界各国啦的论述。还讲到什么东西是用什么做的，不同的民族说不同的语言。也有讲偶像崇拜的书。只要你想读，就能在书里找到一切。可你们呢，就知道坐在炉子旁，吃呀喝呀。简直像不成体统的畜生！呸！”

“尼坎德雷奇，您该去值班了。”厨娘说。

“我知道。用不着你来指点我。我说，打个比方，就拿我来说吧。我这么老的一把年纪了，应该做什么事呢？我应该用什么来满足我的灵魂呢？没有比书或报纸更好的了。现在我就要去值班了。要在大门口坐三个钟头。你们以为我会坐那儿闲呆着或是跟娘儿们瞎聊些没意思的事吗？不——不，我不是那种人！我带上一本书，坐下就读，其乐无穷。我就是这样的。”

菲利普从柜子里拿出一本破旧的小书，往怀里一塞。

“这就是我该做的事。从小我就养成了这个习惯。学则明，不学则暗——这话大概你们听说过吧？这就对了……”

菲利普戴上帽子，满意地咳了一声，嘴里还在喃喃自语，走出了厨房。他走到大门外，坐在长凳上，皱起眉头，沉着脸。

“这些家伙简直不是人，是些像蠢猪似的滑头。”他嘟哝道，心里还在想厨房里的那些人。

他心里平静下来后，便拿出小书，很有气派地叹了口气，读了起来。

“写得真好，再好不过了，”他读完第一页，晃晃脑袋，心里想道，“是上帝赐予的智慧呀！”

这本小书蛮好的，是莫斯科出版的，书名是：《块根植物栽培法。我们是否需要芜菁》。看院子的人读完头两页，意味深长地晃了晃脑袋，咳了声嗽，说道：“写得对！”

读完第三页，菲利普沉思起来。他很想思考思考教育问题，可不知为什么想到了法国人。他的头垂到了胸前，两个胳膊肘支在膝盖上。眼睛眯成一条缝了。

菲利普做了个梦。他梦见一切都变了。大地还是老样子，房屋还是老样子，大门也跟原来一样，可是人却跟以前完全不一样了。全是聪明人，一个傻瓜也没有了，大街上来来往往的都是法国人。

---

① 菲利普为了卖弄学识而常常乱用名词，还有如下文之“立足点”、“本质”等。

有个运水工人也在大发议论："我坦白地说，对气候很不满意，我希望看一看寒暑表。"他手里捧着一本很厚的书。

"你读一读日历呀。"菲利普对他说。

厨娘挺蠢，可是她也往高深的谈话里插嘴并提出自己的看法。菲利普往街区警察所去给住户报户口，奇怪的是，甚至在这个森严的地方谈的全是高深的问题，一张张桌子到处都摆着书。这时有个人走到仆人米沙跟前，推推他，吼道："你在睡觉？我问你哪：你在睡觉？"

"蠢货，值班的时候你倒睡觉？"菲利普听见有人像打雷似的吼叫道，"浑蛋、畜生，你在睡觉？"

菲利普跳起来，揉揉眼睛：街区警察所副所长站在他面前。

"啊？你在睡觉？我要对你罚款，狡猾的东西！我要收拾收拾你这个值班时候睡觉的丑八怪！"

两个钟头之后，看院子的人被叫到街区警察所。后来他又回到了厨房里。在这儿，大家由于被他的训话打动了，都围坐在桌子周围，听米沙一个音节一个音节地读书。

菲利普皱着眉头，红着脸，走到米沙身旁，用手套啪地打在书上，阴郁地说道："别读了！"

未婚夫

一个鼻子发紫的人走到钟跟前，满不乐意地敲起钟来。在此之前很平静的人们，忽然都惊慌不安地跑起来，忙乱起来……月台上运行李的车辘辘响着。车厢顶上有人开始吵吵嚷嚷地拉绳子……机车开始鸣笛，向车厢驶近。机车挂上了车厢。不知是谁在什么地方慌乱之中打碎了一个瓶子……道别的话语声、很响的呜咽声、女人的说话声响成一片……

在一节二等车厢旁站着一个青年人和一个年轻姑娘。俩人在告别，而且都在哭。

“再见了，我亲爱的！”年轻人一面说，一面亲吻姑娘那浅色头发的小脑袋，“再见了！我太不幸了！你要离开我整整一个星期！对于一颗坠入爱河的心来说，这太长久了！再……见吧……把眼泪擦掉……别哭了……”

姑娘的眼睛里涌出了泪水，一颗泪珠落在了青年人的嘴唇上。

“再见了，瓦丽亚！向所有人问好……唉，是呀！我说，……你要是在那边见到姆拉科夫，就把这交给他……把这……别哭了，宝贝儿……把这二十五卢布交给他……”

青年人从口袋里掏出一张二十五卢布的钞票，交给了瓦丽亚。

“麻烦你交给他……是我欠他的……哎呀，太难受了！”

“别哭了，别佳！星期六我一定……回来……你可别忘了我……”

浅色头发的小脑袋伏在别佳的胸前。

“你？忘了你？这怎么可能呢？”

第二遍钟响了。别佳紧紧拥抱着瓦丽亚，直眨眼睛，像个小孩子似的放声大哭起来。瓦丽亚双手搂着他的脖子，呻吟起来。他俩走进了车厢。

“再见了！可爱的人儿！亲爱的！过一个星期见！”

青年人最后一次吻了瓦丽亚，便从车厢走出来了。他站在车厢的窗子外面，从口袋里掏出手帕，准备挥舞……瓦丽亚满是泪水的眼睛凝望着他的面孔……

“请进车厢里去！”乘务员喊道，“第三遍钟了！请您了！”

第三遍钟响了。别佳挥舞着手帕。可是突然他拉下脸来……他朝自己脑门上打了一拳，像个疯子似的往车厢里冲去。

“瓦丽亚！”他上气不接下气地喊道，“我给了你二十五卢布交给姆拉科夫……亲爱的……你给我写张收条！快点，亲爱的！我怎么搞的，把这事儿都忘了？”

“来不及了，别佳！哎呀！火车启动了！”

火车开动了。青年人从车上跳下来，伤心地大哭起来，又开始挥舞手帕。

“把收条从邮局寄来！”他对向他点头的浅色头发小脑袋喊道。

“我真是个笨蛋！”当火车从视野中消失之后，他心里想道。“我交出钱去竟不拿回收条！怎么搞的？太粗心大意了，太轻率了！”他叹了口气，“此刻火车应该快到下一站了吧……宝贝儿！”

傻 瓜

一个单身汉讲的故事

普罗霍尔·彼得罗维奇挠挠后脑勺，闻了闻鼻烟，接着讲道：

“给我斟了两瓶核列斯酒[①]了。我坐在那儿喝酒，感觉到他们围着我转，露出阴险的微笑，向我祝贺。主人的女儿坐在我身旁，而我这个喝醉了的傻瓜觉得自己在胡扯。我胡扯什么家庭生活啦，什么熨斗啦，瓦罐啦……说完每个词，我都热烈地吻她一下……呸！想起来都恶心。第二天早上我醒了，头痛欲裂，嘴里一股猪圈的臭味，我感觉到，现在我已经不再是下流坯，不再是小人物，而是一名货真价实的未婚夫了——我的手指戴上戒指了！我就去告诉父亲（现在他已去世了）：我把事情讲了一遍，我说，亲爱的爸爸，我答应人家了……我要结婚。父亲自然是付之一笑……他不信。

“‘你这个乳臭未干的孩子结什么婚呀？你连二十岁都还不到呢！’

“我那时候确实很年轻。比头一场雪还年轻……我头上长着淡褐色的鬈发，胸膛里有一颗火热的心，没有现在这样的圆球似的大肚子，而是一副女人那样的苗条腰身……

“‘再活几年，到那时再结婚吧。’父亲说。

“可我硬是不听……自然，我有我的自由，那时我给惯坏了。我固执地坚持自己的意见。

“‘你想娶谁呢？’父亲问我。

“‘娶玛利亚什卡·克雷特金娜。’

“我父亲吓坏了。

“‘跟那个女骗子？你简直是疯了！要知道，她父亲是个骗子，债台高筑……他们把你当傻瓜玩儿呢！他们设下了圈套想引诱你往里钻！傻瓜！’

“而我那时的确是个傻瓜。犟得像头公羊……有时候我敲自己的脑袋，在隔壁房间都能听见。梆梆的挺响！我在三十岁以前就没有说过一句聪明话。而傻瓜，你们是知道的，永远是倒霉的。我也不例外……我经常摆脱不了倒霉的事情：一会儿这件事，一会儿又是那件事……这也是活该，如果不是傻瓜那……一会儿我挨揍，一会儿我又被从房屋里和饭馆里撵出来……我被中学撵出来了七次……一会儿又要我娶媳妇……嗐……父亲又骂又吼，差点揪住我打起来，而我固执地坚持自己的意见。

“‘我要结婚，这不结了！跟谁有什么相干？既然我有我自己的思考能力，那不管什么样的父亲都阻挠不了我！我不是小孩子了！’

“我母亲（现在已去世了）跑来了。她简直不敢相信自己的耳朵，接着便晕倒了……我还是固执己见。我心想，既然我想要有一个自己的家，我能不结婚吗？我心想，要知道玛利亚什卡可是美人啊……其实她并不是美人，可那时我觉得她是。我很愿意有这种感觉，这个愚蠢的看法已经在我脑子里生了根……她背有点驼，有点斜眼，人又瘦……除此以外，还是个蠢货……总之一句话，一个洋里洋气的丑八怪。克雷特金那家人看到了跟我结亲有利可图。他们是穷人，而我有钱。我父亲拥有一大笔财产。我父亲就去见我的上司，说道：

“‘老爷，大人！您别准我家那条眼镜蛇结婚吧！您行行好，发发慈悲吧！要不那孩子就毁了！’

“可我真倒霉，因为我那位上司是有倾向的。当时自由主义思想刚刚时兴，就是这种倾向……

---

① 一种烈性白葡萄酒。

“‘我不能干预我下属的私生活，’他说，‘我奉劝您也不要侵犯您儿子的自由……’

“‘可是他是个傻瓜呀，大人！’

“上司举起拳头捶桌子，吼道：

“‘不管他是什么人，先生，他都有权按自己的意愿行事！他是一个自由人，先生！你们这些野蛮人，要到什么时候才能学会理解生活？！叫你儿子来见我！’

“叫我去。我扣好衣服上所有的扣子就去了。

“‘您有什么吩咐？’

“‘是这么回事，年轻人！您的父母阻挠您按自己心愿行事。他们这样做既残酷又卑鄙。请您相信，年轻人，正派人的同情永远在您这一边。如果您在恋爱，您就在您心愿的指引下去您该去的地方。如果您的父母出于无知横加阻挠，您就告诉我。我有我的办法对付他们……我……我要给他们点厉害瞧瞧！’

“为了显示自己具有真正的自由主义思想倾向，他又补充了几句：

“‘我要出席您的婚礼。甚至我可以代替您父亲当主婚人。明天我就去看看您的未婚妻。’

“我鞠躬，兴高采烈地走了出来。父亲在那里站着，差点没哭出来，而我却把手露在口袋边冲他做了个轻蔑的手势。

“第二天他坐车去瞧我的未婚妻去了。他很喜欢她。

“‘人瘦，’他说，‘不过脸蛋招人喜欢。脸上明明白白地显出心肠好。风姿很优雅。您很幸福，年轻人！’

“过了三天，他给我的未婚妻送去了好些礼物。

“‘请收下，’他说，‘我这个老头子的礼物吧，我祝您幸福。’

“他甚至掉了眼泪……第五天我们举行订婚仪式。他在订婚仪式上喝潘趣酒[①]，又喝了两杯香槟酒。一副好心肠！

---

① 一种掺入柠檬汁、白糖、茶水等的甜酒。

“‘你的女人，’他说，‘挺招人喜欢！人瘦、斜眼，可是她有种法国女人的味道！像一团火似的！’

“结婚的日子前三天我到未婚妻家去。我捧着一束花，知道吗……

“‘玛利亚什卡呢？’

“‘她不在家……’

“‘那她在哪儿呢？’

“我那未来的丈人一声不响了，光冷冷地微笑。丈母娘坐在那儿喝加糖的咖啡。（以前是咬一小块砂糖噙在嘴里喝咖啡的①。）

“‘她究竟在哪儿？你们干吗不说话？’

“‘你这是哪来的审讯员？你打哪儿来，就走回哪儿去吧！向后转！’

“我仔细一看，这才发现我那亲爱的丈人烂醉如泥……喝多了，这个浑蛋……

“‘她不在！’他一面说，一面冷笑，‘你给自己另外找个未婚妻吧，至于玛利亚什卡嘛……她高升了！嘻嘻嘻！找她的恩人去了！’

“‘找谁去了？’

“‘就是他本人……就是找你的那位挺着大肚子的大人去了……嘻嘻嘻……你本来可以不带他上咱们家来嘛！’

“我不禁大叫一声：‘哎呀！’”

普罗霍尔·彼得罗维奇很响地擤了擤鼻子，又冷笑了一下，补充了一句：

“打那声哎呀之后，我就变得聪明一些了。”

---

① 这样喝是为了省糖。

难定标题的故事

那是一个节日的中午。我们一共二十个人，围着一张大桌子，在享受生活。我们的醉眼呆望着上等鱼子、新鲜大龙虾、妙不可言的鲑鱼以及几乎从桌子这头到那头一排排摆着的许多酒瓶。我们的胃里很热，或者用阿拉伯人的话来说：胃里升起了几个太阳。我们吃了又吃。大家的闲聊带有自由主义的味道……我们谈到……不过读者诸君，我能担保你们谨言慎行吗？我们谈的不是麝香草莓，不是马……不是的！我们在讨论如何解决某些问题。我们谈农民，谈警察，谈卢布……（别说出去，亲爱的！）有一个人从兜里掏出一小张纸，念了一首诗，诗中幽默地建议向居民征收眼睛观看税，凡用两只眼睛看的收十卢布，用一只眼睛看的收五卢布，对盲人就不要收税了。柳博斯佳扎耶夫（费奥多尔·安德烈伊奇）平常是个温顺、恭敬的人，这一次也受了整个气氛的感染。他说："伊万·普罗霍雷奇大人的个子真高呀……个子真高呀！"每说完一句话，我们就高呼一声："让他死掉吧[①]！"我们引诱侍者们离开正道，强迫他们为兄弟情谊[②]干杯……祝酒辞锋芒毕露、俏皮泼辣，很有煽动性！譬如我吧，就提议为自……我能担保你们谨言慎行吗？……为自然科学的繁荣干杯。

等端上香槟酒来的时候，我们就请求十二品官奥佳加耶夫，我们的勒南[③]和斯宾诺莎[④]，发表演说。他沉吟片刻，便答允了，他回头看了一下房门，便讲了起来：

"同事们！在我们之间无职位高低之分！譬如，拿我这个十二品官来说吧，我没有感觉到自己有丝毫想向在座诸位十四品官显示权力比他们大的心理，同时我也希望在座的诸位九品官和七品官不要把我看得一钱不值。请允许我……嗯嗯……不，请……你们看一看周围！我们看见了什么？”

我们向周围一看，看见了一张张仆人的脸，脸上挂着毕恭毕敬的微笑。

“我们看见了，”演说家回头瞧了瞧房门，继续说道，“痛苦和苦难……周围到处是盗窃、侵吞、偷摸、掠夺、受贿……狂饮无度……每走一步都受到欺压……多少眼泪啊！多少受苦受难的人啊！我们怜悯他们，我们……来哭一场……”演说家开始流眼泪了，“我们来哭一场并干杯，为……”

这时房门咯吱响了一声。有人进来了。我们回头一望，看见一个头顶秃了一大块的小矮个儿，嘴唇上带着好为人师的微笑。对这个人我们都非常熟悉！他走进来就站住了，想听完祝酒辞。

“……我们哭一场并干杯，”演说家提高嗓门儿继续说道，“为我们的上司、保护人和恩人伊万·普罗霍雷奇·哈尔恰达耶夫的健康！乌拉——拉！”

“乌——拉！”二十个喉咙一齐大声喊道，那甜甜的香槟酒便注入了二十个喉咙……

小老头走到桌子跟前，朝我们亲切地点头。显然他心花怒放。

---

① 原文为拉丁语。

② 原文为法语单词的俄语译音。

③ 勒南（1823—1892），法国宗教史学家、哲学家。

④ 斯宾诺莎（1632—1677），卓越的荷兰哲学家。

哥 哥

一个年轻的姑娘站在窗前，若有所思地望着泥泞的道路。她的背后站着一个身穿文官制服的年轻人。他一面揪自己的小胡髭，一面用颤抖的声音说道：

“你清醒清醒，妹妹！现在还不晚！求你啦！你就拒绝那个大肚子的杂货铺老板，那个喀查普[①]吧！你就啐他那张该死的胖脸，叫他不得好死！喂，求你就这么做吧！”

“我不能，哥哥！我已经答允他了。”

“我恳求你啦！你要顾及咱们家的名誉啊！你是一个高贵的、非世袭的贵族[②]女子，你受过教育，要知道，他不过是个卖克瓦斯[③]的，乡巴佬，下等人！下等人！你得明白这一点，不懂事的姑娘！他卖的是难闻的克瓦斯和腐烂的臭鲱鱼！要知道，他是个骗子！昨天你刚答允了他，可他呢，今天早上就故意少找我们厨娘五戈比！他吸穷人们的血！你说，你的夙愿都到哪儿去了？啊？我的上帝，天哪！你不是，听我说呀，爱着我们司里的米什卡·特列赫沃斯托夫吗，不是思念着他吗！况且他也爱你……”

妹妹的脸唰地变得绯红。她的下巴颤抖起来，两眼泪水盈眶。很明显，哥哥打中了她的最敏感的“要害”了。

“你会毁了自己，也毁了米什卡……小伙子开始喝酒了！哎呀，妹妹呀妹妹！你叫那个下等人的钱财啦，什么耳环啦、手镯啦迷住了心窍。你是出于实利的考虑嫁给那个蠢货……那个卑鄙无耻的家伙……嫁给那个愚昧无知的人……连好好签个名都不会！‘米特里·涅古拉耶夫’。‘涅’[④]……你听见了吗？……涅古拉耶夫……

一头畜生！又老、又粗野、又愚昧……”

哥哥的声音颤抖了一下，嗓子就嘶哑了。他开始咳嗽、擦眼睛。他的下巴颏儿直哆嗦。

“我已经答允了，哥……而且我对我们的贫穷厌烦透了……”

“既然事情到了这一步，那我就要说出来！我本来不愿意损害自己在你心中的形象，但是我要说出来……我宁可丧失名誉也不能眼看着亲妹妹给毁掉……你听着，卡佳，我知道你那个杂货铺老板的一个秘密。你要是知道了这个秘密，你会马上拒绝他的……是这么一个秘密……你知道，有一次我在一个什么样的下流地方遇见了他？你知道吗？啊？”

“什么地方？”

哥哥张开嘴，正要回答，可有人打断了他。就在这时候走进来一个小伙子，他身穿紧腰长外衣，脚上穿着泥泞的靴子，手上拿着一个大蒲包。他画了个十字，便在门那儿站住了。

“米特里·捷连季伊奇向您问候，”他对那哥哥说，“还吩咐我祝您星期日愉快……这一包东西要我直接交到您手里。”

哥哥皱起眉头，接过蒲包，朝包里瞧了一眼，轻蔑地冷笑了一下。

“里面装的是什么？多半是些破烂……嗯……像是一大块砂糖⑤……”

哥哥从蒲包里拿出糖块，揭掉上面的纸罩，手指头在糖块上弹了弹。

“嗯……哪个厂出的？博布林斯基厂的？我就说嘛……这个是茶叶吧？有股什么气味……还有些沙丁鱼……化妆用的香膏，真不

---

① 沙皇俄国时代乌克兰人对俄罗斯人的蔑称。

② 沙皇时代因功勋或教育程度资格授予非贵族出身者的称号。

③ 一种用麦芽或面包屑制成的清凉饮料。

④ 指把“尼”错写成“涅”。

⑤ 俄国从前的一种圆锥形大糖块，食用时用锤子敲碎。

伦不类……带灰尘的葡萄干……他想卖好、拍马屁……不行，亲爱的朋友！咱们不吃这一套！他干吗把加菊苣根的咖啡也塞进这蒲包里了？我又不喝。喝咖啡有害处……会影响神经……好啦，你走吧！说我问候他！”

小伙子走了。妹妹奔到哥哥跟前，抓住他的手……哥哥刚才说的话对她产生了强烈的影响。只要他再多说一个字儿……杂货铺老板肯定没戏了！

“你说呀！说！你在哪儿见过他？”

“哪儿也没见过。刚才我是开玩笑……你按你的意思办吧！”哥哥说完，又一次用指头敲了敲糖块。

善　人

一位大夫坐在布置得别出心裁的豪华小客厅里，客厅的主人乃是莫斯科最有名的会享受的女人之一。时间是中午。她，俏丽的女主人刚刚起床，此时倚在软沙发榻上，娇慵地伸了伸懒腰，带着疑问的神情不住地瞅大夫的眼睛。大夫是一个约莫二十六岁的年轻人，跟她面对面地坐着，一副心事重重的样子，皱着眉头。正午的阳光戏弄着他那沉甸甸的表链，烤得他那白皙的脑门发烫，使他不得不眯起眼睛，然而他却浑然不觉。

他顾不上身体的感觉，因为有更为剧烈的、更为敏感的另一种伤痛使他不得安宁：他的心在作痛。

他骂自己，瞧不起自己，憎恨自己……他真想把自己的身体撕得粉碎。

问题在于，她在等着他开口……但他对她说什么好呢？

“我是一个坏蛋！”他沉思着，不住斜眼瞅瞅坐在他对面的俏丽女人的脸蛋，“百分之百的坏蛋！两个星期以来我一直追随着她，叫她厌烦透了，在她面前转来转去，像个最招摇的花花公子，像个傻瓜似的炫耀自己……结果怎么样呢？我达到了目的，她爱上了我……没有一天她不是四五次打发人来请我……我非叫她爱我不可，但是……难道我能够以同样的爱来回报她？不幸的人儿！她的眼睛哀怨地瞧着我！她是多么急不可耐地等着我作出断然的表白！”

确实如此，那一双凝望着大夫面孔的眼睛里充满着最温柔的爱，最热烈、火辣、疯狂的激情！

“我干吗要拼命追求她呀？”大夫继续沉思，“这么说……是想显示一下花花公子的派头……想要满足一下自己的自尊心。花花公子和傻瓜就喜欢征服女人。至于他们要这种胜利干吗，他们是不问自己的……得啦，就拿我来说吧，我拿这个没头脑的女人怎么办呢？可怜的人儿！”

“右胳膊也酸痛！”年轻的太太打断了大夫的沉思，“整夜都痛。夜里还头痛……”

“嗯……是这样……睡觉好吗？”

“不好……脑袋里有个什么嗡嗡声……”

“心悸吗？”大夫出于无事可做问道。

“是的，心悸，”年轻的太太撒了个谎，“总之神经严重失调。我简直不知道怎么办……天天都给您添麻烦。”以及诸如此类的话。

就这样一问一答，耗了半个钟头。最后，叫人觉得厌恶透了。

大夫站了起来，伸手拿起帽子。

“应该多活动活动，”他说，“要避免激动……夏天去国外休养，要不就去高加索……明天我再来。”

年轻的太太也站了起来，默默地往伸出的手里塞了一个信封。他看也不看她便收下了。可是他无意中朝镜子瞟了一眼，看见镜子里……一张娇小、俏丽、任性的脸蛋快要哭了。眼睛，可怜的蓝眼睛使劲眨巴着，噙着泪水。嘴唇气愤而懊恼地紧闭着。

“可怜的人儿！”大夫心里想，叹了口气，对她发了善心……

“不过，这样吧……”他嘟哝道，“服这种药片试试……我这就给您开处方……您试试……”

大夫坐下来，裁下一块白纸来开处方，他先写上处方的符号（Rp.）然后写道：

“今晚八点库兹涅茨基大街和涅格林纳大街拐角处，达齐阿罗艺术品商店旁见。我等您。”

大夫戴上手套，鞠了一躬，就走了。

到了晚上八点……不过，我要打上句号[1]了。在句号与省略号之间我一向更喜欢前者。现在依然如此。

① 意为：就此结束。

一次庭审

事情发生在某区法院最近某一次开庭审案的时候。

在被告席上坐下来的是该区小市民西多尔·谢利梅措夫，一个三十来岁的年轻人，有一张像茨冈人那样生动活泼的面孔和一双有点狡黠的眼睛。他被控犯破门盗窃罪、诈骗罪和冒名顶替别人户口罪。最后一项违法行为还因盗用别人的封号而使问题更加复杂化。由副检察官宣读起诉书。这种副检察官多得不可胜数。他不具备任何能使他获得荣名和高薪的特征和品质：他就跟他那类人一个样。说话带鼻音，字母“K”说不出来，每分钟都要擤鼻涕。

为被告辩护的是一位大名鼎鼎、尽人皆知的律师。全世界都知道这位律师。人们常常引用他的精彩演说，人们提到他的名字总是肃然起敬……

一些很棘手的案子，最终以案子的主人公无罪开释和听众的热烈鼓掌而告结束，他在其中起了不小的作用。在这些案子中，他的名字犹如雷鸣闪电以及其他具有同样感染力的自然力量。

当副检察官终于证明谢利梅措夫有罪，不能予以从宽处理，当他说明了，论证了，并说“我讲完了”之际，辩护人就站了起来。所有的人都竖起耳朵。全庭鸦雀无声。律师刚一开口，于是……某区听众的神经就兴奋起来了。律师伸直他那略显黝黑的脖子，歪着头，眼睛闪闪发光，高举一只手，于是一种无法形容的娓娓动听的话语便源源不绝地注入人们紧张的耳朵里。他的话语拨动人们的神经，就像在拨弄三弦琴……他刚讲了两三句，听众席上就有人发出一声惊呼，接着一位脸色苍白的女士被抬出了法庭的大厅。过了三分钟，审判长便不得不伸手去拿铃，并摇了三次。红鼻子的法警在椅子上不住地扭动身体，并以威吓的目光监视着那些听得入迷的听众。所有的瞳孔都放大了，由于急迫地等待听讲演的下文，一张张面孔都发白了，拉长了……而人们的心脏又会是怎么一种情况啊？！

“我们都是人，诸位陪审员先生，我们就要以人道的态度来审判！”辩护人顺口说道，“这个人在今天站在你们面前之前，已经忍受了六个月的审前羁押之苦。在连续六个月的时间里，妻子被夺走了自己热爱的丈夫，孩子们想到亲爱的父亲不在身边，就泪流不已！啊，但愿你们能看一看那些孩子的情形！他们在挨饿，因为没有人养活他们，他们在哭泣，因为他们非常不幸……你们瞧瞧他们吧！他们向你们伸出了小手，求你们把他们的父亲还给他们！虽然他们不在这里，但你们可以想象出他们的样子。”稍停一下，他又说：“羁押……嗯……把他跟盗贼和杀人犯关在一起……就是他啊！”稍停片刻，他接着说：“你们只要想想他远离妻子儿女，在羁押期间精神上遭受的痛苦，就会……可说这些有什么用？！”

听众中有人在啜泣……一个胸前佩戴着大胸针的姑娘哭起来。接着，坐在她身旁的小老太太也呜咽起来。

辩护人还在不停地讲呀讲……他抛开事实不谈，而在心理方面大作文章。

“了解他的心灵，这就意味着了解一个特殊的、个别的、运动不息的世界。我研究了这个世界……在研究它的时候，我，坦白地说，才第一次研究了人。我理解了这个人……他心灵的每一个活动都表明，我有幸在我的当事人身上看到一个理想的人……”

法警不再以威吓的目光盯人了，他伸手到衣袋里摸手绢。又有两位女士被抬出了法庭的大厅。审判长不再去拿铃了，他戴上了眼镜，免得让人瞧见他右眼已热泪盈眶。大家都在掏手绢。检察长，这块石头，这块冰，这个最最麻木不仁的肌体，坐在扶手椅上开始不安地扭动身体，脸也红了，两眼低垂瞧着桌子下面……然而眼泪却透过他的眼镜片闪闪发亮。

“如果我拒绝就这件案子起诉就好了！”他在想，“要知道，这是打了个大败仗！啊？”

“瞧瞧他的眼睛吧！”辩护人继续说，（他的下巴在颤抖，声音在颤抖，眼睛流露出内心的痛苦）“难道这双和善、温柔的眼睛会看着犯罪而无动于衷吗？啊，不！它们，这双眼睛，在哭！在这卡尔梅克人的颧骨下面隐藏着敏感的神经！在这粗野而丑陋的胸膛里跳动着一颗远非犯罪的心！而你们这些人哪，竟敢说他有罪？！”

这时，被告人本人也受不了啦。他也哭了起来。他眨着眼睛，放声大哭，不安地扭动身子……

“我有罪！”他打断辩护人的话，说道，“我有罪！我认罪！我盗窃、搞诈骗！我是个罪大恶极的人！我从大木箱里偷了钱，还把偷来的毛皮大衣交给小姨子藏起来……我悔过！在所有这些事情上我都有罪！”

于是被告讲出了作案的全部经过。他被判了罪。

神秘莫测的性格

头等客车的一间包房。

一个俏丽的年轻女人半躺半坐在蒙着深红色丝绒套子的长沙发上。她的手使劲握着一把带流苏的贵重扇子，扇得沙沙响，夹鼻眼镜不时从她那漂亮的鼻子上滑落下来，佩在胸前的胸针一起一伏，犹如波浪上的一只帆船。她很激动……她对面的小长沙发上，坐着一位省长的特派员，他是一名开始写作不久的年轻作家，常在省报上发表篇幅不长的短篇小说或是他所说的“诺维拉”①——均取材于上流社会生活……他望着她的脸，摆出一副行家的样子目不转睛地审视着她。他在观察，研究，端详这个奇特的神秘莫测的性格，他在了解它，理解它……她的灵魂，她的全部心理，他已了如指掌……

“啊，我理解您！”特派员说，吻着她手腕上镯子旁边的地方，“您那敏感而温情的灵魂正在迷宫中寻找出路……就是这样！这是一场可怕而艰险的斗争，可是……您别灰心丧气！您将成为胜利者！就是这样！”

“您描写我吧，沃尔德马尔！”那年轻女人带着忧伤的微笑说，“我的生活是那么充实，那么多样化，那么五光十色……可是主要的是——我是个不幸的人！我像陀思妥耶夫斯基笔下的那种受苦受难的女人……把我的灵魂展示给世人吧，沃尔德马尔，您把我这可怜的灵魂展现出来吧！您——是一位心理学家。咱们俩坐在这间包房里聊了还不到一个钟头，而您已经了解了我的全部，全部！”

“说下去，求求您，说下去！”

"您听我说。我出身在一个贫穷的官吏家庭。父亲是个善良的人，聪明，可是……时代和环境的习气……您明白[2]，我不是责备我那可怜的父亲。他喝酒，打牌……受贿……我母亲呢……有什么好说的！贫困，为一块面包而劳劳碌碌，我觉得自己很卑微……哎呀，别强迫我去回忆那些事吧！我不得不自己给自己闯出一条路……接受贵族女子中学的畸形教育，阅读无聊的长篇小说，犯年轻时代常有的错误，经历羞怯的初恋……与环境的斗争吗？太可怕了！还有彷徨犹豫呢？还有对生活、对自己丧失信心而产生的痛苦呢？……哎呀！您是作家，您了解我们女人。您会理解的……不幸的是，我生来性格开朗……我渴望幸福，而且是一种什么样的幸福啊！我渴望成为一个真正的人！是的！做一个真正的人……我认为这就是我的幸福之所在！"

"美妙的人儿！"作家喃喃道，吻着她手腕上镯子旁边的地方，"我吻的不是您，妙人儿，我吻的是人类的苦难！您记得拉斯科尔尼科夫[3]吗？他就是这样吻的。"

"啊，沃尔德马尔！我需要出名……轰动，辉煌，就像任何一个……何必故作谦虚呢？——非凡的性格所应拥有的那样。我渴望某种不平凡的……不属于女性的东西！可是却……可是却……在我的生活道路上突然出现了一位富有的将军老头……您要理解我，沃尔德马尔！要知道，这是自我牺牲，这是放弃个人利益，您要理解我？我不能不那样做！我使我的家庭变得富有了，我开始旅游，做善事……然而我忍受了怎样的痛苦啊，这个将军的拥抱对我来说是多么难以忍受，多么龌龊庸俗啊，虽然应当为他说句公道话，他当年曾经英勇征战。有过那种时刻……非常可怕的时刻！可是有一个想法支撑着我：老头子不是今天，就是明天会死掉的，到那时我就

① 原文为意大利语的俄语译音，一种近似中篇或短篇小说的叙事文学体裁。

② 原文为法语。

③ 陀思妥耶夫斯基长篇小说《罪与罚》的主人公。

能按自己的心愿生活了，我要委身于心爱的人，我将会幸福……而且我有这样一个人，沃尔德马尔！上帝可见，我有！”

年轻女人更加使劲地摇扇子。她的脸露出一副哭相。

“后来老头子果然死了……他留给我一些财产，我像鸟儿一样自由了。现在我总算可以幸福地生活了……不是这样吗，沃尔德马尔？幸福在叩我的窗子了。只消我开窗放它进来，可是……不是这么回事！沃尔德马尔，您听我说，我恳求您！本来现在我能献身于心爱的人，成为他的伴侣和助手，成为他理想的体现者，成为幸福的人……得到休息……可是这个世界上的一切都多么庸俗、可恶和愚蠢！一切都多么庸俗啊，沃尔德马尔！我不幸，不幸，不幸啊！在我的道路上又出现了障碍！我又感觉到我的幸福很遥远，很遥远！哎呀，我忍受了多少痛苦，但愿您能知道！多少痛苦啊！”

“可究竟是什么呀？是什么挡在您的路上？我求您，说呀！是什么？”

“另外一个有钱的老头……”

那把扇坏了的扇子挡住了她俏丽的脸蛋。作家用拳头托住他那思绪万千的脑袋，叹息着，摆出一副行家和心理学家的样子，沉思起来。火车头鸣着汽笛，发出嘘嘘声，夕阳的霞光映红了车窗上的帘子。

施巧计的人

傍晚，两个朋友一面走，一面正经八百地聊着。他们是走在涅瓦大街上。太阳已经西沉，但还没有完全沉没……有些房屋的烟囱还染着一层金黄色，教堂顶上的十字架还闪闪发光……在有点寒冷的空气中散发出春天的味道……

“春天快到了！”一个朋友对另一个说，一个劲儿要挽住他的胳膊，“这种春天简直是害死人！到处都是烂泥、疾病，有许多花销……得租别墅，还有这样那样的费用……你，巴维尔·伊万内奇，是外省人，不懂这些事……你不可能理解。在你们外省，就像有个作家有一次所说的那样，只有温厚善良……无忧无虑。你们吃呀、喝呀、睡呀，什么问题也没有。不像我们这样……已经开始略微上冻了……你发觉了吗？……可话又说回来，在你们那里也不是没有痛苦……春天你们也有忧心事。嘻嘻嘻。如今你们外省人身上的血液开始骚动了……情欲沸腾了。我们京城人都是石头人、冰人，我们心里没有热情，也不知道什么是情欲，可你们呢，是火山，是维苏威①！嘭！嘭！不住地喷发！嘻嘻嘻……哎哟，要把我给烧伤了！你就坦白承认吧，巴维尔·伊万内奇，你的血骚动得厉害，是不是？”

“我的血没有必要骚动……”巴维尔·伊万内奇闷闷不乐地说。

“得了吧，够了，别来这一套！你是个单身汉，又不是老年人，你的血怎么会不骚动呢？它要骚动，就让它骚动好了！……你也用不着害臊……这没有什么好害臊的……就这么回事！”他停了一下，又说：“不久前，老兄，我见着了一个多么标致的姑娘，多么标致的姑娘啊！太漂亮了，叫你馋得慌！要是你见了她，嘴巴会咂一百次！一团火！那体型！真的……你要我给你介绍吗？是个波兰姑娘……名字叫索霞……要不要我带你去找她？”

“哼嗯……对不起，谢苗·彼得罗维奇，我要对你说，贵族不应该做这种事！不应该！这是娘儿们的事、小酒馆的事，而不是你，贵族干的事！”

“这是怎么啦？你……这是说什么啊？”谢苗·彼得罗维奇胆怯了。

“可耻啊，老兄！你那去世的父亲原是我们地方上的首席贵族，你的母亲也受人尊敬……可耻！我在你家做客已有一个月了，我发现你有一个特点……不管是你的哪一个熟人，不管是你随便碰见的什么人，你没有不提出要给人家介绍姑娘的……一会儿要给这个人介绍，一会儿要给那个人介绍……你嘴里就没有别的话题……你在干拉皮条的营生。亏你还是有家室的受人尊重的人，很快就要升任四品官了，成为被人尊称‘大人’的高级官员了……可耻、丢人！……我在你家住了一个月，而你已经是第十次向我提出这种建议……拉皮条的……”

谢苗·彼得罗维奇很难为情，扭动着身子，好像一名被人当场逮住的摸兜的扒手。

“我没什么……”他结结巴巴地说，“我只不过是……嘻嘻嘻……你这个人真太……”

两人默默不语地走了约莫二十步。

“我是个不幸的人！”谢苗·彼得罗维奇突然唉声叹气地说，脸涨得通红，小眼睛不住地眨着。“我真不幸啊！你说得对，我是拉皮条的！说得对！我以前是，以后也是，直到我进棺材，如果你愿意知道的话！为了这个，我将下地狱受火刑！”

---

① 意大利的一座有名的火山。

谢苗·彼得罗维奇绝望地把右手一挥，左手在眼睛上一抹。他的高筒礼帽滑到后脑勺去了，他的套鞋更加使劲地踩着人行道。他的鼻尖充血，变得通红……

"我的所作所为会使我彻底完蛋的！而且我不得好死！我要完蛋了！我知道我这坏毛病，老兄，我明白，可是对自己毫无办法。我干吗要把女人硬塞给所有的人呢？我是不得已啊，老兄！真的，是不得已！我爱吃醋，跟狗似的！你是我的朋友，我向你坦白……嫉妒心控制了我！我娶了一个，你也知道，年纪轻轻的美人儿……人人都向她献殷勤，我是说，也许谁连瞧她也不想瞧，可是我老是觉得……就像只瞎眼母鸡[①]，你知道，觉得什么都是麦粒。我每一步都提心吊胆……前两天午饭后你只不过跟她握了握手，而我就老觉得……恨不得猛捅你一刀……我什么都害怕！咳，我不得已只好用个计谋。只要我一发现谁开始在她身边转来转去，我马上就带上个姑娘去找他：你要不要？我问他。调虎离山，军事策略……我是个傻瓜！我做的什么事呀！可耻、丢人！每天我都在涅瓦大街上跑来跑去，为我的朋友们招募那些轻佻的浪荡女人……那些下流女人！但愿你知道，我在她们身上花了多少钱哟！有的朋友知道了我这个弱点，就利用这一点……花我的钱寻欢作乐，卑鄙的家伙！……哎！"

谢苗·彼得罗维奇尖叫一声，脸色煞白。一辆四轮马车在涅瓦大街上行驶，经过两个朋友的身旁。车里坐着一个年轻女人；跟她面对面地坐着一个男人。

"你看见没有，看见没有？！我老婆坐在车上。喂，这能不吃醋吗？啊？要知道，这是他第三次和她坐车兜风了！不是没有用意的！不是没有用意的，骗子手！你看见没有，他瞅她那眼神儿？再见……我得快跑……这么说，你不想要索霞？不要？不想要？再会……那我就把她……就是索霞……给他啦……"

① 转义为：眼睛看不清楚的人。

谢苗·彼得罗维奇拉拉帽子，低低地扣在脑门上，敲着手杖，跑了起来，竭力不让那辆四轮马车驶出视线。

“父亲本是首席贵族，”巴维尔·伊万内奇叹息道，“母亲受人尊敬……显贵门第，世袭贵族……哎呀呀！现今人们变得庸俗了！”

闲　谈

一伙人有男有女坐在扶手软椅上，吃着水果，由于闲得无聊，就骂起医生来了。大家得出这样的结论：假如世界上根本不存在医生，那一定非常之好，至少人们不会这样老是生病和死掉。

"不过，先生们，有的时候……不过……"一个娇小柔弱的金发女子最后终于说话了，她吃着梨，涨红了脸，"有的时候医生也有用……不能否定他们在某些情况下的有益作用。譬如说，在家庭生活中。请设想一下，有一个妻子……我丈夫没有在这儿吧？"

金发女子扫视了一下在座的人，确信她的丈夫不在客厅里，才接着说道：

"请设想一下，有个妻子由于不管是什么原因，不希望他，这么说吧，他……连走近她也别……请设想一下，一句话……她不能爱丈夫，因为……一句话，委身给另一个……心爱的人了。那么，请问，她该怎么办呢？她就去找医生，请求医生……找个理由……医生就去找她的丈夫，对他说，如果……总而言之，你们理解我的意思。皮谢姆斯基①就写过这一类的事……医生去见丈夫，为了其妻子的健康嘱咐他放弃自己对夫妇生活的责任……你们明白吗？"

"而我对医生先生们也没有任何反对的意思。"坐在一旁的一个小老头说，他是一个官吏，"他们是最可爱的人，我敢向你们保证，还是最聪明的人！要是深入考虑一下，他们还是我们的恩人呢。你们自己来作出判断吧，诸位太太们……您，夫人，刚才谈到了夫妇的责任，而我来向你们谈谈我们的责任。要知道，我们也喜欢平平静静并渴望这样一种精神状态，就是一切都顺当。我的职务我知道，可要您，譬如说，您大人要求我做超出我职务范围之外的工作，那就没门儿了。我们也珍视我们的平静啊……你们认识我们的将军吗？一个好心肠的人！宽宏大量！他的一举一动，可以说，都很诚恳。他不欺负你，先向你伸出手来握手，详细询问你家里的情况……他是上司，可总是以平等的态度对待你。他爱开个小玩笑啦，说句俏皮话啦，讲个趣闻啦……一句话，简而言之，跟父亲似的。但是这个伟大的人一年之中有那么两三次大变化。他变了！完全变成了另外一个人，于是……但愿你千万别碰上这种事！你们知道吗，他爱实施某些改革……这是他的脾性，用社会主义者的话来说，这是他的思想主张。每次当他——每年他要搞这么两三次——开始实施改革的时候，你可别到他跟前去！他就像一头老虎或者狮子什么的！他总是满脸通红、满头大汗、浑身打战，嚷嚷着他手下无人。这种时候我们所有人都脸色发白……吓得要死。他叫我们在办公室里工作到深夜，我们写呀，跑来跑去呀，翻档案呀，查资料呀……但愿你千万别碰上这种事，就连凶恶的鞑靼人，我也不希望他们碰上这种事。就是下地狱也比受这种罪强。前不久他还哭了，说别人都不理解他，说他没有真正的助手……居然哭了！看着上司哭鼻子，难道我们心里就好受吗？”

小老头沉默下来，把脸转向一边，以免让人看见他眼睛里闪烁的泪珠。

“可是这与医生有什么关系呢？”金发女子问道。

“有关系，是这么回事……请等一下……所以，当我们一看出他这种变化开始了，我们就马上去找医生，说：‘伊万·马特维伊奇，亲爱的！恩人，亲爹，救救我们吧！我们只能指望你了。你行行好吧，打发他到国外去吧！我们简直没法活了……’就这样……

---

① A.Ф.皮谢姆斯基（1821—1881），俄国作家，作品多暴露贵族、地主的空虚生活。

医生是个非常好的小老头……不消说，他也当过下属，什么滋味他都尝过。他就去见我们的上司，给他检查一番……‘你的肝脏，’他说，‘不大那个……里面有点不大对劲儿，大人……您最好是出国……采取矿泉疗养法……’喏，医生就这样拿肝病吓唬他，而他呢，都知道，是个疑心病重的人，很怕得病……马上就出国去了，至于改革嘛——没影儿了！事情经过就是这样的！”

“要是你是一个陪审员，比方说……”一个商人说道，“你能去找谁，如果……”

商人讲完之后，一位上年纪的太太接着讲了起来，她的儿子不久前差点就应征服兵役去了。

就这样，大家又纷纷夸奖医生，他们说，绝对不能没有医生，假如世界上没有医生，那就太可怕了。最后大家得出结论，假如没有医生，人们生病和死亡都会频繁得多。

无畏和无可非议的勇士们[1]

在拉兹别伊夏火车站上，有一大帮人老是呆在站长先生的公寓里。他们是各站的站长、各路段的段长、仓库主任们、车库主任们，以及其他一些人。在铁路职工制服之间，点缀着女人的各色时髦服装，也有孩子的小脸蛋露出来……这帮人喝茶、打牌、玩弄乐器、聊天消遣。他们讲述在这条或者那条铁路上偶然发生的一些事。讲了很多的事，全都写出来是不可能的。光是乌库西洛夫先生一个人就讲了两个钟头……您试试，看您怎么能全写出来！我要按我的习惯写得简短。

"三节车厢被撞得粉碎！"乌库西洛夫在结束他两小时的讲话时说道，"死二人，伤五人；至于其余的嘛，就用不着说了：不是正式统计数字之内的，也就是说……嘻嘻嘻哼……有一个工队就有六个受伤的……我把他们叫来……我说：'要是敢说出去！……要是谁敢！要是跟谁说了！……要说就说你自己碰伤的！'我给了两个当兵的每人三卢布以安抚他们：闭上嘴，别传出去！我做了大量预先警告的工作，尽管如此也没能躲过倒霉的事。我被撵下了台，还威胁说要把我送上法庭。他们说：你在睡觉，电报都没有发。照这么说，车站站长连觉也不能睡了……这些人真没有良心……为一点点小事就把我这个有家室的人的差事给剥夺了。有一节车皮里装有给运输处长运来的鲜虾，是从他的庄园运来的，混乱之中给弄丢了。运输处长还盼着那天晚上吃一顿波尔达列兹大虾呢。一个娇生惯养的人……如果没有那些可恶的虾，就不会有调查人员来我这个车站调查，我也不会丢掉职务了……"

“您现在还没有职务吗？”一个邻村教士的女儿问道。（她来车站是为了“靠熟人的关系”给她母亲弄一张免费火车票上她姨妈家去。）

“哪能呢！一星期之后我就在另一条铁路上就职了，虽然当时我名义上还在受法庭审讯。”

“我说……还有这么一件事，”加尔楚诺夫先生开始讲，一面给自己斟上伏特加酒，“你们自然都认识伊万·米哈伊雷奇，他是列车长。一个滑头，我跟你们说！他是个最正直的人，最高尚的人，可在某方面他又是一个坏蛋、流氓……我是说，不是坏蛋，还凑合……从某方面来看，他又是个天才，一只鹰……有一次他跟车来到日沃杰列沃……他跟货车，人家不让他跟客车，因为他一见女人就不能平静：他会感情爆发，不可收拾。他跟货车来到了……这时有三十来个割草人站在月台上。你们知道，那会儿正是忙碌季节，夏天嘛……

“‘要去哪儿，割草的？’他问他们，‘我这趟货车把你们送到下一站吧。每个人我只收十戈比……’

“这正中他们的意，不消说，这是他们求之不得的。伊万·米哈伊雷奇收了他们每人十戈比之后，便把他们全都安顿在他的办公车厢里……咱们的割草人就坐上火车走了……他们高兴得唱起歌来。真有趣！当时我也坐在车厢里，赶去参加洗礼仪式，去伊利亚，就是彼得罗维奇家……是要给他们的奥列奇卡举行洗礼……

“‘您干吗，’我说，‘伊万·米哈伊雷奇叫他们上车来？要知道，车站上可有查票员啊！’

“‘那又怎样？’

“‘马上就得完蛋……’

“伊万·米哈伊雷奇沉思起来……

“当然，他不愿搞得自己很难堪。其实这不算什么，你们知

---

① 此语为俄国古时候赞美军人的一句常用语。

道，大家都带无票乘客，对这种事所有的人都知道得一清二楚，可是总有点不大合适，知道吗……况且查票员也是各种各样的……有时候会碰上这么一个魔鬼，叫你觉得活着都没意思了……有这种情况！他们多半是出于忿恨向上头告发你，或是想在上司面前表现自己……

“‘没法叫火车停下来，’伊万·米哈伊雷奇说，‘可是又必须把他们，这些鬼东西，撵下车……怎么办呢？’

“这时又有一列火车迎面驶来，办公车厢上挂着三盏信号灯。他们列车长们有约定的暗号：在办公车厢上挂三盏信号灯，比方说，挂两面小旗或是别的什么约定的东西，这就表示车站上有查票员。这就证实了我刚才说的话。伊万·米哈伊雷奇想来想去，终于打定了主意。真有趣！他打开车厢门，揪住割草人的衣领，就在火车全速行驶的时候——开路吧！跳下去！割草人都跳下去了……嘻嘻嘻……像一捆捆麦秸似的掉下去了。

“‘跳吧！’他喊道，‘向前跳，你什么事也不会有！跳吧，没出息的东西！鬼家伙，恶魔！’

“我们俩瞧着，笑得要死……全都跳下去了。只有一个人摔断了腿，其他的人都平安无事。他们每人的十戈比就这样白丢了……嘻嘻嘻……过了一个星期，不知怎么这件丑事给人知道了，不知从什么地方把那个摔断腿的割草人给搜出来了……是有人告密，活见鬼……人的忿恨心作怪……给了割草人五卢布，而伊万·米哈伊雷奇则被撤了职……嘻嘻……”

“那他现在没有职务吗？”

“听说他到歌剧院去了。他有一副很好的男中音嗓子。他在火车上的时候常常喝足了酒，就唱起来。野兽都听得出神，鸟儿都感动得落泪！没说的，是个有才华的人……”

柳 树

谁曾走过 Б 地与 Т 地之间的那条邮政驿道？

谁要是走过，就一定会记得科齐亚夫卡河岸上那座孤零零的安德烈耶夫磨房。磨房很小，只有两盘磨……这个已经上百年的磨房早就不开工了，难怪人们觉着它像一个衣衫褴褛的驼背老太婆，随时都可能倒在地上。实在也是，磨房老太婆要不是倚在一棵粗大的老柳树身上，恐怕早就倒下了。柳树挺粗，两个人也抱不拢，它那亮闪闪的树叶垂在屋顶和水坝上，低处的枝叶浸在河水里或是铺在地上。它也是又老又驼，弯曲的树身上那些黑魆魆的大树洞增添了它的丑陋。您只要把手伸进树洞，就会被黑蜂蜜粘住，野蜂就会在您的头四周嗡嗡飞舞并且螫您。柳树究竟有多大年纪了？据它的朋友阿尔希普说，当年他还在给老爷当“法国式”仆人，随后又给太太当“黑人式”仆人[①]的时候——那可都是老早以前的事了——它就已经是棵老树了。

柳树还支撑着另一个衰老不堪的人——阿尔希普。他从早到晚都坐在柳树根旁钓鱼。他和柳树一样又老又驼，那没牙的嘴就像树洞。他白天钓鱼，夜里坐在柳树根旁沉思。他们俩，柳树老太婆和阿尔希普，白天黑夜都在喃喃低语……他们都久经沧桑，且听他们讲述吧……

三十年前，在柳树礼拜日[②]，也就是柳树老太婆的命名日那天，老头坐在老地方钓鱼，一面观赏春天的景致。像平时一样，四周静悄悄……只听见老头同柳树的低语和偶尔传来的游鱼拍水的响声。老头钓着鱼，等待晌午到来。一到晌午，他就动手烧鱼汤，而每当柳树影从对岸移下来的时候，那就是晌午了。阿尔希普还根据邮车的铃声判断时间，每到晌午，从 T 地来的邮车准驰过水坝。

这个礼拜天阿尔希普也听见了铃声，他放下钓竿，朝水坝望去。一辆三套马车已经翻过山岗，马儿正一步步向水坝驰来。车上的邮差在睡觉。邮车刚上了水坝，不知什么缘故突然停住。好久以来，已经很难有什么事会使阿尔希普感到惊奇，这一回他却不免大吃一惊，因为确实发生了一件非同寻常的事。车夫向四周张望了一下，神色不安地行动起来。他一把扯下邮差脸上搭着的手巾，随即挥起短锤向他猛地一击。邮差一动没动，在他那发色淡黄的头上顿时出现一团殷红的血迹。车夫跳下车来，挥起短锤，又是一击。过了片刻，阿尔希普听见自己身旁响起了脚步声。那车夫跑下水坝，正对着他跑来……车夫那晒黑的脸变得煞白，两眼直愣愣地呆望着。他全身颤抖，跑到柳树跟前，没看见坐在旁边的阿尔希普，把邮袋塞进了树洞，然后又跑回水坝，跳上邮车。这时候，叫阿尔希普诧异的是，他竟对准自己的太阳穴也打了一锤，他把血抹了一脸，抽打着马匹，放声大叫起来：

"救命呀！杀人啦！"

回声响起来。这"救命呀！"的回声在阿尔希普耳边回荡，久久不散。

六天之后，有人来到磨房调查。他们绘制了磨房和水坝的平面图，不知为什么又去测量河水的深度，然后坐在柳树下吃饭，吃完便坐车走了。

在整个调查进行的时候，阿尔希普坐在磨房水轮下边，浑身哆嗦，往邮袋里瞧。那里面装的是一包包盖有五枚大印的信封。他日夜注视着封套上的大印沉思，而柳树老太婆则白天沉默不语，到了夜里就呜呜哭泣。阿尔希普听着它的哭声，心里骂道："傻瓜！"过了一个礼拜，阿尔希普拿上邮袋到城里去了。

---

① 当时贵族地主风行法国生活方式和蓄养黑人奴仆。

② 宗教节日，以柳树命名，即复活节前的礼拜日。

他进了城关就向人打听：

“衙门在哪儿？”

人家指给他一座黄色大房子，门口有个涂着条形花纹的岗亭。他走进前厅，看见一位老爷，衣服上的扣子亮晶晶的。老爷吸着烟斗，为了什么事正在叱骂看门人。阿尔希普战战兢兢走上前去，讲了跟柳树老太婆有关的这件事。那位官长拿过邮袋，解开带子，脸色陡然变白，霎时又涨得通红。

“等一下！”他说完就跑进办公室去了。衙门里的老爷们把这位官长围在当中……他们跑来跑去，手忙脚乱，喊喊喳喳……十分钟后，那位官长走出来，把邮袋交还给阿尔希普，说道：

“你，老兄，找错地方啦。你该到下街去，到了那儿会告诉你怎么走。这里是地方金库，亲爱的！你该去警察局。”

阿尔希普拿上邮袋走了出来。

“邮袋可轻多了呀！”他心想，“比原来小了一半！”

他来到下街，人家指给他另一座黄房子，门口有两个岗亭。

阿尔希普走进去，这里没有前厅，登上台阶就是办公室。他走到一张桌子前，向那些录事讲了邮袋的来历。那几个录事抢过邮袋，朝他吼斥了一通，便差人去请头儿来。来了一个蓄着大胡子的胖子，他简短地问了几句，拿起邮袋，走进另一间屋子，关上了门。

“钱到哪儿去了？”不一会儿，只听那间屋子里嚷道，“邮袋是空的！告诉那老头子，他可以走了。不，还是把他抓起来！带他去见伊万·马尔科维奇！不，我看，叫他走吧！”

阿尔希普鞠了一躬，走了出来。过了一天，鲫鱼和鲈鱼又看见他那白花花的胡须了。

转眼已是深秋，老头仍坐着钓鱼……

他的脸，就像那树叶已经变黄的柳树一样阴沉，因为他不喜欢秋天。当他瞧见那车夫出现在身旁时，脸色就变得更加阴沉了。车夫并没发现他，走到柳树跟前，就把手伸进树洞。湿漉漉、懒洋洋的野蜂在他衣袖上爬来爬去。他摸索了一阵，脸色变白了。过了一小时，只见他坐在河边，望着河水出神。

“它到哪儿去了？”他问阿尔希普。

阿尔希普先是不说话，沉着脸躲开这个杀人犯，但过不久，又对他动了怜悯之心。

“我拿去交官了！”阿尔希普说，“不过，你，傻瓜，别害怕……我对他们说是在柳树下拾到的……”

车夫跳起身来，狂叫着向阿尔希普扑去。他揍了他好一阵子，打得他那苍老的脸上到处是伤，又把他打翻在地，用脚乱踹。他揍完老头，却不离开，反而在磨房里跟阿尔希普一块儿住下来。

他白天睡觉，默默不语，到夜里就在水坝上徘徊。邮差的鬼影也在水坝上游荡，车夫就和鬼影交谈。春天来了，车夫还是沉默不语，继续游荡。一天夜里，老头走到车夫跟前对他说道：

“得啦，傻瓜，你也游荡够了，”说着他斜眼瞅了瞅邮差的鬼影，“离开这儿吧。”

邮差的鬼影也这么说……柳树也低声这么说……

“不成！”车夫说，“我倒是想走，可两条腿痛得不行，心里也痛！”

老头搀着他，把他带进城，来到下街，领他走进上次交邮袋的那所房子。车夫跪倒在“头儿”脚下，忏悔自己的罪行，大胡子却不胜惊讶。

“你诬陷自己干吗，傻瓜！”他说，“你喝醉了？你想要我把你送进拘留所吗？混蛋！你们全疯了！会把事情搞乱……罪犯没有下落——那就算啦！你还想干什么？你滚不滚？”

老头讲起邮袋的事，大胡子听了哈哈大笑，那些录事们则露出满脸惊奇的样子。看来他们的记性都很坏……车夫在下街没能赎自己的罪，只得又回到柳树身边……

为了逃脱良心的追逼，他只好投水，搅动了漂着阿尔希普的鱼浮标的水面。车夫投河自尽了，于是，老头和柳树老太婆在水坝上看见了两个鬼影。他们是在和那两个鬼影交谈吗？

冠军录

轻信之冠

前不久在 T 地 K 姓地主开枪自杀了。此人是当地的大财主，很富，有家室。他朝自己嘴里开枪，子弹卡在脑子里。

在这个不幸的人的衣服侧兜里找到了一封遗书，内容如下：

“刚才我读历书时得悉，今年将歉收。歉收会使我破产。我不愿活到那耻辱的一天，故提前自尽并请求勿因我之死责怪任何人。”

粗心之冠

有人告诉我们这样一件事，并说确有其事。前不久在一个诊疗所里发生了一件极为令人惋惜的事。著名外科大夫 M 为一名铁路扳道工做双腿截肢手术，由于粗心，他截去了自己的一条腿，而截下的另一条腿则是给他当助手的医士的。两人都给予了医治。

公民觉悟之冠

我是世袭荣誉公民[①]之子，读《公民报》[②]，穿公民服[③]，并和我的安纽塔按照公民婚姻[④]住在一起。

遵纪守法之冠

有人写信告诉我们，不久前《基辅人报》⑤报社的一名工作人员T，在读了各种莫斯科报纸之后，大起疑心，便对自己的住所进行了搜查，虽未发现任何应受指责之物，他仍将自己送到街区警察所去了。

---

① 沙俄时代因功勋或某种资格授予商人等非贵族出身者的一种荣誉称号。

② 由M.П.佩谢尔斯基公爵出版的一份保守报纸。

③ 即便服，非军服。

④ 俄语中含义为：非宗教仪式的结婚，自由同居。

⑤ 基辅市出版的一种保守报纸。

盗　贼

钟敲了十二下。费奥多尔·斯捷潘内奇披上毛皮大衣，走到院子里去了。夜间的潮气立即裹住了他……刮着潮湿的寒风，黑暗的天空飘洒着细雨。费奥多尔·斯捷潘内奇跨过半坍的栅栏，便慢悠悠地沿着街道走去。街道很宽敞，像广场似的，在欧洲的俄罗斯很少有这样的街道。这里既没有照明设施，也没有人行道……甚至连这种奢华的迹象都没有。

在栅栏和墙壁旁边闪现出本城居民的身影，他们都急急忙忙赶往教堂。有两个人影啪嗒啪嗒地踩着烂泥，走在费奥多尔·斯捷潘内奇的前面。其中一人是小矮个，驼背，他认出这人是此地的医生，全县惟一的"受过教育的人"。医生老头并不嫌弃跟他结交，当瞧见他的时候，总是友好地叹息不已。这一次老头戴着一顶老式三角制帽，使得他的脑袋像两个后脑勺粘在一起的两只鸭头。一把长剑从他毛皮大衣的后襟下面露出来，晃来晃去。和他并排走着的是一个又高又瘦的人，也戴着三角制帽。

"基督复活了[1]，古里·伊万内奇！"费奥多尔·斯捷潘内奇拦住医生，说道。

医生默默地握了握他的手，略微敞开皮大衣的前襟，为的是向这个流放者炫耀挂在襻儿下面摇来晃去的圣斯坦尼斯拉夫勋章。

"我嘛，大夫，晨祷之后想溜到您家去，"费奥多尔·斯捷潘内奇说，"您就允许我在您家开斋[2]吧……求您啦……以前，在那边，每年这天夜里我都是在家开斋。将成为回忆了……"

"恐怕不大合适吧……"医生面有难色，"我是有家室的人，您知道……有妻子……虽然您那个……但总是不大那个……总是还存在成见嘛！我倒没什么……咯……我咳嗽了……”

“那巴拉巴耶夫呢？”费奥多尔·斯捷潘内奇说，撇着嘴恼怒地冷笑，“巴拉巴耶夫跟我一起受审，我们一起被流放，可是他却天天在您家吃午饭、喝茶。他盗窃的钱更多，就是这么回事！……”

费奥多尔·斯捷潘内奇不再往下说了，他把身子贴在湿栅栏上：让他们走过去吧。在他前面远远的地方，闪烁着点点火光。那些小火光时明时暗，朝一个方向移动着。

“举着十字架、圣像等的游行队伍，”流放者想道，“跟我们那里一样……”

从点点火光那边传来了钟声。男高音似的钟唱出各种各样的声调，很快地敲着，仿佛急着要赶往什么地方。

“这是在这里，在这酷寒之中过的第一个复活节，”费奥多尔·斯捷潘内奇心里想道，“并且……不会是最后一个。太糟了！而那边现在多半……”

于是他陷入沉思，想象着“那边”的情景……在那边此刻脚下不是泥泞的积雪，不是冰冷的水洼，而是青青的嫩草；那边的风不像湿抹布似的打在脸上，而是带来春天的气息……此刻那边的天空黑魆魆的，但布满星星，东方天边则有一条白带……那边没有这样沾满泥泞的栅栏，而有绿色的篱笆和他那座有三扇窗子的小屋。窗子里面是明亮、暖和的房间。在其中一间里，有一张铺着白桌布的桌子，上面摆着专为复活节烤的圆柱形大甜面包、凉菜、伏特加……

“要是现在能喝一大杯那边的伏特加就好了！这里的伏特加太糟，没法喝……”

然后沉沉酣睡到早上，起来后就去走亲访友，喝酒……他自然

---

① 复活节教徒见面时的相互祝贺词。

② 复活节前有 7 个星期的大斋期（不食荤），到复活节开斋。

也回忆起了奥利亚和她那张小猫似的爱哭的漂亮脸蛋。此时她一定睡着了，而且没有梦见他。这种女人很快就会烦恼全消。如果不是奥利亚，他也不至于来到这里。是她使他这个蠢货陷入绝境。她需要钱，而且贪得无厌，简直是病态，跟所有追求时髦的女人一样！没有钱，她就不能活，不能爱，不能忍受痛苦……

“如果把我流放到西伯利亚去，”他问她，“你跟我一道去吗？”

“那当然！天涯海角也去！”

他盗窃公款，被抓住了，便到这个西伯利亚来了，而奥利亚呢，胆怯了，不消说，没有来。此刻，她那愚蠢的小脑袋陷进柔软的花边枕头里，她的两只脚离这泥泞的积雪可远着哩！

“她来到法庭的时候，打扮得很漂亮，连瞧也没有瞧我一眼……当辩护人讽刺挖苦的时候，她就笑起来……宰了她都便宜了她……”

这些回忆使得费奥多尔·斯捷潘内奇疲累不堪。他累了，身上痛起来，就像他的整个身体都在思索似的。他的腿软弱无力了，弯曲了，没有气力走到教堂去参加像亲人一样亲切的晨祷了……他就转身回到家里，也不脱毛皮大衣和靴子，便倒在床上。

在他床的上方挂着一个鸟笼。鸟笼和小鸟都是房东的。这只鸟模样有点怪，长喙，瘦身子。翅膀被剪短了，头上的羽毛被拔掉了。喂它一种带酸味的什么饲料，弄得满屋子臭味儿。小鸟不停地在笼子里折腾，一会儿啄装水的洋铁盒，一会儿像椋鸟那样叫，一会儿又像黄莺那样唱……

“不让人睡……”费奥多尔·斯捷潘内奇想道，“鬼……东西……”

他从床上爬起来，手拿着鸟笼摇晃。小鸟便不出声了。流放者又躺下了，脚抵着床沿脱下了靴子。过了一分钟，小鸟又折腾起来。一小块酸饲料掉到他头上，粘在头发里。

“你不肯停下来？你不肯安静下来？你还来添乱！”

费奥多尔·斯捷潘内奇从床上跳起来，狂暴地一把拽下鸟笼，扔到屋角里。小鸟不作声了。

但是过了十分钟，流放者觉得小鸟从屋角飞到屋子中央，用尖嘴在水泥地上钻……它的喙像一把小螺旋钻……钻呀，钻呀，它的喙长得没尽头。小鸟扑打着翅膀，流放者觉得翅膀扑打着他的太阳穴……鸟喙最后折断了，一切都埋入了羽毛里……流放者睡着了……

"你凭什么要把这有生命的小东西弄死，凶手？"快到早晨时他听见有人在嚷嚷。

费奥多尔·斯捷潘内奇睁开眼睛，看见房东站在自己面前，他是分裂派教徒①，一个狂热信教的老头。他的脸气得直哆嗦，脸上老泪纵横。

"你这该死的为什么要摔死我的小鸟儿？你这个魔鬼为什么要摔死我的爱唱歌的鸟儿？啊？你弄死了谁啊？你这是为了什么？瞧你那一双恬不知耻的眼睛，凶狗！你从我家里出去，今后不准踏进我家门！马上滚！马上！"

费奥多尔·斯捷潘内奇穿上毛皮大衣，走出门外。早晨阴沉，多云……望着灰暗的天空，叫人难以相信阴云之上很高的地方还有光芒四射的太阳。细雨霏霏仍下个不停……

"您好②！过节好，我亲爱的③！"流放者走出大门后便听见有人对他说道。

一辆崭新的敞篷轻便四轮马车正从大门前经过，车上坐着他的老乡巴拉巴耶夫，头戴圆筒大礼帽，打着伞。

"他到处去拜节呢！"费奥多尔·斯捷潘内奇心中想道，"他，这个畜生，在这里也混进……结识了一些人……早知道我也该多盗

---

① 17 世纪俄国东正教分裂出去的一部分教徒；他们不承认 1653—1656 年的教会改革。

② 原文为法语的俄语译音。

③ 同上。

窃点！”

费奥多尔·斯捷潘内奇正往教堂走时，又听见有人跟他说话，这次是个女人的声音。一辆四轮驿车朝他迎面驶来，车上装满皮箱。皮箱后面露出一个女人的小脑袋。

“这里哪儿……老天爷，费奥多尔·斯捷潘内奇！这是您吗？”小脑袋尖声尖气地叫道。

流放者朝驿车跑去，眼睛紧盯住小脑袋，认出了她，抓住她的手……

“莫非我真的不是在做梦？！这是怎么回事？找我来了？你终于打定主意了，奥利亚？”

“巴拉巴耶夫住在这里的什么地方？”

“你找巴拉巴耶夫干吗？”

“他写信叫我来的……两千，你想想，给我寄来了……除此之外，我每个月还能得三百。这里有剧院吗？”

流放者在城里到处走来走去，寻找住房，一直到晚上。雨下了一整天，太阳也没有出来过。

“莫非这些野兽没有太阳也能生活？”他寻思道，两只脚在雪浆里搅和，“他们没有太阳也快活，满意！也难怪，他们有自己的口味。”

一张纸

复活节纪事

前厅。角落里有一张绿呢面的牌桌。桌子上放着一张灰色的办公纸、墨水和蘸水钢笔、一个撒沙器[①]。凶恶的看门人从这个角落走到那个角落，这是一个饥饿的人[②]。在他那吃得胖墩墩的脸上露出贪财的欲望，衣袋里丁零零响着受贿的果实。十点钟，一个小人物，或者用大人的话来说，那“家伙”从街上开始悄悄往前厅里溜，那家伙溜进来，踮起脚尖走近桌子，用颤抖的手胆怯地拿起蘸水钢笔，在灰色的纸上签上了自己那没有名气的姓名。他签名费了好大工夫，很专心，一丝不苟，就像在学写字……他把钢笔蘸上一点点墨水，就一点，蘸了五次：生怕墨水滴到纸上。要是他弄上一个斑点……那就全完了！（有一次发生过这么一件事……不过，此刻没时间说了……）他不能潦潦草草地签上花体字，绝对不能……连字母ъ都描得很仔细。练完写字之后，他久久地注视着自己的书法作品，检查有没有错，最后没有发现错误，这才擦掉脑门上的汗。

“基督复活了！”他对看门人说。

于是染过色的胡髭与扎人的硬胡髭相互挨了三下[③]……响起了接吻声，于是，新的“一些果实”伴随着悦耳的丁零声又落进了刻耳柏洛斯[④]的衣兜里。一个家伙走了之后，第二个家伙又溜了进来，第二个走了，又溜进来了第三个……就这样一直到一点钟。那张纸上上下下签满了名。三点多钟刻耳柏洛斯拿着这张纸送进寓所里。一个小老头接了过去，开始点那上面签名的数目。

“都有了……不过，这是什么意思？嗐！这时，呃呃……我连一个熟悉的笔迹也没有看到！这里倒像是一个人的笔迹！是某个书法家写的。他们雇了个书法家，他就替所有人签了名！太妙了，没说的！他们自己来拜节感到为难。唉呀！我有哪点对不起他们？他们凭什么要这样不尊敬我？”他停了片刻，叫道：“哎……马克西姆！坐车去一趟，老弟，去庶务官家以及其他……”

十一点钟。一个年轻人，头戴一顶底端佩着帽徽的制帽，满头大汗，喘着粗气，满脸通红……正在爬一道没完没了的楼梯，要到五层楼去……爬上去以后，他猛拉门铃。一个年轻女人给他打开了门。

“您家伊万·卡皮托内奇在家吗？”年轻人问道，累得上气不接下气，“呼！请告诉他，叫他赶快跑到大人家去重新签名！那张纸被人偷了！呼……现在必须换一张新纸……快点去！！”

“是谁偷的？谁需要这个啊？”

“他那妖婆呗……她是个……呸呸……他那个女管家偷走了！她收集废纸，按普特[⑤]卖……一个贪得无厌的婆娘，叫她不得好死！我还得跑八家呢……再见！”

另外一间前厅……一张桌子和一张纸。屋角里一个看门人坐在凳子上，老得跟《祖国之子》[⑥]一样，骨瘦如柴……十一点钟寓所里的门打开了。一个秃顶脑袋伸了出来。

“怎么，还是一个人也没有来吗，叶菲穆什卡？”那秃脑袋问道。

---

① 旧时用以吸干纸上墨水。

② 此语出自《圣经·新约·马太福音》，转义为贪婪的人。

③ 复活节的礼仪之一：教徒见面互吻三次。

④ 希腊神话中冥国门口看门的长着三个脑袋的恶犬。转义为：凶恶的看门人。

⑤ 俄国重量单位，1 普特等于 16.38 公斤。

⑥ 从 1812 年起在莫斯科出版的一种杂志。

“没人，大人……”

十二点过后那个脑袋又伸出来了。

“怎么，还是一个人也没有来吗，叶菲穆什卡？”

“连个人影儿也没有，大人！”

“嗯……你瞧瞧……嗯……”

一点多仍然这样，两点多还是这样……三点多整个身躯连手带脚都从里面走出来了。小老头走到小桌前，久久注视着那张空白的纸。他脸上露出极为悲痛的神情。

“嗯……跟以前那些年大不相同了，叶菲穆什卡！”他说着直叹气，“就这样……嗯……这就是说，在我脑门儿上都写着不祥的字：‘已退休’！！！涅克拉索夫好像这么写过……为了不让我那老伴笑话我，咱们就替他们签名吧！……你拿起笔来……”

空话，空话，空话[①]

在一间旅馆房间里，电报员格鲁兹杰夫躺在一张大的长沙发上。他用拳头支着他那浅色头发的脑袋，仔细瞧着一个娇小的褐发姑娘，不住地叹息。

“卡佳，是什么使得你堕落成了这样？告诉我！”格鲁兹杰夫叹了口气说道，“哎，你冻得多厉害啊！”

外面是3月份最恶劣的傍晚之一。朦胧的街灯勉强照亮泥泞的稀烂的雪地。一切都潮湿、肮脏、灰暗……风畏怯地小声低唱，仿佛害怕被禁止唱下去。从外面传来踩着泥浆的啪嗒啪嗒的脚步声……大自然都感到厌恶透了！

“卡佳，是什么使得你堕落成了这样？”格鲁兹杰夫又问了一遍。他的一双眼睛诚实、热情、真挚——她觉得是这样的。而这些堕落的生命是这么向往诚实的眼睛，像飞蛾扑火似的扑上去。你不用给她们粥喝，只消比较热情地瞧她们一眼就行了。卡佳不停地揪桌布的穗子，很窘地向格鲁兹杰夫讲述了自己可怜的经历。经历很一般，很低级：他，许诺，欺骗，等等。

“他是个多么可恶的下流坯！”格鲁兹杰夫气愤地嚷道，“竟有这种恶棍，魔鬼把他们全都抓去才好！他有钱，是吗？”

“是的，有钱……”

“我早就知道嘛……你们可真行啊，没说的。你们这些娘们干吗这么爱钱！你们要钱来干什么呢？”

“他对上帝发誓，要管我一辈子的生活。”卡佳小声说，“难道这不好吗？况且他献殷勤使我很得意……我有个老母亲。”

“哼……你们这些不幸的人，不幸的人！全都是由于愚蠢、无知……你们这些娘们全都懦弱！……不幸的人，可怜的人……听我说，卡佳！这事与我无关，我不喜欢干预别人的事，可是你的脸显得这么不幸，使我没法不干预！卡佳！你为什么不改邪归正呢？你怎么不觉得可耻呢？从各方面来看，显然你还没有完全毁掉，还可以回头……你为什么不努力走上正路呢？你能做到的，卡佳！你的脸这么漂亮，眼睛既善良又忧郁……而且你的笑容特别招人喜欢……”

格鲁兹杰夫握住卡佳的两只手，盯住她的眼睛一直看进她的心灵，说了许多好话。他轻声软语，用他颤抖的男高音说着，眼里噙着泪水……他那热乎乎的呼吸吹在她整个脸上，脖子上……

“可以改正的，卡佳！你还这么年轻……试一试吧！”

“我已经试过了，可是……毫无结果。全都经历过了……有一次我甚至去当女仆，虽然……我是贵族！我很想改邪归正。最脏的劳动也比干我们这一行强。我到一个商人家干活……呆了一个月，还可以，能住下去……不料女主人吃主人的醋，虽然我对他毫不注意，她吃醋，把我撵出来，工作没有了，所以……我又重操旧业……重操！”

卡佳眼睛瞪得很大，脸色变得煞白，突然她尖叫一声。隔壁房间有人把什么东西掉在地上了：大概那人吓了一跳。紧接着，她那细碎的、断断续续的、歇斯底里的哭声穿透了旅馆里所有薄薄的隔墙，传开去。格鲁兹杰夫奔去倒水给她喝。十分钟后，卡佳躺在长沙发上哭着说：

“我下贱，很坏！比世界上所有人都坏！我永远也改不了啦，永远也改不了啦，永远也不能变成一个正派女人了！我怎么能呢？下贱的女人，你觉得可耻，难过了？你自作自受，卑鄙的女人！”

卡佳话说得不多，比格鲁兹杰夫说得少，但是可以从中理解到

---

① 标题取自莎士比亚《哈姆雷特》第二幕中的台词。

许多东西。她很想讲一大篇忏悔辞，这是每一个“诚实的淫荡之徒”都很熟悉的，然而她的话里除了在道德上打自己的耳光外，没有别的东西。她把自己的整个灵魂抓得伤痕累累！

“我已经试过了，毫无结果！一点也没有！反正只有完蛋！”最后她叹着气说，把头发理了理。

年轻人瞧了一下表。

“我是不可救药了！感谢您……我有生以来第一次听到这么亲切的话。只有您一个人是把我当人来对待，虽然我不正派，很坏……”

卡佳突然停住不说了。在她脑子里像闪电似的掠过她从前在什么地方读过的一篇不长的小说……小说的主人公把一个堕落的女人带回自己住所，对她讲了几大箩筐的道理，把她引向正路，当她走上正路后，就让她做了自己的伴侣……卡佳沉思起来。这个浅色头发的格鲁兹杰夫会不会就是这类小说里的主人公呢？有点像……简直很相像。她瞧着他的脸，心怦怦跳起来。眼泪毫没来由地又流了下来。

“喂，好啦，卡佳，别难过了！”格鲁兹杰夫叹息道，看了看表，“只要你愿意，上帝会保佑你，你能改邪归正的。”

泪汪汪的卡佳慢慢解开短毛皮衣的上面三个扣子。那篇小说及其口若悬河的主人公从她的脑子里消失了……

风绝望地尖叫一声钻进了通风装置口，仿佛这是它有生以来第一次看见一块糊口的面包竟然对人有如此大的强制力。在上面，天花板上面远远的什么地方，有人咚咚地在弹一把很次的吉他。庸俗的音乐！

二十六

日记摘抄

同月2日　午饭后，思索西欧财政的凄惨状况。请她来当女管家。

6月18日　吃午饭时她大吵大闹。她心里很烦恼，看来，内心在发生剧烈的变化。我担心会不会是风流韵事。读了《呼声报》的社论……这不行！！！

12月4日　整夜栅栏门都在响。早晨五点钟看见办公室的职员卡里亚科夫从我院子里往外走。我问他在这里干吗？卡里亚科夫窘相毕露，心怀不轨。这坏蛋，得开除他。

同月28日　她整天大吵大闹。这么瞎折腾，见什么鬼了？在编号1302案卷里逮住一只老鼠，把它打死了。

新年　接待拜年的人。为了教育她，赠送她一本大有教益的书。她整天大吵大闹。我在情绪低落的状况下写《论佩切涅格人[①]对乌法省之侵犯》一文。看见了幻象。

同月4日　她把那本书和我写的文章都撕了。命令我恢复卡里亚科夫的职务。我照办，心肝儿！傍晚她又大吵大闹，撕我的文件，歇斯底里大发作，声称过两天就要去撒马拉省治疗胸口疼。我不放她走！！

2月6日　她走了！！一整天我躺在她的床上，心里这么考虑着："她没有病，因此她不是去治疗。这里面另有文章：风流韵事"。我怀疑她被我办公室里的某个毛孩子给迷住了。可是她跟谁，怎么好上的？明天就能了解到，因为那个惹事的人会请假去她那里。他，那个坏蛋，会向我递交请假的呈文，我就把他……逮住！！夜里栅栏倒没有响了，可我仍然没有睡好。尽管我心情沮丧，但仍在考虑法国的苦难处境。我同时看到两个幻象。上帝啊，饶恕我们这些有罪的人！

2月7日　共有二十六份请假呈文。全体！！！等一等……他们请假去喀琅施塔得。那么这就是她所在的地方了，这个撒马拉省哟！等一等……

同月8日　悲伤如故。心情沮丧。我大骂所有的人和事。整个办公室的人都卖力地工作——现在她没法谈情说爱了。我梦见了喀琅施塔得。

同月14日　昨天，即礼拜天，卡里亚科夫到城外什么地方去过了，今天就带着尖刻的冷笑在办公室走来走去……我要开除他。

同月25日　收到她的信。命令我寄钱去并再次恢复卡里亚科夫的职务。我照办，心肝儿！你就等着吧②！昨天又有三个人到城外去过……如今他们是把谁家的栅栏门弄响呢？

---

① 东南欧突厥系的古民族。

② 意为：办不到。

丈母娘——辩护律师

这件事发生在一个美好的早上，当时米舍利·普济列夫和丽莎·玛姆尼娜结婚刚满一月。米舍利喝过早咖啡，抬眼寻找帽子，正打算悄悄溜出门去上班，这时候丈母娘走进书房找他来了。

“我耽搁您一下，米舍利，就五分钟，”她说，“别皱眉头，我的朋友……我知道，女婿都不爱跟丈母娘谈话，不过，我，好像……跟您，米舍利，相处得挺好。我们不是女婿和丈母娘，而是聪明人……我们有许多共同之处……对吧？”

丈母娘和女婿在长沙发上坐下。

“我能为您效什么劳呢，好妈妈[①]？”

“您是个聪明人，米舍利，非常聪明；我呢……也不蠢……我希望我们能相互了解。我早就想跟您谈一谈了，*我的孩子*……请您坦白地告诉我，看在……看在一切神圣事物的面上，您要把我的女儿怎么样？”

女婿瞪大了眼睛。丈母娘接着说：

“我，您知道，同意……我想，好吧！为什么不呢？因为科学是好东西，没有文学也不行……是优美的东西呀！我理解！一个女人有文化修养当然挺好……我自己也是受过教育的，我理解……不过，*我的天使*，干吗要走极端呢？”

“这话是什么意思？我不大明白您的意思……”

“我不明白您为什么这样对待我的丽莎！您娶了她，可难道她真是您的妻子、伴侣吗？她是您的牺牲品！科学啦，书籍啦，各种各样的理论啦……全都是非常好的东西，可是，我的朋友，您别忘了，她是我的女儿！我不允许对她这样！她是我身上的一块肉！您在要她的命！她跟您结婚还不到一个月，就瘦得像根劈柴棍儿了！她在您这儿整天坐着看书，读那些愚蠢的杂志！抄写什么文字材料！难道这是女人干的事吗？您不带她出门，不让她生活！在您家，她不跟人来往，不跳舞！简直没法相信！结婚以来她没有赴过一次舞会！一次也没有！”

“没赴过一次舞会，那是因为她自己不愿去。您还是去跟她本人谈谈吧……您就会知道，她对您的那些舞会啦、跳舞啦是个什么看法了。不，我亲爱的！她对您的无所事事很反感！至于她整天读书和工作，那么，请您相信，在这件事上，谁也没有把自己的观点强加给她……正因为这一点我才爱她……恕我向您告辞了，并请您从今以后别再管我们俩的事。丽莎如果需要对我说什么话，她自己会说的……”

“您这样想吗？莫非您看不见她变得又温顺又沉默？爱情捆住了她的舌头！要不是有我，您怕早给她套上笼头了，先生！就是嘛！您是个暴君，专制魔王！请您从今天起改变您的行为！”

“我听都不要听……”

“不要听？那就别听！有啥了不起！要不是为了丽莎，我才不来跟您谈哩！我可怜她！是她求我来跟您谈的！”

“您这可是在撒谎了……这是撒谎，您得承认……”

“撒谎？那你就瞧瞧吧，无礼的家伙！”

丈母娘一跃而起，把门柄一拉。房门大开，米舍利看见他的丽莎站在门口，两手揉搓着，不住地啜泣。她那漂亮的小脸蛋儿上满是泪痕。米舍利一步跳到她跟前。

“你听见了吧？那你就跟她说说！让她了解自己的女儿！”

“妈妈……妈妈说的是真话，”丽莎边哭边说，“这种日子我受不了啦……我在受罪……”

---

① 原文为德语。

“哼……原来如此！太奇怪了……不过你为什么不自己对我说呢？”

“我……我……你会大发脾气的……”

“可是你自己经常谈起你反对无所事事呀！你说，你正是因为赞同我的观点，才爱我，你厌恶周围人们的那种生活！我也正是因为这一点爱上了你！结婚以前你一直鄙视和憎恨那种空虚的生活！如何解释你现在的变化呢？”

“那时我害怕你不娶我……亲爱的米舍利！咱们今天去参加玛利亚·彼得罗芙娜家的每周聚会吧！……”丽莎说着扑倒在米舍利胸前。

“您看见了！现在相信了吧？”丈母娘说罢，便趾高气扬地走出了书房。

“哎，你这傻瓜！”米舍利呻吟道。

“谁是傻瓜？”丽莎问。

“谁认错了人，谁就是傻瓜。”

我的娜娜[①]

这件事发生的时候，我还没有成为一名默默无闻的文人，我那扎人的胡髭还连一点点影儿都没有呢……

在一个美好的春天晚上，我从别墅的那个“圈子”回来，我们在那儿大跳其舞，全跟疯子似的。在我年轻的身体里，用句形象的话来说，骨头架子都跳散了，五脏六腑都翻腾起来了。在我那发狂的心灵中燃烧着、澎湃着最最不顾一切的爱情。这爱情是炽热的，强烈的，令人喘不过气的——一句话，这是初恋。我爱上了一个身材颀长、体型匀称的女人，她约莫二十三岁，有一张傻气但俊俏的脸蛋，脸颊上有两个迷人的小酒窝。我也爱上了这两个小酒窝和从宽边草帽下面披落在漂亮肩膀上的浅色鬈发……哎呀，总而言之！从那个“圈子”里回来，我就倒在自己床上，像被揍伤了似的，呻吟起来。一小时之后，我坐在桌子前，浑身发抖，涂写了整整十张纸，写了一封如下的信：

> “瓦列里娅·安德烈耶芙娜！我对您了解很少，几乎不了解，但是这不能构成达到我预定目的道路上的障碍。我就不说冠冕堂皇的话了，而是开门见山：我爱您！是的，我爱您，甚过爱自己的生命！这话并不是夸大其词。我是个正直的人，我从事劳动（这里我把我的高尚品质描述了很长一段）……生命对于我来说并不可贵。不是今天——就是明天，不是明天——就是一年以后……不是反正都一样吗？在我桌子上，离我胸膛两英尺远的地方，放着

一支左轮手枪（转轮里有六发子弹）。如果您珍视一个热烈爱您的人的生命，就请赐复。敬候回音。您的帕拉莎认识我。回信可通过她转交。昨晚曾与您**面对面**（的人，某某某）……

附笔：可怜可怜我吧！”

我把信封好，拿起桌上的左轮手枪摆在自己面前——与其说是要自杀，不如说是为了想象这样的情景——然后我走到别墅那里去找邮筒。邮筒找到了，信投进去了。

后来帕拉莎告诉我，我这封信的遭遇是这样的。第二天上午十一点，邮差来过之后，帕拉莎把我的信放在银托盘里送到女主人的卧室。瓦列里娅·安德烈耶芙娜躺在床上盖着一床轻盈的丝绸被子，懒洋洋地伸了伸懒腰。她刚刚睡醒，在吸第一支烟卷。阳光透过窗子惹人厌烦地射在她的脸上，她的眼睛被光线射得毫无兴致地眯起来。瞧见我的信，她做了一个无可奈何的怪相。

“这是谁来的信？”她问，“你来读吧，帕拉莎！我不喜欢读这类信。尽是蠢话……”

帕拉莎拆开我的信，开始读。她越往下读，她的女主人眼睛就瞪得越大。当她读到左轮手枪时，瓦列里娅·安德烈耶芙娜吓得张大了嘴，露出恐怖的表情瞧着帕拉莎。

“这是什么意思？”她茫然莫解地问道。

帕拉莎又读了一遍。瓦列里娅·安德烈耶芙娜开始眨眼睛。

“这是谁啊？他是谁？再说，他干吗要这么写？”她带着哭腔说，“他是谁？”

帕拉莎提起我，描绘了一番我的模样。

---

① 娜娜是法国作家左拉的长篇小说《娜娜》（1880 年，同年出版俄译本）的女主人公。这个名字当时很快在俄国小品文中用开了，成为代表特定意义的普通名词。契诃夫在他的短篇小说中就不止一次地用过它。

“啊！可他干吗写这个？你说，难道可以这样吗？我能做什么呢？我可不能啊，帕拉莎！他很有钱，是吗？”

帕拉莎——我把我的红利几乎都当小费给她了——想了一下，说我大概很有钱。

“我不能啊！今天，你瞧，阿列克谢·马特维伊奇要来我这里，明天是男爵来……星期四龙布来……我什么时候能够接待他呀？难道在白天吗？”

“格里高里·格里戈里伊奇说好今天白天要来……”

“对了，你瞧瞧！难道我有可能吗？那就对他说……让他……让他今天来喝茶好了……除此之外我没有别的可能了……”

瓦列里娅·安德烈耶芙娜要哭了。她是有生以来第一次知道左轮手枪是啥玩意儿，而且是从我的信里知道的！晚上我去到她家喝茶。我喝了四杯，虽然心里在受煎熬……可我很走运，下雨了，瓦列里娅的阿列克谢·马特维伊奇就没有上她家来。我终于喜出望外了。

一名古典中学生[①]的故事

奥捷佩列夫·万尼亚在出门参加希腊语考试之前，把所有的圣像都吻了一遍。他肚子里直翻腾，心口下面冒凉气，心脏怦怦跳个不停，由于吉凶未卜，吓得他心脏一阵阵发紧。今天他会考得怎样呢？会得3分还是2分？他五六次走到妈妈跟前，要她为他祝福，临走，又求他姨妈为他祈祷。在去学校的路上，他给一个乞丐两戈比，暗中希望这两戈比能为他的不学无术赎罪，并让上帝保佑他别碰上有“四十”和“十八”[②]这类数词的考题。

很晚他才从学校回到家，已是下午四点多了。回到家，他一语不发便躺下了。他那张瘦削的脸煞白，发红的眼睛周围有黑眼圈。

“喂，怎么啦？考得怎么样？得了几分？”妈妈走到他床边，问道。

万尼亚眨眨眼睛，嘴一撇，大哭起来。妈妈脸变白了，张开嘴巴，扬起双手一拍。她正在缝补的一条短裤从她手里掉到地上。

“你哭什么呀？看来，你没有考及格啰？”她又问道。

“我考……考砸了……得了个2分……”

“我早就知道嘛！我早就有这样的预感！”妈妈数说起来，“哎，天哪！你怎么就没考及格呢？什么原因？哪一门功课？”

“希腊语……我，好妈妈……老师问我，‘phero’[③]的将来时是什么，而我把将来时‘oisomai’[④]说成了‘opsomai’[⑤]。还有……还有……如果一个词最后一个音节是长元音，就不该打重音，可我……我一心慌……就忘了在这个词里的alpha[⑥]是长元音……一不小心就给打上了重音。后来，阿尔塔克谢尔克索夫叫我列举所有作后附词的语气词……我在列举时不小心把一个代词也举出来了……我搞错了……他就给我打了个2分……我这人……真倒霉呀……我念了一个通宵……这一个星期我每天都是早上四点就起床……”

“不，不是你，而是我倒霉，你这个混账东西！我才倒霉啊！你把我折磨得骨瘦如柴，你是个暴君，折磨我的人，不肖逆子！我为你这个吊儿郎当的废物伤透了心，累弯了腰，烦恼不安，简直可以说是在受苦受难，而你对这些在意过吗？你是怎么念的书？”

“我……我是在学习呀。整个通宵……您自个儿也看见的……”

“我祈求上帝让我死掉，可他不让我这个造孽的人死……你这个折磨我的人，人家的孩子都像模像样，而我只有你一个孩子，却没一点点头脑，没一点儿出息。揍你一顿吗？我倒是很想揍，可我哪儿来的气力啊？圣母啊，我哪有气力呀？”

妈妈掀起短衫前襟捂住脸，放声大哭起来。万尼亚难过得坐立不安，把脑门贴在墙壁上。这时他的姨妈走了进来。

“喂，我说……我有个预感……”她刚开口说，便马上猜到是怎么回事了，于是脸色发白，扬起双手一拍，说道：“一个早上我都很心烦……怎么搞的，我心想，要出事了……果不其然，出事了吧……”

“我这个捣蛋鬼，折磨我的人！”妈妈说。

“你骂他干什么？”姨妈冲着妈妈嚷开了，烦躁地一把扯下头上包着的咖啡色头巾，“难道这是他的过错？是你的过错！就是你！你何苦把他送到那所中学去呢？你算什么贵族？你们想往贵族圈子里钻吗？哎呀呀……可不是，当然了，这不，就把你们这样子弄成贵

---

① 沙皇俄国时代的古典中学里必修古希腊语、拉丁语、古希腊文学和古罗马文学。
② 原文为希腊语拼音。
③ 希腊语拼音。
④ 同上。
⑤ 同上。
⑥ 同上。

族！还不如照我早就说过的那样，学经商，送他去账房，像我的库贾那样……库贾，你瞧，一年挣五百。五百——这难道是闹着玩儿的吗？你折磨自己，又拿那该死的高深莫测的学问折磨孩子。他瘦得那样儿，老是咳嗽……你瞧瞧：他十三岁了，模样活像十岁的孩子。”

“不对，娜斯坚卡，不对，我亲爱的！是我没把他揍够，这个折磨我的人，就得揍，就是这么回事！哼——哼……鬼滑头、邪教徒，这个折磨我的家伙！”她冲着儿子举起手要打，“就该好好抽你一顿，可我没有气力。他还小的时候，人家都对我说：‘揍他呀，揍他呀，’……我不听，我这个造孽的人。现在这不就受罪了。你等等！我要揭你的皮！你等着……”

妈妈扬起泪湿的拳头吓唬他，呜呜地哭着朝房客的房间走去。她的房客名叫叶夫季希·库兹米奇·库波罗索夫，正坐在书桌前读《跳舞自学课本》。叶夫季希·库兹米奇是个又聪明又受过教育的人。他说话带鼻音，洗脸用肥皂，那肥皂不知有股什么味儿，搞得家里的人都打喷嚏，他在斋日也吃荤，正在寻求一位受过教育的女人做妻子，因而他被人们认为是最聪明的房客。他唱歌是男高音。

“老爷！”妈妈泪流满面，对他说道，“求您发发慈悲，揍我那……行行好吧！他没有考及格，我那小冤家！您能相信吗，他没考及格！我体弱多病，没法惩罚他……您替我抽他一顿吧，求您发发慈悲，行行好，叶夫季希·库兹米奇！给我这病女人一点面子吧！”

库波罗索夫蹙起眉头，从鼻孔里吐出一声长叹。他考虑了片刻，用手指敲着桌子，然后又叹了一口气，便起身去找万尼亚。

“您，可以说，在当学生！”他一上来就说，“在受教育，是要给您一条出路，您这令人气愤的年轻人！您为什么要这样？”

他讲了很长时间，发表了一大篇演说。他谈到文化知识，谈到光明与黑暗①。

---

① 俄语中有句谚语：学习是光明，不学是黑暗。

“就是这样，年轻人！”

他讲完了，便从身上解下皮带，伸手拉着万尼亚的手。

“对您没有别的办法！”他说。

万尼亚乖乖地弯下腰，把脑袋钻到他两个膝盖之间。万尼亚的两只粉红色招风耳朵在他那镶棕色饰条的新花呢裤上蹭来蹭去……

万尼亚没有哭喊一声。晚上，家庭会议作出决定，送万尼亚去学经商。

小 吃

愉快的回忆

那天是复活节前夕。晨祷前一个钟头，我的几位好友来邀我一道去教堂。他们都身穿燕尾服，系着白领结。

“你们来得正好，先生们！”我说，“你们来帮我摆桌子吧……我是个单身汉，所以家里不应该有女人……而需要朋友来帮忙。普卢姆博夫，咱们把桌子抬过来！”

我的朋友们一齐朝桌子走来。过了大约五分钟，我的桌子上就呈现出一幅令人馋涎欲滴的景象。一只火腿、香肠、伏特加、葡萄酒、乳猪冻……摆好桌子，我们就拿礼帽：该走了！可真不凑巧……就在这时有人按响了门铃……

普列克拉斯诺弗库索夫走了进来。一个矮小而孱弱的人跟在他后面。两个人腋下都夹着皮包……

“嘘……”我对朋友们说，“别作声！”

“我来介绍！”普列克拉斯诺弗库索夫手指着那孱弱的人说，“这位是伊利亚·德罗比斯库洛夫！他是最近到咱们这儿来上班的，就是咱们的成员了……你别不好意思，伊留沙[①]！也该习惯习惯了！我们俩走着走着，忽然顺便上这儿来了。我心想，我们顺道去一趟，把节钱拿了，省得明天再打扰您……”

我塞给他俩每人一张蓝票子[②]。德罗比斯库洛夫很窘。

“好的，”普列克拉斯诺弗库索夫朝手里瞧了一眼，接着说，“你们就要走了吗？不太早吗？咱们坐一分钟吧……歇口气。你坐呀，伊利亚，别害怕！你得习惯习惯！好多冷盘呀，真丰盛呀！不是吗？好多冷盘呀！这只火腿使我想起一件趣闻来了……”

于是，普列克拉斯诺弗库索夫目不转睛地盯着我那些冷盘，给我们讲了一则下流的轶事。一刻钟过去了，为了把不速之客请走，我打发我的安德留沙到街上去大喊：“来人哪！”安德留沙走出去，叫喊了约有五分钟，可我这两位不速之客纹丝不动……他们根本不予理睬，似乎“呼救”与他们毫不相干……

“到开斋[3]还得等很久哪！”普列克拉斯诺弗库索夫说，“现在就开斋太不该，不然咱们，伊留沙，那个……各来一杯……我说，先生们，咱们都干一杯，怎么样？伏特加可是素的啊！行吗？来喝吧！”

这个主意很符合我的朋友们的心意。他们走到桌子旁边，斟上酒，一饮而尽。他们吃了点咸鲱鱼[4]下酒，对那些荤菜只瞟了一眼。普列克拉斯诺弗库索夫直夸伏特加不错，为了弄明白它是哪家酒厂酿造的，便又喝了一杯。伊留沙一副窘容，但他也想弄明白……他们又喝了，可谁也没有弄明白。

“伏特加好极了！”普列克拉斯诺弗库索夫说，“我叔叔自己有过一个酿酒厂。就是说他，我的叔叔，有过一个所谓的……”

接着这位客人便向我们讲开了他怎么同他叔叔的“那人儿”在瞭望塔上幽会。我的朋友们把他团团围住，请求他再讲点什么……大家又喝了一杯。德罗比斯库洛夫非常巧妙地用袖子扫走一小块香肠，然后用手绢包着它，一面擤鼻子，一面趁人不注意将它塞进了嘴里。普列克拉斯诺弗库索夫吃了一块甜奶渣饼。

“我简直忘了它是荤食了！”他一面吃一面说，“得喝口酒把它送下去……”

据说午夜钟声曾响起，召唤大家去参加晨祷，可我们却没听见

---

① 伊利亚的小名。

② 5 卢布的钞票。

③ 复活节前有 7 个星期的大斋期，复活节晨祷后方可开斋。

④ 俄罗斯习俗：鱼不算荤菜。

这钟声。午夜时，我们正绕着桌子转来转去，一面问自己：再喝点什么好呢？……德罗比斯库洛夫坐在角落里，窘态毕露地啃乳猪冻。普列克拉斯诺弗库索夫用拳头捶着自己的皮包说道：

“您不喜欢我，可我却……喜欢您！说句诚实而高尚的话：我喜欢您！我是叼鸡的老鹰，是狼，是鸢，是猛禽，但是我仍然有足够的感情和智力，能够理解别人是不该喜欢我。我，譬如说，刚才拿了节钱……我已拿了，不是吗？可是明天我又来，说我没拿……我做出这种事，人家还能喜欢我吗？”

德罗比斯库洛夫啃完乳猪冻，克服了胆怯，说道：

“而我呢？人家还可以喜欢……我是个受过教育的人……要知道我干的不是我的本行。这不是我的事业！我对这种职务没有任何天赋……仅仅是为了挣钱糊口！我……是个诗人……嗯不错……喝醉了酒我就用诗体写公文。我也喜欢公众读物。报纸只有一点使我不喜欢，就是报纸的倾向性太大了。要是我，就不管它谁是自由派，谁是保守派。首要的是——不带倾向性！保守派干了坏事——扇它耳光；自由派捅了娄子——揍它老脸！出版一份报纸——这就是我的愿望。嘻嘻……要是我能坐在编辑室里，鼓起腮帮子，拆开一封封来信，那有多好。要知道，来信里什么都有……什么都有，……嘻嘻嘻……我就拆开信封，把来信读一遍，然后就……揍他一拳，就是那撰稿人呀！这岂不是很有意思吗？”

三点钟这两位客人拿起自己的皮包，上小饭馆去寻找扰乱秩序的现象去了。我的小吃只剩下了刀叉和两把匙子。其余的六把匙子已不翼而飞……

在费城召开的自然科学家代表大会

学术性文章

在大会上第一篇宣读的是为纪念达尔文而作的题为《人类起源》的论文摘要。鉴于讲坛与大厅有电话相连，报告人是用低声细语宣读的。可敬的论文摘要宣读者声称，他完全同意达尔文的观点。全部罪责应由猴子承担。他说，如果没有猴子，就不会有人，而凡是没有人的地方，就不会有罪犯。代表大会一致作出决定：向猴子表示不满，并将全部情况通报检察长先生（！）。以下几项反对意见最为引人注目：

1. 法国代表完全同意大会的意见，但仍无法解释从猴子怎么可能演变出得意洋洋的猪[①]和哭泣的鳄鱼[②]这两种极端的类型来。大会束手无策，只得作出决定：将此问题搁置到下届代表大会解决，在此问题解决之前暂时用什么东西堵住电话筒。

2. 德国代表，即《罗斯报》的外国记者，倾向于认为人类起源于猴子和鹦鹉，即从此二者演化而来。他认为，全人类将毁灭于摹仿外国人。（电话筒中传来一片赞同的呼声。）

3. 比利时代表只在一定程度上同意大会的意见，因为他认为，并非所有民族均起源于猴子。譬如说，俄罗斯人乃起源于喜鹊[③]，英国人起源于冻鱼[④]。他提出相当独特的论据来证明俄罗斯人起源于

---

① 典出谢德林特写集《在国外》（1881），指政治上的反动派或庸俗的人。

② “鳄鱼的眼泪”意为假慈悲、虚伪的同情。

喜鹊。大会对布什和马克谢耶夫案件记忆犹新，故对上述论据不难表示赞同……（《泰晤士报》）

③ 俄罗斯童话中喜鹊为小偷、贼。

④ 冻鱼又喻冷冰冰的无情的人。

猫

瓦尔瓦拉·彼得罗芙娜醒了，她开始倾听，当她发觉这不是在梦中，脸色就变得煞白，一双黑色的大眼睛也变得更大了，充满恐惧的神情……她吓得用双手捂住了脸，用胳膊肘支起身子，开始叫醒她的丈夫。丈夫蜷曲着身子，轻声打着鼾，呼出的气吹在她肩上。

“阿廖沙，亲人儿……快醒醒！亲爱的！……哎呀……这太可怕了！”

阿廖沙停止打鼾，伸直了双腿。瓦尔瓦拉·彼得罗芙娜拧了一下他的面颊。他伸了个懒腰，深深地呼了口气，便醒过来了。

“阿廖沙，亲人儿……你醒醒。有人在哭……”

“谁在哭？你胡想些什么呀？”

“你听听啊。听见没有？有人在呻吟……这一定是有人把小孩儿扔在咱们家门口了……哎呀，我简直不忍听！”

阿廖沙欠起身子，开始谛听。打开的窗户外是灰暗的夜色。微风将丁香花的馨香和椴树的絮语连同一些古怪的声音一起送至床前……一时也搞不清这是什么声音：是小孩儿的哭声，拉撒路①的哭诉，还是什么动物的嗥叫……你简直就搞不清！不过有一点倒是清楚的：声音来自窗下，而且发自不止一副嗓子，而是好几副嗓子……其中有童声高音、女中音、男高音……

“这个嘛，瓦莉娅②，是猫！”阿廖沙说，“你真是个小傻瓜！”

“猫？不可能！那些男低音又是谁呢？”

“是那些猪在哼哼呀。你别忘了，咱们这是住在别墅里……你听见了？就是猫嘛……好啦，放心吧，只管睡你的，上帝与你同在。”

瓦莉娅和阿廖沙躺下来，拉过被子盖在身上。拂晓，清新的空气从窗口弥漫进来，微微有些凉意。夫妇俩蜷缩着身子，闭上了眼睛。过了五分钟阿廖沙翻了个身，朝另一侧躺着。

“不让人睡觉，叫鬼抓去才好！……还在嚎叫……”

这时，猫儿们的歌唱却渐渐加强③。显然又有新的歌唱者，新的力量，加入它们的行列，而窗子下面轻微的响声逐渐变成嘈杂声、吵闹声、乱哄哄的响声……像肉冻般柔和的轻音④增强到最强音⑤的程度，很快空气中就充满了令人恼怒的种种声音。有的猫发出时断时续的叫声；有的猫则发出热情奔放的颤音，就像照着乐谱在唱歌，有 8 分音符和 16 分音符；还有一些猫拖着单调的一个长音……有一只公猫大概是其中年纪最大并最为热情的，它的声音很不自然，不像猫叫，它一会儿唱的是男低音，一会儿又唱的是男高音。

“喵噢……喵噢……嘟……嘟……嘟……哇呜……”

若不是有咝咝的叫声夹杂其中，那谁也想不到这会是一群猫在叫……瓦莉娅翻了个身，嘟嘟囔囔着什么……阿廖沙跳起身来，一面朝空中咒骂，一面关紧了窗子。然而窗子并不厚：声音、光线和电灯光都能透进来。

“八点钟我就得起床，坐车去上班，”阿廖沙骂道，“它们一个劲儿嚎叫，不让人睡觉，这些恶魔……可是你该闭上嘴啊，求你啦。娘儿们！就在我耳朵边哼哼唧唧！就这么抱怨个没完！难道是我的错？那些猫又不是我的！”

“把它们轰走吧！亲人儿！”

丈夫嘴里骂骂咧咧，跳下了床，走到窗子跟前……此时夜色将尽，黎明将至。

---

① 圣经中的一名乞丐。

② 瓦尔瓦拉的小名。

③ 原文为意大利语，音乐术语。

④ 同上。

⑤ 同上。

阿廖沙望了望天空，只瞧见一颗小星星，而这颗小星星也仿佛在雾中，光芒隐约可见……椴树上的麻雀，被开窗子的响声惊起，发出唧唧喳喳的抱怨声。阿廖沙朝地上望去，看见那儿有十来只公猫。它们翘着尾巴，发着咕咕声，脚掌轻柔地踩在青草上。一只漂亮的小母猫坐在一个倒扣着的大盆子上，公猫们拱起脊背，围着小母猫转来转去，一面唱着歌。很难确定那些公猫的心中是什么感情更胜一筹：是对小母猫的爱情呢，还是自尊心？它们来到这里是为了追求爱情呢，还是仅仅为了显示自己的尊严？它们彼此之间则满怀极其敏锐的仇视……在小花园外面，一头大猪带着一群小猪，在篱笆上蹭个不停，想要进到小花园里来。

“呼哧！”阿廖沙吆喝了一声，“走！你们这些鬼东西！呼哧！……滚！”

然而那些公猫对他毫不理睬。只有那只小母猫朝他这边瞥了一眼，而且还是那么飞快地瞟了一下，蛮不乐意的样子。此刻它正幸福着呢，根本顾不上阿廖沙……

“呼哧……呼哧……天杀的！呸，叫魔鬼把你们全抓走！瓦莉娅，把玻璃水瓶拿过来！咱们用水浇它们！这些鬼东西！”

瓦莉娅从床上跳下来，但递给他的不是玻璃水瓶，而是浇水洗手用的高水罐。阿廖沙用胸膛靠在窗台上，伸出水罐往下倒水。

“哎呀，先生，先生！”他听见自己头顶上方传来喊声。“哎呀，年轻人，年轻人！这么干吗？哎呀哎呀哎呀……年轻人哪！！”

接着是一声叹息。阿廖沙仰起头来，便看见披着大花棉布睡衣的肩膀和瘦骨嶙峋的手指。瘦削的肩膀上支起一个白发苍苍的小脑袋，扣着一顶尖顶睡帽。手指则指指点点地威胁着……这位老人坐在窗旁，目不转睛地瞧着那些猫。他的一双小眼睛闪射出情欲的光辉，色眯眯的，仿佛在观赏芭蕾舞表演。

阿廖沙张大嘴巴，脸色发白，接着便露出微笑……

“您在歇息吗，大人？”他没头没脑地问了一句。

“这可不好啊，可敬的先生！您是违抗自然，年轻人！您在破坏……呃呃呃……所谓的，自然规律！这可不好啊！跟您有什么相干？要知道，这是……呃呃呃……有机体，不是吗？照您看是什么？难道不是有机体？应该明白这一点！我可不敢赞同您的行为，可敬的先生！”

阿廖沙胆怯了，他踮起脚尖走到床前，悄没声儿地躺下了。瓦莉娅蜷缩起身子倚着他，大气都不敢出。

“这人是我们的……上司，”阿廖沙耳语道，“大人……还没睡。在瞧那些猫玩儿呢。活见鬼！跟上司住在一起真不愉快。”

“年轻人！”过了一分钟阿廖沙又听见那老人的声音，“您在哪儿？请走过来！”

阿廖沙走到窗子跟前，抬起头望着那老人。

“您瞧见那只白公猫了吗？您觉得它怎么样？这是我的猫！说风度有风度！步态多美！……您瞧呀！喵呜，喵呜……瓦西卡①！瓦休什卡②，小滑头！瞧那小坏蛋的小胡须多漂亮！是西伯利亚种，这个小滑头！从老远的地方来的……嘻嘻嘻……而那只小母猫可是……可是遭殃啰！嘻嘻。我的猫总是稳操胜券的。这一点您马上就会深信不疑的！说风度有风度！”

阿廖沙说，他很喜欢这只猫的毛色。老头儿开始描述这只猫的生活方式、习惯，越讲越来劲，一直讲到旭日东升。他详细讲述种种细枝末节，不住吧嗒嘴巴，舔他那瘦骨嶙峋的手指头……这样一来，阿廖沙就没能睡一会儿！

第二天夜里十二点刚过，那些猫又扯开嗓子大唱起来，又把瓦莉娅吵醒了。阿廖沙不敢去把猫轰走。因为在这群猫中，有一只是他的大人——他的上司的猫。于是，瓦莉娅和阿廖沙就听猫的音乐会一直听到早晨。

---

① 猫的名字瓦夏的爱称。

② 瓦夏的小名。

一年一次

公爵小姐的那座有三扇窗户的小房子显现出节日气氛。它像是变得年轻了。房子四周被仔细地打扫干净，大门洞开，窗户上的格子护窗板也取下来了。新近擦洗干净的窗玻璃怯生生地在跟春天的阳光嬉戏……看门人马克站在大门旁，他年老体弱，身穿一套被虫蛀过的仆役制服。他那长着硬胡子的下巴（整个早上他都在用他那发抖的手刮胡子）、新擦干净的靴子以及带徽纹[①]的纽扣也都闪烁着太阳的反光。马克从他的小房间里钻出来不是没有原因的。今天是公爵小姐的命名日，所以他得给登门拜访的客人们开门并高声通报他们的姓名。此时前厅里散发着的气味不是平时的咖啡渣的气味或素菜汤的气味，而是类似某种香皂的香水味。各个房间都经过一番精心的收拾：挂上了窗帘，取下了蒙在画上的罩纱，给磨损的不光滑的地板打了蜡。凶恶的母猫茹利卡以及一群小猫和小鸡全被关在厨房里，直到晚上。

公爵小姐，即有三扇窗户的小房子的主人，是一位驼背的满脸皱纹的小老太婆，坐在一张大扶手椅里，不时理一理白色薄纱裙衣的皱褶。只有一朵玫瑰花别在她那干瘪的胸前，表示在这儿还有青春存在！

公爵小姐在等待登门祝贺的客人。来客应有：特兰勃男爵及其儿子、哈拉哈泽公爵、宫廷高级侍从布尔拉斯托夫、堂兄比特科夫将军及其他许多人……总共应有约莫二十来人！他们会乘车到来，使她的客厅充满欢声笑语。哈拉哈泽公爵会高歌一曲，而比特科夫将军会花两个钟头求她赐给他这朵玫瑰……而她可知道在这些先生们面前应当如何举止应对！她的一举一动都将显示她神圣不可侵犯、高傲庄严、很有教养的风度……顺便提一下，来客中还会有商人赫图尔金和佩列乌尔科夫：为这一类人在前厅里备有纸笔。“各人知道各人的身份”。让他们在前厅签了名就离开吧……

十二点了。公爵小姐理了理衣服和玫瑰花。她侧耳倾听：是不是有人拉响了门铃？一辆马车辘辘响着走过门前，停住了。五分钟过去了。

“不是到我家来的。”公爵小姐暗自想道。

是的，公爵小姐，不是到您家来的！过去若干年来的历史此刻又重演了。无情的历史啊！

两点钟，公爵小姐同去年一样，朝自己的卧室走去，一面闻着氨水[②]，一面哭。

“一个人也没有来！没有一个人来！”

老马克在公爵小姐身旁手忙脚乱。他难受的心情不亚于公爵小姐：这些人都变坏了！从前他们像苍蝇似的扑进客厅里来，可是如今……

“一个人也没有来！”公爵小姐哭着说，“男爵啦，哈拉哈泽公爵啦，若尔日·布维茨基啦，都没来……他们抛弃了我！可要是没有我，他们能成为今天这个样子吗？他们的幸福和功名全靠我的栽培——全靠我一个人！没有我，他们就什么也不是。”

“就什么也不是！”马克随声附和道。

“我并不要求报恩……我不需要这个！我需要的是感情！我的上帝，叫人多么伤心，多么伤心！甚至我的侄儿让[③]也不来。为什么他不来？我有哪点对不起他？我把他欠的债全都还了，还把他的妹妹达尼雅嫁给了一个挺不错的人。这个让可叫我花了不少钱！我向

① 贵族的家族徽纹标记，常刻印在衣物、用品、车辆等上。
② 医药中用作镇静剂。
③ 法国名字。

我兄弟，即他的父亲，许下的诺言，我已经做到了……在他身上我花费了……你是知道的……”

“您，公爵小姐，可以说，就是他的父母，您代替了他的亲生父母。”

“可你瞧瞧……瞧瞧这种报恩法！唉，这些人哪！”

三点钟，公爵小姐跟去年一样，歇斯底里大发作了。惊慌失措的马克戴上他那顶有金银边饰的帽子，跟马车夫就车钱讨价还价好一阵子，这才坐上马车找那个名叫让的侄儿去了。公爵让住在租的一套带家具的公寓里，幸好离公爵小姐家不算太远……马克碰上公爵躺在床上。让刚从昨天开始的酒宴上回来。他那张疲惫无神的大胖脸红得发紫，额头汗涔涔的。他脑袋里嗡嗡响，胃里直翻腾。他很想入睡，可是不行：他直恶心，要呕吐。他那百无聊赖的眼睛盯着盥洗盆，其中盛满了垃圾和肥皂水，快要溢出来了。

马克走进这间肮脏的屋子，厌恶地缩起身子，畏畏葸葸地走到床跟前。

“这可不好啊，伊万·米哈雷奇！”他说，带着责备的神情直摇头，“不好！”

“什么不好？”

“为什么您今天没有去向您姑姑祝贺命名日？难道这样好吗？”

“滚出去！”让说，眼睛没离开肥皂水。

“难道这不叫你姑姑伤心吗，啊？哎，伊万·米哈雷奇，公爵大人！您毫无感情！喂，凭什么您要使她伤心？”

“我不登门拜访谁……就这么跟她说……这种风气早就过时了……我们没时间坐着车到处跑。你们要是没事可做，坐上车到处跑好了，别来打扰我……喂，滚吧！我要睡觉了……”

“‘我要睡觉了’……恐怕您是要把脸躲开！不好意思正视我的眼睛吧？”

“呃……嘘……你这个贱货！癞皮狗！”

马克开始使劲眨眼睛。长时间的沉默。

"您哪，老爷，就去一趟，向她表示祝贺吧！"他温柔地说，"她在哭，躺在床上滚来滚去……您就发发慈悲，向她表示一下敬意……去一趟吧，老爷！"

"我不去。用不着也没工夫……况且我去那个老处女家干吗？"

"去一趟吧，公爵大人！给个面子吧，老爷！您就做件好事吧！您的，可以说是忘恩负义和麻木不仁，使得她伤心透了！"

马克用衣袖拭眼睛。

"行行好吧！"

"嗯……那么，有白兰地吗？"让问道。

"有啊，老爷，公爵大人！"

"这样嘛！……嗯……是啊……"

公爵使了个眼色。

"那，能拿到一百卢布吗？"他又问。

"这决不可能！您自己也不是不知道，公爵大人，以前的钱，现在我们已经没有了……亲戚们搞得我们破了产，伊万·米哈雷奇。以前我们有钱的时候，大家纷纷上门，可是现在……是上帝的旨意吧！"

"去年我登门拜访从你们那儿得了……多少？得了二百卢布。现在连一百也没有了？你这是在开玩笑，乌鸦！你在老太婆那儿去翻找一下，准能找出钱来……不过，滚吧。我想睡觉了。"

"您就发发善心吧，公爵大人！她老了，身体虚弱……只剩一口气了。可怜可怜她吧，伊万·米哈雷奇，公爵大人！"

让丝毫不为所动。于是马克开始跟他讨价还价。到四点多，让终于屈从了，他穿上燕尾服，坐上车去拜访公爵小姐。

"*我的姑姑*。"他吻着她的手，哽咽着唤道。

然后他坐在沙发上，开始讲他去年已经讲过的那一番话：

"*我的姑姑*，玛丽·克雷斯金娜收到从尼斯[①]寄来的一封信……

---

① 法国地名。

是她那亲爱的丈夫写的！啊？他是个怎样的家伙？他非常放肆地描述他跟一个英国人的一场决斗，为了某个歌女……她的名字我忘了……”

“真的吗？”

公爵小姐眼珠朝上翻，扬起双手一拍，惊讶中带着点恐惧，又问一次：

“真的吗？”

“是的……他在那儿决斗，追逐歌女，而妻子呢……由于他的缘故变得消瘦、憔悴……这种人我真不理解，*我的姑姑*。”

幸福的公爵小姐朝让的身边挪了挪，两个人便聊起来了……茶和白兰地端上来了。

当幸福的公爵小姐听着让的高谈阔论而哈哈大笑，一会儿吓一跳，一会儿又吃一惊的时候，老马克却在翻腾他的那些小箱子，把一张张钞票凑在一起。公爵让作出了很大让步。只消给他五十卢布就行了。可是为了付这五十卢布，就得翻找不止一只小箱子。

小事几则

1　妈妈和连托夫斯基先生

这是在夜里一点半钟。我悄没声儿安安静静地坐在我的书房里，在写一部蹩脚的中篇小说。没有任何事物扰乱我，我本来会一直写到天亮的，可是突然……读者诸君，我恳求你们，可别有这样的妈妈！

前厅门铃响了一下，厨娘发出埋怨声，接着妈妈飞也似的冲进了我的书房。她两颊通红，眼睛放光，嘴唇颤抖，脸上确确实实充满幸福的神情，她还没有脱下被雨湿透的帽子、套鞋和放下手提包，便扑上来搂住我的脖子。

"我全都看见了。"她哼哼着说。

"您怎么啦，妈妈？您这是从哪儿回来？"我惊讶地问道。

"从埃尔米达日剧场。我全看见了，我真荣幸！"

"您究竟看见什么了？"

"所有的人！有图尔科夫、切尔克索夫、图尔克什丹采夫[①]……所有的人！穿着那样的长袍，缠着那样的头巾！所有的外国人[②]我也全看见了！他们全都皮肤黝黑，戴着帽子！哎呀！"

我让妈妈在扶手椅上坐下来，替她摘下帽子，用毛巾拭干她那幸福的被雨淋湿的脸。

"我太幸福了！"妈妈接着说，"我看见所有各个民族。我特别喜欢其中的一个外国人……你想象一下……高高的个子，体态非常匀称，宽肩膀，黑发男子。他的那双黑眼睛直冒南方酷暑的热气！

他身穿一件深蓝色的长披风，很有风韵地一直拖到脚后跟。这件披风在肩上打了很漂亮的皱褶……啊，这些外国人真会穿戴！他头戴一顶小帽，脚蹬高筒皮靴。那些小坠子要值多少钱呀！他手里拿着一根手杖……多半是个西班牙人。”

“妈妈，要知道，这人是连托夫斯基呀！”我大喊起来。

“不可能！整个晚上我都跟在他后面寸步不离！我对谁也不瞧，光瞧他一个人了！不可能！他坐下吃晚饭，而我就站在离他桌子不远的地方目不转睛地瞧着他！”

妈妈激动得不行，又向我描绘了一遍这个有趣的外国人的衣着。我不想让她失望，就再一次用毛巾拭了拭她那湿漉漉的脸，表示同意她的说法，然后祝她晚安。

2 歹徒与叶戈罗夫先生

那是一个美丽而神奇的午夜。清新而芬芳的微风从我敞开的窗户吹进来，与我的灯火嬉戏。

著名的口技大师叶戈罗夫先生坐在我屋子里。我和他一面喝着掺罗姆酒的茶，一面在茶炊的嘟嘟声中兴味盎然地聊天。四周一片静寂和安宁，没有任何东西来打扰我们，叶戈罗夫正准备为我表演猫叫，使我一饱耳福，这时忽然从我的书房门外传来了可疑的声响。我把书房门打开一条缝，朝我卧室里瞧了一眼，顿时吓得半死。一个彪形大汉手握斧头，从窗口往我屋里爬进来。第二个歹徒跟在他后面，第三个歹徒跟在第二个的后面，不一会儿我的卧室里已满是歹徒了。

“必须把他们杀掉！”其中一人说。

“我来干，头儿！我的斧头已按捺不住要叫人脑袋开花。”

---

① 均为连托夫斯基剧团中的演员名字。

② 连托夫斯基剧团中有外国演员。

“那你就去干吧，我们来搜寻贵重物品。”

瞧，这能不叫人吓得半死吗？我一把抓住叶戈罗夫先生的手。

“咱们没命了。”我悄声对他说。

“哪会呢！”叶戈罗夫先生说，“咱们这就把他们撵走！”

叶戈罗夫先生说完便蹲在房门旁边，开始发出一只链子拴着的狗的狂吠声。

“咬呀，冲上去！”我大声喊道，“伊万、彼得……谢多尔，来呀！”

叶戈罗夫先生同时发出几只狗的不同吠声，我的寒舍很快便充满了狗叫声。使人觉得有一群猎狗在狂吠。您猜怎么着？歹徒们惊恐万状，他们畏缩不前了。我们就这样转危为安。在此，我仅用文字向叶戈罗夫先生表示最衷心的感激。

3 罗东先生的机智

5 月 10 日半夜一点钟，埃尔米达日剧场里在排练节目的时候出了一场乱子。切尔诺夫先生和瓦利亚诺先生在抽雪茄烟的时候把火星儿掉到不知谁的薄纱裙衣上了，女仆刚把这件裙衣送来，放在舞台的凳子上。不消说，裙衣着火了。约莫两分钟火焰便吞没了凳子、桌子，蔓延到侧面幕布，大有席卷整个剧场之势。可以想象，被烟呛着的演员们惊惶失措的模样和连托夫斯基先生痛苦的心情！女演员们纷纷晕倒。很不幸的是，台上既没有消防队员，也没有水。火舌已舔着了天花板并朝乐池窜去，即将吞没整个剧场，就在此千钧一发之际罗东先生忽然灵机一动。

“有了！”他大叫一声，“我们有救了！朋友们，跟我来！”

演员们跟着他冲进化妆室。他换上装，化装成一名消防队员。伙伴们也都学他的样，不一会儿舞台上便挤满了消防队员。剧场因而脱险。

夜莺的纪念演出

评论文

我们在小河岸边占好座位。在我们前面是陡峭的褐色黏土河岸，在我们背后是一大片广阔的黑沉沉的灌木林。我们俯身趴在柔嫩的青草上，拳头支着脑袋，两条腿好不自在，爱往哪儿伸就往哪儿伸。我们脱下了春季大衣，却没有付二十戈比的存衣费，因为，谢天谢地，在我们四周没有剧场引座员。灌木林、天空和那一直伸展向远方的原野都沉浸在月光之中。远处有一盏红色的灯火在悄然闪亮。空气宁静、透明、馨香……一切对于纪念演出①的主角来说都很适宜。当前他所该做的，仅仅是不要折磨我们的耐心并尽快开始演出。然而他很长时间都没有出场……我们一面等他，一面按节目单的安排在听其他演员的演唱。

晚会由布谷鸟的演唱开场。此君在灌木林中某个远远的地方懒洋洋地唱了起来，唱了十来声便停住了。紧接着两只红脚隼从我们的头顶上掠过，发出尖厉的叫声。然后著名的女歌唱家，认真练习的黄莺用她那女低音歌喉唱了起来。我们被她的歌声所陶醉，若不是一群白嘴鸦飞来宿夜，我们还会听很久的……然而远处一群乌云似的白嘴鸦朝我们逼近，发出呱呱的吵闹声。这片乌云好长时间都没有安静下来。

在白嘴鸦吵闹不休的时候，住在芦苇丛中公家住房里的青蛙们也叫声大作，整整半个钟头，音乐会的会场里充满了各种不同的声音，这些声音不久便汇合成为一个声音。一只昏昏欲睡的鸫鸟不知在什么地方叫了起来。水鸡和苇莺则为它伴奏。接着幕间休息的时间到了，四周变得一片寂静，只有一只坐在观众席旁草丛中的蟋蟀，偶尔鸣唱几声，打破寂静。在幕间休息的时候，我们的耐心已达到顶点，我们开始对这场演出的主角口出怨言了。直到黑夜降临大地，皓月升至中天，悬挂在灌木林上空，他才终于登场。他出现在一片小槭树林中，飘然落在一株黑刺李树上，转动几下尾巴，便一动不动了。他身穿一件灰色上衣……他对观众毫不在意，总是穿了土老汉麻雀的服装出现在观众面前。（可耻啊，年轻人！不是观众为您服务，而是您为观众表演啊！）他纹丝不动地坐了大约有三分钟……这时林梢开始沙沙作响，微风吹来，那只蟋蟀唱得更加嘹亮了。在这个乐队的伴奏之下，纪念演出的主角才开始唱出了第一声。他开始演唱了。我不准备描写他的歌唱，我只说一点：当这位演唱家微微扬起嘴喙，吹了一声口哨，使小丛林里荡漾着他的呖呖啼啭的时候，连乐队也激动得停止演奏，屏息谛听了……他的歌声既有力量，又很柔美……不过，我并不想抢诗人们的饭碗，让他们去描写吧。他在歌唱，周围是一片凝神倾听的寂静。只有当一只猫头鹰心血来潮，鸣叫起来，力图压过这位演唱家的歌声的时候，树木才纷纷发出气愤的责备声，风儿也发出了嘘声……

天空开始变成灰白色，星星变得黯淡了，歌唱家的声音变得衰弱和柔和些了，这时伯爵地主家的厨师来到树林边。他弯着腰，左手扶着帽子，悄没声儿地钻进树丛。他右手提着一个篮子。他的身影在树木间时隐时现，不一会儿便消失在树丛中了。歌唱家还唱了一会儿，然后突然不唱了。我们正准备离去。

“它在这儿，小滑头！”我们听见有人说话，很快就看见了厨师。伯爵的厨师朝我们走来，快活地笑着，伸出一只拳头给我们看。刚才被他逮住的纪念演出的主角从他的拳头里露出小脑袋和尾巴……可怜的演唱家！愿上帝保佑，别让谁遭到这种搜捕。

“您逮它干吗？”我们问厨师。

---

① 沙俄时代为纪念或祝贺某个演艺人员的成就而举办的演出。

"关进鸟笼子呀!"

迎着清晨，一只长脚秧鸡哀鸣起来，失去歌唱家的树林也喧哗起来。厨师将玫瑰花的情侣[1]塞进篮子，快活地朝村里跑去。我们也各自回家了。

---

① 指夜莺。

代表，或：苔丝苔蒙诺夫如何损失二十五卢布的故事

——献给 Л.И.帕利明[①]

“嘘……咱们上门房去，这儿不方便……他听得见……”

大伙到门房里去了。为了不让看门人马卡尔偷听告密，便赶紧打发他到地方金库去。马卡尔拿上发文簿，戴上帽子，但并没去地方金库，而是躲在楼梯底下：他知道要闹事了……头一个发言的是卡沙洛托夫，接着是苔丝苔蒙诺夫，然后是兹拉奇科夫……多么慷慨激昂，怒不可遏呀！一张张通红的面孔在不住地抽搐，一个个拳头在咚咚地捶打胸脯……

“我们生活在19世纪下半期，不是在鬼才知道的什么时代，不是在洪水前期[②]！”卡沙洛托夫开口说道，“在过去，这些大腹便便的家伙可以为所欲为，今天可不行了！我们已经受够了！旧时代已经过去，那时……”如此等等……

苔丝苔蒙诺夫也讲了一通诸如此类的话。兹拉奇科夫甚至出言不逊，骂得很难听……都在大吵大闹！不过，也有一个头脑清醒的人。此人做出一副忧心忡忡的样子，用擤满鼻涕的手绢擦擦脸，这才开口说道：

“算了，值得吗？……哎……譬如说，就算他……这是事实；不过，又何苦呢？你们怎么对待人，人也怎么对待你们：有朝一日你们当上长官，别人也要造你们的反。相信我的话！你们这样做只会害自己。”

但是大家都不听这位头脑清醒的人的话，没让他把话说完，就

把他挤到门边去了。他眼看头脑清醒丝毫不起作用，便也变得头脑不清醒起来，也激动起来了。

“到今天我们总该叫他明白了，我们和他是一样的人！”苔丝苔蒙诺夫说，“我们，我要再说一遍，不是奴才，不是贱民！我们不是豢养的角斗士！我们不允许谁侮辱我们！他对我们说话不称呼‘您’，而是‘你呀你’③的，给他行礼也不还礼，目中无人；你向他禀报事情，他张嘴就骂……如今对听差也不能称呼‘你呀你’的了，何况是对有身份的人呢！就这么跟他说！”

“前两天他冲我说：‘瞧你这副嘴脸怎么搞的？上马卡尔那儿去，让他拿拖把给你擦干净！’这玩笑开得真够瞧的！还有一回……”

“有一回我和老婆在一道走，”兹拉奇科夫抢着说，“碰上了他……‘你这大嘴巴，’他说，‘老是跟窑姐儿们逛荡！甚至在大白天！’我说：‘这位是我妻子，大人……’可他没道歉，只是把嘴咂得吧哒一响！我老婆受了这场侮辱大哭了三天。她不是窑姐儿，恰恰相反……你们都知道……”

“总而言之，诸位，再这样下去绝对不行！有他没我们，有我们没他，我们决不能和他共事了！要不他走，要不我们走！宁可丢掉官职，不可名誉扫地！现在是19世纪。谁都有自尊心！我尽管是个小人物，可也不是等闲之辈，我有我自己的自尊！我不容许！就这么跟他说！我们当中去一个人跟他说！这样下去绝对不行！代表我们大家！去！谁去？就这么照直说！用不着害怕，什么事也出不了！谁去？呸，见鬼……我嗓子都喊哑了……”

大伙开始推举代表。经过长时间的争论和吵嘴，终于一致公认苔丝苔蒙诺夫是最聪明、最有口才、最勇敢的人。他有图书馆的借

---

① Л.И.帕利明（1841—1891），俄国诗人。

② 据《圣经》载，远古时期上帝怒降洪水，世界淹没，仅存诺亚方舟。

③ 不客气的随便的口吻。

书证，字写得漂亮，结识了不少知书达理的小姐——可见他很聪明：能随机应变，知道什么时候该说什么话、怎么个说法。至于胆量，那就勿须多说了。谁都知道，有一回警察分局局长在俱乐部里把他错当做“下人”，他当即要求警察分局局长赔礼道歉。不等后者沉下脸来，关于这一壮举的消息早已不胫而走，传遍四方，并且大得人心……

“你去吧，谢尼亚[①]！别怕！你就这么跟他说！告诉他，不行！你认错了人，大人！就这么说！你胡作非为！你另找别人给你当奴才吧，我们是见过世面的，我们自己，大人，也会装腔作势。你别想糊弄人！就这样……去吧，谢尼亚……朋友……只是你得把头发梳梳……你就这么跟他说。”

“我脾气暴躁，先生们……恐怕要说走火。还是兹拉奇科夫去好！”

“不，谢尼亚，你去……兹拉奇科夫只能在绵羊跟前充好汉，而且还得先喝醉才行……他是个笨蛋，你好歹……去吧，心肝儿……”

苔丝苔蒙诺夫梳好头发，拉平背心，冲着拳头咳了声嗽，就去了……众人都屏息无声。苔丝苔蒙诺夫走进上司的办公室，就在门旁站住，用颤抖的手抹了抹嘴唇：怎么开头呢？他一看见那长着个熟悉的黑疣子的秃顶脑瓜，就觉得心窝直冒凉气，发紧，就像有条腰带箍紧了似的……背上掠过一股寒气……不过，这也没什么，谁初次上阵都这样，只是别胆怯……壮起胆子来！

“呃——呃……你来干什么？”

苔丝苔蒙诺夫向前迈了一步，动了动舌头，但一个字也吐不出来：嘴里像有什么东西缠作一团。这位代表还感觉到，不单嘴里有什么缠作一团，而且五脏六腑全都如此……胆量从心里钻到肚子里，在那儿咕噜响了一阵之后，就又顺大腿钻到脚后跟，最后在靴

---

① 苔丝苔蒙诺夫的小名。

子里卡住了……而靴子是破的……糟了！

“呃——呃……你来干什么？没听见吗？”

“嗯……我没什么事……我只不过来看看。我，大人，听说……听说……”

苔丝苔蒙诺夫想要打住，但舌头不听他的使唤，还在继续说：

“我听说大人在发售马车彩票……彩票券，大人，呃……大人…”

“彩票券？好……我这儿还剩下五张，只是……你五张全要吗？”

“不……不……不，大人……一张……就够了……”

“你五张全要？我问你！”

“很好，大人！”

“六卢布一张……不过你嘛，只要五卢布就行了……签个字吧……衷心祝你中彩……”

“嘻嘻嘻……多谢，大人……呃……非常愉快……”

“去吧！”

一分钟后，苔丝苔蒙诺夫站在门房中央，脸红得像大虾，眼泪汪汪地求朋友们借给他二十五卢布。

“我给了他，弟兄们，二十五卢布，可这不是我的钱呀！这是丈母娘给我交房租的……借给我吧，诸位，求求你们！”

“你哭什么？你要有马车坐了……”

“坐马车……马车……我要马车吓唬人还是咋的？我又不是神职人员！再说，即使我赢了辆马车，我拿它往哪儿放？我放到哪儿去？”

他们议论了半天，而在他们纷纷议论的时候，马卡尔（他是读过书的）一直在记录，写完以后……他就……等等。总之，好戏还在后头呢，诸位先生！不管怎样，从这件事可以得出一条教训：别造反！

英雄夫人

利季娅·叶戈罗芙娜走上凉台去喝早晨的咖啡。这时候已经快到炎热而窒闷的中午了，然而这并未妨碍我的女主人公穿上一件黑绸裙衣，扣子一直扣到下巴底下，腰部紧束。她知道，黑颜色与她的金色鬈发和端庄的侧面轮廓很相配，所以只是到夜晚她才脱下这身黑裙衣。她端起她的中国小茶杯刚喝了一口咖啡，邮差便来到阳台跟前，递给她一封信。信是丈夫寄来的："舅舅一个子儿也没有给，你的田产已卖掉。我只好如此……"利季娅·叶戈罗芙娜脸色发白，在椅子上身子一晃，然后又接着读信："我有要事即动身去敖德萨盘桓两个月。吻你。"

"我们破产了！去敖德萨盘桓两个月……"利季娅·叶戈罗芙娜呻吟道，"这就是说，他去找他那心上人去了……我的上帝！"

她眼珠朝上翻，身子摇晃起来，她伸手抓住栏杆，马上就要晕倒，此时从下面传来说话声。接着她那住在相邻别墅的堂兄，已退役的扎祖布林将军走上凉台。他老得像那则关于卡克瓦斯狗的故事，孱弱得像刚生下地的小猫崽。他吃力地、小心翼翼地迈着步子，一面用拐杖探着一级级的台阶，好像生怕台阶不结实似的。一个胡子刮得很干净的小老头跟在他身后，这人是退休教授巴维尔·伊万诺维奇·克诺普卡，他头戴一顶古式的高筒礼帽，帽檐很宽，微微翘起。将军跟往常一样，全身上下衣冠楚楚，而教授的衣服则是惊人的洁白，下巴刮得惊人的光洁。两个人都满面春风。

"我们来拜访您，恰尔芒诺琪卡[①]！"将军用颤抖的嗓音说，他竟然别出心裁把"迷人的"这个词改装了，因此得意扬扬。"早上好，仙女！我们的仙女在喝咖啡呢……”

将军的俏皮话说得很蠢，但克诺普卡和利季娅·叶戈罗芙娜却都哈哈大笑起来。我的女主人公把抓着栏杆的手抽回来，挺直身子，一个劲儿地微笑，向客人伸出了双手。两位客人吻过她的手，就坐下了。

“您，堂兄，总是快快活活的！”堂妹开始说客套话，“多么幸福的性格！”

“刚才我说什么来着？啊，想起来了！仙女在喝咖啡……哈哈哈。可是我和教授先生已经洗过澡，吃过早饭，出门来拜客了……我跟这位教授在一起真倒霉透了！我要向您诉苦，仙女！真倒霉！我打算把他送上法庭！嘻嘻嘻……一个自由主义分子！可以说，是个伏尔泰②！”

“您说些什么呀？！”利季娅·叶戈罗芙娜莞尔一笑，而心里却在想：“去敖德萨呆两个月……去找那女人……”

“我说的是实话！他宣传的是些什么思想啊……是些什么思想啊！整个儿一个红色分子！可您，巴维尔·伊万诺维奇，知道不知道，我的朋友，谁喜欢红色？您知道有谁吗？嘻……回答呀！这就给你们自由主义分子出了个难题啦！”

“这个将军像什么话？”克诺普卡哈哈大笑起来，把他那学者的下巴都笑歪了，“我们，大人阁下，也能给你们保守分子出个难题呢：只有公牛才怕红色！哈哈哈……怎么样，吃不消了吧？”

“哎呀！我看见的是什么？您这儿的夹竹桃开花了！”从凉台下面传来一个女人的声音，一分钟后住在邻近别墅的德罗马杰罗娃公爵夫人走上凉台来了，“哎呀！您这儿有男士们，而我却是一副衣衫不整的样子！请原谅吧！！你们这是在谈什么呀？接着谈吧，将

---

① 这个词前一半为法语“迷人的”一词译音，后一半为俄语女性名字昵称；意为：迷人的人儿。

② 伏尔泰（1694—1778），法国作家、哲学家、启蒙学者，反对暴政，倡导自由思想。

军，我不打扰你们……”

“我们在谈红色分子！”扎祖布林继续说，“刚才顺便又谈到了公牛……您，巴维尔·伊万诺维奇，关于公牛的话说得对！有一次我在格鲁吉亚，当时我是营长，一头公牛瞧见了我军大衣的红色衬里，受了惊，朝我冲过来……两只角直接对着我……我只好拔出军刀。真的！幸好一名哥萨克在我旁边，用长矛刺它，这鬼东西，把它赶跑了……你们笑什么？不相信吗？确实这样，把它赶跑了……”

利季娅·叶戈罗芙娜露出惊诧的神色，惊叹了一声，心里却又在想：“这会儿在敖德萨了……色鬼！”

克诺普卡谈起了公牛和水牛。德罗马杰罗娃公爵夫人声称，这一切索然无味。他们又谈起了红色衬里……

“关于红色衬里，我脑子里还记得这么一件事呢，”扎祖布林说，一面不住吮吸一块小面包干儿，“以前在我的营里有一个姓孔维尔托夫的上校，叫彼得·彼得罗维奇……是一个挺好的老头儿，提起他就想到他的好处，一个老实巴交的人，爱讲寓言故事……他打过仗。我喜欢他，现在他已去世了。他被提升为上校的时候，已经七十岁了，连马也不能骑了，被痛风病折磨得很厉害。有时候在演习过程中他从刀鞘里拔出军刀，可是竟不能把它插回去了，得由他的传令兵替他插回刀鞘……而这个衰弱的人还一心想望着当将军。年老体弱，就快呜呼哀哉了，还在巴望……他的本性就是这样的……军人嘛！为了要当将军，他不肯退役……当了大约五年的上校，呈报要提升他……您猜怎么着？啊？这真是命中注定！提升的命令刚发下来，就在这节骨眼儿上他突然瘫痪了……他，可怜的人儿，左边脸和右手都瘫了，两条腿也变得非常软弱无力……他迫不得已，只好退役，这个功名心重的人，到了最后也没能戴上铸造的肩章。退休后他同老伴动身去梯弗里斯过安静日子。一路上哭着，可当马车夫称呼他‘大人’的时候，他又笑了。哭和笑都是用半边脸，另外那半边脸僵硬不动，像雕像似的。他惟一的安慰是：他的军大衣有红色衬里了。每当他走在梯弗里斯街上，就把后襟撩起来，活像一对翅膀，向公众展示红色衬里。你瞧瞧，你眼前是个什么样的大人物！他整天在街上一瘸一拐地走来走去，炫耀他的红色衬里。上澡堂去洗澡时，他就把军大衣衬里朝外放在凳子上……他就这样像个小孩似的以此自慰，这时他已老得眼睛瞎了。人家就帮他雇了一个人，领着他满城转悠，展示他的衬里……这个白头发、瞎了眼的人吃力地晃晃悠悠地走呀走，凭空就绊跤，而脸上却露出骄傲自大的神气！冬天酷寒，很冷，他却把大衣大敞开……真是个怪人！后来，他的老婆子很快就死了。他在埋葬她时唉声叹气，一个劲儿要求到她坟上去，并向神甫们展示他的衬里。别人给他找了另一个女人，是个寡妇，好照顾他……不消说，那寡妇知道自己的命比当家的命好。她是个守财奴……把白糖啦，茶叶啦，戈比啦……都藏起来……把他搜刮得一干二净。这可恶的婆娘没完没了地榨取他，老是坐卧不宁，终于演出了最后一场好戏！这臭婆娘说干就干，把他军大衣的红色衬里拆下来，拿来给自己缝了件短上衣，而拿一块灰色花布给他的军大衣缝上做衬里。我那彼得·彼得罗维奇一面走，一面在众人面前掀开自己的军大衣，他是个瞎子，瞧不见自己的将军大衣衬里已经变成了带花点的灰布衬里了！……”

德罗马杰罗娃觉得这件事从头至尾都很没意思，就谈起了自己那当中尉的儿子。快吃午饭的时候又来了几位女邻居：克良钦家的姑娘们和她们的妈妈。姑娘们在钢琴前坐下来，开始唱一首扎祖布林喜爱的歌。然后大家坐下来吃午饭。

“这小萝卜真好，”教授说，“您是在哪儿买到的这样的萝卜？”

“他这会儿在敖德萨……跟那个女人在一块儿！”利季娅·叶戈罗芙娜答道。

“什么？”

“啊呀……我说的不是这个！我不知道厨师在哪儿买的……我这是怎么啦？”

利季娅·叶戈罗芙娜把头朝后一仰，对自己的心不在焉哈哈大笑起来……午饭后教授的胖太太带着孩子们来了。客人们坐下来打牌。晚上，有客人从城里坐车来了。

一直到了夜里，利季娅送走了最后一位客人，一动不动地站了片刻，已经听不见客人的脚步声了，她才伸出一只手抓住那栏杆，身子晃了一下，放声大哭起来。

“他把家产荡尽还嫌不够！他还嫌不够！他还对我变了心！”

绝望使她那苍白的脸都变样了，她的热泪夺眶而出，尽情流淌，现在已没有必要顾及礼节，她可以放声痛哭了！

鬼知道，人的巨大精力有时会耗费在什么事情上！

我是怎样喜结良缘的

小故事

喝完潘趣酒之后，父母悄声耳语了几句，就把我俩留下了。

“去吧！”我爹临走时小声对我说，“热情地干吧！”

“可是我怎能向她表白爱情，”我小声说道，“要是我并不爱她？”

“不用你管……你这个蠢货，什么也不懂……”

我爸爸说完就用愤怒的目光打量了我一下，走出亭子去了。不知是谁的一只老太婆的手，从微开的门缝里伸进来，把桌子上的蜡烛拿走了。我们便呆在黑暗中了。

“得啦，在劫难逃！”我心里想道，咳了一声，勇敢地说道：

“此刻的环境对我有利，卓娅·安德烈耶芙娜。我们终于单独在一起了，而且黑暗帮了我的忙，因为它掩盖了我脸上的羞臊……我心灵燃烧着炽烈的感情，这就是我羞臊的原因……”

说到这儿我就停住了。我听到了卓娅·热尔瓦科娃怦怦的心跳声和牙齿的打战声。她全身都在发抖，这不难从长椅的颤动中听到和感觉到。可怜的女孩不爱我。她恨我，就如同狗恨棍棒一样，而且她还蔑视我，要是蠢人也会蔑视别人的话。如今虽然我已经有官品和勋章为我增色，但我仍然像只难看的猩猩，而那个时候我简直就像头野兽一样：肥头大耳、满脸粉刺、胡子拉碴……由于经常伤风流鼻涕和酗酒，我的鼻子又红又肿。至于我动作的灵巧，那是连熊也不会羡慕的①。关于我的道德品质，就无可奉告了。在卓娅还没有成为我的未婚妻的时候，我就向她索取过有罪的贿赂。我停住了讲话，因为我开始可怜她了。

“咱们到外面花园里去吧，”我说，“这里很闷热……”

我们走出亭子，在林荫小径上散步。刚才躲在门背后偷听的父母，一见我们走出来了，一下就钻进灌木丛里去了。月光在卓娅的脸上移来移去。那时我很蠢，可我居然在她脸上勉为其难的神态中看到楚楚动人之处！我叹了口气，又接着说：

“夜莺在歌唱，为的是让它的心爱的妻子开心……而我，孤身一人，又能叫谁开心呢？”

卓娅脸一红，垂下了眼睛。她这么做，是事先已得到指示，须如此做戏。我们在长椅上坐下，面向小河。小河对岸有一座白色的教堂。教堂后面矗立着库尔达罗夫伯爵的府邸，那里面住着伯爵家的管事博尔尼岑，他便是卓娅的心上人。卓娅一坐下来，两眼就凝望着那座房子……我的心由于怜悯而揪紧了。我的上帝，我的上帝！愿我们的父母升上天堂，不过……应当把他们关入地狱，哪怕只关一个星期呢！

“我的全部幸福取决于一位女士，”我接着说，“我对这位女士很有感情……很崇尚[②]……我爱她，如果她不爱我，那么我，就是说，完了……会死去……这位女士就是您。您能爱我吗？啊？您爱我吗？”

“爱。”她低声答道。

我，说实话，听到她说出这个字大惊失色。我原以为她会固执己见，会拒绝我，因为她深深爱着另一个人。我对此抱着极大的希望，不料结果恰恰相反……她不敢铤而走险。

“爱。”她又说一遍，接着就哭了起来。

“这不可能！”我说，自己也不知道自己在说什么，全身都在发抖，“难道这可能吗？卓娅·安德烈耶芙娜，我的宝贝儿，您别相信

① 意为：动作比熊还笨拙。

② “崇拜”之误，出于心慌或腹稿不熟而说错。

我！真的，别相信！我不爱您！如果我爱您，就让我三次天诛地灭！而您也不爱我！这一切全是胡闹……”

我跳起来，在长椅旁跑来跑去。

“没必要！这一切不过是一场滑稽戏！他们强迫我们结婚，卓娅，是为了得到财产上的利益；这里面哪有什么爱情？在我脖子上挂一块大石头，也比要我娶您做老婆轻松点，就是这么回事！干吗要这么搞？他们有什么权利这么干？对于他们来说，我们是什么东西？是农奴？是狗？咱们就不结婚！偏要跟他们作对！这些坏家伙！我们已经对他们容忍够了！我现在就去说，我不想跟您结婚，就这么了事！”

卓娅突然停止哭泣，眼睛马上就干了。

“我这就去说！”我继续说道，“您也说。您对他们说，您根本不爱我，您爱的是博尔尼岑。而我会支持博尔尼岑的……我知道，您是多么热烈地爱着他！”

卓娅幸福得笑起来，她跟我并排走着。

“况且您也爱着另外一个人，”她说，搓着手，“您爱黛蓓小姐①。”

“是的，”我说，“爱黛蓓小姐②。尽管她不是东正教徒，也不富有，但我爱她的聪明和感化人的品质……让他们去咒骂好了，我就是要娶她。我爱她，也许我爱她胜过生命！没有她，我没法活！要是我不娶她，我连活都不想活了！我现在就去……咱们去向那几个小丑说……谢谢你们，宝贝儿……你们搞得我们多么开心呀！”

幸福之情涌上我的心头，于是我向卓娅表示感谢，她也向我表示感谢。我们俩充满幸福和感激之情，开始相互吻对方的手，相互称对方为高尚的人……我吻她的手，她则吻我的头和我那扎人的胡髭。于是我好像拥抱了她，连礼仪都忘了。而且，我可以告诉你

---

① 原文为法语的俄语译音。

② 同上。

们，这次不爱对方的表白比任何一种爱情表白都更加幸福。我们俩很快乐地，脸红红的，内心激动着，朝屋里走去，要向我们的父母宣布我们的意愿。我俩边走边相互打气。

“让他们骂我们一顿好了，”我说，“让他们揍吧，甚至把我们赶出家门，可是我们毕竟能得到幸福！”

我们走进屋子的时候，父母正站在门口等着呢。他们朝我们一望，看出我们幸福的样子，便朝仆人把手一招。仆人端来了香槟酒……我开始反对，挥舞双手，跺脚……卓娅又哭又叫……闹哄哄地乱作一团，香槟酒也没喝成。

但是我俩仍然被迫结婚了。

今天我们庆祝我们的银婚①。我们竟共同生活了四分之一世纪了！一开始情况真可怕。我骂她，狠狠揍她，痛苦得没法，我只好开始去爱她，我们痛苦得没法，只好生孩子……后来……凑凑合合……我们习惯了……而眼下她，卓叶奇卡②正站在我背后，两只小手放在我肩上，在吻我脑袋上的秃顶。

---

① 即结婚25周年。

② 卓娅的小名。

会计助理日记摘录

1863 年 5 月 11 日　我处年已六十的会计格洛特金喝掺甜酒的牛奶治咳嗽，惟此之故得酒狂症[①]。众医师均以其固有之自信断言，伊明日将死。我终于要当会计啦！这个职位早就许诺给我。

书记克列谢夫因殴打称他为官僚的求见者，将吃官司。此事显然已成定局。

服治疗胃炎的汤药。

1865 年 8 月 3 日　会计格洛特金痨病又犯了，开始咳嗽并服掺甜酒的牛奶。如果他死了，则职位非我莫属。我怀抱希望，但甚微弱，因为，看来酒狂症并非总是致死之症。

克列谢夫从亚美尼亚人手中抢夺了期票，并撕碎了。看来，事情将闹到吃官司。

一个老太婆（古利耶芙娜）昨天说，我害的不是胃炎，而是内痔。十分可能！

1867 年 6 月 30 日　报载，阿拉伯发生霍乱。可能会传到俄国来，如此则将出现许多空缺。可能老头子格洛特金要死，我则将获得会计职位。人真能活！活了如此长久，我认为，这甚至是不道德的。

治胃炎服什么药好？是否服点山道年[②]？

1870 年 1 月 2 日　格洛特金家院里的狗吠了一夜。我的厨娘佩拉盖娅说，这是可靠的征兆。我和她谈论：我当了会计之后，将买一件浣熊皮大衣和一件睡袍，一直谈到夜里两点。还有，我多半会结婚。当然，不娶姑娘——这与我年龄不相当，要娶个寡妇。

昨天克列谢夫在俱乐部被人带走，因他大声讲了个不堪入耳的笑话，并嘲笑商界代表团成员波纽霍夫的爱国心，据悉，后者将向法院起诉。

我想去见博特金大夫求治胃炎。据说他医术很高……

1878 年 6 月 4 日 报载维特梁卡发生鼠疫。人们病倒无数，系报载。因此之故，格洛特金服胡椒浸酒。这么老的人，胡椒浸酒未必有用。如鼠疫传来，则我必将当上会计。

1883 年 6 月 4 日 格洛特金快死了。我前往探望，并为我曾焦急盼望伊死而含泪求伊宽恕。伊流着泪，宽宏大量地饶恕了我，并建议我服橡实咖啡治胃炎。

克列谢夫又几乎吃官司：他把租赁的钢琴典当给犹太人。虽然如此种种，他已获得斯坦尼斯拉夫勋章和八品官职位。真不懂，这是什么世道!

姜 2 俄克[③]；高良姜 1 $\frac{1}{2}$俄克；烈性伏特加 1 俄克；七兄弟血 5 俄克；全部搅拌后泡入一俄升[④]伏特加酒中，空腹每次服一小杯，治胃炎。

同年,6 月 7 日 昨日埋葬了格洛特金。唉！此老头之死于我无益！我夜夜梦见伊身穿白长袍，用一根指头召唤我。啊，倒霉，我这该死的，真倒霉：会计不是我，而是恰利科夫。这个职位我未能得到，而是那个年轻人得到了，他有那位当将军夫人的婶娘为他说情。我的希望全成泡影。

1886 年 6 月 10 日 恰利科夫的老婆跑了。可怜的人，很伤心。可能他会伤心得寻短见。如寻短见，则我是会计了。关于此事已有议论。这就是说，尚有希望，可以活下去，距浣熊皮大衣不远矣。

---

① 一种发高烧和打寒战的病。

② 驱蛔虫药。

③ 约等于 4.266 克。

④ 约等于 1.229 9 升。

至于结婚一事，我不反对。若遇良机，何不结婚，只是须先找人商量。这是重大的步骤。

克列谢夫和三品官利尔曼斯互换套鞋。丑事一桩！

看门人帕伊西伊劝我服升汞①治胃炎。当一试。

---

① 升汞是毒药，小说蓄意作者已中毒而死，日记中断。

完全像爷爷

闷热的夜，窗子都敞开着，跳蚤和蚊子扰人。口渴，好像吃了咸鲱鱼一样。我躺在自己床上，辗转反侧，努力入睡。在隔壁房间里，我爷爷也翻来覆去，也睡不着，他是个退役的将军，住在我这儿靠我养活。我们俩都被跳蚤咬，我们俩都生它们的气，嘟嘟囔囔地埋怨着。爷爷在哼哼喘气，把他那浆硬的尖顶帽弄得窸窸窣窣地响。

"疯子！"他喃喃道，"乳……乳臭未干的小子！挨揍挨少了，不懂事的年轻人！"

"你这是在骂谁呀，爷爷？"

"谁都知道在骂谁……老是对你们宽容，娇惯，不加惩治……"爷爷正在吸气，蓦地发出一阵老年人的咳嗽，"若是罚你穿过队列[①]三次，你就会明白……你为什么没有买波斯粉[②]？为什么？我问你哪！由于懒惰？还是马虎失职？"

"爷爷，您这是不让我睡觉！住嘴吧！"

"不许犟嘴！你得明白，你这是在跟谁说话！"爷爷很响地挠痒，又提高嗓门说道，"我再问一遍：你为什么没有买波斯粉？而且你，先生，怎么竟敢做出如此令人气愤的事来，惹得人家都来告你的状？啊？昨天杜比亚金上尉来告你的状，说你把他的老婆拐跑了！谁允许你这么干？你有什么权利？"

爷爷骂了我很长时间，然后由骂转为教诲：第七诫[③]啦，婚姻的基础啦，如此等等。

"这一切我比您，爷爷，还明白，"我说，"我忏悔，良心使我痛苦不安，可是我拿自己毫无办法。我完全像您！不仅我的血肉之躯是从您那儿继承来的，我还继承了您的全部美德。很难跟遗传性作对啊！”

“我……我从来没有碰过别人的老婆。你胡编乱造！”

“是这样吗？可大约十年前，您六十岁那会儿，好好回想一下吧，您拐走的确实不是熟人的老婆，也不是守活寡的女人，而是别人的未婚妻！您回想一下尼诺奇卡吧。”

“可我那个……跟她结了婚……”

“那还用说！人家抚养尼诺奇卡，疼爱她，决不是打算把她嫁给一个六十岁的老头子。任何一个好小伙子都会娶这个聪明的美人儿的，况且她已经有了合适的未婚夫，但您来了，又当官，又有钱，您吓唬她父母，送她各种各样花花绿绿的礼物，把一个才十七岁的丫头弄得晕头转向。她跟您结婚的时候，哭得多伤心啊！事后她，可怜的姑娘，又是多么后悔啊！于是她跟一个酗酒的中尉私奔了，仅仅为了躲开您远一点……您是个骗子，爷爷！”

“别忙……别忙……这不关你的事……要是罚你穿过队列五次，你就不会那个……不会把你妹妹达莎的财产抢掠一空了……你欺负人……你凭什么靠打官司赢了她的那一百俄亩④地？”

“我是学您的榜样啊。我完全像您，爷爷！我从您那儿学来了抢劫的本领！记得吗，您在军需部供职的时候，后来您被任命在乌法省任职以及……”

我们就像这样争吵了很长时间。爷爷指责我犯下的二十桩罪行，而我把所有二十桩罪行全都归咎于家族性、遗传性。最后，爷爷声音嘶哑了，他气得用手抓墙壁。

---

① 一种刑罚：士兵执棍站成相对的两行，受惩罚者弓背从中走过时，士兵用棍打其背部。

② 一种杀虫药粉，用于灭蚤、臭虫等。

③ 见《圣经》中摩西十诫，第七诫为：不可奸淫。

④ 1俄亩等于1.09公顷。

“我说，爷爷，”我说道，“咱们这样很久都没法睡着。咱们还是洗个澡，再喝点伏特加吧。咱们会睡得很香！”

爷爷气呼呼地吧嗒着嘴，开始穿衣服，我们俩走到小河边。夜色很美，有月亮。我们在小河里洗了澡，回到家。玻璃酒瓶在桌子上，我斟了两小杯。爷爷拿起一杯，画了个十字，说道：

“要是罚你……十次穿过队列……那时你就会明白了！酒……酒鬼！”

爷爷嘟囔完了，气呼呼地喝下酒，又吃了点香肠。我也一样——我继承了嗜酒的遗传性——把酒喝了，便睡觉去了。

我们每个夜晚都是这样度过的。

是公羊还是坏蛋?

酷热的“午饭后”时间。客厅里一位约莫十八岁的小姐半躺在沙发榻上。苍蝇在她脸上嬉戏，一本打开的书掉在脚旁，嘴唇半启，气息微微……她睡着了。

一个果戈理笔下的那类老色鬼走进客厅来了。他瞧见睡着了的姑娘，得意地一笑，踮起脚尖走到她跟前。

“多么……美妙!”他低声说道，一面吧嗒嘴唇，“一个睡……嘻嘻……美人……真遗憾，我不是画家!多美的小脑袋……多美的小手!”

老头子俯下身子，用他那粗糙的手抚摸姑娘的小手，接着便……啵的亲了一下!姑娘长呼一口气，睁开眼睛，迷惑不解地望着老头子。

“呀……这是您，公爵吗?”她喃喃道，“对不起我好像睡着了!”

“是呀，您睡着了，”公爵咬着舌尖说，“您此刻仍然是睡着的，您是梦见我了……您这是在梦里看见了我……睡吧，睡吧……您只是梦见了我而已……”

姑娘信以为真，闭上了眼睛。

“我多倒霉呀!”姑娘醒了，低声说道，“我老是一会儿梦见公羊，一会儿梦见坏蛋!”

公爵听见了这句低语，面露窘色，踮着脚尖溜走了。

小事二则

1. 古列维奇先生（作者）[①]和淹死的人

6月10日，星期五，在埃尔米达日花园，著名的、才华横溢的时评家伊万·伊万诺维奇·伊万诺夫在众目睽睽之下自杀了。他是在湖里投水自尽的……你，英年早逝的正直而高尚的劳动者，安息吧！（死者年龄不满三十。）

星期五那天早上，此人喝了腌黄瓜的咸汤之后，写了一篇调皮的小品文，中午和朋友们一道很快活地吃了午饭。晚上七点钟同几个高级妓女一起在埃尔米达日花园溜达，而到八点钟……便结束了自己的生命！伊万·伊万诺维奇公认是个乐天的、无忧无虑的、爱过快活日子的人……

他从来没有想过死，并且不止一次夸口说，他还要活“这么多年”哩，虽然他嗜酒如命。因此，不难想象，当他的尸体从碧绿的湖水中给打捞上来的时候，所有认识他的人看了面孔都拉得多么长[②]。

“这件事有点儿不对头！”花园里人们议论纷纷，“有暴力事件的味道！死者既无债主，又无老婆和丈母娘……他热爱生活！他不可能投水自尽！”

口技演员叶戈罗夫先生[③]声称，在死者不幸丧生之前的一刻钟，他看见死者同古列维奇先生（作者）一起坐在小船上划船。这一来，关于暴力事件的想法便进而变成怀疑了。开始寻找古列维奇先生，而这位带括号的作者已逃之夭夭。

古列维奇先生（作者）在谢尔普霍夫城落网，起先他声言一无所知，后来，当他被告知坦白从宽时，便大哭起来，并发誓说他完全清白无辜。在初步调查时，他供称：

“我与伊万诺夫相识不久。我与他相识，因为我敬重报刊界人士（记录中，在敬重一词下面画了一根横线）。我与他无亲属关系，也无工作上往来。在那个倒霉的晚上，我请他喝茶和饮黑啤酒，因为我敬重文学家（敬重一词又被加上一根横线，记录者在旁边小字写道：“真顽固！”）。在这之后，伊万·伊万诺维奇说：

“‘这会儿去划划船倒不错。’

“我同意了，我们就坐上了小船。

“‘讲点什么吧！’当我们划到湖心时，伊万·伊万诺维奇请求我说。

“我没有让他恳求很久，便开始讲我那个拿手好戏：‘只要您愿意’④……我刚讲了两三句，伊万·伊万诺维奇就两手捂着肚子，身子摇晃了一下，这位颇有资望的时评家就哈哈大笑起来，友好的（？）笑声响彻埃尔米达日花园里枝叶茂密的叶丛（？）……当我（作者）快讲完第二个笑话的时候，伊万·伊万诺维奇哈哈大笑起来，笑得身子直摇晃……这是荷马式的狂笑⑤。只有荷马一个人会这样狂笑（？）。他身子一摇晃，倒向船的一侧……小船倾斜了，泛着银光的涟漪便从知恩的俄国公众眼前遮没了……我说不下去了！我……眼泪把我噎住了！！”

这篇口供与叶戈罗夫先生的证词不大相符。颇有资望的口技演员声称，伊万诺夫根本就没有哈哈大笑。相反，他在听古列维奇先

---

① A.A.古列维奇为一年轻喜剧演员，常自编自演，故在海报上他的名字后面总写着“（作者）”。

② 形容惊讶的样子。

③ 当时常同古列维奇搭档演出的一位演员。

④ 这是古列维奇 1883 年演出剧目中一出经常有的短剧名称。

⑤ 俄语中的比喻语，典出荷马史诗《伊利亚特》，其中描写诸神在盛宴上狂笑。文中下一句话则是曲解了这一比喻语。

生（作者）讲笑话的时候面容极为悲戚和沮丧。当时呆在岸上的叶戈罗夫先生听见并看见了，在第二个笑话快讲完的时候，伊万诺夫双手抱住脑袋喊道："这个世界上的一切都多么陈旧而无聊！多么让人厌烦啊！"喊完就——扑通一声跳下水了！

现在该由法庭来裁决，两份口供之中哪一份更为可信。古列维奇先生已获保释。

伊万诺夫之死不是第一次发生在埃尔米达日花园的死亡事件，应当使清白无辜的公众不再看到类似事件的重演……其实，我写这篇东西只是开个玩笑[①]。

2. 土豆和男高音歌唱家

储留的食物有时害处有多大，从以下摘自《医学闲人》的一篇短文中便可看出来：

"最近我再一次确信含大量淀粉的物质是有害的；"B 大夫写道，"歌唱家什莫夫来到我的诊所，诉说他嗓子堵塞和痉挛。我用反射镜对他作了检查之后，发现紧挨声带处有鸡蛋那么大的一块土豆，土豆已经膨胀，发芽。在回答我的问题时，这位不幸的男高音歌唱家说，这块土豆是在五年前卡在喉咙里的，并且已经五次结果实（*原文如此*[②]！）。

"'五年来，我咳出了五袋土豆！'他苦笑着说。

"我建议患者做手术，他一口回绝了，声称土豆对他的演唱毫无妨碍。我便请他随便唱支什么歌。他愉快地答允了我的请求，并唱了《卡利奥斯特罗》[③]中的一段。确实，他的嗓子还适合唱歌。

---

① 这篇短文完全是杜撰的，但当时的喜剧演员古列维奇读后极为满意和开心。

② 原文为拉丁语。

③ 一出喜歌剧，全名为：《卡利奥斯特罗在维也纳》。

“‘你的声音有那么一点像小胡狼嗥，这不要紧吧？’我问他。

“‘我想，没事儿……’歌唱家答道。”

（《医学闲人》，第 22 期）

一名官吏之死

在一个很不错的晚上，有一个也很不错的庶务官，名叫伊万·德米特里奇·切尔维亚科夫，他坐在剧院池座的第二排，举着望远镜在看《哥纳维勒的钟》[①]。他正看得如醉如痴。可是突然……在短篇小说里常常遇到这个“可是突然”。作者们没有错：生活本来就充满种种意外！可是突然他的脸皱了起来，眼睛朝上翻，呼吸也停了……他从脸上拿开望远镜，一弯腰，接着就……啊嚏！！！正如诸位所看到的，他打了个喷嚏。不管对谁，不管在什么地方，都不禁止打喷嚏。庄稼汉打喷嚏，警察局长也打喷嚏，即使三品官偶尔也打喷嚏。什么人都要打喷嚏。所以切尔维亚科夫一点也不觉得尴尬，他拿出手绢擦了擦脸，像个彬彬有礼的人那样往四下里瞧了瞧，看看刚才打喷嚏妨碍了谁没有。这一瞧倒使他大为尴尬了。他看到坐在他前面第一排上的一个小老头正在用手套使劲擦他的秃顶和脖子，嘴里还嘟囔着什么。切尔维亚科夫认出这个小老头就是在交通部任职的文职将军布里兹扎洛夫。

“我把唾沫溅到他身上了！”切尔维亚科夫想道，“虽说不是我的上司，是外人，总归不大好。该道个歉才是。”

切尔维亚科夫先咳了一声，身子向前一探，在将军耳朵边小声说道：

“请原谅，大人，我打喷嚏溅到你身上了……我是无意的……”

“没关系，没关系……”

“看在上帝面上，原谅我吧。我这是……我本不希望这样！”

“咳，您好好坐着吧！让我听戏吧！”

切尔维亚科夫很不自在，尴尬地笑了笑，就把目光转向舞台。他望着舞台，却再也没有如醉如痴的感觉了。他只感到心中一阵阵惶恐。幕间休息的时候，他走到布里兹扎洛夫跟前，在他身旁来回走了两趟，终于壮起胆子喃喃地说：

“我打喷嚏溅到了您身上，大人……请您恕罪……我这……不是有意……”

“咳，够了……我都忘了，您还老说个没完！”将军说着便不耐烦地把下嘴唇一撇。

“说是忘了，可他眼里却有道凶光。”切尔维亚科夫心想，疑神疑鬼地瞟了将军几眼，“他连话都不想说。应该向他解释清楚，说我根本不是有意的……说这是自然规律，要不然他会以为我是故意要啐他一口。他现在不这么想，以后也会这么想的！……”

回到家里，切尔维亚科夫把自己失礼的事对妻子讲了。他觉得妻子对这件事太满不在乎了。开始她吓了一跳，稍后当她得知布里兹扎洛夫是“外人”时，就放下心了。

“你还是去一趟，道个歉。”她说，“不然他会以为你连在公共场合的礼貌都不懂呢！”

“正是这话！我向他道歉时，他那模样叫人摸不透……没说一句明确的话。不过当时也没有工夫细谈。”

第二天，切尔维亚科夫穿上一身新的文官制服，理了个发，就去布里兹扎洛夫那儿作解释……他走进将军的接待室，看见那里有许多来访者，将军本人就在他们中间，并已开始受理申诉。在询问了几个来访者之后，将军把目光转向切尔维亚科夫。

“昨天，大人，如果您还记得，在阿尔卡基剧院②”，切尔维亚科夫开始禀告，“我打了个喷嚏……无意中溅到了您身上……请您原……”

“简直无聊！……天晓得这是干吗！您有什么事？”将军扭头询

---

① 一出轻歌剧的名称。

② 在彼得堡冬宫旁的夏花园中。

问下一个来访者。

“他话都不愿说！”切尔维亚科夫心想，脸色变得煞白，“就是说，他生气了……不行，这件事决不能就这样撂下……我得向他解释清楚……”

等到将军同最后一个来访者谈完话，转身向里屋走去的时候，切尔维亚科夫立即大步上前，跟在他身后，喋喋不休地说道：

“大人！我斗胆来打扰您，确是出于歉疚之心！……您知道，我不是有意的！”

将军露出一副哭笑不得的苦相，把手一挥。

“您简直是在开玩笑，先生！”他说着就走进里屋，关上了门。

“这怎么会是开玩笑呢？”切尔维亚科夫心想，“根本没有半点开玩笑的意思嘛！身为将军，连这点都不懂！既然这样，我再也不向这位夸大其词的人当面道歉了，去他的吧！我给他写封信，这里我是不再来了。真的，决不来了！”

切尔维亚科夫在往家走的路上这么思忖着。可是给将军的信并没有写成。他左思右想也想不出这封信该怎么写。第三天他只好又亲自登门解释。

“昨天我来打扰过您，大人。”当将军抬起头用疑问的目光注视着他时，他喃喃地说道，“我并不像您所说的那样是来开玩笑。我是来道歉的，因为我打喷嚏溅到了您身上……至于开玩笑，我连想都没想过。我敢开玩笑吗？要是我们这种人都开起玩笑来，那岂不是我们对大人物连起码的尊敬都没有了……”

“滚出去！！”将军突然大吼一声，脸色发青，浑身发抖。

“什么？”切尔维亚科夫小声问，吓得发愣。

“滚出去！！”将军跺着脚又吼了一声。

切尔维亚科夫肚子里好像有什么东西猛然断了。他两眼发黑，什么也听不见，朝门口倒退，出了门来到街上，步履蹒跚地走了……他像木头人似的走回家，连新制服都没有脱，朝沙发上一躺，就……一命呜呼了。

他明白了！

6月的一个闷热的早晨。空气中充满炎热的暑气，使得树叶下垂，土地龟裂。可以感觉到，万物都渴望大雷雨到来。希望大自然大哭一场，用雨泪冲走这种渴望。

看来，大雷雨是要来临了。西边是暗蓝色，而且有一道阴沉的云带。欢迎雷雨来临！

一个驼背的小个子庄稼人在树林边悄悄走着，他身高一俄尺[①]半，脚蹬一双巨大的灰褐色靴子，下身穿一条深蓝色带白条的长裤。皮靴筒翻下半截。长裤破旧不堪，打了补丁，膝盖处鼓鼓囊囊地吊着一团团像裙子似的喇叭形褶子，在靴筒外晃来晃去。腰上系的油腻的绳子从肚子上滑到了大腿上，而衬衫却一个劲儿往上缩，缩到肩胛骨下面了。

这小个儿庄稼汉手握一支猎枪。生锈的枪筒长一俄尺，有准星，形状像一颗上好的靴钉。枪筒安在自制的白色枪托上，那枪托是用云杉木精心做成，还刻有横道和花朵图形。要是没有这个枪托，猎枪就不称其为猎枪了。不过，有这个枪托，这支枪像中世纪的枪，而不像今天的枪……扳机锈成了褐色，整个儿用铁丝和线缠着。最可笑的是那根亮光光的白色装药杆，它是刚从柳树上砍下来的。它潮湿，新鲜，比枪筒要长一大截。

这个庄稼汉脸色苍白，发炎的斜眼不安地朝上和朝四周望来望去。稀疏的山羊胡子像破布片儿似的，连同下嘴唇一起在索索发抖。他朝前弓着身子，迈着大步，显然是在赶路。一条大看家狗，吐出长舌头——由于灰尘舌头成了灰色，跟在他身后跑。那狗很瘦，像一具狗骷髅，一身蓬乱的毛。在它腰部和尾巴上挂着一大绺一大绺的褪色的老毛，一只后腿包着破布，大概它腿痛吧。庄稼汉不时回头望望自己的同伴。

“走呀！”他胆怯地说。

看家狗往后一跳，回头望了望，站了片刻，又继续跟着主人往前走。

猎人很想窜进旁边的林子，可是不行：树林边上有一排连绵不断的带刺的茂密黑刺李，像一堵墙似的。黑刺李后面则是高高的闷人的药芹和牛蒡。这时终于出现了一条小径。庄稼汉再次朝狗招招手，便奔向小径。走进了树丛。土壤在他脚下发出呜咽声，这里地还没有干。散发着潮气，不那么闷热。两旁是灌木丛和刺柏，离真正的树林还远着呢，约在三百步之外。

在旁边有什么东西发出没上油的车轮转动的声音。庄稼汉打了个哆嗦，朝一株小赤杨树瞟去。他瞧见那树上有一个在动的小黑点，他走近了才看出那黑点是一只小椋鸟。它站在树枝上，扬起一只小翅膀，自个儿在瞧什么。庄稼汉在原地踏步不前，从头上抓下帽子，把枪托顶住肩膀，就开始瞄准。瞄准之后，他把扳机拉起，扶住，以免它过早落下来。弹簧坏了，钩机不起作用了，而扳机不听使唤：剧烈颤动。椋鸟垂下翅膀，开始怀疑地瞧着这个射手。再过一秒钟，它就会飞走了。射手再一次瞄准，同时从扳机上放开了手。不料扳机并没有落下来。庄稼汉便用手指甲抠断了一根什么线，往前捅铁丝，把扳机一弹。只听见弹得啵的一声，接着便响起了枪声。射手肩膀被枪托重重地反撞了一下。显然，他是不吝惜火药的。他把猎枪朝地上一扔，跑到赤杨树跟前，动手在草里摸索。在一根受潮霉烂的树枝附近，他发现一点血迹和一片小羽毛，他又找了不一会儿，就在赤杨树干近旁找到了小小的还热乎乎的尸体，他认出这就是他打中的鸟儿。

---

① 1 俄尺等于 0.71 米。

“我打中了它的脑袋！”他兴高采烈地对看家狗说。

那狗嗅了嗅椋鸟，发现主人不仅仅打中了它的脑袋，它的胸脯上裂开一个伤口，一条腿也被打断了，它的喙上挂着一大滴血……庄稼汉急忙将手伸进衣袋去取新的火药，这一来，口袋里的破布片儿、碎纸、线头便跟着掉了出来，落在了地上。他把火药填进猎枪，又往前走，准备继续打猎。

忽然，地主的管家，波兰人克尔热韦茨基站在他的面前，就像是从地里钻出来似的。庄稼汉看见他那张傲慢威严、长着棕色眉须的脸，吓得全身发冷，帽子自动从脑袋上掉了下来。

“您这是在干吗？您在放枪？”波兰人用嘲笑的语气说道，“不胜愉快！”

猎人胆怯地斜眼朝旁边一瞟，看见一辆载着干树枝的大车，车旁站着几个庄稼人。他专心致志地打猎，竟没有注意到碰上了这么些人。

“您怎么竟敢放枪？”克尔热韦茨基问道，“这么说，这是您的树林啰？或者，也许，照您看来，彼得节①已经过去了？您是什么人？”

“巴维尔·赫罗莫伊，”庄稼汉勉强答道，把猎枪紧紧搂住，“卡什洛夫卡村的。”

“卡什洛夫村的，见鬼去吧！是谁允许您放枪的？”波兰人继续说，尽量不要把重音放在倒数第二个音节上②，“把猎枪拿过来！”

赫罗莫伊把猎枪交给波兰人，心里想道：

“你给我一耳光，也比称呼我为‘您’好受点……”

克尔热韦茨基转过身去，背冲着他，便跟在吱嘎作响的大车后面大步走去。巴维尔·赫罗莫伊伸手摸摸衣袋里的猎物，跟着他走去。

---

① 彼得节为宗教节日，俄历 6 月 29 日，旧俗在彼得节后方可打猎。

② 即不要把俄语词的重音说错。

一小时之后，克尔热韦茨基和赫罗莫伊走进一间宽大的房间，房间的天花板很低，四周是褪色的深蓝色墙壁。这是地主的账房。账房里一个人也没有，但却散发着有人居住的气味。房间中央是一张很大的橡木桌子，桌上放着两三本账簿、墨水瓶和撒沙器、一把壶嘴断掉了的茶壶。这一切都蒙着一层灰色的尘土。屋角立着一个大柜子，上面的油漆早已脱落。柜顶上放着装煤油的白铁罐和一个装着不知什么混合液的瓶子。另一个屋角里摆着一个布满蛛网的圣像。

“必须写一份呈文，”克尔热韦茨基说，“我马上就去报告老爷，派人去叫警察来。把靴子脱了！”

赫罗莫伊坐在地板上，一声不吭，用发抖的手从脚上拔掉靴子。

“您别从我这儿溜走，”管家打着哈欠说，“要是您光着脚溜走，对您更不利。您就坐在这里等警察来……”

波兰人把靴子和猎枪锁进柜子，就走出账房去了。

克尔热韦茨基走了以后，赫罗莫伊便长时间地慢慢悠悠地挠他的小后脑勺，似乎在考虑一个问题——他身在何处。他叹着气，胆怯地东张西望。柜子、桌子、掉了壶嘴的茶壶和那个小圣像都带着责备的神情忧郁地望着他……地主的账房里苍蝇多极了，在他头顶上嗡嗡叫，声音那么悲惨，使他害怕得受不了。

“嗡嗡……”苍蝇叫道，“你给逮住了吧？你给逮住了吧？”

一只大黄蜂在窗子上爬。它要出去，但玻璃不放它出去。它的行动充满苦闷和忧伤……赫罗莫伊倒退着走向房门，在门框旁站住，双手贴着裤缝垂下，沉思起来……

过了一个钟头，又过了一个钟头，而他还是站在门框旁，等着，思索着。

他斜着眼瞟那只大黄蜂。

“这傻瓜，它为什么不从房门口飞出去啊？”他心想。

又过了两小时。四周静悄悄，无声无息，一片死寂……赫罗莫伊开始想到，人家已经把他给忘了，他不可能很快从这里脱身，就像那只仍在玻璃窗上爬的黄蜂，它不时从玻璃上掉下来。黄蜂到夜间就睡着——可是，他怎么办呢？

“人们也是这样的，”赫罗莫伊瞅着黄蜂，说出一番富含哲理的话，“所以，人们也是这样的……本来有地方，他可以跑出去，到那自由自在的地方去，而他由于无知，不知道它，那个地方，究竟在哪儿……”

到最后，不知什么地方门砰地响了一声。某个人急促的脚步声传来，一分钟后一个矮而胖的人走进账房来了，这人穿着非常肥大的有背带的长裤。他没有穿上衣和背心。他的背上肩胛骨那儿有一道汗迹，胸前也有同样的一道汗迹。他就是地主老爷本人，彼得·叶果雷奇·沃尔奇科夫，一个退伍中校。他那又胖又红的脸膛和汗津津的秃顶表明，要是目前的炎热能一下子变成主显节[①]时的酷寒，他是愿意付出很高的代价的。炎热和憋闷使他很难受。从他那浮肿的睡意未醒的眼睛便可以看出，他刚从他那极为柔软和闷人的羽绒褥子上起来。

他走进来之后，在屋子里来回踱了几趟，似乎没有看见赫罗莫伊，后来，他在俘虏面前站住了，久久地凝视他的脸。他目不转睛地盯着他，流露出轻蔑的神情，起初仅仅是眼睛略微流露出轻蔑，继而这神情渐渐布满他的整个胖脸膛。赫罗莫伊受不住这种逼视，便垂下了眼睛。他感到羞愧……

“把你枪杀的东西拿出来瞧瞧！”沃尔奇科夫低声说道，“喂，快点，给我瞧瞧，坏小子，威廉·退尔[②]！拿出来瞧瞧，丑八怪！”

赫罗莫伊手伸进口袋，摸出那只不幸的椋鸟。椋鸟已经不像一只鸟了。它被揉捏得厉害，已开始干瘪了。沃尔奇科夫轻蔑地冷笑

---

① 宗教节日，在圣诞节后第 12 天，是最冷的时候。

② 瑞士的传奇英雄，13 世纪末至 14 世纪初反封建主的农民领袖。席勒著《威廉·退尔》一剧使之闻名世界。

起来，并耸了耸肩。

“蠢货！”他说，“你这呆子！没有头脑的呆子！你不觉得是在造孽吗？你就不害臊吗？”

“我害臊，彼得·叶果雷奇老爷！”赫罗莫伊克制住妨碍他说话的嗓子眼里的吞咽活动，答道。

“你这强盗、犹大，不但不问一声就在我的树林里打猎，而且竟敢违抗国法！难道你就不知道法律禁止在不合法时间打猎？法律明文规定，任何人不得在彼得节前打枪。这事你就不知道？你过来！”

沃尔奇科夫朝桌子走去，赫罗莫伊跟在他身后也朝桌子走去。老爷打开一本书，一页页地翻了好一阵，然后用他那男高音拖着长腔念有关禁止在彼得节前打猎的法律条文。

“那么你连这个也不知道啰？”老爷念完后问道。

“怎么不知道？我们知道，大人。可是我们能明白吗？我们脑子能懂这个吗？”

“什么？你无缘无故把上帝创造的生物毁了，这有什么懂不懂的？你把这只小鸟打死了。你为什么要打死它？难道你能使它死而复活？你能吗？我问你！”

“不能，老爷！”

“可你把它打死了……你能从这只鸟得到什么好处，我不明白！一只椋鸟！没有肉可吃，也没有羽毛可用……就这么……心血来潮，糊里糊涂就打死了……”

沃尔奇科夫眯起眼睛，动手把椋鸟的断腿拉直。可这只腿断成两截，掉倒赫罗莫伊的光脚丫上。

“该死的你，该死的！”沃尔奇科夫继续说，“贪婪，你，强盗！由于贪心你才做出了这种事！看见一只小鸟，自由自在地飞来飞去，在赞美上帝，他就恼火！他说，让我把它打死吧！而且……我要把它吃掉……人的贪婪啊！看见你我就受不了！你也不要拿你的眼睛瞧我！你这个斜眼的坏蛋！你把它打死了，而它说不定有小雏儿……此刻在吱吱叫呢……”

沃尔奇科夫作出一副哭相，一只手放下，比划着小雏儿有多么小……

“我干出这种事不是由于贪心，彼得·叶果雷奇。”赫罗莫伊用颤抖的声音辩白道。

“那还能是为什么？很明白，就是因为贪心。”

“决不是。彼得·叶果雷奇……如果说我作了孽，那么不是由于贪心，不是贪财，彼得·叶果雷奇！而是被鬼迷住了……”

“你这种人，会被鬼迷住吗！你自己就能把鬼迷住！你们卡什洛夫卡村所有的人都是强盗！”

沃尔奇科夫呼哧响着从胸中吐出一股气，又吸了一口气，放低嗓门，继续说道：

“现在我该拿你怎么办呢？如果考虑到你智力贫乏，就该把你放了；如果根据你的行为和放肆无耻，就该给你点厉害瞧瞧……一定得这样……对你们已经宽容够了……够了！已经派人去叫警察了……我们现在就把呈文写好……已经派人去了……罪证俱全……你怪你自己吧……不是我惩罚你，而是你的罪孽惩罚你……既然会造罪，就得会忍受惩罚……啊哟哟……老天爷，饶恕我们这些有罪的人吧！跟这些人遇上真倒霉……喂，你们那儿春播作物长得怎么样？……”

“还好……托上帝的福……”

“你干吗眨眼睛呀？”

赫罗莫伊很窘地冲着拳头咳嗽，又理了理腰带。

“你干吗眨眼睛？”沃尔奇科夫又说了一遍，“你打死了椋鸟，可你还要哭？”

“大人！”赫罗莫伊用刺耳的颤悠悠的尖声说，声音很大，仿佛鼓起了勇气，“您，由于仁爱，见我，譬如说，打死了一只小鸟，就恼了……您责备我，所以，这不是因为您是老爷，而是因为您恼了……由于您仁爱……难道我就不难过吗？虽说我是个笨人，尽管我没脑子，可我也……难过啊……叫雷劈了我，老天爷……”

“要是你难过，那你又为什么要开枪呢？”

“鬼把我迷住了嘛。您让我说吧，彼得·叶果雷奇！我说的全是实话，就像站在上帝面前……警察要来就来好了……我的罪孽，无论在上帝面前或法庭面前我都承担，我对您要讲的完全是真话，就跟在教堂作忏悔一样……您让我说吧，大人！”

“我让又怎么样？不管让不让，反正你说不出什么明白事理的话来。与我有什么关系？又不是我来写……说吧！干吗又不吭声了？说吧，威廉·退尔！”

赫罗莫伊用袖子擦了擦颤抖的嘴唇。他的眼睛变得更斜，更小了……

“从这只椋鸟身上我一点好处也捞不到，”他说，“就是它们，这些椋鸟，有一千只，又能从它们身上得到什么好处？又不能卖，又不能吃，所以只不过……废物罢了。您自己也能明白……”

“不对，你可别这么说……你是个猎人，难道不明白……椋鸟，如果煎熟了，放在粥里，很好吃……还可以加点调味汁……跟榛鸡似的——几乎一个味道……”

这时，沃尔奇科夫似乎忽然发觉自己的语气太心平气和了，便皱起眉头，加了一句：

“我这就叫你知道，它是什么味道……你瞧着吧……”

“我们不会分辨什么味道……只要有面包就行，彼得·叶果雷奇……您自己也不是不知道……我打死椋鸟是由于烦闷……烦闷逼迫我干的……”

“什么烦闷？”

“鬼才知道是什么烦闷！请让我向您解释吧。这种烦闷从复活节后就开始折磨我……请让我向您解释……早上我在晨祷之后，拿着圣饼受过祝福之后，我就走出来，自个儿走着……我们那些娘们儿在前面走，我在后面走。走着走着，我在水坝上站住了……我站在那里望着上帝的世界，瞧着这世界上的一切在怎么生存，万物甚至一根草都各得其所……早上天大亮了，太阳也出来了……瞧着这一切，我挺开心的，我又瞧着那些小鸟，彼得 · 叶果雷奇。忽然我心里什么地方一紧！就是说，心里一紧……”

“为什么会这样呢？”

“因为看见了小鸟呀。马上我脑子里就出现了一个想法。我想，能开枪多好，可惜法律不允许。这时又有两只小鸭从天上飞过，还有一只小鹬在河对岸什么地方叫了几声。于是我一心想要打猎！我脑子里想着这个，走回了家。我坐下，同娘儿们一起开斋，而眼前却是那些小鸟。我在吃饭的时候却听见树林沙沙的响声和小鸟唧唧的叫声！哎呀，你，老天爷！我多想打猎啊，可是算了吧！开斋后，我一个劲儿灌伏特加，喝得昏头昏脑。我听见耳朵边有一个很细的、天使般的小声音在对我说：去吧，帕什卡①，去打枪！这是魔力！我是这么想的，大人，彼得 · 叶果雷奇，这是一个小鬼，不是别的什么人。声音那么细，那么甜，跟小孩儿似的。从一大早起，它，也就是烦闷，就缠住了我。我坐在屋外墙根土台上，垂着双手，傻瓜似的，想呀想……我想呀，想呀……我脑子里全是您那去世的兄弟谢尔盖 · 叶果雷奇，愿他早升天堂。我这个笨人，不禁回想起以前我常常跟他，跟那个去世的人，一块儿去打猎的情形。我在他大人手下，愿上帝保佑他……算是最好的猎手之一。他对我很感兴趣，叫我感动，因为我虽然两只眼睛都是斜的，可我在枪法上却是一把好手！他还想带我进城去，让大夫们瞧瞧我这个怪模样的人的本事。当年那一切是多么美妙，多么动人啊，彼得 · 叶果雷奇。我们常常天刚刚亮就出发，叫上两只狗，卡拉和列德卡跟着我们一道去，是啊……啊！我们一天要走三十来俄里！这些都不消说了！彼得 · 叶果雷奇！高贵的老爷！我跟你实话实说，除了您的兄弟，全世界过去和现在都再没有一个真正的人了！他是个很厉害的人，威风凛凛，又执拗，可是在打猎这方面谁也比不过他。伯

① 巴维尔的小名。

爵季尔波尔克大人拼命学打猎，最后还是怀着嫉妒死了。他差远了！他没有您兄弟漂亮，手里就没拿过您兄弟的那种猎枪！双筒猎枪，您明白，马赛出的，列别里耶公司的产品。两百步外！就打中鸭子！这是开玩笑吗！”

赫罗莫伊用袖子急忙擦了擦嘴唇，眨巴着斜眼，继续说道：

“我的烦闷就是从这儿来的。不打枪，就糟了——心里憋得慌！”

“胡闹！”

“决不是，彼得·叶果雷奇！复活节后的整整一个星期我都像个痴呆人似的，不吃也不喝。在福玛周[①]我把猎枪擦干净了，又修了修——心里才轻松了些。到五旬中节[②]我心里又开始难受了。一心想打猎，无论怎么也摆脱不了。我去喝伏特加——没有用，反而更糟了。不是胡闹！在圣水祭后我大喝了一顿……到第二天烦闷比以前更加厉害了……它折磨你，把你往屋外撵……就这么一个劲儿撵！劲儿真大呀！我拿起猎枪，走到菜园子里，心想我来打寒鸦吧！我打下了十来只，心里却没有好受一点。我想到树林里去……到沼泽地去。我那老婆子也开始数落我了：‘难道可以开枪打寒鸦吗？它不是高贵的鸟，可你在上帝面前还是犯下了罪：要是打死寒鸦，就会有饥荒。’我一来劲儿，彼得·叶果雷奇，就把猎枪给砸了……去它的吧！心里就轻松了……”

“胡闹！”

“不是胡闹！我跟您说的是实话，不是胡闹，彼得·叶果雷奇！请让我向您解释……昨天夜里我醒了。躺着想心事……我老婆睡着了，我没有人可以向他问一声：‘我那支猎枪现在还能修好吗？还是修不好了？’我这么寻思着，就爬起来，动手修了。”

“又怎么样呢？”

“喏，还可以……修好了，我拿起枪就往外跑，像个疯子似

---

① 东正教节日，即复活节后的一周。

② 东正教节日，复活节与圣灵降临节之间。

的。就这么被抓住了……这是我应得的报应……这只鸟给人拿走，脸上挨几巴掌，叫我明白……”

“警察这就来……到前边过道屋去等着吧！”

“我就去……我做忏悔时就讲过……彼得拉神甫老爷也说我胡闹……可是照我愚蠢的想法，我对这件事的理解，这不是胡闹，而是有病……这就跟酗酒一样……一样的鬼在作怪……这事你并不愿去做，可心里老是受折磨。你本来不愿意喝酒，在圣像面前发了誓，可就是有个声音老催促你：喝酒吧！喝酒吧！我就喝了，我知道……”

沃尔奇科夫的红鼻子变成了深红色。

“酗酒——是另一码事。”他说。

“一样的！上帝明白，是一样的！我对您说的是实话！”

两人沉默不语……沉默了五分钟，两人你看我，我看你。

沃尔奇科夫深红色的鼻子变成了暗青色。

“反正一句话——酗酒……您自己凭您的仁爱之心就能明白，这是一种什么样的毛病。”

然而中校不是凭仁爱之心，而是凭经验明白的。

“去吧！”他对赫罗莫伊说。

赫罗莫伊不懂是什么意思。

“去吧，再不要让人抓住了！”

“请还我靴子啊！”这个庄稼汉明白过来，满面生辉地说。

“靴子在哪儿？”

“在柜子里……”

赫罗莫伊得到了他的靴子、帽子和猎枪。他带着轻松的心情走出账房，斜着眼往天上望，而天空中已布满沉甸甸的乌云。风戏弄着草和树叶，第一阵雨点已敲打着发烫的屋顶。闷热的空气变得越来越清爽了。

沃尔奇科夫从屋里往外推窗。窗子带着响声打开了，这时赫罗莫伊瞧见那只黄蜂飞走了。

空气、赫罗莫伊和黄蜂都在庆祝自己的自由。

真正的实话

六名十四品官和一名无官职的人在城市近郊的小树林里酗酒。

酒倒是喝得很带劲，但气氛却郁郁不乐。既没有一丝微笑，也看不到任何欢乐的举动；既没有笑声，也没有兴高采烈的聊天……有点葬礼的味道……

前不久，就在一个星期以前，十四品文官卡尼福列夫醉醺醺地上班来了，在别人吐的痰上滑了一脚，撞在玻璃柜子上，把柜子撞坏了，自己也撞伤了。这件丢人现眼的事发生之后的第二天，他又把第 2423 编号的档案里的两份文件弄丢了。这还不算……他常常来上班的时候口袋里揣着火药和雷管。总之，他过着酗酒和放纵的生活。这些事引起了上司的注意。他丢了工作，现在是在吃告别午餐。

“永远纪念你[①]阿廖沙！”这一伙官吏在每次举杯时都对卡尼福列夫说一句，“你，阿门[②]。”

卡尼福列夫是个小矮个儿，一张长脸泪痕斑斑，每次别人说完这两句话后，他就呜咽几声，拳头捶着桌子说道：

“反正是完了！”

这个被撵走的人便一鼓作气喝干一杯酒，放声大哭，硬凑上去亲吻他的朋友们。

“把我撵出门了！”他说，不胜悲伤地摇晃着脑袋，“把我撵出门，因为我酗酒！可是他不明白，我是因为痛苦，因为烦恼才喝酒的！”

“你为什么痛苦？”

"我痛苦，因为我对大人他那份虚伪看不下去。他那卑鄙的虚伪折磨着我的心。看着他的一切卑鄙勾当我不能无动于衷！我不想明白这一点……那好吧！我要叫他瞧瞧我的厉害！我要给他点颜色看！我要去他那里，当面啐他！我要把全部真正的实话都讲出来！全部实话！"

"你不会讲出来的……你这仅仅是在吹牛罢了……所有我们这些人都是一喝醉了就变成了大喊大叫的能手，可稍微有点什么动静，便马上夹起尾巴……你也是这号人……"

"你以为我不会讲出来吗？你这么想吗？啊啊……原来你是这么想的……好吧……好，咱们走着瞧……若是我不讲，那就叫我遭到三次诅咒……叫我不得好死……当面骂我下流坯！"

卡尼福列夫用拳头捶着桌子，脸涨成深红色：

"反正是完了！现在我就去，全讲出来！马上就去！他跟他老婆就坐在那边，离这儿不远！完蛋就完蛋，管它呢，我可是要叫他睁开眼睛！让一切暴露在光天化日之下！那时他就会知道，阿廖什卡·卡尼福列夫是个什么人了！"

卡尼福列夫嗖地站起来，摇摇晃晃地飞奔而去……当朋友们伸手去抓他的衣服后襟，想拽住他时，他已经跑远了。他们决定去追他，想制止他，可这时他已经站在上司的桌子面前了，他说道：

"我，大人，不经通报就闯进您家来了，但这全因为我是一个正人君子，所以请您见谅……我，大人，喝了酒，这是事实，"他说，"可我头脑是清醒的！清醒的人将话藏在心里，喝醉的人将话放在嘴上，所以我要把全部真正的实话都对您讲出来！就是这样，大人！我已经忍受够了！比如说，为什么咱们办公室的地板这么久都没上过油漆？为什么您允许会计师睡到十一点？凭什么您允许米佳耶夫把办公室的报纸带回家去，却不允许别人这么做？反正我是完

---

① 悼念死者的用语，一般可译作：永垂不朽。

② 意为：你完了！

了，我要对您把全部真正的……”

卡尼福列夫在讲这些实话的时候，声音颤抖，眼泪盈眶，拳头捶打着胸膛。

上司望着他，眼睛都瞪圆了，不明白是怎么回事。

可恶的孩子

外表挺讨人喜欢的青年伊万·伊万内奇·拉普金和长着个翘鼻尖儿的年轻姑娘安娜·谢苗诺芙娜·扎姆布利茨卡娅，一道走下河岸的陡坡，在长椅上坐下来。长椅紧靠水边，四周是茂密的嫩柳丛。好一个美妙的地方！您往这儿一坐，便与世隔绝，只有鱼儿和在水面上闪电般窜来窜去的水蜘蛛能瞧见您。两个年轻人带着钓鱼竿、网鱼兜、装着蚯蚓的罐儿，以及其他的钓鱼用具。他们一坐下，马上就开始钓鱼。

“我真高兴，咱们终于单独在一起了，”拉普金开口说道，一面瞧瞧四周，“我有好多话要对您讲，安娜·谢苗诺芙娜……好多好多……当我第一次看见您……鱼在咬您的钩了……我才明白，我为什么活着，我最崇拜的人儿是谁，我该把我正直、勤劳的一生奉献给谁……准是条大家伙在咬钩……看见您，我才第一次产生爱情，简直爱得发狂！别忙起竿……等它咬住了……告诉我，我亲爱的，恳求您：我能不能指望——不是指望您会对我产生同样的感情，不是！——这个我不配，我压根儿不敢这么想，——我是说能不能指望……快拉！”

安娜·谢苗诺芙娜把捏着钓竿的手一扬，甩起钓竿，欢叫了一声，一条银绿色的小鱼在空中一闪。

“天哪，是条鲈鱼！哎呀，哎呀……快！跑了！”

鲈鱼挣脱鱼钩，在草上乱蹦，急于返回那生养它的天然水乡……扑通一声，下水了！

拉普金在捉鱼的当儿，不知怎的捉住的竟不是鱼，而是安娜·

谢苗诺芙娜的手，无意中又把她的手贴到自己嘴唇上……她把手一缩，可是为时已晚：两人的嘴唇不知怎么凑在了一起，变成了接吻。这可都是在无意之中发生的。一个吻接一个吻，然后就是海誓山盟，互吐衷曲……多么幸福的时刻呀！然而人世间从来没有绝对幸福的事，幸福本身往往就包含不幸的因素，要不就是遭到外界的破坏。这次也不例外。当两个年轻人正在接吻的时候，突然响起了笑声。他们朝河上一望，顿时愣住了：一个男孩光着身子站在齐腰的水中。这是中学生科利亚，安娜·谢苗诺芙娜的弟弟。他站在水里瞧着这对年轻人，面带恶毒的冷笑。

“啊——啊……你们在亲嘴？”他说，“好哇，我告妈去。”

“我希望您，作为一个正派人……”拉普金红着脸，结结巴巴地说，“偷看是下流的，散布流言更是卑鄙、下作、恶劣透顶……我认为，像您这样一个正派、高尚的人……”

“给一卢布，我就不说！”那位高尚的人说，“不给，我就要说。”

拉普金从口袋里掏出一个卢布，递给了科利亚。那一位把卢布攥在湿淋淋的拳头里，吹一声口哨，游开去了。两个年轻人这下可再不接吻了。

第二天，拉普金从城里给科利亚带来了水彩和皮球。姐姐也把自己的空药丸盒全送给了他。后来，他们又不得不送他有狗头雕饰的袖扣。这一切显然使可恶的孩子高兴得心花怒放，为了得到更多的东西，他开始监视拉普金和安娜·谢苗诺芙娜，他们走到哪儿，他就跟到哪儿，一刻也不让他俩单独在一起。

“下流坯！”拉普金咬牙切齿地骂道，“这么小，就成了这么个大流氓！将来不知道要变成什么样子？！”

整个六月，科利亚没让这对可怜的情人过一天好日子。他威胁要告发他们，时时监视着他们，不断地敲诈勒索，简直贪得无厌。末了，他竟三番五次提出要块怀表。有什么法子呢？只好答允他。

有一次在吃午饭的时候，刚端上维福饼干，他突然哈哈大笑，眨巴着一只眼向拉普金问道：

“我说啦，啊？”

拉普金满脸通红，竟把餐巾错当维福饼干塞进嘴里嚼起来。安娜·谢苗诺芙娜从桌旁跳起来，跑进另一间屋去了。

一对年轻人就在这种苦境中挨到8月底，直到拉普金向安娜·谢苗诺芙娜求婚的那一天。啊，这是何等幸福的一天啊！拉普金同未婚妻的父母谈过话，并取得了他们的同意，然后第一件事就是跑进花园去寻找科利亚。一找到他，拉普金欣喜若狂，差点哭出来，他一把揪住了可恶的孩子的耳朵，这当儿安娜·谢苗诺芙娜也跑来了，也是来找科利亚的，她揪住了他的另一只耳朵。科利亚哭着哀求他们：

“好人，大好人，亲人儿，我再不敢啦！哎哟，哎哟，饶了我吧！”

此时此刻，一对恋人脸上的那副快乐透顶的表情，各位真该看一看。

后来，他俩都承认，在他们相爱的全部时光中，再没有比揪住可恶的孩子的耳朵那一刹那更幸福、更令人陶醉的了。

进入俄语并已通用的三千外来词

海军上将[①]的时间：这个说法是用以表示对海军中将和海军少将的敬意。

演员：持斋的真正基督教徒。

滑头：有才华的人。

安抽水马桶的厕所：据某五品官的论断——沉思之所。

稿酬：稿件之行数乘以不超过五之数所得之积。

警察学校：不建议您将女儿送入这种学校。全年招生。接收母鸡、鹅及其它家禽。

鬼东西：骂人的词，有时被自由主义的警察分局局长用作昵称。

十四品官：在这个世界上的大人们之中犹如鱼中之鮈[②]。

偷鸡贼[③]（源于拉丁词“我关心[④]”和“一块味美的食物[⑤]”）：垂涎于小民的一口饭的维护法律者。

方针：一支很容易弄坏的气压计。

对象[⑥]：由“他”赡养的某人的“她”。

---

① 原文中此词来源于荷兰语（本文以下列举的词均来源于外语）。“海军上将的时间”原指18世纪俄国海军部11点钟吃饭的时间，后泛指早餐。

② 一种小鱼。

③ 俄语中此词义为搜刮民财之小官吏。

④ 原文为拉丁语。

⑤ 同上。

⑥ 俄语中转义为：情人。

主体[①]：骂人的词。

漂亮衣服：住在别墅的女人嘴里说的男人长裤。

无脾之人[②]：假名，使用者可能是夏威夷群岛之王或西班牙大公。不管他是谁吧，他十分恭敬地就此停笔。

---

① 俄语中转义为：那家伙，那一位（含讽刺意味）。

② 契诃夫笔名之一。

混乱的广告

节日期间报纸广告出了点小乱子，不过并不很严重，立法者对于此类事件也尚未作出过有关规定。排字工人在把广告用的铅字拣出来放入活字盘的时候，不慎将铅字全部掉在地板上。活字盘混在一起，全搞乱了，不过这并不触犯刑律。下面便是印刷出来的文字：

三层楼的扫院子工人谋求一家庭女教师之职务。

利·伊·帕尔明的《花与蛇》①十分悲恸地通知亲朋好友：其低级侍从阿·卡·普斯托克瓦索夫之丈夫和父亲去世。

经领导同意，西乌公司之卷毛狗跑了。

善跑的黑公马，是一名妇女病和神经病的专家，教授击剑术。

“飞机”轮船运输协会谋求一女仆职务。

《田地》②杂志编辑部有为产妇使用的单独房间，备有各种舒适设备。儿童和低级官吏交半费。请勿动手。

关于商人克里恰洛夫破产事宜的选拔理事会将无用之胃癌和骨疽出售。

逢阴雨天牙医克拉赫特尔镶牙。每日举行追荐亡灵弥撒。

好消息！获金质奖章之数学系大学生处于苦难境遇之中，向最可尊敬的公众出售家用布品和嫁妆。午饭和早饭菜单多种多样。

2月1号起女助产士德尔金娜不经预先书刊审查即将发行图书。任何赝品均将受到法律之严格追究。

① 为诗人帕尔明一部诗集的名字。

② 1870—1918年在彼得堡出版的一种带插图的通俗性周刊。

悲剧演员

那次是为悲剧演员费诺根诺夫举行的纪念演出。

剧院上演的是《谢列勃良内公爵[①]》。纪念演出的主角扮演维亚泽姆斯基，剧团老板列莫纳多夫扮演德鲁日纳·莫罗佐夫，别奥巴赫托娃扮演叶莲娜……演出非常成功。悲剧演员简直创造了奇迹。他一只手抢走叶莲娜，并将她举在头顶上，走过整个舞台。他哇哇叫喊，发出嘶嘶声，咚咚地跺脚，撕扯胸前的长上衣。当他拒绝同莫罗佐夫决斗时，浑身战抖，在现实生活中从来没有人这样发抖的，同时他还呼哧呼哧地大声喘气。剧院被掌声震得颤动起来。演员没完没了地被请出场谢幕。费诺根诺夫接受了一个银烟盒和一束用长丝带扎着的鲜花。女士们晃动手绢，逼着男人们鼓掌，许多人哭了……然而对演出比所有人都更为陶醉，更为激动的人，乃是县警察局长西多列茨基的女儿玛莎。她坐在池座第一排，靠着她爸爸的座位，她目不转睛地盯着台上，就是在幕间休息时也这样，如痴如醉。她那纤细的胳臂和腿都在战栗，眼睛里饱含泪水，脸儿变得越来越苍白了。这也不奇怪：她是有生以来头一次上剧院。

“他们演得多好，多精彩啊！”每次幕落时，她就对她那当县警察局长的爸爸说，“费诺根诺夫真棒！”

要是爸爸善于察言观色，他就会在他女儿那苍白的脸蛋上看出她的陶醉已达到痛苦的地步。表演、剧情、布景都使她痛苦。幕间休息时军乐队开始奏乐，这时她已精疲力尽，合上了眼睛。

“爸爸！”最后一次幕间休息时她对父亲说，“你到后台去对他们所有人说，请他们明天上咱们家吃午饭！”

县警察局长来到后台，在那儿称赞所有人的出色演技，并对别奥巴赫托娃小姐恭维了一番：

“您那美丽的脸应该让人画一幅油画。啊，为什么我不会使画笔呀！”

接着脚后跟嚓地一并拢，然后他邀请演员们到他家去吃午饭。

“除女性外，所有人都来吧。”他小声说，“女演员不用来，因为我有个女儿。”

第二天男演员在县警察局长家吃午饭。只有剧团老板列莫纳多夫、悲剧演员费诺根诺夫和喜剧演员沃多拉佐夫三人来了。其他人都推说没空，没有来。这顿饭吃得并不沉闷。列莫纳多夫老是一个劲儿地向县警察局长说，自己尊敬他，而且总的来说自己对所有长官都是尊敬的。沃多拉佐夫表演了喝醉的商人和亚美尼亚人。费诺根诺夫是个身材魁梧壮实的小俄罗斯人[②]（他身份证上的姓是克内什）有一双黑眼睛，他蹙起额头朗诵了《在大门旁的沉思》[③]和《生还是死》[④]。列莫纳多夫眼里噙着泪，讲述了他同前省长卡纽钦将军见面的情形。县警察局长听着他讲，觉得没意思，但随和地微笑着。尽管列莫纳多夫身上发出一股强烈的羽毛烧焦的气味，尽管费诺根诺夫身上穿的是别人的燕尾服，脚上穿的是一双歪后跟的靴子，县警察局长仍然感到很满意。他们招他的女儿喜欢，使她很快活，这在他就足够了！玛莎目不转睛地瞧着演员们。以前她从未见过这么聪明，这么不同凡响的人！

当晚县警察局长和玛莎又上剧院去了。一个星期之后演员们又到这位长官家里吃午饭，此后他们几乎每天都到县警察局长家去，不是吃午饭，就是吃晚饭，而玛莎也更加迷恋剧院了，每天都上剧

---

① 俄国16世纪伊凡雷帝手下的一名虎将，传奇式人物，A.K.托尔斯泰著有长篇小说《谢列勃良内公爵》。剧本由这部小说改编而成。

② 沙俄时代对乌克兰人的蔑称。

③ 涅克拉索夫的一首诗，写于1858年。

④ 莎士比亚剧本《哈姆雷特》中王子哈姆雷特的一段独白。

院去。

她爱上了悲剧演员费诺根诺夫。于是在一个美好的早上，趁县警察局长外出去迎接主教的时候，她就跟列莫纳多夫剧团一块儿跑了，在途中便和自己的心上人结了婚。演员们在庆祝婚礼之后，写了一封很动人的长信，寄给了县警察局长。信是大伙一块儿凑的。

“你给他写写事情的起因，写写事情的起因！”列莫纳多夫对捉笔的沃多拉佐夫指点说，“加点对他表示尊敬的话……他们这些官僚就喜欢这个。再加上几句……能使他感动得掉泪的话……”

对这封信的回答却很不妙。县警察局长宣布跟女儿脱离关系，用他信上的话来说，因为她嫁给了“一个愚蠢的、游手好闲的、没有固定职业的小俄罗斯人”。

这封回信寄到的第二天，玛莎给父亲写信道：

“爸爸，他打我！宽恕我们吧！”

他揍她，在后台当着列莫纳多夫、洗衣女工和两名灯光管理工人的面揍她！他记得，在结婚的四天之前，晚上他同全剧团的人坐在一家名叫“伦敦”的小酒馆里，大家谈到玛莎。剧团的人都劝他“冒一回险”，而列莫纳多夫含着眼泪劝他说：

“放弃这样的机会是愚蠢而不合理的！要知道，为了得到这么一大笔钱①，别说娶个老婆，就是去西伯利亚②也值得。你结婚之后，就建立一个自己的剧院，那时你得要我进你的剧团。到那时，主事的就不是我，而是你了。”

费诺根诺夫记住了这番话，现在他晃着脑袋，捏紧拳头，喃喃道：

“要是他不寄钱来，我就把她砸成碎片。我决不允许自己让人家骗了，我真该死！”

这个剧团打算从某个省城悄悄溜走，不让玛莎知道，然而玛莎

---

① 指嫁妆。

② 指流放。

知道了消息，赶往火车站，这时已响过第二遍铃了，演员们都已在车厢里坐好。

“我受了您父亲的侮辱！”悲剧演员对她说，“你我之间的一切都完结了！”

可她呢，不顾车厢里满是人，屈下她那细小的腿，跪在他面前，伸出两只手向他哀求。

“我爱您！”她恳求说，“别撵我走，康德拉季·伊万内奇！没有您，我活不下去！”

大家听了她的哀求，商量了一阵，就决定把她留在剧团里扮演“十足的伯爵夫人”——这个名称是用来称呼那些无关紧要的女演员，她们通常作为群众演员出场，扮演不说台词的角色……一开始玛莎是扮演女仆和贴身女侍，可后来列莫纳多夫剧团的名角别奥巴赫托娃跑了，剧团便叫她演天真少女的角色。她演得不好：说话嗲声嗲气、手足无措。然而过了不久她就习惯了，开始博得观众的喜欢。费诺根诺夫却很不满意。

“难道这也是女演员？”他说，“身段不行，风度也不行，只有一样……愚蠢……”

列莫纳多夫剧团在一个省城上演席勒[1]的《强盗》。费诺根诺夫扮演弗兰茨，玛莎扮演阿玛利亚。悲剧演员大声叫喊，全身发抖，玛莎却像背诵课本似的念台词。本来这出戏也能像平常的演出那样顺利演完，可是却出了点小乱子。演出一直进行得很顺利，不料演到弗兰茨向阿玛利亚表白爱情，而阿玛利亚抓住他的长剑的时候，就乱套了。小俄罗斯人大喊大叫，发出嘶嘶声，浑身发抖，把玛莎搂在他那铁一般的怀抱里。玛莎本该一把推开他，喊道：“滚开！”可她相反，像一只小鸟似的依偎在他怀里，浑身战栗，一动不动了……她就像愣住了。

---

① 席勒（1759—1805），德国诗人、剧作家，剧本《强盗》（1781）是他的一部名作。

“可怜可怜我吧！”她在他耳边悄声说，“啊，可怜可怜我吧！我是多么不幸！”

“你不知道自己的台词！你听提词人的提词呀！”悲剧演员低声狠狠地说道，并把长剑塞到她手里。

演出结束后，列莫纳多夫和费诺根诺夫坐在售票处聊天。

“你的老婆没记熟台词，这你说得对……”剧团老板说，“她不懂她的职能……人各有各的职能……而她却不懂她的职能……”

费诺根诺夫一面听，一面叹气，一面皱眉头，不住地皱眉头……

第二天早上玛莎坐在小杂货铺里写信：

“爸爸，他打我！宽恕我们吧！给我们寄钱来吧！”

嫁妆

我这一辈子见过很多房子：大的、小的、砖造的、木头造的、老的、新的，不过有一座房子给我留下的印象特别深刻。其实，这不是一座一般的房子，而是一所小房子。它很小，是平房，有三个窗子，酷似一个戴着包发帽的驼背小老太婆。房子有白墙、瓦房顶、灰泥剥落的烟囱，坐落在绿荫深处，被现在房主人的祖父和祖先所种下的桑树、槐树和杨树所淹没。在绿林外面是看不见这所小房子的。然而这一大片树木倒也并没有妨碍它成为城市的一所小房子。它那广阔的院子邻接其他同样广阔的林院，连成一排，成为莫斯科大街的组成部分。这条街上，谁也不坐着车经过，行人也很少。

小房子的护窗板经常是挡在窗子上的：房子里住的人不需要光亮。光亮对他们没有用处。窗子从来没有打开过，因为房子里住的人不喜欢新鲜空气。经常住在桑树、槐树和牛蒡之中的人，对大自然是无动于衷的。只有住在别墅里的人，上帝才赐给他们理解大自然之美的能力，而其余的人对于大自然的美则完全处于愚昧无知的状态。人们对自己拥有很多的东西便不重视，“我们有的东西，就不爱惜。”[①]岂止于此——我们有的东西，就不喜欢。小房子四周是人间天堂，绿树成荫，快活的鸟儿在这里栖息，可小房子里面呢——唉！夏天那里面又热又闷，冬天就像在澡堂里那么热，有煤气味儿，而且寂寞无聊，寂寞无聊……

我第一次拜访这所小房子是很久以前的事了，那次我是去办件事：房主人契卡马索夫上校托我去向他的妻子和女儿问声好。第一次拜访的情景，我记忆犹新，而且是不可能忘记的。

请想象一下：一个四十岁左右的虚胖、矮小的女人，带着恐惧和惊异的神情望着您从前室走进大厅。您是“生人”、“客人”、“年轻人”——这就足以使她惊异和恐惧了。您手里既没有握着一把短柄锤，也没有拿着一把斧头或手枪，您友好地微笑着，然而迎接您的却是惊恐。

“我有幸看见的是谁啊？”这位上年纪的女人用颤抖的声音问您，您认出她就是女主人契卡马索娃。

您通报自己的姓名，并说明来意。于是恐惧和惊异变成了一声刺耳的欢呼“啊呀”，她的眼珠往上翻。这一声“啊呀”有如回声一般从前室传到大厅，从大厅传到客厅，从客厅传到厨房……一直传到地窖。不一会儿整所小房子都充满了各种不同声音的欢呼“啊呀”。约莫五分钟之后，您已在客厅里一张又大又软又热的长沙发上坐下了，您听见整个莫斯科大街都已回荡着“啊呀”声了。

屋里有杀虫药粉的气味和新羊皮鞋的气味，羊皮鞋包在方巾里，放在我身旁的椅子上。窗台上摆着天竺葵，放着几件薄纱衣服，衣服上是吃饱的苍蝇。墙上挂着某主教的油画像，镜框的玻璃有一角已打碎。主教画像旁边是一排祖先的画像，画像上的祖先全都是柠檬黄色的茨冈人型的面孔。桌子上放着顶针、线轴和一只没有织完的袜子，地板上放着纸样[②]和大针脚缝上的黑色女短上衣。隔壁房间里两个惊慌失措的老太婆急忙从地板上拾起纸样和几块布料。……

“我们这儿，请原谅，太乱了！”契卡马索娃说。

契卡马索娃一面跟我说话，一面很窘地瞟那房门，在那扇门背后她们还在拾纸样。房门好像也有点发窘，一会儿打开一条缝，一会儿又关上了。

---

① 俄语中一句谚语的前半句。

② 裁剪衣服用的纸样。

"我说，你要干吗？"契卡马索娃冲着房门问。

"我父亲从库尔斯克给我寄来的那条领带在哪儿？"门后一个女人的声音问道。

"啊，难道，玛利亚……啊，难道能够……现在有一位咱们不熟悉的人在咱们这儿呢……你问问卢克里娅吧……"

"可我们的法语说得多么好呀！"我从契卡马索娃的眼睛里看到了这样的表情，她得意得满脸通红。

房门很快就打开了，我看见一个又高又瘦的姑娘，约莫有十九岁，穿一件薄纱长裙衣，束着金色腰带，我记得腰带上还挂着一把珍珠母扇子。她走进来，行了个屈膝礼，涨红了脸。她那有点雀斑的长鼻子先红，然后由鼻子红到眼睛周围，又红到太阳穴。

"我的女儿！"契卡马索娃唱歌似的朗声说道，"玛涅奇卡①，而这位年轻人，他是……"

我作了自我介绍，接着我对这里有这么多的纸样表示惊讶。母亲和女儿都垂下了眼睛。

"耶稣升天节②那天我们这儿举办了集市，"母亲说，"我们总是在集市上买很多衣料，然后缝衣服缝上整整一年，直到下一次集市。我们从不把衣服拿到外面去做。我的彼得·谢苗内奇挣钱不算太多，所以我们不能胡花。我们得自己缝。"

"可是谁来穿这么多衣服呢？你们不就两个人吗？"

"哎……难道这能穿吗？这不是为了穿！这是——嫁妆！"

"哎呀，妈妈，您说些什么呀？"女儿说着脸变得绯红，"他真的会以为……我永远不嫁人！永远不！"

她话是这么说，但说到"嫁人"两个字的时候，眼睛都亮了。

她们端来茶、面包干儿、果酱、黄油，后来又请我吃奶油马林果。晚上七点钟吃晚饭，有六道菜，在吃晚饭的时候我听见很响的

---

① 玛利亚的小名。

② 东正教节日，在复活节后第40天。

哈欠声，隔壁房间有人很大声地打了个哈欠。我惊讶地望了望房门：只有男人才会这样打哈欠。

“这是彼得·谢苗内奇的兄弟叶戈尔·谢苗内奇……”契卡马索娃注意到我的惊奇，便解释道，“从去年起他就住在我们家里。您得原谅他，他不能出来见您。一个挺腼腆的人……在生人面前就不好意思……他打算进修道院……在早先任职期间受了别人的气……所以很难受……”

晚饭后，契卡马索娃把叶戈尔·谢苗内奇亲手绣的一条长巾①拿给我看，这是他准备献给教堂的。玛涅奇卡也暂时抛掉了羞怯，把她为爸爸绣的烟荷包拿给我看。当我做出对她的手工惊叹不已的样子时，她的脸顿时变得绯红，并挨着母亲耳朵说了句悄悄话。母亲立时满面生辉，提出请我同她一道去贮藏室看看。在贮藏室里我看见五口大箱柜和许多小箱子、小匣子。

“这就是……嫁妆！”母亲小声对我说，“都是我们自己缝的。”

我瞧了瞧这些阴森森的箱子，便开口向二位殷勤好客的主人告辞。我答允她们以后有时间再来拜访。

这个允诺在我第一次拜访之后过了七年才得以实现，那次是我作为一件案子的鉴定人被派往那个小城。一走进那所我熟悉的小房子，我又听见了同样的一声“啊呀”……她们认出了我……那还用说！我的第一次拜访在她们生活中是一件大事，而很少发生大事件的地方，大事就会被长久地记住。当我走进客厅的时候，看见母亲更胖了，头发已变白，正在地上爬来爬去裁剪一块深蓝色的衣料，女儿坐在长沙发上绣花。仍然是好些纸样，仍然有杀虫药粉味儿，墙上仍然挂着那幅镜框玻璃有一角已打碎的画像。然而变化还是有的。主教画像旁边挂着彼得·谢苗内奇的画像，两个女人都穿着丧服。彼得·谢苗内奇在被提升为将军之后一周

① 神甫法衣的一部分，垂在胸前，上面绣有十字。

便去世了。

开始回忆往事……将军夫人哭了一阵。

“我们家遇到了很不幸的事！”她说，“彼得·谢苗内奇——您知道吗？——已经去世了。我和她成了孤儿寡母，我们必须自己照顾自己了。叶戈尔·谢苗内奇仍活着，可是关于他我们说不出一句好话。修道院不收他因为……因为他爱喝烈酒。而现在他由于心里难受喝酒喝得更凶了。我打算到首席贵族那里去一趟，我要告状。您想想看，他好几次打开箱柜……拿走了玛涅奇卡的嫁妆，施舍给那些云游者了。他拿空了两个箱柜！如果再这样继续下去，我的玛涅奇卡就完全没有嫁妆了……”

“您说些什么呀，妈妈！”玛利亚说完显得很难为情，“这位先生真的不知道会怎么想……我永远永远不嫁人！”

玛涅奇卡带着热情和希望，两眼朝上，瞧着天花板，显然她并不相信自己说的话。

前室有一个小个子男人的身影一闪，这人头顶秃一大片，身穿褐色上衣，脚上穿的不是靴子，而是套鞋，他像老鼠似的发出一阵窸窸窣窣的响声。

“这一定是叶戈尔·谢苗内奇。”我暗想。

我望着母女两人：两个人都老得厉害，也消瘦得厉害。母亲的头闪着银白的光，而女儿变得形容憔悴、枯槁，看上去似乎母亲只比女儿大五岁左右，不会再多。

“我打算到首席贵族那里去一趟，”老太太对我说，忘记这话她已经说过了，“我要告状！叶戈尔·谢苗内奇把我们缝的衣服全都拿走了，他为了拯救自己的灵魂不知拿去捐给什么人了。我的玛涅奇卡就没有嫁妆了！”

玛涅奇卡脸红了，不过一句话也没有再说。

“只好全部重新缝，可我们算不上什么有钱人！我们是孤儿寡母啊！”

去年命运又让我去到那所熟悉的小房子。走进客厅，我看见了契卡马索娃老太太。她全身穿着黑衣服，戴着丧章①，坐在长沙发上缝什么。一个小老头，身穿褐色上衣，脚上穿的不是靴子而是套鞋，坐在她身旁。小老头一看见我，一下子跳起身来，从客厅里跑出去了……

我向老太太问好，她微笑了一下，说道：

“我很高兴又看见了您，先生。”

“您在缝什么呢？”过了一会儿，我问道。

“这是一件小衬衫。我缝好就送到神甫那里去让他给我保存起来，不然叶戈尔·谢苗内奇就会拿走的。现在我把所有的东西都交给神甫保管。”她悄悄对我说。

她朝自己面前桌子上摆着的女儿的相片瞧了一眼，叹了口气，说道：

“我们可是孤零零的啊！”

那么她的女儿呢？玛涅奇卡在哪儿？我没有问，我不愿意盘问这个身着重丧服的老太太。我坐在这所小房子里直到后来我起身告别的时候，玛涅奇卡始终没有出来见我，我也没有听到她的声音和她那轻轻的脚步声……一切都昭然若揭了，我心里很沉重。

① 缀在妇女黑色丧服衣袖或衣领上的白布。

品德高尚的小酒馆老板

家道衰败者的悲歌

"亲爱的，给我来一点凉菜……还来点……伏特加……"

——墓碑题词

此时我坐在这里黯然神伤，胡思乱想。

想当年，在我那祖传的庄园里鸡鸭成群，还有火鸡——这种禽鸟很笨，没脑子，但非常非常可口。在我的养马场上"啊，你们，我的马呀马"一个劲儿繁殖增多……磨坊从不会没事闲着，煤矿总是出煤，村妇们采集马林果。在我的土地上各种植物和动物都不计其数，想吃就吃吧，想考察动植物就考察吧……那时也可以坐在剧院里第一排看戏，或玩玩牌，炫耀炫耀自己养着的情妇……

如今今非昔比，完全不同了！

一年前，在伊林节[①]那天我坐在家里凉台上独自伤怀。我面前放着一把茶壶，泡的是一卢布一包的便宜茶叶……心里像有猫爪子在抓似的，真想大声嚎叫……

我感伤不已，竟没有发现叶菲姆·楚齐科夫来到我的跟前，他以前是我的农奴，现在是小酒馆老板。他走到我跟前便毕恭毕敬地在桌旁站住了。

"您，老爷，该吩咐人油漆屋顶了！"他一面说，一面把一瓶伏特加放在桌子上，"屋顶盖的是铁皮啊，不油漆就要生锈了。而锈，不消说，是会腐蚀铁皮的……会锈出好些窟窿来的！"

“我从哪儿拿钱来上油漆呢，叶菲姆什卡[2]？”我说，“你是知道的……”

“您借钱呀！不然就会锈出窟窿来了……还有，老爷，您还得雇个人来看园子……有人偷树！”

“唉，这又得花钱！”

“我给您……反正一样，您会还我的。您又不是头一回从我这儿拿钱……”

楚齐科夫很慷慨地给了我五百卢布，收下借条就走了。他走后，我用拳头支着脑袋思考人民和人民的本性……我甚至想给《罗斯》[3]写一篇文章……

“对我行善，慷慨解囊……这是为什么？因为我……从前鞭挞过他……他真是不念旧恶啊！外国人，你们好好学习吧！”

一个星期之后，我院子里的小木棚着火了。第一个跑来救火的人就是楚齐科夫。他亲自动手拆小木棚，又拖来他的防水布，以便在必要的时候用来盖住我的房子。他浑身发抖，脸通红，全身湿淋淋的，就像保卫他自己的财产一样。

“现在必须盖一个新的小棚子，”火灾后他对我说，“木料我有，给您送来好了……老爷，您最好吩咐人把小池塘清理干净……昨儿有人去捕鲫鱼，结果渔网全被水草挂破了……渔网值三百卢布呢……您收下吧！又不是头一回从我这儿拿钱……”

如此等等……池塘清理干净了，屋顶全部油漆一新，马厩修理好了——这一切全是花楚齐科夫的钱。

一个星期之前，楚齐科夫上我这儿来了，他站在房门处，毕恭毕敬地冲着拳头咳了两声。

“现在您的庄园变得都认不出来了，”他说，“伯爵或是公爵住

---

① 俄历7月20日，俄古时民间称为“雷神节”。

② 叶菲姆的小名。

③ 莫斯科出版的一份保守的斯拉夫派报纸（1880—1886）。

着都合适……池塘也清理干净了，秋播作物也下种了，马匹也买来了……”

“这全靠了你啊，叶菲姆什卡！”我说，感动得差一点哭出声来。

我站起来，极为真心诚意地拥抱了这个庄稼汉……

“上帝会保佑的，一切都会好转的，我会把钱全部还给你的，叶菲姆什卡……加上利息。让我再拥抱你一次吧！”

“全都修整好了，安排妥帖了……上帝保佑了！现在只剩下一件事了：用烟把狐狸从洞里熏走……”

“熏走什么狐狸，叶菲姆什卡？”

“明摆着嘛……”

沉默片刻，楚齐科夫补充道：

“法警已经来了……您把酒瓶都收起来……可别让法警瞧见……他还以为在我庄园里除了酗酒就没事可干了……您是想在乡下租个房子住呢，还是搬进城去？”

所以此时我坐在这里黯然神伤，胡思乱想。

阿尔比昂[1]的女儿

一辆很漂亮的四轮马车,轮胎是橡胶的,座位铺着丝绒垫子,由一名胖乎乎的马车夫赶着,驶到了地主格里亚博夫的家门前。县首席贵族费奥多尔·安德烈伊奇·奥特佐夫从马车里跳下来。一名睡眼惺忪的仆役在前室里接着他。

“主人们在家吗?”首席贵族问。

“不在。太太带着孩子们出门做客去了,老爷和女家庭教师小姐[2]钓鱼去了,一早就去了。”

奥特佐夫站了一会儿,沉吟片刻,就动身去河边找格里亚博夫。他在离格里亚博夫家两俄里远的河边找到了他。奥特佐夫站在陡峭的河岸上朝下面望去,便看见了格里亚博夫,不禁扑哧一声笑出来……格里亚博夫,这个又高大又胖的人,长着一颗大脑袋,像土耳其人那样盘着腿,坐在沙地上钓鱼。他的大檐帽推到后脑勺上,领带歪到一边。一个高挑个儿的英国女人站在他旁边,这女人长着一对像大虾那样的鼓眼睛,一个像鸟喙般的大鼻子,与其说是鼻子，不如说更像钩子。她身穿白色薄纱裙衣，透过衣服可以清晰地看见她那黄色的瘦肩膀。她的金色腰带上悬挂着一只小金表。她也在钓鱼。两个人的周围是一片坟墓般的寂静。两个人都像河水一样静止不动，河水上漂着他们的浮子。

“心贪运蹇啊！”奥特佐夫说着哈哈笑起来，“你好，伊万·库兹米奇！”

“啊……是你呀？”格里亚博夫问，眼睛仍然不离开水面，“你来了？”

“你瞧可不是……你还在干这种无聊的事呀！还没有抛掉这玩意儿？”

“真见鬼……我钓了一整天了，一大早就开始钓……今天不知怎么鱼不好钓。不论我，还是这个女妖怪，都一条也没有钓着。我们就这样坐呀坐呀，哪怕来个鬼也好啊！我就能大喊救命啦。”

“你管它呢。咱们还是去喝伏特加吧！”

“等一等……没准儿我们能钓上个什么来。傍晚鱼比较爱咬钩……我，老兄，从一大早就坐在这儿了。鬼叫我迷上了这个钓鱼！我知道这是瞎胡闹，可还是在这儿坐着。我坐在这儿，活像一个混蛋，一个苦役犯，两眼盯着水，像个傻瓜似的！我本来应该去割草场的，可我却在钓鱼。昨天主教在哈诺尼耶沃作弥撒，我竟然没有去，一天都坐在这里，跟这条鲟鱼……这个女妖婆呆在一起……”

“可……你疯了？”奥特佐夫很窘地斜眼瞟着英国女人，说道，“当着女士的面就开口骂……而且骂的就是她……”

“让她见鬼去吧！反正她对俄语一个字儿也不懂。你夸她也好，骂她也好——对她来说都一样！你瞧瞧她那鼻子！光她那鼻子就能吓得你晕倒！我们整天整天地一块儿坐在这里，哪怕说一

① 即英格兰，此名称用于英国诗歌中。

② 原文为法语的俄语译音。

句话呢！可她像个稻草人似的站在那儿，瞪着两只眼睛盯着河水。”

英国女人打了个哈欠，换上了新的鱼饵，把钓钩抛了出去。

“老兄，我真觉得奇怪！”格里亚博夫继续说，“这个傻女人在俄国住了十年了，哪怕她会说一句俄国话呢！……咱们一个不怎么样的贵族去到她的国家，很快就学会哇啦哇啦地讲他们的话，可他们呢……鬼知道是怎么搞的！你瞧她那个鼻子！那个鼻子，你瞧呀！”

“得啦，别说了……不大好……干吗攻击一个女人呢？”

“她不是女人，是处女……这个鬼木头人多半渴望有个未婚夫呢。她身上发出一股霉烂味儿……老兄，我恨她！我不能心平气和地看着她！只要她用她那鼓眼睛瞧我一眼，我就全身抽搐，就像我的胳膊肘撞在栏杆上似的。她也爱钓鱼。你瞧：一面钓鱼，一面作出一副一本正经的样子！她以蔑视的眼神看一切……这个鬼婆娘站在那里，意识到自己是人，因此也就是大自然之主宰。你知道，她叫什么名字吗？威尔卡·查理若芙娜·特法伊丝！呸！……好拗口，念都念不出来！”

英国女人听见自己的姓名，便缓缓地转过脸来将鼻子冲着格里亚博夫，以轻蔑的目光上下打量他。她又把目光从格里亚博夫身上移到奥特佐夫身上，目光里充满对他的蔑视。她这一切举动全是默默的、庄严的、从容不迫的。

“你瞧见了？”格里亚博夫问道，哈哈大笑起来，“她这是在说：看你们怎么办。唉，你这个女妖怪！我完全是为了孩子才养着这个特里同[①]。要不是为了孩子们，我决不允许她走到离我庄园十俄里的地方来……鼻子跟鹰嘴一个样……还有腰身，怎么样？这个木头人使我想起一根长钉子。你知道，我有时真想把她像钉子似的捶进土里去。等一下……好像有鱼在咬我的钩了……”

① 希腊神话中半人半鱼形状、容貌狰狞的海怪。

格里亚博夫跳起来，往上拉钓竿。钓鱼线绷紧了……格里亚博夫又拽了一次，但没能把鱼钩拽出水面。

“钩子挂住了！”他说着皱起了眉头，“一定是钩住石头了……真见鬼……”

格里亚博夫脸上露出痛苦的表情。他唉声叹气，不安地动来动去，嘴里嘟嘟囔囔地骂着，动手拽钓鱼线，拽了一阵毫无结果。格里亚博夫脸色变得煞白。

“真遗憾！我只好下水了。”

“你就算了吧！”

“那可不成……傍晚才好钓呢……可又出了这么一档子麻烦事，上帝饶恕吧！不得不下水去。不得不！但愿你能知道，我是多么不想脱衣服！得把这个英国女人撵走才成……当着她的面脱衣服不合适。要知道，不管怎样她总还是女士啊！”

格里亚博夫脱掉帽子，扯下领带。

“小姐[1]……呃呃呃……”他对英国女人说道，“特法伊丝小姐！我请您[2]……唉，怎么跟她说呢？喂，怎么跟你说，你才听得懂啊？您听着……到那边！您走到那边去！你听见没有？”

特法伊丝小姐用充满轻蔑的目光瞧着格里亚博夫，鼻子发出哼的一声。

“什么啊？您不明白？走开，跟你说哪，离开这儿！我要脱衣服，鬼木头人！到那边去！那边！”

格里亚博夫拽了一下小姐的袖子，向她指指灌木丛，蹲下去，那意思是说，你到灌木丛后面去，躲在那儿……英国女人的两道眉毛使劲耸动，很快地说出一长句英国话。两个地主都忍不住扑哧一声笑了。

“有生以来我这是头一次听见她的说话声……不消说，声音不错！她不明白！嗐，我拿她怎么办呢？”

---

① 原文为英语的俄语译音。

② 同上。

“你算了吧！咱们喝伏特加去！”

“那可不成，现在正是钓鱼的时候……傍晚了……喂，你说该怎么办啊？真是麻烦事！只好当着她的面脱衣服了……”

格里亚博夫脱掉上装和背心，坐在沙地上脱靴子。

“听我说，伊万·库兹米奇，”首席贵族说，嘴冲着拳头哈哈笑，“我的朋友，这是愚弄人，侮辱人呀。”

“谁也没求她听不懂！这是对他们这些外国人的一个教训！”

格里亚博夫脱掉靴子、长裤，从身上扒掉内衣裤，变成了亚当的模样①了。奥特佐夫笑得捧住肚子。他一半由于笑，一半由于害臊，脸都涨红了。英国女人眉毛动了几下，眼睛眨了眨……高傲而轻蔑的微笑掠过她那张黄脸。

“应当让身体凉一凉，”格里亚博夫拍着自己的大腿说，“请你告诉我，费奥多尔·安德烈伊奇，为什么每年夏天我胸口上都要出些疹子？”

“你就赶快钻进水里去吧，要不就拿件衣服遮住身子！畜生！”

“她才不知道害臊呢，不要脸的女人！”格里亚博夫说着朝水里走去，一面画十字，“啊哟哟……水真凉……你瞧，她的眉毛又在动！她就是不走开……居高临下的模样！嘿嘿嘿……她根本不把我们看作是人！”

他走到齐膝深的水里，挺直他那高大的身躯，眨了眨一只眼睛，说道：

“这里，老兄，可不是她的英国！”

特法伊丝小姐冷冷地换上了新的鱼饵，打了个哈欠，把钓钩抛了出去。奥特佐夫转过身去了。格里亚博夫拽出了鱼钩，往水里扎了个猛子，打着响鼻从水里钻了出来。过了两分钟他已经坐在沙地上，又在钓鱼了。

---

① 即裸体。

简明人体解剖学

考官在考试时对一名进修生提问："人是什么？"进修生答道："是动物……"他想了想，又补充了一句："不过……是有理性的……"学识渊博的考官们只同意他答案的第二部分，而给答案的第一部分打了1分[①]。

人体解剖学数据如下：

骨骼。或者如医士们和班级女训导员们所说："骨架"。具有死亡的外貌。盖着布单子，"能把人吓死"，若是不盖单子——不会把人吓死。

脑袋。人皆有之，但并非人人需要。有些人认为，长个脑袋是为了思考；而另一些人则认为，长个脑袋是为了戴帽子。第二种观点较为稳妥……脑袋里面有时有脑髓。有一次在解剖一名猝死者时，一位警察分局局长在场，他看见了脑子，"这是啥东西？"他问大夫，"这是用来思考的东西，"大夫答道。警察分局局长听了鄙夷地冷笑了一下……

脸。心灵的镜子。但律师的脸除外。有很多同义词：嘴脸、脸面（宗教界称：面容和面颜）、脸孔、面孔、长相、丑样子、怪模样、丑脸，等等。

脑门。其功用：在乞求好处时往地板上磕，在得不到所乞求的好处时往墙上撞。对铜币常常有反应。

眼睛。脑袋的警察局长。监视一切并记在心里。瞎子就如同一座长官离开了的城。在悲哀的日子哭泣。在当今这个没有悲哀的时代，只会因感动之至而哭泣。

鼻子。长鼻子是为了伤风和嗅闻。它不干预政治。有时参与增加烟草消费税的工作，因此可将其归入有益器官一类。有时变红，但不是由于有自由主义思想的原故——至少懂行的人是这么认为的。

舌头。按照西塞罗②的说法：它是人的敌人，魔鬼和女人的朋友③。自从告密开始采用书写在纸上的方式起，舌头就成为多余之物了。对于女人和蛇来说，它是愉快的消磨时间的器官。最好的舌头是——煮熟的舌头。

后脑勺。只有庄稼汉在欠缴的税款累积增多时有用④。对于控制不住的手来说是非常有诱惑力的器官。

耳朵。喜欢门缝、打开的窗户、深草丛和薄板墙。

手。写小品文，拉小提琴，抓，拿，领，种，打……小人的手是糊口的工具，而大一些的人则是用以区分左和右的工具。

心。爱国感情及其他许多感情的容器。女人的心是客店：心室被军人占据，心房被非军人占据，心尖——丈夫的居所。外形同黑桃A。

腰身。《时装世界》的⑤女读者、女模特儿、女裁缝和理想主义的准尉的阿基琉斯之踵⑥。年轻未婚夫以及……卖束腰紧身胸衣的商人所最喜爱的女人身体部位。在表白爱情的进攻中是第二个进攻点。第一个进攻点是接吻。

大肚子。这个器官不是天生的，而是后天得来的。从七品官官级开始生长。没有大肚子的五品官不是真正的⑦五品官。（双关

---

① 5分制的最低分。

② 西塞罗（前106—前43），罗马政治家、学者、作家、律师。

③ 原文为拉丁语。

④ 指后脑勺上挨揍。

⑤ 1868年起在彼得堡出版的一份供妇女阅读的画报。

⑥ 阿基琉斯为希腊神话中之英雄，仅脚踵未浸入斯堤克斯河圣水，因而后来脚踵中箭而死。喻致命的弱点。

⑦ 俄语中此词又作“特级”五品官解，即四品官。

语？！哈哈！）比七品官官级低的人此处被称作肚子，商人此处被称作肚皮，商人老婆此处被称作肚袋子。

肋。科学没有研究清楚这个器官。看院子的人认为它位于胸部下面，而军官则认为它位于腹部上方。

腿。是从那块上帝为它发明了白桦树的部位[①]长出来的，邮递员、负债者、采访记者和信差用腿最多。

脚后跟。有过错的丈夫、说漏了嘴的小市民、从战场上逃跑的军人等其灵魂所居之处[②]。

---

① 指用白桦枝条抽打屁股。

② 俄语中有“灵魂溜到了脚后跟里”，意为：吓得魂飞魄散。

瑞典火柴[①]

破案小说

1

1885 年 10 月 6 日早上，一个衣着体面的年轻人走进某某县第二区警察分局局长的办公室，向局长报告说，他的主人，退役近卫军骑兵少尉马克·伊万诺维奇·克利亚乌佐夫被人杀死了。这个年轻人在报告此事时面色苍白，极为激动不安。他两手颤抖，眼睛里充满恐惧。

“请问足下是谁？”局长问他。

“普谢科夫，克利亚乌佐夫庄园的管家，农学家和机械师。”

警察分局局长、证人同普谢科夫一起来到出事现场，发现了如下一些情况。克利亚乌佐夫所住的厢房附近聚集了一大堆人。出事的消息以闪电般的速度传遍附近四周地区，由于这一天恰好是节日，四周各个村子的人都朝厢房赶来。这里是一片嘈杂声和说话声。不时可以看到一张张泪痕斑斑的苍白的脸。克利亚乌佐夫的卧室门经察看是反锁着的。钥匙从室内插在锁眼里。

“很明显，那些歹徒是从窗口爬进他卧室里的。”普谢科夫在察看卧室门的时候说。

他们走到花园里去了。卧室的窗子是朝着花园的。看上去，窗子显得阴森而不祥，被褪色的绿窗帘遮着。窗帘的一角微微翘起，因此能够瞧见卧室里的情形。

“你们之中有人朝窗户里瞧过吗？”警察分局局长问道。

“没有瞧过，大人，”花匠叶夫列姆答道，这是一个小个子、头发斑白的小老头儿，一副退役士官的脸相，“所有人两条腿都直打哆嗦，哪还谈得上去瞧啊！”

“唉，马克·伊万内奇[②]，马克·伊万内奇！”警察分局局长望着窗户叹道，“我早就对你说过，你不得好死！我早就对你说过，可怜的人——你就是不听嘛！放荡的生活是不会有好结果的！”

“得感谢叶夫列姆呢，”普谢科夫说，“要不是他，我们怎么也不会想到。他第一个想到事情有点不对头。今天早上他来找我说：‘我们的老爷怎么睡这么长时间还没有醒？整整一个礼拜没有走出卧室了！’他对我这么说，就像给了我当头一棒似的……一个想法马上在脑里一闪……从上个礼拜六起他就没有露过面了，而今天已经是礼拜天了！七天了——这可不是闹着玩的！”

“是啊，可怜的人……”警察分局局长又叹道，“一个蛮聪明的人，受过教育，心地又善良。在大伙当中，可以说是数第一的。可他是个放荡哥儿，愿他的灵魂早升天堂！这一切我早就预料到了！斯捷潘，”他对证人之一说，“你立刻坐车上我家去，叫安德留什卡去找县警察局长，向他报告这事！就说：马克·伊万内奇被人杀了！对了，你还得去找一趟警察——他干吗在那儿消闲纳福？叫他到这里来！然后你自己尽快坐车去找侦查官尼古拉·叶尔莫拉伊奇，叫他坐车到这里来！等一等，我给他写封信。”

警察分局局长在厢房四周布置了岗哨，给侦查官写了封信，便到管家那里去喝茶。大约十分钟之后，他坐在凳子上，小心翼翼地啃砂糖块，喝着像烧红的煤炭那么烫的茶。

“我说嘛……”他对普谢科夫说，“我说嘛……他是贵族，有钱

---

① 即安全火柴。

② 伊万内奇是伊万诺维奇的方言叫法。后文叶尔莫拉伊奇则为叶尔莫拉伊维奇的方言叫法。

人……用普希金的话来说，可说是上帝的宠儿，可他结果怎么样？一事无成！他光是酗酒，放荡和……这不！……给杀了。”

两小时之后，侦查官坐着马车来了。尼古拉·叶尔莫拉伊维奇·丘比科夫（这是侦查官的姓名）是个又高又壮实的老头，年纪在六十岁左右，干他现在干的这一行已有四分之一世纪了。他是全县出名的正直、聪明、精力充沛和热爱本职的人。跟他一起来到出事地点的还有他永远形影不离的同伴、助手和文牍员——久科夫斯基，一个二十六岁左右的高个子年轻人。

“难道真有这种事，先生们？”丘比科夫走进普谢科夫的房间，匆匆跟大家握手，一面说道，“难道真有这种事？马克·伊万内奇？被人杀了？不，这不可能！不——可——能！”

“真怪呀……”警察分局局长叹道。

“我的上帝啊！要知道，上礼拜五我还在塔拉班科沃的集市上见过他！我和他，不客气地说，还一块儿喝了伏特加！”

“真怪呀……”警察分局局长又叹了一声。

他们叹息一阵，惊骇一阵，各人喝了一大杯茶，便起身到厢房去。

“让开路！”警察冲人群吼道。

侦查官走进厢房，第一件事便是察看卧室门。门是松木的，上的是黄油漆，没有损坏的地方。没有找到任何特别的东西可以提供线索。于是他们开始砸门。

“先生们，我请求闲人都离开！”侦查官说，这时卧室门经过好大一阵子斧劈凿子敲终于被打开了，“我这样请求是为了有利于侦查工作……警察，不许放任何人进来！”

丘比科夫、他的助手和警察分局局长推开卧室门，犹豫不决地一个跟着一个走进了卧室。在他们的眼前呈现出这样一幅景象：在惟一的一个窗子旁摆着一张大木床，床上铺着大羽毛褥子。在揉皱的羽毛褥子上扔着揉成一团的被子。枕头套着印花布枕套，也是揉得皱巴巴的，掉到了地板上。床前小桌子上放着一块银表和一枚二十戈比的银币。桌上还有几根硫黄火柴。除了床、小桌子和惟一的一把椅子外，卧室里没有别的家具了。警察分局局长往床底下一看，看见了二十来个空酒瓶，一顶旧草帽和一俄石[①]伏特加。小桌子下面扔着一只沾满灰尘的靴子。侦查官扫视了一眼房间，便双眉紧锁，涨红了脸。

“一伙恶棍！”他紧握拳头喃喃道。

“可是马克·伊万内奇在哪儿呢？”久科夫斯基小声问道。

“我请您别干预！”丘比科夫粗暴地冲他说道，“请您察看地板！在我的经历中是第二次遇到这样的案情，叶夫格拉弗·库兹米奇。”他压低嗓子对警察分局局长说。“1870 年我也遇到过一桩相同的案子。您大概还记得……商人波尔特列托夫凶杀案。那个现场也是这样。恶棍们把他杀了，从窗户把尸首拖出去了……”

丘比科夫走到窗前，拉开窗帘，小心翼翼地推了一下窗扇。窗子打开了。

“打开了，这就是说，本来就没有扣上……嗯！……窗台上有迹印，瞧见了吗？这是膝盖的迹印……有人从这儿爬出去……应该好好检查一下窗子。”

“地板上没有发现任何特别的东西，”久科夫斯基说，“没有斑点，也没有划的道道。我只找到一根用过的瑞典火柴。这就是！我记得马克·伊万内奇是不吸烟的，他在日常生活中使用硫黄火柴，根本不用瑞典火柴。这根火柴可能成为罪证……”

“哎……闭上嘴，请您啦！”侦查官把手一挥，“拿他那根火柴来烦人！我忍受不了脑袋发热的人！您与其找火柴，还不如检查一下床呢！”

久科夫斯基检查完了床铺后，报告说：

“没有血斑，也没有其他任何斑点……新撕的裂缝也没有。枕头上有牙齿印。被子浸满某种液体，是啤酒的气味和味道……床铺

① 旧俄容量单位，约等于 3.0748 升。

的整个外观使人有根据认为，在床上发生过斗殴。”

“不用您说，我们也知道发生过斗殴！不是问您斗殴的事。您与其寻找斗殴，还不如……”

“这里有一只靴子，可另一只不见了。”

“那又怎么样呢？”

“那就是说，他在脱靴子的时候被人闷死了。他来不及脱下另一只靴子就……”

“胡说八道！……您从哪里知道他是被闷死的？”

“枕头上有牙齿印啊。枕头给揉得很皱，被扔到了离床有两俄尺半的地方。”

“就会高谈阔论，这个贫嘴！咱们最好还是到花园去。您与其在这儿瞎翻腾，还不如到花园去察看察看呢……没有您，这儿的事我也全能做。”

侦查人员来到花园，首先察看草地。窗户下面的青草被踩乱了。窗下靠墙的一丛牛蒡也被踩坏了。久科夫斯基在牛蒡上找到几枝已折断的小树枝和一小团棉花。在牛蒡顶端的枝头上找到几根深蓝色的细羊毛线。

“他最后一次穿的衣服是什么颜色的？”久科夫斯基问普谢科夫。

“黄色的，帆布的。”

“好极了。这么说，那伙人穿的是深蓝色的衣服。”

他们切下几个牛蒡枝头，用纸仔细地包了起来。这时县警察局长阿尔齐巴舍夫-斯维斯塔科夫斯基和医生丘丘耶夫来了。县警察局长跟人打过招呼之后，马上就询问情况，以满足自己的好奇心。医生是个高而极瘦削的人，眼睛深陷，长鼻子，尖下巴，他却不跟任何人打招呼，什么也不问，坐在一个树墩上，叹了口气，说道：

“塞尔维亚人又闹腾起来了！他们要什么，我真不明白！哎呀，奥地利呀，奥地利！瞧你干的好事[1]！”

---

① 指1883年10月塞尔维亚人起义，反对附属于奥匈帝国。

从外面察看窗子一无所获，察看草地和靠近窗子的灌木丛却获得了许多对侦查工作有用的线索。譬如说，久科夫斯基就在草地上发现了一条长长的深色斑点连成的线，从窗子一直延伸到花园深处，有几俄丈①长。在一棵丁香花丛下面有一大摊深褐色的斑迹，斑点就在这里终止了。在这棵丁香花丛下面还找到了一只靴子，原来它与卧室里发现的那只靴子是一对的。

"这是老早的血迹呀！"久科夫斯基察看了那些斑点后，说道。

医生听到"血"这个字时便站起身来，慢吞吞地瞟了一眼那些斑点。

"不错，是血。"他嘟哝道。

"既然有血，这就说明他不是被闷死的！"丘比科夫尖刻地瞧了一眼久科夫斯基，说道。

"他们在卧室里把他闷死了，弄到这儿，又怕他活过来，就用某个尖物砸他。灌木丛下的血迹表明，他在这里躺了比较长的一段时间，这期间那伙人在想法子，看用什么家什把他抬出花园。"

"那么，靴子怎么解释呢？"

"这只靴子更加证实了我的想法：他在睡觉前脱靴子的时候被人谋害了。他脱下了一只靴子，而另一只，就是这只，他只来得及脱下一半。在他摇晃和倒下的时候，这只脱下一半的靴子就自动掉下来了……"

"真会动脑子啊，你瞧瞧！"丘比科夫讥讽地一笑，"滔滔不绝，口若悬河！什么时候您才能改掉这种动不动就大发议论的毛病呢？与其大发议论，您还不如拔下一点带血迹的草，供做化验用呢。"

在察看完毕并绘制了出事地点的草图之后，他们便到管家那里去写报告和吃早饭。在吃早饭的时候他们渐渐谈得兴致勃勃。

---

① 1俄丈等于2.134米。

“表、钱和其他东西……全都在，”丘比科夫第一个开口说，“这就跟2加2等于4一样明白，这桩凶杀事件不是为了谋财。”

“是一个知识分子干的。”久科夫斯基插话道。

“何以见得？”

“那根瑞典火柴便是证明，本地的农民还不会使用这种火柴。只有地主们才会使用这种火柴，而且不是所有地主都会用。顺便说一句，凶犯不是一个人，至少有三个人：两个人按住他，第三个人把他闷死了。克利亚乌佐夫的力气很大，凶手们一定知道这一点。”

“如果他，假定说，睡着了，那么他的力气有什么用？”

“凶手们碰上他正在脱靴子。他在脱靴子，这就是说他没有睡着。”

“别胡思乱想啦！您还不如吃饭吧！”

“照我的想法，大人，”花匠叶夫列姆一面把茶炊端上桌子，一面说，“干这件伤天害理的事的不是别人，准是尼古拉什卡。”

“很有可能。”普谢科夫说。

“尼古拉什卡是什么人？”

“侍候老爷的仆人，大人，”叶夫列姆答道，“不是他，还能是谁？他是个强盗，老爷！一个酒鬼和放荡的人，简直不可救药！是他给老爷送伏特加，是他服侍老爷上床睡觉……不是他，还能是谁？还有，我斗胆向您大人报告，有一回这坏蛋在小酒馆里吹嘘说，他要把老爷杀了。这一切的起因都是阿库利卡，都是为了争这娘们儿……本来那个士兵的老婆是跟他在一块儿的……后来老爷看上了她，跟她亲近，这一来他就……不消说，气坏了……现在他喝醉了就倒在厨房里。哭哭啼啼……他还编造说，他是可怜老爷……”

“一点不假，为了阿库利卡是会怒火中烧的，”普谢科夫说，“她是士兵的老婆，乡下娘们儿，可是……难怪马克·伊万内奇叫她娜娜……迷人的东西……”

“我看见过她……我知道……”侦查官说，用一块红手绢擤鼻涕。

久科夫斯基脸红了，垂下了眼睛。警察分局局长用手指敲着小碟子。县警察局长咳起嗽来，不知为什么开始翻他的公文包。关于阿库利卡和老爷的这番话显然只有对医生一个人不起任何作用。侦查官命令把尼古拉什卡带来。尼古拉什卡是个又高又瘦的小伙子，长鼻子上有麻子，胸脯下陷，身上穿的是老爷给他的旧上衣，他走进普谢科夫的房间，冲侦查官叩头。他脸上一副半睡不醒的样子，带着泪痕。他喝醉了酒，几乎站都站不稳。

“老爷在哪儿？”丘比科夫问他。

“被人杀死了，大人。”

尼古拉什卡说完眨眨眼就哭起来。

“我们知道，他被人杀死了。可是现在他在哪儿？就是说他的尸体呢？”

“听人说，他被人从窗子拖出去，埋在花园里了。”

“哼姆！……侦查结果连厨房里都知道了……糟透了。伙计，老爷被杀的那天夜晚你在哪儿？也就是说星期六，你在哪儿？”

尼古拉什卡仰起头，伸长脖子，思索起来。

“我不知道，大人，”他说，“那天我喝醉了，记不得了。”

“不在现场[①]！”久科夫斯基小声说，冷笑着搓手。

“唔，那么，老爷的窗子下面怎么会有血呢？”

尼古拉什卡朝上仰起头，思索起来。

“快点想！”县警察局长说。

“马上就得。那血是件小事留下的，大人。我宰了一只母鸡。我很简单地宰了它一刀，跟平时一样，没料到它竟从我手里挣脱，跑了……就这样留下了血迹。”

叶夫列姆作证说，确实尼古拉什卡每天晚上都宰鸡，而且是在

---

① 原文为拉丁语。

不同的地方宰，不过谁也没有看见没被宰死的鸡在花园里面跑，但是也不能断然否定有过这件事。

“*不在现场*[①]！”久科夫斯基冷笑了一声，“多么愚蠢的*不在现场*[②]！”

“你跟阿库利卡认识吗？”

“我造过孽。”

“是老爷从你那里夺走了她吗？”

“决不是。是他普谢科夫，伊万·米哈伊雷奇先生从我这儿夺走了她，然后老爷又从伊万·米哈伊雷奇先生那儿夺走了她。事情就是这样的。”

普谢科夫窘态毕露，开始搔左眼。久科夫斯基两眼盯住他看，看到他的窘态，打了个哆嗦。因为此时他看到了管家穿的是深蓝色长裤，在此之前他没有注意到这一点。长裤使他想起在牛蒡树枝上发现的深蓝色毛线。丘比科夫这时也怀疑地瞧了普谢科夫一眼。

“去吧！”他对尼古拉什卡说，“现在请允许我向您，普谢科夫先生，提一个问题。您礼拜六的晚上当然在这儿了？”

“是的，十点钟我和马克·伊万内奇一块儿吃的晚饭。”

“后来呢？”

普谢科夫狼狈不堪，从桌旁站了起来。

“后来……后来嘛……我真的不记得了，”他嘟囔道，“当时我喝了好多酒……我睡着了，不记得是在什么地方、什么时候睡着的……你们干吗都这样瞧着我？就像是我杀了他似的！”

“您醒来时是在什么地方？”

“我在仆人们厨房里的炉炕上……所有人都能证实这一点。我是怎么到炉炕上的，就不记得了……”

---

① 原文为拉丁语。

② 同上。

“您不要紧张……您认识阿库林娜[①]吗？”

“这也没有什么稀奇的……”

“她离开您，去跟克利亚乌佐夫在一块儿了，是吗？”

“是的……叶夫列姆，再端点蘑菇来！您要茶吗，叶夫格拉弗·库兹米奇？”

一阵沉重而可怕的沉默，持续了约有五分钟。久科夫斯基默不作声，他那锋利目光一直紧盯住普谢科夫那张变得煞白的脸。侦查官打破了沉默。

“咱们必须，”他说，“到大屋去一趟，同死者的姐姐玛利亚·伊万诺芙娜谈谈。看她能不能给我们提供一些线索。”

丘比科夫和他的助手为早餐表示了感谢，就往老爷的住房走去。克利亚乌佐夫的姐姐玛利亚·伊万诺芙娜是个四十五岁的老处女，他们去时碰上她在高高的家族神龛前做祷告。她一看见来客手里拿着公文包和有帽徽的帽子，脸色就变白了。

“首先我要请您原谅，这么说吧，我们打扰了您做祷告的情绪。”彬彬有礼的丘比科夫把脚后跟砰地一并，开口说道，“我们来是有事相求。您当然已经听说了……存在这种怀疑：您的弟弟是被人用某种方式杀害了……这是上帝的旨意，知道吗……人都免不了一死，沙皇也罢，种地的也罢，都一样。您能不能提供某种线索和说明来帮助我们呢……”

“啊呀，您不要问我吧！”玛利亚·伊万诺芙娜说，脸色变得更苍白了，她用双手捂住了脸，“我没有什么可以告诉您的！什么也没有！恳求您啦！我什么也没有……我能说什么？啊呀，没有，没有……关于我兄弟，一个字也没有！我宁可死，也不会说！”

玛利亚·伊万诺芙娜哭了起来，走到另一间屋子去了。侦查人员交换了一下眼色，耸了耸肩膀，就退出来了。

“鬼娘们儿！”久科夫斯基从大屋走出来，骂出声来，“显然她

① 阿库利卡是阿库林娜的小名。

知道一些事，可是瞒着不说。女仆脸上的表情也神秘莫测……等着吧，鬼东西！我们一定会把整个事情搞得一清二楚的！”

傍晚，丘比科夫和他的助手在惨白的月光下回家去了。他们坐在轻便马车上，各自在脑里总结当天经历的一切。两人都累了，都默默不语。丘比科夫本来就不喜欢在路途中说话，而喜欢饶舌的久科夫斯基为了迎合老头子也默不作声。到路就要走完了的时候，助手再也忍受不住沉默，终于开了口。

“尼古拉什卡跟这件案子有牵连，”他说，“这是毫无疑问的[1]。他那副嘴脸一看就让人明白，他是什么家伙……他的不在现场[2]使他彻头彻尾暴露了。这件案子里，他不是主谋，这也是毫无疑问的。他只不过是被人雇用的愚蠢工具罢了。您同意吗？谦恭的普谢科夫在这件案子里扮演的也不是最次要的角色。深蓝色的裤子、窘相毕露、杀了人后吓得躺在炉炕上、不在现场[3]和阿库利卡。”

“你就尽管胡扯吧，反正没人听您的。照您这么说，谁认识阿库利卡，谁就是凶手啰？唉呀，您，脑袋发热的人！您该去吮奶嘴，而不该来破案！您也追求过阿库利卡，这么说，您跟这件案子也有牵连了？”

“阿库利卡在您家也做过一个月的厨娘，不过……我什么也没说。礼拜六那天晚上我跟您在一块儿打牌，见着了您，不然的话，我也会找您的麻烦的。老兄，问题不在娘们儿，问题在于下流、卑鄙、丑恶的感情……那个谦逊的年轻人不高兴了，您瞧见了吗，因为占上风的不是他。自尊心嘛，您瞧见了吗……于是就想报仇。后来就……他那厚嘴唇有力地表明他性欲强烈。您记得吗，当他把阿库利卡比作娜娜时，他吧嗒嘴唇的那副模样？他这个坏蛋欲火中烧——这是毫无疑问的！就是这样：自尊心受到伤害，情欲没得到

---

① 原文为拉丁语。
② 同上。
③ 同上。

满足。对于起杀人念头来说，这已足够了。我们手里已掌握了两个人。那么谁是第三个人呢？尼古拉什卡和普谢科夫按住他，那么是谁把他闷死的呢？普谢科夫胆小，腼腆，整个儿是个懦夫。尼古拉什卡则不会用枕头闷死人，他们只会动斧头，用斧背砸……是某个第三人把他闷死的，可究竟是谁呢？”

久科夫斯基把帽子拉下盖住额头，沉思起来。他一直默不作声，直到马车驶到了侦查官的家门口。

“有了！”他走进屋子，一面脱大衣一面说，“有了，尼古拉·叶尔莫拉伊奇！只是我真不明白，早先我怎么就没有想到呢。您知道第三个人是谁吗？”

“住嘴吧，求您了！瞧晚饭已经摆好了！坐下吃饭吧！”

侦查官和久科夫斯基坐下来吃晚饭。久科夫斯基给自己斟了一小杯伏特加酒，站起来，挺直身子，眼睛闪闪发亮，说道：

“您要知道，那个跟恶棍普谢科夫一块儿作案的第三个人——是个女人！我说的是死者的姐姐玛利亚·伊万诺芙娜啊！”

丘比科夫被伏特加呛住了，两眼直愣愣地望着久科夫斯基。

“您……不是有点那个吧？您的脑袋……有点不正常吧？脑袋疼吗？”

“我很健康。好吧，就算我神经不正常，但是她一见到我们，就惊慌失措，这您又怎么解释呢？她不肯提供证词，对此您怎么解释呢？就算这些都是芝麻小事——那好吧！得了！可是您回想一下他们俩之间的关系！她恨她弟弟！她是个旧教徒，而他是个放荡的人，一个不信神的人……这就是积下仇恨的根源！据说，他还使得她相信，他就是魔鬼的化身。他当着她的面演练招魂术！”

“那又怎么样？”

“您就不明白？她这个旧教徒出于宗教狂热杀死了他！她不仅仅杀掉一个坏人，一个浪荡公子，而且为世界铲除了一个反对基督的人——她以为这乃是她的功劳，她在宗教上的功勋！啊，您不了解这些老处女，旧教徒！您读读陀思妥耶夫斯基的小说吧！列斯科夫[①]、佩切尔斯基[②]的作品多精彩啊！……她，就是她，哪怕杀了我，我也要说是她！是她把他闷死的！啊，心狠手毒的女人！我们走进屋去的时候，她正站在圣像前面，难道这不是为了蒙骗我们专门装样子的吗？她心想，我站在这儿做祷告吧，他们就会以为我心里很安稳，我不是在等他们来！所有的犯罪新手都是用这套办法。亲爱的尼古拉·叶尔莫拉伊奇！我的亲人！把这个案子交给我吧！让我亲自把它搞到底！我的亲爱的！既然我已经开了头，我就要把它搞到底！”

丘比科夫摇晃着脑袋，皱起了眉头。

“困难的案件我们自己也能解决，”他说，“您的任务是不要插手不该您管的事。对您口述的时候，您就笔录下来——这就是您的工作！”

久科夫斯基马上满脸通红，他砰的一声打开门，走出去了。

“是个聪明人，这坏蛋！”丘比科夫望着他的背影，喃喃自语道，“大聪明人！只是性子急得不是地方。应该到集市上买个烟盒作为礼物送给他……”

第二天早上有人从克利亚乌佐夫卡村把一个年轻小伙子带到侦查官面前。这小伙子长着一个大脑袋，兔唇，自称是牧人丹尼尔卡。他的证词很有意思。

“那天我喝醉了，”他说，“我在干亲家那里呆到半夜。在回家的路上，我醉醺醺地下到河里去洗澡。我正洗着洗着……忽然一瞧！堤坝上有两个人抬着一个黑糊糊的东西。‘哎！’我冲他们喊了一声。那两人害怕了，拼命飞跑，跑到马卡里耶夫的菜园那边去了。如果他们抬的不是老爷，就让上帝打死我好了！”

当天傍晚，普谢科夫和尼古拉什卡两人被捕并被押往县城。他

---

① 列斯科夫（1831—1895），俄国作家。

② 佩切尔斯基（1818—1883），俄国作家。

们被送进了城里的监狱。

2

十二天过去了。

那天早上，侦查官尼古拉·叶尔莫拉伊奇坐在自己办公室里的绿桌子前，翻阅“克利亚乌佐夫”案卷。久科夫斯基心神不宁，如同关在笼子里的狼似的，从房间的这个角落走到那个角落。

“您确信尼古拉什卡和普谢科夫有罪，”他说，神经质地搓他那新长出来的胡子，“为什么您就不愿相信玛利亚·伊万诺芙娜有罪呢？难道是您嫌罪证不足吗？”

“我没有说我不相信。我相信，但总是觉得不大可信……真正的罪证并没有，整个事情听起来好像是一篇高深莫测的推论……什么宗教狂热啦，什么这个那个的……”

“而您就非要有斧子和血迹斑斑的床单不可！……你们这些法学家！那我就来证明给您看！对案子的心理方面您可别这么疏忽大意啦！您那个玛利亚·伊万诺芙娜就该在西伯利亚[①]！我就来证明好了！既然您认为光有推论还不够，那么我还有物证……它会向您证明，我的推论多么正确！只要让我去一趟就成。”

“您指的是什么呀？”

“是瑞典火柴啊……您忘了？我可没有忘！我一定要查明，是谁在遇害者的房间里点着的这根火柴！点这根火柴的不是尼古拉什卡，也不是普谢科夫，搜查他们东西的时候都没有发现这种火柴，所以准是第三个人，也就是玛利亚·伊万诺芙娜。我会证明这一点的……只要让我在全县转一圈，到处查访查访……”

“我说，行了，您坐下吧……咱们来审讯吧。”

久科夫斯基在小桌子旁坐下，把鼻子埋进公文中。

---

① 指流放到西伯利亚服刑。

“带尼古拉·捷捷霍夫进来！”侦查官大声喊道。

尼古拉什卡被带进来了。他脸色苍白，骨瘦如柴。他在发抖。

“捷捷霍夫！”丘比科夫开口说道，“1879 年你因盗窃在第一区法官处受审，被判处监禁。1882 年你第二次因盗窃受审并第二次蹲监狱……我们全知道……”

尼古拉什卡露出惊讶的神色。侦查官无所不知使他大为惊讶。但惊讶很快就变成了不胜悲痛的表情。他大哭起来，请求准许他去洗洗脸，镇静一下。于是他被带走了。

“带普谢科夫进来！”侦查官命令道。

普谢科夫被带了进来。几天来，这个年轻人面容大变。他瘦了，苍白了，脸都陷进去了。眼睛里露出漠不关心的神情。

“坐下，普谢科夫，”丘比科夫说，“我希望今天这一次您能明智点，不要再像前几次那样说谎话了。最近这段日子您始终否认参与谋杀克利亚乌佐夫，不顾已有大量对您不利的罪证。您这样做是不明智的。今天我最后一次跟您谈话。如果您今天不招供，明天可就晚了。好了，您就向我们讲一讲……”

“我什么也不知道……你们掌握的什么罪证，我也不知道。”普谢科夫低声说。

“您这样没有用！好吧，那就让我来向您讲一讲事情的经过吧。礼拜六晚上您坐在克利亚乌佐夫的卧室里跟他一起喝伏特加和啤酒，”（久科夫斯基一双眼睛紧盯着普谢科夫的脸，在侦查官讲述的整个期间他始终没有移开过目光。）“尼古拉伺候你们。十二点过马克·伊万诺维奇对您说他要睡觉了。他一直是十二点多就寝的。当他脱靴子并在向您布置庄园的事务时，您和尼古拉就按约定的这一暗号抓住喝醉了的主人，把他掀倒在床上。你们二人中的一个人骑在他腿上，另一个骑在他脑袋上。这个时候从外屋走进来了你们都认识的那个身穿黑衣服的女人，她事先就跟您商量好了她怎么参与这件犯罪的勾当。她抓起枕头，试图用枕头闷死他。在扭打中蜡烛灭了。那个女人从口袋里摸出一盒瑞典火柴，点燃了蜡烛。不是这样吗？我从您的脸上就看出来了，我讲的是事实。可是后来……你们把他闷死了，并确信他已经断气了，您和尼古拉就把他从窗口拖出去，放在牛蒡旁边。你们害怕他再活过来，就用一件尖头的家伙砸他。然后你们把他抬到丁香树下，停了一段时间。你们休息一会儿，考虑了一番，就把他抬……抬过篱笆……后来你们走大路……最后到了堤坝那里。在堤坝附近有个庄稼汉吓了你们一跳。不过，您这是怎么啦？”

普谢科夫脸色惨白，站了起来，身子摇摇晃晃。

“我透不过气来！”他说，“好吧……随您……只是我要出去……请求您。”

普谢科夫被带出去了。

“他最终还是招认了！”丘比科夫甜甜地伸了个懒腰，“他露馅儿了。不过，我多么巧妙地制服了他！我就这么给他来了个倾盆大雨……”

“他连穿黑衣服的女人也没有否认！”久科夫斯基笑了起来。“不过，那根瑞典火柴还是折磨得我受不了！我再也不能忍受了！再见！我走了。”

久科夫斯基戴上帽子，坐车走了。丘比科夫开始审讯阿库利卡。阿库利卡声明说，她不论什么都一概不知道……

“我只跟您一个人同居过，再没有跟过别人！”她说。

傍晚五点多，久科夫斯基回来了。他从来没有这么激动过。他的手哆嗦得无法解开大衣扣子。他的两颊通红。显而易见，他带着新消息回来。

“我来了，我看见了，我胜利了[①]！”他一面说，一面飞奔进丘比科夫的办公室，倒在扶手椅上，“我以我的名誉向您发誓，我开始相信我的天才了。您听着，真不得了！您听着，准叫您大吃一惊，老爷子！这事又可笑又可悲！您手里已经掌握了三个人……不是

---

① 原文为拉丁语。此语为古罗马恺撒大帝的名言。

吗？我找到了第四名嫌疑犯，说得更确切点：第四名女嫌疑犯，因为她是个女人。而且是个什么样的女人呀！只要能挨一下她的肩膀，我宁愿少活十年！不过……您听我说……我坐车去到克利亚乌佐夫卡村，围着村子绕一个大圈。一路上我就到所有的小铺、小酒馆、地下室小酒店里去问有没有瑞典火柴。所到之处对我的回答都是：'没有。'我一直坐着车子到处转悠，直到现在。我二十次失去了希望，我又二十次重新获得希望。我就这么转悠了一整天，直到一个钟头以前我才碰上了我要找的东西。在离这儿三俄里远的地方。他们给了我一包十盒的火柴。可是恰恰少了一盒……我马上问：'谁买走了那一盒？'是那位某某女士……'她喜欢这种火柴……一划哧的一响。'我亲爱的！尼古拉·叶尔莫拉伊奇！一个被教会学校逐出校门并熟读加包里奥小说①的人有时能干出多么了不起的大事来，真是不可思议！从今天开始，我要尊重我自己了！……哎……喂，咱们走吧！"

"这是要上哪儿呀？"

"去她那儿，就是那第四名……得赶快去，不然……不然我就要急死了！您知道她是谁吗？您是猜不到的！她就是我们警察分局局长叶夫格拉弗·库兹米奇那老头子的年轻老婆奥尔加·彼得罗芙娜——就是她！那盒火柴是她买走的！"

"您……你……您……疯了吧？"

"这太容易理解了！首先，她吸烟。其次，她如痴如狂地爱上了克利亚乌佐夫。他因为有个什么阿库利卡而拒绝了她的爱情。她要报仇。现在我想起来了，有一次我在厨房里屏风后面撞见了他俩。她向他赌咒发誓，而他却拿她的烟抽，还把烟雾朝她脸上喷。不过，我们还是走吧……要赶快，不然天就黑了……我们走吧！"

"我还不至于神经错乱到听信一个黄口小儿的话，半夜去打扰

---

① 埃米尔·加包里奥（1835—1873），法国作家，擅写耸人听闻的探案小说。

一位高尚而正直的女人！”

“高尚而正直……您说出这种话，表明您不是一个侦查官，而是一个草包！我从来不敢骂您，可现在，是您迫使我骂！草包！废物！得了，亲爱的，尼古拉·叶尔莫拉伊奇！我求您啦！”

侦查官把手一摆，啐了口唾沫。

“求您啦！我求您，不是为了自己，而是为了审判的利益！我恳求您，行了吧！您就帮我个忙吧，哪怕一辈子就这么一次呢！”

久科夫斯基跪下了。

“尼古拉·叶尔莫拉伊奇！您行行好吧！要是我对这个女人看错了，您就骂我下流坯，坏蛋好了！要知道，案子就是这样的呀！案子呀！简直是个爱情故事，而不是案子！名气会传遍全俄国！会使您成为一个专办特别重大案件的侦查官！您得明白啊，您这个没脑筋的老头！”

侦查官皱起眉头，犹豫不决地伸手去拿帽子。

“好啦，见你的鬼！”他说，“咱们走。”

侦查官的轻便马车到达警察分局局长家门口的台阶前时，天已经黑了。

“我们简直是猪猡！”丘比科夫一面拉门铃一面说，“来打扰人家。”

“没事儿，没事儿……别胆怯……就说我们马车上的弹簧断了。”

一位高个子，丰满，年约二十三岁，眉毛漆黑，嘴唇厚而鲜红的女人在门口迎接丘比科夫和久科夫斯基。她就是奥尔加·彼得罗芙娜本人。

“啊呀……很高兴！”她说着满脸堆笑，“你们恰好赶上吃晚饭。我的叶夫格拉弗·库兹米奇不在家……到教士家做客还没回来……不过我们没有他也行……请坐！你们是从侦查工作地点来的吧？……”

“是呀……我们的，您知道，马车上的弹簧断了。”丘比科夫一面说，一面走进客厅，坐在扶手椅上。

“您马上……给她当头一棒！”久科夫斯基悄声对他说，“给她当头一棒！”

“弹簧……嗯……是呀……我们忽然想起就来了。”

“给她当头一棒，跟您说哪！要是您再磨磨蹭蹭，她就猜出来了！”

“那，你就照你的意思做好了，饶了我吧！”丘比科夫嘟哝道，站起身来，走到窗子那边去了，“我做不到！你自己熬的粥，你自己去喝！”

“是啊，弹簧……”久科夫斯基开口说道，一面走近警察分局局长的老婆身旁并皱起他那长鼻子，“我们到这儿来不是为了那个……呃呃呃……吃晚饭，也不是来找叶夫格拉弗·库兹米奇。我们到这儿来，是为了问您，夫人：被您杀死的马克·伊万诺维奇现在在什么地方？”

“什么？哪个马克·伊万内奇？”分局局长的老婆含糊不清地说，她那张大脸霎时间突然变得绯红，“我……不明白。”

“我是以法律的名义问您！克利亚乌佐夫在哪儿？整个事情我们全都知道了！”

“通过谁？”分局局长的老婆受不住久科夫斯基的逼视，小声问道。

“请您告诉我们——他在哪儿！？”

“可是你们是从哪儿知道的？是谁告诉你们的？”

“整个事情我们全都知道了！我以法律的名义要求您！”

侦查官眼见分局局长的老婆惊慌失措，劲头就上来了，他走到她跟前，说：

“您告诉我们，我们就走。不然的话，我们就……”

“你们找他干吗？”

“问这些问题有什么用，夫人？我们请您说出来！您在发抖，发慌……是的，他被杀死了，要是您愿意知道的话，就是被您杀死的！同谋者把您供出来了！”

分局局长的老婆脸变得惨白。

“咱们走吧，”她搓着手，低声说，“他藏在我们家的浴室里，只是看在上帝的面上，不要告诉我丈夫！恳求你们啦！他会忍受不了的。”

分局局长的老婆取下挂在墙上的一把大钥匙，带着客人们穿过厨房和前室，走到院子里。院子里很黑，下着小雨。分局局长的老婆走在前面。丘比科夫和久科夫斯基跟在她身后，踏着高高的草往前走，呼吸着野大麻和在脚下扑哧扑哧响的污水的气味。院子很大。不久，污水没有了，脚接触到了犁过的土地。黑暗中树木的轮廓依稀可辨，而在树木之间——有一座小屋，屋顶上有一根歪烟囱。

“这就是浴室，”分局局长的老婆说，“不过求求你们了，对谁也不要讲！”

丘比科夫和久科夫斯基走近浴室，看见门上挂着一把很大的锁。

“准备好蜡烛头和火柴！”侦查官小声对他的助手说。

分局局长的老婆打开了锁，让两位客人走进浴室。久科夫斯基划着了火柴，照亮了更衣室。更衣室中间有一张桌子。桌子上放着一个大肚形的矮粗的小茶炊，旁边摆着一大汤钵已经凉了的菜汤和一盘残剩的不知是哪一种的调味汁。

“往前走！”

他们走进第二间房间，也就是浴室。浴室里也有一张桌子。桌子上放着一大盘火腿，一个装着伏特加的长颈大玻璃瓶，还有些盘子、餐刀、餐叉。

“可是这个……在哪儿呢？被害的人在哪儿呢？”侦查官问。

“他在最上面那一层床板①上！”分局局长的老婆小声说道，她仍然脸色苍白，浑身发抖。

① 俄罗斯式浴室是蒸汽浴室，里面设有几层的木床。

久科夫斯基把蜡烛头拿在手里，爬到最上面一层木板床上去了。他看见那上面有一具长长的人体，一动不动地躺在一床大羽绒褥子上。这具人体发出轻微的鼾声……

“我们受骗了，真见鬼！”久科夫斯基喊起来，“这不是他！躺在这儿的是个活的蠢家伙。喂，您是谁呀？见您的鬼！”

这具人体带着哨音吸进一口气，开始动了起来。久科夫斯基用胳臂肘推了他一下。这具人体举起双臂，伸了个懒腰，微微抬起头。

“这是谁爬上来了？”一个沙哑、沉重的男低音问道，“你要干什么？”

久科夫斯基把蜡烛头举到这个不知是什么人的脸上，接着发出一声惊叫。他看到深红色的鼻子，没梳过的蓬乱头发，漆黑的胡髭，其中一撇很豪放地向上卷曲并满不在乎地瞪着天花板，他认出了此人便是骑兵少尉克利亚乌佐夫。

“您是……马克……伊万内奇？！不可能！”

侦查官朝上面一望，顿时呆了……

“是我，是的……那么这是您，久科夫斯基！您到这儿来干什么？而那里，下边，那张丑脸是谁？我的老天爷，是侦查官！什么风把你们吹来的？”

克利亚乌佐夫赶忙爬下来，拥抱丘比科夫。奥尔加·彼得罗芙娜一下子溜出门去了。

“你们怎么会来呢？咱们来喝一杯，见它的鬼！拉——拉——拉——咚——咚……咱们来喝！到底是谁把你们带到这儿来的？你们打哪儿知道我在这儿的？不过，也无所谓！咱们来喝！”

克利亚乌佐夫点上灯，斟了三杯伏特加酒。

“我简直不明白你，”侦查官说，两手一摊，“这到底是你呢，还是不是你？”

“算了吧你……你想对我进行一番道德说教吗？别费那劲儿了！年轻人久科夫斯基，喝干你那杯酒吧！咱们一块儿，朋友们，欢度这个……你们瞪着眼瞧什么？喝呀！”

“我还是不能理解，”侦查官说，一面机械地喝着酒，“你为什么在这里？”

“为什么我不该呆在这里，要是我在这里感到很惬意的话？”

克利亚乌佐夫喝干了酒，吃了一块火腿。

“我住在分局局长老婆这里，你也看见了。住在偏僻的地方，密林之中，像个家神似的。你喝呀！我对她，老兄，动了怜悯之心！我可怜她，于是，就住到这儿来了，住在一间废弃的浴室里，像个隐士似的……有吃有喝。我打算下礼拜从这儿搬走……我已经住厌了……”

“不可思议！”久科夫斯基说。

“这有什么不可思议的？”

“不可思议！看在上帝的面上，您说说，您那只靴子怎么会掉在花园里？”

“什么靴子？”

“我们在卧室里找到一只靴子，而另一只却在花园里。”

“可你们要知道这个干吗？这不关你们的事……你们喝酒呀，见你们的鬼。你们既然把我叫醒了，那就喝酒吧！关于这只靴子，老兄，可有一段有趣的故事。当时我不愿到奥利亚[①]那儿去。心情不好，你知道，有点醉意……她走到我窗子下面，开始谩骂……你知道，就像乡下娘们儿那样……总而言之……我由于醉了，顺手抓起一只靴子朝她扔下去……哈哈……别骂了，我说，她就从窗口爬了进来，点上了灯，就狠狠地揍我这个喝醉了的人。她打够了，又把我拖到这里，锁了起来。现在我有吃有喝……爱情、伏特加和下酒菜！可你们上哪儿去？丘比科夫，你要上哪儿去？”

侦查官啐了一口，走出了浴室。久科夫斯基耷拉着脑袋，跟在他后面也走了出来。两人都一言不发，坐上马车走了。他们从来没

① 奥尔加的小名。

有像这次这样感觉到道路这么沉闷，这么漫长。两人都默默无语。一路上丘比科夫都气得直哆嗦。久科夫斯基把脸藏在衣领里，仿佛生怕黑暗和细雨看到他脸上的羞愧似的。

侦查官回到家，碰上医生丘丘耶夫在他家里。医生坐在桌旁，深深地叹着气，翻阅着《田地》。

“在这个世界上发生些什么样的事呀！”他说，面带忧郁的微笑迎接侦查官，“奥地利又那个了！……而且格莱斯顿[1]在某种程度上也……”

丘比科夫把帽子往桌子底下一扔，全身颤抖起来。

“鬼骷髅！别来烦我！跟你说过一千次了，别拿你那套政治来烦我！这里没工夫谈政治！至于你，”丘比科夫转身冲久科夫斯基挥舞着拳头，“至于你……我一万年也忘不了！”

“可是……要知道，有瑞典火柴呀！我怎么能知道呢！”

“让那根瑞典火柴把你卡死才好！你走，别惹恼了我，不然我可不知道会把你整成什么样！你的脚不许再踏进我的家门！”

久科夫斯基叹了口气，拿起帽子，走了。

“我要去喝酒。”他走出大门，下了决心，然后伤心地慢慢走到一家小酒馆去了。

警察分局局长的老婆从浴室出来回到家里时，看见丈夫在客厅里。

“侦查官来干什么？”丈夫问她。

“来告诉你，克利亚乌佐夫找到了。你想想吧，是在别人的老婆那儿找到他的！”

“哎，马克·伊万内奇，马克·伊万内奇！”警察分局局长叹息一声，眼睛朝上望着，“我早就对你说过，放荡的生活是不会有好结果的！我早就对你说过——你不听嘛！”

---

① 威廉·格莱斯顿（1809—1898），英国首相。

庇 护

在涅瓦大街上走着一个身材矮小、满脸皱纹的小老头儿，他脖上挂着一枚勋章。一个制帽上佩有帽徽、长着紫色小鼻子的小个儿年轻人跟在他身后连蹦带跳地走着。老头儿双眉紧皱、若有所思，年轻人忧心忡忡地直眨巴眼睛，就像要哭的样子。他们俩是去见叶夫兰皮·斯捷潘诺维奇。

“我没有过错，舅舅！”那年轻人说，勉强赶上老头的脚步。“平白无故就把我开除了。德里亚尼科夫斯基喝酒喝得比我还凶，可他却没有被开除！他每天都醉醺醺地来上班，而我并不是每天都这样。大人他有多么不公正，舅舅，我简直没法跟您说清楚！”

“住嘴……猪猡！”

“嗯……那，就算我是猪，至少我也有自尊心啊。开除我并不是因为我酗酒，而是因为一张照片。我们赠送给他一本有我们照片的照片簿。所有人都照了相，我也照了，可是我那张照片没照好，舅舅。我的眼睛鼓出来，两只胳臂张开。我的鼻子从来没有像照片上的那么长。我真不好意思把我的照片放进照片簿。要知道，大人那里常有女士们，她们要翻看照片簿的，我可不愿意在女士们面前丢人现眼。我的相貌虽说不漂亮，但很有魅力，可照片上却成了个小丑。叶夫兰皮·斯捷潘诺维奇发现照片簿里缺我的照片，就生气了。他以为我这样做是出于高傲自大或者是自由主义思想……可是我哪有什么自由主义思想？我既上教堂，又吃斋，并且不像德里亚尼科夫斯基那样目中无人。您替我说说好话吧，舅舅！我一辈子都要祈求上帝！没有差事闲逛荡，还不如死了的好。”

老头儿和他的同行人拐弯，又走过三条胡同，终于来到叶夫兰皮·斯捷潘诺维奇家门前，拉响了门铃。

“你在这里坐一会儿，”老头带着年轻人走进接待室，说道，“我去见他。你只会惹麻烦。蠢货……起来，在这儿站着……废物一个……”

小老头擤了擤鼻涕，把挂在颈子上的勋章扶正，便走进书房去了。年轻人留在接待室里。他的心开始怦怦地跳。

“他们在那里谈什么？”他听到从书房传来两个老头子的说话声，心里这么想着，同时不由得浑身发冷，愁得不停地倒换两只脚，“他会听舅舅的话吗？”

他忍受不了情况不明的苦恼，便走到门旁，把他的一只大耳朵贴在门上。

“我做不到！”他听到叶夫兰皮·斯捷潘诺维奇的声音，“您相信上帝吧，我做不到！我尊敬您，我是您的朋友，普罗霍尔·米哈伊雷奇，什么事我都愿意为您做，但这件事……我做不到！您就别要求我了。”

“我同意您的意见，大人，他是个学坏了的孩子。我不会否认这一点，而且，您作为我的朋友和恩人，我还要告诉您，他不止是个酒鬼。这还不算什么。他是个恶棍！什么东西只要没收好，他就给偷走，是个洗劫的高手，又爱说人的坏话……这么一个坏蛋，我都没法向您形容！您今天帮了他一个忙，明天他就打您的小报告。这人是个败类……我一点也不可怜他。要是依我的意思，我早打发他到远远的地方去了……可是我，大人，可怜他的母亲。我来求您仅仅是为了他的母亲。这个下流坯把他母亲偷了个精光，全都喝酒喝掉了……”

年轻人从门旁走开，在接待室里踱来踱去。过了五分钟他又走到门旁，把耳朵贴在门上。

“您就为了老太太高抬贵手吧，大人，”舅舅说，“眼见她那个坏小子丢了差事，她愁得要死。”

“那，得，就这么办吧。不过有个条件：只要再出一点点儿事，他就得马上滚蛋！”

“要是再出事，您就马上撵走这个下流坯吧。”

年轻人离开门，在接待室迈开大步走起来。

“舅舅真是好样的！”他小声说，高兴得直搓手，“他说得绘声绘色！一个没受过教育的人，可他这一番话却说得多么聪明……”

舅舅从书房走出来了。

“把你收留了，”他阴沉着脸说，“废物……咱们走。”

“感谢您，舅舅！”年轻人吐了口气，眨着一双充满感谢之情的眼睛，吻着舅舅的手，“没有您的庇护，我早就完蛋了……”

两人走到街上，踏上回家的路。老头儿双眉紧锁，若有所思，年轻人满面生辉，喜不自胜。

查　询

中午时分。地主沃尔德列夫，一个高大壮实的男子，剪着短发，长着一双鼓眼睛，他脱下外衣，用丝手绢擦了擦额头，怯生生地走进某机关办公室。那里只听见笔尖磨在纸上的沙沙声……

“这里在什么地方我可以查询事情？”他问守门人，后者正端着一托盘杯子，从办公室深处走出来，“我需要在这里查询一些事情，还需要一份记录本上决议的副本。”

“请往那边走！去找他，靠窗坐着的那一位！”守门人说着用托盘指了指最后面的那扇窗子。

沃尔德列夫咳了一声，朝那扇窗子走去。那里摆着一张绿桌面的桌子，上面满是斑点，像害斑疹伤寒出的疹子似的。桌子后面坐着一个年轻人，头上竖起四撮头发，长鼻子上长着粉刺，穿一套褪色的制服。他把大鼻子埋进纸堆，正在写什么东西。一只苍蝇在他右鼻孔旁嬉戏，他就不时努起下嘴唇，朝鼻子吹一口气，这就使得他的脸具有一种十分专心致志的神态。

“我能不能在这儿……在您这儿，”沃尔德列夫对他说，“查询一下我的案子？我是沃尔德列夫……同时我还需要取一份2月2号记录本上决议的副本。”

这名官吏把蘸水钢笔放进墨水瓶蘸了一下，又瞧了瞧：蘸的墨水是不是太多了？当他确信墨水不会从笔尖上滴下来，便又开始沙沙地写起来。他的嘴唇努着，不过已经用不着吹气了：苍蝇已落在他耳朵上了。

“我能不能在这儿查询一下？”过了一分钟，沃尔德列夫又问了一遍，“我是沃尔德列夫，土地所有者……”

“伊万·阿列谢伊奇！”官吏朝空中喊道，仿佛没看见沃尔德列夫，“商人亚利科夫来了就告诉他，叫他到警察局去在申请书副本上签字认定。我告诉他有一千次了！”

“我是来查询我与古古林娜公爵夫人继承人的官司，”沃尔德列夫喃喃道，“大家都知道这件案子。我恳请您接待我。”

官吏仍然对沃尔德列夫视而不见，一把抓住自己嘴唇上的苍蝇，仔细地瞧了瞧，然后把它扔了。地主咳嗽了一声，用方格子手绢大声擤鼻涕。可这也不起作用。人家仍然不理他。沉默了约莫两分钟。沃尔德列夫从衣兜里摸出一张一卢布的钞票，放在官吏面前打开的簿子上。官吏蹙起额头，把簿子拉到自己面前，一脸担心的样子，把簿子合上了。

“我要查询一点点小事……我只是想了解一下，古古林娜公爵夫人的继承人是根据什么……我能打扰您一下吗？”

而官吏只顾想自己的心事，他站起来，搔着胳膊肘，不知为什么走到柜子那儿去了。一分钟之后，他又回到桌子后面，又摆弄簿子：簿子上又放着一卢布钞票。

“我只打扰您一分钟……我查询一点事，只……”

官吏没听见：他开始抄写什么东西。

沃尔德列夫皱起眉头，绝望地望着这一群笔底沙沙响的人。

“他们写呀！”他心里想着叹了口气，“写呀，叫他们全都见鬼去吧！”

他从桌子旁边走开，在房间中央站住了，绝望地垂下双手。这时守门人又端着杯子走过，大概看到了他脸上一筹莫展的神情，就走到他跟前紧挨着他小声问道：

“喂，怎么样？查了吗？”

“我问了，可他根本不想跟我说话。”

“您就给他三卢布吧……”守门人悄声说。

“我已经给他两卢布了。”

“您就再给他一张。”

沃尔德列夫走回到那张桌子旁边，把一张绿色钞票①放到翻开的簿子上。

官吏又把簿子拉到自己面前，开始翻阅，猛地，好像无意之间一抬眼，瞧见了沃尔德列夫，他的鼻子开始发亮，发红，由于微笑而起皱纹。

“啊呀……您有什么事？”他问道。

“我要查询一下我的案子……我是沃尔德列夫。”

“很高兴！就是古古林娜那件案子吧？很好！那么您具体需要查询什么呢？”

沃尔德列夫向他讲明了自己的要求。

这名官吏活跃起来，恰似有一股旋风把他卷起来了。他替沃尔德列夫查了材料，又吩咐人抄写一份副本，给沃尔德列夫端来一把椅子——这一切都是一眨眼工夫便全都办好了。他甚至聊起天气来，问起收成如何。沃尔德列夫离开的时候，他把他送下楼梯，脸上堆起殷勤而恭敬的微笑，作出一副随时准备趴下叩头的样子。沃尔德列夫不知为什么觉得很尴尬，就听从内心一时的冲动，从衣兜里摸出一张一卢布的钞票，递给了官吏。这官吏不住地鞠躬，微笑，收下了钞票，跟魔术师似的那么快，只见钞票在空中一闪就不见了……

“哎，这些人哪……”地主心里想着，走到街上，站住了，用手绢擦了擦额头。

---

① 旧俄面值3卢布的纸币。

昔日的奴隶

“我们那条小河像条小蛇似的曲曲弯弯……它曲里拐弯流过原野，呈直角拐来拐去，好像折断了似的……有时候你爬上山，往下一望，就能看见整条河，了若指掌。白天河水像一面镜子，夜里像水银似的闪闪发亮。岸边长着芦苇，映在水中……真美啊！这里是芦苇，那儿是小柳林，那边是柳树……”

尼基福尔·菲利蒙内奇坐在啤酒馆里小桌子旁，一面喝着啤酒，一面这么绘声绘色地讲着。他讲得兴致勃勃、热情洋溢……每当他讲到一处特别富有诗意的地方时，他那刮干净的满是皱纹的脸和棕色的脖子就随着他语气的加强而哆嗦和抽搐。店里的女招待塔尼娅，一个模样俊俏的十六岁姑娘在听他讲。她把胸靠在柜台上，两个拳头支着脑袋，她惊叹不已，脸色发白，眼睛一眨也不眨，非常兴奋地听着每一个字。

尼基福尔·菲利蒙内奇每天晚上都到啤酒馆来，并且跟塔尼娅聊天。他喜欢她，因为她是个孤女，还因为她有着一双机灵的眼睛，苍白面孔上总是流露出娴静温顺的神情。而他爱谁就向谁倾诉自己往昔生活的全部隐秘。每次他一聊就从头聊起——从描绘大自然开始。从描绘大自然就转到讲打猎，讲完打猎就讲已经去世的老爷斯温佐夫公爵的个人情况。

“一个大名鼎鼎的人！”他讲到公爵时说，“他之所以出名，与其说是因为他拥有财富和很多土地，不如说是因为他那性格。他是个唐璜[1]啊！”

“唐璜是什么意思？”

“这意思就是，他在对待女性上是个大唐璜。他就喜欢你们女人。他把全部家当都花在女人身上了。是呀……当初我们在莫斯科住的时候，我们住的那家大饭店里，住在上面一层楼的几乎所有的人都是靠我们花钱养着的。在彼得堡时，我们老爷跟冯·图西赫男爵夫人关系很密切，还跟她生了个私生子。就是这位男爵夫人有一天夜晚玩什托斯[2]把家产输了个精光，她要自杀，但公爵没有让她自杀。她是那么美丽，那么年轻……跟他混了一年就死了……女人们多么爱他啊，塔涅奇卡[3]！多么爱他啊！她们没有他简直活不下去！”

“他漂亮吗？”

“什么……他已经老了，不漂亮……您，塔涅奇卡，若是他见了你也会喜欢的……他喜欢这样苗条的、白净的……您别不好意思。有什么不好意思的？我这一辈子从来没有说过假话，现在也没有说假话……”

然后尼基福尔·菲利蒙内奇就开始描述马车、马匹、服装……他对这一切都很内行。后来又转到列举各种酒。

“有一种酒一瓶就值二十五卢布。你只要喝下去一小杯，肚子里就闹腾开了，你就像快活得要死了似的。”

塔尼娅最喜欢的，是他描述的宁静的月夜时光……夏天在绿林中，在花丛中举行饮宴，冬天则坐上雪橇，盖着暖和的毯子，雪橇闪电似的飞驰。

“雪橇在飞驰，可您觉得是月亮在奔驰……太美妙了！”

尼基福尔·菲利蒙内奇就如此这般讲了很长时间，直到童仆把大门上方的灯灭了，把门上的招牌取下来，拿进店里。

冬天的一个晚上，尼基福尔·菲利蒙内奇喝醉了，躺倒在栅栏

① 西班牙民间传说中的一个好色的公子哥儿。

② 一种扑克牌赌博。

③ 塔尼娅和塔涅奇卡都是塔季扬娜的小名。

下面，感冒了。别人把他送进医院。一个月后他出院了，但在啤酒馆里却找不着那个听他讲话的姑娘了。她不见了。

一年半之后，尼基福尔·菲利蒙内奇在莫斯科特维尔大街上走着，想卖掉他那件破旧的夏季大衣。他遇见了他心爱的姑娘塔尼娅。她脸上扑着白粉，一身时髦漂亮的衣服，戴一顶帽檐高卷的帽子，她挽着一位戴高筒礼帽的先生一面走，一面不知为什么事哈哈大笑……老头瞧着她，认出了她，目送她走过去，慢慢地摘下了帽子。他脸上闪过深受感动的表情，眼里泪花闪闪发亮。

“那么，愿上帝保佑她吧……”他低声说道，“她是个好姑娘。”

然后，他戴上帽子，小声笑起来。

我的官衔和封号

我是公使——每天早上老婆支使[1]我去市场买食品。

我是七品文官。每天早上在去集市之前我都在院子里[2]跟看院子的工人讨论[3]日常问题。

我是警士，因为我住在城里[4]，而不是住在乡下。

我是贵族[5]——这是毫无疑问的。每天晚上我在院子里散步，夏天我爱在院子里睡觉，我常常跟看院子的工人聊天，而且我的几只狗叫做看院子的狗。

我是检察长伊云·伊万内奇的副手，他根据法典第十卷的所有条款不时来我家喝啤酒。我们之间的关系是十分友好的[6]。

我在上中学时，曾是四（年）级、三（年）级、二（年）级，甚至一（年）级的重要人物[7]。

我是特殊重大案件[8]侦查官[9]。我不能忍受庸才，我一般总是仿效那些作出特殊重大业绩的人。

我是勋章获得者，因我脖子上挂着安娜[10]……而且是怎样的一个安娜呀！肥胖，脸颊绯红，牛脾气……

我是监督司祭[11]。没有谁比我更循规蹈矩的了。我们的看院子工人均可证明这一点。

我是收款员[12]，因为我有钱柜；我是会计师，因为是我记小铺账本、洗衣店账本和记事本；我是文牍员[13]，因为我跟别人有书信往还；我是看守人，因为我总是守着自己的财富；我又是鸣钟人[14]，因为我常摇我的小铃。

我是酒店掌柜[15]，因为我爱接吻。

我是三品文官[16]，因为我常和妻子瞒着丈母娘私下商议事情。

我在吃喝方面是个鉴定人[17]。

我是炮兵连指挥官[18]，有一排酒瓶归我管。

我打上句号的时候，我是无泪之人[19]。

---

① 俄语中“公使”一词的词根词义是“支使”、“派”。

② 俄语中“七品”一词的词根 двор 有“宫廷”和“院子”两个词义。

③ 俄语中“文官”一词的词根词义是“讨论”、“咨询”、“建议”等。

④ 俄语中“警士”一词的词根词义之一是“城市”。

⑤ 俄语中“贵族”一词的词根 двор 有“宫廷”和“院子”两个词义。

⑥ 俄语中“友好的”一词的词根词义之一是“副手”。

⑦ 此词含有讽刺意义。

⑧ 俄语中“案件”（дело）一词又作“事业”、“事情”等解。

⑨ 俄语中“侦查官”一词的词根又有“追随”、“仿效”之意。

⑩ 大写的安娜可理解为“安娜勋章”（沙皇时代的一种勋章），也可理解为女人名字。

⑪ 俄语中“监督司祭”一词的词根有“循规蹈矩”之意。

⑫ 俄语中“收款员”词根有“钱柜”之意。

⑬ 俄语中“文牍员”的词根有“书信”、“书写”之意。

⑭ 俄语中“鸣钟人”词根有“鸣响”、“敲响”、“摇响”等含义。

⑮ 俄语中“酒店掌柜”词根与“接吻”词根同形。

⑯ 俄语中“三品”词义为“机密的”、“秘密的”；“文官”一词见注③。

⑰ 俄语中此词又有“内行”之意。

⑱ 俄语中“炮兵连”与“一排”是同音词。

⑲ 契诃夫早期曾用此笔名。

傻女人，或退役大尉

并不存在的轻松喜剧之一场景

结婚的季节。退役大尉索乌索夫（坐在漆布面的长沙发上，一条腿盘在身子下面，两只手抱住另一条腿。一面说话，一面摇晃身体）。媒婆卢基尼什娜（一个胖得不像样子的老太婆，脸相愚蠢，但善良，坐在一旁的凳子上，脸上露出恐惧而惊讶的表情。侧面看去像只蜗牛，**正面看去**——像只黑蟑螂。说话带着阿谀奉承的腔调，而且每说完一个词就打个嗝儿。）

大尉：不过，要是从观点来看[1]，那么伊万·尼古拉伊奇就做得相当重要了。他娶了老婆，这件事做得很好。即使你是教授，你是天才，可要是你没成家，那你就一文不值。你没有资格，没有社会舆论……谁不结婚，谁就不可能在社会上真正有分量……就拿我来作为例子吧……我是受过教育阶级的人，是房主，有钱……官衔也有嘛……还有勋章，可对我有什么好处？孤家寡人……不过是个同义词，仅此而已。（陷入沉思）所有人都成家了，所有人都有孩子，只有我一个人……就像这首浪漫曲里……（用他的男高音唱一首悲伤的浪漫曲）。我的生活也就是这样的……哪怕能找到一个没人要的待嫁的姑娘也行啊！

卢基尼什娜：干吗找没人要的呢？没人要的可配不上你。老爷，就凭你的贵族身份，还有，可以说，就凭你这样的人品，任何女人都愿嫁给你的，而且还带着钱财来……

大尉： 钱财我不需要。我不允许自己去干为了钱财娶老婆的卑鄙勾当。我自己有钱，我不希望靠老婆的钱吃饭，而希望老婆靠我养活。要是娶一个穷姑娘，她就会感觉到，会理解……我还不至于自私自利到出于实利的考虑去……

卢基尼什娜： 这话，老爷，确实不假……有的穷姑娘比有钱的姑娘长得还美呢……

大尉： 我也不需要长得美。美有什么用？脸蛋又不能当水喝。美应当不是在自然上，而是在心灵中……我要的是善良，温顺，那种贞洁……我希望老婆尊敬我，景仰我……

卢基尼什娜： 嗯……要是你是她的合法丈夫，她哪能不景仰你呢？难道她没有受过教育还是怎的？

大尉： 等一等，别打断我。受过教育的我也不需要。如今不受教育不行，当然是这样。不过有各种各样的教育。要是老婆会说法语，会说德语，会说各种不同的语言，自然叫人高兴，非常高兴，可要是她，譬如说，不会给你钉扣子，那会说外国话又有什么用？我是受过教育阶级的人，到处都受人接待，我跟卡尼捷林公爵的关系，我可以说，就如同此刻我跟你的关系一样无拘无束，可是我有一种纯朴的性格。我需要一个纯朴的姑娘。智慧我不需要。智慧在男人身上有分量，而女性没有智慧也过得去。

卢基尼什娜： 这话很对，老爷。关于聪明的女人如今报上都写了，说她们没用。

大尉： 一个傻女人既会爱你，又会尊敬你，而且会感觉到我是什么阶层的人。她心里会有畏惧。可聪明的女人吃你的面包，却感觉不到是谁的面包。你给我找一个傻女人……你就知道这一点：要个傻女人。你脑子里有这样的女人吗？

卢基尼什娜： 我脑子里各式各样的女人都有。（思索起来）给你找一个什么样的呢？傻女人很多，可都是聪明的傻女人……每个傻

---

① 大尉说话乱用名词，常常文理不通，下文亦如此。

女人都有自己的心眼儿……你要的是全傻的女人？（思索）我这儿倒是有一个傻女人，可不知道你喜不喜欢……她是商人阶层的，有大约五千卢布陪嫁……模样倒也不能说难看，一般——不好看，也不难看……瘦瘦的，身子细细的……温和、娇弱……心肠好得不得了！如果谁向她要什么，她会把最后一点钱财都给他……还有，很柔顺……她妈抓住她头发揍她，她要是吭一声也好——就是一声不吭！她父母使得她心存恐惧，他们带她上教堂，家务事只要她干得有一点不如意就……不过这里（用指头在太阳穴旁绕圈儿[①]）……你别因为我说人的不是而怪我这个有罪的人吧，我对你说的话句句是实，就像在上帝面前一样：她不正常！傻姑娘……老闷声不响，闷声不响，就跟个死人似的，坐在那儿，一声不吭，可蓦然间无缘无故地跳了起来！就像你拿开水烫伤了她似的。从椅子上腾地跳起来，像发了疯似的，嘴里说个不停……说呀，说呀……没完没了地唠叨……什么她父母原来都是傻瓜，食物不像话，他们说她的那些话也不像样。说到生活，似乎她没有人可以一块儿过，而且似乎生活折磨得她痛苦不堪……“你们不能理解我。”她说。傻丫头！商人卡夏洛托夫向她求婚，竟然遭到了拒绝！她当面嘲笑了他一通，如此而已……那个商人很富有，长得漂亮，彬彬有礼，像个年轻军官。她呢，有时候随便拿上一本无论什么荒谬的书，就到贮藏室里去看起来……

大尉：得啦，这个傻女人对我不合适，不是一个类别……你另外给我找一个（站起身来，看表。）……现在就日安了[②]！我该走了……我去做我单身汉方面的……

卢基尼什娜：去吧，老爷！一路顺风！（站起身来。）礼拜六晚上我再来跟你谈找未婚妻的事……喂，那个……你在单身汉方面需要什么吗？

---

① 表示脑子有问题或神经不正常的手势。

② 原文为法语的俄语译音。大尉把“再见”说成了“日安”。

沙拉酱

天文学家们发现太阳上的黑子的时候，真乐坏了。这是一件空前的令人幸灾乐祸的事。

一名官员正要接受贿赂之际，他的上司在这堕落的瞬间走了进来，两眼狐疑地盯住他的拳头，拳头里攥着人家对他表示感激的钞票。官员十分尴尬。

“您听我说！”他一面对那个来求情的人说，一面张开拳头，“您有点东西忘在我拳头里了。”

山羊什么时候是头猪呢?

“不知是谁家的一只山羊跑到我们家的羊群里来了。”一位地主讲道，“我们逮住它，打了它一顿。可它还是不断来。我们把它打走，还在它尾巴上捆了一根棍子。可这也不起作用。这坏东西仍然继续钻到我们的羊群里来。好啊！我们把它逮住，往它鼻子里塞烟草，给它身上涂满松节油。在这次刑罚之后，它有三天没来，然后又开始来了。瞧，在这一切之后，难道它不是一头猪①吗?

机灵的典范。

彼得堡的采访记者N.Z.在巡视去年的纺织品展览会时，对一个展厅产生了兴趣，于是伫立在那里开始作笔记。

“这是不是您掉在地上的二十五卢布钞票?”展厅的主人问他，并递给他一张二十五卢布的钞票。

“我掉了两张二十五卢布的钞票！”采访记者灵机一动，马上答道。

展厅主人对他的机灵大为吃惊，只好又给了他一张二十五卢布的钞票。

这不是轶闻，是真事。

① 俄语中“猪”转义为：不要脸的东西、下贱东西、下流坯等。

秋　天

时间快到深夜了。

季洪大叔的酒铺里坐着一群马车夫和朝圣的人，他们是被秋天的急风暴雨赶进酒铺来的，那夹着雨点的狂风打到脸上，就像鞭子抽一样。这些浑身湿透、疲惫不堪的行路人坐在靠墙的长椅上，听着阵阵风声，昏昏欲睡，脸上无精打采。一个年轻的马车夫，麻子脸上满是伤疤，膝上放着一把湿淋淋的手风琴——他拉了一阵又不知不觉地放下了。

雨丝围着门上那盏昏暗、油污的灯飞舞着。风像狼一般地嚎哭、怪叫，看来非把酒铺的门揪下来不可。院子里传来马打响鼻的声音和践踏烂泥的声音。四周又潮湿，又寒冷。

季洪大叔坐在柜台后面，他是一个高身量、大脸盘的汉子，肿眼泡里一对睡意蒙眬的眼睛。柜台外头，有个四十上下的人站在他对面。他穿得肮脏而又寒酸，但却不俗气。上身是一件皱巴巴沾满泥水的大衣，下身是一条方格布裤子，光脚穿着一双胶皮套鞋。他的脑袋和插在衣袋里的双手，还有瘦骨嶙峋的胳膊肘都在索索地发抖，就像发寒热病一样。他瘦弱的全身上下，从憔悴不堪的面孔直到胶皮套鞋，偶尔会发出一阵轻微的痉挛。

“看在上帝分上！”他用破锣般的嗓子尖声哀求季洪，“来一杯，就那么一小杯，算赊账！”

“得了吧……来来往往净是你们这些二流子！”

二流子看了看季洪，满怀轻蔑和憎恨，要是可以的话，他真能把他杀了。

“你这个蠢东西，什么都不懂！你要知道，这不是我在求你，照你们这般粗人的话说，这是我肚子里那些玩意儿在求你，是我身上的病求你，你该明白了吧！”

“我用不着明白……走开……”

“你要知道，要是我现在喝不上酒，要是过不了这口瘾，我会闹出事来的！天知道我会干出什么事来！你这蠢东西开了一辈子酒馆，总见过不少醉汉。难道你到如今还不清楚他们是什么人吗？他们是病人！你可以用铁链子把他们锁起来，他们任你打，任你杀，可你得给酒喝！怎么样，我恳求你，求你行行好吧！我现在不顾自己的脸面来求你。天哪，我是多么不顾自己的脸面哪！”

二流子摇摇头，慢慢吐了一口唾沫。

“拿钱来，有钱就有酒！”季洪说。

“我上哪弄钱去！全叫我喝酒喝光了！什么都没有了！就剩下这一件大衣，可我又不能给你，因为里面没穿衣服。这顶帽子要不要？”

二流子把自己那顶厚呢帽递给季洪，帽子上有许多破洞，连棉花都露出来了。季洪拿起帽子仔细看了看，摇了摇头。

“白给都不要，”他说，“臭破烂……”

“不想要吗？既然不想要，那就先赊给我一杯。等我从城里回来，准把这五戈比给你送来，好叫它卡在你嗓子眼里把你噎死！噎死你！”

“好你个骗子！你是什么人？上这儿来要干什么？”

“要喝酒。不是我要喝，是我的病要喝！明白了吧！”

“你捣什么乱？大道上来来往往净是你们这些不守本分的东西！你去求求那些正教徒。要是他们愿意，求他们看上帝分上赏你杯酒喝。我就是要行好也只舍给你们面包吃。畜生！”

“你去喝穷人们的血吧！我嘛……对不起！我可不能从他们身上刮钱！那不是我干的！”

二流子说到这里，突然把话头一顿，脸一红，冲朝圣的人说：

“正教徒们！这倒也是个主意。求你们只赏我五个戈比！我的五脏六腑在求你们！我有这个病！”

“喝点水就好了。”麻子脸年轻人冷笑一声说。

二流子心里感到羞愧。他咳嗽了几声，不再说话了。过了一会儿他又哀求季洪。弄到最后他竟哭了起来，而且居然要拿自己的湿大衣换酒喝。黑暗里大家看不见他的眼泪。不过大衣没人要买。因为酒铺里有朝圣的妇女，她们不想看赤身露体的男人。

“我现在可怎么办哪！”二流子轻轻地问，声音里充满绝望。“怎么办？不喝酒不行，不喝酒我就会干出犯法的勾当来，不然就得去寻死……怎么办哪！”

他在酒铺里来回走着。

一辆邮车响着铃铛驶近了酒铺。身上透湿的邮差走进门来，喝了一杯伏特加又出去了。邮车继续向前赶路。

“我给你一件金首饰吧，”二流子对季洪说，脸一下子变得煞白，就像亚麻布一样，“我把它给你。只好这么办了。虽说我这么做是卑鄙的，可恶的。但你还是把它拿去吧。我作出这种卑鄙的事也是身不由己，就是在法庭上他们也会体谅我的……拿去吧，不过有一个条件： 等我再来的时候要还给我。我可是当着大家的面交给你的……”

二流子把一只湿手伸到怀里，掏出来一个小小的金鸡心盒子。他打开盒盖，看了一眼盒子里的相片。

“本来应当把相片取出来，可是我浑身湿透，没处放它，连它一块拿走吧，你这强盗……不过有一个条件……亲爱的，好人，我请求你，你连手指头也别碰这张脸……恳求你，亲爱的，请你恕我无礼，恕我说话不客气……我是个糊涂人……你的手指千万别碰这张脸，眼睛也不要看……”

季洪拿起盒子，看了看上头的刻字，然后把它放进自己的口袋里。

“偷来的一块表，”他说，斟了一杯酒，“好啦，喝吧……”

这酒鬼双手捧起酒杯，混浊的醉眼闪出了最后一点余辉，把酒喝下去……他尽情地品尝酒味，每喝一口，都要哆嗦一阵。他把带相片的金盒子换酒喝了，然后羞愧地垂下眼睛，走到屋角，挨着一位朝圣的妇女欠身坐在长凳上，蜷起身子，闭上了眼睛。

半个小时在沉寂无言中过去了。只有风在烟囱里唱着秋天狂想曲。朝圣的妇女们开始作祷告，然后悄悄地躺在长凳下面过夜。季洪打开鸡心盒子，出神地看着那个娇小的女人头像。那个女人从纤巧的金框子里头笑吟吟地望着酒铺，望着季洪和大大小小的酒瓶子。

院子里有辆马车吱扭响了一下，传来赶车人"驾驾"的吆喝声和泥泞中的脚步声……一个身量不高、穿长筒皮袄、留山羊胡子的庄稼汉跑进了酒铺，他浑身沾满了泥水。

"喂！"他吆喝一声，拿出一个五戈比铜板敲着柜台，"一杯真正的马德拉葡萄酒，斟上！"

然后他单脚点地，神气十足地转过身来，扫了酒铺里的人群一眼。

"他妈的，你们都像糖似的给浇化了！叫雨吓怕了！尿包！这么娇嫩！咦，这家伙倒怪有意思的，你是谁呀？"

庄稼汉一步跳到二流子跟前，朝他脸上望了望。

"哎哟！这不是老爷吗！"他说道，"谢缅·谢尔盖伊奇！我的主人，您怎么跑到酒铺凉快来啦？这里难道是您呆的地方吗？不幸的苦命人哪！"

老爷看了一眼庄稼人，随后就用袖子把脸遮住了。那汉子叹了口气，摇了摇头，无可奈何地把两手一摆，回到柜台喝酒去了。

"这是我们的老爷，"他低声对季洪说，把头冲着二流子点了一点，"我们的地主，谢缅·谢尔盖伊奇。看见了吧，怎么样？现在还像个人吗？啊？这真是，酒竟把人弄到这个地步……"

庄稼汉喝完酒，用袖子抹了抹嘴唇，接着说道：

"我是他那个村的，村子叫阿赫季洛夫卡，离这儿四百俄里……我祖先是他家的农奴。可怜哪，老弟，真叫可怜！想当初，他可是个好东家……瞧见院子里那匹马没有？那是他出钱给我买的，嘿嘿！真命苦啊！”

十分钟以后，马车夫和朝圣的人都在庄稼汉周围坐下来，伴着凄风苦雨的秋天的风雨声，他轻轻地，用神经质的尖嗓子讲起过去的事情。谢缅·谢尔盖伊奇仍旧坐在角落里，闭着眼睛喃喃自语。他也在听着。

“这都是因为他太没出息啦？”庄稼汉一面挥着手打手势，一面讲起故事来，“简直是吃饱了撑的……他是全省数一数二的大阔佬……钱多得吃不光也喝不尽。你们也许见过他……他有不少次坐着四轮敞篷马车打这家酒铺门前经过。那真叫阔……我记得，大概五年以前，他骑马路过米基什金村，是从休耕地里走的，他赏给了我们一个卢布，而不像一般只给五个戈比……他败家是打鸡毛蒜皮的小事上开的头。头一件事是因为一个娘儿们。这个可怜的人爱上了一个城里的女人……迷得连命都不要了，真是错把乌鸦当凤凰。那个贱货名叫玛利亚·叶戈罗芙娜。姓非常古怪，简直叫不出来。老爷既然看上了她，就照上帝立的老规矩前去提亲。她当然答应了，因为我们老爷非同一般，滴酒不沾，钱又多得很……记得有一天晚上我走过他们家的花园，一瞧，他们俩坐在凳子上正亲嘴呢。他亲她一下，而她这条毒蛇，就亲他两下。他握住她白净的小手，她呢——满脸通红，一个劲儿往他身上靠，鬼东西！……她说：谢尼亚[①]我爱你。于是谢尼亚就如同中了邪，到处乱跑，昏头昏脑地吹嘘自己多么有福气……给这个一卢布，给那个两卢布……给我出钱买了这匹马……在兴头上把我们欠他的债也一笔勾销了……结婚的日子到了……照规矩举行了结婚典礼。可到吃晚饭的时候，老爷们正在入席，她却坐上马车溜了……跑到城里她那当律士[②]的情人那里

① 谢尼亚是谢缅的昵称。

② 庄稼汉错把律师称作律“士”。

去了。这个狼心狗肺的东西！她竟在行完婚礼以后，在节骨眼上干出这种勾当！打这以后老爷就变糊涂了，喝酒上了瘾。现在你看他，迷迷糊糊，像得了神经病。可心里还在想她，想那个狼心狗肺的贱货，他还在爱她！这次想必是要走到城里去，好看上她一眼……弟兄们，第二个叫他败家的是他的妹夫……他忽然心血来潮，为他妹夫当保人，向银行借款……三万卢布……他妹夫那个滑头还不懂占这个便宜吗，一点马脚不露就把三万块钱拐走了……糊涂人就是因为糊涂净吃亏，受罪……他老婆和律士生了一群儿女。他妹夫在波尔塔瓦省买下了房屋、田产。而我们这位老爷呢，傻瓜似的走出这个酒铺，走进那个酒铺，缠着我们这些乡下人诉委屈：'朋友们哪，我是一切都看透了，谁我也信不着了！'太没出息了！哪个人没伤心事，为这就非得喝酒吗？就拿我们村长说吧，老婆大白天就把学校老师领到自己家里来，还把丈夫的钱拿去打酒喝。可是村长像没事儿一样，脸上还带着笑……只不过稍微瘦了点……"

"人的能耐天生是不一样的……"季洪叹了口气。

"这话不错，人的能耐就是不一样。"

庄稼汉讲了很久……他讲完以后，酒铺里鸦雀无声。

"喂，你……您是怎么称呼来着？……不幸的人，过来喝一杯吧！"季洪冲着老爷说。

老爷走到柜台前，把送给他的酒美滋滋地喝下去……

"把那个盒子暂时给我一下！"他低声对季洪说，"我只要看一眼，然后就……还给你……"

季洪皱了皱眉，默默地把盒子交给他。麻子脸青年人叹了口气，摇摇头，要了杯伏特加。

"老爷，喝吧！唉，不喝酒固然好，可有酒喝更不赖，一醉解千愁，喝吧！"

老爷喝了五杯酒，回到屋角，打开鸡心盒子，睁着浑浊的醉眼寻找那心爱的面庞……可是面庞不见了，被那个讲道德的季洪用指甲从盒子里抠出去了。

灯光最后亮了一亮就熄了。一个朝圣的妇女说起了急促的梦话。麻子脸青年大声作完了祷告，舒展身躯躺在柜台上。又有人来到酒铺门前……雨还在哗哗地下着……寒气愈来愈重了。这烦人的、黑沉沉的秋天似乎没个尽头，老爷两眼直瞪瞪地盯着鸡心盒子，还在寻找那个女人的面孔……蜡烛也灭了。

春天，你在哪里呢?

在马车上

四品官布伦金的女儿基蒂和济娜坐着敞篷马车在涅瓦大街上兜风。跟她们一块儿坐在马车上的还有她们的表妹玛尔富莎，她是个小巧的十六岁姑娘，外省地主的女儿，最近刚到彼得堡门第显赫的亲戚家来做客，并游览一下"名胜古迹"。同她并排坐着的是德龙克利男爵，他身着深蓝色大衣，头戴深蓝色帽子，脸洗得很洁净，周身衣着清洁得惹眼，他是个小个子男人。姐妹俩坐在马车上一面兜风，一面不时斜眼瞟一下表妹。表妹既使她们觉得可笑，又让她们感到丢脸。天真幼稚的小姑娘有生以来从未坐过敞篷马车，也从未听见过京城喧闹的市声，她好奇地注视着那轻便马车上蒙着的漂亮的面料和仆人头上戴的有金银丝带的帽子，每次遇到公共马车在有轨马车铁轨上驶过时，便发出一声惊叫……而她提的那些问题，则更加幼稚和可笑了……

"你们的波尔菲里挣多少工钱?"她朝仆人点点头，顺口问道。

"好像是一月四十吧……"

"真的吗?我哥哥谢廖沙是教师，可才挣三十！难道在你们彼得堡劳动就这么贵重?"

"别提这种问题，玛尔富莎，"济娜说，"也别东张西望。这有失体面。可您瞧那边——就斜眼瞟一下，要不有失体面——那个军官多么可笑！哈哈！就像喝下了一杯醋似的！您，男爵，向阿姆菲拉托娃献殷勤的时候，也是这副模样。"

"你们，小姐们，觉得又好笑，又开心，而我却在受良心的折磨。”男爵说，“今天我们那儿的职员们在为屠格涅夫做安灵弥撒[①]，我呢，为了你们的缘故，就没有去。这不合适，你们知道吗……这是滑稽戏，可不管怎样还是该去，表示自己的同情……对那些思想的同情……小姐们，请你们把手放在心上，对我坦白地说一句：你们喜欢屠格涅夫吗？”

“哦，喜欢……不言而喻！要知道屠格涅夫可是……”

“得了吧……我不管问谁，谁都说喜欢，可我呢……我真不明白！或者我没有脑筋，或者我是个不可救药的怀疑主义者，反正我觉得，因为屠格涅夫而掀起的所有奇谈怪论即使不是可笑的，至少也是夸大其辞的！我并不否认，他是一个好作家……文笔流畅，有的地方甚至挥洒自如，也有幽默之处，不过……并没有什么特别的地方……他写的跟所有俄国的写作者没啥两样……跟格里戈里耶维奇[②]啦，克拉耶夫斯基[③]啦没啥两样……昨天我还特意从图书馆借了一本《猎人笔记》，从头读到尾，也没有发现任何特别的地方……既没有谈到自我意识，也没有谈到出版自由……没有任何思想！至于正正经经地谈打猎，也根本就没有。不过话又说回来，写得还不错！”

“甚至是相当不错！他是一个很好的作家！他描写爱情真精彩呀！”基蒂叹息道，“比谁都写得好！”

“爱情他写得好，可也有比他写得更好的。譬如，让·黎施潘[④]。他写得多美妙啊！您读过他的《粘鸟胶》[⑤]吗？那可完全是另一码事！您一面读，一面就会感觉到所写的一切的真实情况！而屠格涅夫……他写出了什么？尽都是思想……可是在俄国哪有什么思

① 屠格涅夫于1883年9月3日去世，契诃夫这篇小说发表在1883年9月24日出版的《花絮》杂志上。

② 应为格里戈罗维奇（1822—1899），俄国作家。

③ 克拉耶夫斯基（1810—1889），俄国政论作家。

④ 让·黎施潘（1849—1926），法国作家。

⑤ 让·黎施潘的一本通俗剧。主人公是一名外号叫“粘鸟胶”的巴黎放荡女人。

想？全是从外国土壤搬来的！毫无独到之处，毫无土生土长的东西！”

“可他对大自然的描写多么精彩！”

“我就不爱读描写自然景色的文字，拖拖沓沓，没完没了的……‘太阳落下去了……小鸟唱了起来……树林沙沙响……’我一向都跳过这些美妙的描写不读。屠格涅夫是个好作家，这一点我不否认，我只是不承认他有创造奇迹的才华，像人们谈到他时大吹大擂的那样。说什么他给予人们的自我意识一个推动啦，触动了俄国人民的政治良心啦……这一切我根本看不出来……我不明白……”

“可您读过他的《奥勃洛莫夫》[①]吗？”济娜问道，“在那本书里他反对农奴制！”

“不错……可是我也反对农奴制呀！这一来莫非大家也要为我大吹大擂？”

“您请他闭上嘴吧！看在上帝的面上！”玛尔富莎对济娜悄声耳语道。

济娜吃惊地瞧了瞧幼稚而胆怯的小姑娘。这个外省姑娘的目光扫来扫去，望着马车上各个人的面孔，流露出恶意，似乎她的眼睛在搜寻一个人，为的是把仇恨和蔑视发泄在这个人身上。她气愤得嘴唇直哆嗦。

“这不礼貌，玛尔富莎！”济娜低声耳语道，“您眼泪流出来了。”

“人们还说，他对社会发展有很大影响，”男爵继续说道，“从哪儿能看出这一点来？我就没有看出这种影响来，很抱歉。至少，他没有丝毫影响过我。”

马车在布伦金家大门口停了下来。

---

① 不是屠格涅夫，而是 И.冈察洛夫著的长篇小说。

莫斯科的特鲁布广场上

在圣诞修道院附近有个不大的场地，名叫特鲁布广场，或者干脆就叫做特鲁巴。每逢礼拜天这儿就有集市。只见几百件皮袄、旧式男大衣、毛皮帽子、高筒礼帽在这里蠕动，好似箩筐里的虾。在这里能听见各种各样的鸟叫声，令人想起春天。如果出太阳，天上又没有云，那么鸟叫声和干草的气味给人的感受便尤为强烈，而想起春天时，种种思绪油然而生，并悠然飘向很远很远的地方。广场的一侧排列着一长串大车。车上装载的不是干草，不是白菜，不是豆子，而是金翅雀、黄雀、蓑羽鹤、云雀、黑色和灰色的鸫鸟、山雀、红腹灰雀。这些鸟全都在主人自家做的质量很差的鸟笼里跳来跳去，以嫉羡的神情不时瞧瞧那些自由自在的麻雀，并且啁鸣不已。金翅雀卖五戈比一只，黄雀要贵一些，至于其他的鸟，则价格非常不稳定。

“云雀什么价？”

卖鸟的人自己也不知道他的云雀该卖什么价。他搔搔后脑勺，心里想到什么价就随口要什么价——或者一卢布，或者三戈比[①]，这就要看买主的身份了。也有贵的鸟。有一只羽毛已褪色的老鸫鸟，尾巴上的毛都掉光了，站在鸟笼里肮脏的小横梁上。它威风凛凛，傲气十足，岿然不动，活像一个退役的将军。他对自己失去自由这件事早已听其自然，并早就以平淡的心境望着蓝天。大概正是由于它的淡漠，人们才认为它是深明事理的鸟儿。这只鸟低于四十戈比是不会卖的。在鸟的旁边，脚踩泥泞挤来挤去的人们中有中学生，工匠，身穿时髦大衣的年轻人，还有些鸟迷，他们头戴破旧不堪的帽子，身穿仿佛被老鼠咬过的破裤子，裤腿挽起。卖给小青年和工匠们的鸟，往往以雌鸟冒充雄鸟，以小鸟冒充老鸟……他们对鸟不懂行。可是那些鸟迷就骗不了啦。鸟迷们只消远远一看，对鸟的情况便一清二楚了。

“这只鸟没有哪点好的地方，”一位鸟迷往一只黄雀的嘴里瞧了瞧，又数了数它尾巴上的羽毛，开口说道，“它现在在唱歌，这不假，可这又有什么用？我也能跟着大伙儿唱歌。不行，老弟，你别混在大伙儿里唱，要是你能行，就给我单独唱一唱，老弟……你把那一只，坐在那儿不做声的那一只递给我！把不做声的那只给我！它默不作声，说明它心中有数……”

在装载着鸟儿的大车之间，不时也能遇到装载着其他小动物的大车。您在那里可以看到野兔、家兔、刺猬、豚鼠、鼬。一只兔子坐在那儿，伤心地嚼着一根麦秸。豚鼠冷得发抖，而刺猬则怀着好奇心，眼睛从一根根的刺下面朝人群张望。

“我在什么地方读到过，”一位邮局官员，身穿褪色的大衣，疼爱地望着野兔，自言自语地说，“我读到过，有某个学者让猫、老鼠、红脚隼和麻雀共用一个碗吃饭。”

“这很可能，先生。因为猫老挨打嘛，而红脚隼尾巴上的毛大概全都给拔光了。这里面根本没有任何学问，先生。我的干亲家就有过一只猫，您可别见怪，它竟然吃黄瓜。他用大鞭子抽那猫抽了两个礼拜，直到把它教会了。野兔嘛，只要揍它，它能学会划火柴。对这事您干吗惊讶？很简单嘛！它用嘴叼一根火柴，就哧的一声划燃了！动物跟人是一样的。人挨了打就会变得聪明些，畜生也一样。”

有些穿厚呢长大衣的人在人群中穿梭般走来走去，他们腋下夹着公鸡和鸭子，这些家禽全都又瘦又饿。小鸡从笼子里伸出难看的脱了毛的脑袋，在泥泞里啄食。拿着鸽子的小男孩直瞅您的脸，竭力想在您身上发现一个鸽子迷。

---

① 100戈比等于1卢布。

“就是嘛！跟您没话好说！”有人气呼呼地嚷道，“您先看看再说话。难道这是鸽子？这是鹰，而不是鸽子！”

一个又高又瘦的人，蓄着短连鬓胡子，唇髭却是刮光的，外表像个仆役，病恹恹的，喝醉了酒，在卖一只雪白的哈巴狗。这条老母狗在哀鸣。

“她命令我卖掉这只讨厌东西，”仆役说，鄙夷地冷笑着，“她到老年破产了，没有东西吃，现在只好卖猫卖狗。她一面哭，一面亲吻它们的肮脏嘴脸，却穷得自己去卖它们。真的，这是事实！买下吧，先生们！需要钱买咖啡啊。”

不过谁也没笑。一个男孩站在旁边，眯起一只眼睛，严肃而同情地看着他。

最有趣的是卖鱼的地方。十来个庄稼汉坐成一排。他们每个人面前都放着一只桶，桶里面则都是一座痛苦不堪的小地狱。在桶里那浑浊的浅绿色水中，小鲫鱼、小泥鳅、刚孵化出的幼鱼、蜗牛、铃蟾、北螈都在不停地蠕动。断了腿的大个儿河甲虫在小小的水面上乱窜，爬到鲫鱼身上，从铃蟾的背上跳过去。铃蟾往河甲虫身上爬，北螈又往铃蟾身上爬。这些动物的生命力多强啊！暗绿色的冬穴鱼较为贵重，因而享受优待：它们被放在专门的小罐里，虽说在里面也不能游泳，但总没有那么挤……

“鲫鱼可是一种顶呱呱的鱼！鲫鱼可好养啦，大人，这该死的东西！你把它放在桶里哪怕养一年，它还是活着！这些鲫鱼我抓到已经有一个礼拜了。我是在别列尔沃捕到它们的，然后从那儿走着回来。鲫鱼两戈比一条，泥鳅三戈比一条，幼鱼呢，一枚十戈比的钢镚儿能买十条，这些该死的东西！您买五戈比的幼鱼吧。要不要买点鱼虫？”

卖鱼的把手伸进桶里，用他那粗糙而坚硬的手指抓出一条娇嫩的幼鱼或者一条指甲那么大的鲫鱼。在鱼桶旁摆着钓鱼线、钓钩、捕鱼钩，从池塘里捞来的鱼虫则在阳光下闪现出火红的色泽。

一个爱好这些动物的老头头戴皮便帽，脸上架着铁框眼镜，脚穿一双活像两艘装甲舰似的套鞋，在装鸟的大车和鱼桶旁转来转去。这里的人称他做“怪人”。他身上一文不名，尽管如此，他却讨价还价，激动不已，硬给买主出主意。他花了约莫一个钟头把所有的兔子、鸽子和鱼看了一遍，看得很仔细，鉴定所有这一切和每个动物的品种、年龄、价钱。他像个小娃娃似的，对金翅雀、小鲫鱼、幼鱼很感兴趣。譬如说，要是您跟他谈起鸫鸟，这个怪人就会向您讲一大篇在任何书里也找不到的知识来。他讲得津津有味、热情洋溢，同时还责备您的无知。关于金翅雀和红腹灰雀他讲起来没完没了，瞪大眼睛，使劲挥舞着两只手。在这里，在特鲁巴，只在寒冷的季节能遇见他，而夏天他则在莫斯科郊外某个地方吹着小笛子诱捕鹌鹑，或者去钓鱼。

这里还有另外一个“怪人”——一个很高很瘦、戴着一副黑眼镜的先生，刮干净了胡髭，戴一顶有帽徽的制帽，像古时候的小官吏。这是个鸽子迷：他的官品不小，在中学当教师，这一切，特鲁巴的常客都知道，他们对他很尊敬，遇见他的时候向他鞠躬，甚至给他想出了一个特别的称号：“代词大人”。他在苏哈列瓦一带搜寻书籍，而到特鲁巴来搜寻优秀的鸽子。

“请过来！”养鸽子的人朝他喊道，“教师先生，代词大人，请您看看这些筋斗鸽！代词大人！”

“代词大人！”喊声从四面八方传来。

“代词大人！”人行道那边有个小男孩也跟着喊。

而“代词大人”显然早已习惯这一对他的尊称，他态度认真而严格地用双手捧起一只鸽子，把它高举过头，开始仔细观察它，在这时，他皱起眉头，态度变得越发认真，一副心怀鬼胎的样子。

特鲁巴，莫斯科的这一块不大的地方，过着自己那平平常常的生活，在这里动物受到如此温柔的疼爱，同时又遭到如此痛苦的折磨，这块地方喧闹着，激动着，而那些干正事的、笃信上帝的行人从广场旁的人行道走过的时候，他们不明白，这群人，这一片五光十色的冬帽、便帽、高筒礼帽，聚集在这里干吗？在谈论什么？在做什么买卖？

新病和老处方

挨鞭打[①]的症状与打摆子（间歇性疟疾[②]）相似。挨鞭打之前病人由于末梢血管痉挛而脸色苍白，瞳孔扩张。一般应当指出，校长的模样刺激着血管舒缩中枢和眼球运动神经[③]。病人感到打冷战。在病人挨鞭打时，我们发现其体温升高和皮肤感觉过敏。鞭打之后病人感到发烧。他浑身出汗。

基于上述相似之点，我建议中学生在去学校之前服奎宁。

① 沙皇俄国中学里采用的一种体罚。

② 原文为拉丁语。

③ 同上。

胖子和瘦子

在尼古拉铁路[1]的一个车站上，两个朋友相遇了：一个是胖子，一个是瘦子。胖子刚在车站上吃过午饭，嘴唇上还留着一层油，跟熟透的樱桃似的亮光光的。他身上发出核列斯酒和橘子花[2]的气味。瘦子则刚从火车车厢里走下来，拎着抱着箱子、包袱和硬纸盒。他身上发出火腿和咖啡渣的气味。可以看见他背后跟着一个长下巴的瘦女人，那是他的妻子，还有一个高个子中学生，眯起一只眼睛，那是他的儿子。

"波尔菲里！"胖子看见瘦子，便惊呼起来，"这是你吗？我亲爱的！多少年没见面了啊！"

"我的老天爷！"瘦子惊叫一声，"米沙！小时候的朋友！你怎么在这儿呢？"

两个朋友相互亲吻了三次，眼睛满含泪水望着对方。两个人都高兴得发呆了。

"我亲爱的！"两人亲吻之后瘦子开口说道，"这真出人意料！真叫人惊喜！喂，你好好瞧瞧我呀！你还是像从前一样的美男子！还是那么迷人，那么衣冠楚楚！啊，天哪！喂，你怎么样？发财了？娶老婆了？我已经娶老婆了，你也看见了……这就是我的老婆，路易莎，娘家姓万岑巴赫……是路德派新教徒……这是我儿子纳法奈尔，三年级学生。纳法尼亚[3]这是我小时候的朋友！我们俩过去在一起上中学！"

纳法奈尔想了一下，便摘下了帽子。

"过去在一起上中学！"瘦子接着说，"你还记得不，人家怎么戏弄你？他们给你取了个绰号赫洛斯特拉特[4]来嘲笑你，因为你的烟卷把公家的书烧了一个洞，给我则取了个绰号厄菲阿尔特[5]，因为我爱打小报告。哈哈……那时我们都是孩子！别怕，纳法尼亚！你走到他跟前去……这是我老婆，娘家姓万岑巴赫……是个路德派新教徒。”

纳法奈尔想了一下，便躲到父亲背后去了。

“喂，朋友，过得怎么样？”胖子非常兴奋地望着朋友，问道，“在哪儿任职？当上几品官了？”

“我在任职，我亲爱的！我已经是第二个年头任八品官了，还得到了圣斯坦尼斯拉夫勋章。薪金低……嗐，管他呢！老婆在教音乐课，我业余用木头做烟盒。顶呱呱的烟盒！一个我卖一卢布。要是谁买十个或十个以上，那我就给他让价。我们好歹能对付着活下去。你知道，我原来在司里供职，现在调到这里来当科长，还是在原来的部门……我就在此地上班了。那么，你怎么样呢？没准儿已当上五品官了吧？是吗？”

“不对，我亲爱的，还要高一些，”胖子说，“我已经当上三品官……有两枚星章了。”

瘦子突然脸色发白，呆若木鸡，不过很快他脸上便布满笑容，把脸皮扯向四面八方，他的脸和眼睛都似乎迸射出火星。他的身体则蜷缩起来，弓起背，缩小了……他那些箱子、包袱和硬纸盒也缩小了，打皱了……他老婆的长下巴变得更长了，纳法奈尔做出立正的姿势，并把制服上的扣子全都扣上了……

“我，您大人阁下……不胜欣喜！您，可以说是我小时候的朋

---

① 连接莫斯科和彼得堡的铁路，旧名。

② 原文为法语的俄语译音。

③ 纳法奈尔的小名。

④ 古希腊人，因为想出名而于公元前356年焚烧了古代的优秀建筑阿泰密斯神庙。此词转义为：破坏文化珍品的人。

⑤ 古雅典政治活动家，他向波斯人出卖了自己的祖国。

友，突然成了达官显贵！嘻嘻。”

“嗐，得了吧！”胖子皱起了眉头，“干吗用这种语气说话？你我是小时候的朋友——说这些官场奉承话干什么！”

“请宽恕……您……”瘦子嘻嘻笑着说，身子缩得更小了，“大人阁下垂顾……有如令人增强生命力的甘露……这一个，您大人阁下，是我的犬子纳法奈尔……内人路易莎，从某方面说，是路德派新教徒……”

胖子本想说什么表示反对。但瘦子脸上堆满崇敬、谄笑和毕恭毕敬的丑态，使得三品官直恶心。他把脸扭开，只是伸出一只手给瘦子表示告别。

瘦子握住那只手的三个指头，弯下整个身子鞠躬，像中国人一样“嘻嘻嘻”地笑。老婆微笑了一下。纳法奈尔两个脚跟一碰，来了个立正，把帽子也掉到地上了。三个人全都高兴得发呆了。

感恩的德国人

我第一次遇见他是在美因兹河畔的法兰克福。他牵着一只小猴子在糊涂街[①]上走来走去。他脸上流露出饥饿、爱国和听天由命的神情。他哀哀地唱着歌，小猴子就跳舞。我不觉对他们产生了恻隐之心，给了他们一枚三马克的银币。

“啊，感谢您！”那德国人对我说，把银币紧压在胸上，“感谢您！到死我也忘不了您的施舍！”

我第二次遇见这个德国人是在奥得河畔的法兰克福。他在驴街[②]上走来走去卖油煎小灌肠。一看见我，他的眼泪便夺眶而出，他抬眼望着天，说道：

“啊，感谢您，我的先生[③]！我永远也不会忘记您给我的那一枚银币，把我和我那死去的小猴子从饥饿中救出来。您的银币当时曾给了我们舒适！”

我第三次遇见他是在俄罗斯（在俄罗斯大地上[④]）。他在这里教俄国孩子古代语言、三角和音乐理论课。课余时间他在为自己谋一个铁路管理局局长的职位。

“啊，我记得您！”他一面跟我握手，一面说，“所有俄国人都不是好人，唯有您是例外。我不喜欢俄国人，不过我将至死铭记您和您那一枚银币！”

此后我与他再没有相遇。

---

① 原文为德语。
② 同上。
③ 原文为德语的俄语译音。
④ 原文为德语。

我的妙语隽言

如果那位跟我同住一套居室的克罗科季洛夫先生在接受我的女房东给他的贿赂的时候，我揍了他，那么，这是否意味着我在他履行职务的时候揍了他呢?

* * *

农民彼得有五只鹅，六只鸭和十只母鸡。在他命名日那天，他宰了一只鹅和两只母鸡。如果知道在吃午饭的时候来了一个人，并且也知道来者为何人，那么请问，还剩下了什么？答案：光剩下羽毛了。

* * *

哈姆雷特王子说："要是照每一个人应得的名分对待他，那么谁逃得了一顿鞭子？"[①]此话莫非也适用于剧评家们?

* * *

在俄国，猎品市场的肉贩子[②]比肉还多。

牙科医生的越权和横行霸道表现于拔掉病牙旁的一颗好牙。这是一位警察分局局长在读穆勒[③]的《逻辑学》时说的。

* * *

眼镜蛇——既是自由主义者，又是保守主义者。对待眼镜，它是自由主义者。它的其它所有品质则应归入保守主义。

---

① 译文引自朱生豪译《莎士比亚全集》（九）第 58 页。

② 此词组转义为极端反动的黑帮分子。

③ J.S.穆勒（1806—1873），英国哲学家、经济学家和逻辑学家。当时他的《逻辑学体系》已译成俄文出版。

在阿姆斯特丹[①]俄国展厅获铁质奖章之参展者名单

1. 尼热哥罗德[②]之交易会委员会和托姆斯克公众——因匿名信[③]获奖。

2. 辛菲罗波尔城之格拉乔夫上校——因其独一无二的指向和捏造[④]而获奖。

3. 莫斯科城——因商人库金[⑤]而获奖。

4. 奥伦堡的昏聩县官施利捷尔——因制作假支票及将其入账而获奖[⑥]。

5. 彼得堡的十四品官——因其富于弹性的脊梁骨而获奖。

6. 宗教事务所的官员——因具有莰冈人的良心而获奖。

7. 罗斯托夫城剧院经理部——因其极端愚蠢，这一点尤为突出地表现在该经理部在屠格涅夫葬礼之日上演之造型剧上[⑦]。

8. 莫吉廖夫城参议会——因开假证明[⑧]。

9. 俄国卢布——因其在任何温度下均可压缩。

10. 俄国请求者——因其阿谀奉承术。

11. 库尔斯克—哈尔科夫—亚速铁路和顿涅茨运煤铁路之列车员——因车上兔子[⑨]而获奖。

12. 特维尔城的教师——因其对诸如屠格涅夫之流坏作家的评价丝毫不带偏见[⑩]。

13. 莫斯科剧院管理处的普切尼利科夫先生及其代理人——守财奴格尔舍利曼——因其总的指挥能力和分寸感，特别是对芭蕾舞演员所下之通令[⑪]。

14. 我——因为我是我。

无泪之人

① 荷兰首都，1883 年 9 月在此举办国际博览会。

② 自 1817 年起在此城举办全俄商业交易会。

③ 据 1883 年俄国报纸载，托姆斯克省省长每天收到数封匿名的检举信。

④ 据 1883 年俄国报纸载：阿连德医生之妻控告退休上校格拉乔夫，因该人散布谣言，说她将一名女犯之画像置于钟楼和市场上，格拉乔夫因此被判处徒刑 2 个月。

⑤ 商人库金为莫斯科之巨富，于 1883 年 9 月 28 日去世，成为轰动一时之新闻。

⑥ 据当时（1883 年）俄国报纸载，刚调离奥伦堡之县官施利捷尔开了一张 5 000 卢布的假支票，本人已供认不讳。此条新闻轰动一时。

⑦ 屠格涅夫之葬礼于 1883 年 9 月 27 日在彼得堡举行，而罗斯托夫剧院则声称为了纪念屠格涅夫而上演一场造型剧（无动作的哑剧）：第一场为安放有作家胸像的墓碑，第二场为墓碑变成了墓穴，第三场为屠格涅夫从墓穴中走到前台，正在读自己的一段札记……

⑧ 据 1883 年俄国报纸载，莫吉廖夫参议会中某些人为逃避兵役者开假证明。

⑨ 指无票乘客。

⑩ 此语为反话，讽刺特维尔城教师评价之偏颇。

⑪ 据 1883 年俄国报纸载，莫斯科剧院管理处主任普切尼利科夫及其秘书格尔舍利曼毫无道理地作出决定，将 240 人的芭蕾舞剧团裁减至百人以下，引起芭蕾舞演员的强烈反对。

商绅[1]之女

罗曼史

商绅梅哈尼兹莫夫有三个女儿：济娜、玛莎和萨莎。他为她们每个人在银行里存了十万卢布作为嫁妆。不过，问题不在这里。

萨莎和玛莎没有什么与众不同的地方。她们很会跳舞、刺绣、脸红、幻想、钟情于中尉——除此之外，似乎便什么也没有了，然而大姐济娜却有着罕见的非凡的性格。在生活的道路上，遇见一个不喝酒的采访记者都要比遇到一个这种性格的人容易些。

那一天是萨莎的命名日。我们这些住在附近的地主都穿上最漂亮的衣服，给马车套上最好的马，到梅哈尼兹莫夫的庄园去表示祝贺。约莫二十年前，在如今庄园的所在地原是一家小酒馆。小酒馆日渐发展，终于发展成为一座非常出色的农场，有花园、水池、喷泉和一些长相像叭儿狗[2]似的仆役。我们到了庄园，表示祝贺之后，就马上坐下来吃饭。端上来了蔬菜[3]汤。在喝汤之前，我们已各饮了两小杯酒，吃了些下酒菜。

“咱们是不是喝下第三杯啊？”梅哈尼兹莫夫提议道，“上帝喜欢三位一体，而且那个……三个人就能组成议事会[4]……是拉丁文，诸位老兄！雅什卡，你这个猪脸家伙，把那张桌子上的咸鲱鱼端过来！贵族先生们，来呀！别客气！米特利·彼得内利，我求您，开始吧，*我亲爱的*[5]！”

“唉呀，爸爸！”玛莎说，“你干吗老缠着人家？你简直跟商人沃将金一个样……他就是这样请客的。”

“我知道我该说什么！你的事就是——闭嘴！只有当着客人的

面，我才允许她们对我称‘你’[6]！”梅哈尼兹莫夫隔着桌子对我小声说道，“这是为了表示文明！没有客人的时候——绝对不行！”

“下等人变不成上等人！”坐在我旁边的一位佩戴着绶带的将军叹息道，“过去是头猪，现在就仍然是头猪……”

梅哈尼兹莫夫渐渐地喝醉了，回忆起了他开小酒馆的往事，开始瞎胡闹。他打着嗝儿，讲起法语来，又说下流话……

“住嘴吧！”他那位将军朋友对他说，“胡闹也得讲体面！看你什么样子啊……老兄！”

“我胡闹又没有花你的钱，是花我自己的钱！我自己有‘狮子和太阳’勋章！先生们，你们从我这儿拿走多少钱，才推举我当荣誉调解法官的？”

在桌子的一头，有人的椅子猛地一动，咔嚓一响。我们朝响声那边望去，看见一双大大的黑眼睛，盯着梅哈尼兹莫夫，直冒火花。这双眼睛是济娜的。她身材高挑而匀称，一头黑发，穿一身黑衣服。在她苍白的脸上泛出点点红晕，每点红晕里都充满愤恨。

“求你，父亲，停止吧！”济娜说，“我不喜欢小丑！”

梅哈尼兹莫夫畏怯地望了一下她的眼睛，扭动身子，一口气喝下一大杯白兰地，一声不响了。

“啊呀！”我们心中想道，“她可不是萨莎，也不是玛莎……跟她可不能开玩笑……非凡的性格……有点那个……”

我开始欣赏她那张充满愤怒的脸儿。说实话，在这之前我对济娜就不是无动于衷的。她很美，看上去就像狄安娜[7]，总是沉默不语。而总是默默无语的处女，您知道，是怀着许多秘密的！她是一个装着不

---

① 沙皇俄国政府颁发给有业绩之大商人的荣誉称号。

② 一种颈粗、性猛的狗。

③ 原文为法语的俄语译音。

④ 原文为拉丁语。

⑤ 原文为有错的法语。

⑥ 亲人或亲密朋友间以“你”相称表示亲切。

⑦ 罗马神话中的月亮女神，希腊神话中的狩猎女神。

知什么液体的大玻璃瓶——你想喝下它，可又害怕：万一是毒汁呢？

午饭后，我走到济娜跟前，想要向她表示毕竟有理解她的人，我谈起了腐蚀人的环境，谈起了真理、劳动、妇女解放。在“醉意”的影响下，我从妇女解放一下子跳到身份证制度、货币牌价、妇女学习班……我可是谈得热情奔放，声音发颤，不下十次我想去握住她的手……我谈得很诚恳，很流畅，就像在大声宣读社论。她听着我，望着我。她的眼睛睁得越来越大，越来越圆了……在我谈话的影响下，她的脸颊变得明显地苍白了……最后，她的眼睛不知为什么闪现出惊恐的神情。

“您难道真的是诚恳地谈这一切吗？”她问我，吓得发呆。

“我……不诚恳？！……对您？我……我要对您发誓……”

她抓住我的手，低头靠近我的脸，喘着气悄声说：

“今天晚上十点钟您到大理石亭子去吧……我恳求您！我要把一切都告诉您！一切！”

她说完便消失在房门外面了。我愣住了……

“她爱上我了！”我照着镜子，心想道，“她挺不住了！”

我——何必故作谦虚呢？——是个有魅力的男子。我身材高大而匀称，胡子漆黑……天蓝色的眼睛和黝黑的脸有一种饱受痛苦的表情。我一举一动都充满绝望的神态。而且，除了这一切之外，我很富有。（我是靠搞文学挣下的财产。）

九点多我就已经坐在亭子里，等得急不可耐了。在我脑袋里和胸膛里，风暴在呼啸。甜蜜而痛苦的倦意使得我闭上了眼睛，就在眼前一片漆黑之中我看见了济娜……黑暗之中，在她旁边不知为什么露出一幅恶毒的插图，那是我在某个杂志上看到的：高高的黑麦、女帽、伞、手杖、高筒礼帽……请读者不要因为这幅插图而责备我吧！并不只是我一人具有这种好色之心。我认识一位抒情诗人，每当缪斯出现在他眼前，使他充满灵感之际，他总是舔嘴和吧嗒嘴唇……如果诗人可以如此放任自己，那么我们这些散文作家就更加情有可原了。

十点整，济娜出现在亭子门口，身上洒满月光。我跳起来，朝她奔去，抓住她的一只手。

“我亲爱的……”我喃喃道，“我爱您……爱得发狂，如醉如痴！”

“劳驾！”她一面说一面坐下，朝我慢慢转过她那苍白的脸来，“把您的手拿开！(*原话如此*[1]！)”

这句话是说得那么庄重，以至于高筒礼帽、手杖、女帽、黑麦……一个接一个从我脑袋里跳出去了。

“您说您爱我……我也喜欢您。我可以嫁给您，不过首先我得拯救您这个不幸的人。您在毁灭的边缘上。您的信念在毁掉您！难道您这不幸的人竟没看到这一点？难道您竟然认为我会把自己的命运同具有这种信念的人结合在一起？不能！我喜欢您，但我能够克制自己的感情。自救吧，趁着还为时不晚！第一次就这个……您读一下这个吧！读过后您就会明白了，您误入歧途有多么深！”

说着她便把一份什么纸塞到我手里。我点燃一根火柴，看见在我那只可怜的手里的是一份去年的《公民报》[2]。我默默坐了大约一分钟，一动不动，然后我跳起来，抱住脑袋。

“老天爷！”我喊道，“在整个洛赫莫季耶夫县里就只有这么一个非凡的性格，然而连她也……也是个傻瓜！我的上帝呀！”

过了十分钟，我已经坐在马车上，往家驶去。

---

① 原文为拉丁语。

② 当时俄国的一种报纸。

保护人

我压住内心的胆怯，走进什梅加洛夫将军的书房，他正坐在桌前摆一种名叫“调皮女士”的牌阵。

“您有什么事，我亲爱的？”他和蔼地问我，一面点头示意，叫我坐在扶手椅上。

“我有事来见您，大人，”我一面坐下一面说，也不知为什么我扣上了礼服的扣子，“我来见您是为一件私事，不是公事。我是来请求您同意把令侄女瓦尔瓦拉·马克西莫芙娜嫁给我。”

将军慢慢扭过脸来，仔细打量我，牌也掉在地板上了。他嘴唇嚅动了好一阵子才说出话来：

“您……脑子有点那个？……您疯了，还是怎么的？您是不是发疯了？我问您！您……怎敢？”他声音嘶哑地恶狠狠地问道，脸涨得紫红，“毛孩子，乳臭未干的小子，您竟敢这样？！竟敢开这种玩笑……先生……”

接着他一跺脚，大吼一声，震得玻璃窗直颤。

“站起来！！您忘了您是在跟谁说话！请您滚出去，再别让我看见您！您出去！滚！”

“可是我要结婚，大人！”

“随您到哪儿去结婚，在我家可不成！您还没长大，配我侄女还差得远呢，先生！您跟她不配！您的财产，您的社会地位，都不容许您向我提出这个……求婚！您太放肆了！我原谅您，毛孩子，只是请您别再打扰我！”

“哼……您已经这样撵走五个求婚的人了，这第六个您可撵不走。我知道您拒绝的原因。我说，大人……您作为瓦丽亚[1]的保护人，花光了她的钱财，而我以我高尚的人格向您担保：我跟她结婚后决不要求您赔偿一戈比。我说话算数！”

“把您的话再说一遍！”将军虚张声势地吼道，弯着腰小步向我冲来，活像一只被逗弄急了的公鹅，“再说一遍！再说一遍！恶棍！”

我又重复了一遍。将军满脸通红，来回疾走。

“居然有这种事！”他声音发颤地叫道，高举起双手，来回跑动，“我的下级居然在我家里对我进行如此严重的、洗雪不掉的侮辱，居然有这种事！我的上帝，我落到什么地步了！我……头晕！”

“请您相信我，大人！我不仅不要求您赔，而且，您由于意志软弱——花光了瓦丽亚的钱，对这件事我保证一个字儿也不提！我还要叫瓦丽亚也守口如瓶！我说话算数！您干吗还发火，干吗要弄坏五屉柜呢？我决不上法院控告您！”

“一个毛孩子，乳臭未干……要饭的……竟敢对我当面说出这种混账话。请出去，年轻人，您记住，这事我永远忘不了！您使我蒙受奇耻大辱！不过……我饶恕您！您口出狂言是由于您轻浮、糊涂……哎呀，不许您的手指碰我桌上的东西，见您的鬼！别动牌！您走，我有事！”

“我什么也没碰！您自己瞎想些什么？我保证说话算数，将军！我保证，连提也不提！我也不许瓦丽亚向您要！您还要怎么样？您真怪，说实在的……您挥霍光了她父亲留给她的一万卢布……这有什么？！一万数目也不算大……可以原谅……”

“我什么也没挥霍掉……就是嘛！我马上就证明给您看！马上……保证给您看！”

将军用颤抖的双手拉开桌子的抽屉，拿出一大堆文件之类的东西，脸红得像大虾，动手翻拣起来。他慢条斯理、漫无目的地翻了

① 瓦尔瓦拉的小名。

好一阵子。可怜的人激动得厉害，窘得不行。幸而仆人进来报告午饭准备好了。

“好……吃完饭我再向您证明！”他一面收起文件，一面嘟嘟囔囔地说，“彻底解决……免得流言蜚语……只是得先吃饭……您会看见的！一个什么，上帝恕我……乳臭未干的小子，骗饭吃的家伙……嘴巴上乳臭未干……吃饭去！吃完饭我……给您看……”

我们吃饭去了。在吃第一道和第二道菜的时候，将军怒气未消，脸色阴沉。他怒冲冲地往自己汤里撒盐，一面咆哮着，就像天边的响雷，身子在椅子上不停地挪动，弄出很大的响声。

“你今天干吗这么凶？”瓦丽亚对他说，“你这副样子我可不喜欢……真的……”

“你怎么敢说不喜欢我！”将军忿忿地回敬她。在吃第三道和最后一道菜的时候，什梅加洛夫深深叹了口气，眼睛不住眨巴，满脸垂头丧气和忍气吞声的表情……他显得多么不幸，多么委屈呀！他的脑门儿和鼻子上冒出了大粒的汗珠。饭后将军邀我去他的书房。

“我亲爱的！”他说，眼睛不瞧我，却用两手揪住我的衣襟。“娶瓦丽亚吧，我同意了……您是个挺好的、心地善良的人……我同意……我为你们，你和她，我的天使，祝福。午饭前我在这儿骂了你，你原谅我吧……一时气了……可我是出于爱……父亲般的……不过我不止那个……挥霍掉不是一万，而是那个……一万六。我把娜塔莉娅姑妈留给她的钱也花光了……输掉了……为了庆祝喜事让我们……喝香槟……原谅我了？”

将军用那双好像马上要哭出来却又是喜气洋洋的灰色眼睛紧紧盯住我。我又饶了他六千。我和瓦丽亚结婚了。

好的故事末尾照例是举行婚礼！

时代的特征

在糊着浅蓝色壁纸的客厅里，两个人正在表白爱情。

一个相貌讨人喜欢的年轻男子单膝着地，跪在一个年轻姑娘面前，向她赌咒发誓：

"没有您我就没法活，我亲爱的！我对您起誓！"他喘着气说，"从我看见您的那一刻起，我就失去了安宁！我亲爱的，告诉我……告诉我……答应还是不答应？"

姑娘张开小口，正要回答，可就在这时她兄弟的脑袋出现在客厅门口。

"莉莉，你出来一下！"她兄弟说。

"你要干吗？"莉莉走出客厅，到她兄弟面前，问道。

"对不起，我亲爱的，我打扰了你们，不过……我是你兄弟，我有神圣的义务事先警告你……对这位先生你可得当心。你要管住你的舌头……小心可别说出什么多余的话。"

"可是他正在向我求婚呢！"

"那是你的事……向他表白爱情啦，嫁给他啦，都随你的便，可是看在上帝的分上，你得小心……我可知道这个家伙……是个头号大坏蛋！只要有一点什么，他马上就去告密……"

"谢谢，马克斯……以前我可不知道啊！"

姑娘转身回到客厅。她对年轻男子说了"我答应"，跟他接吻，拥抱，向他发誓，不过她很小心：只谈爱情。

在邮局里

最近我们为我们邮局老局长斯拉德科佩尔采夫的年轻妻子送了葬。埋葬了那个美人儿之后，我们按照祖辈和父辈的习俗到邮局去参加“葬后宴”。

当薄饼端上来的时候，那鳏夫老头就伤心地哭起来，他说：

“薄饼红艳艳的，跟那去世的人一样。一样漂亮！一模一样！”

“是呀！”参加葬后宴的人表示同意道，“您的妻子确实是个美人儿……第一流的女人！”

“是呀！……所有看见她的人，无不惊叹不已……不过，诸位先生，我爱她却不是因为她的美丽和她温和的性情。这两种品质乃是女人固有的天性，在世界上相当常见。我爱她是因为她灵魂的另一种品质。那就是：我爱她，已经去世的人，愿上帝让她升天堂，是因为她虽然性格活泼随便，却忠于自己的丈夫。她对我忠实，虽然她只有二十岁，而我很快就要满六十了！她对我这个老头子是忠实的啊！”

和我们在一起进餐的助祭发出很响的呼鼻子和咳嗽声，以此表示怀疑。

“这么说，您是不相信啰？”鳏夫问他。

“我倒不是不相信。”助祭窘了，“而是……如今年轻老婆都太那个……幽会[①]啦，给递一下普罗旺斯调味汁[②]……”

“您怀疑，那我就证明给您瞧瞧！我采用了各种不同的方法来维护她的忠实，可以说，是具有战略性质的，类似筑城工事。由于我的行为和我工于心计的性格，我的妻子无论在什么情况下都绝不可能背叛我。我施用巧计是为了保卫我们夫妇的床榻。我知道有的话就像口令一样灵。我只消说出这种话，就——完事啦，我可以安安心心地睡觉，不必担心她不忠实了……”

“到底是什么话呢？”

“最简单的话。我在全城散布流言蜚语。这个流言你们肯定也知道了。我见人就说：‘我的妻子阿廖娜跟我们警察局长伊万·阿列克谢耶奇·扎利赫瓦茨基姘居。’这句话足够了。谁也不敢向阿廖娜献殷勤，因为谁都害怕警察局长大发雷霆。有时候有些人一看见她，赶快跑得远远的，免得扎利赫瓦茨基起疑心。嘻嘻嘻。要知道，跟那大胡子白痴沾上了，往后可没有你好受的，他能就你那儿的卫生状况写五次记录③。譬如说，他看见你的猫在街上，就写一份记录，好像那是乱跑的牲口似的。”

“这么说，您的妻子并没有跟伊万·阿列克谢耶奇姘居啰？”我们大为惊讶，拖长嗓子问道。

“没有，这是我使的计谋……嘻嘻……怎么样，我巧妙地把你们骗了吧，年轻人？正是这样，一点不错。”

沉默了三分钟。我们坐着，一声不吭，这个红鼻子胖老头这么狡猾地骗了我们，我们感到又恼又羞。

“诺，上帝同意的话，你可以再娶个老婆啰！”助祭嘟哝道。

---

① 原文为法语的俄语译音。

② 原文为法语的俄语译音。因按法国普罗旺斯省之烹调方法制作而得名。

③ 警察对违章违法行为的记录。

女法律学家

欧洲某司法部长的女儿，常常帮助她爸爸起草各种各样的法律草案，在不同年龄她对父亲说了如下的话。

18岁时 爸爸，你在法律中写上禁止那些未婚的浑小子追求少女！什么时候需要他们了，自然会告诉他们的！还有，要禁止年轻人在三十五岁以前娶妻。早婚使我们失去了最出色的男伴！

20岁时 爸爸，也可以允许男子在三十岁以前娶妻。向他们作这一让步吧！就这样办……

22岁时 哦，对了，顺便说一句……你要是看见内务部长，那你就求求他，让他给各个省长下一道命令：向每个单身汉每年征收三十至四十法郎的罚款。

25岁时 你真让我吃惊，爸爸！你的行政管理才华都到哪儿去了？你好像对你周围发生的事情视而不见！你要尽快制定一项法案，向每个单身汉每年征收一千五百法郎的罚款！该采取措施了！

28岁时 你，爸爸，简直就愚蠢……喂，能这么办事吗？在你那些惩治条例里没有一条是针对那些混账单身汉的！你就规定向每个人每年至少征收一万法郎的罚款！此外，附加两个月的监禁和剥夺某些特殊权利和财产，这样，很快你在我们国内就看不到一个待嫁的老姑娘了！

30岁时 十万法郎！干脆二十万法郎！赶快！附加一年监禁……三十鞭子笞刑！要是有人不服从您，谁也不会阻止您要求派一连兵来！赶紧办呀……野蛮人！

35岁时 判处死刑，枪毙！我求您啦，父亲！难道你就没瞧见，我……我想把所有人的眼珠子都抠出来？死刑……不，终身单人监禁！这会更有分量！你倒是赶快写呀……

40岁时 好爸爸……亲爱的……好人儿……你去找一趟财政部长，求他拨一笔款子作为每年奖励那些打算结婚的单身汉的奖金……去一趟吧，亲爱的！行行好吧！还有，你要禁止年轻男子娶不到三十至四十岁的姑娘为妻……好爸爸，亲爱的！

某少女日记摘录

10月13日　节日终于也来到了我的街上①。我一面望着一面不敢相信自己的眼睛。一个身材魁梧、体格匀称的黑发男子在我窗前走来走去，他的眼珠漆黑。他的胡髭——漂亮极了！这已是第五天了，从一大早到深夜在这里徘徊，老是望着我们的窗子。我装出一副不予注意的样子。

15日　今天从一大早就下起了倾盆大雨，可是他，可怜的人儿，还是走来走去。我朝他飞媚眼、送飞吻，作为对他的奖励。他报以迷人的微笑。他是谁？妹妹瓦丽亚说，他是爱上了她，他淋雨是为了她。她多么不成熟！就说吧，一个黑发男子能够爱上一个黑发女子吗？妈妈吩咐我们穿得漂亮些，坐在窗口。“他可能是个骗子，但也可能是个正人君子。”她说。骗子……什么样的……您好糊涂呀，妈妈！

16日　瓦丽亚说，我毁了她的一生。他爱我，不爱她，这难道能怪我！我无意中丢给他一张字条，掉在了人行道上。啊，狡猾的家伙！他用粉笔在他袖子上写道：“暂缓”。后来他又走来走去，在对面大门上写道：“我不反对，只是暂缓。”他用粉笔写上，又赶快擦掉了。为什么我的心跳得这么厉害？

17日　瓦丽亚用胳臂肘猛撞我胸口。下贱的可恶的醋坛子！今天他拦住一名警察，跟他谈了很久，不知谈什么，一面指着我们的窗子。他想搞鬼！一定是想收买那警察……男人们呀，你们是暴君和独裁者，可是你们又是多么狡猾、多么好啊！

18日　哥哥谢廖沙在消失了很长一段时间之后，今天夜里回来了。没等他上床，警察分局就把他叫去了。

19日 恶棍！卑鄙！原来他这十二天一直是在跟踪我哥哥谢廖沙，谢廖沙不知盗用了谁的钱，躲了起来。

今天他在大门上写道："我有空了，可以奉陪了。"畜生……我朝他伸了伸舌头②。

---

① 意为：喜事也来到了我的生活中。

② 表示对对方的嘲弄、鄙视。

在海上

水手的故事

我们能够看见的，只有刚离开的港口上那朦胧的灯火和漆黑的天空。这时刮着潮湿的寒风。我们感觉到头顶上沉甸甸的乌云，而乌云想化作一场大雨。所以尽管刮着风，又冷，我们却仍然觉得闷热。

我们这些水手聚集在我们的船员舱里抓阄。我们的弟兄们发出喝醉后的响亮笑声，有人说双关语，有人为了寻开心学公鸡叫。

细微的颤抖从我后脑勺一直传到脚后跟，就像是我后脑勺有个小洞，从小洞里洒出细小、冰凉的霰弹，沿着我赤裸的身体往下滚落。我打战，是因为冷，也还另有原因，这就是我在这里要讲的。

照我看来，一般来说，人都很坏，而水手，我得承认，有时比最坏的动物还要坏，动物还情有可原，因为它是受本能的支配。也许是我错了，因为我不了解生活，但是我觉得，水手有更多的理由恨自己和骂自己。一个每分钟都有可能从桅杆上掉下海去并永远葬身波涛之中的人，一个只有在要淹死或者头朝下掉进海里的时候才知道有上帝的人，是对无论什么都漠不关心，对世上无论什么都不顾惜的。我们喝很多伏特加，我们贪淫好色，因为我们不知道高尚品德在海上有什么必要，对谁有必要。

不过我还是言归正传吧。

我们抓阄。我们这帮下了班、无所事事的人总共是二十二个。在其中只有二人能有幸去欣赏一出罕见的戏。事情是这样的：我们轮船上有一间“新婚夫妇客舱”，我讲的那天晚上有旅客住进去。在这间客舱的墙壁上只有两个孔，可以供我们使用。一个孔是我自己先用一把螺旋钻钻了一个眼儿，然后用小锉子锉成的。另一个孔是我的一个伙伴用刀子挖成的，我们两人都干了一个多礼拜才完成。

“一个孔你得到了。”

“谁？”

大家指着我。

“另一个孔谁得到了？”

“你父亲！”

我父亲是个年老、驼背的水手，他的脸就像烤苹果①，他走到我跟前，在我肩膀上拍了一巴掌。

“孩子，今天我和你都走运，”他对我说，“听见了吗，孩子？好运同时落到了你和我的身上。这里面有点意思。”

他急不可耐地问，现在几点钟了。这时才十一点。

我走出舱室，吸着了烟斗，开始眺望大海。当时天很黑，可是在我的眼睛里大概映出了我心中所想的东西，因为我在漆黑的背景上看到了一些形象，我所看到的，正是在我那时已经被毁坏的年轻生活中所缺少的……

十二点我从公用舱房旁走过，朝门里看了一眼。新婚丈夫是一位年轻牧师，长着漂亮的浅色头发，他坐在桌子旁，手里拿着福音书。他在向一位高而瘦的英国女人讲解什么。新婚妻子是一位年轻、苗条，而且非常美丽的女人，她坐在丈夫身旁，她那双天蓝色的眼睛始终瞧着丈夫那长着浅色头发的脑袋。一个银行家在舱房里从这头到那头踱来踱去，这人又高又胖，有一张叫人讨厌的红褐色脸孔，那位同新婚丈夫正在交谈的上了年纪的女人就是他老婆。

“牧师们习惯了一谈就是几个钟头，”我心想，“他到早晨才会讲完呢！”

一点钟时，我父亲走到我跟前，扯了一下我的袖子，说道：

---

① 指满是皱纹。

“该去了！他们已经从公用舱房走出去了。”

眨眼间我已飞奔下陡梯，朝熟悉的墙壁走去。在这扇墙壁与船帮之间有一道空间，其中满是烟油、水和耗子。不一会儿，我便听到了老父亲那沉重的脚步声。他的脚绊着了大袋子、煤油桶，嘴里骂骂咧咧的。

我摸到了我那个孔，拔出了塞在孔里的四方形木头，锯这块木头塞子我可花了不少工夫。于是我看见了一层透明的薄纱，柔和的粉红色的亮光照到我脸上。一种非常好闻的令人透不过气来的香味同亮光一起朝我发烫的脸上袭来，想必这就是贵族们卧室里的气味吧。要看清楚卧室，就得用两个指头把薄纱拨开，所以我赶快这么做了。

我看见了铜器、丝绒、花边，一切都笼罩在粉红色的亮光中。离我脸一俄丈半之处放着一张床。

“让我看看你的孔，”我父亲说，不耐烦地推我的腰，“你的孔看得清楚些！”

我不做声。

“你是孩子，你的眼睛比我的好，对你来说，无论在近处看或是在远处看，反正都一样！”

“小声点！”我说，“别吵，人家会听见我们的！”

新婚妻子坐在床边上，垂着腿，一双小脚放在毛皮垫子上。她看着地面。她的丈夫，那位年轻牧师，站在她的面前。他在对她说话，至于说的什么——我就不得而知了。轮船的隆隆响声使我听不见。牧师热烈地讲着，一面比着手势，眼睛闪闪发亮。她听着，一面摇头，表示不同意……

“真见鬼，耗子咬了我一口！”父亲嘟哝道。

我把胸膛更紧地贴在墙壁上，仿佛怕我的心脏会从胸膛里跳出来。我的头在发烧。

新婚夫妇谈了很久。最后，牧师跪下来，朝她伸出双手，开始恳求她。她仍摇头表示不行。于是他跳起来，在舱室里走来走去。

从他脸上的表情和他手的动作我猜到了，他是在威胁她。

他那年轻的妻子站了起来，慢步走到墙壁跟前，正是我站在外面的那扇墙壁，她恰恰在我的小孔旁站住了。她一动不动地站着，考虑着，我的两只眼睛贪婪地盯着她的脸。我觉得，她在受折磨，她在和自己作斗争，动摇不定，同时她脸上露出愤怒的表情。我一点也不明白这是怎么回事。

约莫有五分钟我们就这样面对面地站着，然后她走开了，走到舱房中央站住，朝她那位牧师点了点头，这大概是表示同意吧。那一位高兴地微微一笑，吻了她的手，就走出卧室去了。

三分钟之后，门又打开了，牧师走了进来，我上面提到的那个又高又胖的英国男人跟在牧师后面也走了进来。英国人走到床前，不知问了美人儿一句什么。而她呢，面色苍白，也不瞧他，只肯定地点了一下头。

那英国银行家从口袋里摸出一沓什么东西，可能是钞票吧，他递给了牧师。牧师仔细看过，又点了数，鞠了个躬，就走出去了。那英国老头子在他身后锁上了房门……

我像被什么蜇了一下似的，从墙壁旁跳开了。我吓了一大跳。我仿佛觉得，风在把我们的轮船撕成碎片，我们正沉向海底。

我的老父亲，这个酒鬼和贪淫好色之人，拉住我的一只手说：

"咱们离开这儿出去吧！你不应该看这个！你还是个孩子……"

他几乎站都站不稳了。我抱着他从陡而盘旋的梯子爬上去，上面已下着真正的秋雨……

站　长

德列别兹基火车站的站长名叫斯捷潘·斯捷潘内奇，他姓舍普图诺夫。在过去的这个夏天他出了点小麻烦。这个麻烦虽然显而易见及微不足道，可他却付出了高昂的代价。由于这个麻烦，他丢掉了他的那顶新制帽，还失去了对人类的信心。

在夏季，第八次列车夜间 2 点 40 分经过他的车站。这个时间很不方便。斯捷潘·斯捷潘内奇不能睡觉，只得在站台上踱来踱去，在女电报员旁边站着，几乎得呆到天亮。

他的助手阿列乌托夫每个夏天都要到某地去结婚，可怜的舍普图诺夫就只好一个人值班。命运之神真是太可恨了！不过，他倒也不是每夜都寂寞。有时候附近公爵庄园的管家纳扎尔·库兹米奇·库察别托夫的妻子玛利亚·伊利尼奇娜从庄园上他这儿来。这位太太不很年轻，不很漂亮，不过，诸位先生，在黑暗中你看见一根柱子也会以为是一名警察呢，而且，顺便说一句，寂寞跟饥饿一样，是难熬的，所以什么都可以将就了！每当库察别托娃来到车站，舍普图诺夫通常总是挽着她的手臂，和她一起从站台上走下去，走到货车那里。就在货车旁边，他一面等待第八次列车到来，一面开始对她山盟海誓，一直谈到火车笛声响起。

一天夜里，他照样同玛利亚·伊利尼奇娜一起站在货车旁，等待列车到来。月亮在清朗无云的天空中缓缓地、难以察觉地移动。它将月光洒向车站、原野和一望无际的远方……四周万籁俱寂，一片宁静……舍普图诺夫搂着玛利亚·伊利尼奇娜的腰，默然不语。两人沉醉在一种甜蜜的、像月光一样宁静的心境之中……

“多么美妙的天气啊！”舍普图诺夫偶尔叹息道，“你不冷吗？”

她不作答，只是将身子往他制服上衣上靠，并贴得越来越紧。

2点20分时，站长看了看表，说道：

“火车很快就要来了……玛莎[1]，咱们都往铁路上瞧吧……咱们俩谁先看见火车的灯光，那就意味着谁会爱得更长久……咱们瞧吧……”

他俩便将目光投向深不可测的远方，凝望着。在没有尽头的铁路上某个地方，灯光在温柔地闪烁。还看不见火车……舍普图诺夫朝远处望去，却看见了别的什么东西。……他看见两个长长的影子跨过枕木……影子对直朝他走来，变得越来越大，越来越宽了……一个影子看来是一个人，另一个影子看来是那人拿着的一根长棍子……

那人影渐渐走近了。很快就听见了他在吹口哨，吹的是《安果夫人》[2]中的一段曲子。

“不要在铁轨上走！禁止走……”舍普图诺夫喊道，“离开铁轨！”

“你别发号施令，混账东西！”传来回答声。

挨了骂的舍普图诺夫向前冲去，这时玛利亚·伊利尼奇娜拽住了他的衣襟。

“看在上帝的分上，斯乔帕[3]！”她小声说道，“那人是我丈夫——纳扎尔卡[4]！”

她还没说完这句话，库察别托夫已经站在受了侮辱的站长面前了。受了侮辱的舍普图诺夫一声惊叫，脑袋撞在一个什么铁的东西

① 玛利亚的小名。
② 即指法国作曲家夏·列科克（1832—1918）所作的轻歌剧《安果夫人之女》。
③ 斯捷潘的小名。
④ 纳扎尔的小名。

上，一下子钻到了车厢底下。他肚皮贴地从车厢底下爬出来，沿着路堤跑起来。他跳过一根根枕木，被铁轨绊得踉踉跄跄的，活像一个疯子，一只尾巴上捆着一根带刺木棍的狗，朝水塔那边飞奔……

“不过他那根棍子……可真够吓人的！”他一面逃跑，一面心里想道。

他跑到水塔跟前，停了下来，好歇一口气，可这时传来了脚步声。他回头一望，看见背后那个手拿棍子的人影很快地逼近了。他吓得要命，便又跑了起来。

“您等一等，等一等！”他听见库察别托夫的声音从身后传来，“站住！当心！火车！”

舍普图诺夫朝前一望，看见就在自己面前一列火车瞪着一双可怕的火眼……他的头发都竖立起来了……心脏怦怦猛跳，又突然停住了……他使出全身之力纵身一跳，也没看清是什么地方……他在空中飞了约莫四秒钟，然后落在不知什么硬的斜面上，便往下滚去，这时他伸手去抓牛蒡草。

“是路堤，”他暗想，“这没关系。宁可从路堤上滚下去，也比一个贵族被下等人揍一顿强。”

过了一分钟，在他右耳朵旁边响起一只沉甸甸的大靴子踩进水洼的声音。两只手在他背上摸索……

“这是您吗？”他听见了库察别托夫的声音，“是您，斯捷潘·斯捷潘内奇吗？”

“您饶了我吧！”舍普图诺夫呻吟道。

“您怎么啦，我的天使！您害怕什么呀？这是我，库察别托夫！难道刚才您没有认出来？我追着您跑呀跑……喊了又喊……您差点叫火车给轧死，我的天使……玛莎看见您跑了，也吓坏了，现在她失去知觉，躺在站台上……您大概是听到我骂您混账东西，就吓着了吧？您别生气……我以为您是扳道工呢……”

“哎呀，您别戏弄我了……您要报复，就快点动手吧……我落到您手掌心里了……”舍普图诺夫呻吟道，“揍吧……狠狠地揍吧……”

“嗯……您怎么啦，老爷？我是有事来找您啊，恩人！我跑着追您，是要跟您谈件事啊……”

库察别托夫沉默片刻，又继续说道：

“这件事很重要……我的玛莎说，您为了获得满足，跟她姘上了。我对这事倒无所谓，因为我从玛利亚·伊利尼奇娜那儿总的说来什么甜头也尝不到，不过，要是讲公道的话，您就该屈尊同我订一个合同，因为我是丈夫，总还是一家之主……《圣经》上就是这么写的。米哈伊尔·德米特里奇跟她姘居那会儿，就每月给我两张二十五卢布的钞票。那么您打算赏赐我多少？协定重于金钱[①]。不过您站起来呀……”

舍普图诺夫爬了起来。他觉得自己筋骨都摔断了，伤势很重，步履艰难地朝路堤走去……

“您赏赐多少？”库察别托夫继续问道，“我就要你一张二十五卢布的钞票吧……另外，我还想求您一件事，您那儿有没有一个职位给我的侄子……”

舍普图诺夫什么也没听见，什么也没看见，勉强走到车站，倒在床上。第二天他醒来，找不到自己的制帽和一个肩章了。

他直到现在还感到羞愧。

① 俄谚意为：宁可吃亏，但不可食言。

中 伤

习字课教师谢尔盖·卡皮托内奇·阿希涅耶夫把女儿娜塔莉娅嫁给历史和地理课教师伊万·彼得诺维奇·洛沙季内。结婚喜庆活动正在非常顺利地进行。大厅里人们唱歌，弹琴，跳舞。从俱乐部雇来的侍者们身穿黑色燕尾服，系着有污迹的白领结，像发了狂似的在各个房间穿梭般跑来跑去。嘈杂声、谈话声不绝于耳。数学教师塔兰图洛夫、法国人帕杰库阿和稽核局初级稽查员叶戈尔·韦涅季克特奇·姆兹达并排坐在长沙发上，争先恐后地向客人们讲述活埋人的事情，他们又对招魂术大发议论，相互打断话头。三个人都不相信招魂术，但都承认世界上存在着许多事情是人的智力所无法理解的。在另一个房间里，多东斯基在向客人们解释，在哪些情况下哨兵有权向过路人开枪。您瞧，这些话题都挺可怕，却又相当有趣。那些因为社会地位不够格而不能进屋的人，就只好站在院子里隔着窗子往里瞧了。

到了午夜整，主人阿希涅耶夫走进厨房，看看晚餐是不是全准备好了。厨房里从地板到天花板都弥漫着由鹅的香味儿、鸭子的香味儿以及其它各种气味混合而成的烟雾。两张桌子上摆着做各种冷盘用的菜肴和各种酒，虽然胡乱放着，却显出一种凌乱美。厨娘玛尔法，脸蛋红红的，肥胖的肚子扎得紧紧的，正在桌子跟前忙得团团转。

“大娘，把鲟鱼给我瞧瞧！”阿希涅耶夫一面说，一面搓手，舔嘴唇，“好香的气味，好大的烟雾！我恨不得把整个厨房里的东西全吃下去！快让我瞧瞧鲟鱼呀！”

玛尔法走到一条长凳前，小心翼翼地揭开一张油迹斑斑的报纸。报纸下面的一个很大的盘子里，静静地躺着一条硕大的冻鲟鱼，红红绿绿的刺山柑花芽、油橄榄果和小胡萝卜点缀着它。阿希涅耶夫盯着鲟鱼，发出一声惊叹。他满面生辉，眼珠直朝上翻。他弯下腰去，嘴巴发出一种像没有上油的车轱辘发出的响声。他站了一会儿，满意地用手指头打了个榧子，又啵地咂了一下嘴巴。

“哎呀！多热烈的亲嘴声……你在那儿跟谁亲嘴啊，玛尔法？”——从隔壁房间传来了问话声，接着，班主任教师的助手万尼金那颗头发剪得短短的脑袋便伸进门来，“你这是在跟谁啊？啊呀……很高兴！原来是跟谢尔盖·卡皮托内奇！老爷子真行啊，没说的！跟女性在谈心[①]呢！”

“我根本没有亲嘴。”阿希涅耶夫很窘地说，“这是谁告诉你这傻瓜的？我是在那个……咂了一下嘴巴……由于很满意……看到鱼的时候……”

“你就尽管胡诌吧！”万尼金咧嘴一笑，脑袋一缩，就消失在门后了。阿希涅耶夫的脸涨得通红。

“真见鬼！”他心里想，“现在这混蛋要去到处散布流言蜚语了，叫我在全城人面前名誉扫地，这畜生……”

阿希涅耶夫畏畏缩缩地走进大厅，斜着眼往旁边瞅：万尼金在哪儿？万尼金站在钢琴旁边，挺有派头地俯下身子，在对学监的小姨子悄悄讲什么，而她笑个不停。

“这是在说我！”阿希涅耶夫心想，“是在说我，这该死的！而那个女人真信以为真了……她真信了！她在笑！我的上帝！不行，这事不能就这么算了……不行……得采取行动，叫大伙不信他的话……我得跟所有人谈一谈，那样一来，他这个造谣惑众的家伙就会当场露馅儿了。”

阿希涅耶夫搔搔头，仍然一脸窘相，走到帕杰库阿跟前。

---

① 原文为法语的俄语译音。

“刚才我去了趟厨房，安排有关晚饭的事，”他对法国人说，“我知道您是爱吃鱼的，我准备了，老兄，一条鲟鱼，嗬，可大了！足足有两俄尺长！嘻——嘻——嘻……哦，顺便说说……我差点忘了……我刚才在厨房跟那条鲟鱼还闹出了个不折不扣的笑话来！我走进厨房，想看看各种菜肴……我看见鲟鱼，心花怒放……味道太香了……便不由得咂了下嘴巴！恰恰在这当儿那个傻瓜蛋万尼金走了进来，他说……哈哈哈……他说：‘啊呀……您在这里亲嘴呀？’说我跟玛尔法，跟厨娘！亏他想得出来，这蠢货！那个娘们儿丑得没法说，模样跟所有的野兽一样，而他……说什么亲嘴！真是个怪人！”

“谁是怪人？”塔兰图洛夫问道，他正走过来。

“就是那边那个人——万尼金嘛！刚才我走进去，进了厨房……”

他又说了一遍万尼金的事。

“这怪人，真叫人好笑！照我看，跟狗亲嘴，也比跟玛尔法亲嘴好受点。”阿希涅耶夫末了加上这么一句，朝四周环视了一下，看见姆兹达站在自己背后。

“我们在说万尼金呢，”他对姆兹达说，“一个怪人！刚才他进了厨房，瞧见我站在玛尔法身旁，于是就瞎编出了种种笑人的事。‘您干吗亲嘴啊？’他说，大概是他喝醉了，眼睛花了吧。我对他说：我宁愿跟火鸡亲嘴，也不跟玛尔法亲嘴。况且我是有老婆的人，我说，你真是个傻瓜。叫人好笑！”

“谁叫您好笑了？”教授宗教课的神甫走到阿希涅耶夫身旁，问道。

“万尼金嘛。您知道，刚才我在厨房里，站在那儿看鲟鱼……”

如此这般。过了约莫半个小时，所有的客人都知道了有关鲟鱼和万尼金的事了。

“现在让他去嚼舌头吧！”阿希涅耶夫思忖着，一面不住搓手，“让他讲去！只要他一开口，人家马上就会对他说：‘够了，你这傻瓜，别胡说八道了！我们已经知道是怎么回事了！’”

就这样，阿希涅耶夫完全放心了，由于高兴，他甚至多喝了四杯酒。晚饭之后，他将一对新人送进新房，便回到自己房间，像个纯洁无邪的婴儿那样沉沉熟睡了。到第二天，他已把有关鲟鱼的那件事抛到脑后。可是，呜呼！尽人事还得听天命。坏舌头果然干成其坏事，阿希涅耶夫的计谋却一点也没起作用！过了刚好一个星期，即星期三那天，在第三节课后，阿希涅耶夫站在教师办公室中央，正在谈论学生维谢金的种种不良倾向，这时校长走到他跟前，把他叫到一边。

“是这么回事，谢尔盖·卡皮托内奇，”校长说道，“请您原谅……这本来不关我的事，可我还是应当提醒……是我的职责……您瞧，谣传您跟那个……跟厨娘同居……不关我的事，可是……跟她同居啦，亲嘴啦……悉听君便，只是，请您，别这么明目张胆！求求您！别忘了您为人师表！”

阿希涅耶夫浑身冰凉，呆若木鸡。他动身回家时的模样就像被一群蜜蜂螫了、被开水烫了似的。走在回家的路上，他觉得全城的人都在瞧他，就像瞧一个身上被涂上煤焦油的人①……家里却还有新的祸事在等着他。

“你这是怎么啦，什么也不吃？”吃午饭的时候妻子问他。“你在想什么心事？是想你的那些风流韵事吧？是思念你的心肝宝贝儿玛尔法了吧？我全都知道了，假圣人！好心人给我擦亮了眼睛……噢——噢——噢……野人！”

说着她扬手给了他一个嘴巴！……他从饭桌旁站起来，不戴帽子也不穿大衣，只觉得两只脚轻飘飘的，晃晃悠悠地朝万尼金家走去。万尼金正好在家。

“你这个卑鄙的东西！”阿希涅耶夫冲着万尼金嚷道，“你凭什

① 对犯有奸淫的人在其家门上或身体上涂抹煤焦油，以示羞辱，是俄罗斯民俗。

么在全世界面前败坏我的名声？你凭什么对我造谣中伤？”

“什么造谣中伤？您胡想些什么呀！”

“是谁造谣说我跟玛尔法亲嘴来着？难道不是你吗，你说？不是你吗，你这强盗？”

万尼金使劲眨眼睛，他那张憔悴的脸上所有肌肉都跟着颤动起来，他抬眼望着圣像，嘴里说道：

“要是我说过您哪怕一个字，就让上帝惩罚我！叫我眼睛瞎了，叫我一命呜呼！叫我死了也没有棺材睡！叫我得霍乱都太轻了！……”

万尼金的真诚是不容置疑的。显然造谣的人不是他。

“那么是谁呢？是谁？”阿希涅耶夫苦思苦想，在脑子里把所有的熟人挨个儿想了一遍，他捶着胸膛问道：“究竟是谁？”

“究竟是谁？”我们也问一声读者诸君。

儿童读物

序言 可爱的、亲爱的孩子们！只有诚实而公正的人在生活中才会幸福。恶棍和下流坯是不会幸福的，所以你们要诚实而公正。你们在玩牌的时候不可作弊，这不是因为人家会抓起烛台砸你们，而是因为这样做不诚实。你们要尊敬长者，这不是因为不尊敬长者就会挨一顿桦树枝，而是因为公正要求这样做。下面我给你们列举几则童话和故事，以资借鉴……

1. 吝啬的报应 有三个朋友，伊万诺夫、彼得罗夫和斯米尔诺夫，他们去小饭馆吃饭。伊万诺夫和彼得罗夫不吝啬，所以他们马上各要了一份六十戈比的午饭。斯米尔诺夫却吝啬，就不吃饭。两个朋友问他为什么不吃饭。

"我不喜欢小饭馆的蔬菜汤，"他说，"况且我口袋里总共只有六枚十戈比的银币。我还得留着买卷烟呢。这样吧：我吃一个苹果。"

说完这话，斯米尔诺夫便要了一个苹果，一面啃苹果，一面眼馋地看着朋友们喝蔬菜汤，吃美味的松鸡。但是他想到自己花的钱少，便感到宽慰了。可是当账单送上来的时候，他是多么吃惊呀！账单上写着："两份午饭——一卢布二十戈比；一个苹果——七十五戈比。"自此以后他再也不吝啬了，也不在小饭馆的小卖部买水果了。

2. 坏榜样容易教人变坏 面值五卢布的金币跟捷斯托夫饭店一卢布的份饭是好朋友，它开始引诱份饭离开正道。

"我的朋友！"它对一卢布的份饭说，"你瞧瞧我！我虽然比你小得多，可我要比你优越得多。且不说我发出的闪闪金光，只说我是多么贵重吧！我名义上的价值是五卢布十五戈比，然而人们得花八卢布带零头才能得到我！”

它就这样喋喋不休地诱惑份饭，说了很久。份饭听呀听，终于走上歧途了。过了一段时间，它对俄国的一卢布钞票说：

“我多么可怜你啊，倒霉的一卢布钞票！你是多么可笑啊！我名义上的价值是一卢布，可是现在在小饭馆里买我得付一卢布外加一枚二十五戈比的硬币，唉，你呀你！真丢人！你比自己的面值还要便宜！哈哈！”

“我的朋友！”卢布温和地对它说，“你和你那五卢布金币的朋友是靠我的贬值才树立起你们的威风的，能为你们效劳，我感到很高兴！”

一卢布的份饭觉得羞愧难当。

3. 忘恩负义的典型　有一个笃信宗教的人在自己命名日那天把全城所有的跛子、瞎子、生脓疱疮的人都请到自家院子里来吃午饭。他请他们喝素菜汤，吃豌豆和葡萄干儿馅饼，“为了颂扬上帝的荣耀，请吃吧，我的弟兄们！”他对乞丐们说，一个劲儿劝他们吃。他们吃了，却不道谢。吃完饭后，那些穷人、跛子、瞎子和长脓疱疮的人草草向上帝作了祈祷，便走到街上去了。

“喂，怎么样？那位笃信上帝的人是怎么款待你们的？”不远处站着的一名警察向一个跛子问道。

那跛子把手一摆，什么也没说。于是警察又以同样的问题去问一个生脓疱疮的人。

“这顿饭只是叫人倒胃口而已！”生脓疱疮的人答道，懊恼地把手一挥，“今天我们还得去赴商人太太雅尔雷科娃的丧宴呢！”

4. 罪有应得　有个坏男孩养成了一种坏习惯，爱在墙上写些不雅观的字。他写的时候，心里总是想，他不会因此而受到惩罚的。可是，孩子们，任何一种坏行为都不会不受惩罚就过去了。有一天，这个坏孩子从围墙旁走过，他拿起粉笔就在最显眼的地方写上："傻瓜！傻瓜！傻瓜！"人们从这道墙旁边走过，读了这些字。乌姆内[①]从这儿走过，读了便继续向前走了。杜拉克[②]从这儿走过，读了便把坏男孩扭送法庭，说他犯了损害名誉罪。

"我把他扭送法庭并不是因为这些字使我生气，"杜拉克说，"而是出于原则！"

5. 过分热心　某报生蛆了。于是主编便叫来好些沼泽地的鸟，对它们说道：

"把蛆虫吃掉吧！"那些鸟就开始啄虫子，可是不仅吃掉了蛆虫，而且连报纸和主编本人也都被吃掉了。

6. 真话不到，谎话不倒　波斯国王达利临终前把他的儿子阿尔塔克谢尔克斯叫到跟前，对他说道：

"我的儿子，我就要死了！我死后，你把全国的哲人都召集起来，叫他们解答这道题。谁要是能够解答，就任命谁为大臣。"

于是达利低下头靠近儿子的耳朵，悄悄告诉了他那道题的秘密。

父王死后，阿尔塔克谢尔克斯把全国的哲人召集起来，对他们说道：

"哲人们！父王托付我把这道题交给你们去解答。谁能解答，谁就做我的大臣。"

阿尔塔克谢尔克斯便把这道题交给了各位哲人。哲人一共是五位。

"可是，陛下，由谁来检查我们的答案呢？"一位哲人向国王问道。

"没人检查，"国王答道，"我相信你们诚实的话。要是你们说，你们解答出来了，我就相信你们，不再检查你们的答案了。"

哲人们坐下来，开始解题。当天傍晚有一位哲人便去面见国

---

① 此词意为：聪明人。

② 此词意为：傻瓜。

王，他说：

“我把这道题解答出来了。”

“很好。你做我的大臣吧。”

第二天，又有三位哲人解答出来了。在桌子旁边只剩下一位哲人，他名叫阿尔托佐斯特尔。他解答不了这道题。一个礼拜过去了，一个月过去了，他却依然坐在桌子旁边解那道题。一年过去了，两年过去了。他变得面色苍白，形容憔悴，涂写了一百俄令①纸，但离得出答案还远着呢。

“下令处死他吧，陛下！”那四位解答了题的哲人对国王说，“他冒充哲人，欺骗你。”

然而国王并没有处决阿尔托佐斯特尔，他耐心地等待着。五年之后，阿尔托佐斯特尔来见国王，他俯伏在国王面前，禀道：

“陛下！这是一道不可能解答的题！”

国王扶起这位哲人，吻了他，说道：

“你是对的，哲人！这道题确实是不可能解答的。不过，你在解它的时候，就已经解答了写在我心上的一个主要的问题：你向我证明了，世界上还有诚实的人。而你们，”他转向四位大臣说道，“都是骗子！”

那四人很难为情，问道：

“那么，现在我们该滚蛋啰？”

“不必，你们留下来吧！”阿尔塔克谢尔克斯说，“尽管你们是骗子，但跟你们分别我会难受的。留下来吧。”

于是他们谢天谢地，留了下来。

7. 对害人之事也应感恩　“啊，伟大的宙斯②！啊，强大的雷神③！”一位诗人向宙斯祈祷道，“请派个缪斯来使我获得灵感吧！

---

① 旧俄纸张单位，1 俄令为 480 张。

② 希腊神话中众神之王。

③ 宙斯又是雷神。

我恳求你！”

宙斯没有学过古代史，所以他出了差错，他派到诗人那儿去的不是墨尔波墨涅[①]，而是忒耳普西科瑞[②]。忒耳普西科瑞便来到了诗人那里，这一来，诗人不再为杂志写稿挣稿费了，他进了舞蹈班。他跳舞接连跳了一百个白天和一百个黑夜，到这时他才恍然大悟：

“宙斯不听我的祈求。他嘲弄我。我求他赐给我灵感，而他却教我跳些特别的舞蹈花样……”

这个胆大无礼之徒居然写了一首尖刻的讽刺短诗来讽刺宙斯。雷神大发雷霆，向诗人投去一道电光。诗人就这样死了。

结束语：孩子们，美德就这样大获全胜。

① 司悲剧的缪斯。
② 司舞蹈的缪斯。

在客厅里

天越来越黑了……壁炉的火光微微照亮地板和一面墙壁，那面墙上挂着某个佩戴两颗星章的将军的画像。燃烧着的木柴噼啪作响，不时打破沉寂，而窗外铺着新雪的地面上的脚步声和车轮声，也偶尔透过双层窗框传进客厅里来。

壁炉前，在一张铺着带花边薄纱的天蓝色榻式沙发上，坐着一对相爱的情侣。他是一个高个子、体格匀称的男人，长着精心保养的浓密络腮胡子和笔直的希腊式鼻子，正跷着二郎腿，舒展身子靠坐在沙发上，懒洋洋地吸着一支贵重的哈瓦那雪茄，不时吐出一口芳香的烟雾。她呢，小巧、俏丽，有一头亚麻色鬈发，一双眼睛灵活而狡黠，此时脑袋枕在他肩上，并排坐在他身旁，两眼带着幻想的神情注视着炉火。两人都满脸柔情蜜意……一举一动都流露出甜蜜的慵倦……

"我爱您，瓦西里·卢基奇！"她悄声耳语，"爱得要命！您太帅了！难怪每回男爵夫人拜访巴维尔·伊万内奇的时候，都不住拿眼睛瞅您。您很招女人喜欢，瓦西里·卢基奇！"

"嗯……这有什么！可是您呢，娜斯佳，当您给巴维尔·彼得罗维奇准备茶的时候，教授两眼盯着您时那副模样哟！他爱上您啦——这跟2加2等于4一样清楚……"

"别嘲笑我啦！"

"真的，这么可爱的人儿，怎能叫人不爱呢？您非常标致！不，您不是标致，是仪态万方！哎，怎能不爱您呢？"

瓦西里·卢基奇把可爱的人儿搂在自己怀里，吻个不停。壁炉里噼啪响了一声：又一块木柴烧着了。从街上飘来歌声……

“全世界也找不到比您更可爱的人儿！我爱您爱得就像一头老虎或者狮子……”

瓦西里·卢基奇紧紧拥抱着妙龄美女……恰恰在这当儿从前厅里传来一声咳嗽声，几秒钟之后，一个戴金丝眼镜的小老头儿走进客厅来了。瓦西里·卢基奇腾地跳起来，慌乱中急忙把雪茄烟往衣兜里一塞。妙龄少女跳起来，对着壁炉躬下身子，拿起火钳拨炉火……老头子看到这一对窘态毕露的人，便气呼呼地咳了一声，沉下脸来。

“莫非此君是被欺骗的丈夫？”或许有读者会问。

老头子在客厅里来回走了走，脱下了手套。

“这屋里满是烟味儿！”老头子说，“你，瓦西里，又抽我的雪茄了吧？”

“绝对没有，巴维尔·伊万内奇！这……这不是我……”

“要是我再发现你，我就解雇你……去，给我预备一套燕尾服，把皮鞋也给我擦干净了……而你，娜斯佳，”老头对少女说，“点上蜡烛，生上茶炊……”

“遵命！”娜斯佳答道。

于是，她同瓦西里一起走出了客厅。

圣诞之夜①

一个约莫二十三岁的年轻女人，脸色煞白，站在海岸上眺望远方。她的小脚穿着一双短鞫丝绒靴子，在她旁边有一道破朽的窄梯直通下面海边，窄梯一边的栏杆已晃动得很厉害了。

女人朝远处望去，那里是广阔的空间，其中充满深不可测的黑暗。看不见星星，看不见白雪覆盖的大海，也看不见灯光。这时正下着大雨……

“那边怎么回事？”女人思忖着，凝神注视远方，在风雨中把身上湿透了的短皮袄和披巾裹了裹紧。

在那边，在那深不可测的黑暗中，离这里五俄里至十俄里或者更远的什么地方，她的丈夫，地主利特维诺夫此时一定带着他的捕鱼队在那里搏斗。如果这两天海上的暴风雪没有把利特维诺夫和他的渔人们埋在雪里，那他们此时就正急急赶回岸边。海水在上涨，据说，不久冰层就会裂开。冰层抵挡不住这场风。在面色苍白的女人听到醒来的大海发出咆哮声之前，渔民们那又笨又重的雪橇，装着难看的挡泥板，能够到达海岸吗？

女人一心想下到海边去。栏杆在她手下面晃动起来，又湿又滑，像泥鳅似的从她手里滑出去了。她就蹲在梯板上，手脚着地往下出溜，两手紧紧抓住冷冰冰的肮脏梯板。风猛地扑打过来，吹开了她的皮袄，湿气直袭胸口。

“神圣的奇迹创造者尼古拉呀，这道梯子怎么就没有尽头！”年轻女人低语着，摸索着一级级往下走。

这道梯子共有九十级。它不是弯曲而下，而是笔直地呈锐角通向峭壁。风无情地把它吹得左摇右晃，它咯吱咯吱响着，像一块即将裂开的木板。

十分钟之后，女人已经到了下面紧靠大海的地方。在这里，在下面，也是一片漆黑。风在这里刮得比在上面更凶猛。雨仍然下着，好像永远不会停。

“谁在走？”传来一个男人的声音。

“是我，丹尼斯……”

丹尼斯是个高大健壮的老头子，蓄着一大把白胡子，手里拿着一根大木棍，站在岸边，也在眺望那深不可测的远方。他站在那里，在自己衣服上寻找一块干的地方，好擦燃火柴，点上烟斗。

“这是您吗，娜塔莉娅·谢尔盖耶芙娜太太？”他用困惑不解的语气问道，“在这么糟糕的雨天出来？！您到这里来干什么？况且您体质弱，刚生过孩子，感冒是最危险的事。您走吧，好太太，回家去吧！”

这时传来一个老太婆的哭声。这是渔民叶夫谢伊的母亲在哭，叶夫谢伊跟利特维诺夫一道出海捕鱼去了。丹尼斯叹了口气，把手一摆。

“你，老太婆，”他冲空中说道，“在这个世界上活了七十年了，却像个小娃娃似的，一点也不懂事。要知道，傻婆子，一切都是上帝的旨意！你年老体衰，就该在炉炕上躺着，而不该在湿地上坐着！走吧，愿上帝与你同在！”

“可是我的叶夫谢伊呀，叶夫谢伊！我就只有他这么一个亲人啊，丹尼苏什卡[2]！”

“这是上帝的旨意！譬如说，要是他命中没有注定要死在海里，那么即使大海裂开一百次，他还是会活着的。可要是，我的大娘，他注定这次要死，那就由不得我们了。别哭了，老太婆！又不

---

① 基督教耶稣降生之夜（即12月24日晚至25日晨）。

② 丹尼斯的小名。

是只有叶夫谢伊一个人在海上！那里还有安德烈·彼得罗维奇老爷呢。还有费季卡，还有库兹马，还有塔拉先科夫·阿廖什卡呢。”

“他们都活着吗，丹尼苏什卡？”娜塔莉娅·谢尔盖耶芙娜用颤抖的声音问道。

“谁知道呢，太太！要是昨天和前天的暴风雪没有把他们埋住，那，他们就应该还活着。要是海面的冰层没裂开，那他们全都会活着。唉，瞧呀，风有多猛。拼命地刮，随它去吧！”

“有人在冰上走！”年轻的女人用不自然的沙哑声音突然说道，她后退了一步，似乎吓着了。

丹尼斯眯起眼睛，仔细谛听。

“不，太太，没人走来，”他说，“这是傻子彼得鲁沙坐在小船里划桨呢。彼得鲁沙！”丹尼斯喊道，“你坐在那儿吗？”

“我坐在这儿呢，爷爷！”只听见一个衰弱有病的声音传来。

“痛吗？”

“痛，爷爷！我没有气力了！”

岸上，紧靠冰面，有一只小船。船底上坐着一个高个儿的小伙子，手和脚都很长，不像样子。这就是傻子彼得鲁沙。他咬紧牙关，全身打战，也在眺望漆黑的远方，也竭力想看到什么东西。他也在等待海上的什么东西。他的两只长胳膊抓住桨，左腿蜷在身子下面。

“咱们的傻子病了！”丹尼斯说，朝小船走去。“他有条腿痛，可怜的人。小伙子痛得脑子都不清醒了。你，彼得鲁沙，到暖和的地方去吧！这里你会着凉，痛得更厉害的……”

彼得鲁沙默不作声。他在发抖，痛得皱起眉头。左边大腿后侧神经感觉敏锐的地方在作痛。

“走吧，彼得鲁沙！”丹尼斯用柔和的、父亲般的声音说道，“去躺在炉炕上，上帝保佑你，到晨祷时腿就不痛了！”

“我感觉到了！”彼得鲁沙张开嘴巴，说道。

“你感觉到什么了，傻子？”

“冰破了。”

“你怎么感觉到的？”

“我听到了那种声音。一种声音是风声，另一种声音是水声。风也变得不一样了：小些了。大约十俄里远的地方冰破了。”

老头侧耳谛听。他听了好一阵，但在一片响声之中什么也没有听到，他听到的只有风的怒吼和平稳的雨声。

在等待和沉默之中半个小时过去了。风在肆虐。它刮得越来越猛烈，似乎它下决心无论如何要刮破冰层，夺走老太婆的儿子叶夫谢伊，夺走面色苍白的女人的丈夫似的。这时，雨越来越小了。不一会儿，雨变得稀稀落落，因此已经可以看清黑暗中的人影、小船的轮廓和白雪。在风的吼声之中可以听见钟声。钟声来自上面小渔村里那破朽的钟楼。大海上人们遇上暴风雪，然后又遇上了雨，一定会朝这钟声奔来，这钟声犹如即将淹死的人要抓住的一根稻草。

“爷爷，水已经近了！听见了吗？”

爷爷仔细倾听。这一次他听到了一种声音，既不像风的吼声，也不像树木的喧闹声。傻子是对的。毋庸置疑，利特维诺夫和他的渔人们是不会回到陆地上来过圣诞节了。

“完了！”丹尼斯说，“冰破了！”

老太婆发出一声尖叫，坐到了地上。太太浑身湿漉漉的，冷得发抖，走到小船旁，开始倾听。她听到了一种不祥的轰隆声。

“也许这是风吧！”她说，“你确信，丹尼斯，这是冰在破裂吗？”

“这是上帝的旨意呀！……因为我们造了孽，太太……”

丹尼斯叹了口气，又用温柔的声音补充道：

“请您上去吧，太太！您已经浑身湿透了！”

这时，站在岸边的人听到了一阵轻轻的孩子似的幸福的笑声……这是脸色苍白的女人在笑。丹尼斯喉咙里发出咯咯的声音。每当他想哭的时候，喉咙里总是发出咯咯的声音。

“她精神有点失常了！”他对一个农民的身影悄声说道。

空中变得明亮些了。月亮出来了。现在一切全能看见了：大海和海上一堆堆融化了一半的雪、太太、丹尼斯、傻瓜彼得鲁沙——难以忍受的疼痛使得他皱起眉头。一些农民站在一旁，不知为什么手里都拿着绳子。

在离岸不远的地方响起第一声清脆的破裂声。很快就响起了第二声，第三声，于是空中回荡着恐怖的破裂声。无边无际的白色巨物开始动荡，开始发黑。这个庞然大物醒来了，开始了它那激烈动荡的生活。

大海的咆哮声掩盖了风的吼声、树木的喧闹声、彼得鲁沙的呻吟声和钟声。

"应该离开这儿，到上面去！"丹尼斯喊道，"海水马上就会涌上岸来，把大冰块也卷到岸上来。况且晨祷就要开始了，伙伴们！走吧，尊敬的太太！这是上帝的意愿！"

丹尼斯走到娜塔莉娅·谢尔盖耶芙娜跟前，小心翼翼地挽起她的胳膊肘……

"咱们走吧，太太！"他温柔地说，声音充满同情。

太太推开丹尼斯的手，勇敢地昂起头，向梯子走去。她的脸色已不苍白得像死人似的了，她双颊上泛起健康的红晕，好像新鲜的血液注入了她的肌体，她的眼睛已不是眼泪汪汪的了，在胸前按着披巾的一双手也不像起先那样发抖了……现在她觉得，无需别人的帮助，她自己能够爬上高梯……

她登上第三级便停下来，脚像生了根似的。一个身材高大、体格匀称的男人出现在她面前，他脚蹬大靴子，身穿短皮袄……

"这是我，娜塔莎①……别怕！"那男人说。

娜塔莉娅·谢尔盖耶芙娜身子摇晃了一下。她看到高高的羊羔皮帽、黑胡髭、黑眼睛，认出来这就是她的丈夫——地主利特维诺夫。丈夫把她抱了起来，亲吻她的面颊，同时一股核列斯酒和白兰

① 娜塔莉娅的小名。

地的气味向她袭来。他略有醉意。

“高兴吧，娜塔莎！”他说，“我没有被雪埋葬，也没有被淹死。暴风雪来到的时候，我和我那些小伙子已经吃力地赶到了塔干罗格，我就是从那里来到你这里的……我回来了……”

他喃喃低语，而她呢，脸色又变得苍白，又浑身发抖，用迷惑不解的惊恐的目光瞧着他。她不相信这是真的……

“你身上多湿啊，你抖得多厉害啊！”他耳语道，将她紧贴在胸上……

由于感到幸福，由于喝了酒，他的脸露出陶醉的神情，此时洋溢着孩子般善良的柔和的微笑……在寒冷之中，在这样的夜里，有人在等他！难道这还不是爱情？他幸福得笑起来……

回答这温存而幸福的笑声的，却是一声令人心碎的刺耳的哀号。无论大海的咆哮，还是风声，任何声音也淹没不了这声哀号。年轻女人满脸绝望的表情，压制不了这声哀号，它就冲口而出了。从哀号声中可以听出一切：当初她是被迫出嫁，对丈夫无法克制的反感，孤独的难耐，最后，是对自由自在寡妇生活的渴望，都成为泡影。这声哀号道出了她那充满悲哀、眼泪和痛苦的整个生活，冰块的破裂声也未能掩盖住这声哀号。丈夫懂得了这声哀号的含义，这是不可能听不懂的……

“你伤心的是，我没有被雪埋葬或是被冰块轧死！”他喃喃道。

他的下嘴唇颤抖起来，一脸苦笑。他走下梯子，把妻子放在地上。

“就照你的意思办吧！”他说。

于是他从妻子面前背转身子，朝小船走去。那边傻瓜彼得鲁沙咬紧牙关，浑身发抖，一条腿蹦跳着，正在把小船往水里拉。

“你要去哪儿？”利特维诺夫问他。

“我痛，大人！我想淹死自己……死人是不觉得痛的……”

利特维诺夫跳进了小船。傻瓜也跟着他爬进了小船。

“别了，娜塔莎！”地主喊道，“就照你的意思办吧！你不顾寒冷站在这里盼望的那件事，你就要如愿以偿了！愿上帝与你同在！”

傻瓜摇起了双桨，小船被一块大冰一撞，朝高高的波浪径直飘去。

“划呀，彼得鲁沙，划呀！”利特维诺夫说，“往前去，再往前去！”

利特维诺夫抓住小船的边沿，身子摇摇晃晃，回头望着。他的娜塔莎消失了，烟斗的火光也消失了，最后，海岸也看不见了……

“你回来！”他听见女人有点嘶哑的喊声。

他似乎觉得，在这声“你回来”中包含着失望的痛苦。

“你回来！”

利特维诺夫的心怦怦跳起来……妻子在呼唤他，而且岸上那边教堂的钟声正召唤人们去做圣诞节的晨祷。

“你回来！”那声音再次哀求道。

这句话的回声在荡漾。大冰块咔嚓咔嚓地说着这句话，风呼叫着这句话，就连圣诞节的钟声也在说：“你回来。”

“咱们回去！”利特维诺夫拽了拽傻子的衣袖，说道。

可是傻子没有听见。他痛得咬紧牙关，怀着希望注视着远方，两只长胳臂不停地划呀划……没有人喊他“回来”，而他自幼就患上的神经痛此刻却越来越厉害，越来越火烧火燎似的……利特维诺夫抓住他的两只手往回拉。但是那两只手坚硬得像石头，要从船桨上扒拉开那双手可不容易。而且也来不及了。一块巨大的浮冰朝小船冲来。这块浮冰定会使彼得鲁沙永远脱离痛苦……

海岸上，那个脸色苍白的女人一直站到早晨。她已经半冻僵了，精神上的折磨已使她筋疲力竭，她被人抬回家去，放在床上，这时她嘴唇微微低语，仍然在说：“你回来！”

圣诞之夜她爱上了她的丈夫。

考 试

两位非常聪明的人的对话

前两天，大儿子来到父亲的书房，向父亲提出，他打算脱离父亲的照管，独立地进入社会。他所持的理由是，不久前他已经成年了（他满二十一岁了）。

"好吧，我的儿子！"父亲听完他的一番话后说道，"我同意，不过在你开始独立生活之前，你必须让我对你进行一次有关生活的小考试。坐下吧，我来考你……"

儿子坐下了。父亲皱起眉头，开始问道：

"吃香肠的时候，嘴里有什么气味儿？"

"香肠铺的气味儿。"

"不错，我的儿子。"

"妻子们给什么抹肥皂时不用肥皂？"

"给丈夫的脑袋抹肥皂[1]。"

"要是人们都双脚朝天倒立着走路，那会怎么样？"

"那皮罗内就该做帽子，波莎就该做靴子了……"

"完全正确。海水为什么是咸的？"

"因为咸鲱鱼在海里游……"

"老一套，老一套！动动脑子，拿出有独到见解的答案来！"

"海水是咸的。因为……因为……幽默作家有时在海里洗澡。"

"这还凑合……以前总是这么问：鹅为什么游水？那时我们回答：为了离开岸边……现在你回答我：脚爪有蹼的鹅为什么会游走？"

“为了躲债，为了逃避兵役……”

“眼镜为什么不戴在后脑勺上？”

“因为后脑勺一挨巴掌，眼镜就会给打碎了。”

“为什么不能把一个人叫作猪？”

“因为他会拽你去见民事法官。”

“哪只黄雀②念完了大学？”

“奇日博士。”

“谁可以被称为堕落的③人？”

“从瞭望塔上掉下来的人。”

“在什么地方可以借到钱？”

儿子仰起脑袋，冥思苦想起来。

“你不知道了吧，儿子？那你还不适合进入社会……在我的照管下再呆一个月吧。”

一个月之后将再次举行考试。

---

① 俄语中意为把丈夫骂得狗血淋头。

② 俄语中黄雀（чиж）与姓奇日（Чиж）拼写相同。

③ 俄语中此词又有“倒下”、“掉下”、“凋落”等义。

自由主义者

新年故事

在新年的第一天，人类乃是一幅美好动人的图画。所有的人高高兴兴，欢天喜地，相互祝贺。空中响彻最真挚最亲切的种种祝愿。所有的人都幸福而满意……

只有十二品官吏波尼马耶夫不满意。新年那天的中午，他站在京城的一条街上，一个劲儿地反抗。他右手抱住一根灯柱，左手不住挥舞，不知要挥开什么东西，嘴里说着一些不可饶恕的、应依法惩处的话……他妻子站在他身旁，拽住他的袖子。她泪痕满面，一副伤心的表情。

“你这个白痴！”她说，“你真叫我遭罪！你这个死不要脸的东西，邪教徒！你去呀，我跟你说！去吧，趁时间还不迟，去签个名[①]！去呀，你这喝醉了的丑八怪！”

“绝对不去！我是受过教育的人，我不愿意在不学无术的人面前卑躬屈膝！你愿意，你就自己去签名好了，别来缠我！……我不想当奴隶。”

“你去！要是你不去签名，你会倒霉的！人家会把你撵出来，你这混账东西，到那时，我就该饿死了，是吗？去，狗东西！”

“好吧……我完蛋了……因为说老实话吗？那现在就完蛋也没什么了不起！”

波尼马耶夫举起手，想挥手撵开妻子，他的手刚在空中划了个半圈，这当儿恰好一名身穿新军大衣的警察分局督察从这里走过，他停了一下，对波尼马耶夫说道：

"您该害臊！您应当学学别人的好样子！"

波尼马耶夫羞愧难当。他难为情地眨眨眼睛，手放开了灯柱。妻子趁势拽住他的袖子，拉着他顺着街道往前走，尽量绕开他可以抓住的一切东西。大约十分钟之后，她已经把丈夫拉到上司的家门口了。

"去，去吧，阿廖沙！"她温柔地说，一面把丈夫拉上了台阶，"去吧，阿廖舍奇卡②！只消签个名，就往回走。为这事我要给你买白兰地喝茶时喝。你签了名，我就再不骂你了……你别毁了我这个孤零零的人吧！"

"啊……嗯……这么说，这里就是他的家啰？好极了！好得很！咱们就来签个名，见他的鬼！咱们这样签，要叫他很久都忘不了！我在这张纸上把一切全写上！我要写上我的看法！那时就让他撵走我好啦！要是他叫我滚蛋，那就该怪你！就是你！"

波尼马耶夫身子摇晃了一下，用肩膀撞开了门，走进门廊，弄出很吵闹的响声。门旁站着守门人叶戈尔，他新剃干净了胡子，一脸新年的喜气。波尼马耶夫的两位同事韦祖维耶夫和切尔诺斯温斯基站在摆着一张纸的小桌旁。又高又瘦的韦祖维耶夫在签名，而脸上有点麻子的小个儿切尔诺斯温斯基站在一旁，等着签名。两个人脸上的表情都仿佛在说："恭贺新年，恭祝幸福！"看得出来，他们不只是用手签名，而且是在用心签名。波尼马耶夫一看见他俩，便轻蔑地冷笑了一下，愤愤地把皮大衣用力一裹。

"当然啰！"他开口说道，"当然啰！怎么能不来给他大人拜年呢？不拜年是不行的！哈哈！应该表示表示自己的奴才感情嘛！"

韦祖维耶夫和切尔诺斯温斯基吃惊地瞧了瞧他。他们有生以来从来没有听到过这种话！

---

① 沙皇俄国官场习惯：逢年过节下属到上司家签名簿上签名，表示来拜过节了。

② 阿列克谢的昵称。阿廖沙是阿列克谢的小名。

“难道这不是愚昧无知，不是奴颜婢膝吗？”波尼马耶夫继续说，“算了，别签名！要提出抗议！”

他一拳头打在纸上，把韦祖维耶夫的签名抹花了。

“你这是造反，老爷！”叶戈尔一步窜到桌子前，把那张纸举过头顶，说道，“为这个，老爷，你们这帮人……你知道会有什么结果吗？”

这时门打开了，一个身材高大的上了年纪的男子走了进来，他身穿熊皮大氅，头戴饰金线的三角制帽。此人便是波尼马耶夫的上司韦列列普托夫。他一走进来，叶戈尔、韦祖维耶夫和切尔诺斯温斯基就像各自吞下了一根尺子似的，马上站得笔直。波尼马耶夫也站直身子，但他冷笑了一下，手捻着一根胡髭。

“啊！”韦列列普托夫看见官吏们说道，“你们……都在这儿？嗯是呀……朋友们……明白……（显然大人他有点醉了）明白……也向你们拜……谢谢你们没有忘了我……谢谢……嗯是呀……很高兴见到……我祝你们……你，波尼马耶夫，已经灌多了吧？这没什么，你别不好意思……喝是可以喝，可别喝糊涂了。[①]……你们喝呀，乐一乐吧……”

“五谷全对人有益，大人！”韦祖维耶夫壮着胆子插了句嘴。

“是啊，明白……你是怎么说来着？五谷在哪儿？哦，你们去吧……上帝保佑你们……还是别走……你们已经去过尼基塔·普罗霍雷奇家了吗？还没去？很好。我给你们些杂志……托你们给他带去……他把最近两年的《云游者》杂志借给我读……所以应该带去还给他……来吧，我交给你们……把皮大衣脱掉啊！”

官吏们便脱掉皮大衣，跟着韦列列普托夫往里走。他们先走进接待室，然后又走进一个很大的布置得很豪华的大厅，将军夫人就坐在一张圆桌旁。她的两旁各坐着一位年轻女士，一位戴着白手套，一位戴着黑手套。韦列列普托夫叫官吏们留在大厅里，他走进

① 为俄罗斯谚语。

自己书房去了。官吏们觉得很窘。

他们默默地站立了约莫十分钟，一动不动，不知手该往哪儿放。女士们讲的是法语，不时抬眼瞧他们一下……真受罪呀！最后，韦列列普托夫终于从书房里走出来了，两手各提着一大捆杂志。

“就是这些，”他说，“交给他并向他道谢……这是《云游者》。我有时晚上读一读……对你们……谢谢，没有忘了我……来向我表示敬意……你们在细看我的官员吗？”韦列列普托夫问女士们。“嘻嘻……看吧，看吧……这个是韦祖维耶夫，这是切尔诺斯温斯基……这个嘛，是我的波尼马耶夫。有一次我走进值班室，他呢，就是这个波尼马耶夫，正在模仿火车。你们猜怎么着？噗嗤！噗嗤！噗嗤！呜呜地学汽笛声，还不停跺脚……简直活灵活现……嗯是呀……喂，来表演一个！给我们学一学。”

女士们眼睛盯住波尼马耶夫，露出了微笑。他咳了一声。

“我不会……我忘了，大人……”他嘟哝道，“我不会，也不愿意。”

“你不愿意？”韦列列普托夫惊愕地问道，“啊？遗憾……遗憾的是你对老人不尊重……再见……可惜……你走吧……”

韦祖维耶夫和切尔诺斯温斯基捅了一下波尼马耶夫的腰。就连他本人也被自己的拒绝吓了一跳。他两眼模糊……黑手套和白手套混作一团，人脸都歪歪扭扭，家具都跳跳蹦蹦，而韦列列普托夫本人变成了一个指指点点的巨大指头。波尼马耶夫站了片刻，嘟哝了几句，便把《云游者》紧抱在胸前走到街上去了。在街上他看见自己的妻子，她面色苍白，由于寒冷和恐惧而发抖。韦祖维耶夫和切尔诺斯温斯基已经站在她的两旁，他们有力地打着手势，一人冲她的一只耳朵同时在讲一件可怕的事。“现在会出什么事？”他们的体态和动作都流露出这个问题。波尼马耶夫绝望地瞅了妻子一眼，抱着书拖着步子跟在朋友们后面，慢慢地走。

回到家后，他没吃饭，也没喝茶……半夜他被噩梦惊醒了。

他爬起来，望着黑暗。黑手套、白手套、韦列列普托夫的络腮胡子——所有这一切都在他眼前乱蹦，打转，于是他想起了白天发生的事。

“我是畜生，畜生！”他哇哇嚷道，“要是你，蠢驴，想反抗，你就反抗好了，可是你怎敢不尊重长者！你学学火车叫又能把你怎么样了？”

他再也睡不着了。良心的谴责、苦恼、妻子的啜泣折磨了他整整一夜，直到早晨。早上他一照镜子，看到的竟不是自己，而是不知谁的一张脸，苍白、消瘦、悲伤……

“我不去上班！”他暗下决心，“反正一样……完了！”

新年的第二天他一整天都在房里踱来踱去。

他一面走，一面叹气，心里想：

“找谁去借支手枪呢？与其这么活着，还不如就……真的……朝脑门儿打一枪，就了结了……”

第三天他烦恼得受不了，就跑去上班。

“会出什么事呢？！”所有的官员都从自己的墨水瓶后面瞧着他，思忖着。

波尼马耶夫也在这么想。

“那有什么？”他低声对韦祖维耶夫说，“让他把我撵走好了！要是我自杀了，他也会很难受的。”

十一点钟，韦列列普托夫来了。他走过波尼马耶夫身旁时，瞧了一眼他那苍白的、瘦得厉害的、露出惊恐神色的脸，就停住脚步，摇了摇头，说道：

“那天你可喝得太多了，老弟！到现在脸还没有恢复原样呢。应该，朋友，有点节制……不好啊……不消多久就会把身体搞垮的。”

接着韦列列普托夫拍了拍波尼马耶夫的肩膀，便继续往前走了。

“就这么算啦？”所有在场的人心里都在这么嘀咕。

波尼马耶夫满意地笑了。他甚至吱吱地学鸟叫——他是这么开心！但他的脸又变了样……他双眉紧锁，龇牙咧嘴，露出轻蔑的微笑。

“我那时喝醉了，算你走运！”他在韦列列普托夫背后大声嘟哝道，“算你走运，要不然……记得吗，韦祖维耶夫，当时我怎么顶他来着？”

波尼马耶夫下班回到家后，吃饭时胃口好极了。

1883旧年的遗嘱

我最喜爱的儿子，1884年！

此时我思维健全，神志清醒，不过略有“醉意”，（你知道，我到萨夫拉先科夫那里去过，去之前我喝了1/2瓶上等香槟酒，可是“醉意”并不禁止任何人，甚至公证人写公证书）我对你立此遗嘱：

1. 遗留给你整个地球，包括其五大洲、海洋、山脉、报纸、拐骗儿童的人、巴黎、各种年龄的高级男娼和女娼、北极、臭虫药粉、莫什宁的剧院、伊万诺夫软膏①、舍斯捷尔金②、破产的地主们、花露水、鳄鱼、奥克雷茨③及其他。

2. 我没有留给你钱，因为我无钱。我在地球上生存的这整整一年期间，在任何地方，甚至在洛佐沃-谢瓦斯朵波尔这样阔气的大街上的储蓄所里，我都没有见到钱。我只在贷款处、小酒馆老板的长靴筒里面、塔干罗格的土耳其人瓦利扬诺④和莫斯科的餐馆侍者们口袋里看到过某种类似钱的东西。

3. 连同旧套鞋一起遗留给你的，是先辈和祖辈（起自1800年）传给我的东西，这些东西想必你将来也会传给子孙后代，即：

a. 歌手和号角手合唱（奏）团。

b. 波尔卡舞曲和华尔兹舞曲的作曲家。

c. 讲故事人古列维奇（又是作者）及其燕尾服、高筒礼帽和风度。

如果你能把这些旧东西卖给收旧货的鞑靼人，那么你至少会被称作人类的恩人。

4. 结束科尔索夫和扎克泽夫斯基一案[⑤]，为了讨好莫斯科的太太们你开始另一桩案件。

5. 你给本遗嘱打上标点，如果你不会，可请《闹钟》杂志的某位编辑来完成此事。

6. 我带诗人和前任编辑斯塔林斯基同赴忘川[⑥]，让他做我的秘书。

7. 我带走画家 Ч.的毛皮大衣，我将把它作为对美学家们的伟大资助。

8. 除此，我再无任何遗留给你的东西了。

你的父亲　1883 年

此件与原本相符。

我兄弟的兄弟[⑦]

---

① 当时某个姓伊万诺夫的人声称其软膏包医百病。

② 当时莫斯科市民管理局局长。

③ 周刊《光线》的主编。

④ 此人靠走私发了财。

⑤ 科尔索夫状告扎克泽夫斯基诽谤契诃夫，此案拖了很长时间未结束。

⑥ 意为：完全消失，完全被遗忘。

⑦ 此为公证人的签字。

勋章

军事初级中学的教师，十四品官列夫·普斯佳科夫居住在他的朋友列坚佐夫中尉的隔壁。新年早上，他便迈开步子向他朋友的住所走去。

“你瞧，是这么回事，格里沙[1]，我有事找你商量，”他按照惯例向中尉祝贺新年之后说道，“要不是非常急需，我是不会来麻烦你的。亲爱的，把你的斯坦尼斯拉夫勋章今天借给我用一用。你瞧，今天我要到商人斯皮奇金家去吃饭。你知道斯皮奇金那个混蛋吧：他非常喜欢勋章，他把那些脖子上或扣眼上没有挂着个什么勋章的人，几乎都看作是坏蛋。可是他有两个女儿……你知道，就是娜斯佳和济娜……我把你当朋友，才对你说这些……你了解我，我亲爱的。借给我吧，劳驾了！”

普斯佳科夫在说这番话的时候结结巴巴，涨红了脸，不时畏怯地回头望望房门。中尉骂了一句，但还是同意了。

下午两点，普斯佳科夫坐着出租马车去斯皮奇金家，他把毛皮大衣略微敞开一点，注视着自己的胸前。他胸上那枚别人的斯坦尼斯拉夫勋章金光闪闪，泛出珐琅瓷的光泽。

“真觉得对自己不知怎的也多了几分尊敬！”这位教师心想，清了清嗓子，“这个小玩意儿，顶多不过值五卢布，可是能得到多么热烈的喝彩啊！”

到达斯皮奇金家门后，他敞开毛皮大衣，慢条斯理地把车钱付给马车夫。那车夫，他似乎觉得，一看见他的肩章、纽扣和斯坦尼斯拉夫勋章就目瞪口呆了。普斯佳科夫洋洋得意地咳嗽了一声，便走进屋去了。他在前室脱掉大衣，朝大厅里张望了一下。那里已有约莫十五个人坐在长桌子周围吃饭。从那儿传来谈话声和餐具的响声。

“是谁在那儿拉门铃？”传来主人的声音，“啊呀，列夫·尼古拉伊奇！欢迎欢迎。你来迟了一点，不过没关系……我们刚坐下来。”

普斯佳科夫挺起胸膛，昂起头，搓着手，走进了大厅。然而就在这时他看见了一件可怕的事。他的同事，法语教师特拉姆布良在济娜身旁坐着。让这个法国人看见勋章就会招来一大堆极不愉快的问话，就会一辈子名誉扫地，为人所不齿……普斯佳科夫第一个想法就是扯掉勋章或是转身跑掉，可勋章很结实地缝在衣服上，抽身退出去也已经不可能了。他赶快用右手捂住勋章，把背脊弓起，很别扭地向大家鞠了一躬，他不伸手给任何人握，沉重地坐到一张空椅子上，恰好坐在他那位法国同事的对面。

“他一定已经喝醉了！”斯皮奇金心中想，瞧了瞧他那窘态毕露的脸孔。

仆人在普斯佳科夫面前放了一盆汤。他用左手拿起勺子，但想起了在上等社会中是不应该用左手吃东西的，于是他说他已经吃过午饭，不想吃了。

“我已经吃过了……谢谢[②]……”他咕哝道，“刚才我去拜访了我叔叔，大司祭叶列耶夫，他一定要让我……那个……吃午饭。”

普斯佳科夫的灵魂充满揪心的悲哀和忿忿然的恼怒：汤飘出很香的气味，蒸鲟鱼冒出异常馋人的热气。教师想拿开右手，用左手去捂住勋章，但这很不方便。

“人家会发现的……一只手横放在胸前，就像我要唱歌似的。老天爷，让这顿饭快点结束吧！我到小饭馆去吃午饭！”他心想。

第三道菜上过之后，他用一只眼睛瞟了一下法国人。特拉姆布

① 列坚佐夫的名字是格里戈里，格里沙是小名。

② 原文为法语的俄语译音。

良不知为什么十分尴尬的样子，正瞧着他，也是什么也不吃。两人相互瞧了瞧，都更为难堪了，一齐垂下眼睛瞧着空碟子。

“他看出来了，这个坏蛋！”普斯佳科夫心想，“我凭他那副嘴脸就知道，他看出来了！他这个恶棍是个爱拨弄是非的人。明天他就会到校长面前去告发我！”

主人们和客人们吃完了第四道菜，然后，遵照命运的安排，又吃了第五道菜……

一个高个头的先生，长着鹰钩鼻子，大鼻孔里长满鼻毛，天生一双眯眯眼，老是睁不开。他站了起来。他用手理了一下头发，大声讲道：

“呃呃呃……我提……提议为在座的女士们日益美艳动人干杯！”

在座的人闹哄哄地站起来，举起酒杯。响亮的“乌拉”声响彻所有的房间。女士们含着微笑，举起酒杯跟别人碰杯。普斯佳科夫站了起来，用左手拿起酒杯。

“列夫·尼古拉伊奇，劳驾把这杯酒递给娜塔西娅·季莫菲耶芙娜！”一个男人端起一杯酒，对他说，“您一定要她喝下去！”

这下子普斯佳科夫可惊慌失措了，他必须同时也使用右手做事。斯坦尼斯拉夫勋章和那根已揉皱了的红丝带终于见了天日，熠熠生辉。教师脸色变白了，他低下头，畏怯地照法国人那边瞟了一眼。那一位正以惊讶和疑问的目光望着他呢。法国人狡猾地笑着，窘态逐渐从他脸上消失……

“尤利·奥古斯托维奇！”主人对法国人说，“请把这瓶酒放回原处！”

特拉姆布良犹豫不决地伸出右手去接酒瓶，于是……哦，真幸运呀！普斯佳科夫看见他胸上也挂着一枚勋章。而且那不是斯坦尼斯拉夫勋章，而是整整一个安娜勋章①！这么说，法国人也要了个花

---

① 安娜勋章比斯坦尼斯拉夫勋章高一等。

招！普斯佳科夫高兴得笑起来，他往椅子上一坐，全身都轻松了……现在就没有必要遮住斯坦尼斯拉夫勋章了！两个人都犯了同一种罪，所以谁也不会去告密和败坏另一个人的声誉了……

“啊……啊……嗯！……”斯皮奇金瞧见教师胸前的勋章，哼着鼻子含糊说道。

“是呀！”普斯佳科夫说，“真是怪事，尤利·奥古斯托维奇！新年前我们那儿呈请授予勋章的名额真少啊！我们人那么多，可领到勋章的人只有您和我！真——是——怪——事——呀！”

特拉姆布良快活地不住点头，把左边翻领朝前挺起，那上面的一枚三级安娜勋章十分引人注目。

饭后，普斯佳科夫走遍各个房间，让小姐们看他的勋章。虽然他饥肠辘辘，但心里却轻松而无拘无束。

“要是我早知道是这么回事，”他心里想，嫉妒地直瞅特拉姆布良——那位正在和斯皮奇金聊勋章呢，“我就干脆戴上一枚弗拉基米尔勋章[1]来。唉，早没料到！”

只有这一个想法使他不时感到不快。除此以外，他是十分幸福的了。

---

① 弗拉基米尔勋章比安娜勋章高一级。

1884年与人类签订的合同

贴60戈比
邮 票

1884年1月1日，我们以人类为一方，1884新年为另一方，签订此约，规定：

1. 我，即人类，负责以香槟酒、拜年活动、捣乱和违章记录迎和送1884新年。

2. 负责地球上所有日历均以对方的名字命名。

3. 负责对对方寄予很大希望。

4. 我，即1884新年，负责使这些希望落空。

5. 负责本年不超过12个月。

6. 负责把2月29日给予所有欲当命名日主人的卡西扬们。

7. 双方之中任何一方如不履行上述任何一项，则须付一万卢布钞票之违约金（每一卢布中应有一枚十戈比之银币）。

8. 双方均应慎重而不容违背地保存此合同，人类保存原本，1884新年保存副本。

1884新年(签字)

这份合同出现在我，无泪之人面前，因为我是暂时公证人，我的事务所在非常遥远的地方，此件由无官衔并住在十二品官A.苏沃林[①]日历上之1884年和住在月光下之人类呈交给我。双方均为我之熟人并均拥有合法权能缔约。

本市征税共十八卢布十四戈比，三卢布五十戈比用于《科尔尼威利的钟》[②]，一卢布二十戈比用于援助Б.马尔凯维奇与戏剧文学委员会交战③中之伤员。

人类(签字)

公证人：**无泪之人**

① 日历出版商。

② 轻歌剧名。

③ 指当时的剧作家 Б.马尔凯维奇因剧作遭戏剧文学委员会否定而与之发生争执一事。

七万五

半夜十二点左右，有两个朋友在特维尔林荫路上走。一个是高个儿、漂亮的黑发男子，身穿旧熊皮大衣，头戴高筒礼帽；另一个是小矮个儿、长着红褐色头发的男子，他身穿一件钉着骨质白色扣子的褐色大衣。两人默默不语地走着。黑发男子轻声吹着玛祖卡舞曲，红褐色头发男子脸色阴沉地瞧着脚下，不时朝旁边啐一口唾沫。

"咱们不坐一会儿吗？"当两个朋友看见普希金像的黑暗轮廓和斯特拉斯特修道院大门上方的灯光时，黑发男子终于提议说。

红褐色头发男子默默同意了，两个朋友便坐了下来。

"我对你有一个小小的请求，尼古拉·鲍里瑟奇，"在沉默了一小会儿之后，黑发男子说道，"你，朋友，能不能借给我十到十五卢布？我过一个礼拜就还你……"

红褐色头发的男子一声不吭。

"要不是急需，我也不会来麻烦你。今天命运跟我开了个很糟糕的玩笑……今天早上老婆把她的手镯交给我去当掉……她要给她的小妹交中学学费……我，你知道，当掉了，可是……今天我玩'斯图科尔卡'①无意中把钱输掉了，你也在场看见的……"

红褐色头发的男子挪动了一下身体，咳了一声。

"你是个没用的人，瓦西里·伊万内奇！"他说，歪着嘴恶意地冷笑，"没用的人！你知道那些钱不是你的，是别人的，那你有什么权利坐下来跟太太们玩'斯图科尔卡'？你说，难道你不是一个没用的人，一个浪荡子弟？等一等，别插嘴……让我这次把话全说出来……你老穿新衣服干吗？领带上别着这只佩针干吗？难道你这个叫花子也配讲时髦？戴着这么一顶可笑的高筒礼帽干吗？你这个靠老婆的钱生活的人，本来可以戴一顶三卢布的帽子，既不算过时，也无损美观，可是你却偏要花十五卢布买一顶高筒礼帽！你干吗老是向人炫耀你那些其实并非熟人的熟人呢？什么认识霍赫洛夫[②]啦，什么认识普列瓦科[③]啦！还认识所有的主编！今天当你大谈你那些熟人，撒谎骗人时，我为你羞得眼睛、耳朵都发烧！可你撒谎却脸也不红！你跟那些太太们玩牌，把老婆的钱输给她们的时候，你竟那么无耻而愚蠢地微笑着，简直……恨不得打你一耳光！”

“你就别说了，别说了……今天你心情不好……”

“还有，这种浪荡子弟习气就算它是孩子气，是小学生的行径……我同意这么假定，瓦西里·伊万内奇……你还年轻……可是有一件事我不能容许……也不明白……你跟那些没头脑的女人们玩牌时……怎么能干出那么卑鄙的勾当？我看见了，你发牌的时候，从那叠牌下面偷了一张黑桃爱司给自己！”

瓦西里·伊万内奇像小学生一样脸红了，他开始为自己辩白。红褐色头发的男子坚持自己的意见。他们俩提高嗓门儿吵了很久。最后两个人都渐渐静了下来，陷入沉思。

“这是事实，我学坏了，很坏，”在沉默了很长一段时间之后，黑发男子说道，“是事实……我就知道花钱、借债，还把别人的一些钱挥霍掉了，现在我不知道怎么能摆脱困境。当你全身发痒，你又没有办法消除它，那种难以忍受的、很不舒服的感觉，你有过吗？现在我的感觉就与这种感觉差不多……我钻进了不能通行的密林里了……我对人对己都感到羞愧……我出于最卑鄙的动机，干了一大堆蠢事和坏事，同时我又怎么也不能住手……真糟糕！要是我得到

---

① 一种纸牌赌博游戏。

② 霍赫洛夫（1854—1919），俄国著名歌唱家，歌剧演员。

③ 普列瓦科（1843—1908），俄国著名律师。

一笔遗产或者中了奖，我想，我会抛开世上一切，重新做人……你，尼古拉·鲍里瑟奇，别责备我了……别朝我扔石头……你想想巴尔姆的涅克柳热夫[①]吧……”

“我记得你那个涅克柳热夫，”红褐色头发的男子说，“我记得……挥霍掉别人的钱，酒醉饭饱，饭后还要消遣消遣，便在一个小妞面前哼哼唧唧地哭起来！……吃饭以前多半就哭不出来吧……一个作家却美化这类坏蛋！真是可耻！这个涅克柳热夫要是没有那么一副讨人喜欢的相貌和彬彬有礼的风度，那么商人的女儿就不会爱上他，也就不会有那一场忏悔了……一般来说，命运总是给坏蛋一副讨人喜欢的相貌……你们这种人全是丘比特[②]。你们招人喜爱，被别人爱上……在女人方面，你们总是非常走运！”

红褐色头发的男子站了起来，在长椅旁走来走去。

“你的老婆，比如说吧……是个诚实、高尚的女人……凭你哪一点她会爱上你呢？凭哪一点？还有今天，整个晚上，就在你信口胡说，装腔作势的时候，那个俊俏的金发女人一直目不转睛地盯着你……你们这些涅克柳热夫被人爱，有人为你们作出牺牲，可有人却一辈子工作，在困难中苦苦挣扎……又诚实，简直就是诚实的化身，可是，哪怕能得到一分钟的幸福呢！还有……你记得吗？你老婆奥尔加·阿列克谢耶芙娜在认识你之前，我本是她的未婚夫，那时我幸福过一阵，但是你出现了，于是……我就完蛋了……”

“这是嫉妒！”黑发男子冷笑了一下，“而我以前竟不知道你嫉妒心这么重！”

尼古拉·鲍里瑟奇的脸上掠过懊恼和憎恶的神情……他自己也没有察觉便机械地伸出一只手并……猛地一挥。一记耳光声打破了夜的寂静……黑发男子的高筒礼帽从他头上飞出去，滚落在被踩瓷

① 巴尔姆为剧作家，涅克柳热夫为其喜剧《我们的朋友涅克柳热夫》中的男主人公。

② 罗马神话中的爱神。

实了的雪地上。这一切都发生在一秒钟之间，出人意料，愚蠢而荒唐。红褐色头发的男子马上就为这一记耳光感到羞愧。他把脸藏在大衣的褪了色的领子里，迈开步子沿林荫路走去。他走到普希金像跟前，回头望了黑发男子一眼，木呆呆地站了片刻，然后像是害怕什么似的，朝特维尔街跑去……

瓦西里·伊万内奇默默地坐了很长时间，一动也不动。一个女人从他身边走过，嘻嘻笑着把高筒礼帽递给了他。他机械地道了声谢，站起身来，走了。

“全身发痒马上就要开始了，”半小时之后，他爬上一道很长的楼梯回到自己寓所去的时候，心里这么想，“因为我输掉了钱得挨老婆一顿剋了！她会训我一个通宵！叫她永远见鬼去吧！我就说，我把钱弄丢了……”

走到自己家门口，他胆怯地拉了一下门铃。厨娘来给他开了门……

“恭喜您啦！”厨娘满脸堆笑，对他说。

“恭喜什么？”

“您马上就会知道的！上帝对您大发慈悲了！”

瓦西里·伊万诺维奇[①]耸耸肩，走进卧室。他的老婆奥尔加·阿列克谢耶芙娜坐在书桌前。这是个娇小的金发女人，头发裹着卷发纸。她在写信。她面前放着几封已经写好并封上了的信。一看见丈夫，她便跳起来，搂住丈夫的脖子。

“你回来了？”她说，“多好的运气！你不能想象，多好的运气！事情太突然了，所以我，瓦夏[②]，刚才发了歇斯底里……给，读呀！”

她一步跳到桌边，拿起报纸，递到丈夫脸前。

“读呀！我的彩票中了七万五的奖！要知道，我有一张彩票！

---

① 伊万诺维奇是伊万内奇的正确叫法，伊万内奇为伊万诺维奇的简称。

② 瓦西里的小名。

真的，我有！我藏起来，没有告诉你。因为……因为……你会把它抵押出去。尼古拉·鲍里瑟奇还是我的未婚夫那时，他把这张彩票送给我了，后来他不愿意收回这张彩票。这个尼古拉·鲍里瑟奇是个多么好的人啊！现在咱们可阔气得不得了啦！现在你得改邪归正了，你不要再过那种乌七八糟的生活。要知道，你原来是因为缺钱，因为穷，才老是酗酒，老是欺骗我。我明白这个。你是一个聪明的正派人……”

奥尔加·阿列克谢耶芙娜在房间里走来走去，笑了起来。

“真是意想不到！刚才我走来走去，从这头走到那头，一面骂你花天酒地的生活，恨你，后来我坐下来，由于烦闷拿起报纸来读……忽然我看见了！……我给所有人都写了信……给姐妹们，给母亲……这下她们可要高兴了，可怜的人们！可是你这是要上哪儿去呀？”

瓦西里·伊万内奇瞧了一下报纸……他大惊失色，脸色煞白，也不听老婆在说什么，他默默站了一会儿，在思忖什么，然后戴上高筒礼帽，走出了家门。

“去大德米特罗夫卡街，××旅馆！”他冲马车夫喊道。

在旅馆里，他没有找到他要找的人。他熟悉的那个房间锁着。

“她一定在剧院里，”他心想，“从剧院出来后……她吃晚饭去了……我等一会儿吧……”

于是他呆在那里等她……半小时过去了，一个小时过去了……他在走廊里来回踱步，跟睡意蒙眬的仆役聊天……楼下旅馆的钟敲了三下……最后，他失去耐心，开始慢慢走下楼，往门口走去……可是命运对他动了恻隐之心……

就在门口，他遇上一个高而瘦的黑发女人，围着很长的毛皮围脖。一位戴深蓝色眼镜、粗毛羊羔皮帽的先生紧跟在她身后。

“对不起，”瓦西里·伊万内奇对那位女士说，“我能耽搁您一分钟吗？”

女士和那男人都皱起了眉头。

"我马上就来，"女士对那男人说，然后跟瓦西里·伊万诺维奇一道朝煤气灯口走去，"您有什么事？"

"我找你……找您，娜金，有事。"瓦西里·伊万内奇开口结结巴巴地说道，"很遗憾，那位先生跟你在一起，不然我就能够把一切都讲给你听……"

"究竟有什么事呀？我可没时间！"

"搞上新情人了，自然就没时间啦！你真好，没说的！你凭什么在圣诞节前把我从你身边撵走？你不愿意跟我同居了，因为……因为我没有供给你足够的生活费用……可事实上，你可错了……是呀……你记得在你命名日那天我送给你的一张彩票吗？拿去读读吧！它赢得了七万五！"

女士拿过报纸，用贪婪的、仿佛受惊的眼睛开始寻找彼得堡的电讯……她找到了……

就在这同一时间，另外一双泪痕斑斑、痛苦得发呆、几乎像疯了似的眼睛瞧着小匣子里面，在寻找彩票……这双眼睛找了一整夜，但没有找到。彩票被偷了，奥尔加·阿列克谢耶芙娜知道是谁偷的。

也是在这个夜里，红褐色头发的尼古拉·鲍里瑟奇在床上翻来覆去，竭力想入睡，但直到早晨也没有睡着。他为他打那一记耳光而羞愧不已。

玛利亚·伊万诺芙娜

在一间布置得很豪华的客厅里，一个约莫二十三岁的年轻女人坐在深紫色丝绒蒙面的沙发榻上。她名叫玛利亚·伊万诺芙娜·奥德诺谢金娜。

“这个开头多么八股调，老一套！”读者嚷起来，“这些先生永远以布置豪华的客厅作为开头！没兴趣往下读了！”

我向读者道歉，继续往下讲。一个约莫二十六岁的男子，面色苍白，略带忧郁的神情，站在那个女人的面前。

“瞧，这不，这不……我早就知道会是这样，”读者生气了，“一个年轻人，还一定得是二十六岁！那，下文如何？不消说……他要求诗意、爱情，而她呢，回答是俗气的：要他给她买一只手镯。要不就是相反：她要求诗意、爱情，而他……我再不读了！”

然而我却要继续写下去。年轻人目不转睛地瞧着那年轻女人，低语道：

“我爱你，美妙的人儿，虽然此刻从你身上散发出坟墓般的冷气，可我也不怕！”

这时读者再也忍不住了，开始骂起来：

“叫他们见鬼去吧！他们就会拿各种各样的胡说八道的东西以飨读者，什么布置豪华的客厅啦，什么玛利亚·伊万诺芙娜和她身上的坟墓般的冷气啦。”

谁知道呢，读者您的愤怒也许是对的，也许您并不对。我们这个时代好就好在怎么也弄不清楚谁对谁错。甚至审判某个盗窃犯的陪审员们也不知道是谁错了：是这个受审的人呢，还是没有收藏好的那些钱呢，还是陪审员他们自己，他们错就错在出生到世上来了。在这个世界上什么事也不可能搞清楚！

不管怎么着，即使您对了，那我也没有错。您发现我这篇小说毫无趣味，不必要。就算您对了，我错了吧……但是您得容许哪怕减轻一点我的罪名，因为有某些客观原因。

其实，既然我感到无聊，而且两个礼拜以来我一直在发间歇性疟疾，那么我能写出有趣味的和一定是必要的作品来吗？

“既然您发疟疾，您就别写啦。”

话是这么说……不过，为了不把话拉得太长，请您设想一下，我害了疟疾，情绪很坏，就在这同一个时候另一位文学家也得了疟疾，第三位文学家的老婆吵吵闹闹，加之他又牙痛，第四位得了忧郁症。我们四个人都搁笔了。那么请问，报纸和杂志用什么来填满呢？难道用你们读者每天成普特地往我们报纸和杂志编辑部寄的那些作品吗？从你们那很重的好多普特的稿件中只勉强能选出一小俄克来，而且要费很大气力才能勉强选出来。

我们职业文学家可不是一知半解的业余爱好者，而是真正的文学苦工，不管我们有多少人，也全都是跟您，跟您的兄弟，跟您的小姨子一样的凡人；我们有一样的神经，一样的内脏，那些折磨您的事也同样折磨我们；我们的悲伤远远多于欢乐，只要我们愿意，我们每天都能找到理由不干活。是每天，我向您保证！如果我们听从了您那句“别写啦”，如果我们屈服于疲劳、烦闷或者疟疾，那么当前整个文学就得关门了。

可是，读者诸君，不可一日无文学啊。尽管您觉得它渺小、灰色、乏味，尽管它既不能引起您的笑声，也不能激发您的愤怒或欣喜，可它依然存在并在做它自己的事。不能没有它……如果我们离开我们的阵地哪怕一分钟，那马上就会有一帮头戴可笑尖顶帽的系着马铃铛的小丑来接替我们。一帮糟糕的教授、糟糕的律师和贵族士官就会来接替我们，他们会按照：“向左！”“向右！”的口令来描述他们荒谬的爱情奇遇！

尽管我心烦，尽管我在发间歇性疟疾，我仍然必须写。我不能搁笔，必须尽我所能，尽我所会，写下去。我们人不多，屈指可数。而凡是职工少的地方，就不能要求休假，甚至短期休假也不行。这是不可能而且不合常规的。

“不过您总能挑选严肃一些的题材写吧？就说这个玛利亚 · 伊万诺芙娜吧，说真的，她有什么意义呢？我们周围这类现象少吗？我们周围这类问题少吗……”

您说得对，这类现象和问题很多，不过请您指出来，您究竟需要什么。既然您这么愤慨，那么请您指出来，好使我彻底相信，您是对的，您确实是个很严肃的人，您的生活很严肃。您指出来吧，您应当很明确，不然我可能会认为，您说的问题和现象根本不存在，您不过是个可爱的人，有时候由于闲着没事可做，就喜欢谈谈严肃的东西罢了。

不过，是该结束这个短篇小说的时候了。

年轻人在美丽的女人面前站了很久。最后，他脱掉礼服，拽掉脚上的靴子，小声说：

“再见，明天见！”

然后他在长沙发上伸展开身子躺好，盖上长毛绒被子。

“当着女士的面？！”读者大吃一惊，“这简直是胡说八道，瞎扯！这真是岂有此理！警察！书报检察机关！”

不过慢着，别急，严肃的严格的思想深刻的读者。布置豪华的客厅里的那个女人是用油彩画在油画底布上，挂在长沙发上方的。现在您爱怎么愤慨都悉听君便了。

可是纸张怎么忍受得了这个小说啊！如果像《玛利亚 · 伊万诺芙娜》这样的胡说八道都刊登出来，那么显而易见，这是因为缺少更有价值的材料。这是显而易见的。您赶快坐下来呀，抒发您那些深刻而杰出的思想吧，写下整整三普特重的稿子并寄到某个编辑部去吧。赶快坐下来写吧！写了就赶快寄出去！

人家会把稿子退还给您的。

年轻人

一张沾有大团墨迹的桌子后面坐着普拉夫多柳波夫[①]。乌普里亚莫夫[②]，一个满脸轻浮表情的年轻人，站在他对面。

普拉夫多柳波夫（眼睛里噙着泪水）：年轻人！我自己也有孩子……有心灵……我明白……所以我才这么伤心。我作为一个正直的人，向您保证，您的固执对您只会有害。您坦白地告诉我们吧，这会儿您是要往哪儿去？

乌普里亚莫夫：我要去……去幽默杂志的编辑部。

普拉夫多柳波夫：哼……这么说，您是幽默作家啰？（责备地摇头。）您该害臊！这么年轻就变得这么坏了……您手里拿的是什么？

乌普里亚莫夫：稿子。

普拉夫多柳波夫：递过来！（接过稿子，仔细看。）是啊……咱们来瞧瞧……这是什么呀？

乌普里亚莫夫：头版插图的选题。

普拉夫多柳波夫：（勃然大怒，但很快控制住自己，变得像法庭警察一样冷静和漠然。）这上面画的是些什么？

乌普里亚莫夫：这个，您瞧见了，画的是一个人。他一条腿站在俄国，另一条腿站在奥地利。他在表演魔术。"先生们！"他说，"这一卢布我从右边口袋拿出来，放进左边口袋，就变成六十五戈比了！"我还加了一幅作为这幅画的补充。您看，这是一张有小手、小腿的一卢布钞票。它不时跌倒，一个德国人跟在它后面追，拿剪刀不时剪掉它一块……明白了？这是小酒馆……这里是我们的报刊，而这是报……而这里是栽种白桦林的人，那里是在讨粥的儿童……

粥，众所周知，有各种各样的……这里画的是一个仆役……

普拉夫多柳波夫：捕鼠器里面的这个人是谁?

乌普里亚莫夫：这是三品官罗西茨基[3]，钩子上挂的诱饵是公家的油脂……

普拉夫多柳波夫：（听到“油脂”一词时舔嘴唇）三品官……（为人类而脸红了。）这么年轻就变得这么坏……您知不知道，先生，三品文官相当于军队里的中将？难道您不明白这个吗？多么野蛮而无知，简直是一种亵渎！（叹气。）现在我拿您怎么办呀？怎么办？（沉思，但很快个人感情战胜了责任感，到手的东西又从他手中溜掉了。）我不能看见您这个渺小的不幸的年轻人！我厌恶您，您这可怜的人！去吧！愿我的蔑视是对您的惩罚！

乌普里亚莫夫：（一点也不后悔，带着模棱两可的微笑，到编辑部去了。）

---

① 词根意为：热爱真理的人。

② 词根意为：固执的人。

③ 词根意为：俄罗斯。

喜剧演员

喜剧演员伊万·阿基莫维奇·沃罗比约夫-索科洛夫两手插在他那肥大裤子的口袋里，转身面对窗子，懒洋洋的眼睛望着对面房屋的窗子。在沉默中过了五分钟……

“无聊呀！”扮演天真少女的演员玛利亚·安德烈耶芙娜打了个哈欠，说道，“您为什么不作声，伊万·阿基梅奇？您既然来了，使得我没法背台词，那您就开口聊聊呀！您真叫人受不了，说实话……”

“嗯……我想向您说一件事，可又觉得不大好意思……要是就这么直截了当、不讲客套就对您说了……像个男子汉那样，那您马上就会责备我，嘲笑我……不，我还是不说为好！我要管住舌头，免得胡来……”

“他这是想说什么呢？”女演员暗自思忖，“他激动不安，眼神有些古怪，两只脚不住倒换……莫非他想表白爱情？嗯……这些调皮的家伙真要命！昨天第一提琴手表白了爱情，今天那个演大发议论角色的演员在整个排演期间都一直长吁短叹……所有人都无聊得发起疯来了！”

喜剧演员离开窗子，走到五屉柜跟前，开始审视剪刀和一小瓶唇膏。

“是这样……很想说出来，我又怕……不大好……要是就这么直截了当，照俄罗斯人的习惯，对您说了，您马上就会骂：粗野的人！乡巴佬！这个那个的……我是知道您的……还是闭嘴不说的好……”

“要是他真的开始表白爱情，那我对他说什么呢？”女演员继续心想，“他善良，人很不错，有才气，但是……我不喜欢他。长得太难看了……驼着个背，脸上长些不知什么疙瘩……声音沙哑……还加上他这种举止风度……不，永远不！”

喜剧演员默默地在房间里踱来踱去，然后沉重地往扶手椅上一坐，呼啦一声从桌上拿起报纸。他的目光在报纸上扫来扫去，好像在寻找什么，后来目光停留在一个字母上，打起盹来。

“老天爷……有几只苍蝇也好啊！”他嘟哝道，“那样总还快活一些……”

“不过，他的眼睛不坏，”女演员继续心想，“可他身上最好的东西就是他的性格。对男人们来说，漂亮没有心灵和智慧来得重要……嫁给他看来还是可以的，要是就这么跟他同居……绝对不行！说真的，他此刻怎么瞅了我一眼啊……火烧似的！他干吗胆怯，我真不明白！”

喜剧演员沉重地叹了口气，咳了一声。显然，他费了很大的劲才保持住沉默。他的脸红得跟大虾似的，嘴巴歪到了一边……脸上露出痛苦的表情……

“看来，就这么跟他同居也可以，”女演员不停地想道，“他的薪金可观……不管怎么说，跟他同居总比跟一个衣衫破烂的大尉同居要好些。真的，我就这么对他说：我同意！何必拒绝他，使得他这个可怜的人难受呢？就这样他活得已经够痛苦的了！”

“不！我受不了啦！”喜剧演员呻吟起来，站起来，把报纸一扔，“要知道，我的性格可恶透了！我不能克制自己！您打我吧，骂我吧，我这就对您说，玛利亚·安德烈耶芙娜！”

“那您就说吧，说吧。别装疯卖傻了！”

“亲爱的！宝贝儿！请您宽宏大量地原谅我！……我要跪着吻您的小手……”

喜剧演员的眼睛涌出了豌豆那么大的泪珠。

“您说呀……讨厌的！什么事啊？”

“您有没有，宝贝儿……一小杯伏特加？我的灵魂在发烧！昨天喝多了之后，嘴里留下些氧化物、低氧化物、过氧化物，没有哪一个化学家能搞清楚是些什么？您相信吗？搞得我心绪不宁！我活不下去了！”

女演员脸红了，她皱起眉头，可后来回过神来，便递给喜剧演员一小杯伏特加……他喝下去，便活跃起来，开始讲种种逸闻趣事。

不干净的悲剧演员和患麻风病的剧作家[1]

恐怖、可怕、可恶、绝望的悲剧很多幕，很多场

剧中人物

米·瓦·连托夫斯基[2]　男人和剧院老板。

塔尔诺夫斯基[3]　令人心碎的男人，对鬼怪、鲸鱼和鳄鱼都以“你”[4]相称；脉搏 225 次，体温 42.8 度。

普布利卡[5]　在一切方面都招人喜欢的女士，给她吃什么她就吃什么。

卡尔十二世　瑞典国王，有消防队员的派头。

男爵夫人　黑发女人，不无才华，不拒绝扮演小角色。

埃伦斯韦尔德将军[6]　高大得可怕，声如巨人。

德拉加迪　普通男人，随随便便地说台词……像提台词的人似的。

施特拉[7]　剧院老板的妹妹。

布尔利　男人，由斯沃博金[8]扮演。

汉森[9]

其他人

尾　声⑩

火山口。沾满血的桌子后面坐着塔尔诺夫斯基；在他的肩上不是脑袋，而是一具头颅骨：嘴里硫黄在燃烧；从他鼻孔里跳出一些带着鄙夷微笑的绿色小鬼。他把蘸水笔不是放到墨水瓶里去蘸，而是放进女妖怪们在搅和的熔岩里去蘸。可怕。背上爬的小蚂蚁在空中飞来飞去。在舞台深处，烧得火红的钩子上挂着颤抖的膝腱。雷电交加。阿列克谢·苏沃林（十二品官）躺在那里，带着法警的冷漠神情预言道，地球将和太阳相撞、宇宙毁灭以及药店商品将涨价。混乱、恐怖、可怕……其余种种由读者的想象来补充。

塔尔诺夫斯基　（啃蘸水笔）到底写什么好呢？见他的鬼！我怎么也想不出来了！《到月球去旅行》已经有了……《流浪汉》也有

---

① 契诃夫这篇模仿性滑稽作品与 1884 年 1 月在连托夫斯基剧院上演的 5 幕话剧《干净的人和患麻风病的人》有关。该剧演出布景豪华，由连托夫斯卡娅扮演之施特拉极获好评，也有评论者认为剧情紊乱、沉闷、不自然。

② 米·瓦·连托夫斯基为著名的剧院老板，曾在俄国各城市先后创立轻歌剧院、新剧院、“流浪艺人”剧院等。

③ K.A.塔尔诺夫斯基（1826—1892），俄国多产剧作家，常为连托夫斯基剧院写剧本。

④ 以“你”相称表示亲密。

⑤ 此词意为：公众、观众。

⑥ 连托夫斯基剧院上演之《干净的人和患麻风病的人》剧中人之一。

⑦ 剧院老板连托夫斯基之妹妹，女演员连托夫斯卡娅-柳班扮演此角色。剧中施特拉是德拉加迪和埃伦斯韦尔德之妻的私生女。

⑧ П.М.斯沃博金（1850—1892），俄国演员。

⑨ 即 И.汉森（1841—？），芭蕾舞导演。为《干净的人和患麻风病的人》一剧导演，并担任剧中一角色。

⑩ 我本想排“序幕”二字，但编辑部说，这里越不可思议越好。那就照他们的意思办吧！——排字工人注。（此注为原文所有。——译注）

人写过了……（喝燃烧着的石油）必须再想点什么出来……就是那种叫莫斯科河对岸的商人太太们一连三天都梦见鬼怪的题材……（搓额骨）哼……伟大的脑筋，你们赶快动一动呀！（思索着，雷鸣电闪；照舍赫捷利[①]先生所绘的图画所示，可听见千炮齐发的轰鸣；从各个缝隙里爬出来了龙、吸血蝙蝠和蛇；一个大箱柜掉进火山口，身穿大幅海报的连托夫斯基从箱柜里走出来。）

连托夫斯基 您好，塔尔诺夫斯基！

塔尔诺夫斯基、**女妖怪们**、**其他人** （同声说）您好，先生！

连托夫斯基 喂，怎么样了？剧本写好了吧？见他的鬼！（摇晃棍子。）

塔尔诺夫斯基 根本没有，米哈伊尔·瓦连京内奇[②]……我正在思索呢，我坐在这里，无论怎样也想不出什么来。您交给我的任务实在太困难了！您所要的是，我的剧本能使观众的血都凝住了[③]，能使莫斯科河对岸的商人太太们心中爆发地震，我写的独白能叫灯都自动熄灭……可是，您得同意，这种要求对于塔尔诺夫斯基这么伟大的剧作家来说也是力所不及的！（自夸之后，又不好意思了。）

连托夫斯基 小事一桩，见他的鬼！多来点火药、五彩焰火、夸夸其谈的独白——不就行啦！为了演出服装漂亮您就写，见他的鬼，上流社会……背叛……监狱……囚犯心爱的女人被强迫嫁给一个恶棍……我要让皮萨列夫[④]演恶棍……再往下——越狱逃跑……开枪射击……我可不吝惜火药……再往下——婴儿，其名门出身是到

---

① Ф.О.舍赫捷利（1859—1926），美术家，参与连托夫斯基剧院戏剧演出的舞台装饰工作。

② 连托夫斯基的名字和父称。

③ 意为：受惊过度、惊吓万分。

④ М.И.皮萨列夫（1844—1905），演员、教师、评论家。参加《干净的人和患麻风病的人》一剧演出。

后来才揭开的……最后又是枪击，又是大火，美德胜利了……总而言之，照老一套写法写就是，就像写罗坎包尔[①]和基度山伯爵[②]那么写好了……（雷鸣，闪电，霜，露水。火山爆发。连托夫斯基被扔了出来。）

第一幕

观众，引座员，汉森及其他人

引座员们 （帮观众脱下毛皮大衣。）请您付点小费吧！（没得到小费，便抓住普布利卡衣服的后襟。）啊，忘恩负义！！！（为人类感到羞耻。）

一名观众 怎么，连托夫斯基病好了？

引座员 他开始斗殴了，说明他病好了！

汉森 （在更衣室换装。）我要叫他们大吃一惊！我要让他们瞧瞧！所有报纸都会谈论不休！

剧继续演下去，但是读者没有耐心，想看第二幕了，因此——落幕。

第二幕

卡尔十二世的王宫。舞台后面，瓦尔茨[③]在吞食长剑和烧得通红的煤炭。雷电大作。

卡尔十二世和他的廷臣们。

---

① 法国作家朋森·德·特瑞奥（1829—1871）所著《复活的罗坎包尔》一剧的主人公。

② 大仲马的小说《基度山伯爵》的主人公。

③ K.Φ.瓦尔茨，画布景的装饰师，连托夫斯基请他为剧场制作五彩焰火装置。

卡尔　（在舞台上走来走去，眼珠直转。）德拉加迪！您背叛了祖国！把您的剑交给大尉，走到监狱里去吧！

德拉加迪　（说了一些热情洋溢的话之后走了。）

卡尔　塔尔诺夫斯基！您在您那部令人心碎的剧本里强迫我多活了十年！请您到监狱里去吧！（对男爵夫人）您爱德拉加迪，跟他生了个孩子！根据剧情的需要，我不应该知道这件事，并且应当把您嫁给一个您不爱的人。您就嫁给埃伦斯韦尔德将军吧。

男爵夫人　（嫁给将军。）哎呀！

埃伦斯韦尔德将军　我要把他们烤熟①！（被任命为监狱看守，狱中关着德拉加迪和塔尔诺夫斯基。）

卡尔　好，从现在起一直到第五幕我都空闲了。我上更衣室去！

第三幕和第四幕

施特拉　（照例演得不错）伯爵，我爱您！

年轻的伯爵　我也爱您，施特拉，不过我以爱情的名义恳求您告诉我，塔尔诺夫斯基干吗要把我牵扯到这件浪费时间的无聊事情中来？他需要我派什么用场？我跟他的剧情有什么相干？

布尔利　这一切全是斯普鲁特做的好事！由于他的缘故，我成了一名士兵。他揍我，撵我，咬我……如果他不写这个剧，我也就不会是布尔利了！为了要烤熟我，他不惜采取任何手段！

施特拉　（已知道了自己的出身）我要到父亲那里去，把他解救出来！（在去监狱的路上遇见汉森。汉森做了个芭蕾舞动作：身体腾空跃起，两脚连续相互拍击。）

布尔利　由于斯普鲁特的缘故，我成了一名士兵并参加这部剧。大概斯普鲁特为了烤熟我，才叫汉森跳舞！你就等着瞧吧！（桥

---

① 意为：折磨够。

倒塌，舞台陷落。汉森做了个跳跃，使得在场所有的老处女都感到恶心。）

第五幕和第六幕

施特拉 （在监狱里跟爸爸相认并同他一起策划越狱逃跑的方案。）我要救你，父亲……可是我们怎么做，才能不让塔尔诺夫斯基也同我们一起逃走了？他要是越狱成功，就会又写一部新的剧本的！

埃伦斯韦尔德将军 （折磨男爵夫人和其他囚犯。）既然我是个恶棍，我就不该有任何一点像人的地方！（吃生肉。）

德拉加迪和施特拉 （从监狱跑出去。）

所有人 抓住他们！逮住他们！

德拉加迪 不管怎么样，反正我们要逃出去，并安然无恙！（枪击。）呸！（像死人似的倒在地上。）对此我也要说：呸！作者杀死他，而他会复活的！（卡尔从更衣室出来，吩咐美德战胜邪恶。全体狂欢。月亮微笑，星星也微笑。）

普布利卡 （向布尔利指着塔尔诺夫斯基。）他就是斯普鲁特！抓住他！

布尔利 （掐住塔尔诺夫斯基的喉咙。塔尔诺夫斯基倒地如死人状，但立即跳起来。雷鸣电闪，下霜，科维尔列凶杀案①，各民族大迁徙，船只沉没和把沉船重新组装起来。）

连托夫斯基 反正我还是不满意。（慢慢倒下。）

---

① 剧名，曾在连托夫斯基剧院上演。

永动机[1]

法院侦讯官格里舒特金是个老头子，在改革[2]前就已开始供职，医生斯维斯季茨基是个郁郁寡欢的先生，他们俩坐着马车去验尸。那是在秋天，他们的车在乡间土路上行驶。天色漆黑，下着滂沱大雨。

“这简直糟糕透了，”侦讯官抱怨道，“别说什么文明和人道主义了，就连像样的天气也没有。这个国家，真没话好说！还是欧洲呢，真难以想象……雨啊，雨啊！就像谁雇它来下似的，混账东西！你这个天杀的，快点赶呀，要是你不愿意，我就把你这个混蛋的牙齿全打掉！”他对坐在赶车人座位上的仆人喊道。

“奇怪，阿盖·阿列克谢伊奇！”医生说，叹着气裹了裹身上淋湿的毛皮大衣，“我简直没注意到这天气。有一种古怪的沉重的预感压在我心上。我觉得，眼看就有什么灾祸要降临到我身上了。我是相信预感的，所以……我等着出事。一切都可能发生。被尸体感染……心爱的人死了……”

“当着米什卡的面谈论预感也总该感到羞愧吧，你简直像个娘们儿。况且比目前再坏的事情是不可能有的了。这么大的雨——还有什么能比这更坏？您知道吗，季莫菲·瓦西里伊奇？我再也不能这么坐在车上赶路了。就是杀了我，我也受不住了。必须在什么地方停下来过夜……谁住在这里附近一带？”

“亚万·亚万内奇·叶若夫，”米什卡说，“穿过树林，马上就到，只消走过一道小桥。”

“叶若夫？就往叶若夫家赶吧！恰好，我好久没有到这个造孽的老家伙家去了。”

他们穿过树林，驶过小桥，向左拐，然后又向右拐，接着便驶进了一座大院子，这便是调解法官会审法庭庭长，退役少将叶若夫的家。

“他在家！”格里舒特金从四轮马车里钻出来，朝屋子的窗户一望，看见窗子里有灯光，便说道，“他在家，真好。我们能喝个够，吃个饱，睡个好觉……虽然他是个卑鄙小人，可是应当说句公道话，他很好客。”

叶若夫本人在前厅里迎接他们，他是个满脸皱纹的小老头儿，脸缩成一团带刺的肉③。

“太巧了，太巧了，先生们……”他说，“我们刚坐下来吃晚饭，正在吃炖猪肉呢，刹那之间三十三④。你们知道，副检察长也在我这儿。感谢他这个天使来找我。明天我和他一道去会审法庭……明天我们会审法庭要开庭……刹那之间三十三……”

格里舒特金和斯维斯季茨基走进大厅。大厅里的一张大桌子上摆满酒和冷盘。主人的女儿娜杰日达·伊万诺芙娜坐在桌旁，面前摆着一份餐具，这是一个黑发年轻女人，身着重丧服，因为不久前她的丈夫去世了；在她旁边坐着副检察长丘利潘斯基，面前也摆着一份餐具，这是个蓄着短连鬓胡子的年轻人，脸上满是青筋。

“都认识吧？”叶若夫指指所有的人说，“这位是检察长，这是我女儿……”

黑发女子莞尔一笑，眯起眼睛，把一只手伸给刚来的人。

“那么……给你们接风吧，先生们！”叶若夫一面说，一面斟满

---

① 原文为拉丁语。永动机只是一种幻想，是不可能做成功的，但俄语中“永动机”又可以理解为：永远推动（教唆）别人的人，系暗讽本文中之格里舒特金。

② 指 1861 年俄国废除农奴制。

③ 叶若夫词根意义是：刺猬。

④ 这是一句没意义的口头禅。

三杯酒，“放开胆子，上帝的臣民！我也陪你们干一杯，刹那之间三十三。来，祝我们大家健康……”

大家干了一杯。格里舒特金吃了点小黄瓜，就开始吃炖猪肉。医生喝下酒，叹了口气。丘利潘斯基先向在座的那位女士征得同意，然后便抽起了雪茄，同时龇出牙来，那模样仿佛他嘴里有一百颗牙似的。

“喂，怎么样，先生们？酒杯可是不等人的！怎么啊？检察官！医生！为医学干杯！我爱医学。总的来说，我爱青年们，刹那之间三十三。不管怎么说，青年们总是永远走在前面的。来呀，祝我们大家健康。”

大家开始聊天。除检察长丘利潘斯基外，所有人都加入谈话。丘利潘斯基一言不发地坐着，从鼻孔里喷出缕缕轻烟。很明显，他自认为是贵族，瞧不起医生和侦讯官。晚饭后，叶若夫、格里舒特金和副检察官坐下来玩有明家[①]的文特[②]。医生和娜杰日达·伊万诺芙娜坐在钢琴旁聊天。

“您是去验尸吗？”漂亮的寡妇开口说道，“解剖死人？啊呀！需要有多么大的意志力，多么坚强的钢铁性格，才能眉头也不皱，眼睛也不眨，举起刀就齐刀柄扎进停止呼吸的人体。我，您知道吗，对医生满怀敬仰之心。他们是特殊的人，神圣的人。大夫，您为什么这么闷闷不乐呢？”她问。

“因为我有某种预感……一种古怪的沉重的预感压在我心上。就像我即将失去心爱的人似的。”

“那么您，大夫，结了婚吗？有没有很亲近的人呢？”

“一个也没有。我孤身一人，甚至连熟人也没有。告诉我，夫人，您相信预感吗？”

“啊，我相信预感。”

---

① 即牌叫定后，摊牌的人。

② 一种牌戏。

在医生和寡妇谈论预感的时候，叶若夫和侦讯官格里舒特金不时从牌桌旁站起来，走到摆着冷盘的桌子跟前去[①]。半夜两点，输了钱的叶若夫猛然想起明天要去会审法庭，便把脑门一拍。

“老天爷！我们在干什么呀？！我们这些胡作非为的人，胡作非为的人！明天天刚亮就得上路去会审法庭，而我们还在玩牌！睡觉，睡觉，刹那之间三十三！娜季卡[②]，走，去睡觉！我宣布会议结束。”

“大夫，您真幸福，因为在这样的夜晚您能入睡！”娜杰日达·伊万诺芙娜跟大夫告别的时候说，“当雨敲打窗子，我那些可怜的松树在呻吟的时候，我就不能入睡。现在我要去守着书本度过寂寞的时光了。我无法睡觉。一般来说，如果小走廊里我房门对面的窗台上点着一盏小灯，这就表示我没有睡觉并很寂寞无聊……”

医生和格里舒特金在让他们过夜的那间屋子里看到地板上已铺了两张大铺，用羽毛褥子铺的。医生脱了衣服，躺下，连头一起盖上了被子。侦讯官脱了衣服，躺下，但很长时间翻来翻去，后来便起来，在屋子里从这头到那头来回踱步。他是一个十分不安宁的人。

“我一直在思索那位太太，那个寡妇，”他说，“真是太美啦！我宁愿为她送命！那眼睛，肩膀，那双穿着淡紫色长袜的小脚……这娘们儿简直是一团火！好个娘们儿——啊呀，啊呀！这是一眼就看得出来的！可是这样的美人儿却属于鬼才知道的什么人——属于法学家，检察长啦！那个满脸青筋的蠢货，活像个英国佬！我受不了，老弟，那些法学家！你跟她谈论预感的时候，他嫉妒得差点没把肚子气破！没说的，一个优雅的女人！非常优雅的女人！真是造化的奇迹！”

“是的，一个可敬的女人，”医生从被子下伸出脑袋，说道，

---

① 指到桌旁喝酒。

② 娜杰日达的小名。

“这位女性敏感、神经质、富有同情心，有那么敏锐的感受力。我和你马上就会睡着的，可她呢，可怜的女人，却不能入睡。她的神经忍受不了这种风雨交加的夜晚。她告诉我，她会整夜寂寞无聊，只好看书了。可怜的女人！她那儿多半点着盏小灯吧……”

“什么小灯？”

“她说，如果在她房门对面的窗台上点着一盏小灯，这就表示她没有睡觉。”

“这是她对你说的吗？对你说的？”

“是呀，对我说的。”

“如果是这样，那我对你这个人就弄不懂了！要知道，如果她对你说了这话，你就是所有人中最幸福的一个了！好样的，大夫！好个棒小伙子！我要称赞你，朋友！虽然我艳羡你，但我还是要称赞你。与其说我为你高兴，不如说我为那个法学家，那个红头发的坏蛋高兴。我高兴，因为你给他安上了犄角①！快，穿上衣服！开步走！”

格里舒特金一喝醉了，就对所有人以“你”相称。

“这是您胡思乱想，阿盖·阿列克谢伊奇！上帝知道是怎么回事，真的……”医生腼腆地答道。

“快点，快点……别跟我顶嘴了，大夫！穿上衣服去吧……就像《为沙皇捐躯》②里是怎么唱的？在爱情的道路上我们过一天好比摘一朵花③……你穿上衣服啊，我亲爱的。倒是快点呀！季莫沙④！大夫！快去呀，畜生！”

“对不起，我不明白您的意思。”

“可这有什么不明白的！莫非这是天文学还是怎的？穿上衣服，到小灯那儿去，这就是全部要明白的事。”

---

① 意为：给（谁）戴上绿帽子，夺去（谁）所爱的女人。

② 歌剧《伊万·苏萨宁》的第2幕中的曲子。

③ 原词是：在爱情飞翔之中我们过一天好比摘一朵花。

④ 季莫菲的小名。

"奇怪，您对那位女士，对我，竟抱着这种不好的看法。"

"嗐，得了，别跟我大发议论了！"格里舒特金生气了，"难道你还要动摇吗？要知道，这是恬不知耻！"

他劝说医生花了好长时间，他发脾气，恳求，甚至下跪，到最后他破口大骂，唾唾沫，然后倒在铺上。可是过了一刻钟他忽然跳了起来，叫醒了医生。

"您听着！您是坚决拒绝到她那里去吗？"他厉声问道。

"哎呀……我干吗要去？您真是个不安宁的人，阿盖·阿列克谢伊奇！跟您一块儿去验尸——这太叫人难受了！"

"那好，叫鬼逮走您，我到她那里去！我……我并不比某个什么法学家或者娘们儿似的大夫差。我去！"

他很快穿好衣服，朝房门走去。

医生以疑问的目光瞧了瞧他，好像弄不明白似的，随着就跳了起来。

"您，我想，是在开玩笑吧？"他挡住格里舒特金的路，问道。

"我没工夫跟你瞎扯……让开！"

"不，我不放您去，阿盖·阿列克谢伊奇。您躺下睡觉吧……您醉了！"

"你这个阿斯克勒庇奥斯[①]，有什么权利不放我去？"

"我有义务保护那位高贵的女人，就是凭着这种权利。阿盖·阿列克谢伊奇，您清醒清醒吧，看看您要干什么！您是位老人了！您六十七岁了！"

"我是老人？"格里舒特金恼了，"是哪个恶棍告诉您的，我是老人？"

"您，阿盖·阿列克谢伊奇，喝多了，就冲动起来。这不好！您别忘了，您是人，不是动物。动物服从于本能是无可指摘的，然而您是大自然的主宰啊，阿盖·阿列克谢伊奇！"

---

① 希腊神话中的医神。

这位大自然的主宰脸涨得通红，把手插进衣兜。

“我最后一次问你：你放不放我去？”他突然用刺耳的声音尖叫道，好像在原野上对马车夫吼叫似的，“坏蛋！”

可是他马上被自己的声音吓住了，便离开房门朝窗子走去。虽然他醉了，他仍然为自己的尖叫感到羞愧，这声尖叫大概把这座房子里所有的人都惊醒了。沉默片刻之后，医生走到他面前，碰了一下他的肩膀。医生的眼睛湿润了，两颊通红……

“阿盖·阿列克谢伊奇！”他用颤抖的声音说，“既然您说了这么不客气的话，既然您忘了一切礼貌，骂我是坏蛋，在这一切之后，您得同意，咱们已经不可能同住在一座屋子里了。您大大地侮辱了我……即便我错了，不过，实际上我哪一点错了呢？那位女士诚实而高尚，而您却突然说出那样一些话来。对不起，我们不再是朋友了。”

“好极了！我不需要这样的朋友。”

“我马上就走，我再也不能和您呆在一起了，而且……我希望，今后我们再也不要见面了。”

“您坐什么车走？”

“坐我自己的马车。”

“那我坐什么车走呢？您这是干吗？想做下流事做到底吗？既然您用您的马车把我送到这里来，那您就有责任用您的马车把我从这里送走。”

“要是您愿意，我把您送回家就是。不过现在……我现在就走。我太激动了，我不能再呆在这里。”

然后格里舒特金和斯维斯季茨基默默穿上衣服，走到院子里。他们叫醒米什卡，坐上马车，走了……

“无耻之徒！”一路上侦讯官嘟嘟囔囔，“你要是不会同高贵的女人打交道，那你就在家里坐着好了，别上有女人的人家去……”

他这是在骂自己呢，还是在骂医生，很难弄清楚。当四轮马车在他住所附近停下来，他便跳下车，走进大门时，说了一句：

"我不愿再跟你来往！"

三天过去了。医生巡诊完毕，回家躺在长沙发上，由于无事可做，便读《医生年历》里列出的彼得堡和莫斯科医生的姓氏，竭力要挑出一个最好听、最漂亮的姓氏来。他心境宁静、良好、平稳，就像那天空，此时有一只云雀一动不动地停在蓝天上。这是由于他昨夜梦见一场大火，大火意味着好运。忽然传来雪橇到达的响声（下了一场小雪），接着侦讯官格里舒特金出现在门口。这是一位不速之客。医生坐起来，又窘又怕地瞧了瞧他。格里舒特金咳了一声嗽，垂下眼睛，朝长沙发慢慢走过来。

"我是来道歉的，季莫菲·瓦西里伊奇，"他开口说道，"那天我对您有点不礼貌，而且好像还对您说了些令人不快的话。您当然明白，那是我在那个老坏蛋家喝多了酒，处于兴奋状态的原故，请您原谅吧……"

医生跳起来，眼睛里噙着泪水，握住那只向他伸出的手。

"哎呀……算了吧！玛利亚，端茶来！"

"不，不用喝茶了……没有时间了。如果可以的话，不用拿茶，请您吩咐拿点克瓦斯来吧。喝了克瓦斯，咱们就上路去验尸。"

"什么尸？"

"还是那个士官的尸体，就是上次我们坐车要去验的那具尸体，上次我们没有走到就回来了。"

格里舒特金和斯维斯季茨基喝了克瓦斯，就坐上雪橇去验尸。

"当然，我道歉，"路上侦讯官说，"那时我太急躁了，不过我仍然觉得，您知道吗，懊丧，因为您没有给那个检察官……那个坏蛋安上犄角。"

他们的雪橇经过阿利莫诺沃村的时候，他们看见叶若夫的三套马的雪橇停在一家小饭馆门旁……

"叶若夫在这儿！"格里舒特金说，"这是他的马。咱们进去跟他见见面……喝点矿泉水，顺便看看那个女掌柜。这儿有个大名鼎鼎的女掌柜！啊呀呀，好一个娘们儿！造化的奇迹！"

两位旅客从雪橇上下来，走进小饭馆。叶若夫和丘利潘斯基坐在那里喝加红莓苔子的茶。

“你们上哪儿去？从哪儿来？”叶若夫看见格里舒特金和医生，不胜惊讶地问道。

“我们还是去验尸，怎么也没有走到那里。我们掉进魔圈了。你们这是去哪儿呢？”

“去会审法庭啊，老兄！”

“怎么去得这么勤？你们不是前天刚去过吗！”

“我们鬼才去了……检察长的牙齿痛，而我这几天一直心绪不宁。喂，你们喝什么？坐下吧，刹那之间三十三。喝伏特加，还是啤酒？女掌柜的，给我们把两样都拿来吧。哎呀，好一个女掌柜啊！”

“是啊，大名鼎鼎的女掌柜，”侦讯官赞同地说，“顶出色的女掌柜。啊呀呀，好一个娘们儿！”

两个小时之后，医生的仆人米什卡从小饭馆走出来，对少将的车夫说，把马从雪橇上卸下来，遛一会儿。

“这是你家老爷吩咐的……他们坐下来打牌了！”他说着把手一挥，“这下子到明天早上也休想离开这里了。那边，警察局长也往这儿来了！这一来，咱们可就得在这里呆到后天了！”

县警察局长坐着雪橇来到小饭馆门前。他认出了叶若夫的马，便愉快地微笑了一下，跑上台阶，奔进小饭馆去了……

女人的报复

有人拉响门铃。寓所的女主人娜杰日达·彼得罗芙娜从沙发上一跃而起，跑去开门。（我们要讲的故事就发生在这座寓所里。）

"一定是丈夫……"她心想。

她打开门，却没有看见丈夫。只见一位漂亮的高个子男人，身穿贵重的熊皮大衣，戴着金丝眼镜，站在她面前。他蹙着额头，含着倦意的眼睛无精打采地漠然瞧着上帝创造的这个世界。

"您有什么事？"娜杰日达·彼得罗芙娜问道。

"我是大夫，太太。有个姓什么……呃呃呃……姓切洛比季耶夫的要我来这里出诊……您是切洛比季耶夫家的人吗？"

"我们是切洛比季耶夫家，不过……看在上帝的面上，大夫，请您原谅。我丈夫牙龈脓肿，发冷发热。他差人送了一封信给您，可是过了很长时间您也没有来，他实在忍受不了啦，就去看牙医去了。"

"哼……本来他就可以去看牙医，用不着来打扰我……"

大夫皱起眉头。沉默持续了一分钟。

"对不起，大夫，我们打扰了您，让您白跑了一趟……要是我丈夫知道您会来，那，请您相信，他是不会去看牙医的……真对不起……"

又持续沉默了一分钟。娜杰日达·彼得罗芙娜挠了挠后脑勺。

"他这是在等什么呀？我真不明白。"她心里捉摸，斜眼瞅着门。

"那就放我走吧，太太！"大夫嘟哝道，"别把我留在这儿了。

时间这么宝贵，您知道……”

“你是说……我，你是说……我并没有要您留在这儿……”

“可是，太太，在我得到付给我的劳动报酬之前，我是不可能走的呀！”

“劳动报酬？啊，是呀……”娜杰日达·彼得罗芙娜一下子满脸通红，结结巴巴地说，“您说得对……应该付出诊费，这是对的……劳您驾了，跑来一趟……可是，大夫……说来真不好意思……我丈夫出门的时候把家里所有的钱都带走了……眼下家里确实一个子儿也没有……”

“哼……真是怪事……那怎么办呢？我总不能一直等到您丈夫回来啊！您就找一找吧，说不定能找到点……其实数目很小嘛……”

“我向您保证，丈夫把钱全部带走了……我真不好意思……要不然我也不至于为了个把卢布这么……这么难堪了……”

“你们，以及社会上对医生劳动的看法很奇怪……的确很奇怪……好像我们就不是人，我们的劳动就不是劳动……要知道，我专程到府上来，花费了时间……费了力……”

“这一点我很清楚，但是，您得承认，家里一个戈比也没有的情况，也是有的！”

“嗐，这种情况跟我有什么相干？太太，您简直……幼稚，不合逻辑……不付人家钱……这简直是不正派……您觉得反正我不会去民事法官那儿控告您，就利用这一点……对我如此无礼，可不是……岂止奇怪而已！”

大夫说不下去了。他为人类感到可耻……娜杰日达·彼得罗芙娜发怒了。她全身都抽搐了……

“好！”她尖声叫道，“您等着……我差人去趟小铺，那里可能会借给我钱……我就付给您。”

娜杰日达·彼得罗芙娜走回客厅，坐下来给小铺老板写字条。大夫脱下皮大衣，走进客厅，舒展身子懒洋洋地坐在扶手椅上。在等小铺老板回音的这会儿，两个人都一言不发地坐着。五分钟后回音来了。娜杰日达·彼得罗芙娜从字条里抽出一卢布，塞给大夫。大夫两眼惊诧地一亮。

“您在开玩笑，太太，”他说，同时把一卢布放在桌面上。“我的仆人大概会收下一卢布，至于我……不行，对不起！”

“您要多少？”

“我一般收十卢布……您嘛，就这样吧，我只收五卢布，要是您愿意的话。”

“得了，您从我手里是等不到五卢布的……我没有钱给您。”

“您差人去小铺老板那里好了。既然他能借给您一卢布，干吗不能借给您五卢布呢？这不是一样的吗？我求您了，太太，别再耽搁我了。我没有工夫。”

“您听着，大夫……您太无礼了，如果……不说您蛮横的话！不，您粗野、没人性！明白吗？您……可恶！”

娜杰日达·彼得罗芙娜转身面对窗子，她咬住嘴唇。从她眼睛里涌出大颗的泪珠来。

“下流坯！恶棍！”她心里骂道，“畜生！他竟敢……竟敢这样！他是不会理解我的处境多么可怕多么屈辱的！好吧，你等着瞧……鬼东西！”

沉吟片刻，她转身面对大夫。这一次她脸上流露出痛苦和恳求的神情。

“大夫！”她低声唤道，声音中含着哀求，“大夫！如果您还有一颗心，如果您愿意理解我……您就不会为了这点钱折磨我了……我的痛苦、我受的折磨本来就够多的了。”

娜杰日达·彼得罗芙娜两手紧紧压住太阳穴，就像按住弹簧似的：她的头发便一绺绺地落下来披在肩上。

“我得忍受丈夫的愚昧无知……在这么可怕而难以忍受的环境中受罪，这下还来了个有教养的人斥责我。我的上帝！这实在叫人受不了啦！”

“可是您得明白，太太，我们这一行的人所处的特殊地位……”

大夫不得不马上住嘴。娜杰日达·彼得罗芙娜摇晃了一下身子，便晕倒在他伸出的两只胳膊上……她的头靠在他肩上。

“过来，到壁炉跟前来，大夫……”一分钟之后，她声音微弱地说，“靠近点……我把一切都告诉您……一切……”

一个钟头之后，大夫从切洛比季耶夫家走出来。他心中又懊恼，又羞愧，又快活……

“真见鬼……”他一面想一面坐上自己的雪橇，“出门永远不要带很多钱在身上！说不定会撞上什么事呢！”

马车夫[1]

那是半夜一点多钟。

商绅伊万·瓦西里耶维奇·科特洛夫从“斯拉夫市场”饭店走出来，慢步沿着尼古拉大街朝克里姆林宫方向走去。那是一个很好的夜晚，有星空的夜晚……星星从片片碎云后面钻出来，快活地眨着眼睛，仿佛它们看到了大地，觉得很开心似的。空气宁静、清澈。

“饭店附近的马车贵，”科特洛夫想道，“应当稍微走远一点……那边远一些的地方就要便宜点……再说，我也需要走一走：我吃得很饱，又喝醉了。”

在克里姆林宫附近他雇了一辆夜间的载客马车。

“去亚基曼卡！”他命令道。

赶车人是个年龄约莫二十五的小伙子，他咂了一下嘴巴，懒洋洋地拉了一下缰绳。那匹驽马便迈开腿，踏着不整齐的小碎步慢慢悠悠地跑起来……科特洛夫碰上了这个最地道、最典型的马车夫……只要一瞧他那张睡意蒙眬的、皮肤粗糙的、有粉刺的脸，马上就能断定他是一个马车夫。

他们穿过克里姆林宫广场。

“现在几点钟了？”马车夫问。

“一点过。”商绅答道。

“是啊……现在倒暖和一点了！本来很冷，现在又变暖和了……你就这么瘸着走吗，坏东西！唉……你这苦役犯！”

马车夫稍微欠起身来，朝马背上打了一鞭子。

“是冬天了！”他坐舒服后，回过头去对乘客继续说道，“我不喜欢！我太怕冷了！我在寒冷的天气里就全身都冻僵，不住发抖……冷风一吹，我的脸就肿起来……我的体质就是这样的！我习惯不了！”

“你就得习惯习惯……你，老弟，干的就是这一行，就得习惯……”

“人对无论什么都能习惯，确实是这样，老爷……可是要习惯，得先冻僵二十来次呢……我是个柔弱的人，给娇惯坏了，老板……父亲和母亲都娇惯我。他们没想过要我当马车夫。对我一味宠爱。愿他们升天堂吧！在暖和的炉炕上生下我以后，直到我十岁也没让我下炉炕。我就躺在炉炕上大嚼馅饼，就像头傻猪似的……我是他们的心肝儿宝贝儿……给我穿最好看的衣服，教我读书写字，好过文明的生活。有时候我光着脚丫走路，他们都不让：‘你会着凉的，小东西！’好像我不是一个庄稼汉，而是一个地主老爷似的。父亲一打我，母亲就哭……母亲一打我，父亲就心疼。我跟父亲去树林里捡干树枝，母亲就给我穿三件毛皮大衣，好像我是要去莫斯科或者基辅似的……”

“你们那时很富吗？”

“那时过得一般，跟普通庄稼人一样……一天过去——就感谢上帝。我们那时并不富，可是，感谢上帝，也没有饿死。我们那时，老爷，是一大家子住在一起……也就是一大家子一块儿过……我爷爷那时还活着，他跟前有两个儿子。一个就是我父亲，娶了老婆，另一个儿子没有娶老婆。我就是全家的一根独苗苗，是全家人的安慰，所以大家都娇惯我……我爷爷，你知道，自己攒得有钱，他就有个想法，不让我以后再做庄稼人……他对我说：‘彼得鲁哈，将来我要给你开个铺子。快长大吧！’大家一味娇惯我，疼爱我，可

---

① 此词在俄语中是一旧词，沙俄时代此词专指冬天农民的驽马拉的轻便载客马车，也指驾这种马车的赶车人。

后来出了意想不到的事，根本就谈不到娇宠了……我那个叔叔，就是我爷爷的儿子，我父亲的兄弟，忽然把我爷爷的钱全偷走了。大约有两千卢布……他偷走了，我们家就开始败了……马也卖了，牛也卖了……父亲和爷爷去当雇农……大家都知道，我们农民的这些事情……我这个上帝的仆人，就被送去当牧童了……这就是娇生惯养的生活！”

“那么你的叔叔呢？他怎样了？”

“他没怎么……本来就会是这样……他租下大路旁的一个小饭馆，过起了富裕的生活……大约五年后，娶了谢尔普霍夫城的一个有钱的女市民。得了她的约莫八千陪嫁钱……结婚以后小饭馆就着火烧掉了……既然那小饭馆保了险，那它干吗不烧掉呢……这场火灾之后，他就来莫斯科了，在这里租下一家食品杂货店……现在，听人说他发财了，人都不敢接近他……我们那儿的，哈巴罗夫斯克的老乡们在这里看到过他，是他们说的……我没有看见过他……他姓科特洛夫，名字和父称是伊万·瓦西里耶维奇……您听说过吗？”

“没有……喂，走快点啊！”

“伊万·瓦西里耶维奇欺负我们，哎呀，欺负得好厉害啊！使得我们家败了，让我们到处去讨饭……要不是他，我这样的体质，我这么虚弱，能在这儿挨冻吗？我会住在我那小村子里过日子……唉！做晨祷的钟声响了……我真想祈祷上帝为了我受的痛苦重重惩罚他……嗐，随他去吧！让上帝宽恕他吧！我们能忍受下去的！”

“到右边门口！”

“是……好了，到了……我讲这个小故事该给我加五戈比吧……”

科特洛夫从口袋里摸出一枚十五戈比的硬币，给了马车夫。

“应该给添点！要知道，我是多么卖劲赶车啊！再说这又是我刚开张……”

“别啰唆了！”

老爷拉了一下门铃，一分钟后，他就消失在雕花橡木门里了。

马车夫跳上自己的座位，慢慢往回赶着车……刮起了寒风……马车夫皱起眉头，开始把怕冷的手揣进破烂的袖筒里。

他不习惯寒冷……他给娇惯坏了……

补习教师

七年级中学生叶戈尔·西贝罗夫宽厚地向别佳·乌多多夫伸出手去。别佳是个十二岁的小男孩，穿一套灰色衣服，胖乎乎的，红脸蛋，额头窄，头发硬，他两个脚跟一并，行了个礼，便伸手到柜子里去拿练习本。他们开始上课了。

西贝罗夫同别佳的父亲乌多多夫谈好的条件是：他每天给别佳上两小时的课，报酬是每月六卢布。他是帮助别佳为考中学二年级做准备。（去年他帮助别佳准备投考一年级，但是别佳考砸了。）

“来吧……”西贝罗夫开始说，抽着了卷烟，“上次我给您的作业是第四种变格法。您变一下 fructus①这个词！”

别佳开始变格。

“您又没有背会！”西贝罗夫说，站了起来，“我已经是第六次给您留第四种变格法的作业了，可您什么也回答不上来！您到底要到什么时候才开始念书啊？”

“又没背会吗？”从门外传来带着咳嗽声的话声，接着别佳的爸爸，十二品官乌多多夫走进房间来，“又不会？你为什么没背会？哎，你，笨猪，笨猪！您相信吗，叶戈尔·阿列克谢伊奇？要知道，昨天我刚抽了他一顿！”

乌多多夫沉重地叹了口气，在儿子身旁坐下来，瞧着那本翻破了的屈纳②。西贝罗夫开始当着父亲的面考别佳。让这个愚蠢的父亲知道，他的儿子有多蠢吧！中学生那考官的劲头上来了，他仇恨并蔑视这个红脸蛋的小笨蛋，很想揍他。当小男孩凑巧答对了的时候，他甚至觉得懊丧不已——这个别佳使他厌恶到了这种程度！

"您连第二变格法也不会！第一变格法您也不会！您就是这么学习的啊！现在您告诉我，我的儿子[3]的呼格是什么？"

"我的儿子[4]吗？我的儿子[5]的呼格……是……"

别佳长时间望着天花板，长时间努动嘴唇，可是没有作答。

"那么，女神[6]这个词的复数与格是什么？"

"Deabus……filiabus！"别佳清清楚楚地答道。

老乌多多夫赞许地不住点头。而中学生没有料到别佳会答对，觉得懊丧不已。

"那么，还有什么名词的与格词尾是 abus 呢？"他问。

原来，拉丁文的灵魂[7]一词的与格词尾是 abus，不过屈纳的书里没有讲这一点。

"拉丁语真好听！"这时乌多多夫发表意见了，"阿隆啦……特龙啦……什么安特罗波斯啦……深奥极了！可这一切全都该学啊！"他叹息道。

"这畜生，妨碍我们上课……"西贝罗夫心想，"在这里令人厌烦地纠缠不已，还监视我。我忍受不了监视！"

"好啦，"他对别佳说，"下一次课在拉丁语方面您还是准备这些内容。现在我们上算术课……把石板拿过来。下一道题是什么？"

别佳朝石板上吐唾沫，用袖子把石板擦干净。老师拿过习题书来，念道：

"一个商人用 540 卢布买了黑呢子和蓝呢子共 138 俄尺。问：如蓝呢子每俄尺 5 卢布，黑呢子每俄尺 3 卢布，那么他黑呢子和蓝呢

---

① 这是在教拉丁语的语法。

② 德国学者屈纳所著《拉丁语基础语法》的俄译本是当时俄国中学的教科书。

③ 原文为拉丁语。

④ 同上。

⑤ 同上。

⑥ 同上。

⑦ 同上。

子各买了多少俄尺？您把这道题复述一遍。”

别佳把这道题复述了一遍，一句话也不说就开始将540除以138。

“您为什么这样除？等一等。不过，这样……您接着算吧。有余数吗？这里不可能有余数。让我来除吧！”

西贝罗夫除这两个数，得出3和余数，便赶快擦掉。

“怪了……”他心想，把头发挠得乱蓬蓬的，脸也红了，“这道题怎么解呀？嗯……这是道用不定方程式解的题，根本不是算术题……”

教师翻看这道题的答案是75和63。

“哼……怪了……是不是先把5和3相加，再将540除以8？莫非该这样算？不对，不是这样。”

“您算呀！”他对别佳说。

“得了，这有什么好想的？这道题很简单嘛！”乌多多夫对别佳说，“你这个笨蛋，老弟！您算给他看吧，叶戈尔·阿列克谢伊奇。”

叶戈尔·阿列克谢伊奇拿起石笔，开始算。他结结巴巴，脸红一阵，白一阵。

“这道题，说实在的，是道代数题，”他说，“要用X和Y才能解。不过，就这样解也行。我这就来除……明白吗？现在这里得用减法……明白吗？或是，这个……到明天您把这道题给我算出来……好好想一想……”

别佳恶意地微笑了。乌多多夫也微笑了。他们两个人都明白老师为何惊慌失措。于是这位七年级学生更加窘了，他站起来，开始从这头到那头来回踱步。

“不用代数也能解，”乌多多夫说，一面伸手去打算盘，叹了口气，“就这样，您看……”

他拨动算盘珠子，得出了75和63，正好是应该得出的答案。

“就这样……用我们的方法，没有学问的人的方法。”

老师惊恐不安，难忍难熬。他心情极度紧张地瞧了一下表，看见离下课还有一小时零一刻钟——简直长得没有尽头！

“现在做听写。”

做完听写，上地理课，上了地理课又上神学课，然后上俄语课——这个世界上的学科真多呀！最后，两个小时的课总算结束了。西贝罗夫拿起帽子，宽厚地把手伸给别佳，又向乌多多夫告别。

“今天您能付给我一点钱吗？”他胆怯地请求道，“明天我得交学费了。您欠我六个月的酬金。”

“我？啊呀，对，对……”乌多多夫嘟哝道，眼睛也不瞧西贝罗夫，“很乐意！只是我眼下没有钱，过一个礼拜我就付给您……或者过两个礼拜……”

西贝罗夫同意了，他穿上他那双又笨重又肮脏的套鞋，到别处教课去了。

打 猎

狗展览会和在会上展出的灵猩[①]和猎犬，使我回想起一个对我生活有很大影响的小插曲。

有一天，我收到一封我舅舅的来信，他是叶卡捷琳诺斯拉夫省的地主。他在信中写道：

“要是下礼拜你不到我这儿来，我就不认你这个外甥了，我要把你父亲的名字从追荐亡灵簿上勾掉……咱们打猎去吧，——你来吧！……”

我不得不去了。

舅舅张开两只胳膊迎接我，然后，就如同最殷勤好客的猎人也习以为常的那样，不让我在长途跋涉之后梳洗换衣，也不让我休息一下，就把我领到牲畜棚去看他的马和狗。在我看来，那些狗可分成大的、小的和中等个儿的；白的、黑的和灰的；凶猛的和温驯的；可是舅舅却把它们分成什么带斑点的、深红的、鹿子样的、爱嗅的、黑花斑的、黑毛黄点的、大胡子的，完全是狗的语言，以至我觉得，如果狗会说话，肯定使用的就是这种语言。舅舅一面让我看，一面亲吻狗的嘴脸，还一个劲儿要我摸摸狗的嘴脸，碰碰它们的爪子。

第二天早上，他让我穿上短皮袄和毡靴，就带我坐着车去打猎了。

现在我回想起了那辽阔的赤杨林，被霜染成银白色。林中如坟墓般静寂。从树林到天际是白茫茫的原野……望不见这原野的尽头。一些身穿短皮袄的人骑着马驰骋在树林中和原野上……所有人的面孔都露出关切而紧张的神情，似乎这些穿短皮袄的人即将发现某种不平常的新事物……我舅舅脸红得像大虾，在穿短皮袄的人之间穿梭奔驰，发命令，骂人……响起了号声……此刻我回想起了这幅情景。我记得舅舅骑马奔驰到我跟前，把我领到树林边上。

“你在这儿站着……野兽一从树林里朝你冲出来，你就开枪！”

“可是要知道，好舅舅，我连拿猎枪都不会呀！”

“没事儿……你学嘛……好，瞧着点！……只要野兽一露头，就——砰！！……”

舅舅说完便离开了，只有我一个人呆在那儿。穿短皮袄的人都驰进树林里去了。我等野兽来，等了很久。我等的时候心里却在想念莫斯科，产生种种幻想，并打起瞌睡来……

“要是我打死一只野兽，那会怎么样？”我想象着，“是我打死的，而不是他们！那可太好玩儿了！”

在长时间的等待之后，终于听到了压抑的狗吠声……林中回荡着人们的呼叫声……我扳起扳机，睁大眼睛，竖起耳朵……我的心脏开始怦怦地跳，猎人残酷的本能在我身上苏醒了。离我不远的灌木丛喀嚓喀嚓地响，接着我看到一只野兽……这只野兽有点古怪，腿长，脸上有刺，冲我直奔过来……我手指头一扣，枪就响了，于是大功告成。乌拉！这只野兽只一跳，便倒在地上，抽搐起来。

“来人呀！到我这儿来呀！”我大喊起来，“舅舅！”

我指着垂死的野兽。舅舅朝它一瞧，便抱住了自己的脑袋。

“这是我的斯卡却克[②]！”他叫了起来，“我的狗啊！……我心爱的狗！……”

他从马上跳下来，扑在他的斯卡却克身上。我则赶快坐上雪橇——溜之大吉。

---

① 一种腿细、善跑的猎犬。

② 狗的名字。

非蓄意杀死斯卡却克一事，使我和舅舅从此不和。他停止给我寄生活费。三年前他临终时吩咐别人转告我说，他死后也不会原谅我杀死了他心爱的狗。他在遗嘱中把他的田庄不是留给我，而是赠给了他以前的情妇某某女士。

啊，女人呀，女人……

地方报纸《乌有报》的主编谢尔盖·库兹米奇·波契塔耶夫筋疲力尽、痛苦不堪地从编辑部回到了家里，一头倒在长沙发上。

“谢天谢地！我终于到家了……在这里……在自个儿家中，在老婆身边……我的心灵可以休息过来了……我的玛莎[①]是唯一能够理解我、真诚地同情我的人……”

“你今天脸色怎么这么白？”他的妻子玛利亚·杰尼索芙娜问他。

“是这样，心情很糟……回到你身边我就高兴了：我的心灵可以休息过来了。”

“可是到底出了什么事啊？”

“一般来说心情就很糟，今天特别糟。彼得罗夫不愿意再赊销纸张给我们了。秘书酗起酒来……不过这些都是小事，能够设法解决……可有件事就麻烦了，玛涅奇卡[②]……今天我在编辑部坐着看我那篇社论的清样。突然，你知道，门打开了，普罗丘汉采夫公爵走了进来，他是我早年的朋友和同伴，他在业余爱好者的演出中总是扮演第一情人的角色，为了吻一下女演员兹里亚金娜，竟把自己的白马送给了她。‘魔鬼把他带到这里来干吗？不会白白无缘无故的……’我暗想，‘是来给兹里亚金娜登广告吧……’我们聊起来了……天南海北，这个那个……原来他并不是来做广告的。他写了一首诗，拿来要求刊登……

“‘我觉得’他说，‘我胸中的火焰在燃烧……熊熊烈火。我很想尝尝当作家的滋味……’

“他从口袋里摸出一张洒了香水的粉红色纸，递给了我……

“‘是首诗，’他说……‘我在这首诗里表现得有点主观，可总还是……连涅克拉索夫也主观哩……’

“我接过这首主观的诗，读起来……简直是最荒唐的胡说八道！我一面读，一面觉得眼睛发痒，胸口憋闷，就像吞下了一个磨盘似的……这首诗是献给兹里亚金娜的。假若他把这首诗献给我，那我就要向民事法官提出对他的控告！一首诗里‘拼命地’这个词竟用了五次！还有那韵脚呀！该是重音落在音节‘兰’上，他给打在了音节‘舍’上！拿‘沙’音去跟‘舍’音押韵！

“‘不行，’我说，‘您是我的朋友和同伴，但是我还是不能刊登您的诗……’

“‘为什么呢？’

“‘因为……由于不取决于编辑部的原因[③]……这首诗与本报的宗旨不符合……’

“我脸涨得通红，眼睛开始发痒，我撒谎说我头痛得要裂开了……我怎么能对他说，他的诗毫无可取之处呢？他看出我的慌乱来了，气得跟一只火鸡似的。

“‘您，’他说，‘是生兹里亚金娜的气，正是因为这个您才不愿意发表我的诗。我明白……明——白，先生！’

“他责备我徇私情，说我是市侩、教权主义者，以及别的什么……足足教训了我两个钟头。最后他说他保证要搞点阴谋来整整我……他不跟我告辞就走了……瞧，竟会有这样的事，亲爱的！12月4号，圣瓦尔瓦拉节，是兹里亚金娜的命名日，这一天诗无论如何得见报……哪怕你死了呢，诗也得见报！可是不能登这首诗呀：报纸会在全俄国声名狼藉的。不登也不行：普罗丘汉采夫会针对我

---

① 玛利亚的小名。

② 同上。

③ 这是编辑常用的一句客套话。

搞阴谋——我就会平白无故地完蛋了。现在请你帮我想想办法，我怎么才能摆脱这荒唐的局面呢！”

“可那是一首什么诗呢？内容是什么？”玛利亚·杰尼索芙娜问道。

“没有内容……废话……你想听我念吗？诗的开头是这样的：

透过充满幻想的雪茄的烟雾
你在我的幻想中飞来飞去，
你带着爱情的打击
嘴边露出炽热的笑意……

“然后直接就转到了下面这一节：

原谅我吧，我雪白的天使，
我生命的女友和我温柔的理想，
原谅我忘了爱情而拼命跑去
朝着死神的大嘴……啊，我不寒而栗！

“诸如此类……胡说八道。”

“怎么啦？这首诗很可爱嘛！”玛利亚·杰尼索芙娜两手扬起一拍，说道，“简直是非常可爱！哪一点不像诗？你纯粹是吹毛求疵，谢尔盖！‘透过烟雾……露出炽热的笑意’……看来，是你一点也没有懂！你不懂，谢尔盖！”

“你不懂，而不是我！”

“不，对不起……散文我不懂，而诗嘛，我非常懂！公爵写得很精彩！很出色！你恨他，所以你不愿意登！”

主编叹了口气，用手指头敲桌子，然后又敲自己的脑门……

“这些内行！”他嘟哝道，轻蔑地微笑着。

他拿起高筒礼帽，痛苦地摇着头，走出了家门……

“我要走遍天涯海角去寻找一个受侮辱的感情能得到慰藉的地方……啊，女人呀，女人！话又说回来，所有的女流之辈全一样！”他这样想着，大步走向“伦敦”饭店。

他很想喝酒……

天真的林妖[①]

童话

有一天早上，在树林里，在那高高的芦苇日夜守护着的小河边，站着一位讨人喜欢的年轻林妖。一个年轻美貌的美人鱼[②]坐在他身旁的草地上。她是那么美，要是我知道她的住址，我一定会抛弃一切——抛弃文学、老婆、各种科学——飞奔到她那儿去……美人鱼双眉紧蹙，生气地用手直揪青草。

"我求您理解我，"林妖结结巴巴地说，窘得直眨眼睛，"如果您理解我，就不会这么严厉了。请允许我把全部情况从头向您讲一讲……二十年前就是在这个地方我曾向您求过婚，那时您说，您嫁给我有个条件，就是要等到我脸上没有一副愚蠢的表情的时候才行；为此您劝我动身到人间去，向人类学点智慧。我，您是知道的，听从了您的劝告，动身到人间去了。很好……去到人间，我首先向人们了解，有哪些职业和手艺。有位法学家对我说，最好的、最平安的职业就是躺在长沙发上，跷起两只脚，朝天花板啐唾沫；可我是一个正直而愚蠢的林妖，自然不相信他的话！一开始，我靠关系当上了邮政局长。这个职务太可怕了，*我亲爱的*！居民们的书信太乏味了，简直叫人恶心！"

"既然那么乏味，您干吗还要读呢？"

"这是常规……况且不能缺少这一步骤……信有各式各样的……有的信末尾的署名是：某某中尉，可是这个所谓的某某中尉应当理解为拉萨尔[③]或斯宾诺莎……是啊……后来我靠关系当上了消防队长……也是个可怕的职位！时不时地来一场火灾……有时候你正坐着吃午饭或者玩文特——发生火灾了。你躺着睡觉呢——发生火灾了。既然从博物学中我们早就知道了，公家的马是不能用燕麦喂的④，那么又坐什么马车赶往火灾现场呢？！有一次，我下令用燕麦把马喂饱，结果，您猜怎么着？监察官惊讶得那么厉害，使我都感到羞愧不安了……我就不干了……

“世上就有那么一种人，我亲爱的，他们的职责就是专门盯着亲近的人的脑袋和口袋，不让其中有一点点多余的东西。从消防队长到那个职位近在咫尺。我便上任了。一开始我的全部公务就是接收人们的‘谢礼’……这件事开头使我非常喜欢……在我们这个讲求实际的时代，像感激这类感情只有石头才不喜欢，这类感情是应当加以鼓励的……可是后来，我完全绝望了……人们变得太坏了……他们竟用 1889 年的息票⑤来表示感激，甚至还使用假息票。此外，他们在表示感激的时候，眼睛里却一点愉快的感情也没有……真庸俗！这个职务离教育工作很近。我便当了教师。开头我很顺利，校长甚至还跟我握过几次手呢。他非常喜欢我一脸的蠢相。可是，唉！有一次我在《欧洲通报》上读到一篇论滥伐树林之害处的文章，我感到良心的谴责。在更早一些时候，坦白地说，我就觉得很可惜：竟然把我们可爱的绿桦树用于教育的卑鄙目的⑥。

“我向校长说出了我的疑问，于是我一脸的蠢相便被认为是假装的。我——开路啦！后来我当上了医生。开始我很顺利。什么白喉啦，伤寒啦，知道吗……虽然我并没有提高死亡率，但仍然受到重视。于是我被提升为莫斯科育婴堂的医生。在那个地方，除了开处方和查病房外，人们还要求我行请安礼、屈膝礼，还要像仆人那

---

① 俄罗斯童话中形象，人形，有长发和长须。

② 俄罗斯童话中形象，女人形，鱼尾，披长发。

③ F.拉萨尔（1825—1864），德国工人运动中机会主义首领。

④ 此语系讽刺马的饲料一贯被贪污。

⑤ 本文发表于 1884 年 2 月。1889 年的息票要等到 5 年之后才能兑现。

⑥ 指在中学允许体罚。（鞭笞学生一般用白桦枝条。）1883 年契诃夫就公开发表文章反对中学体罚。

样像模像样地站在马车后蹬上……主任医生索洛维约夫，就是在敖德萨代表大会上得意忘形的那个人，甚至要求我拍他马屁。当我回答他说，医学系没有教过行屈膝礼和拍马屁时，他就认为我是个自由思想者和忘本的人……

“在当医生失败之后，我就改行经商了。我开了一个面包店，开始烤面包。可是，*我亲爱的*，世上的虫子实在太多了，简直可怕！不管你掰开哪一块面包，里面都有蟑螂或是虫子。”

“唉呀，您别再胡扯了！”美人鱼忍不住嚷嚷起来，“是哪个鬼叫您这个蠢货去当消防队长和烤面包的？难道您这个畜生在世界上就不能找到一种更有智慧、更高尚的职业吗？难道人间就没有科学和文学吗？”

“我，您知道，本来是想进大学的，可是有个税吏告诉我，说那里一直在闹学潮……我也当过文学家……鬼支使我去搞文学！我写得很好，甚至很有希望，但是，*我亲爱的*，监牢里是那么冷，臭虫又那么多，甚至我一想起来就觉得空气中充满臭虫味。文学搞得我一命呜呼……我死在医院里……文学基金会出钱安葬了我。新闻记者们在我的葬礼上喝伏特加就喝掉了十卢布。我亲爱的！您可别再一次叫我去人间了！我请您相信，我受不了那种考验！”

“这太可怕了！我可怜您，不过您往河水里照照您自己！您的脸比以前更蠢了！您学学科学和艺术吧……还是要去旅行！您不愿意干这个？那就去吧，去照那个法学家的意见办吧！”

林妖开始央求她……为了不作这次不愉快的旅行，他什么话没说啊！他说，他没有身份证，他受到监视，目前的牌价使得无论什么旅行都很困难，但都白费唇舌……美人鱼坚持已见。于是林妖又来到人间。现在他在供职，已经当上了五品官，但是他脸上的表情一成不变，跟以前一样愚蠢。

宽　恕

在宽恕日[1]这一天，遵循基督教的习惯和出自我的慈悲心肠，我宽恕了一切……

我宽恕得意洋洋的猪[2]，因为它肚子里有旋毛虫。

我宽恕一切有生命力的、夹人的、挤人的、叫人憋气的东西……诸如：太紧的靴子、胸衣、袜带，等等。

我宽恕药剂师，因为他们配制红墨水。我宽恕贿赂——因为是当官的收受它们。

我宽恕白桦粥[3]和古代语言——因为它们既可以喂养少年人，又能给老人以乐趣，而不是反之。

我宽恕《呼声报》[4]，因为它关门了。

我宽恕五品官——因为他们爱美食一顿。

我宽恕庄稼人——因为他们是不高明的美食家。

我宽恕一卢布的钞票……凑巧一名宗教事务所的文书手里拿着一张刚刚得到的一卢布，他对助祭说："你瞧，我这个人怪不怪，助祭神甫！我怎么也不明白我的性格！就比如说这一卢布钞票吧……它是什么？要知道，它贬值了，卑躬屈节，名声扫地，被涂抹得比油烟还黑，完全丧失了好名誉，可是我爱它！我爱它，不顾它的一切缺点，我宽恕它……老兄，你拿我这善良的性格真是毫无办法！"我也就是这样的性格……

我宽恕自己，因为我不是贵族，也还没把祖上留下的地产抵押掉。

我宽恕文学家们，因为他们至今还存在。

我宽恕奥克雷茨，因为他的《光线》没有如要求它[5]的那么柔和。

我宽恕苏沃林[6]、行星们、彗星们、中学班级女训导员、她，以及最后，这个妨碍我无穷无尽地宽恕的句号。

---

① 谢肉节最后一天（星期日）是宽恕日，在这一天按宗教习惯人们相互请求宽恕并主动宽恕别人。

② 暗喻政治上反动或庸俗的人。

③ 指用白桦枝鞭笞。

④ 《呼声报》（1863—1884）是当时彼得堡出版的一份政治和文学报纸，因提出一些政治要求而被迫停刊。

⑤ 指官方的要求。

⑥ 新闻记者，《新时代》报的出版者。

记者的梦

“我坚决请求您今天出席法国侨民协会的化装舞会。除您以外，没有人能去。写一篇简讯，尽可能详细一点。如果您因故不能参加舞会，请立即通知我——我可以另请别人。附上门票一张。您的……（主编的签名）

附：舞会上将举行当场开奖的抽彩。中奖者将得到法兰西共和国总统所赠之花瓶一个。祝您中奖。”

采访记者彼得·谢苗内奇读完这封信后，往长沙发上一躺，点着一支卷烟，洋洋得意地抚摸着自己的胸膛和肚子。（他刚吃过午饭。）

“祝您中彩，”他讥诮地学着主编的话说，“可我拿什么钱去买彩票啊？我开销的钱，他大概是不会付给我的，这个畜生。吝啬得跟泼留希金[①]一样。他应该学学外国编辑部的榜样……那里善于器重人。譬如说，你是斯坦利[②]，你要去寻找利文斯敦[③]。好吧。你拿几千英镑去吧！又譬如你是约翰牛[④]，你要去寻找‘吉内特’号[⑤]。好吧。拿一万镑去！你要去描写法国侨民协会的舞会。好吧。你拿……五万去……在外国就是这样的！而他只给我送了一张门票来，然后付给我每行字五戈比的稿费，还自以为……畜生！”

彼得·谢苗内奇闭上眼睛，陷入沉思。无数大大小小的思绪在脑子里纷至沓来。但不久所有这些思绪全被一层粉红色的雾给遮没了。一种半透明的柔软的果子冻从所有的缝隙、小洞和窗户慢慢地爬进来，朝四面八方爬去……天花板开始往下沉……一些小人儿和一些长着鸭子脑袋的小马跑来跑去，不知是谁的柔软的大翅膀开始扇动，河水在流淌……一个矮小的排字工人从旁边走过，他手里拿着些很大的铅字字母，微笑了一下……一切全淹没在他的微笑之中，于是……彼得·谢苗内奇开始做梦。

他穿上燕尾服，戴上白手套，走出家门。门口一辆印有编辑部名称缩写花字的四轮马车早已在恭候他了。身穿镶金银边饰制服的仆人从赶车座位上跳下来，扶他上马车坐好，就像他是一位贵族小姐似的。

过了大约一分钟，马车便在贵族俱乐部门口停住了。他皱起眉头，把大衣交给仆人，神气活现地登上布置豪华、灯火辉煌的楼梯。有各种热带植物、来自尼斯⑥的鲜花，有价值上千卢布的服装。

“记者……”好几千人的人群里传遍了这个低语声，“这就是他……”

一个挂满勋章的小老头，一脸关切的神色，连忙朝他跑来。

“对不起，请！”他对彼得·谢苗内奇说，“哎呀，对不起，请！”

于是整个大厅里的人都附和道：

“哎呀，对不起，请！”

“唉，够了！你们弄得我不好意思了，真的……”记者说。

忽然，连他自己都大吃一惊，他居然哇啦哇啦地讲起了法语。

---

① 果戈理的小说《死魂灵》中的一个十分吝啬的地主。

② H.斯坦利（1841—1904），英国记者，非洲探险家，因在非洲救出探险家利文斯敦而闻名。

③ D.利文斯敦（1813—1873），英国传教士，非洲旅行家。

④ 对英国人的戏称。

⑤ 美国探险家乔治·W.德朗（1844—1881）1879年率“吉内特号”轮船前往北极探险，在浮冰中漂流21个月之后，于1881年6月12日被冰块撞破沉没。英国和美国的记者都曾前往北极寻找“吉内特号”的遗骸。

⑥ 法国地名。

这之前他只知道一个法语词：**谢谢**，而现在——你瞧瞧！

彼得·谢苗内奇买了一朵花，扔下一百卢布，恰恰在这个时候主编打来一份电报："请您赢得法兰西共和国总统的礼品，并描述您的印象。一千字的回电费已付。无须省钱。"他便走到卖彩票的地方买彩票。他买了一张……两张……买了一百张，最后买了一千张，得到了那个塞夫勒[①]瓷花瓶。他两手抱着花瓶，急忙往前走。

朝他迎面走来一个娇小的女人，有一头浓密的亚麻色头发和一双天蓝色的眼睛。她的衣服十分出色，毋庸置评。一群人跟在她后面。

"这是谁？"记者问。

"这是一位出自名门的法国女人，是同鲜花一起从尼斯邀请来的。"

彼得·谢苗内奇走到她面前，作自我介绍。一分钟之后，他挽着她的胳膊走来走去，走来走去……他有许多事情要向这位法国女人了解，很多……她是那样的美丽！

"她是我的！"他心里想道，"而这个花瓶我往我房间里什么地方放呢？"他一面思忖，一面欣赏那法国女人。他的房间太小，而花瓶越变越大，越变越大，大得整个房间都装不下了。他急得要哭了。

"哎——哎……这么说您爱花瓶胜过爱我啰？"法国女人忽然没头没脑地说了一句，便砰的一拳头打在花瓶上。

珍贵的器皿哗啦一声粉碎，碎片飞向四面八方。法国女人哈哈大笑，跑到雾里、云里去了。报社全体职工都站在那里哈哈大笑……彼得·谢苗内奇勃然大怒，唾沫四溅，跟在他们后面追，忽然他出现在大剧院里，从六层楼上倒栽下来。

彼得·谢苗内奇睁开眼睛，发现自己躺在长沙发旁的地板上。他摔得背和胳膊肘都痛了。

---

① 法国城市，以产瓷器著名。

“谢天谢地，没有什么法国女人，”他心想，一面揉眼睛，“这就是说，花瓶也完好无损。幸好我没有结婚，不然孩子们淘气没准儿会把花瓶打碎的。”

在好好揉了一通眼睛之后，他才连花瓶也看不到了。

“这一切全是梦，”他心想，“不过，现在已经是半夜十二点过了……舞会早就开始了，该去了……我再稍躺一会儿就——开路！”

他又躺了一会儿，然后伸了个懒腰就……睡着了——就这样，他没有去参加法国侨民协会的舞会。

“喂，怎么样？”第二天主编问他，“去参加舞会了吗？喜欢吗？”

“一般……没什么特别的……”他说，作出一副索然无味的样子，“无精打采。毫无意思。我写了一篇有两百行字的简讯。我略微把我们社会骂了两句，因为它不会寻欢作乐。”他说完便转身面对窗子，心里想着主编，骂道：“畜——生！！”

唱诗班歌手

民事法官收到一封从彼得堡寄来的信，经他开头一说，消息便不胫而走：本地的地主老爷弗拉基米尔·伊万内奇伯爵很快就要回叶弗列莫沃村来。至于他什么时候到达——无人知道。

“他像夜间的贼似的，人不知鬼不觉……”神甫库兹马说，他是一位头发已白的小个儿教士，身穿淡紫色法袍，“只要他来了，咱们这里就会被贵族们和其他上层人士挤得水泄不通。所有的邻居都会聚集到这里。你还是那个……加油干吧，阿列克谢·阿列克谢伊奇……我真挚地求你……”

“我没说的！”阿列克谢·阿列克谢伊奇说，把眉头一皱。“我的事我会干好的。只要我那位仇人能够把祷告词念得字正腔圆。要知道，他可能故意作对……”

“算了，算了……我自会去央求助祭……我去求他……”

阿列克谢·阿列克谢伊奇是叶弗列莫沃村三圣徒教堂的诵唱圣诗的人。同时他教小学的男孩们唱宗教歌曲和世俗歌曲，为此他每年从伯爵账房领六十卢布。学校的男孩子们学唱歌的就必须在教堂里唱歌。阿列克谢·阿列克谢伊奇是个高大、壮实的男子，步态庄重，剃光的胖脸就像奶牛的乳房。他那匀称的体格和双下巴使得他与其说像教堂执事，不如说更像高层官场中官品不低的人。有些事叫人看了觉得很古怪：他，一个体格匀称、仪态庄严的人，在大主教面前竟扑通一声跪在地上磕头。有一次他与助祭叶夫兰皮·阿夫季耶索夫发生的争吵闹得沸沸扬扬，事后监督司祭竟命令他跪了两个钟头。他的体形更适于表现威严，而不适于卑躬屈膝。

由于听说伯爵要回来，他每天早上和晚上都进行合唱排练。合唱排练在小学校里进行。这种排练很少影响学校上课。在排练合唱的时候，教师谢尔盖·马卡内奇就布置学生们习字，而他自己则以业余爱好者的身份加入男高音部唱歌。

合唱排练是这样进行的：教室门砰的一响，擤着鼻涕的阿列克谢·阿列克谢伊奇走了进来。唱童高音和童中音的孩子闹哄哄地从课桌后面走出来。早就在院子里等着的唱男高音和男低音的歌手，像马似的噔噔噔地顿着脚走了进来。所有的人各就各位站好。阿列克谢·阿列克谢伊奇挺直身子，做了个手势叫大家安静，然后敲音叉定音：

"朵——朵——梯——朵——朵……朵——米——索——朵！"

"阿——门！"

"缓慢地……缓慢地……再来一次……"

在练唱《阿门》之后，就开始练大祈祷歌《求主赐福》。所有这些歌大家都早已学会，唱了一千次了，滚瓜烂熟了，现在再唱只是为了走形式。大家唱得懒洋洋的，心不在焉。阿列克谢·阿列克谢伊奇平静地挥动着手，时而和着男高音唱，时而又和着男低音唱。全都平稳而毫无趣味……可是在唱《天使颂歌》之前，整个唱诗班都开始擤鼻涕，咳嗽，使劲翻乐谱。指挥背转身，脸上带着神秘莫测的表情开始调小提琴的弦。这个准备工作费了约两分钟。

"站好了。仔细瞧着乐谱……男低音，你们不要吊着嗓子唱……要柔和一些……"

选唱的是博尔特尼扬斯基[①]的第七号《天使颂歌》。随着约定的一个手势，教室里变得一片肃静。人们的眼睛都盯着乐谱。阿列克谢·阿列克谢伊奇轻轻放下一只手。

"轻柔……轻柔……乐谱上这里写着'轻柔'呀……轻一点，

---

① Д.Ж.博尔特尼扬斯基（1751—1825），俄国作曲家，创立了俄国宗教合唱的新类型。

再轻一点！”

“天……使……”①

当需要唱得轻柔②的时候，阿列克谢·阿列克谢伊奇的脸上便充满善良、温柔的表情，仿佛他在梦中看到好吃的凉菜似的。

“强音……强音！加劲！”

当需要唱强音③的时候，指挥的胖脸上便显露出十分惊恐，甚至害怕的表情。

《天使颂歌》唱得很好，使得小学生们都停下习字，开始注视着阿列克谢·阿列克谢伊奇的动作。窗子外面站满了人。看守人瓦西里身上系着围裙，手里拿着菜刀，走进教室来听唱歌。神甫库兹马一脸关切的神情，突然出现，仿佛他是从地里钻出来似的……在唱完“我们丢开烦恼”④之后，阿列克谢·阿列克谢伊奇擦干额头上的汗，走到神甫库兹马跟前。

“我真不明白，神甫库兹马！”他耸耸肩，说道，“为什么俄国老百姓没有脑筋呢？我弄不明白，上帝惩罚我吧！这么没文化的人，叫你怎么也弄不清，他们喉咙里是什么：是嗓子呢，还是别的什么内脏？你嗓子卡住了，还是怎么的？”他转脸问唱男低音的根纳季·谢米切夫，这人是小酒馆老板的兄弟。

“怎么啦？”

“你的声音像什么样？呱啦呱啦的，跟一个锅似的。大概昨天你又喝醉了吧？准是这样！嘴里冒出的气味儿跟酒馆里的一样……哎！老弟，你这个庄稼汉！你是个大老粗！要是你老跟那些庄稼汉在小酒馆里鬼混，你还是什么歌手？哎，你是头蠢驴，老弟！”

“造孽，老弟，造孽……”神甫库兹马嘟哝道，“上帝无所不见……明察秋毫……”

---

① 《天使颂歌》一开头的词。

② 原文为意大利语。

③ 同上。

④ 《天使颂歌》的最后一句。

“你满脑子想的只有伏特加，而不想想上帝的事，所以你对唱歌一点都不懂，你这个傻瓜。”

“别发火，别发火……”神甫库兹马说，“别生气……我去求他。”

神甫库兹马走到根纳季·谢米切夫面前，开始恳求他：

“你这是干吗？你，那个，自己心里要明白。一个人要唱歌，就得克制自己不喝酒，因为人的嗓子很那个……娇嫩。”

根纳季搔着脖子，斜眼瞟着窗子，好像这番话不是冲他说的。

唱过《天使颂歌》之后，大家便唱《我信奉》，然后唱《尊敬而虔诚》，唱得有感情而流畅——就这样一直唱到《我们的父》。

“我觉得，神甫库兹马，”指挥说，“普通的那首《我们的父》比乐谱上这首好。在伯爵面前最好唱那首。”

“不行，不行……唱乐谱上的。因为伯爵住在京城里，去做弥撒时听到的就是乐谱上的，没有别的……大概在那里教堂唱诗班……那里，老兄，乐谱还跟这里的不一样呢！……”

唱完《我们的父》之后，又是咳嗽、擤鼻涕、翻乐谱。接着就该排练最难的节目——大合唱了。阿列克谢·阿列克谢伊奇排练两首歌曲：《谁是伟大的上帝》和《全世界的荣耀》。哪一首大家学得更好，就在伯爵面前唱哪首。到练大合唱的时候，指挥劲头来了。他脸上善良的表情不时变成惊恐。他挥动双臂，动着指头，耸动肩膀……

“强音！”他嘟哝道，“缓慢而平缓！放松……放松！唱呀，你这木头人！男高音，你们的声音我这儿听不到！朵——朵——梯——朵——朵……索……西……你这个笨脑袋！‘伟大’！男低音：伟——伟——大……”

他的提琴弓子在唱走调的童高音和童中音歌手的脑袋和肩膀上敲来敲去。左手不时揪住那些小歌手的耳朵。有一次，他忘神了，甚至弯曲着大拇指去打根纳季的下巴。但歌手们挨了打既不哭，也不生气：他们意识到他们执行的任务有多么重要。

大合唱排练完毕之后，沉默了一分钟。阿列克谢·阿列克谢伊奇满头大汗，满脸通红，筋疲力尽，往窗台上一坐，用他那浑浊的、沉重的，然而又是胜利的目光扫视所有在场的人。在听众之中，他瞧见了助祭阿夫季耶索夫，这使他大为不快。助祭是个高大结实的汉子，一张有麻子的红脸膛，头发里有一根麦秸，胳臂肘靠在炉台上站在那里，轻蔑地奸笑着。

"好啊，你唱吧！卖劲地按乐谱唱吧！"他用他那深沉的男低音喃喃道，"伯爵太需要听你唱啰！照着乐谱给他唱也好，不照乐谱给他唱也好……反正——他是个无神论者……"

神甫库兹马惊惶地朝四周看看，摇摇手指头。

"得了，得了……"他悄声说道，"别说了，助祭。我求你……"

在大合唱之后，大家又排练《我们同声赞美》。到此排练就结束了。歌手们各自回家，晚上又要来此聚集，进行新的排练。每天都这样。

一个月过去了，又一个月过去了……

管家已经收到了伯爵即将回来的通知。最后，老爷家窗子上挡着的那些落满灰尘的百叶窗终于被取掉了，叶弗列莫沃村听到了走调的破钢琴声。神甫库兹马变得形容憔悴，但他自己也不知道，为什么他会变得憔悴：是由于欣喜呢，还是由于惊恐……助祭带着奸笑走来走去。

到了那个礼拜的礼拜六晚上，神甫库兹马走进指挥的住所。他面色苍白，肩膀变得消瘦了，淡紫色法袍的光泽也暗淡了。

"我刚才到伯爵大人府上去过。"他结结巴巴地对指挥说，"他是受过教育的先生，有很奥妙的想法……可是，那个……叫人难过，老兄……请示您大人，明天，我对他说，几点钟敲钟做弥撒？他却对我说：'这个您知道……只是可不可以想法快点，短点……不要唱诗班……'不要唱诗班！那个，你明白吗？……不要唱诗班……"

阿列克谢·阿列克谢伊奇脸涨得通红。他觉得，就是再一次被罚跪两个钟头，也比听到这样的话好受些。他整整一夜没有睡。他的劳动白费了，这还不是他最难过的，令他最难过的是如今阿夫季耶索夫的讥笑可不会放过他了。阿夫季耶索夫见他倒霉，就会幸灾乐祸的。第二天做弥撒的时候，阿夫季耶索夫一直轻蔑地斜眼瞧着唱诗班席位，那里只有阿列克谢·阿列克谢伊奇孤零零地一个人站着，用他那男低音唱歌。助祭提着香炉走过唱诗班席位时，嘟嘟哝哝地说道：

"卖劲照乐谱唱啊，卖劲唱啊！加油啊！伯爵会给唱诗班一张红票子[①]的！"

做完弥撒之后，由于受委屈而痛苦和沮丧的指挥走回家去了。在大门口，红脸膛的阿夫季耶索夫追上了他。

"等一等，阿廖沙[②]，"助祭说，"等一等，傻瓜，别生气了！倒霉的又不是你一个，老兄，还有我呢！刚才做完弥撒后，神甫库兹马走到伯爵面前问道：'您觉得助祭的嗓子怎么样，大人？他的男低音可是最完美无瑕的，不是吗？'伯爵呢，你知道他是怎么说的吗？真是好一顿恭维！'大喊大叫，'他说，'那谁都会。人的嗓子并没有人的智慧那么重要。'好一个彼得堡的行家！无神论者就是无神论者！咱们，可怜的兄弟，去喝一杯消消气！"

于是两个仇人手挽手走出了大门……

---

① 面值10卢布的钞票。

② 阿列克谢的小名。

两封信

1　重要的问题

我可爱而亲爱的叔叔阿尼西姆·彼得罗维奇！

您的同乡库罗舍耶夫刚才来过我这里，谈话之间他顺便告诉我，您的邻居穆尔达舍维奇前不久携家从国外回来了。这个消息使我分外惊讶，因为以前曾有过传闻，说穆尔达舍维奇永远定居国外了。

亲爱而可爱的叔叔！如果您哪怕有一点爱您的侄儿，那么就劳您驾，亲爱的人，到穆尔达舍维奇家去一趟，了解一下他的养女玛申卡近况如何。我要向您倾吐我深藏心中的一个秘密。我只能告诉您一个人。我爱玛申卡，热烈地爱她，胜过爱自己的生命。六年的分别丝毫没有减少我对她的爱情。她活着吗？健康吗？请写信告诉我，您见到她时，她是什么样子，她还记得我吗？还像从前那样爱我吗？我能不能给她写信？请了解所有这一切，亲爱的人，回信写得详细些。

请告诉她，我已经不是那个胆怯而穷苦的大学生了……我已是律师，已开业，有钱……总而言之，我的完美幸福就只缺少她了……只缺少她！

等候最快的回信，拥抱您。

弗拉基米尔·格列奇涅夫

2 详细的回信

我亲爱的侄儿瓦洛佳[①]！

收到你的信后，第二天我就上穆尔达舍维奇家去了。他真是个非常好的人！他在国外变老了，头发也变白了，但却记着我这个老朋友，所以当我走进去的时候，他就拥抱我，久久地注视着我的脸，胆怯而温柔地叹道："我认不出来了！"当我说出了自己的姓后，他再次拥抱我，说道："现在我想起来了。"真是一个好人！我在他那里喝了酒，吃了下酒菜，后来就坐下玩朴列费兰斯[②]，每局有十分之一卢布的输赢。他绘声绘色、眉飞色舞地向我讲述国外的情况，用滑稽的语言描绘德国人可笑的习俗，使我大笑不止。但是，他说，德国的科学发展很快。他把途经意大利时买的一幅画给我看，画的是一位女性，身穿古怪而不成体统的衣服。我还看见了玛申卡。她身穿阔气的粉红色裙衣并有各种贵重的装饰品。她记得你，当问起你的时候，甚至两眼含泪。她等待着你的来信并感谢你的惦念和对她的感情。你信上写道，你已开业并有钱！务必节约金钱，亲爱的，行为应适度和有节制。我在年轻的时候曾无节制地沉湎于女色，但为时很短便戒绝了，至今还忏悔不已。最后，我祝福你，愿你一切顺遂。

你的叔叔和关怀你的人
阿尼西姆·彼得罗维奇

附：你的信虽然令人费解，但你写得引人入胜，措辞生动。我把你的信拿给所有的邻居看了。他们读了你的信后，均认为你简直

---

① 弗拉基米尔的小名。

② 一种牌戏。原文写错。信文中还有错别字，不一一注出。

像个作家，神甫格里戈里的儿子弗拉基米尔甚至抄了一份，准备投寄报社发表。我还把这封信拿给玛申卡和她的丈夫，即德国人乌尔马赫尔看了。玛申卡于去年嫁给了他。那个德国人读了你的信后，大加称赞。现在我便把你的信拿给所有的人看，我也读它。再写封信来！穆尔达舍维奇家的鱼子很好吃。

意见簿

这个簿子放在火车站专为它设置的斜桌面高写字台上。桌子抽屉的钥匙“由车站宪兵保管”，事实上根本用不着钥匙，因为写字台永远不锁。您翻开簿子，读一读吧：

“先生！这是试笔？！”

在这句话下面画着一张丑脸，长着一个长鼻子和一对犄角。在脸的下面写着：

“你是图，我是像，你是畜生，我不是。我是你的脸。”

“坐火车驶近车站，观赏车窗外风景之际，帽子从我头上飞走了。①伊·亚尔蒙金。”

“谁写的我不知道，我这傻瓜来读。”

“接收意见处处长科洛夫罗耶夫书此留念。”

“我向长官控告列车员库奇金对我的妻子态度粗暴。我妻子根本没有吵闹，相反，她竭力要保持安静。我还要控告宪兵克利亚特温，此人粗暴地抓住我的肩膀。我住在安德烈·伊万诺维奇·伊谢耶夫庄园里，他知道我的品行。账房办事员萨莫卢奇舍夫。”

“尼坎德罗夫是社会主义者！”

“下述令人愤慨之行为我记忆犹新……（此处被涂掉）。途经此站之时，下述事件令我心深处愤慨之至……（被涂掉）。在我眼前发生了下列令人气愤之事件，它以鲜明的色彩勾画出我们铁路的秩序……（以下全部被涂抹掉，只留下签名）库尔斯克中学七年级学生阿列克谢·祖季耶夫。”

“在等候开车的时候，我观察了车站站长的相貌，对之甚感不满。特此告知全线路。不知愁为何物的别墅客。”

“我知道这是谁写的。这是姆·德写的。”

“先生们！捷利措夫斯基是个骗子！”

“昨天宪兵太太同小吃店老板科斯季卡坐车到河对岸去了一趟。我们希望一切都好。宪兵别丧气！”

“我坐车经过车站时肚子饿并考虑吃点什么，但我竟未能找到素食食品。助祭杜霍夫。”

“给你什么你就吃什么吧……”

“如有人拾得皮烟盒一个，请交售票处的安德烈·叶果雷奇。”

“我被解职，原因拟是酗酒，故我宣布：你们全是骗子和小偷。电报员科兹莫杰米扬斯基。”

“请用美德来装饰你们自己。”

“卡坚卡，我疯狂地爱你。”

“请勿在意见簿上写不相干的事。代站长伊万诺夫第七。”

“尽管你第七，你仍是个傻瓜。”

---

① 原文此句语法不通，“帽子”成了主语。作者用以形容亚尔蒙金文化水平低。下文中还有类似的文句。

读 书

老练的人的故事

有一次，我们剧院老板加拉米多夫坐在我们的上司伊万·彼得罗维奇·谢米帕拉托夫的办公室里，跟他聊我们那些女演员的演技和美貌。

“可是我不同意您的意见，”伊万·彼得罗维奇一面说，一面在拨款单上签字，“索菲娅·尤里耶芙娜有很强的、独具一格的才华！她很可爱，优雅……迷人……”

伊万·彼得罗维奇本想继续说下去，但是欣喜使得他一个字也说不出来，他只是甜蜜蜜地满脸堆笑，剧院老板瞧着他，竟也觉得嘴里也有一股甜味儿了。

“我喜欢她……呃——呃——呃……独白的时候，她那年轻胸脯的激动和颤抖……那么光彩照人，光彩照人！在这种时候，请您转告她，我不惜……付出一切！”

“大人，请您在答复赫尔松警察局公函的公文上签个字，这份公函是关于……”

谢米帕拉托夫抬起满面笑容的脸，看见官员梅尔佳耶夫站在他面前。梅尔佳耶夫站在他面前，瞪着眼睛，送上一份公文请他签字。谢米帕拉托夫眉头一皱：一首诗在最有意思的地方被散文[1]打断了。

“这件事可以待会儿再说，”他说道，“您不是看见我正在谈话吗？这些人极端缺乏教养、没有礼貌！这不是吗，加拉米多夫先生……刚才您还说，我们已经没有果戈理笔下的典型人物了……您瞧，这就是一个！他哪一点不像典型？邋里邋遢，胳膊肘那儿磨破了个洞，斜眼……永远不梳头发……您再看看他写的是什么！鬼才知道这是什么！写得文理不通，不知所云……跟鞋匠写的似的！您看看呀！”

“嗯——是呀……”加拉米多夫看了看公文，含糊不清地说，“真的……您，梅尔佳耶夫先生，大概很少读书吧。”

“这样可不行啊！最亲爱的，”上司接着说，“我为您感到可耻！您至少也该读点书什么的啊……”

“读书好处很多！”加拉米多夫说，无缘无故地叹了口气。“非常之多！您读书就马上会觉得您的眼界猛然改变了。在随便什么地方您都能找到书。譬如，在我那儿……我很乐意。如果您愿意，明天我就顺便送来。”

“您道谢呀，最亲爱的！”谢米帕拉托夫说。

梅尔佳耶夫不自然地鞠了个躬，嘴唇动了动，便走出去了。

第二天，加拉米多夫拎着一捆书到我们公署来了。从这个时候起，不幸的事便开始了。子孙后代永远不会原谅谢米帕拉托夫的轻率行为！年轻人做出这种事来，还可以原谅，然而这对于一位经验丰富的四品官来说，却是永远不能原谅的。剧院老板到来后，梅尔佳耶夫便被叫到办公室去了。

“给您这本书，读吧，最亲爱的！”谢米帕拉托夫说，把书递给他，“仔细地读。”

梅尔佳耶夫伸出颤抖的双手接过书，就走出了办公室。他脸色煞白，一双斜眼不安地东张西望，似乎他想向周围的东西求援。我们从他手里拿过一本书，小心翼翼地翻看。

这本书是《基度山伯爵》。

“你不能违抗他的旨意！”老会计员普罗霍尔·谢苗内奇·布德尔达叹了口气，说道，“你就尽力，鼓足劲……慢慢读吧，过些时

① 转义为：平庸、平常之事。

候，愿上帝保佑，他就会忘了这件事，到那时你就可以丢开不读了，你别害怕……最主要的是别钻进去……你读，不要深究其中的奥妙。”

梅尔佳耶夫用纸包上这本书，坐下来写公文。然而这一次他写不下去。他两手颤抖，两只眼睛各往不同的方向斜视：一只瞟着天花板，一只瞅着墨水瓶。第二天他带着一副哭相来上班了。

“我从头开始读了四次，”他说，“但什么也没有读懂……写的是些外国人……”

过了五天，谢米帕拉托夫从办公桌旁边走过，在梅尔佳耶夫面前停住脚步，问道：

“喂，怎么样？书读了吗？”

“读了，大人。”

“你读的书里写些什么？来，您讲一讲！”

梅尔佳耶夫仰起脑袋，嚅动嘴唇。

“我忘了，大人……”过了片刻他说道。

“这么说，您没有读，或者，呃——呃——呃，没有用心读！心不在焉地读！这可不行！您再读一遍！一般来说，先生们，我建议你们读。请你们读书！大家都读！你们到我办公室窗台上去拿书，然后就读吧。帕拉莫诺夫，您去，自己拿一本书！波德霍德采夫，您也去，最亲爱的！斯米尔诺夫——您也去！所有的人，先生们！我请求你们了！”

大家都去了，各人拿了一本书。只有布德尔达一人敢于表示反抗。他两手一摊，摇摇头，说道：

“请您原谅我吧，大人……很快我就要退休了……我知道，读了这些评论和著作之后会发生什么事。我那个大孙子读了那些书以后，当面骂他的亲妈是傻女人，并且在整个斋期大喝牛奶。请原谅我吧。”

“您什么也不懂。”谢米帕拉托夫说，平淡地原谅了这个老人的出言不逊。

但是谢米帕拉托夫却错了：这个老人什么都懂。一个礼拜之后，我们便眼见读书的成果了。波德霍德采夫读了《流浪的犹太人》[1]第二卷后，便骂布德尔达是“伪善者”；斯米尔诺夫开始醉醺醺地来上班。但是读书对谁的影响也不及对梅尔佳耶夫的那么大。他瘦了，憔悴了，开始喝酒。

“普罗霍尔·谢苗内奇！”他恳求布德尔达，“您就让我永远为您祈祷上帝吧！您求求大人，让他饶了我……我没法读。我日夜都在读，吃不下，睡不着……老婆给我朗读，也给折腾苦了，可是，叫上帝打死我吧，我一点也读不懂！您就行行好吧！”

布德尔达有好几次壮着胆子向谢米帕拉托夫报告，但谢米帕拉托夫只是挥挥手，然后同加拉米多夫一面在公署里走来走去，一面骂所有的人不学无术。两个月之后，这件事以极其可怕的方式结束了。

有一天梅尔佳耶夫来上班，他没有坐到他的桌子后面，而是跪在公署的中央，哭了起来，他说：

“原谅我吧，东正教徒们，我伪造公文！”

然后他走进上司的办公室，跪在谢米帕拉托夫面前，说道：

“原谅我，大人：昨天我把一个小孩儿扔到井里去了！”

他脑门不住地叩在地板上，并哭了起来。

“这是怎么回事？”谢米帕拉托夫大吃一惊。

“是这么回事，大人，”布德尔达眼中含着泪水，走上前说道，“他神经错乱了！他疯了！这就是您那位加拉米多夫的书弄出来的事！上帝无所不见，大人。如果您不喜欢我说的这些话，就请允许我退休好了。我宁愿饿死，也不愿到老年还看到这样的事！”

谢米帕拉托夫脸色变白了，从办公室这头踱到那头。

“不许接待加拉米多夫！”他用低沉的声音说，“而你们，先生们，放心吧。现在我看到我的错误了。我感谢您，老人！”

从此我们这里便太平无事了。梅尔佳耶夫恢复了健康，但没有完全好。至今他一看见书就打哆嗦，转过脸去。

---

① 法国作家欧仁·苏（1804—1857）所著长篇小说，共10卷。

当代名人传记

1　致编辑部的信

编辑先生阁下！

我的哥哥彼得·古里伊奇·赫鲁斯塔廖夫因患胃癌于上礼拜五去世。他是名上尉，住在第二亚姆斯克街商人切尔诺布留霍夫家，他在酗酒之时幽默地自称为“白酒上尉”。弥留之际，他叫我到他临终的卧榻前，用悲戚的声音说道：

“尼基福尔！我完了，大限已到……但我并不丧气，因为人的生命如同其他一切事物一样，本来就是有限的。自古以来在自然界里就一直是这样的。假如所有的人都长生不死，那么他们不仅在房子里没有住的地方，就连在屋顶上也没地方住了……你听着！你知道，我一辈子受坏品质之苦，即受酗酒之苦。除此之外，我爱好文学。你拿去这个笔记本，等我死后把它送到某个编辑部去，使人们知道，我是怎样一个人以及我的一切。你请求他们用大号铅字刊出。”

说完之后，哥哥把笔记本交给我便死了。这个笔记本封面上写着：《当代名人传记》。我由于文化低对各种著作懂得很少，不过我哥哥写的《传记》却使我非常喜欢。他的笔调和辞藻有点像尼古拉·巴祖诺夫先生发表在《每日新闻》上的《旁观者的报导》，所以我有幸请求您阁下切勿嫌弃，满足与世长辞者的愿望。

其弟

尼基福尔·赫鲁斯塔廖夫

2　亚历山大·伊万诺维奇·伊万诺夫[①]

（蹄骨龟裂膏、轮子润滑油及其它各种油膏的著名发明家）

亚历山大·伊万诺维奇·伊万诺夫，此伟大之蹄骨龟裂的男子汉[②]出身于19世纪一个贫寒之家，但其父母却系贵族，出生地点不详。相当多的历史学家和哲学家均认为，该人出生之日子和时辰恰与1848年天空出现彗星的时日巧合。巴黎科学院则否定此说，称他出生之日为1849年3月23日——维苏威火山[③]喷发之日。据人们说，亚·伊万诺夫刚一出世，看见接他的接生婆，便伤心地大哭起来，那时已经以此表示了他对现代医学的不满。在他几岁时，富有经验的眼睛已能在这个小孩身上发现其蹄骨龟裂和癣疥方面的天赋才华。当其他同龄小孩醉心于种种儿童玩乐之时，他却坐在一个角落里搅拌各种家庭必需的酱状物。譬如，他喜欢搅拌黑鞋油，拿泥子塑小人儿，用砂糖和糊糊，如此等等。这一切并非说明他的制作品多么有用，而是表明了制作者的爱好和才能。他喜爱的另一件事，就是挽起裤筒，光着脚丫在水洼里和其它湿处走来走去。在他七岁时，父母送他去学读写算。他很快学会认字之后，又表现出他性格中的另一种新才具。这就是：他开始勤奋而仔细地阅读居约[④]、约翰·霍夫[⑤]以及我国同胞列乌欣[⑥]的广告。当有人问他，为什么他喜欢读这些广告胜于研读其他一切学科时，他谦逊地答道："我在学习。"他学会读，照字帖临摹写字和算术之后，便抛开科学，献身于寻找医治为病痛所苦的马的新药剂，如果他的才华够

---

① 确有其人，1884年因非法制药膏受审判。

② 原文如此。

③ 系杜撰，这一天维苏威火山并没有喷发。

④ 法国人居约在当时俄国报刊上登感冒药盒广告。

⑤ 约翰·霍夫在当时俄国报刊上登甜食品广告。

⑥ 列乌欣为出版商，在报刊上登新书广告。

用，便也要为医治人的病痛尽力。他把砂糖与蜂蜜混合在一起，又将蜂蜜与黑鞋油混合在一起，把黑鞋油与猪油搅拌在一起，就这样一直搅和这些物质以及其它许多物质，直到获得一种既无任何气味，也无任何形状的搅拌物，但它包治百病。亚·伊万诺夫自己涂抹了这种油膏却没有因此而送命，于是他便理所当然地得出结论，这种油膏能治病，每罐应卖二卢布。在得出这番结论之后，他就在各种报纸上刊登广告，自那时（1875 年）起，他便名声大震。然而哪里有人出名，哪里就有人嫉羡，就有人居心不良。这种包医百病的油膏还成功地取代了各种化妆用香膏、鞋油、焦油和泥子，使得许多缺乏远见的人惊慌失措。说他招摇撞骗、厚颜无耻、靠不学无术进行剥削的指责纷至沓来。说来真是人类的耻辱，这种指责有时居然严重到如此地步，使得伟大的发明家竟不止一次作为被告被民事法官传讯。然而正义并未熟睡不醒。自古以来就众所周知，美德必定获胜，恶德必被战胜。顾客成群结队涌向斯特拉斯特林阴大道上亚·伊万诺夫的商店，争先恐后地抢购他的油膏。不仅如此，数千封感谢信寄给了这位流芳千古的治病者。除此之外，那不勒斯科学院选举他为该院名誉院士，此事清楚地表明，我们不善于珍视我们的人才。1882 年华沙糖果点心店选举他为该店荣誉顾客。1883 年，“威尼斯”①和“布拉格”②宣布这位伟大的发明家是他们的世袭荣誉常客，而在今年，即 1884 年，他由于发明了“拉发尼斯特罗利”药膏③而被我收入我的《当代名人传记》。因为他的这种新药膏我不仅用来治疗粉刺，而且用来治疗酗酒以及治臭虫和其它种种寄生虫。

上尉

赫鲁斯塔廖夫

---

① 即莫斯科的威尼斯饭店。

② 即莫斯科的布拉格宾馆和饭店。

③ 1884 年俄国报刊登出宣传此种药膏的广告，说是亚·伊万诺夫的新发明，不久真相大白，制成此药膏的人是凯利采夫，他将药膏转卖给了亚·伊万诺夫。

特里丰

我毫不惋惜过去。[1]

——莱蒙托夫

格里戈里·谢苗诺维奇腰痛。他醒了，在床上翻来翻去。

“娜斯秋莎[2]！”他小声叫道，“给我拿点酒精来，亲爱的，给我擦一擦背！”

没有人答应。谢格洛夫伸出两只手摸索自己周围。如果除去谢格洛夫本人不算的话，床上是空的。

“她到哪儿去了呢?”他暗想，又叫道：“娜斯佳[3]！娜斯坚卡[4]！”

这一次仍然没有人答应。只听见守夜人敲梆子的声音和渐渐熄灭的长明灯[5]发出的噼啪声。谢格洛夫预感到不妙，拭去额头上的冷汗，从床上跳下地来。此时是半夜三点——平时在这个时候娜斯佳正像个婴儿似的沉沉熟睡呢。只有特殊的原因才可能使她不睡觉。谢格洛夫急忙穿上衣服，走到院子里。

庄严的满月活像将军家的女管家，在天空飘移，将它美好的月光洒遍天空，倾泻在无数房屋的院落、正房两侧的幽暗花园。那月光柔和、平静，爱抚着一切……无论地上还是树枝上都没有一片绿叶，花园显得黑暗而严酷，然而一切都使人感觉到已是三月底了，春天开始了。谢格洛夫扫视了一下院子，在空旷的大院子里谁也没看见，只看见一头小牛，一条腿被绳子绊住了，在拼命地挣跳。谢格洛夫走进花园。花园里静谧而明亮。黑幽幽的树丛散发出的潮气就像从地窖里冒出的一样。

“万一她到村里去了呢！”格里戈里·谢苗内奇心里想道，由于不安和寒冷而打哆嗦，“要是她没有在亭子里，就得派人到村里去找她了。”

谢格洛夫知道娜斯佳有两个毛病：她常常由于烦闷便离开他到村里回娘家去，另外她还有个习惯，夜里到亭子里坐在黑暗中，唱那些忧伤的歌曲。

“我老了，衰弱了……”格里戈里·谢苗内奇想道，“她跟我在一块儿没有乐趣……”

他走近亭子时，听见一个女人的声音。但不是歌声，而是说话声……这声音说得很快，不停顿，一口气说下去，好像在诉苦……

“你就甩了那个老鬼吧。”一个粗暴的男人声音打断了女人的话声，“你行行好吧！你只不过穿丝绸，用水晶玻璃碟子吃东西，而那个，傻女人，不明白，是在造孽……哎……你这是胡闹，娜斯秋哈[6]！你该挨揍，可又没人揍你！”

“你不懂，特里沙[7]！要是只有我一个人，我早就离开他跑到一百俄里以外去了，可是要知道……我爹想盖座木头房子……我哥服兵役去了。要给他寄点烟草什么的……”

接着听见抽泣声，然后是接吻声。一股寒气从谢格洛夫后脑勺沿着背脊一直窜到脚后跟。他听出那男人就是他的巡查员特里丰。

“这个女人是我把她从污泥中拉出来，把她留在我身边，可以说，对她施恩行善，”他大为惊骇地想道，“让她代替我的老婆，可

---

① 莱蒙托夫《我独自上路》一诗中的诗句。
② 阿纳斯塔西娅的小名。
③ 同上。
④ 同上。
⑤ 供在圣像前的灯。
⑥ 阿纳斯塔西娅的小名。
⑦ 特里丰的小名。

忽然间——跟上特里什卡①了，跟上这个下流坯！啊？我给她穿丝绸，让她跟我同桌吃饭，像个太太一样，可是她却……跟上特里什卡了！”

老头子又愤怒，又痛心，膝盖不由得弯曲了。他还偷听了一会儿，然后拖着有病的身子，心里惊惶失措，慢腾腾地走回屋里去了。

“我才不理她这一套呢！”他往床上躺下的时候，心里思忖着，“她可能以为我少了她就活不下去！得了，才不会呢……明天我就把她撵走。让她跟她那些庄稼汉一块儿吃糠吧。而那个坏蛋特里什卡……叫他滚蛋！早上就给他算清工钱……”

他盖上被子，开始想心事。种种思绪令人痛苦不堪，心情坏透了。当娜斯佳从花园回来，若无其事地在他身旁躺下来的时候，他的种种思绪已使得他发热病了。

“明天我就把他撵走……不过，不……我不撵他走……你要是把他撵走了，他就到另一个地方去——不错嘛，好像他没犯什么错……最好是惩治他，叫他一辈子记住……该用鞭子抽他一顿，像以前那样做……把他拖到马厩里按倒在地上，就这样……十只手，这边、那边抽……你抽他，他就求你，哀求你，而你就站在旁边，只是搓搓手，说：‘就这么抽他！使劲！使劲！’叫她站在旁边，看看她的脸色：‘喂，怎么样，亲爱的？啊啊……就该这样嘛！’”

早上，娜斯佳跟平时一样斟茶。他坐在那里观察她。她脸上的表情很平静，眼睛明亮，毫无心计的样子。

“我什么也不对她说，”他心中想道，“让她自己明白过来……我要叫她精神上……迫使她精神上受折磨！我不跟她说话了，只对她发脾气，她就会明白过来……可是，如果她听信了那个坏蛋特里什卡的话，真的走了，那怎么办？”

最后这个想法把他吓坏了，有那么一分钟之久，使得他的脸都

① 特里丰的昵称。

变白了，他便说道：

“娜斯坚卡，怎么你，宝贝儿，不吃小甜面包呢？这是特地为你买的啊！”

八点过，巡查员特里丰来禀报事务。谢格洛夫觉得，这个庄稼汉带着仇恨、轻蔑和某种得胜的厚颜无耻的神情瞧着他。

“撵他走，太便宜他了……”他打量着他，心里盘算着，“该抽他一顿。”

“这里我一点也看不懂！”他翻阅着特里丰呈交的收据，开始挑毛病，“这是个什么数字？75还是15？你这个木头人！写个7字连像样地画个小钩子也不会！7字像根拨火钩，而1字——像根带小尾巴的小鞭子。你连这个都不会写？木——头——人……从前为这种事，就得把你们这种人拉到马厩去毒打一顿！”

“从前什么事没有……”特里丰嘟哝道，眼睛望着天花板。

谢格洛夫斜眼瞟了一下特里丰，他似乎觉得，这汉子阴险地微笑着，露出更为胆大的无耻相……

“滚出去！”谢格洛夫受不了特里丰那张脸相，尖叫起来。

一直到傍晚，谢格洛夫都在院子里走来走去，思索惩罚和报仇的计划。许多计划在他脑子里转来转去，但是不管他想出的是什么，总是触犯惩治条例的这一条或那一条。经过长时间的冥思苦想之后，他才发现，他什么也不能做……

半夜两点过，他站在亭子旁边，他听到了比昨天更恶劣的谈话。特里丰带着笑声向娜斯佳讲述他跟老爷的谈话。又说：

“我真想揪住他的衣领，你知道，就这么摇他几下——他就灵魂出窍了。”

谢格洛夫忍受不下去了。

“你要摇谁，下流坯？”他尖叫道，“谁的灵魂出窍？”

亭子里突然一片沉寂。特里丰慌张地咳了一声。过了一会儿，他犹豫不定地走出亭子，肩膀倚在门框上。

“谁在这里喊叫？是什么人？啊，这是您呀！……”他看见了老爷，说道，“原来是您！”

在沉默中过去了一分钟……

“从前为这种事我们这种人就得在马厩里挨顿毒打，现在嘛，我就不知道会怎样了……”特里丰说，冷笑着，眼睛望着月亮，“我想，工钱是会付给我的吧……好吓人哟！”

他笑了起来，沿着小径朝屋子走去。谢格洛夫迈着小碎步同他并排走着。

“特里丰！”当两人走到花园篱笆门前时，他抓住特里丰的袖子，嘟嘟哝哝地说道，“特里沙！我只跟你说一句话……你等一下！要知道，我没什么……只有一句话……你听我说！我求你，我这么一把年纪了却来恳求你这个坏蛋！好人儿！”

“说什么？”

“你瞧……我给你一张二十五卢布的票子，甚至，只要你愿意，我还给你加工钱……给你三十卢布，而你……你得让我用鞭子抽一顿！只抽这一次！抽了这一次，以后就再也没事了！”

特里丰想了一下，瞧了瞧月亮，把手一挥：

“我不同意！”说完，他就慢悠悠地朝仆人房间走去。

长期思考之成果

长者——同死者一样：关于他们“或者说好话，或者什么也不说[1]。”

* * *

我们活着不是为了吃，而是为了不知道我们该吃什么。

* * *

我们只需要我们所需要的东西……

* * *

女人找到许多男人比找到一个男人容易……

* * *

自然法则之牢固和恒定表现于没有一个律师能超越它（当然洛赫维茨基[2]除外）。

* * *

伏特加是白的，但能使鼻子变红，使名声变黑。

可以说：“我是这座房子[3]的朋友”，但不可以说：“我是这座木头房子的朋友。”由此可见，谈到某事物时，须隐讳其性质。

* * *

① 原文为拉丁语。拉丁语谚语全句是：关于死者，或者说好话，或者什么也不说。

② 当时俄国的一名律师，他的无原则性曾遭到尖锐的批评。

③ 房子（дом）一词在俄语中又作“家”解。故此句应理解为：我是这家人的朋友。

当心别在斋戒期间去订《图画世界》杂志[1]，否则你会得到轻蔑的手势加奶油[2]而在斋期吃荤了。

① 此杂志以不按期出版闻名。
② 俗语，意为：一无所得。

关于灵魂的一些想法

按照博览群书的家庭女教师们和有学问的省长夫人的看法，灵魂乃是心理实体之不明确的客观性。我没有理由不同意此种说法。

在某学者的著作里，我们读到这样的一段话："为了找到灵魂，需抓住一个刚受上司痛斥的人，用皮带捆紧他的一条腿。然后切开他的脚后跟，便可得到所要寻找的东西了。"

我笃信灵魂轮回……这一信仰来之于经验。在我苟且偷生于世上的整个时间里，我本人的灵魂曾转入许多动物和植物中并经历了佛所说的动物进化的所有各个阶段……

我刚生下来时，我是狗崽子；我开始生活时，我是带爪子的鹅。当我到政府机关供职后，我便成了荨麻籽儿①。上司称我为木头，朋友们称我为驴子②，自由主义者称我为畜生。我在铁路上乘火车旅行时，成了一只兔子；我在乡下住在农民们中间时，我感到自己是条蚂蟥③。在一次盗用公款事件之后，有一段时间我成了替罪羊。娶妻之后，我成了有角的畜生④。最后，我终于走到现在这条路上，我大腹便便，成了得意洋洋的猪⑤。

① 俗语，指刁难百姓的小官吏。
② 多指蠢人。
③ 转义为：吸血鬼，剥削者。
④ 在俄语中"有角的"转义与汉语中"戴绿帽子的"含义相同。
⑤ 暗喻政治上反动或庸俗的人。

该说还是该沉默

童话

从前有一个国家，在那个国家里住着两个朋友，一个叫克吕格尔，一个叫斯米尔诺夫。克吕格尔聪明绝顶，斯米尔诺夫则不那么聪明，但却温和、文静、性格软弱。前者爱说话且能言善辩，后者则寡言少语。

有一次，他们两人乘火车，在一个车厢里，都竭力要征服一个姑娘。克吕格尔坐在这个姑娘的身旁，对她百般巴结奉承；斯米尔诺夫呢，却默默不语，只是眨巴眼睛，带着渴望舔嘴唇。到了一个火车站上，克吕格尔和姑娘走出车厢下了车，很长时间没有回来。他回来之后，眨了眨一只眼睛，把舌头嘚地一弹。

“怎么你老兄干得这么巧妙啊！”斯米尔诺夫不胜羡慕地说，“你真是无所不能！还没有坐到她跟前去呢，事情就成了……真是个幸运儿！”

“可你为什么要坐失良机呢？你跟她在这儿坐了三个钟头，哪怕说一句话呢！可你跟一截木头似的闷声不响！靠沉默，老兄，在这个世界上是什么也得不到的！你应该放大胆子，高谈阔论！你一事无成，为什么？因为你是个窝囊废！”

斯米尔诺夫同意这番道理，暗下决心要改变自己的性格。一个钟头之后，他克服了懦怯，去坐在一位身穿深蓝西服的先生身旁，开始勇敢地跟他交谈起来。这位先生原来是个很爱说话的人，马上向斯米尔诺夫提出一连串问题，多是学术性的。他问斯米尔诺夫喜欢大地、天空吗，他对自然法则和人类社会生活的法则是否满意，还略微涉及欧洲的自由主义思想、美国妇女的地位，等等。斯米尔诺夫很聪明、很主动并很高兴地一一作答。可是，这位身穿深蓝色西服的先生在火车到达一个车站的时候，抓住他的一只手，阴险地冷笑了一下，对他说道：

“请跟我走！”

这时，您会同意的，斯米尔诺夫真是大惊失色。

斯米尔诺夫跟着他走了，从此失踪，不知去向。两年之后克吕格尔遇见了他，他面色苍白，骨瘦如柴，憔悴不堪，像一副鱼骨头架子。

“在这之前你一直到哪儿去了？！”克吕格尔吃惊地问道。

斯米尔诺夫苦笑了一下，向他描述了自己经受的全部苦难。

“你以后可别再犯傻了，别多说话！”克吕格尔说，“管住舌头——这一条你得记住！”

有自尊心的人

故事

这件事发生在商人西涅雷洛夫的婚礼上。

男傧相涅多列佐夫，一个高个子年轻人，有一双鼓出的眼睛，剪着平头，身穿燕尾服，两片后襟翘起来，他站在一群小姐中侃侃而谈：

“女人需要美貌，而男人则不漂亮也行。男人身上有分量的是智慧、教养，漂亮对于他来说——无所谓！如果你脑子里没有教养和智能，那么即使你是个美男子，也一钱不值……是啊……我不喜欢美男子！呸！”

“您这么解释，是因为您自己长得不漂亮。而那边，您朝门里边看，在那间屋里，坐着一个男子！那才是个真正的美男子呢！光是那双眼睛就多美呀！您瞧啊！真美！他是谁？”

男傧相朝那间屋子里瞧了一眼，鄙夷地冷笑一声。一个黑发、黑眼睛的漂亮男子伸展开身子靠坐在那里的一把扶手椅上，他跷着二郎腿，手玩弄着一根细链子，眯起眼睛，自尊地望着客人们。他唇上流露出轻蔑的微笑。

“没什么特别的！”男傧相说，“平平常常……甚至可以说，难看。脸也带点蠢相……脖子上的喉结足有两俄尺长。”

“可他反正是挺漂亮的！”

“您认为他漂亮，而我认为——不漂亮。如果他漂亮，那么，这就是说他是个笨蛋，没有教养。他是谁？”

“我们不知道……一定不是商界的人……”

“嗯……我愿意打赌，他是个笨蛋……两条腿晃来晃去……瞧着就叫人厌恶！现在我就去了解一下，这是个什么人物……这个人的智力如何。马上就知道了。”

男傧相咳了一声，勇敢地朝那间屋子走去。他站在黑发男子面前，又咳了一声，略微考虑一下，就问道：

“您近来怎么样？”

黑发男子瞧了男傧相一眼，冷笑道：

“一般，”他爱理不理地答道。

“为什么是一般呢？应该永远向前进嘛。”

“为什么一定得向前呢？”

“是这样的。现今一切都在前进。电力[①]啦，还有电报啦，那些各种各样的发音机[②]啦，电话啦。是啊！譬如，我们就拿进步来说……这个词是什么意思呢？它的意思就是，任何人都应当向前进……所以您也得向前进……”

“那么我现在，譬如说，该往哪儿前进呢？”黑发男子冷笑一下，问道。

“可去的地方还少吗？只要您想去……地方多的是……您瞧，可以去小吃部，譬如说……您愿意去吗？为了庆祝初次相识，咱们干一杯白兰地……啊？为了思想……”

“行啊。”黑发男子同意了……

男傧相和黑发男子朝小吃部走去。一名短头发的侍者，穿着燕尾服，系着有污迹的白领结，斟了两杯白兰地。男傧相和黑发男子都喝干了酒。

“很好的白兰地，”男傧相说，“可是还有更为实质性[③]的东西……让咱们，为了初次相识，喝一大杯红葡萄酒吧……”

---

① 原文中是错字。作者用以形容人物文化水平低。

② 同上。

③ 作者以此形容人物乱用词。

他们各喝了一大杯红葡萄酒。

"现今我跟您已经相识了，"男傧相拭干嘴唇，说道，"而且，可以说，酒也喝过了……"

"不是'现今'，而是'现在'……"黑发男子纠正他说，"您连话都不会说，还谈论什么电话。这么缺乏教养，如果我是您，我就会默不作声，免得出丑……现今……现今……哈！"

"您笑什么？"男傧相恼了，"我说'现今'是为了逗笑，是开玩笑……用不着龇牙咧嘴的！我可不喜欢牙齿，姑娘们才喜欢这个……您是谁？是哪一方的？"

"不关您的事……"

"请问您的头衔？贵姓？"

"不关您的事……我可不是那样的笨蛋，逢人便自报头衔……我是一个相当有自尊心的人，所以不大愿意同你们这类人多说。我对你们很少注意……"

"瞧你说的……嗯……那么您是不肯说您姓什么啰？"

"我不想说……如果对无论哪个糊涂虫都自报姓名和自我介绍的话，那我的舌头就不够用了……而我是一个很有自尊心的人，在我看来，您跟侍者是一路货色……愚昧无知！"

"得了吧！你……您算什么高贵的人……好，我们马上就能弄清楚，您是哪路货色。"

男傧相抬起下巴，朝新郎那边走去。新郎此时同新娘坐在一起，他脸红得像大虾，不住眨眼睛……

"尼基沙[1]！"男傧相叫新郎，朝黑发男子那边点了一下头。"那个家伙姓什么？"

"我不知道，"他说，"他不是我的熟人。可能是我父亲请来的。你去问我父亲吧。"

"可是你父亲在书房里醉得稀里糊涂……在打鼾，鼾声像一头

① 尼基塔的小名。

猛兽。您也不认识他吗？”男傧相又问新娘。

新娘说，她不认识黑发男子。男傧相耸耸肩，就开始向客人们询问。客人们说，他们都是有生以来第一次看见这位黑发男子。

“这么说，他是个骗子，”男傧相心里暗下结论，“没有请帖就大驾光临，装得像熟人似的。好哇！咱们要叫他瞧瞧‘现今’！”

男傧相走到黑发男子面前，两手往腰上一叉：

“您有进门的请帖吗？”他问，“请您把您的请帖拿出来看看。”

“我是一个这么有自尊心的人，所以我不会把我的请帖拿给随便一个什么家伙看的。请您走开……干吗缠着我？”

“这么说，您没有请帖啰？既然没有请帖，那么，您就是个骗子。现在我们知道您是哪一方的和您的头衔了。现今我们知道了……现在，也就是说，知道您是个什么代表了……您是个骗子——仅此而已。”

“要是一个聪明人对我说这样粗暴无礼的话，我就会给他一耳光，而对你们这些傻瓜，连质问一句都没有必要。”

男傧相在各个房间跑来跑去，叫来了五六个朋友，和他们一起走到黑发男子面前。

“请您，先生，让我们看看您的请帖！”他说。

“我不愿意。您别纠缠了，以免我那个……”

“您不愿意把请帖拿给我们看？这就是说，您没有请帖就进来了？您有什么权利这样做？这就是说，您是个骗子？请您从这里出去！请！劳驾！我们马上就把您从楼梯上……”

男傧相和他的朋友们架起黑发男子的胳膊，把他朝门口拖去。客人们嚷嚷起来。黑发男子大声地诉说愚昧无知，诉说自己的自尊心。

“请吧！劳您驾了，漂亮的男人！”洋洋得意的男傧相一面将黑发男子带往门口，一面喃喃道，“我们可知道您这种美男子是什么货色。”

在门旁，他们硬给黑发男子穿上他的大衣，戴上他的帽子，在他背上猛推一掌。男傧相得意忘形地嘻嘻笑着，用手上的戒指在他后脑勺上一敲……黑发男子身体一晃，朝后仰面倒下，顺着楼梯滚下去了。

“告别啦！回去给大家带个好！”男傧相得意地说。

黑发男子从地上爬起来，拍拍大衣，仰起头，说道：

“傻瓜总是按傻瓜的办法行事。我是个有自尊心的人，不能在你们面前自轻自贱，就让我的马车夫来讲一讲我是什么人吧。请你们过来！格里戈里！”他朝屋子外面喊了一声。

客人们从楼上下来了。过了片刻马车夫从院子里走进前厅。

“格里戈里！”黑发男子对他说，“我是谁？”

“是我的主人——谢苗·潘捷列伊奇……”

“我有什么头衔，我又是怎么取得这个头衔的？”

“荣誉公民，您是靠学问取得这个头衔的……”

“我在什么地方，做什么工作？”

“您在商人波德谢金工厂的技术部门工作，当机械师，您的薪金应当是三千……”

“现在明白了？而我这就告诉您什么是我的请帖！新郎的父亲，商人西涅雷洛夫邀请我来参加婚礼，他现在喝醉了……”

“我亲爱的！我可爱的心肝儿！”男傧相大声嚷起来，“你干吗不早说呢？”

“我是个有自尊心的人……我有自尊心……再见！”

“喂，别，站住……罪过啊，老兄！请您回来，谢苗·潘捷列伊奇！现在清楚了，你是怎样一个人……走吧，咱们去为你的教养干一杯……为思想……”

这位有自尊心的人皱起眉头，想了一下，就走上楼去了。两分钟之后，他已站在小吃部喝着白兰地。

“在这个世界上你没有自尊心就没法活，”他解释道，“我无论什么时候从不向任何人让步！不向任何人！我知道自己的价值。不过你们这些愚昧无知的人，是没法理解这一点的。”

相　册

九品官克拉捷罗夫身体又细又瘦，活像海军部大厦屋顶上的旗杆，他向前迈一步，面对日梅霍夫说道：

“大人！多年来受您的领导和父亲般的关怀……”

“已十年有余。”扎库辛给他提词说。

“已十年有余，使我们内心深为感动，我们，您的下属，特在今天这一对我们来说意义重大的日子……那个……向大人您献上这本有我们照片的相册，以表示我们的敬意和感激，我们希望在您具有重大意义的一生中，还能在很长很长时期，一直到死，您都不抛弃我们……”

“在真理和进步的道路上，用您父亲般的教诲……”扎库辛补充了一句，拭去脑门上突然冒出的汗。显然他很想讲一通，而且多半已经准备好了一篇演说，“愿您的旗帜，”他结束时说，“还将长久地长久地飘扬在天才、劳动、社会自觉的领域里！”

一滴眼泪沿着日梅霍夫皱巴巴的左脸颊往下流。

“先生们！”他用颤抖的声音说道，“我没有料到，怎么也没有想到，你们会来庆贺我这微不足道的纪念日……我很感动……甚至是……非常感动……我至死也不会忘记现在这一时刻，请相信……请相信吧，朋友们，任何人也不会像我这样希望你们幸福……如果过去有什么不合适的地方，那也是为了你们好……”

四品官日梅霍夫同九品官克拉捷罗夫拥抱亲吻，后者没有想到会有这样的殊荣，欣喜得脸都白了。在这之后上司做了一个手势，表示他激动得说不出话来，接着就哭了，仿佛不是别人赠送了一本珍贵的相册给他，而是相反，夺走了他的珍贵相册似的……后来，他稍微平静下来，又说了几句很有感情的话，让每个人跟他握手，便在大家响亮的欢呼声中走下楼去，坐进马车，由祝福声伴送着，离开了。他坐在马车里，心中感到一种从未有过的快乐之情，就又哭了。

家里有新的欢乐在等着他。他的家人、朋友和熟人们为他安排了如此热烈的欢呼场面，使他觉得，他真的为祖国作出了很多有益的贡献，世界上如果没有他，祖国的情况恐怕就会一团糟。纪念日的筵席上连连不断地祝酒、演说、拥抱和流泪。总而言之，日梅霍夫怎么也没有料到，他的业绩会如此受人关注。

“先生们！”在吃甜食之前，他说道，“一个人如果不是只在形式上尽职，不是照章办事，而是出于责任感忠于职守，那么他必不可免地要忍受种种痛苦，而在两个钟头之前，我所受的种种痛苦已经得到了补偿。我任职以来始终坚持一个原则：不是公众为我们服务，而是我们为公众服务。而今天我得到了最高的奖赏！我的下属赠给我一本相册……就是这本！我深受感动！”

一张张喜气洋洋的脸都低下来凑近相册，开始仔细看它。

“这本相册好漂亮啊！”日梅霍夫的女儿奥利亚说，“我想，它值五十卢布左右。啊，多美呀！你，爸爸，把这本相册给我，听见没有？我要把它收好……这么漂亮。”

饭后，奥利亚把相册拿回自己房间，锁在桌子的抽屉里。第二天，她从相册上拿掉那些官吏的照片，把它们扔到地板上，然后把贵族女子中学里她那些女朋友的照片贴进了相册。文官制服便让位给白色短披肩了。大人的儿子科利亚把官吏们的照片拾起来，把他们的衣服涂成红色，给没有胡须的画上绿色的胡须，给下巴上没有胡子的画上棕色的胡子。后来，没有什么能涂颜色的了，他就从照片上剪下小人儿来，用大头针扎穿他们的眼睛，用他们玩小兵的游戏。他把九品官克拉捷罗夫剪下来，贴在一个空火柴盒上，就这样拿到书房去给父亲看。

“爸爸，一座纪念像！你瞧！”

日梅霍夫哈哈大笑起来，身子都摇晃了一下，他心软了，深深地吻着科利亚的脸蛋。

“好了，去吧，淘气包，去给妈妈看。让妈妈也瞧瞧。”

《乔装打扮者》——《相册》

邓蜀平 译

1884—1885

荒唐思想

有一位古代语言教师，貌似严肃，正经而且爱发脾气，骨子里却是个喜欢幻想的自由主义者。他对我诉苦，在他上翻译课[①]和出席教师会议时，各种荒唐而难解的问题老在折磨他。他抱怨说，时不时有些怪念头钻入他的脑袋，比如这类想法："如果地板成了天花板而天花板成了地板，那会怎么样呢？古代语言有什么作用，有利还是有弊？如果校长住在月亮上，教师们如何去拜访？"如此等等。如果诸如此类的想法总出现在头脑中挥之不去，这在心理学上称之为"强制性思维"。这是沉重的不治之症，但观察起来却十分有趣。前两天这位教师来到我这里，说他开始受这样一个问题的折磨："如果男人都照女人那样穿着打扮会怎么样呢？"这问题荒唐，反常，甚至不成体统，但不能说难以回答。这位教师是这么回答的：如果男人们照女人那样穿着打扮，则：

十四品文官平常穿布连衣裙，盛大节日则穿纱罗。他们会穿一卢布一件的内衣，花条棉线长袜，袒胸露背只在自己的同伴中才不受禁止……

邮差和采访记者因跨过清渠和水坑会因妨害风化受到追究。

住在莫斯科的尤里耶夫[②]会穿着钟式裙子和棉布外衣。

学校的守门人米海依和马加尔每天早晨会到校长那里给他穿上紧身衣。

特别委任的官员和慈善团体的秘书在穿着打扮上花钱入不敷出。

诗人乌依科夫头上是鬈发，身上是带红带子的绿色连衣裙，戴着压发帽。

阿克萨科夫的胖身子罩在女式无袖长袍和坎肩之内。

洛则沃·赛瓦斯托波尔铁路的头头们因穷所累，只穿着衬裙。

于是有这样的对话：

“大人，您的裙腰无与伦比！撑腰架美妙绝伦！只是前胸的领口大了一点。”

“合乎规定，老弟！第四级的领口！喂，给我把下面的花边弄好！”如此等等。③

---

① 指把俄语译为拉丁语和希腊语的练习。

② C.A.尤里耶夫（1821—1888），著名文学家、戏剧家。

③ 本篇意在讽刺当时极度的思想禁锢。

自我陶醉

神话故事

有一位警察局长天赋挺高，人人尊敬，可是有个坏习惯，那就是喜欢坐在人堆里夸耀自己的天赋。应当为他说句完全公道的话，他的天赋的确不低。他夸耀自己的聪明、精力、力气、思维方式等。

“我有力气！”他说，“一高兴我能把马掌铁掰成两半，一高兴我能一口吃掉个活人……我能捣毁迦太基①，戈尔迪之结②我能一剑把它斩开，我就这么棒！”

他自吹自擂，大家可都对他感到惊奇。不幸的是，这位警察局长没上过什么学，也没读过古训。他不知道，自我陶醉和骄傲实质是与高尚心灵不相称的缺点。但有一件事让他醒悟了。有一回他到自己的朋友，老消防队长家去。一看那里高朋满座，于是又吹了起来。三杯白酒下肚，他把眼一瞪，说道：

“渺小的人们，你们看哪，看清楚想明白！看见天上的太阳和星星云彩了吗？太阳东边出来西边落下，谁也改变不了它的路线！可我能够！我行！”

老消防队长给他斟上第四杯酒，亲热地指点道：

“我信！人的聪明无所不能。智慧胜过一切。他能把马掌铁掰两半，他能把消防瞭望台盖到天那么高，能从死人手里拿到贿赂。但是，彼得·叶甫特罗内奇，我斗胆说一句，有一样东西，别说人的智慧斗不过它，就是您的能力也不行。”

“那是什么玩艺儿？”自大狂满脸瞧不起地冷笑一声。

“您能战胜一切，可就是战胜不了自己。是的！古语说，要有自知之明……可您既无自知之明，更不能战胜自己。违反天性是行不通的，就这么回事！”

“不对，我能行，我能战胜自己！”

“噢，您胜不过自己，请相信我老头子，胜不过的！”

他俩争论起来。最后老消防队长把这位傲气十足的人带到一个小铺子说：

“我现在就给您证明……这位小铺老板的钱盒子里有一张十卢布钞票。您如果能战胜自己，就别拿这个钱！”

“我就不拿，胜得过！”

傲气十足的人把两只手交叉在胸前，在众目睽睽之下开始跟自己较劲。他斗争了好大工夫，十分难受。足有半个钟头他瞪着眼睛，脸色紫涨，握紧双拳，但最后他受不住了，不由自主地把手伸向钱盒子，抽出那张十卢布钞票，慌忙塞到自己的衣袋里。

“是的！”他说，“现在我明白了！”

从此他再也不夸耀自己的能力了。

---

① 古代北非城市国家。

② 古代希腊传说中弗里吉亚国王所打的难以解开的结，后被马其顿王亚历山大一剑斩开。

住在别墅的女人

列莉娅（姓从略），一个三十岁的漂亮金发女人，站在别墅的花圃旁，下巴搁在横栏上，朝远方眺望。伸延到整个远方的田野，天空中的朵朵白云，远处黑沉沉的火车站，和距花圃十步外奔流的小溪都沉浸在月光中。紫红色的月亮正从古墓后升起。小风儿闲得没事，吹起水上的涟漪，把小草吹得沙沙响……四周一片寂静……列莉娅陷入沉思……她那俊俏的面容是那么忧郁，眼神是那么苦恼，如果不分担她的痛苦可真有点说不过去，未免过分无情。

她正在作今昔的对比，回想去年也是在这闷热而有诗意的五月，她还是贵族中学的学生，正参加毕业考试。她想起了班主任马修女士，一个很不开化、疾病缠身、才智平庸的女人，脸上经常带着惊恐，大鼻子总是冒着汗珠。就是这位女士带着毕业生们到照相馆去照相。

“啊，我求求您啦，”她请求照相馆的女职员，“请您别给他们看男人的相片！”

她是含着眼泪这么请求的。这个可怜的蜥蜴从来不知道什么是男人，一看到男人的面孔就产生一种近似神秘的恐惧。她能在每个“恶魔”的胡子里看到天堂般的欢乐，而这欢乐定要把人引到不可知而可怕的，没有出路的深渊。毕业生都笑话马修女士，但她们深受“理想”的熏陶，对于她这近似神秘的恐惧也不免抱有同感。她们都深信，在贵族女中墙外，如果不算自己那患有炎症的老爸和成家自立的兄弟们，到处都是头发乱蓬蓬的诗人、面色苍白的歌手、尖酸刻薄的讽刺作家、舍生忘死的爱国分子、家财无数的百万富翁、能言善辩、声泪俱下而又非常有趣的辩护律师……看着这万头攒动的人群你就从中挑一个吧！说到列莉娅，她深信自己从贵族女中一毕业，准会碰上一个屠格涅夫笔下的人物，或是其他为真理和进步而奋斗的英雄、战士。关于这类人物，所有的长篇小说，甚至所有那些上古、中古、现代的历史教科书都大书特书……

到了今年五月列莉娅已经结了婚。她的丈夫漂亮，富有，年轻，受过教育，人人敬重。但是，尽管如此，他其实粗鄙不文、蛮不讲理，与世上无数的蠢男人毫无二致。在这充满诗意的五月，承认这一点真不好意思。

他早晨十时准时醒来，穿上睡衣，坐下刮脸。他刮起脸来聚精会神，津津有味，有条有理，就像正在发明电话机一般。刮完脸喝某种水，也是那么聚精会神，然后穿上刷得干干净净、熨得平平整整的全套衣服，吻一下妻子的手，乘上自备的马车到“保险公司”上班。在这家“保险公司”他干些什么，列莉娅不得而知。也许不过抄抄文件，也许拟定精明的方案，甚至也可能操纵公司的命运——一概不清楚。三点钟他下班回家，一面抱怨疲乏和出汗，一面换内衣，然后坐下来吃午饭。他吃得多，说得也多，谈的大多是高深的题目。他解决妇女问题和财政问题，为某事骂英国，夸奖俾斯麦。报纸、医药、演员、大学生都受到他的斥责“……年轻人变得惊人地浅薄！”一顿饭的时间他能解决上百个问题。但可怕的是，在座的客人们听着这个脾气坏的人高谈阔论却连连称是。他说话既荒唐又粗俗，但比起所有的客人却显得聪明，甚至堪称权威人士。

“我们现在没有好的作家！”每次吃午饭时他都因此而感叹，但这个信念他并非从阅读中得来。他从来什么都不读，不读书，也不看报。他把屠格涅夫和陀思妥耶夫斯基混为一谈，看不懂漫画，听不懂笑话，有一回列莉娅推荐他看一部谢德林的作品，他却发现谢德林写得“含混朦胧”。

“至于普希金嘛，*我亲爱的*，比较好一点……普希金有些挺可笑的东西！我看过……记得……”

午饭后他走到阳台上，坐在软和的圈椅里，半闭着眼睛沉思默想。他皱着眉，板着脸，聚精会神地想了好久。他在想什么，列莉娅不清楚。她只知道，经过两个小时的沉思默想，他一点没变得更聪明，还是满口胡说八道。晚上玩纸牌，玩完牌客人散去，他又喝某种水，然后带着心事重重的样子躺下睡觉。他睡得安稳，好像一根放倒的圆木，偶尔说两句梦话，不过连梦话也无聊。

“马车夫！马车夫！”婚后第二天夜里列莉娅听见他说。

他整夜打呼噜，鼻子、胸膛、肚子都呼噜呼噜地响。

关于他这个人，列莉娅再也没别的可说。现在她站在花圃旁，想着他，拿他和自己认识的所有男人相比，发现他比所有男人都强。但她并不因此而感到好过一点。马修太太那近乎神秘的恐惧是有更丰富的内涵的。

和老婆吵架

巧事

“见鬼！人家下班回家，饿得像条狗，可给人家吃的鬼知道是什么玩艺儿！而且还说不得，你一说立刻大哭大嚎，眼泪汪汪！我真该遭三回报应，谁叫我结婚呢！”

丈夫说完这些话，狂怒地把门砰一声带上了。妻子放声大哭，拿餐巾捂着脸也出去了。午餐就此结束。

丈夫回到自己的书房，一头倒在长沙发上，把脸埋在枕头里。

“鬼迷心窍才结婚！”他心中暗想，“家庭生活真叫好，没说的！还没等结完婚，就想冲着自己开一枪！”

一刻钟后门外响起轻轻的脚步声。

“对，这是理所当然……她侮辱了你，作践了你，如今又在你门前走来走去，想跟你讲和！”

门吱扭一声轻轻开了，没再关上。不知是谁走了进来，迈着轻轻的、怯怯的脚步朝长沙发走来。

“好哇！你求饶吧！央告吧！哭吧！……你会碰个大钉子！鬼东西！休想听到我说一个字，死也不说……我睡觉，不想说话！”

丈夫把脑袋更深地埋到枕头里，并且轻轻地打起呼噜来。但男人也是软弱的，和女人一样，很容易就被弄得心肠发软，心头发热。丈夫觉得自己背后有个热乎乎的身子。他倔强地往长沙发里头缩了缩，贴紧沙发背，而且蹬了一下腿。

“是啊，现在你爬过来，贴上来，巴结我，一会儿你就会亲我的肩膀，下跪，我可受不了这些肉麻的把戏……不过呢……还是得原谅她。她怀了孕，不宜担惊受怕。让她难受一个钟头，治她一下就饶了她……”

在他耳朵上方轻轻飘来一声深深的叹息，然后又是一声，第三声……丈夫感到一只小手摸他的肩膀。

“得了，老天保佑她！最后饶她一次。怪可怜的，别再折磨她了！再说我也不对，为一点小事就大吵大闹……”

“得了，算了，我的小乖乖！”

丈夫朝身后一伸手，搂住个热乎乎的身子。

“呸！”

躺在他身边的是他的大狗江卡。

俄国煤

真事

四月里一个美好的早晨，俄国伯爵土卢波夫乘轮船沿莱茵河顺流而下，因为闲着没事和“卖香肠的”①聊起天来。和他谈话的自称是采矿技师阿尔土尔·因布斯，这个年轻的德国人生得精瘦，浑身上下最惹眼的是那副高傲的学者面孔，个人的自尊和浆得紧绷绷的衣领。他一谈起俄国的煤炭就说个没完，再也不谈别的，尽管伯爵已经感到厌烦了。

“我们煤炭的命运太惨了！”伯爵顺口说了一句，像专家学者似的长叹一声，“您无法想象，彼得堡和莫斯科靠英国煤过日子，整个俄罗斯把自己大片大片未开发的贵重林木扔到炉子里当柴烧，而与此同时俄国南方地下埋着数不尽的宝藏！”

因布斯伤心地摇摇头，气恼地干咳一声，叫人把俄国地图拿来。

仆役拿来地图，伯爵伸出小手指头，用指甲尖顺着亚速海的沿岸划下去，在哈尔科夫附近划了个口子，说道：

“就在这儿……到处都是……明白吗？整个南方。”

因布斯想更准确地弄清楚俄国煤炭埋藏的地方，但是伯爵说不出任何明确的意见，只用指甲尖在俄国地图上乱划，有一次本想指出盛产煤炭的顿河州，却把指甲尖戳到斯塔夫罗波尔省去了。看来这位俄国伯爵对本国的地理所知甚少。当因布斯告诉他在俄罗斯有喀尔巴阡山脉时，他大吃一惊，甚至露出不相信的脸色。

“您知道吗，我本人在顿河地区有领地，”伯爵说，“八千俄亩的土地。极好的田产！那里头埋藏的煤炭，你想想吧，……不计其数，汪洋大海[2]……几百万吨……白白埋在地下……我早就想解决这个问题……寻找机会，选择合适的人。要知道在我们俄罗斯没有专家！人才太缺啦！”

他们泛泛地谈起专家的问题，谈了很多，谈了很久……谈到最后伯爵像被蛇咬了似的突然跳了起来，拍了下自己的额头说道：

“您猜怎么着，我很高兴遇见了您。您是否愿意到我的领地去？啊？在这儿，在德国您能干什么呢？在这里有学问的德国人就是不算您也相当多了，可您在我那里能干出一番事业来！而且是什么样的事业呀！……愿意去吗？您赶快答应吧！”

因布斯皱起眉头，在船舱里来回走了一会，经过考虑和衡量，然后答应了。

伯爵握握他的手，喊人拿香槟来……

“噢，现在我放心了，”他说，“我要有煤啦……”

一星期后，因布斯带着书、图纸和希望来到俄罗斯，心灵不那么干净地梦想赚俄国卢布。在莫斯科伯爵给了他二百卢布、领地的地址后，吩咐他到南方去。

“您动身去吧，到那里就干起来……我也许秋天去。请写信告诉我情况……”

来到土卢波夫的领地，因布斯住在一间厢房里。他到达后的次日就着手“供应俄罗斯煤炭”。三星期后他给伯爵寄去头一封信：“我已经了解了您领地上煤炭的情况，”在一大段胆怯的开场白后他写道，“我发现煤的品质不高，不值得开采。就算它的质量再高两倍，也不该动它。除品质问题外，让我吃惊的是毫无销路。您的邻居，煤矿老板阿尔巴托夫已经积存了一千五百万普特，然而连出价一戈比一普特的买主也没有。顿涅茨运煤铁路就穿过您的领地，它

① 指德国人，当时许多德国人在俄国做香肠生意。

② 原文为德语。

是专门修来运煤的，可是建成以来没运过一普特煤。只有昧着良心或是过于轻率才会让您抱有哪怕一丝一毫的成功希望。我斗胆再说一句，您的田产经营得杂乱无章，一片荒芜，因而开采煤炭，以及任何新的开发项目都是太高的破费。”信的最后德国人请求伯爵把他推荐给别的俄国公爵和伯爵[1]，或是给他汇点钱[2]来作返回德国的路费。因布斯从此就等待仁慈的回信，闲来无事或去钓鲫鱼，或吹芦笛诱捕鹌鹑。

回信到了，但收信的不是因布斯，而是庄园总管波兰人杰尔仁斯基。伯爵在信尾的附言里写道："请告诉那个德国人，他屁事不懂。我把他的信拿给一位采矿工程师（三品文官穆列耶夫）看了，引起一阵讥笑。不过我不留他。让他走好了。至于路费他是有的。我给了他二百卢布，就算他在路上用了五十卢布，还有一百五十呢。”因布斯知道了这样的答复可吓坏了。他坐了下来，用德国式模糊难认的笔体写满两张信纸。他央求伯爵宽宏大量，原谅他在头封信中隐瞒了许多重要的情况。他含着眼泪，受着良心的责备写道："除去从莫斯科到此地的旅费剩下一百七十二卢布，但这笔钱我一不小心打牌时输给了杰尔仁斯基。后来我赢了他二百五十卢布，但他不给我钱，尽管他把我输的钱通通拿去了。所以我斗胆请求权力无边的阁下，让可尊敬的杰尔仁斯基先生把钱付给我，哪怕付一半也好，这样我就可以离开俄国而不在您这里白吃饭。”从此以后有许多水流进了海洋，有许多鲫鱼和鹌鹑被因布斯捉住，这才收到第二封信算是回音。七月末的一天，波兰人走进因布斯的房间，在床上坐下以后，就念念有词，回忆德国话里那些骂人的词儿。

"这个伯爵是个惊人的蠢驴！"他说道，一面用帽子敲着桌沿，"他给我来信，说这两天到意大利去，可关于您没有任何指示。我把您弄到哪儿去呢？难道说就着白酒把您吃了不成？再说，他老惦记

---

① 原文为德语。

② 同上。

着他妈的煤干什么？他用不着煤，就像我用不着您这副尊容一样，见他的鬼去！而您也真行。没的说！一个愚蠢的浪荡公子，吃饱了没事干跟您胡诌一通，您居然就信了！”

“伯爵要到意大利去？”因布斯吃惊道，脸都白了，“那钱给我汇来了吗？没有？！那我怎么离开这儿？我一个钱也没有哇！……您听我说，尊敬的杰尔仁斯基先生……如果您不能把输的钱给我，那您是不是把我的书和图纸买下来？在俄国您会把它们卖个好价钱的！”

“在俄国用不着您的书和图纸。”

因布斯坐下沉思起来。就在波兰人大发脾气之际，德国人则在设法解决自己的切身问题。他像德国人那样在这几分钟痛切地感觉到甚至自己的血液都出了毛病，他瘦了，肉皮也松了，原来那一脸高傲的学者派头变成了一脸的痛苦和绝望……一想自己成为一个毫无出路的俘虏，远离莱茵河，远离采矿的伙伴，不禁痛哭失声……夜晚他坐在窗前望月……四周一片寂静。远处手风琴嗞嗞啦啦地响，哀怨的俄罗斯歌曲如泣如诉，歌声撕扯着因布斯的心……他满怀思乡之苦，他渴求法制和公道，甚至不惜性命，只求今天夜里能回到家中……

“这里月色光明，那里也是月色光明，但是差别可太大了！”他想。

因布斯苦恼了一夜。天快亮时他再也忍受不住，决心一走了之。他把“在俄国用不着”的书和图纸装在背包里，空肚子喝了点水，清晨四点钟拖拉着步子朝北走去。他决定去哈尔科夫，就是不久前伯爵用粉红色指甲划了一道口子的地方。他希望在哈尔科夫遇到德国人，他们会给他路费。

“在火车上，有人趁我睡觉，把我脚上的靴子扒去了，”一个月后，因布斯还是在那条轮船上对自己的朋友们说，“这就是俄国的诚实！不过，归根到底，应该为他们说句公道话：有一个俄国火车乘务员把我从斯拉夫扬斯克一直送到哈尔科夫，只要了我四十戈比，那钱是我用海泡石烟斗换来的。这件事不正当，不过还算便宜！”

别墅规则

§疯子、呆子、传染病患者、老人、幼儿以及在职的下级官员一概禁止住别墅，因为正式结婚的危险在任何地方都不如在清洁的户外那么大。

§好好生活，生育繁衍。

§如果你坐在女邻居家里连喝三杯茶，在这之后感到心动神摇，不必忙于用药，戴上帽子走掉就是了。

§在河中洗澡时不要背对河岸，因为当时可能有女士在岸上。

§由于频繁接吻而在唇上长疮，其治疗方法与其用软膏不如受父母和监护人的教训。

§如果你的左边腮帮子上长了个脓疮，那么你要想方设法在右边腮帮子上也长个一模一样的脓疮，因为没有什么比对称更加好看。

注意：如果你腮帮子上长疮，那就别让你老婆抽你的嘴巴子。

§如果亲爱的爸爸无偿送给你雪茄烟，同时极力对你隐瞒他的动产和不动产已经抵押出去；如果亲爱的妈妈请你喝咖啡，吃奶油小点心；如果女儿大唱《月儿飘游》并且不怕和你单独在一起，那你赶紧去找警察，因为你正在受蒙骗。

§不许踩草地，不许污染土壤，不许破坏白杨，只在有助于教学和审判时才可破坏白杨。

§如果你陷入情网，你要取半磅亚历山大叶，一升白酒，一勺松节油，半磅《彼得堡公报》纸灰，拌在一起一次服下。因此而得的病逼得你离开别墅，进城求医，你就顾不上恋爱了。

§警察和扫院子的有责任注意：a）谈情说爱用词要文雅；b）情话中不要有贬低合法的健康思想的言辞；c）在校学生只用拉丁语或希腊语谈情，要穿制服，要珍惜自己学校的荣誉；d）九品以下的官员与四品以上的官员保持适当距离。

§别墅主人和派出所所长们最好启发年轻人，了解下面这样一类的话，例如“为了你我愿意付出整个世界！对于我来说，你比生命还要珍贵！”等至少用词不当。因为它们会使警察和扫院子的对生命的目的和宇宙的伟大产生错误的看法。

§为防夜间下雨，就寝时要穿上套鞋，盖上帆布，心旷神怡地透过帆布倾听妻子的唠叨、孩子受惊的哭叫和警察的警笛声。

§如果被别墅的小偷骗子弄去钱财，你就去当警察来报仇，此外没别的办法。

§为防止自己的别墅受亲友的打扰，你要散布谣言，说你这人政治上不可靠。

§总而言之：别穿浅色裤子，喝完牛奶别喝酸汽水，利用猫的音乐会和老处女的高调门锻炼自己的听觉，藐视天灾，按时给节钱，尊敬父母，热爱长官——你定会幸福。

致采访记者的信

尊敬的先生！一切我都知道！本星期发生大火灾六场，小火灾四场。一个年轻人开枪自杀，死于对一个姑娘的热恋，而该姑娘听到他的死讯，也精神失常。扫院子的古斯金由于喝多了结果上了吊。昨天沉了一条小船，上面有两位乘客和一个小孩……可怜的孩子！一个商人在“乐园饭店”背上给烧了个洞而且差点被扭断脖子。逮住四个衣冠楚楚的骗子，还有一列货车出了轨。这些消息我全知道，先生，有这么多形形色色的好新闻，您现在这么有钱，可是工钱您一分也不给我！……体面的先生们是不这么干的！

您的裁缝

兹米尔洛夫

无脾人报导

人心浮动

摘自某城大事记

大地如同一团火。午后的太阳晒得过于起劲，以致挂在收税官办公室的温度表不知如何是好，已经升到 35.8 度，这才犹豫不决地停下来……市民身上大汗淋漓，就像跑累的马一样，任凭汗水干在身上、脸上，懒得去擦。

在市集的大广场上，在百叶窗紧闭的房屋前走着两个市民。一个是地方金库的出纳波切希兴，一个是诉讼代理人奥普契莫夫（他又是《祖国之子》报的老资格记者）。由于天气太热两个人只是默默地往前走。奥普契莫夫眼见尘土飞扬，广场很不干净，本想骂两句地方自治局，但他知道自己这位同伴禀性温良，为人和气，所以不曾开口。

波切希兴走到广场中央突然停住脚步，朝天空望去。

“您看什么？叶甫普尔 · 谢拉皮奥内奇？”

“椋鸟飞来了。我看它们落到什么地方。黑压压好大一片！如果用枪打，然后把它们都拾起来……如果……它们落在大司祭的花园里了！”

“根本不对，叶甫普尔 · 谢拉皮奥内奇。他们没有落在大司祭家，而落在了助祭符拉多阿托夫家。要是从这里开枪打，什么也打不着。霰弹的颗粒小，飞到目标时已经没力量了，再者说，请您想一想，干吗打死它们呢？鸟儿吃果子，所以有害，这话不假，但它总是条性命，是个活物。椋鸟，比方说，会唱歌……试问，它为什么唱歌呢？为了歌颂。任何活物都歌颂上帝。哦，不对了！看来它们是落在大司祭家里了！”

三个朝圣的老太婆悄没声儿地从这两位正在交谈的市民身边走过去。老太婆们背着背包，穿着树皮鞋，她们心存疑问地瞧了瞧波切希兴和奥普契莫夫。这两位不知什么缘故正仔细观瞧大司祭的住宅。老太婆们的脚步更轻了，在离他们不远处停住，又朝这两位朋友看了一眼，紧跟着她们自己也朝大司祭的住宅望起来。

“是的，您说得对，它们落在了大司祭家，”奥普契莫夫接着说，“他家现在樱桃熟了，所以它们就飞来啄食。”

大司祭沃斯米斯契谢夫本人和诵经士叶甫斯基格内依从花园角门走出来。他看见大家都留神朝自己这边张望，不知道他们在看什么，就站下来和诵经士一起也往上瞧，想弄明白是怎么回事。

“巴伊西神甫多半是去行圣礼，愿上帝保佑他！”波切希兴说。

在两位朋友和大司祭之间那片空地上走过来一群普洛夫工厂的工人，他们刚在河里洗完澡，这些人一见巴伊西神甫使劲往天空仔细观瞧，于是也停住脚步朝那儿望起来。一个给讨饭瞎子引路的小孩也这么做，还有一个跟着往天上望的是个庄稼汉，他正提着一小桶臭了的青鱼要倒在广场上。

“大概是出了什么事了，”波切希兴说，“是不是着火了？不对，没看见冒烟呀！喂，库兹玛！”他朝那停住脚步的庄稼汉叫了一声，“那边出什么事了？”

庄稼汉回答了两句，可是波切希兴和奥普契莫夫什么也没听清楚。所有小铺子的伙计都睡意蒙眬地出现在店门前。有几个抹灰工正在粉刷商人费尔契库林的食品杂货店，这时也丢下梯子凑到工人群里去了。瞭望塔上的消防队员本来在上面光着脚板转圈子，这时停住脚步，望了一会，从塔上走了下来。瞭望塔上没了人影，这情景更加可疑。

“是不是什么地方着火了？哎，你们别推推搡搡的，死猪！”

“你们看见哪儿着火了？哪里有什么火警？先生们，请你们散一散，我们客气地请求你们！”

“大概是屋子里头起火了！”

“说什么客气地请求，可他自己却乱打一气。请您别抡胳膊！您虽然是位长官先生，可您没有权利随便动手！”

“你踩了我的鸡眼啦！但愿把你挤死！”

“谁被挤死了？伙计们，有人被挤死啦！”

“这一大群人是怎么回事？有什么必要聚集在这里？”

“长官，有人给挤死了！”

“在哪儿？请你们散开！先生们，我客客气气地请求你们！人家在客气地请求呢，木头脑袋！”

“你去推搡庄稼汉去，不许你碰贵族！别挨我的边儿！”

“难道这些家伙也算人吗？难道他们肯听良言相劝吗？西德罗夫，你去跑一趟，把阿基木·丹尼雷奇找来！快！先生们，你们要倒霉啦！阿基木·丹尼雷奇一到，准够你们受的！巴菲尔，你也在这里，一个瞎子，这么大年纪，居然不守规矩，跟着大伙儿起哄！斯米尔诺夫，把巴菲尔记下来！”

“是！普洛夫工厂的那帮家伙是不是也记下来？就这小子，脸蛋胖乎乎的，他就是普洛夫工厂的！”

“普洛夫工厂的暂时别记……普洛夫明天过生日！”

大群椋鸟乌云一般从大司祭的园子里飞起来，但波切希兴和奥普契莫夫已经视而不见，他俩站在那里还一个劲地朝上望，想弄明白，这一大群人为什么聚在这里，他们在朝哪儿看。阿基木·丹尼雷奇出现了，他嘴里嚼着食物，一边擦嘴唇，一边大嚷大叫，挤入人群。

“消防队员，准备！请散开！奥普契莫夫先生，请散开，您可是要倒霉的！与其把正经人拿到报纸上乱批评，您不如想法子把自己管得像样一点！报纸是不会教人学好的！”

“请您不要涉及报刊，”奥普契莫夫大为恼火，“我是作家，不准您干涉舆论。虽然根据公民的义务，我把您当作民之父母和恩人加以尊敬！”

"消防队员，拿水浇他们！"

"没水，长官！"

"少说废话！赶紧坐车拉水去！快！"

"没车，长官，少校坐消防队的车送他老人家的姑姑去了！"

"散开！向后退，见你们的鬼去……你骂骂咧咧？把他记下来，鬼东西！"

"铅笔找不到了，长官……"

人群越聚越大，越聚越大……要不是格拉什金饭铺里有人想试试从莫斯科新买的风琴，天知道这人群会大到什么程度。这群人听见奏起《射击手》的曲子，"啊呀"一声齐奔向了小饭铺。就这样谁也不知道人群为什么聚集起来，而奥普契莫夫和波切希兴也早把肇事的罪魁祸首——椋鸟忘得一干二净。一小时后城市已安然平定，寂静无声，能看到的活人只有一个——在瞭望塔上走来走去的消防队员。

当天晚上阿基木·丹尼雷奇坐在费尔契库林的食品杂货店里，喝着加白兰地的柠檬汽水，写道："大人，除正式公文以外，我斗胆以个人名义略做补充。慈父和恩人！本案之所以未走向极端，实归功于您那贤德夫人之祈祷！她老人家正住在本城附近一所空气清新之别墅中。今日我之种种遭遇实非笔墨之可以形容。克鲁申斯基和消防队少校波尔土波耶夫指挥若定，其干练亦难予以恰当之描绘。对这些祖国十分称职之公仆我引以为荣！我尽了自己的绵薄之力！本人软弱无能，但愿民众幸福，别无他求。现在我坐在自己温暖的家中，含泪感谢上苍，未使本案酿成流血惨剧。肇事人等因证据不足暂时予以拘留，但一星期后我想释放他们。他们只因愚昧无知，才触犯圣诫也！"

别墅乐事

土地测量处官员丘达科夫和一个叫克西努索夫的悄悄游到水滨女浴棚跟前，找到一条最宽的棚缝，往里头观察起来。

“她大概就在这儿，”克西努索夫悄声说道，“可是我没瞧见。”

“我可瞧见了，她就在右边那个旮旯，底下铺着条单子。”

“对，对……瞧见了……他妈的……”

“她胖乎乎的！”

“我可没瞧出来，平平常常……还算可以吧。怎么才够得着她呢？他妈的！”

“老弟，值不得搭理……见她的鬼去吧！”

“人不知鬼不觉，……我扎个猛子，米沙……”

“你会碰破脑袋……别扎猛子……”

“要是这样，那我就爬进去……”

克西努索夫一只脚登上横梁，爬了过去……

丘达科夫紧盯着棚缝，眼里冒出嫉妒的火花……

不过，说到这里，为了不叫读者太感失望，我还是赶紧打住吧：原来说的是一只盛着露酒的大肚酒瓶①。一小时前克西努索夫的妈妈洗澡时用露酒擦身，临离开浴棚时却忘记把瓶子带走。教训：甚至年轻人也可能成为酒鬼。

---

① 俄语“酒瓶”属阴性名词，用“她”字代表。

理想的考试

对一切长问题的短回答

必要条件[1]：一个很聪明的教师和一个很聪明的学生。前者毒辣而执著，后者能言善辩，无懈可击。如同理想的消防队在火灾前半小时已到现场，理想的学生在提问前半小时已作好答复。为行文简短，也为避免多拿稿费[2]，我用演戏的方式说明要旨。

教师 · 您方才说，大地是个圆球。可是您忘了，在那上面有高山、深谷、莫斯科的大马路，这一切都妨碍它成为圆形！

学生 · 它们对其成为圆形的影响，犹如橙子上的小坑或面孔上的粉刺。

教师 · 何谓面孔?

学生 · 面孔是心灵的镜子，这面镜子很容易打碎，就像任何别的镜子一样。

教师 · 何谓镜子?

学生 · 镜子是一种仪器，女人一天十次用它称量自己的武装。镜子对于女人来说是金银化验局。

教师（恶毒地）· 天哪，您可真聪明！（想一想）现在我对您提一个问题……（迅速地）什么是生活?

学生 · 生活是稿费，其得主不是作者，而是其作品。

教师 · 这稿费有多少?

学生 · 与那些糟糕的出版社对很糟糕的翻译给的稿费相等。

教师 · 是这样……您能否谈谈铁路的情况?

学生（说得又快又清楚）· 就铁路一词的广义来说，它是一种工具，用来运货、放血，并给穷人以强烈的感受。它主要由道路和铁路规章所构成。后者有如下的性质。火车站与屠宰场同属于卫生监督机关，而铁道则与公墓相等，盖二者为了保持空气的清新均应建立于距居民区较远的地方。被铁路运送的人士称为乘客，到达目的地后则更名为亡人。一个人坐火车到坦波夫州去看姑母或到萨拉托夫市去看表妹，如果不自愿地被打发到老祖宗那里[③]，他应当申明并非自愿，但不得晚于火车颠覆后的六个月。要立遗嘱者可到副乘务员那里领取墨水和笔，按定价付费。如遇撞车出轨等情况，乘客有责任保持安静并抓住地面。在两列火车相撞时第三列车不应参与……

教师 · 够了，请稍停……喏，什么是公平?

学生 · 公平是挂在每辆车厢内的铁路定价表：打破玻璃赔偿两卢布；撕破窗帘赔偿三卢布；弄破沙发面赔偿五卢布，而火车颠覆时乘客毁伤自身则不付分文。

教师 · 是谁给莫斯科的街道洒水冲洗。

学生 · 雨。

教师 · 是谁因此而挣钱?

学生 · （举出河流的名字。）

教师 · 好的……关于有轨马车您有什么话说?

学生 · 有轨马车，或简称为马轨，由内部、上部和有轨马车规章三个部分构成。内部值五戈比，上部值三戈比，有轨马车规章一文不值。第一部分供人最方便地观察乘务员的脾气，第二部分供人在每天早晨窥视二层楼窗内的袒胸露背的人，第三部分用来执行。这些规章的实质如下：不是马车为了群众，而是群众为了马车。乘务员走进车厢时群众应面带愉快的笑容。前进后退与绝对安静是同

① 原文为拉丁语。

② 我不懂，稿费有什么好处！——作者注

③ 原文为拉丁语。

义之词。速度递减，有时等于零，每逢大节日每小时前进两寸。乘客对于马车出轨不付分文。

教师·请您谈谈，为什么两车相遇时响铃铛而乘务员则撕下车票的一角？

学生·二者都是发明人的秘密。

教师·您最喜欢什么样的作家。

学生·善于及时画上句号者。

教师·有道理……您是否知道，眼下是谁在干那些令读者深恶痛绝的胡作非为之事？

学生·这是编辑的秘密。不过对于您嘛，我大概……您要是愿意，我对您揭开这个秘密……（耳语）。上了岁数就胡作非为。

轻松喜剧

午饭吃完了。厨娘接到吩咐，收拾饭桌要静悄悄地，别弄出杯盘声和脚步声。孩子们也被急忙带到林子里去了……原因是别墅主人奥西普·费奥多内奇·克洛奇科夫，一个害肺痨病的干瘦男子，两眼深陷，尖鼻子，从口袋里掏出个本子，有点害臊地嗽了嗽喉咙，正开始朗读他自己写的一出轻松喜剧。这个剧实际并不复杂，无碍风化，又挺短。内容如下：官员亚斯诺谢尔采夫跑上舞台，向妻子宣布，他的上司，四等文官克列晓夫，对他们的女儿丽莎产生了好感，马上就要光临他家做客来了。接下去是亚斯诺谢尔采夫的大段独白，主题是：做将军的岳父大人多么开心！“他全身挂满勋章……镶满红镶条……而你跟他并排而坐——也没什么！好像在乾坤运转之中你确乎并非末流人物！”未来的岳父正在如此这般梦想的时候，突然发现房间里充满烧鹅味儿。房间里满是怪味儿是不宜接待贵宾的，于是亚斯诺谢尔采夫训斥起老婆来。老婆说：“你这人真难伺候。”说罢便放声大哭。未来的岳父抱住脑袋，命令老婆住嘴，因为没有哭肿眼睛去迎接上司的，“蠢娘们儿！擦干眼泪……木乃伊！你这个愚昧无知的希罗底[①]！”老婆变得歇斯底里了。女儿宣称，她没法跟这么狂暴的父母一块儿生活，就动手穿衣服，准备离家出走。事情越闹越大。结局是贵客登场，遇上医生正把沉甸甸的湿敷布敷在那位丈夫的额头上。警察区长正在书写关于扰乱社会安宁的记录公文。全剧就是这样。可是到此又添了个尾巴！丽莎的未婚夫格兰斯基，法学候补博士，一个“新派”人物上场，讲了一通大道理，显然他在剧中体现正面因素。

克洛奇科夫一面念，一面不住斜睨观众：笑了吗？令他十分满意的是，客人们时而用拳头捂住嘴巴并且互换眼色。

“喂，你们有何见教？”克洛奇科夫读完，抬眼望着听众问，“怎么样？”

客人中年纪最大的一位，米特罗凡·尼科拉伊奇·扎马祖林，白发，秃顶像月亮一样发光，起身作答。他眼泪汪汪地拥抱了克洛奇科夫。

“谢谢你，宝贝，”他说，“给了我们快乐……你这剧写得真好，叫我眼泪忍不住都流出来了……让我再一次……拥抱你……”

“好极了！高！”波卢姆拉托夫跳起来，“天才！完全是个天才！你知道该怎么办吗，老兄？抛弃职务，专搞写作！写，一个劲儿写！让天才埋没是可耻的！”

接着是纷纷道贺，欢呼，拥抱……差人去拿俄国香槟。

克洛奇科夫手脚失措，满脸通红，万分激动地绕着桌子走起来。

“我早已发现自己有这份天才！”他说，一面咳嗽，一面挥舞双手，“几乎从幼年起……我文从字顺，时而妙趣横生……懂戏剧，因为我在业余爱好者中间混过十年……还需要什么？只消在这个行当里干一干、学一学……我哪点不如别人？”

“确实，要学一学……”扎马祖林说，“这点你说得对……只是我要说，宝贝……你原谅我说实话……实话最要紧……你写了个克列晓夫，是四品文官……这，朋友，不好……其实也没什么，不过有点，你知道，不合适……一个将军，这个那个的……算了，老兄！我们那位上司要大怒的，他会认为你写的是他……老头子会觉得受了侮辱……他除了给我们种种好处，从没……算了吧！”

“这倒是，”克洛奇科夫惊慌起来，“必须改一改……我全改成‘大人’……或是去掉官衔……只保留个姓：克列晓夫……”

---

① 《圣经》故事中的犹太女王，以淫荡、残忍闻名。

“还有，”波卢姆拉托夫说，“这，其实是鸡毛蒜皮，不过也不大好……刺眼……你剧里那个未婚夫，格兰斯基，对丽莎说，如果她的父母不同意她嫁给他，那他决心违抗她的父母之命。可能，这也没什么……可能有的父母就是专横得不通情理，不过在我们这个时代，叫我怎么说好呢……弄不好，你要吃苦头的！”

“对，太尖锐了点，”扎马祖林也同意，“你好歹把这个地方抹掉……把做上司的岳父很开心那段话也删掉。开心的事嘛，你倒嘲笑……这事儿，老兄，嘲笑不得……我们那位娶的就是个穷家女子，这么说来，他这事干得很卑鄙？照你这么写法，可不就是这意思？难道他会不觉得受了侮辱？我们不妨设想一下，他坐在戏院里，看的就是这出戏……难道他心里愉快？别忘了你和萨拉列耶夫向他请求补助金那回，他拉着你的手说：‘他有病，”他说，‘他比萨拉列耶夫更需要钱。’……有这回事吧？”

“而你，得承认，这里正是影射他！”布利亚金一只眼朝他一眨。

“我想也没这么想！”克洛奇科夫说，“我谁也没有影射，不然上帝惩罚我！”

“算了，算了，别说了！他的确爱跟在女人后面转……你看出他这一点是对的……只是你那个……警察区长要去掉……没必要……还有那个格兰斯基也去掉……倒像个人物似的，鬼知道他是干啥的，讲些玄妙莫测的东西……你要是谴责他倒也罢了，可你，相反，同情他……可能他确实是个好人，不过……鬼才弄得清！什么想法都会有的……”

“你们知道不，亚斯诺谢尔采夫是谁？是我们的叶尼亚金……克洛奇科夫影射的是他……九品文官，老跟老婆打架，女儿也是……就是他……谢谢你，朋友！对他，这坏蛋，就该这么着！好叫他别狂妄自大！”

“虽说这个，比方说，叶尼亚金……”扎马祖林说着叹了口气，“是个卑鄙小人，骗子……可他还是老请你去他家，又是你女儿娜斯秋莎的教父……这不好，奥西普！去掉！依我看……去掉的好！干这种事……说真的……马上就有流言蜚语：谁啦，怎么啦……什么原因啦…………瞧着吧，没你好受的！”

“这话不错……”波卢姆拉托夫附和道，“本来是消遣嘛，可这种消遣会招来一大堆麻烦，叫你十年也脱不了身……别惹事了，奥西普！这不是你干的事……想当什么果戈理呀，克雷洛夫呀……他们的确是有学问的人，可你受过什么教育？不过是个几乎看不见的小虫子！随便一只苍蝇也能把你踩死……算了，老兄！如果我们那位知道了，那……你拉倒吧！”

“你撕掉吧！”布利亚金低声说，“我们谁也不告诉……如果有人问起，我们就说，你给我们读了篇什么东西，可是我们都没听懂……”

“干吗要说？用不着说……”扎马祖林说，“如果有人问起，那，到那时……谁都不会说谎的……各人自扫门前雪嘛……你们会往别人身上栽上一大堆，让人家来替你们受罪！这对我可是最糟糕的事！你是病人，不会追究你，可我们跑不了……这种事我可不喜欢，真的！”

脸色苍白的克洛奇科夫赶快收起本子，他搔搔后脑勺，沉思起来。

“对呀，这是实话……”他叹了口气，“会引起流言蜚语……各有各的理解……没准儿在这剧本中我们看不见的东西，别人也会看出来……我把它撕掉……你们，诸位老兄，请你们，呃……对谁也别说。”

端来了俄国香槟……客人们喝过酒，便各自回家了……

文官考试

“请您相信我的话，地理教师加尔金心里恼我，今天我在他那儿考试准不及格。”叶菲姆·扎哈雷奇·凡得利科夫说道，紧张地搓着手，直冒汗。他是某某邮局收信员，白头发，大胡子，还有个令人起敬的秃顶和挺气派的大肚子，“准不及格……绝对没错儿……他恼我只为一点点小事。有一回他拿着封挂号信上我这儿来，不排队就往前钻，您瞧瞧，他是想让我头一个收他的信，然后再收别人的。这可不合适……虽然他属于知识阶层，但也要守秩序，要排队等候……我对他挺客气地提了个意见，我说：先生，请您排队。他的脸腾地就红了，打这儿起他就跟我作对，像扫罗[①]似的。他给我的儿子叶戈鲁式加净打不及格，还在全城到处给我起绰号。有一回我路过库赫金的酒馆，他醉醺醺地拿着台球杆从窗口探出身来大叫大嚷，整个广场都听得见，他嚷道：‘先生们，看哪！来了一张废邮票！’”

和凡得利科夫一起站在某某中学前厅的是俄语教师皮沃美多夫，他带着欣赏对方的神色抽着凡得利科夫敬的烟，耸耸肩膀安慰他：

“您别激动。你们这班人在考场上通不过的事在我们这儿从来没有过。纯粹是个形式！”

凡得利科夫这才安心。但时间不长。加尔金穿过前厅走进了学校，这是个年轻人，生着稀稀的、仿佛给人拔过的胡子，穿着新的蓝色上衣，帆布裤子，他恶狠狠地瞪了一眼凡得利科夫，走了过去。

接着纷纷传告督学来了。凡得利科夫浑身发冷，怀着凡是被告和考生都清楚的恐惧开始等待。某中学校长哈莫夫穿过前厅跑了出去。跟在他后面匆匆赶去迎接督学的是宗教课教师兹米耶查洛夫，头戴法冠，胸前挂着十字架。其他教师也纷纷追了出去。国民学校督学响亮地跟人们打着招呼，对尘土飞扬的马路表示不满，然后走进了学校，五分钟后考试开始。

先进去应考的是两个想当乡村教师的神甫的儿子。一个考上了，另一个没考上，没考上的那个掏出红手绢擤鼻涕，站了一会，想了想就走了。随后应考的是两个三等志愿兵。这以后就轮到凡得利科夫……

“您在哪儿任职？”督学问他。

“在本地邮局当收信员，大人。”他说道，挺直身子，极力掩饰双手的抖动，“我已经工作二十一年了，大人，现在要举荐我当十四品文官，为此斗胆来应初等文官考试。”

“哦，那就先考听写。”

皮沃美多夫站起身来，咳嗽一声，开始朗读原文。他扯起重浊刺耳的男低音，想方设法诱考生出错，净念那些写法与读法不一致的词儿，如“渴了连凉水也好喝②”，等等。

然而，尽管足智多谋的皮沃美多夫花样百出，书写还是及格了。虽然未来的十四品文官在字体上比在语法上下了更大的功夫，但写错的字不多。在一个字里多写了一个字母，在另一个字里写错了一个字母。“新天地”这个词引起督学一丝笑意，因为写成了“新田地”，不过，这都不算大错。

“书写及格。”督学说道。

“斗胆禀告大人，”壮起了胆子的凡得利科夫说，瞟了一眼仇人加尔金，“我斗胆禀告，我学几何用的是达维多夫那本书，还跟我外

---

① 基督教的传说人物，古代以色列专横的国王。

② 在这句话里，俄文每一个字的写法和读法都不一致，因此容易写错。

甥瓦尔索诺菲依学过一点，他是在假期上我这儿来的，念的是特罗依茨·谢尔基耶夫斯科伊师范学校，也叫维方斯科依师范学校。我学过平面几何与立体几何……该学的都学了……”

“不考立体几何。”

“不考吗？可我下了一个月的功夫……太可惜了！”凡得利科夫叹了口气。

“不过我们先把几何放一放，我们来看看这门学问，它大概是你们邮政官员都很喜欢的，这就是地理，它是邮务员的学科。”

所有教师都恭敬地赔笑脸。凡得利科夫并不同意地理是邮务人员的学科（关于这一点任何地方都没有明文规定，不管是邮政章程还是地方训令都没有）。但出于尊敬他还是说道：“一点不错。”他紧张地咳嗽一声，战战兢兢地等待提问。他的仇人加尔金向椅子背上一靠，看也不看他，拖着长腔问道：

“哎……请告诉我，土耳其有个什么样的政府？”

“这谁不知道……有个土耳其政府呗……”

“噢！土耳其政府……这是个有伸缩性的概念，那里有的是一个立宪政府。您知道恒河的支流吗？”

“我学的是斯米尔诺夫的地理书，请原谅，学得不太清楚……恒河，是条印度的河流，它流到大洋。”

“我不是问您这个。恒河有什么支流？您不知道？那么阿拉斯河在什么地方？这也不知道？奇怪……日托米尔在哪一省？”

“驿站十八，地区一百二十一①。”

凡得利科夫脑门冒出冷汗，他眨巴起眼睛，使劲咽口唾沫，劲使得太大，仿佛连舌头都吞下肚去了。

“我对天发誓，大人，”他喃喃地说，“就连大司祭都能作证……我已经工作了二十一年，目前这个……我一辈子都为您祷告……”

---

① 邮政术语。

“好吧，我们把地理放一放。您的算术准备得怎么样？”

“算术也不太清楚……就连大司祭也会作证……我要一辈子祷告上帝……我是跟波克罗夫本人学的，学呀学呀……就是什么也没学明白……我年纪大了，不会动脑筋了……求您发发慈悲吧，大人，让我一辈子为您祈祷上帝。”

凡得利科夫的睫毛挂上了泪珠。

“我老老实实工作，没出过差错……年年斋期吃素……连大司祭都会证明……求您宽宏大量吧，大人。”

“您什么也没准备？”

“全都准备了，可全都忘了……我不久就六十啦……大人，哪里还谈得上求学问呢？您可怜可怜吧！”

“他连文官制帽都定做了……”大司祭兹米耶查洛夫说，微微一笑。

“好吧，请您走吧！”督学说道。

半小时后凡得利科夫和教师们走到库赫金酒馆去喝茶，庆祝。他满脸生辉，眼睛放出幸福的光芒，但一个劲地挠后脑勺，这表明他心里有事。

“多么可惜！”他喃喃地说，“您说我这个人怎么这么笨呢？”

“怎么啦？”皮沃美多夫问。

“既然考试科目里没有立体几何，我学它干什么？可是我为这可恶的东西足足下了一个月的功夫。太可惜啦！”

外科手术

地方自治局医院的医生不在，到外地娶亲去了，由医士库里亚青给病人诊治。他是个四十岁左右的胖子，穿一件旧茧绸短外衣，一条穿破了的花呢裤子，脸上现出责任感和愉快的心情，左手食指和中指之间夹着一根雪茄，发出难闻的气味。

诵经士翁米格拉索夫走进诊室，他是个高身量结实的老头子，穿肉桂色法衣，扎宽皮带。右眼有白内障，半睁半闭，鼻子上有颗痣，远看像只苍蝇。诵经士东张西望找圣像，可是没找到，就冲着装石炭酸溶液的瓶子画个十字，然后取出用红手绢包着的一块圣饼，鞠个躬，放在医士面前。

“啊——啊——啊……您好！”医士打着呵欠，“您光临这里有什么事？”

“星期日好，谢尔盖·库兹米奇……我求您来了……对不起，《圣经》说的千真万确：‘我所喝的与眼泪掺杂。’前两天我坐下来和老太婆喝茶。上帝啊，一点也喝不下，还不如躺下死了呢……刚喝一点点，立时疼得十分厉害，不但牙，还有整个半边脸……疼得要命，疼得要命！还反射到耳朵里，对不起，就像那里有根钉子或别的什么东西一下下地扎！一下下地扎！简直是造了罪、犯了规……这是报应，谢尔盖·库兹米奇，报应！作完弥撒后，教士责怪我说：‘你变成结巴了，叶菲姆，而且还带鼻音。你虽然在唱经，可谁也听不懂你唱的是什么。’可是您想想，连嘴都张不开，还唱什么。对不起，全肿了，夜里睡不了觉……”

“哦，是这样……请坐……请张开嘴！”

翁米格拉索夫坐下，张开嘴。

库里亚青皱起眉头往嘴里瞧，在那些因天长日久和不断抽烟而变成黄色的牙齿中间看到一颗牙上有个小洞。

“助祭吩咐我擦点泡辣根的白酒，但是不管用。格丽凯丽雅·阿尼西莫芙娜，求上帝保佑她身体健康，给了我一根从阿索斯[①]山上带来的细绳。还叫我用热牛奶漱口。我呢，老实说，细绳倒是扎上了，至于牛奶我可没听她的，我敬畏上帝，正在斋期……”

“这是迷信……（待了一会）。这颗牙得拔掉，叶菲姆·米哈伊奇！”

“您懂得多，谢尔盖·库兹米奇。您学这门手艺就为的是懂得这件事，什么该拔、什么该擦药水或别的什么……你们这些恩人就是为这个被派到这儿来的，愿上帝保佑你们健康，让我们日夜为你们祈祷，亲爹们，一直到死……”

“小事一件……”医士谦虚地说，走到立柜前，翻寻医疗器械，“外科手术是小事……全靠熟练，手稳……不费吹灰之力……前些日子地主亚历山大·伊万内奇·叶吉彼特斯基来到医院，也和您一样，牙疼……他是受过教育的人，什么事都问，而且刨根问底。他跟我握手，

① 在希腊，山上有基督教正教教堂。

对我说话用尊称……他在彼得堡住了七年,所有教授的底全摸透了……我和他在这儿泡了很久。他指天发誓地求我:‘您给我把它拔掉吧,谢尔盖·库兹米奇!’干吗不拔呢? 拔是可以的。但得搞清楚,搞不清楚可不成……牙各有不同。一种牙用钳子拔,另一种用拔牙刀,第三种用拔牙键……什么牙用什么方法。”

医士拿起拔牙刀,用疑问的眼光看了一会,然后放下它,拿起钳子。

“好啦,请把嘴张大……”他说,拿着钳子走到诵经士跟前,“现在咱们把它……一下子……不费吹灰之力……只割开一点牙床……垂直地往外拽……就完了……(切开牙床)就完了……”

“我们的大恩人……我们这些糊涂虫什么都不懂,这是上帝让您懂得……”

“您张着嘴,就别说话了……这颗牙好拔,可有时候只剩下牙根,那就麻烦了……这颗牙只要一下子,不费吹灰之力……(把钳子放上去)。请等一等,坐着别动……只一眨眼工夫……(拔牙)要紧的是把钳子下得深点(往外拽)……不要把牙拔碎。”

“天父呀。圣母呀……哎哟……哎哟……”

“不妙……不妙……怎么办? 别抓我! 把手放开! (往外拽)马上……就好,就好……要知道,这活儿不好干……”

“天父……保护神……(大叫)天使……哎呀……你拔呀,拔! 难道拔上五年吗? ”

“要知道,这个活儿……这是外科手术,不能一下子……就好,就好……”

翁米格拉索夫把膝盖拱到胳膊肘那么高,手指乱抓乱挠,瞪着眼睛,上气不接下气……他那赤红脸上冒着汗,眼里含泪。库里亚青呼哧呼哧地喘气,在诵经士面前蹬腿踩脚,一个劲地往外拽……折磨人的半分钟过去了,钳子却从牙上滑脱了。诵经士跳起来把手指头伸到嘴里,他摸到那颗牙还在老地方。

“这也叫拔牙! ”他带着哭腔同时又有几分嘲弄地说道,“但愿你到了阴间也让人这么拔一回！太谢谢啦！你不会拔牙，就别动手嘛！痛得我不见天日！”

“可你干吗伸手乱抓？”医士恼了，“我正拔牙，你却老碰我的胳膊，满嘴说胡话……蠢货！”

“你才是蠢货！”

“乡巴佬，你以为牙是那么好拔的吗？你来试试！这可不像爬到钟楼上敲钟那么容易。（学诵经士的腔调）‘你不会，你不会！’瞧瞧，你倒教训起人来了！就凭你……我给叶吉彼特斯基老爷，也就是亚历山大·伊万内奇，拔过牙，可是人家就觉得挺好，什么话也没说。人家比你干净多了，可没伸手乱抓……坐下，我叫你坐下！”

“疼得不见天日……让我喘口气……哎哟！（坐下）你别拔得太久，要拽，别往外扯，要拽……一下子！”

“你倒教训起有学问的人来了！主啊，这帮没受过教育的人！跟这种人生活……简直叫你发疯！张嘴……（放上钳子）。外科手术，老兄，可不是闹着玩的……这可不是唱诗（拔牙）……别抽搐……这颗牙看来够岁数了，根扎得太深……（拔牙）。别动……这样……这样……别动……好啦……好啦……（听见咯嚓一声）。我早知道会这样！”

翁米格拉索夫一动不动地坐了一分钟，仿佛失去了知觉。他吓懵了……两眼呆呆地瞧着前方，灰白的脸上满是汗水。

“要是用拔牙刀就好了……”医士嘟囔着，“这可真想不到！”

恢复知觉以后，诵经士把手指伸到嘴里，在病牙的地方摸到牙根在那里支棱着。

“长疥的魔鬼……”他说道，“把你们这些希律[1]塞到我们这儿来要我们的命！”

“你还骂人……”医士嘟囔道。把钳子放回立柜，“大老粗，你在宗教学校里让桦树条子抽得还不够……叶吉彼特斯基老爷，就是亚历山大·伊万内奇，在彼得堡住过七年，受过教育，一套衣服值上百卢

---

① 基督教传说中的犹太王，他杀死了耶稣。

布……可人家没骂过人……你算个什么人物？你不要紧，死不了的！”

诵经士从桌子上拿起自己的圣饼，一手捂着腮帮子，一溜烟走了。

集贸市场的“总账”

一位莫斯科一等商人[1]前两天从下城的集贸市场上回来了，他老婆在衣服的各口袋里找到一些纸片，它们都被撕破、揉皱过，字迹模糊。虽然如此，但仍可辨认出下面的只言片语：

莫斯科的谢苗·伊万诺维奇先生！遭您殴打的演员赫利亚普诺夫同意和解，钱数是一百卢布，少一分他也不干。静候回音。您的律师尼·叶尔扎耶夫

商界的大老粗先生！我因为您的缺少教养而受到侮辱，已向民事法官提出诉讼。如果您本人不明事理，就让司法和公审来叫你明白我是个什么身份的人。您的律师说，您不同意出一百卢布。在这种情形下我可以让价，只收您七十五卢布作为您下流行为的赔偿费。我体谅您头脑简单，体谅您那所谓兽性本能，才向您开价这么低，换了有教养人士收费可就高了。

演员　赫利亚普诺夫

您在格鲁哈列夫餐厅打碎玻璃，捣毁钢琴，按价索赔五百三十九卢布四十三戈比一案……

早晚在青肿处擦此药膏。

我把水泡过的棉布当正品出了手，应该乐一乐。今天傍晚你到费

多霞这儿来吧,把音乐师库兹玛也带来,咱们给他往脑袋上抹芥末,再带上四个妞儿,要胖点的……

关于期票,我就是不给！如果每卢布只付十戈比,我欣然照办。至于告我欺诈破产罪,那可不一定办得到。

前者您因酗酒而患酒狂症②，我给您身上放了几个拔血罐，以便恢复神志，该项治疗请付五卢布，交来人为荷。

医士　**费奥多尔·弗里亚科夫**

……　……　……

谢尼亚，你别生气。关于那次咱俩挨打的事，我已在民事法官那里举出你来，证明我们当众受辱，可你说我这是白费力气。你别犟了，你的脖梗子不也挨了一下吗？别让那些青肿消退，要让它们化脓……

账　单

鲟鱼汤一盆	一卢布八十戈比
香槟一瓶	八卢布
打碎玻璃瓶一个	五卢布
姑娘们马车费	二卢布
请吉卜赛人喝白菜汤	六十戈比
扯碎侍应生礼服一件	十卢布……

……　……　……

我吻你无树次，请按下列地趾来找我法央索夫公寓十八号房间

① 当时莫斯科商人分为三等，一等最富。

② 原文为拉丁语。

问玛尔法西京娜[1]。

爱你的 **安热里卡**

以上经查明确是原件 无脾人。

① 此句话有意写错别字。

世人看不见的眼泪

故事

“诸位先生，这时候吃顿晚饭倒不坏。”军事长官烈勃罗捷索夫中校说，他又高又细，活像电线杆，在这黑糊糊的八月之夜正和朋友们从俱乐部走出来。“在像样的城市里，比如说在萨拉托夫，在俱乐部里随时能吃上晚餐。可在我们这儿，在这臭烘烘的切尔维扬斯克，除了白酒和漂着苍蝇的茶，你什么也吃不到。要是你喝完酒而吃不到东西，那是再糟糕也没有啦！”

“是啊，要是这时候来点那个……可真不赖，”宗教学校校长伊万·伊万内奇·德沃耶托契耶夫表示同意，在冷风中裹紧棕色的大衣，“现在是夜间两点，饭馆都关门了，可要是吃点咸鲱鱼……来点蘑菇……或者诸如此类的东西……您猜怎么着……那才不赖呢……”

校长摇摇手指头，脸上作出吃东西的样子，那东西大概很好吃，因为大家看着他的脸，都不由得舔嘴唇。朋友们停住脚步开始琢磨，琢磨来琢磨去，也没琢磨出能到哪儿去找吃食。他们只能精神会餐。

“昨天我在戈洛比索夫家里吃到非常好吃的火鸡！”县警察局副局长普鲁日纳-普鲁仁斯基叹了口气，“说到这儿……先生们，你们去过华沙吗？那儿有一种菜，这么做……把平常的鲫鱼，要活的，欢蹦乱跳的，放到牛奶里，让它们这些畜生在牛奶里游上一天，然后拌上奶油，放在烧得吱吱响的平底锅里煎，这以后，我的老兄，连莳萝都不用放！太棒啦……特别当你喝了一两杯，你会吃得昏头昏脑，忘掉一切……单是那香味就要你的命……”

“要是再来点酸黄瓜……”烈勃罗捷索夫用深有同感的腔调补充道，“当我们驻扎在波兰的时候，一顿饭能吞下二百个饺子……盛上满满一盘饺子，洒上点胡椒，加上点莳萝和香芹菜然后就……真无法形容！”

烈勃罗捷索夫突然站住，沉思起来。他想起了1856年在三圣堂吃过的鲟鱼汤。记忆中的鱼汤太鲜了，军事长官忽然闻到了鱼的香味，嘴里不知不觉就嚼起来，连套鞋里灌进了污泥也浑然不觉。

“不行，受不了啦！”他说，“我再也忍不住了！我要回家去解馋。咱们这么办，先生们，大家都到我家去。就这么办！喝上一杯，随便吃点东西。酸黄瓜呀，香肠呀……把茶炊烧好……怎么样？咱们吃点东西，谈谈霍乱，说说古……老婆已经睡了，咱们不去惊动她……轻一点儿……走吧！”

大家接受邀请时那份高兴的劲儿不必细说，只说一点，烈勃罗捷索夫过去任何时候也不如今夜拥有这么多好朋友。

“我要拧掉你的耳朵！”军事长官对勤务兵说，一面把客人引进黑暗的门厅，“你这坏小子，跟你说了一千遍了，在前厅睡觉的时候要点上熏香纸。蠢货，去烧茶炊，告诉伊琳娜，让她那个，到地窖拿点黄瓜和萝卜来……收拾好一条咸鲱鱼……洒上点青葱，再来点莳萝……知道吗，把土豆切成小圆块……甜菜根也切成那样……所有这些东西拌上醋和油，知道吗，再来点芥末……再洒点胡椒面……一句话，做好配菜……明白吗？”

烈勃罗捷索夫伸出手指头作出搅拌的样子，讲到这份配菜，脸上现出妙不可言的表情……客人们脱下套鞋，走进黑暗的大厅。主人擦亮一根火柴，火柴冒出发硫黄的刺鼻气味，照亮了四壁，墙上装点着《田地》画报附赠的画片、威尼斯风景画、作家拉热奇尼科夫的照片，还有一张照片，上面是一位瞪着吃惊的眼睛的将军。

“咱们马上就……”主人悄悄说道，轻轻支起桌面，“摆好桌子就入座……我的玛莎今天有点不舒服。诸位只好原谅了……是妇科的毛病……医生说是因为吃素得的……很有可能！我说，亲爱的，要知道，问题不在吃食上！不在于入口的是什么，而在于出口的是什么。你虽然吃素，但照样动不动就发火……与其让身体吃亏，你不如少生气，少说话……她就是不听！她说，‘我从小吃惯了。’”

勤务兵进来，伸长脖子在主人耳边悄悄说了两句话，烈勃罗捷索夫眉毛一动……

“噢，对啦……”他支支吾吾地说，“嗯，是这么回事……说起来，小事一桩……我马上……立刻就……您猜怎么着，玛莎锁上了地窖和柜橱，不让下人们开，她自己拿着钥匙。我去拿……”

烈勃罗捷索夫站起来，踮着脚尖，轻轻开了门，到他老婆那里去了……他老婆在睡觉。

“玛莎！”他说，小心地走到床前，“醒醒儿，玛莎，就一分钟！”

“谁？是你呀？什么事？”

“我，玛莎，是这么回事……把钥匙给我，你放心，睡你的觉……我自己去给他们张罗……每人给他们一根小黄瓜，另外不多破费……说瞎话让上帝揍我。你知道吗，有德沃耶托契耶夫、普鲁日纳-普鲁仁斯基和另外几个……都是挺好的人，受人尊敬……普鲁仁斯基甚至还有四等弗拉基米尔勋章……他敬重你……”

“你是在哪儿喝得醉醺醺的？”

“得，瞧你已经生气了……你这个人可真是的……给他们每人一根黄瓜就完了……他们就走……我自己去安排，不劳您的驾……好好躺着吧，乖娃娃……喂，你身体怎么样？我不在家古辛来过了吗？喏，我甚至亲亲你的小手儿……客人们都挺敬重你的……你知道吗，德沃耶托契耶夫是个信教的人……普鲁日纳也不简单，是财务主任。大家对你可佩服了，他们说：玛利亚·彼得罗芙娜可不是一般的妇女，而是位莫测高深的人物，是本县的明星。”

“躺下睡觉！别胡说八道！在俱乐部和你那伙浪荡子灌足了黄汤，跟着又闹腾一夜！你应该懂得什么叫害臊！都是有儿女的人啦！”

“我……有儿女，可你别发火，玛莎，别生气，玛莎，我疼你爱你……至于儿女们，求上帝保佑，我会把他们养大成人的。我就要把米佳送进中学……再说，我总不能把他们赶出去呀……不好意思……他们跟我来了，要吃东西，他们说，请给我们点吃的……德沃耶托契耶夫、普鲁日纳-普鲁仁斯基……都是挺招人喜欢的人……他们同情你，看重你。给根黄瓜，来杯酒……然后就把他们送走……我自己来办……”

“简直是活受罪！你疯了是不是？什么客人这时候来？他们应该懂得害臊。这帮穷鬼，天天夜里打搅人！哪儿见过夜里来做客的？……他们以为这儿是酒馆还是什么？要把钥匙给你，那我就是傻瓜！让他们睡觉去，明天再来！”

“噢……你干吗早不这么说，也省得我在你面前低三下四的……照你这么说，你并不是我的生活伴侣，不是丈夫的贴心人，像圣经上说的那样，而是……说句不中听的，以前是条蛇，现在还是条蛇……”

“啊，你还骂人？坏蛋！”

夫人欠起身子……于是军事长官挠挠腮帮子接着说道：

“谢谢……有一回我在杂志上看到一句大实话：在众人面前她是天使而不是老婆，在家里对待丈夫却是个恶魔……真是至理名言……你从前是恶魔，现在还是恶魔……”

“你找打！”

“打架就打架，打就打……你就打自己独一无二的丈夫吧！好啦，我跪下求你啦……我央求你……好玛莎！您饶了我吧！……把钥匙给我！好玛莎！天使！恶毒的东西，别在人面前叫我丢脸！我的野婆娘，你还要折磨我到什么时候？打架吧，打吧……谢谢……我央求你啦，有完没完哪！”

夫妻俩就这么谈了很久……烈勃罗捷索夫双膝下跪，哭了两回，骂骂咧咧，时不时挠自己的腮帮子……最后夫人起了床，啐了一口，说道：

“我看出来了，我受苦受罪没有个头！把椅子上的衣裙拿过来，异教徒！”

烈勃罗捷索夫小心翼翼地把连衣裙拿给她，整了整自己的头发，到客人们那里去了。客人们站在将军像前，瞧着他那吃惊的眼睛，争论一个问题：是将军大还是作家拉热奇尼科夫大？德沃耶托契耶夫站在作家一边，强调作家是不朽的。普鲁仁斯基则说：

“作为作家他算是不错的，用不着争论……写的又可笑又可悲。可你要让他去打仗，他甚至一个连也带不了；而将军呢，给他一个军都没关系……”

“我的玛莎就来……”主人走了进来，打断了争论，“马上就到……”

“我们真是打搅你们了……费奥多尔·阿基梅奇，你的腮帮子怎么啦？天哪，您眼睛下面有块青肿！您这是在哪儿弄的？”

“腮帮子！什么腮帮子？”主人不好意思了，“噢，是这么回事！我刚才悄悄走到玛莎跟前，本想吓她一跳，谁知摸着黑碰在床上了！哈——哈！……看，玛莎来了。瞧你穿戴得这么不整齐，好玛莎！简直是露易丝·米谢尔①！”

玛利亚·彼得罗芙娜走进大厅，她披头散发，睡眼惺忪，可是满脸生辉，高高兴兴。

“你们到这儿来，太招人喜欢了！”她说道，“虽然白天你们不来，不过感谢丈夫，他夜里还是把你们拉来了。我正睡觉，忽然听见有人说话……我想，这会是谁呢？费佳②叫我只管躺着，别出来，可我忍不住就……”

太太跑到厨房里，于是晚餐开始……

“娶个老婆真好！”普鲁仁斯基赞叹道。他和伙伴们一小时后从军事长官家中出来，“什么时候想吃就吃，想喝就喝……你心里知

---

① 露易丝·米谢尔（1830—1905），1871 年巴黎公社的参加者。

② 烈勃罗捷索夫的昵称。

道，有个人疼你爱你……还会在钢琴上弹个曲子什么的……烈勃罗捷索夫可真有福呀！”

德沃耶托契耶夫不说话。他一边叹气一边寻思。他回到家中，脱下衣服，大声叹气，声音响亮得惊醒了自己的老婆。

“别把靴子蹬得那么响，磨人精！”老婆说道，“不让人睡觉！在俱乐部灌饱了黄汤，然后就吵人，丑八怪！”

“你就知道骂人！”校长叹口气，“你看看人家烈勃罗捷索夫两口子是怎么过的！看着人家，我感动得要哭。只有我才这么倒霉，有你这么个天生的母夜叉，让开点！”

校长拉过被子来蒙住头，抱怨着命苦，睡着了。

人间仙境

您坐着风驰电掣的马车，来到灯火辉煌的大门前……您走过仪表堂堂，手持光闪闪的槌形杖的门卫，迈步登上铺着天鹅绒地毯的台阶，霎时置身于华美的热带植物包围之中。修长的棕榈、蒲葵和蓬莱蕉映照在无数面镜子里，它们形成绿色的海洋，把您的想象带进库柏[1]和马因·利德[2]的国土。您陶醉得神魂颠倒，但随后疯狂的华尔兹舞的旋风又使您那敏感的心灵复苏，您又感到自己身在欧洲，在那文明的发源地……超乎凡品，美好如诗的人儿用热情似火的目光向您频送秋波，表达爱意。赤露的香肩诱您回到往昔……您开始怀旧……童年，玫瑰的少年时代，她……奇怪！一小时前您还确信自己已不能爱，确信您的心灵已往永远死去，确信这窃窃私语，这华尔兹舞只不过可笑而已……可是，怎么回事？您的心灵今天又活了，充满它昨天还大声取笑的情愫。

您跳华尔兹舞跳累了，浑身无力，感到一种甜蜜的倦意，于是坐到一张绿色的桌前……又是一番新的享受……过了半小时，您在开赌时放在自己面前的那张钞票变成一座由银行支票、股票、期票堆成的山……您的心中洋溢着克莱兹[3]和罗特施尔德[4]体会过的情绪……但这还不是一切……显然，命运并不想就此打住……两位平

① 库柏（1771—1800），英国诗人，善写农事和大自然。

② 马因·利德（1818—1883），英国作家，善写惊险小说。

③ 克莱兹（前 595—前 546），古代吕底亚的末代皇帝，其财富之多传为谚语。

④ 罗特施尔德，18 世纪西欧金融巨头，法国银行的奠基人。

民百姓，被艰难辛苦折磨得满脸倦容，抓住您的两条胳膊把您带走……您觉得自己仿佛是被驯顺的祭司们引导着的大主教……充满期待的一分钟过去了——两只有力的手把您顺着饰满雕像的大理石楼梯放了下去。空气中响起一记正儿八经的打脖子的声音，而您在朝下滚的时候，看见那维纳斯大理石雕像正抛给您一个微笑。

变色龙

警官奥楚美洛夫走过集市广场,他穿着新军大衣,手里拿着个小包,身后跟着个红头发警察,端着盘子,里头装满没收的醋栗。四周一片寂静……广场上没一个人……小铺和酒馆的门开着,无精打采地望着红尘世界,活像一张张饥饿的嘴巴,附近连乞丐也没有一个。

“你敢咬人,该死的!”奥楚美洛夫忽然听见有人说话,“伙计们,别让它跑了!如今咬人可不行!抓住它!啊……啊……”

听到狗的尖叫,奥楚美洛夫向旁边一望,只见一条狗从商人彼楚京的木柴厂里窜出来,瘸着一条腿,不住回头看。紧跟着有一个人追出来,穿着浆硬的花布衬衫和敞开的坎肩。他紧追那条狗,身子向前一扑,抓住狗的两条后腿。接着又响起一阵狗叫声和人喊声:“别让它跑了!”一张张睡意蒙眬的面孔从各小铺里露出来,不久木柴厂门口就聚了一群人,好像从地底下钻出来似的。

“好像出乱子了,长官……”警察说。

奥楚美洛夫来个向左转,迈步走向人群。在木柴厂大门口他看见前面说的那个穿敞开坎肩的人,他正举起右手,给大家看血淋淋的手指头。他那半醉的脸上仿佛写着:“我剥你的皮,坏蛋!”而且那手指本身就带着胜利的象征。奥楚美洛夫认出这个人是首饰匠赫留金。人群中间有一条白毛小猎狗,尖嘴巴,背上有块黄斑,它坐在地上,前腿叉开,浑身发抖,这就是闹事的祸首,它那泪汪汪的眼睛里满是苦恼和惊慌。

“这儿出了什么事?”奥楚美洛夫一边往人群里挤一边问道,“这是为什么?你的手指头是怎么回事?……刚才谁在喊叫?”

“我走我的路,长官,没招谁惹谁……”赫留金开口说道,半握着空拳捂住嘴咳嗽,“我跟米特利·米特利奇正谈木柴的事,忽然这可恶的东西无缘无故咬我的手指头……请您原谅,我是个手艺人,我的活儿很细。这得赔我钱,因为这根手指头没准一星期都动弹不了……长官,法律上可没这一条,说人该受畜生的欺负……要是谁都可以咬人,那还不如别活在这个世上呢……”

“嗯!……好……”奥楚美洛夫严厉地说,一边咳嗽一边扬起眉毛,“好……谁家的狗?这件事我要管。我要让你们瞧瞧放狗咬人的下场!对这些不愿守法的先生们是该加以注意了!等到罚了款,他这个混蛋就会明白狗以及别的畜生是怎么回事。我要给他点厉害瞧瞧!……叶尔迪陵,”警官对警察说,“你去查一查,看是谁家的狗,打个报告上来!这条狗要打死才成。立刻去办!这多半是条疯狗……我问你们,这是谁家的狗?”

“它好像是日加洛夫将军家的!”人群里有人说。

“日加洛夫家的?嗯……叶尔迪陵,给我脱大衣……今天太热啦!多半要下雨……只是有一点我不明白,它怎么会咬你呢?”奥楚美洛夫转脸问赫留金,“难道它够得到你的手指头吗?它这么小,而你是个五大三粗的壮汉!你肯定是手指头被钉子扎了,于是灵机一动,想讹人家的钱。你呀,你们这帮人,大家都清楚……我知道你们这些鬼东西!”

“他呀,长官,他拿手卷纸烟戳狗的脸取乐,而狗呢,既然不是傻瓜,当然张嘴就咬……这个人特没劲,长官!”

ДРОВА
ПИЧУГИНА

“你说谎，独眼龙！你既然没看见，为什么瞎编？长官是明白人，知道谁说谎，谁讲良心，如同在上帝面前那样……要是我说谎，就让民事法官来断。他的法律写得明白……现在人人平等……不瞒您说，我自己的哥哥就是宪兵……”

“不许议论！”

“不对，这不是将军家的……”警察往深里一想，说道，“将军家没有这样的……他家养的大多是个大的猎狗。”

“你拿得准吗？”

“拿得准，长官。”

“我自己也知道，将军家养的都是名贵的狗，是良种，可这一条——鬼知道是什么玩艺儿！毛皮不行，模样也不济……只不过是个贱货……他老人家会养这样的狗？！……我说你们的脑筋都跑到哪儿去了？要是这样的狗落到彼得堡或莫斯科，你们知道会怎么样吗？在那儿可不查看什么法律条文，一下子就让它断了气！你，赫留金，受到伤害，不能这样就算了……得教训他们一下，是时候了……”

“不过，也许是将军家的狗……”警察念念有词地边想边说，“它脸上又没写着……前两天在他家院子里看见过这样的。”

“没错儿，是将军家的！”人群里有人说。

“嗯！……叶尔迪陵老弟，给我穿上大衣……好像起风了……凉飕飕的……你把这狗带到将军家里，问一问。你就说是我找到，然后派人送去的。你告诉他们，别放它到外面去……没准值不少钱……要是每个下三烂都用纸烟戳它的鼻子眼儿，要不了多久就把它毁了。狗是娇嫩的动物嘛……而你这混蛋，把手放下！用不着显摆你那根蠢指头！是你自己的错！”

“将军家的厨子来了，咱们问问他……喂，普罗霍尔！过来，亲爱的，看看这条狗……是你们家的吗？”

“瞎猜！我们那儿从来没有这样的狗！”

“那就用不着多问了，”奥楚美洛夫说，“这是条野狗！用不着多说……既然我说是野狗，那就是野狗……打死它就完了。”

“这条狗不是我们家的，”普罗霍尔接着说，“这是将军弟弟家的。他前两天来到这里。我们的将军不喜欢养这种狗。他老人家的弟弟却喜欢……”

“难道他老人家的弟弟来了！就是弗拉基米尔·伊万内奇大人？”奥楚美洛夫问道，满脸洋溢着动情的笑容，“可了不得，主啊！我还不知道呢！他要住上一阵子吧？”

“住些日子……”

“可了不得，主啊，他是想哥哥了。可我连知道都不知道！原来这是他老人家的狗？很高兴认识……你把它带走吧……小狗儿挺不错的……挺伶俐……喀嚓就一口，咬了这家伙的手指头！哈——哈——哈……咦，你干吗发抖呀？汪汪……汪汪……它生气了，小坏包……乖崽子……”

普罗霍尔把狗叫起来，带着它离开了木柴厂……那群人冲着赫留金哈哈大笑。

“我还要找你算账！”奥楚美洛夫吓唬他，然后裹紧大衣，在市集广场上转悠起来。

越描越黑

律师卡里亚金坐在大教堂唱诗班指挥格拉杜索夫家中，手里摆弄着民事法官发出的对格拉杜索夫的传票说道：

“甭管怎么说，多西费依·彼得罗维奇，您终究有错处。我尊敬您，珍视您对我的好感，尽管如此，我还是应当痛心地向您指出，您的行为不对。是的，不对呀。您侮辱了我的当事人杰列维亚什金……您倒说说，您为什么侮辱他呢？”

“哪个鬼侮辱他了？”格拉杜索夫气往上撞，这是个高个子老头，生着窄窄的，天分不高的前额，两道浓眉，纽扣眼上挂着一枚铜奖章，“我只不过教训他要讲道德。如此而已。蠢货是需要教训的！要是对蠢货也不教训，他们就要闹得大家不得安宁。”

“但是，多西费依·彼得罗维奇，您不是教训他，从他的状子看来，您当众对他以你字相称，叫他蠢驴、混蛋，以及诸如此类的字眼……有一回您甚至举起手来，似乎想对他作出侮辱的动作。”

“如果他该打，又怎么能不打呢？我真不明白！”

“可您要知道，您没有任何权利这么做！”

“我没有权利？得啦，请原谅……请您去对别人说这一套，可别来蒙我，劳驾啦。自从他在主教唱诗班被人家扭着脖子赶出来以后，就在我这里干了十年。不瞒您说，我乃是他的恩人。要是他生我的气，因为被我从唱诗班赶出去，那只怪他自己。我赶走他是因为他爱发议论。只有上过学，受过教育的人才能发议论。如果你是个蠢货，智力不高，那你就坐在一边，别说话……闭上嘴好好听聪明人说什么。可他这个混蛋偏偏喜欢插嘴。这里正在演唱或作弥撒，而他却议论起俾斯麦以及各式各样的格莱斯顿来。您信吗，这小子居然订了报纸！因为议论俄土战争我打了他不知多少次耳光，这您根本没法想象！本来该起唱了，可他朝那些唱男高音的歪过头去，大谈特谈我们如何炸沉了土耳其的铁甲舰‘留特福-泽利尔’号……这成何体统？当然，咱们打胜了，可喜可贺，可也不能说，因此连唱诗也用不着了……你可以等弥撒做完了再说嘛！总而言之，他是个猪猡。”

“这就是说，您以前也侮辱过他？”

“以前他也不生气呀。他知道，我是为他好，他明白！……他懂得，对上司和恩人顶嘴是罪过，可一当上警察局的文书——就万事大吉，他骄傲了，从此就不明事理了。他说，‘如今我不是歌手啦，当了官啦。’他说要参加十四品文官考试……我说，你不如少发议论，多擦擦鼻涕，这比想当官强。我说，你天生穷命，不是当官的材料。可他不想听！就拿眼前这件事说——他凭什么到民事法官那儿去告我？喏，这不是天生的贱骨头又是什么？当时我正坐在萨莫普留耶夫的酒馆和我们教会的长老喝茶。人很多，满座……我一瞧，他也坐在那里，正和那些文书们一块儿喝啤酒呢。简直像个花花公子，仰着脸大喊大叫，还抡着两条胳膊……我细一听……说的是霍乱……喏，您说拿他有什么办法？又夸夸其谈！我呢，不瞒您说，不说话，忍着……我心里想，你就胡说吧，胡说吧……反正舌头上又没长骨头……忽然，糟糕，火车头拉汽笛了……他这个下流的坏种动了感情，站起来对自己的朋友们说：‘我们为国家的繁荣干杯，我是祖国的儿子，是我国的斯拉夫派。我要献出我惟一的胸膛！敌人啊，你们统统站出来，我倒要看看，谁不同意我的话！’说着说着一拳头砸在桌子上！这时我再也忍不住了……我走到他面前，客气地说：你听着，奥西普……既然你这猪猡什么都不懂，那么最好闭上嘴，少发议论。受过教育的人可以卖弄聪明，而你要安分守己，你是虫豸，是炭灰……我说他一句，他回我十句……越吵越凶……我当然是为他好，而他因为糊涂……生气了——于是就告到民事法官那里……”

“是呀！”卡里亚金叹口气，“糟糕……为一点小事鬼知道闹出了什么结果。您是个有家室、受尊敬的人。如今却要打官司，闹得大家议论纷纷，说三道四，逮捕关押……这件事要做个了结，多西费依·彼得罗维奇。您只有一条路好走，杰列维亚什金也会同意您这么做。今天六点钟您和我到萨莫普留耶夫酒馆去，在那个钟点，文书、演员以及别的人都聚在那里。上回您就是当着那些人的面侮辱了他。您向他赔礼道歉，他就会收回状子。明白了吗？我想，您会同意这么办的，多西费依·彼得罗维奇……我拿您当朋友，才对您这么说……您侮辱了杰列维亚什金，叫他出丑，而主要的是您怀疑他那值得赞扬的感情，甚至亵渎了那种感情。在我们这个时代，您知道吗，这是不允许的。应该小心一点。您的话被加上了某种色彩，而这种色彩，怎么跟您说呢，在当前这个时代可不对头……现在是五点三刻……您愿意跟我一块去吗？”

格拉杜索夫摇头不去。但卡里亚金把那些话里的色彩渲染了一番，指出可能引起的严重后果，于是格拉杜索夫胆怯了，同意照办。

“您要注意，要规规矩矩地赔礼道歉，”在去酒馆的路上律师教导他，“您要走到他面前，以‘您’字称呼，要说：对不起，我把自己的话收回。如此等等。”

来到酒馆，格拉杜索夫和卡里亚金发现已经聚集了一大群人。这里有商人、演员、文官、警察局的文书。总之，每天晚上照例聚在酒馆饮茶喝啤酒的那帮“废物”都到齐了。杰列维亚什金本人坐在文书当中，他是个说不准有多大岁数的年轻人，脸刮得光光的，生着对一眨不眨的大眼睛，塌鼻子，头发又粗又硬，让人一见就想用它刷皮靴。他的面孔长得很妙，只瞧一眼就会一目了然，看得出他是个酒鬼，唱男低音，生性愚蠢，但没愚蠢到不认为自己聪明。他看见走进来的唱诗班指挥，欠了欠身子，猫似的耸了耸小胡子。那帮人显然事先知道将有一场公开道歉的表演，都竖起了耳朵。

"喏……格拉杜索夫先生同意了！"卡里亚金一边往里走一边说。

唱诗班指挥和一些人打招呼，响亮地擤鼻子，脸一红，走到杰列维亚什金面前。

"请原谅，"他含糊说道，眼睛不看对方，把手绢藏到口袋里，"我当着大家的面收回我的话。"

"我原谅……"杰列维亚什金扯着男低音的调门说道，胜利地看一眼所有在座的人，坐下了，"我满意了！律师先生，请撤回这件案子。"

"我赔礼，"格拉杜索夫接着往下说，"请原谅……我不喜欢让人不满意……你想要我用'您'字称呼你，随你的便，我照办……你想要我把你当个聪明人，随你的便……我才不在乎呢……我呀，老弟，是不记仇的。去你的吧……"

"对不起，这可不行！您是来道歉的，不是来骂人的！"

"我还要怎么赔礼呀？我赔礼！只不过没叫一声'您'，因为忘性太大。我总不至于下跪吧……我道歉，而且甚至感谢上帝，因为你还算明白，知道应该停办这件案子。我没工夫上堂打官司……这辈子没打过官司，将来也不想打，而且我劝你……我说的是'您'字……"

"当然，您愿意为圣·斯特法诺和约①干一杯吗？"

"可以干一杯……只是你呀，奥西普老弟，你是个猪猡……我这不是骂人，而是……打个比方……你就是猪猡，老弟！你记得吗，当初你被扭着脖子从主教唱诗班赶出来，你是怎么给我下跪的？啊？你竟敢状告自己的恩人？你这丑八怪，丑八怪！你不害臊吗？诸位顾客先生，难道他不害臊吗？"

"对不起，这可不行！又成了骂街啦！"

---

① 1877—1878年俄土战争后，两国在圣·斯特法诺缔结和约。此处喻和解。

“什么骂街？我只不过跟你说话，教训你……我们讲和了，我这是最后一次跟你说话，我根本就不想骂人……你把自己的恩人都告了，难道我还跟你这鬼东西来往吗？见你的鬼去吧！根本不想跟你说话！如果我一不留神叫了你声猪猡，那因为你本来就是猪猡……你不但不为恩人经常祈祷上帝，因为他养活了你十年而且教会你唱诗，反而写混账状子告他，还打发各种鬼律师来找他的麻烦。”

“对不起，多西费依·彼得罗维奇，”卡里亚金恼了，“到您那儿去的可不是鬼，我是……请您小心点！”

“难道我说的是您吗？您要高兴天天赏光，我欢迎。我只是感到奇怪，您上过学，受过教育，可您非但不去教训这只火鸡，反而给他撑腰。我要是您的话，早把他囚死在监牢里了！再者说，您为什么生气呀？我不是道过歉了吗？您还要我怎么样呢？我真不明白！顾客先生们，请你们作证，我道过歉了，再要我给什么混蛋道歉我可不干！”

“您就是混蛋！”奥西普声音沙哑地说，气得直捶自己的胸膛。

“我是混蛋？我？你竟会对我说这种话？……”格拉杜索夫脸涨得通红，浑身战抖……“你好大的胆子。招打！……我非但给你这坏蛋一个大嘴巴，还要到民事法官那儿告你！我要让你瞧瞧侮辱人的下场！先生们，请你们作证！派出所所长先生，您怎么站在一边看热闹哇？我受了侮辱。而您却在一边看笑话吗？您拿着薪水，难道维持秩序不是您的本分吗？啊？您以为法律管不了您是吧？”

派出所所长走到格拉杜索夫面前，于是发生了下面这段故事。

一星期后格拉杜索夫站在民事法官面前，他被控侮辱杰列维亚什金、律师和正在执勤的派出所所长。开头他不明白自己是原告还是被告，可是后来民事法官“数罪并罚”判他两个月的监禁，他才苦笑一声，发牢骚道：

“哦，我受了侮辱，反而还要坐班房……奇怪……民事法官先生，您要依法断案，可别自作主张。您那去世的母亲，瓦尔瓦拉·

谢尔盖耶芙娜，愿她升天堂，对奥西普这号人，准会吩咐下人用鞭子抽他，而您却纵容他……这会有什么结果呢？您为这些坏蛋辩护，别的法官也这么干，那还到哪儿伸冤告状呢？”

“不服判决，可以在两星期内上诉……请不要多说！您可以走了！”

“当然，这年头只靠薪水活不了，”格拉杜索夫说道，意味深长地挤挤眼睛，“要想吃饭就不得不把无辜的人送进班房……如今就是这么回事，没什么好怪的……”

“什么？！”

“没什么……我不过就这么一说……我说的是您要有良心①。您以为您戴着金表链，法庭就管不了您了？请别担心，我一定叫您现原形！”

“侮辱法官”案闹得沸沸扬扬。但是大教堂的大司祭出面调解，这件案子才勉强压下去了。

格拉杜索夫到会审法庭上诉，他确信不但会判他无罪，而且会把奥西普打入牢房。在开庭审理时他就是这么想的。他站在各位法官面前，心平气和，没说一句多余的话。只有一回，审判长请他坐下，他生了气，说道：

“难道法律上写着要唱诗班指挥和他手下的歌手坐在一起吗？”

会审法庭维持原判，这时他眯起眼睛……

“怎么？什么？”他问道，“您这可叫我怎么理解呢？您这是什么意思？”

“会审法庭维持原判。您如果不满意，可以向参政院提出上诉。”

“原来如此！多承您，大人，迅速而公正的审判，我感激不尽。当然，单靠薪水活不了，我完全理解，我会找到一个不受贿的法庭的。”

---

① 原话是一句发音不准的德语。

格拉杜索夫对会审法庭说的那些难听话，这里不再一一列举……目前他正因“诽谤会审法庭”而受审。而当朋友们想法对他解释他的错误时，他根本不想听……他深信自己无罪，确信早晚会受表扬，因为他揭发了舞弊行为。

“对这个蠢货毫无办法！”大教堂的住持说，绝望地摆摆手，“他根本不明白！”

适当的措施

这是个小小的县辖城镇，照本地典狱长的话说，小到在地图上用放大镜也找不到它，如今它正曝晒在中午的阳光下，一片寂静安宁。从议会到市场的道路上缓慢地走过卫生检查委员会的成员，包括一位镇政府医生、一名警官、两位议会代表和一位商界代表，后面恭敬地跟随几名警察……委员会的道路，如同通往地狱的道路，上面布满美好的意图。卫生检查人员走在路上，挥舞着手臂大谈污秽，恶臭，应当采取的适当措施以及其他有关霍乱的话题。这些话说得十分聪明，走在大家前头的警官听得高兴，回过头来说道：

“先生们，咱们要是常常聚一聚，议论一下，那有多好！这样既觉得愉快，又觉得你是在朋友当中。不然的话，我们就知道吵架，真的！”

“咱们先查哪一家？”商界代表问医生，那腔调宛如刽子手琢磨先拿谁开刀，“安尼基达 · 尼古拉伊奇，咱们是不是先查奥谢依尼科夫的铺子？第一，他是个骗子，第二……第二，也该找他算账了。前两天他给我送来点荞麦，对不起，里面有耗子屎……我老婆就是不吃。”

“好吧，就先查奥谢依尼科夫，”医生无可无不可地说。

查卫生的走进“奥谢依尼科夫商店，出售茶叶、白糖、咖啡以及其他殖民地[1]商品”。他们一行没说什么开场白，立即进行检查。

“嗯，是的……”医生说道，端详着堆成金字塔形的喀山肥皂，“瞧瞧，您用肥皂搭出多么漂亮的巴比伦城！想不到，还真有点发明创造！喂……喂……喂！这是什么？先生们，请大家看一看。杰米扬·加福里雷奇用一把刀又切肥皂又切面包！”

“这样就不至于闹霍乱了，安尼基达·尼古拉伊奇！”店主振振有词地说。

“话是这么说，可是多么恶心！要知道我也是在你这儿买面包的。”

“对于上流人士我们有专用刀。请您放心……您这是怎么说的……”

警官眯着近视眼，仔细观察一块火腿，还用指甲抠了半天，大声地用鼻子嗅，然后用手指头弹着火腿，问道：

“这东西你不是和毒药放在一起吧？”

“您这是怎么说的……求上帝开恩……难道能那么干吗！”

警官觉得不好意思，从火腿那儿走开，眯着眼睛细看阿基莫洛夫公司的定价表。商界代表把手伸到一只装荞麦的小桶里，觉得里头有个暖乎乎、毛茸茸的东西……他往里一瞧，脸上洋溢出一片柔情。

“小猫——小猫……我的小宝贝儿！”他咿咿呀呀地说，“它们卧在荞麦里面，仰起小猫脸儿……在那儿发懒呢……杰米扬·加福里雷奇，你送我一只小猫吧！”

“这可以……这边，先生们，请看看冷荤制品，有咸青鱼、干

---

① 原文殖民地一词写错了一个字母，暗示招牌中有错字。

酪……请看看鱼脊肉，鱼脊肉是星期四刚到的，上等货……玛什卡，把刀拿过来！”

卫生检查人员每人切下一块鱼脊肉，闻了闻就品尝了。

“我也顺便吃一点……”小铺老板杰米扬·加福里雷奇仿佛自言自语，“我还有一瓶酒在那儿放着呢。吃鱼脊肉之前喝上一口……另有一种滋味……米式加，把那瓶酒拿来。”

米式加鼓着腮帮子，瞪着眼睛，打开一瓶酒，砰的一声放到柜台上。

“空肚子喝酒……”警官说道，犹豫地挠挠后脑勺，“不过呢，只喝一杯……只是你要快点，杰米扬·加福里雷奇，我们没工夫对付你的白酒！”

一刻钟后，卫生检查人员擦着嘴唇，用火柴棍剔着牙齿，朝戈洛雷本科的铺子走去。

他们到了那里，好像有人成心捣乱，竟进不了店门……五个壮汉正把一只酒桶从店里滚出来，他们一个个脸色红红的直冒汗。

“向右！…拉住桶边……拽！垫木板……啊见鬼！长官，请离远一点，可别压了脚！”

小桶在门口卡住了，寸步难移！几个壮汉伏在桶上，使出浑身力气向前推，呼哧呼哧地喘气，嘴里骂骂咧咧，闹得整个广场都听见了，他们久久地喘大气，弄得空气也不新鲜了。经过这番努力，小桶才向前滚动，可不知为什么，它竟违反自然规律，又向后滚动起来，又卡在了门口。喘气声又大作。

“呸！”警官啐了一口，“咱们到石布金那里去吧。这些鬼东西会一直喘到晚上的。”

查卫生的发现石布金的铺子关了门。

“可它刚才是开着的呀！”查卫生的感到奇怪，互相你看我，我看你。“刚才我们走进奥谢依尼科夫的店里时，石布金正站在门口刷铜茶壶。现在他上哪儿去了？”他们问一个乞丐，他正站在关了店的门前。

“您赏几个钱吧，看在上帝面上，”乞丐哑声说道，“对有残疾的穷人发发慈悲吧，恩人老爷们……求上帝保佑您的父母……”

卫生检查人员摆摆手向前走去。只有议会代表普留宁例外，他给乞丐一个戈比，然后仿佛害怕什么，赶紧在胸前画十字，追赶各位委员去了。

两小时后委员们走上归途。他们的样子又苦又累。这一趟没白来：一个警察端着满满一盘烂苹果，得意洋洋地迈步跟在后面。

“现在活儿干完了，喝点酒倒也不坏，”警官说道，瞟了一眼酒铺的招牌“葡萄酒和白酒馆”，“该提提神了。”

“嗯，是的，不妨喝点。你们愿意就进去！”

卫生检查人员下到半地下室的酒馆，围着一张圆桌坐下。警官向掌柜的点点头，一瓶酒摆到桌子上。

“可惜没有下酒菜，”商界代表说，一边喝一边皱眉头，“要是来根黄瓜，怎么样……不过……”

商界代表朝端着盘子的警察转过身去，挑了一个保存得最好的苹果，吃了起来。

“哦，这里还有不很烂的，”警官似乎惊讶地说，“我来挑一个！你把托盘放到这里……有好点的，我们挑出来，削削皮，剩下的就扔掉。安尼基达·尼古拉伊奇，斟酒吧！我们要是常聚一聚，谈一谈就好了。不然的话，在这个偏僻地方，没有教育，没有俱乐部，没有社交——整个一个澳大利亚！斟酒吧，先生们！大夫，请您吃个苹果，我专给您削的！”

……

“长官，这托盘放哪儿？”警察问警官，他正和委员们走出酒馆。

“托盘？什么托盘？明白了！和苹果一起扔掉……因为它传染……！”

“苹果您已经吃了！”

“啊……很高兴！你听我告诉你……到家去一趟，告诉玛利亚·弗拉西耶芙娜，叫她别生气……我顶多一个钟头……到普留宁那里睡个觉……你明白吗？睡觉……投入摩耳甫斯的怀抱……您会说德国话吗①伊万·安德烈伊奇。”

警官抬眼望天，难过地摇摇头，摊开双手说道：

“这就是我们的整个生活！”

---

① 这句话是用发音不准的德语说的，它源出果戈理的长篇小说《死魂灵》，原来是对邮局局长伊万·安德烈伊奇说的，后来变成了一句俗语。

罗马的混乱[①]

喜剧式传奇，三幕五景，带序幕

剧中人

法利科尼伯爵，大胖子[②]

伯爵夫人，他的妻子，对他不忠实。

月亮，各方面都讨人喜欢的星球。

阿尔图尔，腹语艺术家，用肚子唱歌[③]。

何赛，艺术家，请勿与火柴厂厂主[④]相混。

小孤女，穿着红袜子。她纯洁善良，但没有善良到连男人衣服也不好意思穿的程度。

连托夫斯基，手持剪刀，悲观失望。

卡莎，老处女

大司伯尔
小司伯尔 } 卡莎的孩子

鼓手，江湖术士，尼姑，青蛙，公牛，一个多余的艺术家，一千个希望，恶毒的天才等。

序　幕

以赞歌开始。卡莎面色苍白，怀抱小司伯尔——她的挨饿的儿子，她祈求地望着观众。连托夫斯基举起匕首，极力要杀死小司伯尔，但是办不到，因为匕首不锋利，是钝刀。五彩烟火，呻吟……一只吸血蝙蝠飞过舞台。

连托夫斯基：可恨的娃娃，我要杀死你！伊万，给我再拿把刀子来！（伊万，长得像安德拉什[5]，递给他一把刀，但就在这时恶毒的天才上场）

恶毒的天才（悄声对连托夫斯基说）：你演一出《罗马的混乱》，那就全都妥了，小司伯尔准死无疑。

连托夫斯基（拍自己的脑门）：我以前怎么就没想到呢！戈利果利·亚历山大罗维奇，请上演“罗马的混乱”！（听到阿尔别宁[6]的声音：“太棒啦！”）

第一幕

小孤女（坐在石头上）：我爱上了阿尔图尔……再多也没什么可对您说的了。我本人挺小，声音不大，演的是个小角色。如果我说话啰唆，那您的耳朵和耐性不就为的是这个嘛。我这不算什么，等会儿您瞧，塔马林那才叫啰唆呢！您的眉头会皱得比任何时候都紧！（闷闷不乐）

月亮：嗯！（打呵欠，沉着脸）

拉法埃里·塔马林（上场）：我马上就告诉您……您瞧，是这么回事……（深深吸一口气，开始作极长的独白。他坐下两次，擦

---

① 契诃夫这个讽刺模拟剧与1884年在莫斯科上演的喜歌剧《罗马狂欢节》有关，此剧在连托夫斯基的剧场上演失败。

② 影射演员波格唐诺夫。

③ 影射演员列昂诺夫。

④ 指鲁扎火柴厂老板A.何赛。

⑤ 安德拉什（1823—1890），匈牙利伯爵，曾参加1848—1849年匈牙利革命。

⑥ 戈利果利·亚历山大罗维奇·阿尔别宁，《罗马狂欢节》歌剧指挥。

了五回汗，最后喉咙发哑，感觉到咽喉发生了死前的痉挛，哀求地望着连托夫斯基）

连托夫斯基（把剪刀弄得喀嚓响）：必须剪掉一点才行。

月亮（沉着脸）：走掉好不好？从第一幕看来，这轻歌剧只有悲伤。

拉法埃里·塔马林（从希洛特卡手中用一千卢布买下阿尔图尔的一幅画）：我把它当作自己的画。

法利科尼（和伯爵夫人上场）：在第一幕既用不着我，也用不着我的夫人，话虽如此，出于作者的意志，我还是自我介绍一下……我的夫人水性杨花。请爱她，赏识她……如果我说的不可笑，请原谅。

伯爵夫人（背弃自己的丈夫）：做吃醋男人的妻子真倒霉！（背弃自己的丈夫）

何赛：我在舞台上是多余的，可仍然站在这里……手放在哪儿？（他走来走去，不知道把手放在哪儿）

（小孤女接了塔马林的钱，动身到罗马去找自己钟情的阿尔图尔：不知为什么，她换穿了男装。大家都追随她前往罗马）

月亮：闷煞人了……我要不要搞一次月食？（开始月食）

第二、三幕

伯爵夫人（背弃自己的丈夫）：阿尔图尔，心肝……

希洛特卡：我去做阿尔图尔的学生。（做学生，闷闷不乐。为了对她表示敬意献花环）

阿尔图尔：我爱上了伯爵夫人，但我需要的不是这样的爱情……我想爱得静悄悄，柏拉图式地……

伯爵夫人（背弃丈夫）：多么漂亮的男孩（入迷地看着小孤女），让我跟他亲吻！（背弃丈夫和阿尔图尔）

阿尔图尔：我气坏了！

小孤女（换成女装）：我是女人！（嫁给突然爱上她的阿尔图尔）

观众：这就完了吗？哼……

群众演员：扮成青蛙的一群人，抬着纸牛和两个桶。

轻歌剧（垮台）：就在这个地方垮了多少形形色色的玩意儿！

连托夫斯基（抓住正在垮台的轻歌剧的衣领）：不，你等等！（开始用剪刀修剪）等等，小妈妈……我们还要把你修理一下[①]……（修剪完，仔细端详）全弄坏了，见鬼！

轻歌剧：命该如此，在劫难逃！

尾声

连托夫斯基下跪，善良的天才保护着卡莎和婴儿，站在他面前，作传教士的姿势……背景中站着新轻歌剧团和大司伯尔。

---

① 喜歌剧《罗马狂欢节》后来上演时作了删节。

牌　戏

一个令人厌烦的秋夜。安德烈·斯捷潘诺维奇·彼烈索林从剧场出来，坐在车上思考一个问题：如果剧院上演的戏具有道德方面的内容，那么会带来多大的好处呢。路过衙门的时候，他丢开那些好处，望起大楼的窗口来。在这座大楼里，照诗人和船长的说法，他就是掌舵的。值班室两扇临街的窗口灯光明亮。

“难道这么晚了他们还在忙报表？”彼烈索林心中暗想，“他们四个蠢材，到现在还没弄完！弄不好人们会以为夜里我都不让他们休息。我要赶他们回家……古林，停车！”

彼烈索林下了车，朝衙门走去。大门上了锁，后门只有一个破门闩，门却是开着的。彼烈索林利用后门走进去，个把分钟以后他已站在值班室门前。门虚掩着。彼烈索林往里一瞧，却看见一幅不寻常的景象。在乱堆着大张账页的桌子后面，在两盏灯的光照下，四个文官坐在那里打扑克，一个个聚精会神，一动不动，面孔被绿灯罩映照得好似神话中的土地精灵①，或者，愿上帝保佑，像伪币制造犯……他们的玩法更增加了几分神秘色彩。从他们打牌的方式和偶尔喊出的牌经看，他们是在玩文特，但从彼烈索林听到的话判断，这种牌不能叫文特，甚至不能叫扑克。这是一种闻所未闻，奇怪而神秘的玩法……彼烈索林认出这四位文官是谢拉菲木·兹维子杜林、斯捷潘·库拉凯维奇、叶烈美依·涅多耶霍夫和伊万·皮苏林。

“你怎么这么打呀，荷兰鬼，”兹维子杜林生气了，恶狠狠地瞧着牌搭子说，“难道能这么打吗？我手上有两张罗费耶夫，有谢彼烈夫夫妇，还有斯捷普卡·叶尔拉科夫。可你却把柯费全打出去。你瞧，我们差两副。你这个糊涂虫，该打波冈金嘛！”

“哼，那会怎么样？”牌搭子反唇相讥，“我倒想打波冈金，可伊万·安德烈伊奇手上有彼烈索林呀。”

“怎么把我的姓编排到牌里去了……”彼烈索林耸耸肩，“搞不懂！”

皮苏林又发牌，文官们接着说：

“国立银行……”

“两张省税务局……”

“无将……”

“你要打无将？嗯……两个省府……完蛋就完蛋，见他的鬼！上回我要国民教育，却差一副，现在又要在省府上倒霉，管它呢！”

“国民教育小满贯！”

“不懂！”彼烈索林小声说。

“我打五品文官……万尼亚②，打九品或十二品。”

“我们干吗打九品，我们手上有彼烈索林呀……”

“可我要给你的彼烈索林一个耳光……一个耳光……我们手上有雷勃尼科夫呢。叫你们缺三副！把彼烈索林太太拿出来！用不着把这个坏蛋藏在袖口里！”

“还触犯到我的妻子……”彼烈索林想道，“不懂。”

彼烈索林不愿意继续蒙在鼓里，开门走进了值班室。就算长着尾巴和犄角的魔鬼出现在这帮文官面前，也不如长官更使他们吃惊和害怕。就算去年逝世的庶务在他们面前出现，用发自坟墓里的声音对他们说：“天使们，跟我到为坏蛋准备好的地方去吧”，就算他用坟墓里阴森的冷气在他们脸上吹，他们的脸色也不会比认出彼烈索林以后更加苍白。涅多耶霍夫吓得鼻血直流，库拉凯维奇的右耳

---

① 西欧神话中矮小的精灵，守护地下的宝物。

② 伊万的昵称。

朵里嗡嗡响，领带自己就松开了。文官们一个接一个扔掉纸牌，慢慢站起来，面面相觑，然后两眼盯住地板。一霎时值班室内毫无声息。

“你们这报表抄得很好嘛！”彼烈索林开口说道，“我这才明白，为什么你们这么喜欢搞报表……刚才你们干什么啦？”

“我们只是一小会儿，大人……”兹维子杜林小声回答，“看看照片，休息一下……”

彼烈索林走到桌前，慢慢地耸了下肩膀。桌子上放的不是扑克牌，而是普通尺寸的相片，从原纸板上揭下来，贴在扑克牌上的。照片很多，彼烈索林看见他自己，他的太太，还有许多下属和朋友。

“简直胡闹……你们是怎么个玩法？”

“大人，这不是我们想出来的……求上帝保佑……我们只是学别人的样子……”

“说说吧，兹维子杜林！你们刚才怎么玩的？我全看见了，听见了，你拿雷勃尼科夫打我……好啦，干吗那么多顾虑？我还会吃了你吗？说！”

兹维子杜林忸怩了半天不敢说。最后惹得彼烈索林生了气，鼻子直哼哼，脸也红了，兹维子杜林这才遵命。他把牌收在一起，洗牌，然后排开放在桌上，解说道：

“每张相片，大人，如同每张牌，有自己的含义……意义。就像每副纸牌一样，这里也是五十二张，四种花色……税务局的官员是红桃，省府官员是梅花，国民教育部是方块，国家银行局则是黑桃。嗯，四品文官在我们这儿是爱司，五品是国王，四品和五品的夫人们算皇后，六品是杰克，七品文官是十，等等。比方说我，这是我的照片，算是三；因为我是十二品文官。”

“真有你的，那么我是爱司啦？”

“您是梅花爱司，您的夫人是梅花皇后……”

“噢！这倒挺新鲜的……好，我们来玩一把，我来看看……”

彼烈索林脱下大衣，带着不相信的笑容在桌前坐下。各位文官照他的吩咐也坐下来，牌戏开始了……

看门人纳扎尔早晨七点钟来打扫值班室。他大吃一惊，因为他拿着刷子走进来时看到的景象太奇怪了。直到今天当他喝得烂醉，躺在那里人事不知时仍然记得清清楚楚，只是彼烈索林面色苍白，睡意蒙眬，头发散乱，站在涅多耶霍夫面前，揪着他的衣服扣子说道：

“你要明白，如果你知道我手上有四个我，你就不能把谢彼烈夫打出去。兹维子杜林手上有雷勃尼科夫夫妇，有三个中学教员，还有我的太太，而你涅多耶霍夫有银行职员和三个省府的小官。你该打克留希金嘛！他们打税务局你别管，他们留着一手呢！”

“我，大人，把九品打出去，是因为我想他们手上有四品文官。”

“嗐，亲爱的，不能这么想呀！那就不是打牌了。只有鞋匠才那么打牌！你好好想一想嘛！……刚才库拉凯维奇打省府七品，你应该把伊万·伊万诺维奇·格连兰德斯基甩出去，因为你知道他有三个娜塔莉娅·德米特列耶芙娜和叶戈尔·叶戈雷奇……你全弄糟了！我现在就给你证明。请坐，先生们，再打一圈！”

文官们打发走纳扎尔，坐下接着打牌。

月　食

外省生活实录

No1032　　通令

9 月 22 日晚发生月食。此类自然现象非但无可厚非，而且颇有教化之意，盖由此可见，甚至各星球也是常常服从自然规律的。为表示鼓励，望贵官命令贵官管区内所有街灯一律点亮，使夜晚的黑暗不致影响官民人等观看月食，并请阁下严密监视各处街道，不得以此为由聚众欢呼以及其他等等。若有人对此自然现象妄加评论，请立即上报。不过本人深知居民思想健康，预计不至如此也。

格尼洛杜欣

核对：秘书特里亚诺夫

答复

本人荣幸地答复大人第 1032 号通令：在本人管区内并无街灯，因此月食发生在一片黑暗中。虽然如此，仍有许多人看得相当清楚，未发生破坏社会安宁之事，也没有妄加评论或表示不满的情形。只有一事可疑：助祭之子，家庭教师安菲洛希 · 巴别尔曼杰波斯基在回答居民月食原因时长篇大论，显然有破坏健康思想之意，至于该人所谈内容，本人不明所以，因为他引证多门学科，而且用了许多外文。

马库西 · 卡兰切夫斯基

本人荣幸地回复大人第 1032 号通令：在本人管区内未发生月

食。不过天空曾发生某种自然现象，即月光发暗，至于那是否月食，实难断定。在本人管区内经仔细查找只有三盏街灯，经擦拭玻璃，清洗内部后被点燃。但上述所有措施并无成效，因在月食发生时街灯被穿过玻璃灯罩之风吹灭了。结果未曾照亮大人所说之黑暗。未发生聚众之事，因为老百姓都睡觉了。只有地方自治局文书伊万·阿威列夫一人未睡，此人坐在围墙上，双手握成空拳放在眼前观察黑暗，作出暧昧的笑容，还说："在我看来，就算根本没有月亮也不错，我才不在乎呢！"我对他指出他出言轻浮，他竟敢说："你这愁眉苦脸的娘儿们，干吗帮月亮说话，莫非你给她拜过节吗？"同时他又说出不道德的言辞，类似百姓骂街，为此谨呈。

格洛塔洛夫

经查对实为原件

无脾人

在墓园

“他那玩弄刀笔的手段，颠倒黑白的雄辩，如今都到哪儿去了？”

——哈姆莱特

“先生们，起风了，天也黑下来了。是不是该走了？”

风吹着老桦树上的黄叶，叶子上大滴的水珠落到我们身上。我们当中的一位在泥地上打了个滑，为防跌倒抓住一根灰色大十字架。

“九品文官，勋章获得者叶戈尔·格里亚兹诺卢科夫……”他读道，“我认识这位先生……他爱他的太太，戴着斯坦尼斯拉夫勋章，不读书不看报……消化良好……生活不是过得很好吗？似乎不该死的。可是，嗐！碰上了意外！……可怜的人死于自已好观察的天性。有一天，他正躲在门外偷听谈话，门一开撞到他脑袋上，结果得了脑震荡（他这个人是很有脑子的），就一命呜呼了。至于这一位，在这座碑下长眠的人从小就恨诗歌和警句……但好像成心开玩笑，他的碑上刻满诗句……有人来了！”

一个人从后面赶上了我们，穿件旧大衣，脸色红中透青，没胡子，腋下夹着一瓶酒，衣袋里露出一个纸包，包着香肠。

“演员穆什金的墓在哪儿？”他扯着沙哑的嗓子问道。

我们带他到两年前去世的演员穆什金的墓地去。

“您是文官吧？”我们问他。

“不，是演员……如今演员和正教监督局的官员很难分得清。

这一点你看得很准……这颇有特色，不过对文官来说就不太光彩啦。”

我们好不容易才找到穆什金的墓。它已往下沉，长满杂草，失去了墓的样子……一根小小的廉价十字架歪在一边，上面长满冻得发黑的青苔。这十字架看着老朽而凄惨，就像得了病似的。

“……被忘却的朋友穆什金。”我们念道。

光阴抹掉了前面“不会”两个字，从而纠正了人的谎言。

“演员们和记者们本来募集了一笔钱为他修墓，但是……他们把钱喝掉了……这些可爱的朋友……”演员叹口气，跪下叩头，膝盖和帽子触到潮湿的土地。

“可是怎么喝掉了呢？”

“很简单，他们募到了钱，把这件事登了报，然后就把钱喝掉了……我不是指责他们，只是随便说说……愿你们喝个痛快，天使们！你们喝得痛快，也就是对他永远的纪念了。”

“喝个痛快有害健康，而永远的纪念不过是悲伤而已，让上帝保佑我们只有暂时的纪念吧，至于永远纪念，那可受不了！”

“您这话说得对。穆什金是名演员，他的棺材后头，有人抬着十个花圈送葬，可是他却被忘掉了！曾经喜欢他的人把他忘了，曾经受他之害的人却记得他。比如我，永远忘不了他，因为我除了受他的害，别的什么也没得到。我不爱这个过世的人。”

“他怎么害你的呢？”

“害得不轻，”演员叹了口气，流露出一脸悻悻之色，“他是我的祸害和强盗，愿他升天国。我受他耳濡目染，结果当了演员。他用自己的艺术引诱我离开父母的家门，用演员的浮华生活迷惑我，他保证我的前途似锦，可给予我的却是痛苦和眼泪……演员的命好苦哇！我失去了青春，失去了清醒而非醉昏昏的头脑和天赋的外表……我身无分文，鞋跟是歪的，裤子破破烂烂，脸像被狗啃过一样……满脑子自由思想和糊涂观念……他还夺去了我的信仰，我那坏蛋！要是我真有天才，倒也罢了，其实我不过是虚度一生……好冷呀，尊敬的先生们，你们想喝吗？够大家喝的……真冷……我们为死者的安息干一杯吧！我虽然不喜欢他，虽然他死了，但我在这世上只有他一个，就这么一个。这是我最后一次来看他……医生们说，我因为酗酒已活不多久，所以来向他道别，对敌人也该宽恕嘛。”

我们留下演员一个人和穆什金谈话。大伙儿径自向前走去。天下起了寒冷的细雨。

我们拐弯走上铺着鹅卵石的林荫路，就在这时碰上了送葬的行列。四个抬棺材的腰系白带，脚蹬粘着落叶的脏靴子，抬着一个棕色的棺材。天黑下来了，他们匆匆地走着，磕磕绊绊，轻轻摇晃着棺架……

“我们只在这里溜达了两个小时，却已经看见了第三口抬来的棺材……该回家了吧，先生们？”

野鹅的闲谈

蔚蓝的天空中一行野鹅正作照例的移栖飞行。头前飞着几位元老，鹅中的现任三品文官。随后是他们的眷属、司令部和办公厅。元老们哼哼唧唧地商讨解决眼前种种问题，母鹅们谈论着时装，年轻的公鹅们飞在后面，彼此说荤笑话和发牢骚。小字辈觉得老头子飞得不够快，达不到自然规律的要求……

“这么飞可不行！”他们说道，这时荤笑话已说光了，“鬼知道这像什么话！飞呀飞呀，可连黑海还没飞到！喂，大人，您能不能像样地飞呀？”

深明事理的元老们想法则不同：

“我不懂，咱们干吗飞，古斯·古赛奇老兄！”一个小老头对另一个说，那位正记下发牢骚者的姓名，“咱们朝西飞，飞向不了解的远方，飞向轻歌剧的国度！我同意，轻歌剧是好东西，甚至不可缺少。可您要明白，对于这东西咱们还不够成熟！讽刺歌曲《我们生来都无罪》对于你我来说大概还没什么关系，可对于不成熟的头脑来说那就要命了。”

“我打心眼里高兴，大人，因为我发现您对于我心中的悲痛深有同感。大自然逼咱们飞，可健全的头脑却发出疑问：咱们干吗飞呢？咱们就在这儿过冬多好，这里地方宽敞，食品丰富，而且鹅风良好，道德高尚。请您看看咱们的同宗，这些家鹅吧！他们定居在一个地方……白吃白喝，粪肥含有大量财富，还有世代奉为神圣的一夫多妻制……他们有多少重大的事情装点自己的史册呀！要不是他们拯救了腐朽思想的发源地罗马，他们在历史上是无与伦比的！

请您看看，他们吃得多饱，过得多满意，他们的老婆多贞洁！”

“但是，大人，”一个年轻而早熟的公鹅插了话，“他们为这表面的满意付出了昂贵的代价，付出了自己的独立。大人，他们被用来做白菜烧鹅，炼鹅油，做鹅毛笔。”

“这样的想法在你的脑瓜里要是少一点，”老头子反唇相讥，“你就不会这么和长辈说话了！你姓什么？”

如此这般。鹅群顺利飞到目的地，没发生任何事故。只有一次元老们看见地上有个漂亮的小母鹅。他们眨眨眼睛，舌头一弹打了个嘟噜，拿起买饲料的钱降落到地上，不过时间不长。小母鹅收了钱，但拒绝了老头子们的感情，推说要保守自己的贞节。

祸从口出

“亲爱的，你躲到哪儿去了？上哪儿去找你呢？”

——民歌

第一个人：脱下帽子！这里不准戴帽！

第二个人：我戴的不是帽子，是礼帽！

第一个人：那也一样！

第二个人：不，不一样……帽子花半卢布就能买，可你去买顶礼帽试试！

第一个人：帽子也罢，礼帽也罢，总之……

第二个人（脱帽）：那您得说清楚点……别帽子帽子的……

第一个人：请不要说话！您妨碍别人听！

第二个人：是您在说话，在妨碍，不是我。我不说话，老兄……要是不惹我，我才不会说话呢。

第一个人：嘘……

第二个人：用不着嘘……（沉默一会）我也会嘘……少拿眼睛瞪我……我才不怕呢……这样的我见多了……

第二个人的老婆：少说两句吧，行了！

第二个人：为什么他老惹我！我可没惹他呀！没惹他不是吗？那他干吗冲我来？您或许想到警察局局长那儿告我是不是？

第一个人：回头再谈，回头再谈，您别说了！

第二个人：哈哈，害怕了！就是这样……软的欺负硬的怕。

观众们：嘘……

第二个人：连观众都看不过了……派你来是维持秩序，可你自己却扰乱秩序……（冷笑）胸前还挂着奖章……带着腰刀……大伙儿看哪！

（第一个人出去了一会）

第二个人：害臊了，走啦……如果听了我的话感到害臊，那还有点良心……再说下去，我还有更难听的呢。我知道怎么对付这种人！

第二个人的老婆：别说了，大伙儿看你哪！

第二个人：让他们看好了……我买票花的是自己的钱……如果我在说话，那就别惹我生气……那个人走了……刚才那个……我就不说了……要是没人惹我，我干吗说话呢？用不着说话嘛……我明白……（鼓掌）再来一个，再来一个！

第一、三、四、五、六个人（就像从地里钻出来的）：劳驾，请您出去！

第二个人：上哪儿去？（脸发白）怎么回事？

第一、三、四、五、六个人：请吧！（抓住第二个人的胳膊）别蹬腿……请吧。（往外拖）

第二个人：我花自己的钱买票，突然……出了这样的事……（被拖出去）

观众：带走了一个恶棍！

美亦应有度

一位爱思考的十四品文官去年受惊吓而死，在他的记事本中发现下列文字：

这个世道要求，不但做坏事要有限度，做好事也要有限度。兹举例说明之：

就是最美的食物吃得过多也会引起胃疼、打嗝、肚子响。

头发是人脑袋上最美的装饰。但任何人都知道，头发如果过长（我说的不是女人），就会因此被认为轻浮而且有害。

有位文官，父母品格端正，道德高尚，本人则以对上级脱帽致敬为乐事。他这种心灵美特别引人注意，因为他故意走遍全城，目的仅在于碰见上级以便脱帽致敬。他不但对自己的顶头上司和非顶头上司脱帽致敬，就是对年长者也如此，其可钦可敬之美德真是登峰造极。但他心灵美的后果是无时无刻不在裸露自己的脑袋。有一次在寒冷的冬天早晨他遇见警察局长的侄子，他脱帽而导致头部受寒，连忏悔礼都未做就呜呼哀哉了。由此可见，恭敬有礼是必要的，但也要适度。

对于学问我也不能缄口不言。学问具有极为良好，极其有益的性质。但请记住，如果学者越过道德和自然法则等所规定的界限，学问则会带来无穷的祸害。倒霉的是那些人，他们……我还是不说的好……

给我姑母治病的医士叶戈尔·尼基特奇做任何事都力求准确、整齐、正规。这些品质都是高尚心灵应当具备的。无论办事、走路，他都循规蹈矩，这些规矩形成于习惯，永远为他模范地遵守。有一次，我早晨五点钟来到他家，把他唤醒，一脸悲痛地大叫：

“叶戈尔·尼基特奇，请赶快到我家去！我的姑姑血流不止！”

叶戈尔·尼基特奇起床，穿靴子，走到厨房洗脸，用肥皂洗脸，刷牙，对着镜子梳头，然后开始穿裤子，在穿以前先用刷子刷干净，用手摩挲平，然后用刷子刷上衣和坎肩，给表上弦，一丝不苟地整理床铺。他收拾完床铺，仿佛要给我上一堂整洁课，动手把一颗脱落的扣子缝到大衣上。

“她现在流血不止呀。”我又说了一遍，由于理所当然的焦急而浑身没一点气力。

“马上就好……只是还要祈祷。”

叶戈尔·尼基特奇站在神像前开始祈祷。

“好啦……只是还要到外头看一看天气：要穿高腰套鞋还是矮腰套鞋？”

最后我们走出他的家门，他锁好门，脸朝东祈祷上帝，然后沿着人行道慢慢前行，一路上尽可能踩平滑的石头，以防弄坏鞋子。等到了我们家，我们发现姑姑已经去世了。这就是说，一丝不苟也得有个限度。

写东西看来是好事，它使头脑敏捷、智慧、丰富、文笔熟练、心灵美好。但多写则不宜。就是从事文学工作也要有限度，因为写多了会出乱子。比方我在写这几行文字的时候，扫院子的仆人叶甫赛维就走到窗前，怀疑地看我写的东西。我在他心里引起了疑团。于是我赶紧吹灭了灯。

面　具

某市社交俱乐部举办了一场慈善性质的假面舞会，或者按照当地小姐们的叫法：化装舞会。

午夜十二点。五位不跳舞，未戴面具的知识分子坐在阅览室里的大桌子前，鼻子和胡子戳着报纸阅读和打盹，或按首都各大报驻本地特派记者，一位颇具自由思想的先生所说，他们在“思考”。

卡德利舞曲《纺车》的乐声从大厅传来。仆役们不时在阅览室门外跑过，脚步咚咚响，托盘响叮当。但在阅览室内却是一片安静。

“这儿好像更方便一点！”突然间响起低沉、喑哑的说话声，仿佛是从火炉里发出来的，“上这儿来，来呀，伙伴们！”

门开了。一个宽肩膀的精壮男子走进了阅览室。他穿一身车夫的装束，帽子上插着孔雀毛，戴着面具。随后走进来几位戴面具的女士和一名端着托盘的侍者。托盘里有一个大肚子酒瓶，一瓶甜酒，三瓶红葡萄酒和几只玻璃杯。

“上这儿来！这儿凉快一点，”那男人说道，“把托盘放到桌上……请坐，小姐们！诸位先生，请让一让……别待在这儿！”

那男人身子一晃，顺手把几份报纸拂到地上。

“托盘放在这儿！你们几位读者先生，请让开。现在没时间看报和谈论政治……把报纸丢开！”

“我想请您安静一点，”其中一位知识分子说话了，他隔着眼镜片看了看面具，“这里是阅览室，不是小吃部……这里不是喝酒的地方。”

“为什么不是喝酒的地方？难道桌子摇晃，还是天花板要坍下来？奇怪！不过……我没工夫说话。请把报纸丢开……你们看了会儿报也就够了。你们本来已经很聪明了，再说，眼睛也会看坏的，而主要的是，我不愿意你们在这里看报，就这么回事。”

侍者把托盘放到桌子上，餐巾搭在胳膊肘上，站到了门边。女士们立刻喝起了红葡萄酒。

“怎么会有这样的聪明人，居然认为看报比喝酒还好，”帽子插孔雀毛的男人开口说道，一面倒甜酒，“依我看哪，你们这些可敬的先生们所以爱看报，是因为你们没钱喝酒。我说的对吧？哈——哈！……看报！喂，那上头写的什么？戴眼镜的先生！你们看到什么事了？哈——哈！得了，算了吧，别装模作样了！还不如喝一杯呢！”

帽子插孔雀毛的男子欠起身，一把夺过眼镜先生手里的报纸。眼镜先生的脸先发白，后转红，惊讶地望着另外几位知识分子，他们也惊讶地望着他。

“您忘乎所以了，尊敬的先生！”他气往上撞，“您把阅览室当成了小酒铺，竟这么放肆！从人家手里夺报纸！我不允许！您不知道在和谁打交道，尊敬的先生！我是银行行长热斯加科夫！……”

“我不在乎你是什么热斯加科夫！你看，这就是我对你那报纸表示的敬意……”

那男人拾起报纸，撕成碎片。

“先生们，这是怎么了？”热斯加科夫懵了，喃喃说道，“这太奇怪了……这……这简直超出常理……”

“他老人家生气了，”男人笑起来，“哎呀呀，我好害怕！腿直哆嗦！……我说，诸位可敬的先生！把玩笑放在一边，跟你们说话我没兴致……因为我想和小姐们单独呆在这里，在这儿乐一乐，所以请你们别碍事，走开……请吧！别列布欣先生，找你的猪猡去吧！干吗板起你的丑脸啊？叫你走开，你就走开嘛！快点，不然的话，小心挨我的脖儿刮！”

“这到底是怎么回事？”孤儿院会计主任别列布欣问道，满脸通红，不住地耸肩膀，“我真不明白，一个无赖闯进来……忽然说这样的话！”

“什么叫无赖？”帽子插孔雀毛的男子勃然大怒，大吼一声，一拳砸在桌子上，震得托盘里的玻璃杯跳了起来，“你在跟谁说话？你以为，我戴着面具，就可以对我胡言乱语吗？好厉害的一张嘴呀！既然我说了，你就给我出去！银行行长，乖乖地走开！都给我走，一个骗子别留！唉，找猪猡去吧！”

“我们马上就有好戏看的！”热斯加科夫说道，气得眼镜片都冒了汗，“我要让您看看。喂，把值班主任叫来！”

一分钟后，红头发，小个子的值班主任走进来，西服翻领上别着一条浅蓝色带子，跳舞跳得气喘吁吁。

“请您出去！”他开口说道，“这里不是喝酒的地方！请到小吃部去！”

“你是打哪儿蹦出来的？”戴面具的男人问道，“难道是我叫你来的吗？”

“请不要你呀你的，请出去吧！”

“好吧，可爱的小人儿，我限你一分钟……因为你是主任，你是大人物，所以你要把这几个演员拽出去。我的小姐们不喜欢外人在这里……她们感到拘束。而我既然出了钱，就想让她们自由自在。”

“显然，这个狂妄的家伙不明白，这里不是他住的窝！”热斯加科夫叫道，“把叶甫斯特拉特·斯皮里多内奇叫来！”

“叶甫斯特拉特·斯皮里多内奇！”俱乐部里一片传呼，“叶甫斯特拉特·斯皮里多内奇在哪里呢？”

叶甫斯特拉特·斯皮里多内奇，一位穿着警察制服的老头子立即出现。

“请您离开这儿！”他声音沙哑地说，瞪着怕人的眼睛，翘起染色的胡子。

“可把人吓坏了！”那男人说道，快活得哈哈大笑，“真的，把我吓坏了！真有这么厉害的人物！叫上帝揍我吧！胡子长得跟猫一样，还瞪着眼睛……嘻——嘻——嘻！”

“请别说三道四！”叶甫斯特拉特·斯皮里多内奇使足劲大吼一声，“滚出去！我要叫人把你拉出去！”

阅览室内响起无法想象的喧哗。叶甫斯特拉特·斯皮里多内奇脸红得像虾，跺着脚大喊大叫。热斯加科夫也大喊大叫，别列布欣也大喊大叫，所有的知识分子都大喊大叫，但戴面具男人那深沉的男低音压倒所有的喊声。舞会被这一片吵闹声打断了，人们纷纷从大厅涌到阅览室。

叶甫斯特拉特·斯皮里多内奇为了显示自己的威风，叫来了在场的所有警察，然后坐下写呈文。

“写吧，写吧，”戴面具的男人说道，用手指头拨弄着他的笔杆。“现在，现在我这个可怜人如何是好？我这个可怜的傻瓜。你们干吗苦害我这个无依无靠的孤儿？哈——哈！喂，怎么样？呈文写好了吗？签上字了？好，现在请看！……一……二……三！……”

那男人站起来，挺直身子，摘下了面具。他露出了自己的醉脸，望着大家，欣赏自己所造成的效果，然后倒在椅子上哈哈大笑起来。他造成的效果的确非同一般，所有的知识分子惶惶然面面相觑，脸色发白，有几个直挠后脑勺。叶甫斯特拉特·斯皮里多内奇干咳一声，就像一个人偶然干了件蠢事那样。大家都认出了这个捣乱鬼，原来他是本地大富翁、工厂主、世袭荣誉公民皮亚契果罗夫，他以喜欢闹事和兴办慈善事业闻名，而且正如地方报纸不止一次提到的，好办教育。

“怎么样，你们走还是不走？”沉默了片刻，皮亚契果罗夫问道。

知识分子们一言不发，踮着脚尖走出了阅览室。皮亚契果罗夫随后关上了门。

“你原来知道他是皮亚契果罗夫！”一分钟后，叶甫斯特拉特·

斯皮里多内奇摇着那个把酒送到阅览室的侍者的肩膀，压低喉咙，哑声说道，“你为什么不说？”

“他老人家不许我说。”

“他老人家不许……等我把你这该死的关上一个月，那时你就明白什么叫不许说了。滚！！……而你们也够可以的，先生们，”他转脸冲知识分子们说，“造起反来啦！连离开阅览室十分钟也不行！……现在这锅粥请你们自己喝吧。唉，先生们，先生们……我真不喜欢这个样子！”

知识分子们在俱乐部里走来走去，一个个愁眉苦脸，不知所措，自觉有罪，喁喁私语，仿佛预感大祸临头……他们的太太小姐知道皮亚契果罗夫“受了委屈”而且生了气，吓得连大气也不敢出，各回各的家。舞会停止了。

夜里两点皮亚契果罗夫从阅览室走出来，醉昏昏的脚步歪斜，摇摇晃晃。他走进大厅，坐在乐队旁，在音乐声中打起盹来，后来悲伤地把头一歪，响起了呼噜。

“别演奏了！”主任对乐师们摇摇手，“嘘！……叶戈尔·尼雷奇睡着了……”

“要不要送您回家去，叶戈尔·尼雷奇？”别列布欣俯在百万富翁耳边问道。

皮亚契果罗夫努着嘴唇，仿佛要吹走落在脸上的苍蝇。

“要不要送您回家呢？”别列布欣又问了一遍，“或者说，把马车叫过来？”

“啊？什么？你……怎么回事？”

“送您回家……该睡觉了……”

“我要回家……送我！”

别列布欣高兴得眉开眼笑，动手扶起皮亚契果罗夫。其他知识分子们赶紧跑过来，带着愉快的笑容扶起世袭荣誉公民，小心地扶到马车跟前。

“要知道，只有演员、天才，才会这么耍弄一大帮人，”热斯加科夫一面扶他坐进马车，一面快活地说，“我简直惊呆了，叶戈尔·尼雷奇！直到现在我还在笑，哈——哈……而我们却大光火，大忙活！哈——哈！您信吗？就是在戏园子里我也从来没这么笑过……滑稽透顶！一辈子我也忘不了这个晚会！”

送走了皮亚契果罗夫，知识分子们高兴了，放心了。

“他临走时还握了我的手呢，”热斯加科夫说道，心满意足，“这就是说，没事了，他没生气……”

“愿上帝保佑他！”叶甫斯特拉特·斯皮里多内奇叹了口气，“坏蛋，下流东西。可要知道，他是恩人啊！没办法！……”

《荒唐思想》——《面具》

刘若　译